# 1



„Wenn ich Gin trinke, habe ich immer die genialsten Ideen."

„Nein, Joy, du glaubst nur, dass du geniale Ideen hast, wenn du Gin trinkst. Gin macht dich betrunken. Schokolade ist gut fürs Gehirn!"

Ich betrachtete in der Verandatür das Spiegelbild der dunkelhaarigen Frau, die in dem Kreis aus brennenden Kerzen neben mir saß, und schüttelte ernst den Kopf, um über besagte Trunkenheit hinwegzutäuschen. Mein Spiegelbild sah jedoch so aus, als wollte es mich warnen. Ich beschloss, die Mahnung ernst zu nehmen, und stellte mein Glas ab. „Schokolade ist für vieles gut, vor allem für breite Hüften, aber Gin macht mich wirklich zu einem Genie."

Unsere Gastgeberin, die durch den Raum wandelte und noch mehr Duftkerzen anzündete, blieb nun stehen und zog eine Augenbraue hoch, als unsere gemeinsame Freundin vor Lachen in ihren Wodka-Martini prustete.

„Keine weiteren alkoholischen Trankopfer, Roxanne!", sagte Miranda, bevor sie die letzte Kerze anzündete und sich uns gegenüber auf einen Teppich mit grau-grünem Blättermuster sinken ließ. „Wenn du besoffen bist, lässt die Göttin dir ihren Segen nicht zuteilwerden! Was hast du denn für geniale Ideen, Joy?"

Ich fingerte den Zitronenschnitz aus meinem Glas, biss in das gingetränkte Fruchtfleisch und beklagte im Geiste meine amazonenhafte Statur, während Miranda mit der Anmut einer Gazelle, die von Geburt an Ballettunterricht nahm, ihre langen schlanken Beine in den Lotossitz faltete. Es waren meine verdammten Wikingergene, denen ich es zu verdanken hatte, dass ich die meisten Frauen und auch viele Männer überragte. „Also, was Roxys Plan angeht, uns zwei leckere Jungs zu suchen … Nach reiflicher Überlegung und vielen, vielen brillanten gininspirierten Gedanken habe ich beschlossen, dir zu gestatten, deiner Göttin meinen Fall vorzutragen. Wenn sie geneigt ist, mir den Weg zu einem Mann zu zeigen, der sich als der Inbegriff alles wahrhaft Männlichen und Guten erweist, dann werde ich mich an ihren Rat halten. Das ist, kurz gesagt, meine geniale Idee."

Roxanne prustete erneut in ihr Glas. „Mit anderen Worten: Du hast wieder mal mit Bradley Schluss gemacht!"

Nun ja, mein Langzeit-und-immer-wieder-Exfreund hatte viele Qualitäten: Er war treu, geduldig und optimistisch und hatte ein sonniges Gemüt. „Das Problem an Bradley ist, dass er einfach nicht der Richtige ist – der Mann, der mein Herz zum Rasen bringt, sobald er in meiner Nähe ist; der Mann, der mich an so wunderbare Dinge wie Liebe auf den ersten Blick glauben lässt. Er ist eben … Bradley."

„Genau meine Meinung, Joy! Du bist so festgefahren, dass du dich nicht dazu überwinden kannst, nach einem Mann zu suchen, der deiner würdig ist – jemand, der ganz anders ist als dieser alte Muffelkopf Bradley Barlow, der ja nicht mal weiß, was Erregung überhaupt bedeutet!"

Roxys abschätziger Unterton ging mir gehörig gegen den Strich. Ich kannte sie seit unserer Kindergartenzeit, aber das bedeutete noch lange nicht, dass sie ungestraft mit jedem abfälligen Kommentar davonkam. „Du musst gerade den Mund aufmachen, Fräulein ‚Immer noch Jungfrau mit vierundzwanzig'! Was du über Beziehungen weißt, könnte man problemlos auf den Kopf eines Vibrators schreiben."

Katie MacAlister

# BLIND DATE MIT EINEM VAMPIR

Roman

*Ins Deutsche übertragen von*
*Antje Görnig und Bettina Oder*

LYX EGMONT

Die Originalausgabe erschien 2003
unter dem Titel „A Girl's Guide to Vampires"
bei Dorchester Publishing Co., Inc., New York.

Deutschsprachige Erstausgabe Februar 2008 bei LYX
verlegt durch EGMONT Verlagsgesellschaften mbH,
Gertrudenstraße 30–36, 50667 Köln

Published by arrangement with Dorchester Publishing Co., Inc.
Dieses Werk wurde vermittelt durch Interpill Media GmbH, Hamburg.


6. Auflage
Redaktion: Christiane Wirtz
Produktion: Susanne Beeh
Satz: Greiner & Reichel, Köln
Druck: CPI – Clausen & Bosse, Leck
ISBN 978-3-8025-8138-0

www.egmont-lyx.de

Roxy verschluckte sich und der Martini sprudelte ihr aus der Nase.

„Dich kann man auch nirgendwohin mitnehmen", schimpfte ich und wischte den vergeudeten Drink auf. Roxy hatte ihre komplette Jeans bekleckert und den hübschen Holzboden, auf dem wir saßen.

„Verflixt noch mal!", keuchte sie, hustete und putzte sich die Nase. Dann nahm sie den Lappen, den Miranda ihr schweigend hinhielt, und tupfte sich das T-Shirt ab, bevor sie mich mit rot geränderten Augen anfunkelte. „Mach so etwas nie wieder!"

„Sorry, das liegt am Gin. Ich habe ja gesagt, der verleiht mir Genialität."

„Das nennst du also genial?"

Ich streckte ihr die Zunge heraus.

Roxys Blick verfinsterte sich. „Um auf das zurückzukommen, was ich sagte, bevor du so rüde auf Hilfsmittel zur sexuellen Stimulation zu sprechen kamst – die ich im Gegensatz zu anderen Leuten, die ich hier erwähnen könnte, weder besitze noch brauche, noch jemals zu benutzen gedenke ... Jedenfalls möchte ich darauf hinweisen, dass ich mich einfach für jemanden aufsparen will, der mir wichtig ist!" Sie hielt inne, um sich erneut zu schnäuzen. „Ich hoffe, du erkennst den Unterschied zwischen mir – mit meinem verantwortungsvollen, wenn auch sehr optimistischen Realismus in Bezug auf den Mann, der einmal mein zukünftiger Ehemann werden soll – und dir, die du dich für einen Typen entschieden hast, der nur zu gebrauchen ist für einen guten Fi..."

„Meine Damen!", rief Miranda aufgebracht. „Ich weigere mich, euch zu helfen, wenn ihr ständig streitet. Ehrlich gesagt ist mir nicht klar, wie ihr euch beste Freundinnen nennen könnt, aber dessen ungeachtet dulde ich keine Zankereien in meinem Haus. Die Göttin ist sehr ungnädig, was Eifersüchteleien und Feindseligkeiten angeht, Roxanne. Und da du um die Hilfe der Göttin gebeten hast, solltest du auch reumütig mit reinem Herzen und reiner Seele vor sie treten."

Ich grinste Roxy selbstgefällig an. Sie ignorierte mich jedoch und bemühte sich, den störrischen Ausdruck aus ihrem Gesicht zu vertreiben. „Tut mir leid", murmelte sie, faltete die Hände und senkte den Blick mit einer Miene, aus der Demut und Reue sprachen.

„Für dich gilt das Gleiche!" Miranda sah mich missbilligend an. Ich riss unschuldig die Augen auf, um jegliches Fehlverhalten von mir zu weisen, aber es war schwer, die Wahrheit zu verschleiern, wenn einen Miranda mit ihren unheimlichen hellgrauen Augen anstarrte.

„Ich bin nicht gekommen, weil ich verzweifelt darauf hoffe, dass du einen Mann für mich findest", bemerkte ich so würdevoll wie möglich. „Roxy hat mich angefleht mitzukommen."

„Habe ich gar nicht!", fuhr Roxy auf und von Demut war keine Spur mehr. „Nachdem du aus eigener Kraft nicht von Bradley loszukommen scheinst, habe ich nur gesagt, dass es nicht schaden kann, die Göttin nach etwas Besserem für dich suchen zu lassen. Herr im Himmel, du müsstest wirklich dankbar sein für diese Chance, deinen wahren Seelenverwandten zu finden, denn die meisten Leute haben nicht so ein Glück!"

Ich öffnete den Mund, um ihr zu widersprechen, doch in diesem Moment wurde ich auf einen ziemlich dicken schwarzen Kater mit weißen Schnurrhaaren und einer weißen Pfote aufmerksam, der sich träge von einem gepolsterten Rattansessel erhob. Ich streckte meine nach Zitrone riechende Hand nach ihm aus, aber der Kater wandte sich nur höhnisch und voller königlicher Verachtung ab und stolzierte zu Miranda hinüber.

„Wenn du meinst …" Ich tat den Kommentar meiner Freundin mit einem Schulterzucken ab und sagte mir, dass der Abend schneller verstreichen würde, wenn ich meine Skepsis für mich behielt. Ich glaubte eigentlich nicht an den ganzen Hokuspokus, den Miranda mit ihren Zaubersprüchen und Beschwörungen der Göttin veranstaltete, aber andererseits waren in ihrer Gegenwart schon ein paar Dinge passiert, die sich nicht so leicht erklären ließen.

Roxy glaubte jedoch felsenfest daran, und obwohl sie es jetzt abstritt, hatte sie mich sehr wohl darum gebeten, sie zu begleiten. Ich fand, es war das Mindeste, was ich für jemanden tun konnte, der mit mir durch dick und dünn gegangen war. „Miranda, meinst du nicht, es wird höchste Zeit, Davide mal auf Diät zu setzen? Er ist fast so dick wie der Rottweiler meiner Nachbarn!"

„Wir können anfangen." Miranda brachte mich mit einem wütenden Blick zum Schweigen und sah auch Roxy warnend an. Dann schloss sie die Augen, begann, tief ein- und auszuatmen, und summte dabei leise vor sich hin. Eine leichte Brise wehte zum Fenster herein und verteilte den vertrauten Kräuterduft von Mirandas Beschwörungskerzen im Raum. Schuldbewusst rief ich mir in Erinnerung, dass ich meinen Geist öffnen und zugänglich machen sollte, atmete tief durch und summte ein Weilchen vor mich hin, bis ich es leid war, die Gedanken zu vertreiben, die mir unaufhörlich durch den Kopf gingen, obwohl er eigentlich leer sein sollte wie eine Leinwand, bereit für die schwungvollen Pinselstriche des Schicksals – oder wie auch immer Roxy Mirandas Anweisungen interpretiert hatte. Ich erinnerte mich nicht mehr so gut daran, denn dieser Teil des Gesprächs hatte vor dem Gin-Tonic-Part stattgefunden.

Statt also meinen Kopf zu leeren, beobachtete ich Davide, der begonnen hatte, sich ausgiebig zu putzen.

„Wirklich witzig, dass du eine schwarze Katze hast."

Roxy, die Miranda nachgeeifert hatte, öffnete ein Auge und schaute in Davides Richtung. „Was ist witzig daran, dass sie eine schwarze Katze hat?"

Miranda murmelte unverständliche Worte vor sich hin und schwankte leicht, während ihre Stimme lauter und wieder leiser wurde. „Weil sie eine Hexe ist, Blödi!", sagte ich laut, um die Beschwörung der Göttin zu übertönen. „Ich glaube gar nicht mal, dass die meisten Hexen eine schwarze Katze haben wollen, aber man muss schon zugeben, dass Davide perfekt ins Bild passt."

Mirandas Gemurmel wurde lauter, aber sie hielt die Augen weiter fest geschlossen.

Roxy streifte sie mit einem besorgten Blick, beugte sich vor und raunte mir zu: „Ich glaube, das Wort ‚Hexe' hört sie nicht so gern, Joy. Heute sagt man Wicca-Priesterin."

„Warum?", erwiderte ich im Flüsterton. „Was ist denn an ‚Hexe' nicht in Ordnung?"

Roxy setzte sich wieder gerade hin und schloss die Augen. „Es ist nicht politisch korrekt", zischte sie. „Abgesehen davon haben Wicca-Priesterinnen einen besseren Draht zur Natur. Spürst du nicht die Kraft, die in ihrer Beschwörung steckt?"

Ich betrachtete den Kreis des Wissens, den Miranda um uns beide ausgelegt hatte, und spürte, wie es mir kalt den Rücken hinunterlief. Ich war zwar skeptisch, was solche Dinge anging, aber ich war nicht blöd. Es lag etwas in der Luft, eine elektrische Ladung, die bewirkte, dass sich die Härchen auf meinen Armen aufrichteten. Miranda setzte ihre Magie nicht für jeden ein, sagte ich mir und bemühte mich, dankbar auszusehen.

„Das ist schon ein bisschen nervenaufreibend", raunte ich Roxy ein paar Minuten später ganz leise zu, um Mirandas Zwiesprache mit der Göttin nicht zu stören. Ich fischte ein Stück Eis aus meinem Drink und steckte es mir in den Mund. „Nicht dass ich glaube, dass es bei mir wirklich funktioniert, aber es macht mich trotzdem ein bisschen nervös, hier zu sitzen und darauf zu warten, dass mir ein Geist von höchster Stelle den Lebenslauf meines Traummannes durchgibt."

„Es wird Zeit, dass du in Bezug auf dein Liebesleben ein bisschen mehr Eigeninitiative an den Tag legst", entgegnete Roxy hinter vorgehaltener Hand. „Mag schon sein, dass ich noch Jungfrau bin, aber immerhin versuche ich wenigstens, den Richtigen zu finden. Du hast nie irgendwelche Dates. Wie willst du denn dein Glück mit dem Mann finden, den die Natur nur für dich allein erschaffen hat, wenn du nicht mal nach ihm suchst?"

„Na ja", sagte ich und zerbiss den Eiswürfel, „ich habe Bradley."

„Das ist kein Glück, Joyful." Roxy entschärfte ihren Kommentar lächelnd, indem sie mich mit meinem Spitznamen aus Kindertagen anredete. „Das ist die Hölle!"

„Da mag etwas dran sein", räumte ich ein und verzog das Gesicht, als ich sah, wie Davide sich seiner Rektalregion zuwandte. Ich hoffte inständig, dass dies keine indirekte Aussage über die Erfolgsaussichten von Mirandas seherischen Bemühungen war. „Obwohl es ja nun wirklich nicht so ist, als hätte ich es nicht versucht. Gott weiß, dass ich es versucht habe, aber du kennst doch die Single-Szene da draußen: Es dreht sich alles nur noch um Bluttests, Background-Überprüfungen, Referenzen und Screenings nach dem Motto ‚Pinkel in diesen Becher, bevor wir uns verabreden'. Alles total nüchtern und ohne jede Romantik."

„Das stimmt." Roxy nickte.

„Was ist eigentlich mit der guten alten Liebe auf den ersten Blick passiert? Mehr verlange ich doch gar nicht: ein bisschen Romantik und Kerzenlicht, einander bedeutungsvoll in die Augen schauen und sofort wissen, dass er der Richtige ist."

„Heute laufen da draußen einfach zu viele Mistkerle rum", entgegnete Roxy. „Die Liebe auf den ersten Blick wurde durch eine umfassende Bonitätsprüfung ersetzt."

Mirandas Gemurmel nahm einen deutlich schärferen Ton an. Ich lauschte ihr eine Weile, wurde aber nicht schlau aus dem, was sie von sich gab.

„Pssst!" Ich zwickte Roxy in die Seite. „Du verdirbst es dir mit der Göttin, wenn du so viel redest, statt dich zu konzentrieren."

„Du bist diejenige, die sich konzentrieren sollte!" Roxy zwickte mich ebenfalls. „Ich weiß ja schon, welche Eigenschaften mein Traummann haben muss. Ich wette, du hast noch nie darüber nachgedacht, was du dir überhaupt von einem Mann wünschst."

„Ihr solltet euch alle beide konzentrieren", warf Miranda ein und murmelte weiter.

Roxy und ich sahen uns schuldbewusst an.

„Es ist wirklich lieb von dir, dass du deinen Abend opferst und das für uns tust. Immerhin musstest du wegen der rituellen Reinigung deinen Laden früher schließen und so", sagte Roxy lächelnd.

Ich nickte.

„Du bist eine wahre Freundin, Miranda", fuhr Roxy fort. „Ich hoffe, du weißt, dass ich dich nicht gebeten hätte, die ganze Mühe auf dich zu nehmen, wenn es kein Notfall wäre! Aber nach diesem Date gestern Abend mit Mister Krakenarme … Tja, eine Frau muss eben etwas unternehmen, wenn selbst nach 250 Dates weit und breit kein geeigneter Lover in Sicht ist. Und natürlich kann Joy ebenfalls jede erdenkliche Hilfe gebrauchen!"

„Hey!" Ich bedachte Roxy mit einem wütenden Blick, aber sie grinste mich nur an.

„Ich mache mir schon eine ganze Weile Sorgen um sie. Sie hat einen Job ohne Aufstiegschancen, einen Exfreund, der selbst einen Eiswürfel zu Tode langweilen würde, und keine anderen Hobbys als Lesen. Wenn wir die Sache jetzt nicht anpacken, verbringt sie den Rest ihres Lebens als keuscher Single in einem kleinen rosa Haus mit siebenunddreißig Katzen, die alle Kevin heißen, und hat zum Reden nur ihre erfolgreichen, glücklichen, katzenlosen Freundinnen."

„Du leidest unter Wahnvorstellungen", sagte ich herablassend. „Und fürs Protokoll: Du hast genauso wenig Aufstiegschancen wie ich!"

„Wenn du also in nächster Zukunft keinen geeigneten Mann für Joy auftauchen siehst", fuhr Roxy fort, ohne auf meine Bemerkung einzugehen, „wäre es besser, wenn du lügen würdest. Sag einfach, du hast einen gesehen. Sie ist verzweifelt, wenn du verstehst, was ich meine."

Und einsam. Ich war bereit, das zuzugeben. Sehr einsam. Ich wirbelte das Eis in meinem Glas herum und dachte über meine Einsamkeit nach. „Ich bin nicht verzweifelt, Rox. Ich bin nur … zu haben."

„Nun, wir können ja immer noch in Deutschland suchen, falls wir keine netten amerikanischen Männer finden."

Miranda öffnete die Augen und sah Roxy fragend an.

„Deutschland!", rief ich ihr in Erinnerung. „Roxy und ich gehören zu der Truppe, die zur Frankfurter Buchmesse fährt. Ich muss zugeben, so einen leckeren blonden Deutschen würde ich nicht von der Bettkante stoßen. Glaubt ihr, da gibt's auch welche in Lederhosen?"

Miranda öffnete den Mund, um etwas zu sagen, überlegte es sich jedoch anders und schüttelte den Kopf. Sie fuhr mit ihrem leisen Gemurmel fort, bei dem es sich laut dem Spickzettel, den Roxy mir vorher gegeben hatte, um ein Gebet handelte, in dem sie die Göttin um Kraft und Erleuchtung bat.

Ich beschäftigte mich eine Weile damit, kleine Eisstückchen in Davides Richtung zu schnippen, bis Miranda die Augen öffnete und mich mit einem Blick zur Ordnung rief, der einem Tiger die Streifen aus dem Fell gebeizt hätte. „Jetzt müsst ihr euch beide konzentrieren und euch euren Idealmann vorstellen. Öffnet euch dem Bild, das tief in euren Herzen und Seelen verankert ist. Konzentriert euch auf dieses Bild, ruft es euch ins Bewusstsein und sammelt euch so lange, bis eure Gedanken nur noch um dieses Bild kreisen."

„Oh, prima, Zeit zum Träumen!" Ich rieb mir die Hände und baute mir meinen Traummann aus den besten Teilen von Colin Firth, Alan Rickman und Oded Fehr zusammen, die vereint ein höchst ansehnliches Gesamtpaket ergaben, bei dem einem das Wasser im Mund zusammenlief.

„Ich bin zuerst dran!", rief Roxy schnell und ich sah sie giftig an. Als Miranda seufzend nickte, richtete Roxy sich im Sitzen auf und machte sich so groß, wie sie es mit ihren knapp eins fünfundfünfzig eben konnte. Sie schloss die Augen und begann, die einzelnen Punkte an ihren Fingern abzuzählen. „Okay, hier ist meine Bestellung: Er sollte nicht zu groß sein, das ist Punkt Nummer eins und ganz wichtig. Gott weiß, wie viele Dates mit großen Männern ich schon hatte. Wisst ihr, wie irritierend es ist, wenn man einem Mann immer direkt auf die Brustwarzen glotzt? Ich hätte gern jemanden von mittlerer Größe, bitte. Und um es dir ein bisschen leichter zu machen, bin ich nicht wählerisch, was die Farbe der Haare und Augen angeht. Und der Mann muss nicht mal besonders gut aussehen, solange er richtig schöne Hände hat, kochen kann und ganz, ganz viele Kinder haben will."

Miranda stand lächelnd auf und begann, rings um den Kerzenkreis Rosenblätter zu verstreuen, während sie ihren Sprechgesang fortsetzte. Dabei blieb sie viermal stehen und machte Schutzgesten in alle Himmelsrichtungen.

„Und er muss Humor haben. Darauf kann ich keinesfalls verzichten. Kandidaten, die sich als humorlos erweisen, werde ich aussortieren müssen. Das Leben ist einfach zu kurz, um sich mit einem Kerl abzugeben, der nicht auch ab und zu mal ein bisschen Quatsch macht."

„Verstehe. Und du, Joy?"

Ich sah meine Freundin durchdringend an. „Mensch, Rox, lass dem Rest von uns auch noch ein bisschen Arbeitsmaterial übrig, ja?"

Sie schenkte mir ein süffisantes Grinsen, doch Miranda zog derart resolut eine Augenbraue hoch, dass ich mich auf der Stelle konzentrierte und versuchte, mir den perfekten Mann vorzustellen.

„Hm, also, groß, dunkelhaarig und gut aussehend ist ja selbstverständlich. Roxy hatte in einem Punkt recht, Humor ist wichtig. Ich würde allerdings einen Mann vorziehen, der gerne lacht."

Roxy verdrehte die Augen.

„Und … ähm … also … Ich hätte gern jemanden, der … ähm … Tiere mag."

„Wie langweilig!"

„Und er sollte gern lesen."

„Na toll, 'ne Leseratte …"

Ich ignorierte Roxys Kommentar und konzentrierte mich

wieder. Wenn ich mich schon auf diese Sache einließ, konnte ich es auch richtig machen. Ich dachte eine ganze Weile darüber nach, was mir an einem Mann wichtig war, was ich wirklich wollte und welche geheimen Wünsche in meinem tiefsten Inneren verborgen waren. Langsam tauchte aus dem Chaos in meinem Kopf ein Bild vor meinem geistigen Auge auf, das immer klarer wurde, während die kühle, nach Kräutern duftende Nachtluft über mich hinwegstrich. Das Bild wurde immer konkreter und mit ihm kamen die Worte, stockend und von einem merkwürdigen Gefühl begleitet, als spräche ich gar nicht selbst. „Seine düstere, faszinierende Ausstrahlung jagt mir wohlige Schauder über den Rücken. Er verzaubert mich, zieht mich in seinen Bann, schließt mich in die Aura von Geheimnis und Abenteuer ein, die ihn umgibt, und lässt mein Blut vor Verlangen kochen. Er braucht mich, er ist abhängig von mir und vertraut mir, wie er noch nie jemandem vertraut hat. Er bringt Licht in meine dunkelsten Stunden und seine Liebe erstrahlt hell wie ein Leitstern, der mir den Weg weist, wie verschlungen die Pfade auch sein mögen. Er schenkt mir Kraft und Zuversicht, und mein Leben beginnt im Grunde erst, wenn ich weiß, dass sein Herz mir gehört."

„Ooooh!", hauchte Roxy. „Das ist so romantisch! Das solltest du aufschreiben!"

Ich blinzelte, als das Bild in meinem Kopf verschwamm und sich in Luft auflöste. Mir war etwas schwindelig, als hätte ich mehrere Purzelbäume hintereinander geschlagen. Die ganze Sache war mir mehr als nur ein bisschen unheimlich, bis mir die Gin-Tonics wieder einfielen, die ich getrunken hatte. Alkohol hatte zwar noch nie solche Visionen bei mir ausgelöst, aber schließlich gab es für alles ein erstes Mal.

„Das will ich auch alles auf meiner Liste haben!“

„Zu spät, das gehört jetzt mir!“, entgegnete ich mit einem leicht benommenen Grinsen. Roxy boxte mich auf den Arm.

„Ist das alles?“, fragte Miranda uns und setzte sich wieder, nachdem sie alle Rosenblätter verstreut hatte.

„Bei mir schon. Der alte Gierschlund hier will ja die guten Sachen auf seiner Liste nicht mit mir teilen“, sagte Roxy schmollend.

Ich ging im Geist meine Checkliste noch einmal durch. Jawoll, ich hatte an alles gedacht, an alles bis auf ein letztes kleines Detail …

„Eine Bitte hätte ich noch“, sagte ich.

Miranda wollte gerade die dicke Kerze anzünden, die vor ihr stand, und hielt inne.

„Einen großen Schwanz“, fuhr ich fort. „Das ist wichtig, findet ihr nicht? Ich meine, die Größe spielt sehr wohl eine Rolle, ganz egal, was immer geredet wird, nicht wahr? Und da wir über den Mann fürs Leben sprechen, meinen Seelenverwandten, wird er der Einzige sein, mit dem ich bis an mein Lebensende schlafe. Da sollte er wirklich gut ausgestattet sein. Ich hätte gern etwas richtig Imposantes.“

„Joy Martine Randall!“, fuhr Roxy auf.

Ich sah sie unschuldig an. „Was ist? Bist du sauer, weil dir das nicht zuerst eingefallen ist?“

Ihre haselnussbraunen Augen funkelten und sie sah mich warnend an. Ich gackerte los. Sie war tatsächlich sauer, dass ich ihr in diesem Punkt zuvorgekommen war!

Miranda setzte eine derartige Leidensmiene auf, dass ich mein Gegacker auf ein etwas schicklicheres Kichern reduzierte. „Okay, das musst du nicht auf die offizielle Wunschliste setzen. Ich kann mit einem Mann leben, der über ein durchschnittliches Gemächt verfügt, solange die restlichen

Punkte vorhanden sind. Wenn er die anderen Anforderungen erfüllt, bin ich zufrieden."

Miranda seufzte und schüttelte den Kopf. „Ihr seid alle beide so oberflächlich! Wie soll ich euch helfen, den richtigen Mann zu finden, wenn ihr nur daran denkt, was er in der Hose hat und ob er über eure Witze lacht. Das hier ist eine ernste Angelegenheit. Mit der Macht der Göttin ist nicht zu spaßen. Ihr solltet euch mit Leib und Seele der Suche nach diesem Mann widmen und nicht die Albernheiten aus diesen schrecklichen Liebesromanen nachplappern, die ihr beide ständig lest!"

Roxy und ich bildeten augenblicklich eine geschlossene Front gegen die Verurteilung unserer geliebten Liebesromane.

„Die sind überhaupt nicht albern oder schrecklich! Liebesromane sind durch und durch positiv und das reinste Lesevergnügen!", protestierte meine Busenfreundin.

„Ja, genau!", pflichtete ich ihr bei und schnippte erneut ein Eisstückchen in Davides Richtung. Er riss das Maul auf und bedachte mich mit einem leisen, jedoch so bedrohlichen Fauchen, dass sich meine Nackenhaare sträubten. Ich war zwar skeptisch, nahm mir aber vor, mich nicht mit Mächten anzulegen, von denen ich nicht wusste, ob sie existierten.

„Und was ist mit den Vampirbüchern, nach denen ihr beide regelrecht süchtig seid?", hakte Miranda nach.

Irgendwie wurde die Luft im Raum immer dicker. Ich fragte mich, ob ein Gewitter im Anzug war. „Was soll damit sein?", fragte ich zurück.

„Sie sind gefährlich."

„Gefährlich? Wie können Bücher denn gefährlich sein? Das sind doch nur Geschichten, deren Helden zufällig Vampire sind, Miranda. Die Bücher rufen doch nicht zum Trinken von Blut auf oder so!"

„Manche Leute“, entgegnete Miranda, ohne ihren Blick von Roxy abzuwenden, „sehen in ihnen eine Art Leitfaden für ihr Leben.“

Ich schaute von Miranda zu Roxy. Letztere saß schweigend da und spielte an den Lederriemen ihrer Sandalen herum, ohne uns in die Augen zu sehen.

„Manche Leute glauben, dass jedes einzelne Wort darin wahr ist.“

Ich schüttelte den Kopf. „Niemand glaubt doch wirklich an die Vampire aus den *Book-of-Secrets*-Romanen“, entgegnete ich. „Das sind einfach geheimnisvolle, düstere Typen, die viele Frauen antörnend finden – ich eingeschlossen, wie ich ohne große Verlegenheit zugebe. Nur weil wir diese Geschichten mögen, heißt das noch lange nicht, dass wir an die Existenz von Vampiren glauben.“

„Ich glaube daran“, ertönte eine leise Stimme.

Ich starrte die Frau an, mit der ich seit neunzehn Jahren befreundet war.

„Ich glaube daran“, wiederholte sie lauter, mit mehr Selbstbewusstsein und einem trotzigen Gesichtsausdruck, den ich sehr gut kannte. „Ich glaube, dass es sie wirklich gibt. C. J. Dante, der Autor dieser Romane, hat gründlich in den Böhmisch-Mährischen Höhen recherchiert, wo die Dunklen leben. Er wohnt jetzt sogar im Drahaner Bergland, um ihnen näher zu sein und sie zu erforschen und zu verstehen. Ich glaube, dass es sie gibt.“

Roxy fühlte sich anscheinend durch unsere ungläubigen Blicke in die Defensive gedrängt, denn sie reckte ihr Kinn noch ein wenig mehr in die Höhe. „Also, das glaube ich wirklich!“

„Roxy …“ Ich schüttelte den Kopf. „Süße, es ist natürlich sehr verlockend, daran zu glauben, dass es so etwas wirklich gibt, aber ich bitte dich! Vampire? Männer, die Blut trinken, im Sonnenlicht verbrennen und mit inneren Qualen und Neurosen durch die Gegend laufen, weil sie nicht die Frau gefunden haben, die ihre Seele retten kann? Ich gebe ja zu, dass manche Typen, mit denen du aus warst, ein paar von diesen Kriterien erfüllen, aber wir werden ein sehr, sehr langes Gespräch führen müssen, wenn du anfängst, an Geister und Ghule und nächtlichen Spuk zu glauben!"

Ich hatte vergessen, in wessen Haus ich zu Gast war.

„Es gibt mehr Dinge zwischen Himmel und Erde, Horatio, als eure Schulweisheit sich träumen lässt", sagte Miranda gelassen.

„Ja, aber ich glaube nicht, dass Shakespeare an mährische Vampire dachte, als er das geschrieben hat", erwiderte ich.

Sie sah mich nur schweigend mit ihren hellgrauen Augen an, die mich in diesem Moment sehr an den Vollmond erinnerten, wenn er am hellsten schien. Die Tatsache, dass Miranda an Dinge glaubte, deren Existenz ich bezweifelte, erinnerte mich unangenehm daran, was ich hier gerade mitten in einem Kreis aus Kerzen tat. „Hört mal, wollen wir nicht lieber weitermachen?", fragte ich. „Bevor wir nach Deutschland fliegen, muss ich für Dr. Miller das komplette Biologiesortiment neu katalogisieren, und ich würde gern eine Mütze voll Schlaf bekommen, bevor ich mich morgen früh mit einem Stapel Bücher über Pilze, Sporen und Mehltau befasse."

„Nein", sagte Roxy störrisch. „Ich würde gern hören, warum Miranda an die guten Mächte glaubt, mit denen sie arbeitet, aber nicht eingestehen will, dass es solche Mächte auch auf der dunklen Seite geben könnte."

Miranda schüttelte den Kopf und ihre roten Locken, die im Kerzenlicht golden glänzten, flogen hin und her. „Ich habe nie gesagt, dass ich nicht an dunkle Mächte glaube, Roxanne.

Ich glaube daran, wirklich und wahrhaftig. Ich habe Dinge gesehen, die ich hoffentlich niemals wieder sehen muss, aber diese Art Gefahr meine ich gar nicht. Es ist vielmehr die Überzeugungskraft, die Intention des Autors, der Ideen in seine Fiktion einbaut, die gefährlich für eure Seelen sind."

„Dantes Bücher sind zwar fiktional, da hast du recht", entgegnete Roxy, „aber seine Fans wissen, dass die Geschichten auf Tatsachen basieren, die bei seinen Recherchen ans Licht gekommen sind. Ihr solltet euch mal die Webseiten ansehen, die sich mit den Stammbäumen von Dantes Helden befassen …"

„Das sind Romane für die breite Masse, die den Kult um blutsaugende Killer glorifizieren!"

„Oh!", machte Roxy und sprang auf. Ich wollte sie noch am Hosenbein festhalten, aber sie wich mir aus und war drauf und dran, den Kreis zu verlassen. „Blutsaugende Killer? Weißt du denn nicht, dass jeder einzelne Vampir wegen seiner schrecklichen Existenz Höllenqualen leidet? Und keiner von ihnen bringt Leute um. Sie nehmen sich nur hier und da ein bisschen Blut. Ich verstehe nicht, was daran so schlimm sein soll!"

„Roxanne, wenn du dich nicht wieder hinsetzt, durchbrichst du den Kreis der Wahrheit und meine Bemühungen waren vergeblich."

Roxanne ließ sich beleidigt auf den Boden sinken. „Nimm das zurück, Miranda!"

„Dieser Dante unterzieht euch einer Gehirnwäsche! Er bringt Unschuldige wie euch dazu zu glauben, man könne mit den dunklen Aspekten der Menschenseele herumspielen …"

„Luke, hüte dich vor der dunklen Seite!", gab ich meine schönste Obi-Wan-Kenobi-Imitation zum Besten.

Beide Frauen schauten mich empört an. Ich lächelte entschuldigend und hob die Hände. „Tut mir leid, ich dachte, das wäre witzig. Weißt du, Miranda, ich will ja nicht pingelig sein, aber manches von dem, was du glaubst, könnte man schon für ein bisschen ... daneben halten."

„Um das, was ich glaube, geht es doch gar nicht! Ich mache mir Gedanken um diese albernen Geschichten, die ihr und andere Menschen für real halten."

„Ich glaube nicht, dass sie real sind", sagte ich, während Roxy gleichzeitig murmelte: „Sie sind viel realer als manche anderen Dinge, die ich jetzt aufzählen könnte."

„Nur Dummköpfe lassen sich mit der dunklen Seite ein", warnte Miranda.

„Vampire sind doch gar nicht böse, sie wirken nur auf den ersten Blick so!", erwiderte Roxy.

Die beiden starrten sich wütend an, bis ich beschloss, die erhitzten Gemüter zu besänftigen.

„Würdet ihr vielleicht mit diesem Hickhack aufhören? Ihr lehrt einen ja das Gruseln mit eurem Gerede über die dunklen Aspekte der menschlichen Seele ..."

Miranda schüttelte den Kopf. „Über die dunklen Seiten, die jeder von uns hat, sollte man sich nicht lustig machen, Joy."

„Also gut. Tut mir leid. Einigen wir uns doch darauf, dass wir uns in diesem Punkt nicht einigen können", schlug ich vor. „Roxy glaubt weiter daran, dass es in Mähren Vampire gibt, die nach Frauen suchen, die ihre Seele retten, und du bleibst bei deiner Meinung, dass der berühmte Autor C. J. Dante ein Irrer ist, der die Weltherrschaft anstrebt und dazu Millionen von frustrierten Hausfrauen einer Gehirnwäsche unterzieht. Okay? Sind wir jetzt alle zufrieden?"

„Ich bin erst zufrieden, wenn sie zurücknimmt, was sie über Vampire gesagt hat!"

Miranda seufzte und machte weit ausholende Handbewegungen, um die Grenzen des Kreises zu verstärken. „Na schön, ich nehme es zurück. Das sind harmlose kleine Bücher, die euch und Millionen anderer Vergnügen bereiten, und solange euch klar ist, dass es sich um Fiktion handelt, um absolute Fiktion, und nicht um Handbücher zur Erforschung dunkler Mächte, erhebe ich keine weiteren Einwände."

Mehr war von Miranda als Entschuldigung nicht zu erwarten, schätzte ich, und Roxy kam offenbar zu dem gleichen Schluss, denn sie nickte.

„Ich möchte euch beiden aber die Warnung mitgeben", fügte Miranda hinzu und drohte uns mit dem Zeigefinger, „dass diejenigen, die mit dem Feuer spielen, damit rechnen sollten, von den Flammen verschlungen zu werden."

„Verschlungen vom Feuer der Leidenschaft." Ich grinste Miranda an und fingerte die letzten Eisstückchen aus meinem Glas. „Das klingt ja wie aus einem Buch von Dante! Es gibt Schlimmeres, würde ich sagen."

Davide bedachte mich erneut mit einem kaum hörbaren Fauchen.

# 2

„Glaubst du, sie ist sauer auf uns?"

Roxy verdrehte die Augen und schaltete in den dritten Gang. Ihr alter MG bretterte in die Lücke zwischen zwei Sattelschleppern, die für meinen Geschmack viel zu klein war. Als ich aufhörte zu schreien und die Hände wieder von meinen Augen nahm, sah ich sie wütend an.

„Nein, ich glaube nicht, dass Miranda sauer auf uns ist", antwortete sie.

„Oh, gut." Wenn es eine Regel gab, die in meinem Leben galt, dann die, dass man niemals den Zorn einer Hexe auf sich ziehen sollte.

„Ich glaube, sie ist sauer auf *dich*!"

„Ist sie nicht!", entgegnete ich empört und versuchte, meine Beine in eine bequemere Position zu bringen. In ihrem winzigen Auto hatte ich die Knie praktisch direkt unter dem Kinn. Meiner Erfahrung nach gehörten Leute, die eins achtzig groß und stämmig gebaut waren, eigentlich nicht in kleine Sportwagen. „*Du* hast doch die ganze Zeit davon geschwafelt, dass du an Vampire glaubst!"

„Nun, das tue ich eben. Aber du auch!"

„Stimmt ja gar nicht!"

„Ha! Erst letzte Woche, als du *Book of Secrets XII* fertig gelesen hattest, hast du gesagt, dass Xavier der schärfste Vampir in ganz Mähren ist und dass er sich niemals der Entscheidung hätte stellen müssen, wenn du dabei gewesen wärst, weil du ihn gerettet hättest, bevor er in diese verzweifelte Lage geriet.

Na los, sag schon, dass du das nicht behauptet hast! Sag mir, dass du nicht Anspruch auf ihn erhoben hast, bevor ich es tun konnte!"

„Pah! Ich glaube nicht an diesen ganzen Hokuspokus und das weißt du."

„Wenn du nicht daran glaubst, warum machst du dann Runendeutungen für andere Leute durch, hmmmm?"

Ich lächelte müde. „Weil die Steine so hübsch sind. Du weißt ganz genau, dass das nur ein Partygag ist, nicht mehr."

„Ha! Ein Partygag! Das erklärt aber nicht …"

„*Vorsicht!* Verdammt, Roxy, pass doch auf, wo du hinfährst!"

Sie hupte und winkte dem Fahrer des Lasters zu, an dem wir nach ihrem Ausweichmanöver vorbeibrausten, bevor es auf dem Highway in die nächsten Kurven ging, die für die Straßen im ländlichen Oregon so charakteristisch waren. Ich las Roxy wegen ihrer leichtsinnigen Fahrweise, mit der sie uns fast umgebracht hätte, tüchtig die Leviten, worauf sie mit einem beleidigten Schweigen reagierte. Ich nutzte die Stille, um über den Abend bei Miranda nachzudenken. Roxy tat offenbar das Gleiche.

„Joy?"

„Was?"

Sie druckste noch eine Weile herum, bevor sie schließlich sagte: „Weißt du, du musst nicht mit mir in die Tschechoslowakei fahren."

„Heute heißt das Tschechische Republik."

„Oh." Eine Eule geriet einen kurzen Moment in den Bann des Fernlichts und ich sah aus dem Augenwinkel geisterhaft einen weißen Flügel aufblitzen, bevor sie in der Dunkelheit verschwand. „Ganz egal, wie das heute heißt, ich weiß dein Angebot, mich zu begleiten, wirklich zu schätzen, aber angesichts dessen, was Miranda sagte …"

Ich schluckte und kaute auf meiner Unterlippe herum, während ich mir einmal mehr in Erinnerung rief, dass ich nicht an die Dinge glaubte, von denen Miranda behauptete, sie tun, sehen oder beschwören zu können. Meistens handelte es sich um Zufälle, um Ereignisse, die ohnehin eingetroffen wären, ob sie nun vorher ein höheres Wesen zu Rate zog oder nicht. Ich war ein vernünftiger, kluger Mensch. Ich glaubte nicht an Bigfoot, Geister und Vampire, und auch nicht an die Macht weißer Hexen.

„Also … du sollst nur wissen, dass ich dich nicht auf dein Angebot festnageln werde. Mich nach der Buchmesse vor Schwierigkeiten zu bewahren, meine ich. Du kannst in deinen zwei Urlaubswochen Europa unsicher machen und Paris besuchen, wie du ursprünglich geplant hattest. Ich komme auch ohne dich klar und kann alleine in die Tschechische Republik reisen." Roxy grinste müde.

Krampfhaft verzog ich meine Lippen und hoffte, dass meine Grimasse in etwa wie ein Lächeln aussah. Dann starrte ich wieder aus dem Fenster und versuchte, mir die Gänsehaut von den Armen zu reiben.

Bei unserer nächsten Sitzung mit Miranda lief es für Roxy ziemlich gut, was mich nicht überraschte, denn Roxy war einfach liebenswert. Sie war klein und zierlich, hatte lockiges schwarzes Haar und blaue Augen, mit denen sie aussah wie eine Elfe oder ein Kobold. Männer fühlten sich in ihrer Gegenwart total maskulin. Sie weckte ihren Beschützerinstinkt, sodass die Männer fälschlicherweise annahmen, sie sei ein zartes, empfindliches Wesen – dabei hatte sie in Wahrheit die Konstitution und Willenskraft eines Ochsen.

Sie werde alles bekommen, was ihr Herz begehrte, ließ ihr die Göttin durch Miranda mitteilen. Sie werde ihren Traummann kennenlernen, bevor der Mond erneut auf- und wieder unterging. Sie werde jemandem ihr Herz schenken und im Gegenzug seines bekommen. Sie werde den Weg gehen, den das Schicksal für sie bestimmt hatte. Ich konnte praktisch hören, wie der Disney-Chor der Waldtiere ein Lied anstimmte, das der Friede-Freude-Eierkuchen-Stimmung in Mirandas Wohnzimmer entsprach – bis es um *meine* Zukunft ging.

Der Wind schien mein Verhängnis anzukündigen, denn er fegte plötzlich herein, löschte die Hälfte der Kerzen im Kreis und wehte die Rosenblätter in die Zimmerecken. Roxy sprang auf und schloss die Verandatür, während Miranda rasch die Kerzen wieder anzündete. Als sie sich setzte, forderte sie mich auf, mit der Rezitation meines Teils der Beschwörung zu beginnen. Ich kam mir ein bisschen idiotisch vor, aber ich wusste, dass Roxy mich nicht in Ruhe lassen würde, wenn ich der Göttin nicht wenigstens eine Chance gab.

„Mächte der Erde, bringt ihn mir her,
über die Berge, damit ich ihn seh'.
Mächte des Wassers, ich bitte euch,
sucht auch in den Tiefen der rauen See.
Die wahre Liebe beschwöre ich,
und die Mächte der Luft und des Feuers, so heiß,
um ihn zu versengen mit meinem Blick,
um Verlangen zu schüren – es vergehe das Eis!
Den ewigen Bund will ich nun schließen,
wenn Mond und Kerze den Weg mir weisen,
zum großen Glück meines Lebens hin,
so will ich mich allzeit glücklich preisen."

„Und, was siehst du?", fragte ich einige Minuten später ungeduldig, als Miranda mit starrem Blick in eine Schüssel mit

Wasser schaute. „Siehst du meinen Traummann? Ist er süß? Sieht er aus, als hätte er in der Leistengegend was zu bieten?“

„Joy!“

Ich sah Roxy an, zog eine Grimasse und drehte mich wieder zu Miranda um. Sie hatte zwar den gleichen entrückten Blick wie zuvor, als sie Roxys Zukunft vorausgesagt hatte, aber nun war ihr eine innere Anspannung anzumerken, die eben nicht da gewesen war. Davide erhob sich unvermittelt und stolzierte auf mich zu, aber als er näher kam, sträubte sich mit einem Mal sein Fell.

„Heiliger Bimbam, das ist jetzt aber doch ein bisschen unheimlich“, murmelte ich. Richtig mulmig wurde mir allerdings, als der Kater vor mir stehen blieb und mich unverwandt mit seinen gelben Augen anstarrte. Da Miranda zu sprechen begann, beugten Roxy und ich uns vor, um sie besser verstehen zu können. Ihre sonst so freundliche Stimme klang gedämpft und monoton, was die unheimliche Atmosphäre noch verstärkte, und es dauerte ein paar Sekunden, bis ich ihre Worte überhaupt verstand. Draußen frischte der Wind plötzlich auf. Er toste ums Haus und wirbelte Kiefernzapfen und kleine Steinchen durch die Luft, die gegen die Fenster prasselten.

„Jetzt fehlt uns nur noch ein Blitz und dass eine geisterhafte Gestalt mit einem blutüberströmten Metzgermesser am Fenster auftaucht“, sagte ich leise zu Roxy. Was als lockere scherzhafte Bemerkung gedacht gewesen war, klang jedoch eher wie eine düstere Prophezeiung. Roxy sah mich mit großen Augen an.

Plötzlich fröstelte es mich. Da war es wieder, dieses unheimliche Gefühl, von einer kalten Hand im Nacken gepackt zu werden, wie es meine Großmutter immer beschrieben hatte. Obwohl die Nacht recht mild war, bekam ich eine Gänsehaut auf den Armen. Wenn wenigstens der Kater aufgehört hätte, mich anzustarren, als sei ich eine neunköpfige Hydra, wäre mir schon etwas wohler gewesen.

Mirandas Stimme wurde lauter, aber ich hatte den Eindruck, sie spräche irgendeine fremde Sprache. Ich warf erneut einen Blick auf Davide. Er schien sich in eine steinerne Statue verwandelt zu haben, die mich stumm anstarrte.

„Katzen können Geister doch sehen, oder?“, fragte ich Roxy.

Sie nickte und ergriff meine Hand. Ich versuchte, mich zu entspannen und mir einzureden, dass all dies zu dem Spaß dazugehörte und ich lediglich einer Freundin einen Gefallen tat, doch die Luft im Raum schimmerte beinahe blau vor statischer Aufladung. Als ich spürte, wie sich die Härchen auf meinem Arm plötzlich aufrichteten, wurde mir klar, dass ich mit Skepsis nicht weiterkam, und ich wollte alles glauben, was nötig war, um heil aus dieser Situation herauszukommen.

„Du wirst eine Reise machen.“

Die Worte, die klar und deutlich in der Stille zu vernehmen waren, ließen uns auffahren. Miranda starrte immer noch in die Schüssel mit Wasser. Sie sah blass und abgespannt aus. Als ich jedoch begriff, was sie gesagt hatte, entspannte ich mich wieder, ließ Roxys Hand los und tätschelte sie beschwichtigend.

„Ja, das stimmt. Ich habe dir ja gesagt, dass wir nach Deutschland fliegen.“

„Du wirst eine Reise machen, wie du sie noch nie unternommen hast.“

Meine Erleichterung wuchs und ich verspürte unwillkürlich den Drang zu lachen. Nach dem unheimlichen Vorspiel sollte ich also das übliche Wahrsagergeschwätz zu hören bekommen? Kein Problem! Da wollte ich mitspielen. „Stimmt auch, ich war noch nie in Europa."

„Du wirst über das Wasser reisen, gebettet in den Schoß der Göttin, geschützt und zugleich ungeschützt, in Gefahr und doch nicht in Gefahr."

„Äh … Okay." Ich überlegte, ob irgendwelche Bootsfahrten nötig waren, um nach Frankfurt zu gelangen, aber soweit ich mich erinnern konnte, war das nicht der Fall. Und was sollte das mit dem Schoß der Göttin bedeuten? Das klang nicht nach einer besonders vergnüglichen oder bequemen Art zu reisen – es sei denn, man verfügte dort über genug Beinfreiheit.

„Ein Sohn der Finsternis wird dir begegnen."

Mir fiel die Kinnlade herunter. Roxy saß kerzengerade neben mir und griff wieder nach meiner Hand. Ein Sohn der Finsternis? Sprach Miranda etwa von einem Dunklen? Von einem mährischen Vampir? Nein, das konnte nicht sein, sie glaubte ja selbst nicht mal an deren Existenz … oder etwa doch? Sie hatte eigentlich stets drum herumgeredet und nie gesagt, dass sie nicht existierten, sondern immer nur gemeint, wie gefährlich es war, mit der dunklen Seite herumzuspielen und so weiter. Sie konnte unmöglich gesagt haben, was ich zu hören glaubte, oder vielleicht doch? Ich schaute unauffällig zu Roxy hinüber. Sie sah mich hohläugig an und formte lautlos das Wort „Vampir" mit den Lippen.

„Der Sohn der Finsternis wird dein Schicksal in seinen Händen halten, aber du darfst dich nicht von seinen ruchlosen Reizen blenden lassen, denn am Ende dieses Weges liegt die ewige Nacht."

Also, das klang gar nicht gut!

„Äh …" Aus meiner Kehle drang nur ein gepresster Laut und ich räusperte mich, während ich nervös zu Davide schaute, der nicht aufhörte, mich anzustarren. „Wenn du ‚Sohn der Finsternis' sagst, was genau meinst du damit?"

„Seine Seele ist ein Quell der Verzweiflung. In seinem Inneren tobt ein heftiger Sturm, aber du darfst dich nicht dazu verleiten lassen, seine Seele zu retten, denn du kannst seinen Weg nicht gehen."

„Oh, mein Gott", flüsterte Roxy und ihre Fingernägel gruben sich in meinen Arm. „Oh, mein Gott, Joy, weißt du, was sie damit sagen will?"

Natürlich wusste ich, was Miranda damit sagen wollte. Ich würde binnen kürzester Zeit einem irren Axtmörder in die Arme laufen.

„Dieser Sohn der Finsternis, den du siehst", begann Roxy und lockerte ihren Griff, als ich versuchte, mein Handgelenk aus ihrer Umklammerung zu befreien. „Ist das der Mann, der Joys Seelenverwandter ist? Ist das der Mann, der ihr bestimmt ist?"

Du lieber Himmel, was für ein schrecklicher Gedanke! Ich sah vor mir, wie ich in einem sterilen Gefängnisraum stand und einen Mann mit komplett tätowiertem Schädel heiratete.

„Der Verzweifelte ist zwar ein Teil ihrer Zukunft, aber er steht am Rand, er hält sich abseits. Da ist noch ein Mann, ein Schatten, hinter dem Sohn der Finsternis."

Großartig! Gleich zwei Axtmörder! Ich würde also mit zwei gemeingefährlichen Irren in Bigamie leben. Ich Glückliche!

„Oh Schreck", sagte ich.

„Sei still! Sonst musst du gehen", schimpfte Roxy. „Ich versuche, die Sache für dich zu klären. Miranda, oder wer auch immer gerade durch dich spricht, könntest du bitte ein bisschen genauer sein, was diese beiden Männer angeht, die du siehst? Ich verstehe nicht, wie sie Joys Zukunft sein können und zugleich eine solche Bedrohung."

Miranda schüttelte langsam den Kopf und ließ ihren Blick durch das Zimmer wandern, als suchte sie etwas, das sie nicht finden konnte. Schließlich sah sie mich lange an und tastete nach dem Kristall, den sie an ihrer Halskette trug. „Ich kann nicht so viel sehen. Die Vision ist sehr undeutlich. Es könnte sein, dass der Sohn der Finsternis versucht, eine Illusion zu erzeugen, oder vielleicht wird das Bild durch den Schatten des zweiten Mannes getrübt. Das Einzige, was ich ganz klar sehe, ist die Gefahr, die Lebensgefahr, in der du in Anwesenheit dieses Sohnes der Finsternis schwebst. Du musst dir sehr gut überlegen, welchen Mann du wählst, denn wenn du die falsche Entscheidung triffst, bedeutet das ewige Verdammnis für deine Seele."

Unvermittelt kehrte Miranda zu uns zurück und bekam wieder Farbe im Gesicht. Ihren Blick spürte ich jedoch noch so intensiv auf meiner Haut, als hätte sie mich berührt. Sie blinzelte einige Male und schaute von Roxy zu mir. „Warum starrt ihr mich so an?"

„Ach, nur so", sagte ich mit erstickter Stimme. „Eigentlich völlig grundlos, wenn man mal von deiner Prophezeiung absieht, dass ich als seelenloses, gequältes Irgendwas ende, das sein Dasein in ewiger Nacht mit einem Untoten fristen wird."

Miranda sah Roxy an. „Das habe ich gesagt?"

Roxy nickte und ließ meine Hand langsam los. „Du hast dich allerdings nicht besonders klar ausgedrückt. Was du gesagt hast, war ziemlich vage. Ich habe nicht verstanden, ob der mährische Vampir der Richtige für Joy ist oder der Böse hinter ihm."

„Ganz egal. Es klang jedenfalls, als würde ich mit einem von beiden zusammenkommen, wahrscheinlich um als Zombiefrau bis in alle Ewigkeit auf der Suche nach einer Seele ziellos durch die Welt zu irren. Und das stand eigentlich nicht auf der Checkliste für meinen Traummann, oder?"

Miranda öffnete den Mund, klappte ihn dann jedoch wieder zu. Sie sah erschöpft aus, völlig erledigt, und plötzlich bekam ich ein schlechtes Gewissen, weil ich mich über etwas lustig machte, das sie sehr ernst nahm; besonders, da sie uns nur einen Gefallen tun wollte.

„Es tut mir leid, das sollte nicht so flapsig klingen. Ich will wirklich nicht, dass du denkst, ich würde das hier nicht ernst nehmen oder nur deine Zeit verschwenden. Ich sehe sehr wohl, dass dir dieses Ritual einiges abverlangt. Wir stehen beide tief in deiner Schuld."

„Du vor allem!", fuhr Roxy mich an und begann, die Kerzen rings um uns auszupusten. „Ich bin nicht so ein undankbares Ekel wie du! Ich habe Miranda dieses alte Kräuterbuch geschenkt, das ich auf dem Flohmarkt gefunden habe."

„Oh." Ich dachte kurz darüber nach, wie ich mich bei Miranda für ihre Bemühungen revanchieren konnte, ohne ihr Geld zu geben, denn das war für sie tabu. Ich schnippte mit den Fingern, als mir die zündende Idee kam. „Jetzt weiß ich was! Ich stelle mich ehrenamtlich für das nächste Frauen-Eso-Festival zur Verfügung. Ich könnte einen Stand machen und noch mal Runenorakel …"

„Göttin bewahre! Nein!"

Ich stutzte angesichts von Mirandas Ausbruch. Die rotbraunen Locken standen ihr zu Berge, als hätte sie sie gerade gerauft. Sie war offenbar ziemlich aufgewühlt, denn sie bekam feuchte Augen, als sie sich vorbeugte und meine Hände ergriff. Hinter ihr nickte Roxy scheinheilig, während sie Davide streichelte.

„Versprich mir … nein, *schwöre*, dass du nie wieder in der Öffentlichkeit Runendeutungen durchführst! Nie wieder!"

Ich sah sie verblüfft an. „Aber …"

„Schwöre es!"

„Miranda, das war doch alles nur Zufall. So was passiert nicht noch mal …"

*„Schwöre es!"*

„Ich bin nicht das kleinste bisschen übersinnlich veranlagt. Weißt du noch? Du hast mir mal gesagt, dass jeder Mensch gewisse übersinnliche Fähigkeiten hat, auch wenn sie so tief im Verborgenen schlummern, dass derjenige gar nichts davon weiß. Jeder – nur ich nicht. Das hast du selbst gesagt! Du sagtest, ich hätte nicht einmal einen Hauch von übersinnlichen Fähigkeiten, also kannst du mich und meine unschuldigen kleinen Runensteine auch nicht für die … die … Vorfälle verantwortlich machen!"

„Schwöre, dass du es nie wieder tust, sonst bitte ich die Göttin, dir ihren Schutz zu entziehen! Ohne ihren Segen wird dir nichts mehr gelingen, was du auch anpackst!"

Ich zog meine Hände fort. „Also, das finde ich nicht sehr nett von dir und ich könnte wetten, dass es deiner Göttin nicht gefällt, immer wieder bestellt und abbestellt zu werden. Abgesehen davon verstehe ich gar nicht, warum du dich so aufregst. Dieses Erdbeben hatte nichts mit mir zu tun. Es war nur ein sehr merkwürdiger Zufall, dass die Steine darauf hindeuteten, Lydia werde sich den Zorn Odins zuziehen, wenn sie weiterhin die Warnungen ignoriert."

„Du hast gesagt, Odins Zorn würde die Erde erzittern lassen, wenn Lydia die Warnungen nicht ernst nimmt", meldete Roxy sich zu Wort. Ich sah sie missbilligend an.

„Du bist mir keine große Hilfe, meine Liebe! Was ich Lydia gesagt habe, gehört zum Standardjargon der Runenkunde. Jeder sagt solche Dinge. Das steht so in den Büchern."

„Joy, du hast prophezeit, dass Lydias ganzes Leben ins Wanken gerät, wenn sie sich nicht ändert. Dass die gesamte nordkalifornische Küste erbeben wird, hast du allerdings nicht gesagt!“ Miranda sah mich grimmig an.

„Nun … Odin war sehr wütend. Wahrscheinlich ist sein ganzer Zorn einfach so aus ihm herausgeplatzt …“

„Und das Feuer? Was ist mit dem Feuer? Miranda, frag sie nach dem Feuer!“

Ich zog eine Augenbraue hoch, schaute schweigend aus dem Fenster und betrachtete die blauschwarzen Wolken, die sich vor die silbrige Mondsichel schoben. Es gab Momente, da hielt man am besten den Mund.

„Loreena“, sagte Roxy und stieß Miranda an. Ich schickte ihr mit meinen Augenbrauen eine lautlose Unterlassungsverfügung, die sie jedoch komplett ignorierte.

„Das habe ich nicht vergessen“, sagte Miranda langsam und schaute mir unverwandt in die Augen. „Das war deine erste Deutung, nicht wahr? Du hast vorausgesagt, dass Loreena Bronze reingewaschen und wiedergeboren würde und ebenso wie der Phoenix … aus der Asche aufsteigt.“

Ich wusste nicht, was ich sagen sollte. Ich schürzte die Lippen und spielte mit meinen Fingern. Es war tatsächlich ein seltsamer Zufall gewesen, dass ich in der Zukunft der Leiterin von Mirandas Hexenzirkel ein Feuer gesehen hatte. Dennoch … „Da hat es schon ganz andere Dinge gegeben“, erklärte ich schließlich.

Miranda streckte ihre Arme seitlich aus und atmete tief ein, um sich zu beruhigen, und beim Ausatmen legte sie ihre Handgelenke anmutig vor ihrer Brust übereinander. Roxy warf neben ihr ein Kissen auf den Boden und ließ sich darauf nieder. „Und dann wären da noch die starken Regenfälle an der Nordküste. Du erinnerst dich doch sicher noch an das nette Paar, dem du prophezeit hast, dass es eine lange Reise auf dem Wasser unternehmen wird?"

„Nun, das haben die beiden ja auch getan." Ich starrte auf meine Finger. Sie waren mit einem Mal unglaublich faszinierend für mich. Dass es so spannend sein konnte, seine Nagelhaut zu betrachten, war mir bis dahin gar nicht klar gewesen.

„Ihr Haus ist von der Klippe ins Meer gerutscht!"

„Das ist doch eine Reise auf dem Wasser! Aber wie könnt ihr meinem Runenorakel die Schuld an diesem Unwetter zuschieben ..."

„Joy, du hast an diesem Tag elf Deutungen durchgeführt und in zehn Fällen hast du schreckliche Ereignisse vorausgesehen, darunter vier Naturkatastrophen, die innerhalb von drei Wochen eintraten", sagte Miranda bestimmt. „Der Vorstand des Esoterischen Frauenfestivals hat dir verboten, jemals wieder unter seiner Flagge die Runen zu deuten. Die hätten dich komplett ausgeschlossen, wenn sie nicht wüssten, wie oft du in meinem Laden aushilfst."

„Und wie viel *du* jedes Jahr für das Festival spendest", brummelte ich verärgert.

„Ganz genau", entgegnete Miranda. „Also keine Runenorakel mehr! Es war vielleicht ein wenig voreilig von mir zu sagen, du hättest keine übersinnlichen Fähigkeiten. Eine scheinst du jedenfalls zu haben."

Ich schaute von meinen Händen auf und warf einen selbstgefälligen Blick in Roxys Richtung, um mich zu vergewissern, dass sie auch zuhörte. „Ach? Welche denn? Präkognition? Hellsichtigkeit? Die Fähigkeit, mit einem Satz auf hohe Gebäude springen zu können?"

Miranda ignorierte meinen Versuch, witzig zu sein. „Nein, ich glaube, du bist kataklysmatisch."

Hä? „Kataklysmatisch? Noch nie gehört."
„Was bedeutet das?", fragte Roxy.
Miranda schloss die Augen, inhalierte den Kräuterduft der Kerzen und malte ein Schutzsymbol in die Luft – in meine Richtung. „Das bedeutet, dass du bei deinen Runendeutungen die gefährliche und von dir nicht kontrollierbare Fähigkeit hast, kataklystische, also vernichtende Katastrophen heraufzubeschwören."
Roxy kicherte. Ich war fassungslos angesichts von Mirandas unerhörter und eindeutig falscher Behauptung. „Das hast du frei erfunden! Das Wort ‚kataklysmatisch' gibt es doch gar nicht, und selbst wenn es so etwas gäbe, träfe es auf mich nicht zu! Ich bin nur eine ganz normale Frau, die sich dir erkenntlich zeigen will, und ich nehme es dir wirklich übel, dass du mir so etwas Albernes anhängen willst!"
„Ach, ich weiß nicht ...", begann Roxy.
„Vorsicht!", warnte ich sie, aber sie grinste nur und fuhr fort. „Du hast einfach etwas an dir, das kataklystische Katastrophen anzieht. Ich glaube, Miranda hat absolut recht."
„Natürlich."
„Meine Damen!"
Wir hörten auf zu streiten und sahen unsere Gastgeberin an. Sie fuchtelte aufgeregt mit ihrer Beschwörungskerze herum. „Ich weiß ja nicht genau, was die Göttin dir offenbart hat, aber eines weiß ich ganz gewiss – du gehst viel zu leichtfertig mit diesem Geschenk um. Alles, was sie einem mitteilt, hat einen bestimmten Sinn und Zweck, und wenn du ihre Warnungen nicht ernst nimmst, wirst du leiden."
„Willst du uns Angst machen?", fragte ich.
„Wenn ja, dann macht sie ihre Sache sehr gut", murmelte Roxy leise. Da musste ich ihr allerdings zustimmen.
„Ja, das will ich, wenn ich dich so zur Vernunft bringen

kann. Die Göttin war nicht geneigt, mir anzuvertrauen, was sie in der Zukunft für dich sieht, aber ich spüre ganz deutlich, dass du dein Leben – ja, deine Seele – aufs Spiel setzt, wenn du so weitermachst wie bisher. Bitte beherzige die Worte der Göttin und mach keine Dummheiten!"

Es war weniger Mirandas Mahnung als vielmehr ihre ehrlich empfundene Angst, die mich noch lange beschäftigte. Ich spürte sie eine Stunde später immer noch, als wir uns über kurvenreiche Straßen der kleinen Stadt im Süden Oregons näherten, in der wir lebten.

„Wie willst du das denn jetzt machen?", fragte Roxy.

„Was meinst du?"

Sie warf mir einen kurzen Blick von der Seite zu, bevor sie in die Straße einbog, in der mein kleines Apartment lag. „Mit unserer Reise. Ich weiß, du hältst mich für eine Idiotin, weil ich meine zwei Wochen Europaurlaub damit verbringen will, Jagd auf mährische Vampire zu machen, aber ich hatte wirklich gehofft, dass du mich begleitest. Wir könnten jede Menge Spaß haben. Aber jetzt … Na ja, jetzt hast du wirklich einen guten Grund, stattdessen nach Paris zu fahren."

Ich zuckte mit den Schultern. „Weißt du, ich mag Miranda sehr. Sie ist ein sehr netter, großzügiger Mensch, aber ehrlich gesagt kann ich es nicht ausstehen, wenn mir jemand vorschreiben will, dass ich irgendetwas *nicht* tun soll. Umso entschlossener bin ich nämlich, es doch zu tun. Und dieser ganze Kram mit dem Sohn der Finsternis und dem Verlust der Seele – also, du musst zugeben, das klingt doch wirklich wie aus einem Buch. Aus einem schlechten noch dazu."

Roxy fuhr in die Einfahrt vor dem Haus. „Dann willst du also mitkommen und mir helfen, einen echten Vampir aufzuspüren?"

„Nein." Ich kletterte mühsam aus dem Wagen und schwor mir, erst wieder in diesen Flitzer zu steigen, wenn ich mindestens zehn Kilo abgenommen hatte. „Ich werde dir nicht helfen, ein imaginäres Wesen zu finden, das nur in der Welt der Fiktion existiert. Aber ich werde trotzdem mit dir in die Tschechische Republik fahren – allerdings nur, weil das Land historisch höchst interessant ist und du in Fremdsprachen eine absolute Niete bist. Ich könnte es mir nie verzeihen, wenn du in irgendeinem tschechischen Knast landest, weil du versehentlich einem Polizisten ein eindeutiges Angebot gemacht hast, statt ihn zu fragen, wo die nächste Toilette ist. Ich komme mit, aber erwarte nicht, dass ich bei diesem Vampir-Schwachsinn mitmache!"

Roxy grinste. „Dantes Schloss ist ganz in der Nähe der Stadt, in die ich fahren will. Du hast doch gesagt, du möchtest dir ein paar Schlösser in Europa angucken, und wenn wir uns lange genug in dem von Dante herumtreiben, bekommen wir ihn vielleicht sogar zu sehen. Ich nehme alle meine Bücher mit, für den Fall, dass wir ihm über den Weg laufen."

„Der Arme!", sagte ich und schüttelte den Kopf, während ich meine Tasche vom Rücksitz nahm.

„Warum ist er arm?"

„Als er anfing, Bücher zu schreiben, hat er bestimmt nicht daran gedacht, dass er einmal von Horden wahnsinniger Frauen verfolgt wird, die unbedingt ein Autogramm von ihm haben wollen." Roxy protestierte empört, aber ich grinste nur und schloss rasch die Wagentür.

Ich winkte ihr noch einmal zu und stapfte die Treppe zu meiner Dachwohnung hoch. Und obwohl ich fest entschlossen war, mich von den Ereignissen des Abends nicht kirre machen zu lassen, beschlich mich ein ungutes Gefühl.

An Mirandas Prophezeiung war nichts dran, nicht das Geringste, sagte ich mir. Zumindest nichts, was eine normale, bodenständige Frau von durchschnittlicher Intelligenz als real anerkennen würde.

Aber warum hatte ich dann das Gefühl, ganz langsam und unaufhaltsam in einen schwarzen Abgrund gezogen zu werden, aus dem es kein Entrinnen gab?

# 3

„Welche Sehenswürdigkeiten rund um Blansko können Sie uns denn empfehlen?"

„Oh, es gibt viele tolle touristische Ausflugsziele", entgegnete der groß gewachsene Mann, der uns im Zug von Brno nach Norden gegenübersaß, und rückte seine Brille zurecht. „Da ist natürlich der Mährische Karst mit seinen Höhlen: Die Katharinahöhle, die Sloup-Šošůvské-Höhlen und die Balcarka-Höhle sind die bekannteren von ihnen. Und die Macocha-Schlucht sollte man sich nicht entgehen lassen. Sie ist 138 Meter tief, wissen Sie?"

Das wusste ich natürlich nicht. Genau aus diesem Grund versuchte ich ja auch, diesem Mann, einem ehemaligen tschechischen Staatsbürger, der zur Hochzeit seines Bruders in die Heimat zurückgekehrt und des Englischen mächtig war, Informationen über die Region zu entlocken.

Roxy sah von ihrem *Book-of-Secrets*-Roman auf, den ich vor der Reise selbst noch einmal heimlich gelesen hatte – heimlich, weil ich nicht wollte, dass Roxy auf die Idee kam, ich würde das fiktionale Werk ebenso wie sie für einen Reiseführer halten. „Eine Schlucht? Da gibt es eine Schlucht? Ist sie finster und geheimnisvoll und unendlich tief? Und sind da unten vielleicht Dinge verborgen, von denen wir nie erfahren werden, weil bisher noch nie einer von dort wiedergekommen ist?"

„Ignorieren Sie sie einfach", sagte ich zu dem Mann und seiner Begleiterin. „Sie liest keine Reiseführer, sie lässt sich lieber überraschen." Ich nahm mein Buch über die Region zur Hand und blätterte darin, bis ich die Schlucht fand.

„Die Macocha-Schlucht ist eine berühmte geologische Formation", erklärte ich Roxy, „und wie man auf dem Bild sieht, ist sie kein bisschen finster und geheimnisvoll. Es gibt einen Pfad, auf dem man hinunterwandern kann bis zur Punkva-Höhle."

„Oh", sagte Roxy enttäuscht. Sie schaute aus dem Fenster und betrachtete die waldreiche Landschaft, die immer bergiger wurde, je weiter wir Richtung Blansko ins mittelmährische Hügelland vordrangen. Weil ich vorher in die Karte geschaut hatte, wusste ich, dass das Drahaner Schloss in der Nähe von Blansko irgendwo in den mährischen Wäldern versteckt war.

„Höhlen sind cool, aber was hatten Sie gerade noch erwähnt?", fragte ich. Der Mann sah mich verwirrt an.

„Ich glaube, sie will wissen, was ein Karst ist, Martin."

Ich nickte Martins Frau zu, einer lebhaften blonden Amerikanerin namens Holly. „Ja, genau! Ich habe keine Ahnung, was ein Karst ist."

„Ah", machte Martin lächelnd und rieb sich die Hände. Wie sich herausstellte, hatte ich genau den Richtigen gefragt, denn Martin war Geophysiker, und er erzählte mir mehr über die Schluchten, Klüfte und über vierhundert kleinen und großen Höhlen in dieser Region, als ich eigentlich wissen wollte. Selbst Roxy hörte auf zu lesen und lauschte aufmerksam, als er einige der spektakulärsten Höhlen beschrieb, durch die unterirdische Flüsse führten. Ich suchte in meinem Reiseführer nach Informationen über die Höhlen, die für Besucher geöffnet waren.

„Interessant." Ich versuchte lächelnd, den Informationsfluss über die biochemische Zusammensetzung von Kalkstein und ihre Auswirkungen auf den Grundwasserspiegel zu stoppen.

„Was ist mit dem Schloss?“, wollte Roxy wissen.

„Ach ja, das Schloss. Drahany heißt es. Sehr beeindruckend, aber leider nicht öffentlich zugänglich, denn es ist in Privatbesitz. Doch die Gärten sind sehr hübsch und das ganze Jahr geöffnet. Die sollten Sie sich ansehen, denn die Skulpturen darin sind von Schweigl.“

Ich riss beeindruckt die Augen auf – nach dem Motto: „Nein! Sagen Sie bloß! Von Schweigl?“ – und hoffte, dass unsere unerschöpfliche Informationsquelle sich nicht auch noch über die chemische Zusammensetzung des Erdreichs in den mit Schweigl-Skulpturen geschmückten Gärten ausließ.

„Das Schloss selbst ist natürlich aus Kalkstein.“

„Natürlich“, sagte ich rasch und ging zur nächsten Frage über, bevor Martin zu diesem Thema ausholen konnte. „Meine Freundin interessiert sich für die Folklore dieser Region, die sehr reich an altem Brauchtum und volkstümlichen Überlieferungen sein soll.“

„Ja, das ist sie allerdings“, antwortete Holly für Martin. „Sehr reich. Sie müssen wissen, dass Mähren jahrhundertelang ein eigenständiges Reich war und eine faszinierende Geschichte hat. Viele Elemente des Volksglaubens haben ihren Ursprung in finsteren Zeiten.“

Sie musste die Blicke bemerkt haben, die Roxy und ich wechselten, denn sie lachte und erklärte: „Ich habe einen Magister in Osteuropäischer Geschichte. So habe ich Martin kennengelernt – ich studierte an der Universität von Ostrava, als er seinen Abschluss in Metallurgie gemacht hat. Diese Region ist eine wahre Fundgrube für folkloristisch Interessierte. Hier gibt es alles, von alten Rittersagen bis hin zu den klassischen Märchen mit Prinzessinnen und verwunschenen Prinzen."

„Faszinierend", sagte Roxy und beugte sich vor. „Darüber wüsste ich gern mehr. Das mit dem Ursprung in finsteren Zeiten klingt ja spannend – meinen Sie Horrorgeschichten? Von Hexenverbrennungen und so weiter?"

„Oh nein, da muss man noch weiter zurückgehen", sagte Holly lachend. „Angeblich – aber das ist nur ein alter Volksglaube – steht diese Region gleich hinter Transsilvanien an zweiter Stelle, was übernatürliche Wesen angeht. Vampire und Totenbeschwörer, Geheimbünde, die Blutopfer darbringen, Gestaltwandler, verfluchte Familien, jahrhundertealte Fehden zwischen Familien mit scheinbar diabolischen Kräften und so weiter."

„Blödsinn", schnaubte Martin und zog eine Prager Zeitung aus der Tasche. „Ich bin dreißig Kilometer weiter aufgewachsen und diese Geschichten wurden doch nur erzählt, damit kleine Kinder nicht allein im Dunklen durch den Wald laufen."

„Ja, natürlich, alles Blödsinn." Ich strahlte die beiden an und zwickte Roxy in den Arm, um zu verhindern, dass sie etwas anderes sagte. Sie sah mich wütend an und rieb sich die schmerzende Stelle, hielt aber den Mund, während ich das Gespräch auf weniger interessante Themen lenkte.

Eine Stunde später erreichten wir unser Ziel, das „lebendige Marktstädtchen Blansko", wie der Reiseführer es nannte. Ich sah mich neugierig um.

„So lebendig ist es nun auch wieder nicht", bemerkte Roxy missmutig, warf sich den Tragegurt ihrer Reisetasche über die Schulter und griff nach den anderen beiden Taschen. „Hier ist ja so gut wie gar nichts los! Es gibt nicht mal einen Gepäckträger oder sonst irgendjemand, den man bestechen könnte, damit er unser Zeug schleppt. Wo sind wir hier nur gelandet?"

„Du hast es so gewollt, meine Liebe, also hör auf zu jammern! Wenn du nicht darauf beharrt hättest, drei Taschen mitzunehmen, bräuchtest du jetzt niemanden, der dir deinen Krempel hinterherträgt."

Glücklicherweise gab es ein Taxi in dem Städtchen, doch das war gerade mit jemand anderem unterwegs. Ich sprach ein paar Minuten mit dem Bahnhofsvorsteher, so gut es mein Highschool-Deutsch erlaubte, dann ging ich wieder zu Roxy, die am Taxistand auf ihrem Gepäckberg saß. Sie stand auf, um sich die Plakate an der Bahnhofsmauer anzusehen: Kneipenkonzerte örtlicher Bands, Gebäudereinigungsfirmen, Führungen durch die diversen Höhlen und so weiter.

„Honza, der Bahnhofsvorsteher, hat gesagt, das Taxi ist in fünfzehn Minuten wieder da. Wenn wir hier warten und uns eng aneinanderkuscheln, dann brauchen wir das Gepäck nicht den ganzen Berg hochzuschleppen. Brrr, ziemlich kalt hier draußen, nicht …"

„*Oh mein Gott!* Joy, komm her!"

„Was ist?"

Roxy hüpfte aufgeregt auf der Stelle und winkte mich zu sich. Ihr Atem bildete weiße Wölkchen vor ihrem Mund. „Das wirst du nicht glauben! Guck doch mal! Komm her und lies das hier und sag mir, dass Miranda das nicht vorausgesehen hat!"

„Was ist denn?", fragte ich wieder und näherte mich misstrauisch einem großen schwarz-roten Plakat. „Es hat doch wohl nichts mit irren Axtmördern zu tun, oder?"

„Jetzt komm schon und lies das! Ach, wie herrlich! Da werden wir was erleben!" Sie drehte sich vor Begeisterung im Kreis, dass die Fransen an ihrer Jacke nur so flogen.

„Ich wusste es, ich wusste es!“, sang sie vor sich hin. Ich schaute mich verstohlen um und hoffte, dass uns niemand zusah. Ich war bereit, mich sofort von Roxy zu distanzieren, wenn sie sich mitten in einem fremden Land weiter wie eine Idiotin aufführte.

„Lies das!“, schrie sie wieder und zeigte auf das Plakat.

„Nur, wenn du mit diesem Theater aufhörst!“

„Lies es endlich!“

Ich begann zu lesen. Das Plakat war auf Englisch, Deutsch und Französisch. GROSSER GOTHIC-MARKT! stand dort in fetten roten Buchstaben. ERGRÜNDEN SIE IHRE DUNKLE SEITE! ENTDECKEN SIE DUNKLE LEIDENSCHAFTEN UND NOCH DUNKLERE SÜNDEN! GEBEN SIE SICH IHREN GEHEIMSTEN GRUSELFANTASIEN HIN UND TAUCHEN SIE EIN IN DIE WELT DES MAKABREN, BIZARREN UND DER EWIGEN FINSTERNIS. TICKETS AUCH IM VORVERKAUF. BEGINN 24. OKTOBER.

„Klingt nach einer Art Jahrmarkt, wie so ein mittelalterlicher Markt, nur für die Gothic-Szene. Was ist daran so toll? Da willst du doch wohl nicht hingehen, oder?“

„Lies mal ganz unten!“, rief Roxy ausgelassen und tanzte um unser Gepäck herum. „Lies mal ganz unten, ganz unten!“

„Du gehörst echt in Behandlung!“, murmelte ich, bevor ich mich vorbeugte und das Kleingedruckte las.

ZUM ABSCHLUSS DES GOTHIC-MARKTS FINDET AM 31. OKTOBER DAS GROSSE HALLOWEEN-VAMPIR-FESTIVAL AUF SCHLOSS DRAHANY BEI BLANSKO STATT. TICKETS ERHÄLTLICH BEI …

„Grundgütiger!“ Das hatte mir gerade noch gefehlt – eine große Party zur Feier eines fiktiven Vampirkults. Es genügte offenbar noch nicht, dass Roxy vorhatte, jeden Abend Jagd auf Vampire zu machen, die möglicherweise auf ihren Beutezügen durch den Ort streiften – nein, jetzt würde sie mich auch noch auf einen Gruselmarkt und ein Fest mit pickeligen Teenagern schleppen, die alle auf dem Grufti-Trip waren. „Nein, nein, nein", stöhnte ich.

„Ja, ja, ja", jubilierte Roxy und hüpfte vor mir her. „Siehst du? Glaubst du jetzt an Mirandas Fähigkeiten? Sie hat gesagt, du würdest einem Vampir begegnen, und jetzt sieh dir das an! Es wird einen ganzen Markt geben, der voll von ihnen ist – ganz zu schweigen von denen, die wir auf dem Festival treffen!"

„Mensch, um Himmels willen, Rox, es gibt keine Vampire!"

Meine Worte stießen auf taube Ohren, aber bevor ich Roxy Vernunft einprügeln konnte, hielt ein kleiner ramponierter blauer Peugeot mit quietschenden Reifen vor uns an, der aussah, als hätte er schon mehrere Kriege hinter sich. Ich packte Roxy am Arm und schob sie zum Auto. „Das Taxi ist da! Lad die Taschen ein, während ich dem Fahrer sage, in welches Hotel wir wollen. Und hör in Gottes Namen auf, so herumzutanzen! Willst du, dass die hier glauben, die Amerikaner wären alle geistesgestört?"

Das Hotel Dukla war nicht weit vom Bahnhof entfernt, aber es lag ganz oben auf einem steilen Berg am Stadtrand. Eine halbe Stunde nach unserer Ankunft in Blansko hatten wir bereits eingecheckt, unser Gepäck über drei steile Treppen mit ausgetretenen Stufen auf unsere Dachzimmer geschleppt und unsere zerknitterte Reisekleidung gegen etwas Ordentlicheres ausgetauscht. Roxy war zuerst im Gemeinschaftsbad und ich musste warten, bis sie fertig war, bevor ich mich waschen konnte.

„Bis gleich, unten in der Schänke!“, rief sie mir ein paar Minuten später zu und eilte die Treppe hinunter. Ich verzog das Gesicht, als ich hörte, wie unvorsichtig sie über die krummen Stufen polterte, und hoffte, dass sie sich nicht das Genick brach. Rasch brachte ich mich in einen präsentablen Zustand, um der einheimischen Bevölkerung gegenüberzutreten. Ich wollte aussehen wie Audrey Hepburn: kultiviert, elegant und makellos. Ich packte vorsichtig mein langes schwarzes Samtkleid aus, das mich schlank machte, steckte meine mattbraunen Haare hoch, die eine Friseurin einmal freundlicherweise als kastanienbraun bezeichnet hatte, und legte etwas Parfüm auf.

„Ziemlich weit weg von Audrey Hepburn.“ Ich rümpfte die Nase, als ich mich in dem kleinen Spiegel betrachtete, der über einer Eichenkommode hing. „Aber das muss reichen!“

Ich weiß gar nicht, wie ich mir die Gäste der Hotelschänke – laut dem stolzen Hotelbesitzer die beliebteste Kneipe der Stadt – eigentlich vorgestellt hatte, aber was ich vorfand, entsprach auf keinen Fall meinen Erwartungen. Ich hatte an jede Menge Leute mit Tweedhüten und Dirndln und so weiter gedacht, doch in dem niedrigen Raum mit der dunklen Holzdecke war nicht viel los. Die wenigen Leute, die sich dort aufhielten, trugen meist Jeans und Pullover und es war weit und breit kein Dirndl zu sehen. Auf der gegenüberliegenden Seite des Raums lag hinter zwei großen Fenstern, die vom Boden bis zur Decke reichten, ein Balkon mit Ausblick auf eine Wiese und die dahinter aufragenden Berge. Durch die Wipfel der Bäume draußen konnte ich einen Turm des Drahaner Schlosses erkennen. Der Himmel wurde allmählich indigoblau, was sehr gut mit der violetten Färbung der Berge hinter der Stadt harmonierte. Die verschiedenen Blau-,

Schwarz- und Violetttöne erzeugten eine Stimmung, die mich tief im Inneren berührte. Doch bevor ich ans Fenster treten konnte, um die Landschaft zu betrachten, wurde ich lautstark begrüßt.

Roxy rief mich an einen langen Tisch, der zu meiner Linken an der Wand stand. Sie saß in der Tischmitte zwischen zwei Frauen. Zumindest glaubte ich, dass es Frauen waren – es hätten auch Transvestiten sein können. Das war schwer zu sagen, denn sie hatten jede Menge Make-up im Gesicht, schwarzen Kajal um die Augen und trugen knallroten Lippenstift, der ihre Münder auf scharfkantige gerade Schlitze reduzierte. Dazu waren sie gleich gekleidet: schwarze Vinylkorsetts über roten Chiffonblusen. Ihre Beine waren zwar unter dem dicken, blank geschrubbten Holztisch verborgen, aber ich vermutete, dass sie spitze schwarze Lederstiefel mit hohen Absätzen und ganz kurze Miniröcke mit Strapsen trugen, was so viele junge Frauen für sexy hielten.

„Verdammt, jetzt hat sie tatsächlich ein paar Gruftis aufgegabelt!", fluchte ich vor mich hin und schaute mich Hilfe suchend im Raum um, aber es gab kein Entrinnen, und so setzte ich ein freundliches Lächeln auf und ging zwischen den Tischen und Stühlen hindurch auf Roxy zu, die mir eifrig winkte.

„Da bist du ja! Ich dachte schon, du kommst nicht mehr. Joy, das hier sind Arielle und Tanya. Sie sind beide Hexen."

Mein Lächeln entglitt mir ein bisschen, als ich Tanya, die mir am nächsten saß, höflich begrüßen wollte. Sie betrachtete jedoch meine Hand, die ich ihr reichte, als befürchtete sie, ich könnte Lepra haben, sah mich sauertöpfisch an und stufte mich als ihrer Aufmerksamkeit unwürdig ein. Gruftis, die größten Wichtigtuer der Unterwelt! Was wären wir ohne sie?

„Also, eigentlich gehe ich noch bei Tanya in die Lehre“, sagte die Frau, die Arielle hieß, stand auf und beugte sich über den Tisch, um mir die Hand zu schütteln. Sie hatte einen leichten slawischen Akzent, gemischt mit einem starken französischen. Ihre freundlichen blassblauen Augen bildeten einen hübschen Kontrast zu dem feindseligen Blick ihrer Begleiterin. „Ich bin noch keine Hexe, aber ich hoffe, dass ich in ein paar Jahren ebenso viel Macht besitze wie meine Schwester.“

„Deine Schwester?“, fragte ich und setzte mich Roxy gegenüber auf den freien Stuhl.

„Sie sind Schwestern“, erklärte Roxy eilfertig und lächelte Tanya an, die ihr jedoch keine Beachtung schenkte. Die Frau ließ ihren Blick durch den Raum schweifen und schaute immer wieder zu den Fenstern und zur Tür. „Ich habe dir ein Bier bestellt. Es ist ein dunkles, ich hoffe, das macht dir nichts aus. Etwas anderes trinken die hier anscheinend nicht.“

Roxy schob einen großen Krug über den Tisch. Die Tschechen mussten Blasen aus Stahl haben, dachte ich, wenn sie es schafften, sich regelmäßig solche Mengen einzuverleiben.

„Du glaubst nicht, wo Tanya und Arielle arbeiten! Auf dem Gothic-Markt! Ist das nicht super!? Arielle hat gesagt, da gibt es alle möglichen Attraktionen: Wahrsager, die einem aus der Hand lesen oder Tarotkarten legen, ein Medium, einen Zauberer und jede Menge Vampire.“

Ich verschluckte mich an dem dunkelbraunen Bier, von dem ich in dem Moment einen vorsichtigen Schluck getrunken hatte, konnte aber gerade noch verhindern, dass es mir in die Nase stieg.

„Wie bitte?“, fragte ich und leckte mir den Schaum von der Oberlippe.

„Vampire!“, sagte Roxy begeistert. „Jede Menge! Ist das nicht aufregend?“

„Jede Menge“, wiederholte ich und schaute von Roxy zu Tanya, dann zu Arielle. „Wie viele denn genau?“

Ich war zwar neugierig auf die angeblichen Vampire auf dem Markt, aber eigentlich überraschte es mich nicht, dass sie sich dort herumtrieben. Eine Freundin von mir hatte einmal einen kurzen Flirt mit der Gothic-Szene von San Francisco und sie erzählte mir, dass Vampirimitatoren gerade schwer angesagt waren. Manche von ihnen fuhren das volle Programm und ließen sich die Eckzähne künstlich verlängern, tranken Tierblut, das sie sich im Schlachthaus besorgten (was offenbar öfter vorkam, als ich mir vorstellen wollte), und lebten generell wie echte Vampire, nur ohne untot zu sein.

„Dominic und Milos, die Organisatoren des Gothic-Markts, sind *Vampire*“, antwortete Tanya mit rauer Stimme und starkem Akzent. Sie sprach das Wort „Vampire“ so affektiert aus, dass mir, wie immer, wenn ich so etwas hörte, die Zähne wehtaten.

„Tatsächlich? Ist ja interessant“, sagte ich heiter. „Die beiden scheinen ja sehr geschäftstüchtig zu sein. Ich dachte eigentlich, Vampire müssten kein Geld verdienen, aber vermutlich sind die Preise für schwarze Umhänge und Zahnkronen gestiegen.“

Tanya durchbohrte mich mit einem Blick aus ihren schwarz umrandeten Augen, der wesentlich mehr Eindruck auf mich gemacht hätte, wenn ihre Pupillen nicht stark erweitert gewesen wären. Drogen, keine Frage, dachte ich. Mir war zu Ohren gekommen, dass halluzinogene Mittel bei Gruftis besonders beliebt waren, da sie damit ihre Empfänglichkeit für Visionen zu verbessern glaubten. Aber sicher doch …

„Wir sind insgesamt fast zwanzig auf dem Markt“, sagte Arielle rasch. „Wir reisen durch ganz Europa. Dominic teilt den Gewinn unter uns auf und behält nichts für sich und Milos ein."

„Aha." Ich nickte und damit war das Thema für mich beendet. Ich verspürte eine gewisse Anspannung, die ich darauf zurückführte, dass ich in einem fremden Land mit ein paar extrem merkwürdigen Leuten an einem Tisch saß. Ich schaute wieder aus dem Fenster und mein Blick wurde von den dunklen Bergen angezogen, deren Konturen allmählich mit dem Abendhimmel verschmolzen. Irgendwie fühlte ich mich komisch, aber ich wusste nicht, warum. Nachdem wir bereits eine Woche in Frankfurt gewesen waren, hatten Roxy und ich uns längst an den Zeitunterschied gewöhnt, also konnte es daran nicht liegen …

Roxy schaute auf ihre Uhr und fragte Arielle, wann der Markt begann.

„Eine Stunde nach Sonnenuntergang", entgegnete sie mit einem zaghaften Lächeln. Sie war wirklich süß. Es war einfach zu schade, dass jemand sie dazu überredet hatte, sich die Haare so langweilig schwarz zu färben und sich mit viel zu viel Schminke zu verunstalten. Ich schätzte sie auf ungefähr siebzehn und hoffte, dass es nur eine Phase war, die sie schnell hinter sich lassen würde.

„Gut, dann gehen wir gleich nach dem Essen hin, nicht wahr, Joyful?"

Mein Unbehagen wuchs. Ich schaute wieder hinaus zu den Bergen. Was wollten sie mir nur sagen? „Hmm? Klar, wenn du willst. Wir können uns den ganzen Hokuspokus ja mal ansehen. Wir lassen uns aus der Hand lesen, schauen uns die Zaubershow an und jagen ein, zwei Vampiren einen Holzpflock ins Herz."

„Joy!"

Tanya riss die Augen auf und blähte die Nasenflügel, was

mich sehr an ein Pferd erinnerte, aber das behielt ich lieber für mich. Ihre Fingernägel waren lang und spitz und schwarz lackiert. Es war gut möglich, dass sie die Spitzen in Gift getaucht hatte.

„Sorry!“ Ich setzte als Friedensangebot ein Zahnpastalächeln auf, das Tanya jedoch nur mit einem ungehaltenen Schnauben quittierte. Erneut wanderte ihr Blick zur Tür.

Ich beschloss, es bei Arielle zu versuchen. „Wolltet ihr nur etwas trinken, bevor der Markt aufmacht, oder habt ihr Lust, etwas mit uns zu essen? Der Hotelchef hat gesagt, der Kneipenfraß hier ist ziemlich gut.“

„Kneipenfraß?“ Arielle blickte verständnislos drein.

„Das Essen, das hier serviert wird“, erklärte Roxy rasch und sah mich warnend an. „Ihr könnt euch uns gerne anschließen. Uns interessiert sehr, was ihr über den Markt zu erzählen habt, und natürlich, wie es ist, mit zwei Vampiren zusammenzuarbeiten.“

Ich verdrehte unwillkürlich die Augen.

„Wir haben schon zu Abend gegessen“, sagte Arielle rasch und sah nervös zu ihrer Schwester. „Wir warten hier nur auf die Männer. Wir treffen uns immer an einem öffentlichen Ort, bevor es losgeht. Dominic sagt, das macht Eindruck auf die Leute und dann werden sie neugierig auf den Markt.“

„Vermutlich dient es aber auch der Vorauswahl.“ Auf Arielles verdutzten Blick hin erklärte ich: „Du weißt schon, dann haben sie einen guten Überblick über den örtlichen Bestand an Blutspendern.“

Arielle lachte gequält und schaute wieder besorgt zu Tanya hin. Roxy lächelte sie unaufhörlich an und hielt nur kurz inne, um mir erneut einen warnenden Blick zuzuwerfen, den ich jedoch ignorierte. Dann plauderte sie begeistert mit Arielle über die Attraktionen des Marktes, über ihren Job (sie legte Tarotkarten) und darüber, wie schön es war, Europa zu bereisen, während ich die ganze Zeit zappelig und nervös dasaß. Das merkwürdige Gefühl, dass etwas Unheilvolles auf mich zukam, wurde immer stärker. Plötzlich sah ich vor mir, wie eine schattenhafte Gestalt durch den Wald pirschte, und nahm den Geruch von Kiefern so intensiv wahr, dass es mich in der Nase kitzelte. Ich blinzelte, um das Bild zu vertreiben, rieb mir den Nacken und versuchte, mich auf Arielle zu konzentrieren.

„... war sehr schön, aber kaum waren wir dort angekommen, gab es einen grausigen Mord im Nachbarort und die Heidelberger Polizei sperrte einen Tag lang sämtliche Straßen."

„Oh, ein Mord", raunte Roxy. „Wie aufregend! Hat euch die Polizei in die Mangel genommen?"

Mit einem Mal ergriff mich eine düstere Vorahnung, die so intensiv war, dass mir fast die Luft wegblieb. Ich sah mich um und versuchte festzustellen, ob mich jemand beobachtete – vielleicht löste das diese Beklemmung bei mir aus –, aber niemand schaute in unsere Richtung. Womöglich war ich einfach nur müde von der langen Zugfahrt.

„In die Mangel genommen? Na ja, sie wollten wissen, ob wir die Ermordete vorher schon mal gesehen haben." Arielles Stimme wurde immer leiser und sie spielte verlegen mit ihrem Bierglas herum.

„Und kanntet ihr sie?", fragte Roxy gespannt.

Arielle schluckte und hielt ihren Blick gesenkt. „Ja, sie war ein paar Tage zuvor auf dem Markt gewesen", sagte sie, ohne aufzusehen. „Ich hatte ihr die Karten gelegt."

„In der Woche sind wahnsinnig viele Leute auf den Markt gekommen, Arielle", erklärte Tanya schroff. „Ich habe dir doch schon gesagt, dass du dich nicht schuldig fühlen musst!"

„Aber ich habe die Gefahr nicht vorausgesehen“, begann Arielle zu wimmern und in ihren blassblauen Augen standen plötzlich Tränen. „Ich habe es nicht erkannt. Ich habe gar nichts gesehen und ließ sie ohne jede Warnung gehen!“

Tanya beugte sich vor und Roxy drückte sich gegen die Lehne ihres Holzstuhls, um ihr Platz zu machen. „Du … hast … nichts … Unrechtes … getan!“ Die Worte klangen wie Peitschenhiebe und lenkten mich für einen Augenblick von dem bedrohlichen Gefühl ab, von Finsternis umhüllt zu werden.

„Ich weiß, das hast du schon oft gesagt, aber ich hätte es kommen sehen müssen …“ Arielle nahm ihre Serviette und trocknete ihre Tränen.

Tanya schnauzte ein paar Sätze in einer Sprache, die ich nicht verstand. Was immer sie gesagt hatte, es zeigte Wirkung: Arielle nickte, murmelte eine Entschuldigung und fasste sich wieder. Roxy begann sofort, sie zu trösten, legte einen Arm um die junge Frau und tätschelte ihr beschwichtigend die Schulter.

„Man lernt wirklich nicht jeden Tag jemanden kennen, der einem Mordopfer die Tarotkarten gelegt hat!“, bemerkte ich heiter, erntete für meine Bemühungen jedoch wieder nur giftige Blicke von Roxy und Tanya.

„Es war ja nicht nur die eine“, sagte Arielle und putzte sich die Nase. „In Le Havre wurde eine Frau ermordet, kurz nachdem wir abgereist waren, und vor drei Monaten eine in Bordeaux – weißt du noch, Tanya? Sie hatte in der Woche davor einen Liebestrank bei dir gekauft. Wir haben ihr Foto in der Zeitung gesehen. Sie war das letzte Opfer, doch dann kam Heidelberg.“

Der Raum versank in einem grauen Strudel und ich sah plötzlich erstaunlich klar das Bild eines Mannes vor mir. Er war schwarz gekleidet, seine Gesichtszüge blieben im Dunklen, während er mit langen, energischen Schritten durch einen finsteren Wald wanderte. Der Wind pfiff ihm um die Ohren und er wurde von einem inneren Drang angetrieben, den ich nicht richtig einzuordnen wusste. Es zog mich zu ihm hin, dann wurden wir eins, bis ich sogar spürte, wie das Blut durch seine Adern strömte und sein Atem durch seine Lippen entwich. Er marschierte mit einer Arroganz auf die Stadt zu, die von einem jahrhundertelangen Dasein zeugte. Ich sah mit seinen Augen die Lichter der Stadt hinter den Kiefern aufblitzen, und als sich sein Atem beschleunigte und er die Luft tief einsog, um die Gerüche der Stadt einzufangen, atmete auch ich schneller. Die Bilder strömten von seinem Kopf in meinen. Er dachte an Menschen, an warme, lebendige Menschen, von deren Blut eine Verlockung ausging, dem er nicht widerstehen konnte. Er sprang über einen Entwässerungsgraben und erklomm behände und kraftvoll einen Hügel am Stadtrand. Seine Muskeln und Sehnen bewegten sich anmutig und effizient. Der Geruch von Blut stieg uns immer deutlicher in die Nase und ließ uns das Wasser im Mund zusammenlaufen. Ich wusste aus unserer Erinnerung, welch herrliches Gefühl es war, wenn das Blut warm und süß unsere Kehle hinunterrann …

*„Joy!“*

Ich schreckte auf und die furchtbaren Gefühle verschwanden. Aber jetzt war mir übel und ich zitterte und musste mich am Tisch festhalten, denn es drehte sich alles. Das Gefühl ähnelte dem ein paar Wochen zuvor bei Miranda, nur hundertmal stärker, tausendmal furchtbarer. Diesmal hatte ich den Mann nicht nur gesehen, ich war mit ihm verschmolzen, war ein Teil von ihm geworden und hatte ihn auf der Jagd begleitet. Ich war völlig durcheinander. Unzählige Fragen schossen mir durch den Kopf, vermischt mit Mirandas Warnungen. Doch aus dem ganzen Chaos kristallisierte sich schließlich eine Frage heraus, die sich ständig wiederholte, bis ich an nichts anderes mehr denken konnte.

*Was zum Teufel war mit mir los?*

# 4

„Alles in Ordnung? Du siehst aus, als wärst du ganz woanders, und du atmest so komisch. Ist es dein Asthma? Soll ich dir deinen Inhalator holen?" Roxy klang furchtbar besorgt.

Ich schüttelte den Kopf, um die Schatten der … Vision – anders konnte man es nicht nennen – zu vertreiben, und schob mit zittrigen Händen mein Bier zur Seite. Mir war immer noch übel und schwindelig, aber allmählich wurde es besser. „Nein, nein, mir geht es gut. Tut mir leid. Ich war irgendwie geistig weggetreten. Wahrscheinlich vertrage ich keinen Alkohol mehr."

Roxy bedachte mich mit einem komischen Blick, halb besorgt, halb verärgert, sagte aber nichts mehr dazu. Sie redete weiter mit Arielle, während ich mich zusammenriss und versuchte dahinterzukommen, welche Streiche mein Verstand mir spielte. Es musste an dem Bier liegen – so etwas Unheimliches hatte ich noch nie zuvor erlebt. Nicht einmal bei dem vermaledeiten Runenorakel beim Frauen-Eso-Festival hatte ich das Gefühl gehabt, die Marionette einer Macht zu sein, die ich nicht verstand – und an die ich vor allem überhaupt nicht glaubte. Entweder handelte es sich um irgendeine merkwürdige Reaktion meines Körpers auf das Bier oder ich war auf dem besten Weg, verrückt zu werden. Vielleicht war das ja tatsächlich der Fall und ich drehte wirklich ab. Diese Vorstellung gefiel mir fast besser als der Gedanke, dass ich tatsächlich eine Vision gehabt hatte. Ich leckte mir über die trockenen Lippen und merkte, dass ich immer noch den metallischen Geschmack von Blut auf der Zunge hatte.

„Was meintest du damit – ‚das letzte Opfer'?", platzte ich unvermittelt heraus. Alle drei Frauen starrten mich an. Arielle hatte irgendetwas gesagt, das mir plötzlich sehr wichtig zu sein schien. „Du hast von mehreren Frauen gesprochen, die auf eurem Markt waren und hinterher getötet wurden, und von einer hast du gesagt, sie war das letzte Opfer. Was hast du damit gemeint?"

„Gar nichts", fuhr Tanya mich an. „Sie hat gar nichts damit gemeint. Die deutsche Polizei hat hinlänglich bewiesen, dass wir nichts damit zu tun hatten, also kannst du dir deine Anschuldigungen sparen."

Überrascht von Tanyas Verbalattacke schob ich die Sorge um meine mögliche Geisteskrankheit beiseite. „Hör mal, Tanya, es tut mir leid, wenn du denkst, ich würde euch irgendetwas unterstellen, denn nichts liegt mir ferner. Was Arielle gesagt hat, hat mich nur neugierig gemacht."

„Das war nur belangloses Zeug", entgegnete Tanya mürrisch und starrte in ihr Bierglas. Ich schürzte die Lippen und sah Roxy an, doch sie zuckte nur mit den Schultern. Ich lehnte mich zurück, versuchte, die Finsternis zu ignorieren, die mich erneut zu umfangen drohte, und konzentrierte mich auf die wenigen Anhaltspunkte, die Arielle uns gegeben hatte. Ich liebte Kriminalgeschichten und diese Sache schien mir das ideale Thema zu sein, mit dem ich mein Gehirn beschäftigen konnte, während ich darauf wartete, dass die Männer mit den weißen Kitteln mich abholten.

„Also gab es wirklich mehrere Tote?", fragte ich Arielle. Kaum waren die Worte über meine Lippen, überkam mich eine ungeheure Befriedigung, die mit einem Gefühl der Dominanz und Eroberung einherging. Ich spürte die Wärme eines anderen Körpers, den ich fest umklammert hielt, nahm den Duft ihres Shampoos wahr und fühlte ihre seidenweiche Haut an meinem Mund. Es rann mir heiß die Kehle hinunter, die Wärme erfüllte die eisigen Körperregionen und besänftigte die brüllende Bestie im Inneren … Als ich die Augen aufriss, musste ich wegen des schrecklichen Geschmacks in meinem Mund husten und würgen. Blut.

*Er hat sich an jemandem gelabt.*

Das war zu viel für mich. Ich wollte aufstehen, musste mich aber am Tisch festhalten. „Ich glaube … ich glaube, ich …" Ein tiefes rotes Loch tat sich vor mir auf und ich krallte mich an die Tischplatte, um nicht hineinzustürzen.

„Joy?"

Roxy sprang auf, schlang die Arme um mich und drückte mich auf den Stuhl. „Beug dich vor und nimm den Kopf zwischen die Knie. Dann geht es dir gleich wieder besser."

Ich tat, was sie sagte, doch ich zitterte am ganzen Körper und war machtlos dagegen. In mir schrie alles nach einer Antwort auf die Frage, was hier vor sich ging. Was war mit mir los? Warum sah ich plötzlich Dinge, die ich gar nicht sehen, geschweige denn glauben wollte?

*Ein Vampir!*, flüsterte der Wind. Ich schüttelte energisch den Kopf und knallte dabei gegen die Tischplatte. Doch der Schmerz war mir höchst willkommen, denn er war real, nicht eingebildet. Real – ich brauchte dringend etwas Reales.

„Joyful, alles okay?"

Ich öffnete die Augen und hob vorsichtig den Kopf. Roxy hockte neben mir und drückte mir einen nassen, kalten Lappen in den Nacken. „Mein Gott, du hast mir eine Scheißangst gemacht! Du bist total weiß im Gesicht geworden und dein Blick war ganz leer, als wäre kein Leben mehr in dir. Mach so etwas nie wieder mit mir, okay?"

„Okay", antwortete ich mit dem Anflug eines Lächelns.

Roxy schlang ihre Arme um mich. „Reiß dich am Riemen, Schwester, sonst muss ich andere Saiten aufziehen!", flüsterte sie mir zu, bevor sie mich wieder losließ.

Ich brachte zittrig ein kleines Lachen zustande und setzte mich langsam auf. Arielle reichte mir ein Glas Wasser, während der Wirt, der neben ihr stand, hektisch auf Tschechisch auf uns einredete. Ich nahm einen kleinen Schluck Wasser und versicherte dem Mann auf Deutsch, dass es mir gut ginge.

„Verspäteter Jetlag", erklärte Roxy ihm. „Jet...lag. Verspätet", wiederholte sie mit erhobener Stimme. *„Loooong time"*, schob sie in diesem komischen Pidgin-Englisch nach, auf das viele Amerikaner im Ausland verfielen.

„Er ist Tscheche, Roxy, nicht taub!", bemerkte ich und wischte mir mit dem nassen Lappen übers Gesicht, bevor ich ihn dem Wirt zurückgab. Dann trank ich noch ein bisschen Wasser, während die Leute wieder ihre Plätze einnahmen, als wäre nichts passiert. Ich rieb mir die Stirn und fragte mich, warum mein Verstand ausgerechnet diesen Moment gewählt hatte, um auseinanderzubrechen, und wie ich es anstellen sollte, ihn wieder zusammenzuflicken. Ich brauchte ein bisschen Ruhe und eine Menge Dichtungsmasse fürs Gehirn.

„Ich glaube, du solltest dich lieber ein bisschen hinlegen, statt auf den Markt zu gehen", meinte Roxy, die offenbar meine wirren Gedanken gelesen hatte. „Du siehst aus wie eine wandelnde Leiche."

„Vielen Dank!" Ich bemühte mich, das Gefühl der Bedrohung zu verdrängen, das in mir hochstieg und regelrecht wie ein Sturm in meinen Ohren heulte. Ich biss die Zähne zusammen, während Roxy weiterplauderte, denn ich wollte diesem Gefühl auf keinen Fall nachgeben. Um mich auf die Realität zu konzentrieren und nicht auf das, was mir mein Gehirn vorgaukelte, klammerte ich mich an die seitlichen Stuhllehnen. Das Holz war real. Es war hart und vom jahrelangen Gebrauch stumpf und abgenutzt bis zu den geschnitzten Schnörkeln an den Enden. Ich zwang mich, gleichmäßig zu atmen, doch als ringsum wieder alles schwarz wurde, musste ich gegen das Bedürfnis ankämpfen loszukeuchen.

*Er kommt,* flüsterte eine Stimme in meinem Kopf.

*Da ist niemand!,* schrie ich innerlich. Ich fragte mich, ob Tanya mir irgendein Halluzinogen untergejubelt hatte. Vielleicht hatte sie mir eine Pille ins Bier geworfen, bevor ich kam, um mir einen Streich zu spielen. Wenn ja, dann fand ich das gar nicht lustig, aber andererseits beruhigte mich dieser Gedanke auch: Wenn ich unter Drogeneinfluss stand, wurde ich immerhin nicht verrückt.

Ich nahm mein Glas und trank noch einen Schluck Wasser, aber wegen des heulenden Windes konnte ich dem Gespräch am Tisch nicht folgen. Es überraschte mich, dass die anderen ihn nicht bemerkten, und ich sah mich unauffällig im Raum um. Die Leute redeten, lachten, rauchten und tranken völlig unbehelligt von dem orkanartigen Wind. Ein gut aussehender dunkelhaariger Mann mit einer Wildlederjacke kam zur Tür herein und begrüßte den Wirt und ein paar von den Männern an der Theke, bevor er ein Glas Wein bestellte und sich zu einer munteren Gruppe gesellte. Eine Kellnerin kam mit einem Tablett voller Biere durch die Schänke. Jemand zog ein Kartenspiel aus der Tasche. Es sah alles völlig normal aus.

Doch der Wind wurde unerträglich laut, als schreie er vor Schmerz und Qual. Aber in dem Moment, in dem ich dachte, ich würde selbst anfangen zu schreien, weil das rote Loch sich wieder vor mir auftat, war plötzlich alles ganz still.

*Er ist da.*

„Joy? Hast du gehört, was Arielle sagte? Ihre Runendeuterin hat letzte Woche gekündigt."

„Hm?" Ich drehte mich langsam zur Tür um und mein Blick erfasste jeden einzelnen Menschen im Raum. Niemand sah irgendwie ungewöhnlich aus. Wie war es möglich, dass niemand außer mir die Gefahr spürte, die in der Luft lag?

„Sie sagte, Dominic suche einen Ersatz. Du könntest ihm anbieten, den Job für ein paar Tage zu übernehmen, solange wir in Blansko sind. Das wäre echt cool!"

„Dominic? Runen?"

„Sie ist fantastisch im Vorhersagen von Naturkatastrophen!", prahlte Roxy gegenüber Arielle.

In diesem Moment flog die Tür auf, wobei der Korridor dahinter trotz der Lampen in der Schänke in tiefer Dunkelheit lag. Ich erstarrte und mir stockte der Atem, während ich darauf wartete, ihn sehen zu können und zu erkennen, was für eine schreckliche Kreatur mein Gehirn hervorgebracht hatte. War es ein Buckliger? War er verkrüppelt und verstümmelt und hing ihm das Fleisch in fauligen Fetzen vom Körper? Oder war es noch schlimmer?

In einen wallenden schwarzen Umhang gehüllt trat ein Mann über die Schwelle, der in theatralischer Pose innehielt und seinen Blick durch den Raum schweifen ließ, bevor er lässig in die Schänke schlenderte. Er hatte dunkelblonde Locken und sein Haaransatz lief in der Stirnmitte spitz zu. Seine Augen waren dunkel. Er sah so gut aus, dass es einem Engel die Tränen in die Augen getrieben hätte. Ihm folgte ein Mann, der ihn deutlich überragte. Er war schätzungsweise zehn, fünfzehn Zentimeter größer als ich und trug ebenfalls Schwarz. Er sah nicht so gut aus wie der erste und war viel konventioneller gekleidet, aber er hatte etwas an sich, das mich magisch anzog.

„Da ist Dominic ja!“, rief Arielle begeistert.

„Was?“, fuhr Roxy auf und drehte sich ruckartig um. „Wo? Oh mein Gott, das ist er, der Typ mit dem Umhang?“

Ich saß regungslos auf meinem Stuhl. In meinem Kopf drehte sich alles, weil es plötzlich so still war. Meine Haut kribbelte vor gespannter Erwartung.

„Ja, das ist er“, bestätigte Arielle. Tanya stand auf und ging auf die beiden Männer zu. Mein Blick wanderte wieder zu dem ersten. Er hatte gewartet, bis alle zu ihm herüberschauten, dann hatte er den schwarzen Umhang abgelegt und ihn mit einer schwungvollen Bewegung auf den Kleiderständer befördert, bevor er sich lächelnd den Leuten im Raum zuwandte. Seine Eckzähne waren lang und spitz und sahen sehr gefährlich aus.

Allerdings waren sie ebenso falsch wie er selbst, dessen war ich mir hundertprozentig sicher. Zweihundertprozentig. Und falls ich doch nicht verrückt wurde und keine Drogen eingeflößt bekommen hatte, bedeutete das … Ich sah mich nach dem großen Mann um, der noch in der Tür stand. Sein Gesicht wirkte grimmig, seine Züge waren streng und kantig und seine Augen von einem eigenartigen Hellbraun – bernsteinfarben, dachte ich, aber auf die Entfernung war das schwer zu sagen. Was mich jedoch faszinierte, war seine machtvolle, selbstbewusste Ausstrahlung, die ihm ebenso gut stand wie seine dunkle Lederjacke und die schwarzen Jeans.

*Ein Vampir!*, flüsterte die Stimme in meinem Kopf erneut.

„Wer ist der Zweite? Ist das Dominics Geschäftspartner?“, fragte Roxy aufgeregt, aber ihre Worte kamen gegen mein Gedankenchaos kaum an.

*Ein Vampir.* Ich versuchte, die heimtückische kleine Stimme, die sich in meinem Inneren eingenistet hatte, ein für alle Mal zum Schweigen zu bringen, aber das Problem war, dass der Mann genau so aussah, wie ich mir Dantes mährische Vampire immer vorgestellt hatte: maskulin, elegant, arrogant und so sexy, dass ich ihm am liebsten die Kleider vom Leib gerissen und die schamlosesten Dinge mit ihm angestellt hätte. Entsetzt hielt ich inne. Was fantasierte ich da eigentlich zusammen? Ein Vampir? Ein echter Vampir? Er war ebenso wenig ein Vampir wie sein Freund mit den künstlichen Zähnen und dem falschen Schauspielerlächeln.

„Nein, Milos ist geschäftlich unterwegs. Er hat viele Projekte. Der Gothic-Markt ist nur eines davon. Das da ist Raphael. Dominic hat ihn nach Le Havre eingestellt. Er ist für unsere Sicherheit verantwortlich."

Der Mann namens Raphael beobachtete mit regungsloser Miene, wie Tanya mit Dominic sprach. Dann betrat er langsam die Schänke und nickte dem Wirt zu, der ihn begrüßte und ihm ein großes Glas Bier reichte.

*Ein Vampir.*

„Sei einfach still, ich höre dir sowieso nicht zu", murmelte ich.

„Was? Hast du was gesagt?", fragte Roxy.

„Nein."

Sie zog eine Augenbraue hoch, wandte sich aber rasch wieder den beiden Männern zu, die allein durch ihre Anwesenheit den Raum beherrschten. Nun, einer von ihnen jedenfalls, denn Dominic hatte eindeutig nicht Raphaels Format.

„Und dieser Raphael … ist er auch ein Vampir?", fragte Roxy Arielle.

Arielle spielte mit ihrem Bierglas herum. „Ich bin mir nicht sicher. Ich glaube es eigentlich nicht, aber er bewegt sich immer sehr leise und unauffällig, und manchmal habe ich das Gefühl, er beobachtet mich …"

War er nun einer oder nicht? Das wusste wohl nur sein

Frisör. Ich lächelte grimmig über mein lahmes Witzchen und versuchte, die Frage endgültig zu klären, ob ich a) verrückt wurde, b) unter Drogeneinfluss halluzinierte oder c) mich in Gesellschaft von etwas befand, an dessen Existenz ich nicht glaubte. Doch wenn man bedachte, was ich gerade erlebt hatte, war ich wohl nicht die Richtige, um zu beurteilen, was real war und was nicht. Ich sah mich nach Raphael um. Er lehnte neben einer Topfpalme an der Wand und nickte bedächtig, während der Wirt munter auf ihn einredete. Als der Mann kurz verschwand, um jemanden zu bedienen, drehte Raphael sich um und kippte wie versehentlich sein halbes Bier in den Blumentopf. Ich musste grinsen. Ein betrunkener Vampir wäre ja wirklich das Allerletzte!

„Oh Gott, er ist sooo hinreißend! Ich wusste doch, dass sie so aussehen! Joy, sieh dir das nur an!"

„Ja, ja", murmelte ich. Dominic und Tanya zogen eine richtige Show ab. Sie gebärdete sich völlig albern, während er sie auf eine Art und Weise befummelte, die er bestimmt für höchst schockierend und erotisch hielt, dabei war es eigentlich nur geschmacklos, wie er mit seinen künstlichen Zähnen völlig übertrieben an Tanyas langem weißen Hals herumknabberte. Ich fand die beiden langweilig und richtete meine Aufmerksamkeit wieder auf den Mann, der inzwischen zu seinem Gespräch mit dem Wirt zurückgekehrt war. Raphael hatte seine Jacke ausgezogen und ich starrte wie gebannt auf sein Hinterteil, als er sich vorbeugte, um dem Wirt etwas zuzuraunen. Er trug Schwarz wie Dominic, aber er sah darin wirklich elegant und faszinierend aus und so …

„Männlich", seufzte ich.

„Das kannst du zweimal sagen", pflichtete Roxy mir bei, die allerdings Dominic im Visier hatte.

Alle Augen waren auf ihn und Tanya gerichtet, denn er

wirbelte sie unvermittelt im Walzerschritt durch den Raum. Im direkten Vergleich mit seinem schwarzen Seidenhemd, dessen obere Knöpfe offen standen, sodass seine Brust zu sehen war, wirkte seine Haut kalkweiß.

„Wahrscheinlich ist er total gepudert und rasiert sich die Brust“, sagte ich leise.

„Glaubst du?“, fragte Roxy und ihre Augen leuchteten auf, als das Paar an uns vorbeitanzte, wobei Dominic sich perfekt in Szene setzte, indem er grinsend die Zähne bleckte. Roxy seufzte sehnsüchtig. „Bei ihm sieht es wirklich gut aus. Ich frage mich, ob Miranda die Botschaften der Göttin vielleicht vertauscht hat und ich eigentlich diejenige bin, der ein Vampir bestimmt ist. In so einen könnte ich mich glatt verlieben!“

Es lag mir auf der Zunge, ihr zu sagen, dass Dominic nicht im Entferntesten so interessant wie sein Begleiter, und schon gar kein Vampir war, aber als ich wieder in Raphaels Richtung schaute, stellte ich überrascht fest, dass er mich beobachtete. Er hielt lässig sein Glas in der Hand und lauschte mit geneigtem Kopf dem Wirt, aber seine seltsamen Augen waren eindeutig auf mich gerichtet. Als sich unsere Blicke kreuzten, wurde ich von den unterschiedlichsten Gefühlen überwältigt: Da war Wut, zwar unterschwellig, aber dennoch gewaltig, und ich spürte eine Einsamkeit, die so groß war, dass mir die Tränen in die Augen traten. Vor allem aber empfand ich Verzweiflung, die in großen Wellen über mich hereinbrach und mich förmlich unter sich begrub. Doch fast genauso schnell, wie sie gekommen waren, verflogen die Gefühle auch wieder. Ich kam mir merkwürdig verlassen vor und war extrem verwirrt.

„Oh Gott, ich bin in Schwierigkeiten, in ernsten Schwierigkeiten“, stöhnte ich und zwang mich, meinen Blick von dem

Mann loszureißen, der all das in sich barg, wovor Miranda mich gewarnt hatte, und noch viel mehr. Meine Haut brannte überall, wo sie unbedeckt war, als hätte er mich allein mit seinem Blick verbrannt.

„Was ist los? Wird dir wieder schwummerig?" Roxy sah mich besorgt an.

Ich schüttelte den Kopf. „Nein, ich leide nur zeitweise unter Wahnvorstellungen. Kein Grund zur Beunruhigung!"

Sie runzelte die Stirn. „Was redest du da schon wieder? Geht es dir gut oder nicht? Wenn ich dich in dein Zimmer bringen soll, musst du es sagen."

„Mir geht es gut", versicherte ich ihr und schenkte Arielle ein Lächeln, das bestimmt erschreckend irr auf sie wirkte. „Vielleicht ein bisschen müde, aber okay. Ignoriert mich einfach, während ich meinen Zusammenbruch genieße."

Roxy lehnte sich zurück und warf mir einen „Du kriegst später noch was zu hören!"-Blick zu, doch dann wurde sie von interessanteren Dingen abgelenkt, denn Dominic stolzierte mit Tanya am Arm auf unseren Tisch zu. Ich hätte gern gewusst, ob auch Raphael zu uns kam, aber ich konnte mich nicht dazu überwinden, mich umzudrehen. Auf einen weiteren Empathieanfall – oder was immer es war, was ich gerade erlebt hatte – konnte ich gut verzichten.

„Roxy!", zischte ich und beugte mich über den Tisch, während Dominic mit dramatischer Geste ein schwarzes Taschentuch (was sonst?) hervorzog und damit über Tanyas Stuhl wischte.

„Hm?" Sie drehte sich widerstrebend zu mir um. „Was?"

„Kommt er hierher?"

Ihr Blick wanderte zu Dominic, der sich abgewandt hatte, um jemandem am Nebentisch eine Frage zu beantworten.

„Nein, nicht er, der andere! Der Große!“ Der *Echte*, hätte ich fast gesagt, aber das konnte ich mir gerade noch verkneifen. Ich glaubte nicht an Vampire!

Roxy sah sich im Raum um. „Warum fragst du?“

Ich versuchte, mit den Schultern zu zucken, doch meine Haut fühlte sich immer noch verbrannt an. „Ach, nur so.“

„Er ist ziemlich groß.“

„Und?“

„Du auch.“

„Hast du deine Pillen heute Morgen nicht genommen?“, fragte ich empört.

Sie grinste. „War ja nur so 'ne Frage. Ich dachte, du hättest vielleicht etwas für ihn übrig.“

Ich? Für ein womöglich blutsaugendes Monster? „Nie im Leben! Ich kenne den Typen ja nicht mal!“

Roxys Grinsen wurde breiter. „Was regst du dich denn so auf?“

„Schluss damit!“

„Okay.“

Doch Roxy hörte nicht auf zu grinsen. Ich sah sie böse an.

„Joy?“

Ich beschloss, sie mit Missachtung zu strafen und selbst einen kurzen Blick zu riskieren, nur einen klitzekleinen, unauffälligen Blick, um herauszufinden, ob er mich immer noch anstarrte. Falls das Brennen auf meiner Haut irgendetwas zu sagen hatte, tat er das nämlich.

Doch das war nicht der Fall. Er war überhaupt nicht mehr an der Theke. Ich konnte ihn nirgendwo entdecken. Verdammt.

„Joy?“

Ich schaute verstohlen in die andere Richtung. Dominic verteilte Flyer an die Leute, die in unserer Nähe saßen, aber von einem großen dunklen Typen, der möglicherweise – falls ich nicht verrückt wurde oder unter Drogen stand – ein Vampir war, fehlte jede Spur. *Ein Vampir!*, hallte es zu meinem größten Ärger durch meinen Kopf.

Ich kam zu dem Schluss, dass Irrsinn die bessere Alternative war.

„Joy!"

„Was?", schnauzte ich sie an.

„Er steht direkt hinter dir."

Ich fuhr vor Schreck derart zusammen, dass ich samt Stuhl nach hinten kippte und mit dem Kopf ziemlich unsanft auf dem Boden aufschlug. Das Letzte, was ich sah, bevor ich in Ohnmacht fiel, waren die Leute, die mich umringten und anstarrten. Ein Augenpaar hob sich deutlich von allen anderen ab – es waren bernsteinfarbene Augen, leuchtende bernsteinfarbene Augen.

„Unheimlich", seufzte ich noch, dann verlor ich das Bewusstsein.

Da eine Ohnmacht jedoch auch nicht das Wahre war, beließ ich es bei einem kurzen Ausflug und nahm schnellstmöglich meine fünf Sinne wieder zusammen. Kaum hatte ich jedoch erkannt, wo ich war, sehnte ich mich wieder nach dem Zustand der Bewusstlosigkeit. Ich führte einen raschen Körper-Check durch und stellte fest, dass ich auf dem kalten Boden saß und von etwas Hartem, Warmem gestützt wurde. Von etwas, das atmete. Ich drehte langsam meinen Kopf, um zu sehen, wer es war, und blickte in Raphaels bernsteinfarbene Augen.

*Ein Vampir.*

Ich schloss die Augen, lehnte mich an die Schulter, die mir Halt gab, und atmete unwillkürlich seinen Geruch ein. Es war eine berauschende Mischung aus dem würzigen Duft eines gesunden Mannes und dem schwachen Aroma von Seife. Vampir hin oder her, ich war auf jeden Fall froh, dass er nicht zu den Männern gehörte, die sich mit Eau de Cologne und Rasierwasser übergossen.

„Joy? Ihre Augen waren doch gerade offen, oder?“, fragte Roxy.

Widerstrebend begann ich, mich von dem warmen Körper hinter mir zu lösen. Der Arm, der um meine Taille lag, hinderte mich jedoch daran. Diese Geste erwärmte mir auf seltsame Weise das Herz.

„Oh, gut, sie ist wach. Arielle, du kannst den Wassereimer wegstellen, sie ist wieder bei Sinnen!“

Die besorgten Gesichter der Leute, die sich über mich beugten, drehten sich und tanzten vor meinen Augen und ich dachte, ich müsste mich übergeben.

„Oh, oh! Du wirst ganz grün im Gesicht. Das ist nicht gut!“

„Sie sieht nicht gut aus. Soll ich ihr noch ein Glas Wasser holen?“

„Jindřich, ruf den Doktor! Wir wollen nicht, dass sie uns für diesen Unfall verantwortlich macht.“

„Es wird Zeit, Dominic. Du willst doch bestimmt nicht zu spät kommen?“

Die Stimmen hallten laut in meinen Ohren und rissen mich immer wieder für einen kurzen Moment aus der warmen, schweren Benommenheit, die mich umfing. Mir wurde immer schlechter, bis ich sicher war, dass ich mich jeden Augenblick übergeben müsste. Der Druck des Arms, der mich festhielt, verstärkte sich, als ich ihn verzweifelt umklammerte und darauf wartete, dass der sich drehende Raum und mein Magen zur Ruhe kamen.

„Vielleicht braucht die Dame ein bisschen frische Luft.“

Ich wandte mich der Stimme zu, die meinen Albtraum unterbrach. Die Gesichter ringsum wichen zurück und jemand beugte sich über mich. Es war einer der Männer, die an der Theke gestanden hatten, ein gut aussehender Kerl mit hohen Wangenknochen und unergründlichen dunklen Augen. Mir stieg bittere Galle in die Kehle und ich musste an mich halten, um nicht zu würgen. Ich packte den Arm, der mich hielt, noch fester.

„Sie werden sich gleich wieder besser fühlen." Der Mann lächelte und strich mir die Haare aus der Stirn. Er hatte eine schöne Stimme, sehr tief, aber samtig weich. Sie umhüllte mich wie ein warmer, kuscheliger Umhang. Augenblicklich legte sich die Übelkeit und der Raum drehte sich langsamer. „Sie sind unser Bier nicht gewöhnt. Ausländern ist es häufig zu stark. Ich würde Ihnen raten, nächstes Mal den Wein zu probieren."

Ich hatte jedoch nur einen Schluck Bier getrunken und wusste genau, dass es daran nicht liegen konnte. Sonderbarerweise widerstrebte es mir jedoch, irgendetwas von dem zu bestreiten, was der Mann sagte. Ich betastete vorsichtig meinen Hinterkopf und stieß auf eine Beule von der Größe einer halben Pflaume.

„Sie haben da nur eine kleine Schwellung", beruhigte mich der Mann und strich mit den Fingern sachte über die schmerzende Stelle. Ich merkte, wie Raphael sich hinter mir bewegte.

„Sind Sie Arzt?", fragte ich den Mann mit der seidigen Stimme.

Sein Blick verdüsterte sich einen Moment lang. Er wirkte plötzlich so traurig, dass ich ihn am liebsten in den Arm genommen hätte, um ihn zu trösten und seinen Schmerz zu lindern. „Ich bin kein Arzt, aber ich habe einige Erfahrung in der Kunst des Heilens. Ihre Verletzung ist nicht besonders schwerwiegend und sollte Ihnen schon morgen nicht mehr zu schaffen machen."

Die Schmerzen, die sich in meinem Hinterkopf bemerkbar gemacht hatten, ließen nach und verschwanden zusammen mit der Übelkeit. Ich hatte eigentlich kein besonders großes Vertrauen in alternative Heilmethoden, aber ich musste zugeben, dass dieser Mann etwas sehr Beruhigendes und Schmerzlinderndes an sich hatte.

„Wer sind Sie?", fragte ich. Seine Augen waren faszinierend, so ausdrucksstark und voller Gefühl, dass ich unwillkürlich näher an ihn heranrücken wollte, um ganz tief in diese Augen schauen zu können.

„Ich heiße Christian", antwortete er und ein Lächeln spielte um seine Mundwinkel, während ringsum anerkennendes Gemurmel laut wurde.

Vom Gebrauch der Nachnamen hielt man hier anscheinend nichts.

„Ich glaube, es wäre das Beste, wenn wir dich ins Bett schaffen", drang es rau an mein Ohr. Ich erstarrte. Im Vergleich zu Christians sanfter Stimme war Raphaels dunkel, ein wenig heiser und berührte mein Inneres auf eine unglaubliche Art. Sagte man Vampiren nicht nach, dass ihre Stimme und ihre Augen magische Wirkung hatten? Bevor ich länger darüber nachdenken konnte, wurde ich vom Boden hochgezogen und man half mir auf die Beine. Raphael ließ mich los, nahm mich jedoch rasch wieder in den Arm, als sich mir erneut alles drehte und ich schwankte.

„Tja, wenigstens ist sie jetzt nicht mehr so grün im Gesicht", murmelte Roxy und rang die Hände. „Ich glaube, es ist wirklich das Beste, sie ins Bett zu bringen. Unsere Zimmer sind allerdings unter dem Dach und sie scheint mir noch recht wacklig auf den Beinen zu sein."

Raphael sagte nichts. Er packte mich einfach und trug mich zur Tür.

„Äh …“, machte ich benommen und zuckte zusammen, als ich von dem grellen Licht der Flurlampe geblendet wurde. Meine Nase berührte seine Wange. Ich konnte es nicht fassen, dass er mich die drei furchtbar steilen Treppen hinauftrug und dabei nicht einmal außer Puste kam. Hätte ich nicht die Möglichkeit in Betracht gezogen, dass er ein blutrünstiger Untoter war, hätte ich den Mann glatt geküsst!

„Äh?“, wiederholte er und zog fragend eine Augenbraue hoch.

„Du trägst mich“, stellte ich fest. Ich hatte das Gefühl, etwas Intelligentes sagen zu müssen, doch ich war viel zu angeschlagen, um meinem lädierten Hirn irgendetwas Vernünftiges abzuringen. Zuerst drohender Wahnsinn, dann der Drogenverdacht – und nun lag ich in den Armen eines Mannes, der unter Umständen ein Vampir war, und konnte an nichts anderes denken als daran, wie gut er roch und wie warm er sich anfühlte.

*Natürlich ist er warm, er hat sich ja gerade erst an jemandes Blut gelabt.*

Ich verdrängte die innere Stimme und sah ihm (fast) ohne mit der Wimper zu zucken in die Augen.

„In der Tat“, entgegnete er und seine Stimme hallte in meinem Inneren nach. Sein britischer Akzent verlieh seiner Stimme einen satten Klang, der mir sehr angenehm war. Ich fand das sexy. Es gefiel mir. *Sehr.*

„Die ganze Treppe hoch.“

„Weil dein Zimmer ganz oben ist“, entgegnete er.

„Aber du gerätst weder außer Atem noch bricht dir der Schweiß aus.“

Nun gingen beide Augenbrauen hoch. „Warum auch?“

„Ich habe ein nicht unbeträchtliches Gewicht“, erklärte ich. „Die meisten Männer würden mich nicht einmal durch einen Raum tragen wollen, geschweige denn drei Treppen hoch.“

„Ich bin nicht wie die meisten Männer“, stellte er fest und machte eine Drehung, als wir auf dem ersten Treppenabsatz ankamen.

*Das kannst du laut sagen*, lag mir auf der Zunge, aber ich verkniff es mir. „Du bist zwar offensichtlich sehr fit, aber ich bin trotzdem zu schwer. Du hebst dir ja einen Bruch! Lass mich einfach runter, den Rest schaffe ich schon allein.“

„Du bist nicht zu schwer.“

Ich sah ihn an, als wäre ihm ein zweiter Kopf gewachsen. „Von welchem Planeten kommst du denn? Falls es deiner Aufmerksamkeit entgangen ist, ich bin eins achtzig groß und ziemlich gut gebaut, wie meine Mutter zu sagen pflegte.“

„Zufällig gefallen mir Frauen, an denen was dran ist“, sagte er unbekümmert und musterte mich von oben bis unten. „Deine Kurven stehen dir ziemlich gut.“

Donnerwetter! Ein Mann, der stark genug war, um mich durch die Gegend zu schleppen, und mir obendrein Komplimente wegen meines Überangebots an weiblichen Rundungen machte? Wäre er keine wandelnde Leiche, hätte ich ihm auf der Stelle einen Heiratsantrag gemacht. Aber da die Möglichkeit bestand, dass er, falls ich nicht den Verstand verloren hatte, etwas war, das es nicht geben durfte, war Heiraten ausgeschlossen. Was wirklich sehr schade war, denn je näher ich ihm kam, desto besser sah er aus. Er war gut zehn Zentimeter größer als ich, genau da breit gebaut, wo es bei Männern klasse aussah, und hatte ein kantiges Gesicht und dunkles lockiges Haar, aber es waren seine Augen, die mich am meisten faszinierten. Bernsteinfarben, leuchtend und gold-braun gesprenkelt. Er nahm die zweite Treppe in Angriff.

*Vampire können einen mit ihrem Blick hypnotisieren.*

„Äh …"

„Fängst du jetzt wieder damit an?"

Ich versuchte, ihn von oben herab anzusehen, was in meiner Situation gar nicht so leicht war. „Ich bitte um Verzeihung für den bedauerlichen Mangel an geistreichen Gesprächsbeiträgen, mein Herr, aber ich war noch vor Kurzem bewusstlos und finde etwas Nachsicht durchaus angebracht."

„Verstehe."

„Außerdem wurden wir einander noch gar nicht vorgestellt."

Er wirkte etwas überrascht. „Ich dachte", sagte er, als er auf dem letzten Treppenabsatz um die Ecke gebogen war, „das offizielle Miteinander-Bekanntmachen wäre out, genau wie Super-acht-Filme und Schallplatten."

„Ganz untergegangen ist es aber noch nicht", entgegnete ich. „Ich bin Joy Randall."

Er trug mich die letzten Stufen hoch und blieb am Ende der Treppe stehen, um mir in die Augen zu schauen. „Raphael."

„Nur Raphael?"

Er zuckte mit den Schultern.

„Die meisten Leute haben zwei oder mehr Namen."

„Ist das so?"

„Ja." Ich wartete. Er sah mich lange mit seinen wunderschönen Augen an, als wollte er sich mein Gesicht einprägen. Ich verlor die Geduld und beschloss, ihm einen Schubs in die richtige Richtung zu geben, obwohl man hätte meinen sollen, dass jemand, der schon einige Jahrhunderte gelebt hatte, wenigstens ein paar soziale Fähigkeiten erworben hätte. „Mein zweiter Vorname ist Martine. Ich wurde nach meiner Großmutter benannt. Joy Martine Randall."

Unvermittelt huschte ein Lächeln über sein Gesicht. „Ich wurde nach meinem Urgroßvater benannt."

„Uropa Raphael?"

„Griffin. Ich heiße Raphael Griffin St. John."

„Freut mich, dich kennenzulernen, Raphael." Ich riskierte ein Lächeln, bevor mir klar wurde, was ich da tat. Ich flirtete mit einem Vampir! Was kam als Nächstes – ein Zungenkuss mit einem Werwolf? *Dirty Dancing* mit einem Zombie? „Ich finde, das haben deine Eltern gut gemacht."

Ich liebte seine Augenbrauen! Ich liebte es, wie sie auf und ab tanzten. Sie waren so vielsagend, auch ohne Worte. „Das mit deinem Namen", erklärte ich es den fragend hochgezogenen Augenbrauen. „Er ist ungewöhnlich. Ich kannte noch nie einen Raphael. Der Name ist sehr romantisch. Und recht ausgefallen. Er gefällt mir."

Ich stöhnte innerlich, kaum dass die Worte über meine Lippen waren. Was faselte ich da nur? Ich hing einem Mann am Hals, der womöglich ein Untoter war, und erzählte ihm, wie sehr mir sein Name gefiel!

„Das ist in unserer Familie so üblich. Bei uns heißen alle Männer entweder Raphael oder Griffin."

„Und du hast beide Namen bekommen."

„Ja."

„Eine lustige Familientradition!", bemerkte ich. Er verzog abschätzig das Gesicht.

„Wir haben noch eine andere Eigenart."

„Wirklich? Welche denn? Ihr habt doch wohl keine Schwimmfüße, oder? So etwas will ich gar nicht wissen!"

Er zog die Augenbrauen noch höher. „Keine Schwimmfüße, danke der Nachfrage. Die familiäre Eigenart, die ich meine, ist noch viel irritierender: Ein St. John erkennt die Frau, die er heiraten wird, wenn er sie zum ersten Mal sieht."

Ich sah ihn verblüfft an. „Oh. Das ist ziemlich eigenartig. Bei Männern gibt es so etwas wie Liebe auf den ersten Blick doch eigentlich nicht. Trotzdem, Raphael ist ein cooler Name, also können eure Familientraditionen so schlecht nicht sein."

„Ich hasse meinen Namen. Mir wäre es viel lieber, wenn die Leute mich einfach Bob nennen würden."

„Bob?" Ein Vampir namens Bob? War so etwas erlaubt? „Bob? Warum Bob?"

Es gelang ihm, mit den Schultern zu zucken, obwohl er mich immer noch in den Armen hielt. „Warum nicht?"

Was sollte ich darauf sagen? „Aber Raphael ist ein hübscher Name. Irgendwie exotisch. Ungewöhnlich eben. Er ..."

„Klingt nach einem Callboy", fiel er mir ins Wort.

„Tja, ich finde, er passt zu dir", entgegnete ich, während Raphael mich durch den kleinen Flur trug.

Er sah mich aus dem Augenwinkel an. „Du findest, ich sehe aus wie ein Mann, der sich dafür bezahlen lässt, Frauen zu beglücken?"

„Ich glaube, eine Menge Frauen würden sich gern gegen Bezahlung von dir beglücken lassen", sagte ich. „Also, ich auf jeden Fall, wenn ich ein bisschen Geld übrig hätte."

Er blieb vor meiner Tür stehen und sah mich merkwürdig an. „War das ein Kompliment oder eine Beleidigung? Willst du damit sagen, du würdest gern mit mir schlafen?"

„Na ja, nagel mich nicht darauf fest, aber ich muss zugeben, dass es jetzt, wo du mich so schön in den Armen hältst, durchaus eine Option wäre, aber ich muss dich warnen: Ich habe gerade festgestellt, dass mein Verstand ziemlich im Eimer ist. Mein Urteilsvermögen ist also nicht das beste."

Raphael setzte mich vorsichtig ab und hielt mich an der Taille fest, während ich abwartete, ob der Raum aufhörte, sich zu drehen. Das tat er.

„Ich glaube, am besten ist es für mich, wenn ich deine Äußerung als Kompliment nehme." Seine Hände waren warm, und als ich spürte, wie seine Finger sich ganz leicht auf meinem Rücken bewegten, bekam ich weiche Knie.

„Jetzt habe ich dich gekränkt. Das tut mir leid. Es ist einfach so, dass die Frauen in meiner Familie nicht lange drum herumreden und schnell sagen, was sie denken. Ich vergesse immer, dass nicht jeder Wert auf meine Meinung legt."

Seine Augen funkelten. Ich wäre am liebsten abgetaucht in die bernsteinfarbene Tiefe, um darin zu versinken. „Ganz im Gegenteil. Sonderbarerweise sehe ich mich förmlich genötigt, dich zu ermuntern, mir deine Ansichten anzuvertrauen."

Wäre er nur nicht so verdammt sexy! Er stand direkt vor mir und glühte geradezu vor Sinnlichkeit. Ich kämpfte gegen das ungehörige Verlangen an, mich in seine Arme zu stürzen, und trat einen Schritt zurück. „Du gehst jetzt am besten. Sonst stürze ich mich noch auf dich und du siehst nicht so aus, als ließest du dir gern einen Kuss aufdrängen."

Er bedachte mich mit einem so leidenschaftlichen Blick, dass mir die Luft wegblieb. „Du wärst überrascht, was ich alles gern habe."

Mannomannomann! Ich starrte ihn mit offenem Mund an. Zum Glück hatte er Erbarmen mit mir und meinem verwirrten Verstand und erwartete keine Antwort. „Hast du deinen Zimmerschlüssel?", fragte er und streckte die Hand aus.

„Den habe *ich*!", erklang es fröhlich aus dem Treppenhaus. „Mann, diese Stiege hat es wirklich in sich! Momentchen, da bin ich schon! Joy, der Hotelchef will wissen, ob er dir einen Arzt rufen soll. Zumindest glaube ich, dass er das gesagt hat. –

Jesses!“ Roxy blieb neben Raphael stehen und musterte mich mit großen Augen. „Du hast ganz schön was mitgemacht heute, nicht wahr? Du siehst furchtbar aus. Vielen Dank, Raphael, ich bringe sie ins Bett. Ich darf dich doch Raphael nennen, oder? Bist du morgen auch auf dem Markt?“

Ärger wallte in mir auf, als ich sah, wie meine beste Freundin ausgerechnet dem Mann schöne Augen machte, der vermutlich der Einzige auf der ganzen Welt war, der mich drei Treppen hochtragen konnte und mir dann noch sagte, dass ihm meine Kurven gefielen.

Ich schenkte ihm mein schönstes Lächeln, streckte hinter seinem Rücken die Hand aus und zwickte Roxy kräftig in den Arm.

Sie schrie auf und zog ihren Arm weg. „Ach, so ist das? Also doch?“

„Nein.“

„Hm!“ Sie rieb sich den Arm, bevor sie die Tür aufschloss.

„Vielen Dank, Bob“, sagte ich liebenswürdig zu Raphael.

„War mir ein Vergnügen“, entgegnete er und in seinen Augen lag ein gefährliches Funkeln.

„Bob? Ich dachte, er heißt Raphael?“ Ich ließ mich bereitwillig von Roxy ins Zimmer zerren und bemuttern. Sie packte mir einen Eisbeutel auf die Beule, die gar nicht mehr wehtat. Als ich im Bett lag, ließ ich auch ihre Standpauke über mich ergehen.

Ich solle gefälligst vorsichtiger sein in einem Land, wo man nicht so genau wisse, wie es um die Gesundheitsfürsorge bestellt sei, bekam ich zu hören, dann ging es noch um meine Blödheit, mich buchstäblich dem erstbesten sexy Kerl an den Hals zu werfen, der mir über den Weg lief.

Der letzte Teil ließ mich auffahren. „Was? Bist du verrückt? Ich bin mit meinem Stuhl umgekippt, ich habe mich dem Mann nicht an den Hals geworfen! Du tust ja gerade so, als hätte ich mich in ihn verknallt, kaum dass er den Raum betreten hatte."

Ich ignorierte die Stimme in meinem Inneren, die mir zuflüsterte, dass Roxys Behauptung näher an der Wahrheit war, als ich zugeben wollte; besonders, da die Welt, wie ich sie kannte, Kopf stand und *er* möglicherweise ein ... Ich verpasste meinem Gehirn einen mentalen Knebel, um es zum Schweigen zu bringen.

„Also, du musst zugeben, dass er dein Interesse geweckt hat. Und er sieht wirklich nicht schlecht aus, mal abgesehen von diesen seltsamen Augen."

„Die sind nicht seltsam, sondern wunderschön", entgegnete ich und nahm den Eisbeutel vom Kopf. „Ich brauche kein Aspirin mehr, mir geht es schon viel besser."

„Gut. Schlaf dich richtig aus, dann bist du morgen wieder fit. Willst du noch etwas essen?" Roxy räumte meine Kleider weg und brachte mir ein Glas Wasser und das Buch, das noch in meinem Koffer verstaut war.

„Nein, danke. Aber *du* solltest eine Kleinigkeit essen. Du wirst immer so hyperaktiv, wenn dein Blutzuckerspiegel zu niedrig ist." Ich ließ mich in die Daunenkissen sinken und genoss es, verwöhnt zu werden.

„Ja, Mama. Schlaf jetzt! Wir reden morgen."

„Worüber?", fragte ich stirnrunzelnd, als Roxy bereits in der Tür stand. „Falls du mich wegen dieses Kerls in die Mangel nehmen willst ..."

„Er heißt Raphael", bemerkte sie unerträglich frech.

„Das kannst du vergessen, da gibt es nichts zu reden."

„Schlaf jetzt!", wiederholte sie mit einem vielsagenden Lächeln. „Morgen hast du einen wichtigen Tag vor dir."

Ich beschloss, meine Augenbrauen sprechen zu lassen, wie

Raphael es immer tat, einfach nur um auszuprobieren, ob es auch bei mir funktionierte.

„Der Markt!", beantwortete Roxy meine stumme Frage. „Da willst du doch besonders gut aussehen! Schließlich wirst du dort deinen Vampir kennenlernen!"

Und wenn das schon geschehen war? „Ja natürlich, ganz bestimmt!"

„Den Mann, dessen Seele du retten wirst!"

„Du hast wirklich 'ne Meise!"

„Er wird dich an seine breite Brust drücken, dir tief in die Augen sehen und dir sagen, dass du ihm gehörst, ihm allein – aber das kann man wirklich nicht von ihm verlangen, wenn du so aussiehst wie jetzt!"

„Hiermit erkläre ich dich für unzurechnungsfähig! Gleich morgen früh lasse ich dich entmündigen!"

„Und dann wird er das Vereinigungsritual durchführen und du wirst ein glückliches Leben mit deinem Vampirmann führen, genau wie in Dantes Büchern."

Ich holte tief Luft. *„Es gibt keine Vampire!"*

Roxy grinste. „Gute Nacht! Träum was Schönes und lass dich nicht von den Bettwanzen beißen. Dieses Vergnügen sollte allein *ihm* vorbehalten bleiben!"

Der Eisbeutel verfehlte Roxy zwar, aber das Geräusch, als er mit Karacho gegen die Tür knallte, war äußerst befriedigend.

# 5

„Einfach zu schade, dass Raphael kein Vampir ist“, sagte Roxy am nächsten Nachmittag, als wir uns die drei Treppen zu unseren Zimmern hochschleppten. Nach einer langen Wanderung durch die Macocha-Schlucht hatten wir müde Beine und sehnten uns nach einem ausgiebigen heißen Bad. „Wäre er einer, dann wüsstest du, dass Miranda über ihn gesprochen hat.“

Ich sah sie böse an.

„Guck mal auf die Uhr“, entgegnete sie auf meinen unausgesprochenen Vorwurf. „Es ist nach drei. Ich habe ganze vier Minuten gewartet!“

„Wie schnell die Zeit vergeht, wenn man nicht über imaginäre, erfundene, komplett fiktive Gestalten spricht“, murmelte ich, während ich meinen Zimmerschlüssel aus der Tasche zog und die Tür aufschloss. Roxy folgte mir in mein Zimmer, denn es war größer als ihres und verfügte über einen zusätzlichen Stuhl.

„Glaub bloß nicht, dass ich mir jeden Tag die Gesprächsthemen von dir vorschreiben lasse! Ich habe mich lediglich dazu bereit erklärt, auf der Wanderung nicht über Vampire zu sprechen, weil du heute Morgen so furchtbar ausgesehen hast.“

Seltsamerweise hatte ich mich aber gar nicht schlecht gefühlt. Mein Hinterkopf war nur noch ein ganz kleines bisschen schmerzempfindlich und in meinem Gehirn war es merkwürdig ruhig. Das lag an dem kleinen Motivationsgespräch, welches ich morgens im Bad mit mir geführt hatte. Obwohl ich eigentlich nicht viel für intensive Selbstbetrachtungen übrig hatte, war diese Maßnahme nötig gewesen. Sonst hätte ich mich zur Elektroschocktherapie anmelden müssen.

„Der menschliche Verstand ist eine seltsame, wunderbare Sache“, hatte ich meinem Badeschwamm erklärt, während ich ihn mit meiner geliebten Jasminseife einrieb. „Er ist extrem empfänglich für Suggestion und lässt sich leicht dazu bewegen, etwas wahrzunehmen, das eigentlich gar nicht da ist. Besonders Stress kann unglaubliche Dinge mit dem Gehirn anstellen, denn er bringt es dazu, sich zu schützen, indem es die Anspannung mit Hilfe von lebhaften Träumen und Vision abbaut.“

Der Schwamm wollte meine Theorie nicht kommentieren und so benutzte ich ihn, um mich zu waschen, während ich meine Argumentation zu Ende führte. Was ich bei Miranda im Gin-Tonic-Rausch erlebt hatte, hatte sich offensichtlich in mein seinerzeit leicht zu beeinflussendes Gehirn eingebrannt. Als ich dann in die mährischen Berge kam, die angeblich von Fabelwesen bevölkert waren, wie Miranda erwähnt hatte, wollte mein Gehirn die Anspannung, die sich durch meine Anwesenheit in einem fremden Land auf der anderen Seite der Welt aufgebaut hatte, abbauen, indem es einschlägige Bilder hervorkramte und sie mir als real verkaufte.

Als ich aus der Wanne stieg, ignorierte ich die leise Stimme, die mich darauf hinwies, dass ich eigentlich gar nicht besonders gestresst war – schon gar nicht wegen meines lang ersehnten Urlaubs in Europa. Ich griff nach meinem Handtuch.

Was bei Miranda geschehen war, ließ sich auf den Alkohol zurückführen, während das, was ich am Vorabend gesehen hatte, lediglich eine Illusion gewesen war. Meine Fantasie hatte mir einfach etwas vorgegaukelt. Alles in allem ergab meine Erklärung auf jeden Fall Sinn und war obendrein durch und durch vernünftig. Weitaus vernünftiger, meldete sich mein zynisches Ich zu Wort, als der Gedanke, dass ich vielleicht wie Dorothy aus meinem Leben herausgerissen wurde und in meiner persönlichen paranormalen Version von Oz gelandet war.

Die Ruhe, die in meinem Kopf eingekehrt war, und die Erkundung der faszinierenden geologischen Phänomene der Region hatten erheblich zur Wiederherstellung meiner guten Laune beigetragen. Auf der Wanderung hatte ich ein paarmal daran gedacht, die seltsamen Sinnestäuschungen anzusprechen, die ich am Vorabend erlebt hatte, doch es widerstrebte mir sogar, mit meiner besten Freundin darüber zu reden. Das Ganze war irgendwie zu … persönlich. Aber als wir nun ins Hotel zurückgekehrt waren, beschloss ich, Roxy fairerweise zum Zug kommen zu lassen, nachdem sie es sich den ganzen Tag verkniffen hatte, über Vampire zu sprechen. Ich sollte den Advocatus Diaboli spielen, daran hatte sie stets ihre Freude, und da ich nun wieder mit mir im Reinen war, machte es mir überhaupt nichts aus, ihr diesen Gefallen zu tun.

„Okay, ich beiße an. Woher weißt du, dass Raphael kein Vampir ist?“, fragte ich, zog mir mein schmutziges Sweatshirt aus und nahm meinen Bademantel.

„Hmm? Oh, ganz einfach: Er hat was getrunken.“

„Wie bitte?“

Sie nickte und begann, ihre Wanderstiefel aufzuschnüren. „Gestern Abend in der Schänke. Er hat Bier getrunken. Und wie ja nun wirklich jedes Kind weiß, nehmen Vampire ausschließlich Blut zu sich! Du kennst doch die Bücher – du weißt, dass sie erst nach der Vereinigung etwas anderes als Blut vertragen.“

„Du kennst dich für meinen Geschmack viel zu gut aus mit diesen Büchern!“ Ich zog mir die Jeans aus und holte frische Unterwäsche aus der Kommode.

Roxy grinste und entledigte sich eines Stiefels. „Man muss die Gewohnheiten derer kennen, auf die man Jagd macht, nicht wahr? Abgesehen davon solltest du dich wirklich nicht beschweren. Mein Wissen wird dir noch sehr nützlich sein, wenn wir deinen Vampir finden. Du … äh … glaubst doch nicht, dass es Dominic ist, oder?“

Den Satz mit dem Vampir überhörte ich einfach, aber ich erschauderte bei der Vorstellung, irgendetwas mit diesem aufgeblasenen Dominic anzufangen. „Igitt. Nein! Und er ist überhaupt kein Vampir, Roxy, nur in seiner Einbildung. Seine Eckzähne sind eindeutig falsch.“ Als ich vor meinem geistigen Auge sah, wie sich spitze Vampirzähne in zartes Fleisch bohrten, zügelte ich meine Fantasie augenblicklich. Einzig meine Fantasie war an allem Schuld, meine allzu lebhafte Fantasie! Ich streifte meine Unterwäsche ab und schlüpfte in den Bademantel.

„Ach, du bist nur voreingenommen! Versprich mir, heute Abend auf dem Markt vorurteilsfrei und aufgeschlossen zu sein.“

Ich wollte nicht aufgeschlossen sein. Aufgeschlossenheit führte zu Visionen und die waren definitiv nicht gut für meine geistige Gesundheit. Dennoch, ich war immer stolz auf meine Fähigkeit gewesen, unvoreingenommen urteilen zu können, und so hielt ich es nur für fair, ohne Vorurteile alle Beweise abzuwägen, bevor ich zu dem Schluss kommen würde, dass es tatsächlich keine Vampire gab.

Abgesehen davon wusste ich, dass ich recht hatte und Roxy falschlag, und deshalb konnte mir nicht das Geringste passieren, wenn ich aufgeschlossen an die Dinge heranging.

Wenn alle auf dem Markt so waren wie Dominic, musste ich mir keine Sorgen machen. Ich nahm meinen Kosmetikbeutel und drehte mich zu Roxy um. „Also gut, ich werde keine Vorurteile haben."

„Versprich mir, dass du nicht auf Dominic herumhacken wirst!"

Ich hob die Hand. „Ich werde nicht auf Dominic herumhacken."

„Und du wirst nett zu allen Vampiren sein, die dir begegnen."

„Natürlich. Willst du zuerst in die Wanne?"

„Nein." Roxy zog den anderen Stiefel aus und humpelte zur Tür. „Du siehst aus, als hättest du ein Bad nötiger als ich. Wir treffen uns um sechs unten zum Essen und dann gehen wir auf den Markt. Und leg dich noch ein bisschen hin! Du bist immer so schlecht gelaunt, wenn du ohne Nickerchen lange aufbleibst, und ich will mir wirklich in Ruhe alles angucken. Ich kann es kaum erwarten, Dominic wiederzusehen. Er ist echt heiß!"

Und das wusste er auch. „Roxy, darf ich dir einen guten Rat geben?"

Sie blieb an der Tür stehen und legte den Kopf schräg. „Was denn?"

„Tanya wirkte furchtbar besitzergreifend, was ihn angeht. Leg dich besser nicht mit ihr an! Sie wirkt nicht so, als würde sie es dulden, wenn jemand in ihrem Revier wildert."

Roxy schenkte mir ihr typisches „Bei mir wird jeder Mann schwach"-Lächeln. „Mach dir um mich keine Sorgen! Ab in die Wanne! Ach, eins noch: Zieh dich sexy an! Selbst wenn Raphael nicht der Mann deiner Träume sein sollte, ist er der Einzige, den ich kenne, der dich mühelos drei Treppen hochtragen kann. Vielleicht willst du ihn dir doch ein bisschen genauer ansehen. Einfach zu schade, dass er kein Vampir ist …“ Damit verschwand sie aus dem Zimmer.

Ich schaute zur Tür, die sich langsam hinter ihr schloss, und schon stand das Bild der Hotelschänke vor meinen Augen. Die Erinnerung war noch ganz lebendig: Raphael stand mit einem Bier in der Hand am Ende der Theke und unterhielt sich mit dem Wirt, während er mich gleichzeitig beobachtete.

Wenn ich mich – mit aller gebotenen Vorsicht – auf die Möglichkeit einließ, dass es Vampire wirklich gab und sie nach den Gesetzen aus Dantes Büchern lebten, mussten sie sich dann nicht aus Gründen der Selbsterhaltung unauffällig in die menschliche Gesellschaft einfügen?

Wenn ein Vampir sein Geheimnis wahren wollte, dachte ich, dann ging er vielleicht tatsächlich in eine Kneipe, bestellte sich ein Bier und tat so, als hätte er davon getrunken, indem er es „versehentlich“ irgendwohin schüttete, ohne dass es jemand bemerkte.

In einen Blumenkübel zum Beispiel.

Nachdem ich gebadet hatte, machte ich ein Nickerchen. Roxy hatte leider recht: Ich war kein Nachtmensch. Und da der Gothic-Markt bis zwei Uhr nachts geöffnet hatte, wusste ich, dass ich nicht lange durchhalten würde, ohne ein bisschen vorzuschlafen. Zwei Stunden später stand ich auf und zog mir eine braune Wollhose und einen dicken Seemannspullover an, denn ich wollte auf keinen Fall etwas tragen, das man auch nur im Entferntesten für sexy halten konnte. Raphael war bestimmt ein sehr netter Mann – und ungewöhnlich stark dazu –, aber Roxys Plänen und Hoffnungen zum Trotz war ich wirklich nicht auf Männerjagd.

Nun, okay, vielleicht war ich ein kleines bisschen an ihm

interessiert, aber eigentlich hatte ich gar keine Zeit, etwas mit ihm anzufangen, also war es das Beste, wenn ich mich an die „Angucken, aber nicht anfassen"-Regel hielt.

Als ich die Treppe runterging, hörte ich hinter mir eine Tür ins Schloss fallen. Unter dem Dach gab es nur zwei Zimmer und ein Bad, das Roxy und ich praktisch für uns hatten. Aus Neugier blieb ich auf dem Treppenabsatz stehen. Mal sehen, wer sich da ins Dachgeschoss verirrt hatte!

Ich erblickte ein Paar klobige schwarze Stiefel mit dicken Sohlen, dann schwarz-weiß gestreifte Strümpfe unter einem tuntigen schwarzen Netzrock, der über die Treppenstufen schleifte, gekrönt von einem rot-schwarzen Trägertop aus Samt und ... Tanyas Kopf. Sie blieb abrupt stehen, als sie mich sah.

Ich staunte über ihre Frisur. „Ich glaube, ich habe noch nie jemanden mit so knallroten Haaren gesehen. Tolle Farbe! Passt zu deinem Top. Ich wusste gar nicht, dass ihr auch hier wohnt. Ich dachte, alle vom Markt leben in den Wohnwagen, die unten auf der Wiese stehen."

„Wir wohnen aber hier", erwiderte sie heiser mit ihrem schweren Akzent. Ihre Augen leuchteten, ihr Gesicht war weiß getüncht und ihren Mund hatte sie natürlich mit einem schwarzen Lippenstift betont, wie es in der Grufti-Szene angesagt war.

„Oh? Dann wolltest du wohl mal den Ausblick von hier oben genießen?"

Sie kam auf mich zu. Das Treppenhaus mit seinen ausgetretenen Stufen war, wie ich bereits erwähnte, ziemlich eng und so ließ mir Tanya keine andere Wahl, als mich umzudrehen und vor ihr nach unten zu gehen.

„Ich habe eine Toilette gesucht", sagte sie.

„Ach ja?" Ich blieb kurz auf dem zweiten Treppenabsatz

stehen. „Im Erdgeschoss ist eine, weißt du, gleich neben der Schänke.“

Die Art, wie ihre Augen in dem schwach beleuchteten Treppenhaus funkelten, erinnerte mich an eine Schlange, die gerade eine besonders fette Maus entdeckt hatte. Ich beschloss, lieber nicht stehen zu bleiben, um herauszufinden, ob sie tatsächlich zuschnappte, und nahm die nächste Treppe in Angriff, wobei ich mich an der Wand abstützte. Wenn man eins achtzig groß war, hat man auch große Füße, und große Füße auf dreihundert Jahre alten Treppenstufen können zu einem ernsten Problem werden.

„Unten war besetzt“, entgegnete Tanya knapp und es klang, als spucke sie mir die Worte regelrecht ins Kreuz, aber sehen konnte ich das natürlich nicht.

„Soweit ich weiß“, rief ich über meine Schulter, „gibt es auch eine Toilette im ersten Stock.“

„Die war auch besetzt.“

„Aha.“ Warum glaubte ich ihr nicht? Vielleicht, weil sie mir unsympathisch war? Oder wegen ihres schlechten Einflusses auf Arielle, aus der sie eine Kopie ihrer selbst machte? Oder etwa, weil Roxy und ich die einzigen beiden Zimmer im Dachgeschoss bewohnten, was bedeutete, dass die liebe Tanya herumgeschnüffelt hatte?

„Ich habe gehört, die tschechischen Gefängnisse sollen nicht so angenehm sein.“

„Warum sagst du das?“, fuhr sie mich scharf an. Um es zu so einer Reibeisenstimme zu bringen, musste sie bestimmt fünf Schachteln am Tag rauchen.

„Ach, nur so. Ich dachte gerade daran, wie schrecklich es sein muss, wenn man hier beim Klauen erwischt wird, besonders wenn man kein tschechischer Staatsbürger ist. Der Tourismus ist den Leuten in dieser Region heilig. Wenn beispielsweise jemand in ein Hotelzimmer einbricht und sich am Eigentum eines Touristen vergreift, dann wird die Polizei dieses Vergehen sicherlich mit aller Härte ahnden."

Auf der letzten Treppe geriet ich auf einer besonders krummen Stufe ins Stolpern und stützte mich Halt suchend an der Wand ab.

„Auf dieser Treppe musst du vorsichtig sein", ertönte es zuckersüß hinter mir. „Wenn du stürzt, kannst du dir das Genick brechen, und das wäre doch wirklich tragisch!"

Ich drehte mich zu Tanya um und fletschte lächelnd die Zähne. Als Antwort zeigte sie ihre. Als ich um die letzte Kurve bog, bekam ich von hinten einen Stoß in die Knie und mir knickten die Beine ein. Ich schrie auf und stürzte, wobei ich zuerst gegen die Wand schlug, bevor ich direkten Kurs auf den Holzboden in dem schmalen Flur des Erdgeschosses nahm.

Ich landete zwar nicht auf dem Boden, hatte allerdings das Gefühl, in eine Mauer hineinzukrachen. Aus dem Nichts war Raphael aufgetaucht, hatte mich gepackt und an sich gezogen. Dabei vollführte er eine beeindruckende Drehung, sodass er und nicht ich mit dem Rücken gegen die holzvertäfelte Wand prallte. Zu Tode erschrocken klammerte ich mich an seinen Mantel und drückte mich benommen an ihn. Von dem Adrenalinstoß raste mein Herz wie verrückt. Als ich mich mühsam aufrappelte, bemerkte ich, wie er mich voller Sorge betrachtete.

„Mann, du hast verdammt gute Reflexe! Alles in Ordnung?", fragte ich.

Erwartungsgemäß zog er eine Augenbraue hoch. „Das wollte ich dich gerade fragen. Du solltest wirklich vorsichtiger sein. Diese alten Stiegen sind gefährlich. Da muss man aufpassen, wo man hintritt!"

Er hielt mich immer noch in den Armen und ich hatte absolut nichts dagegen. Obwohl er sich steinhart angefühlt hatte, als ich mit ihm zusammenstieß, war ich doch sehr froh, dass er da war. Er strahlte wieder diese Wärme aus und roch ebenso verführerisch wie am Vorabend – und er war mir so nah, dass ich seine Halsschlagader pochen sah.

Ich wäre am liebsten in seinen Armen versunken, doch es gelang mir, mich von ihm loszumachen. „Ich *habe* aufgepasst, wo ich hintrete – das war ja das Problem: Ich konnte nicht gleichzeitig die Teufelin im Auge behalten, die mir im Nacken saß."

„*Chérie!* Du willst Tanya doch wohl nichts unterstellen?", ertönte es von links. Dominic stand in der Tür zur Schänke und Tanya kuschelte sich mit einer derart selbstgefälligen Miene an ihn, dass ich ihr am liebsten sämtliche blutroten Haare ausgerissen hätte, nur um sie wieder anzukleben und sie ihr erneut auszureißen.

„Das war pure Absicht! Sie hat mich die Treppe runtergeschubst, weil ich ihr mit der Polizei gedroht habe, als ich sie im Dachgeschoss erwischt habe, wo sie nichts zu suchen hat!"

„Sie lügt", flüsterte Tanya Dominic ins Ohr.

„Es ist wahr! Du hast mir von hinten in die Beine getreten! Ich wette, ich bekomme dicke blaue Flecken von deinen Monsterstiefeln!"

„Monsterstiefel!" Tanyas Blick zeigte deutlich, dass sie mich in ihrer Fantasie gerade aufschlitzte und vierteilte. „Ihr Amis habt doch keine Ahnung von Mode …"

„Ruhe jetzt!", rief Dominic und schob Tanya von sich. Er kam auf mich und Raphael zugeschlendert und musterte mich von oben bis unten – auf eine Art und Weise, die mich stinkwütend machte.

„Dominic!“ Tanya sah aus, als spucke sie jeden Augenblick Feuer, aber Dominic beachtete sie gar nicht. Er spitzte die Lippen und machte „Ts, ts, ts“, als er sah, wie ich mir das Handgelenk rieb, mit dem ich gegen die Wand geknallt war. Er nahm meine Hand und streichelte die schmerzende Stelle mit kleinen kreisenden Bewegungen.

„Du hast dir ja wehgetan!“, sagte er schmierig. Für einen großen, schlanken Mann hatte er überraschend kurze Finger, stellte ich fest, als er sich über meinen Arm beugte. Er hob ihn hoch, um ihn sich genauer anzusehen, und leckte sich dabei über die Lippen. „Das scheint aber wirklich nicht dein Glückstag zu sein. *Bis jetzt.*“

„Lass sie in Ruhe, Dominic.“ Raphael wirkte zu Tode gelangweilt, wie er da an der Wand lehnte, aber sein Ton war eisig und in seinen Augen blitzte etwas auf, das Dominic hoffentlich bedrohlich fand.

„Ja, lass mich in Ruhe, Dominic!“

Tanya stieß ihn an, aber er ignorierte sie und zeigte mir grinsend seine Vampirzähne. „Und wenn ich das nicht kann, Kleines?“

*Kleines?* Das sollte wohl ein Scherz sein! Ich war annähernd so groß wie er.

„Ach, wie sehr würdest du leiden, wenn ich dir keine Aufmerksamkeit schenkte!“ Mit der freien Hand fasste er mich am Kinn und zwang mich, den Kopf in den Nacken zu legen. Ich wollte mich befreien, aber er hielt mich am Handgelenk fest. Ein stechender Schmerz schoss durch meinen Arm.

„Lass mich los, du falschzahniger Mistkerl!“

„Dominic!“ Nun zerrte Tanya an seinem Arm, aber Dominic fauchte nur wütend und stieß sie fort, während er mich an sich zog.

„Lass sie los, Dominic“, sagte Raphael leise und seine tiefe

Stimme grollte durch den schmalen Flur. Irgendetwas in meinem Inneren reagierte darauf und schwang auf angenehme Weise mit. Er lehnte immer noch an der Wand und gab sich noch gelangweilter als vorher, falls das überhaupt möglich war.

Mein eben noch dankbarer Blick verfinsterte sich. „Willst du einfach nur dastehen und die Wand festhalten oder hilfst du mir?"

„Raphael ist mein Untergebener", säuselte Dominic, hob mein Handgelenk an seinen Mund und bleckte seine Pseudo-Vampirzähne. „Er kennt die dunklen Mächte nur zu gut, mit denen er es zu tun bekommt, wenn er mich reizt."

Ich kam mir vor wie in einem schlechten Gruselfilm – *Dunkle Schatten über Monsterhausen,* oder etwas in der Art.

„Du bist der mieseste Schauspieler, den ich je gesehen habe", sagte ich zu Dominic. Sein rechtes Augenlid zuckte kaum merklich.

„Dominic, hör sofort damit auf!" Tanya war inzwischen fuchsteufelswild, aber sie machte sofort einen Rückzieher, als ihr Lover sich wütend zu ihr umdrehte – wobei er mir fast den Arm auskugelte – und auf Französisch einen Schwall von Beschimpfungen ausstieß.

„So wahr mir Gott helfe, wenn du mich nicht loslässt, verklage ich dich wegen Körperverletzung, dass dir Hören und Sehen vergeht!" Ich zerrte an meinem Arm. „Das ist ein Kinderspiel für mich! Meine Mutter ist nämlich Anwältin!"

Sein Griff um mein Handgelenk wurde noch fester. „*Chérie!* Warum so ungeduldig? Ich liebe starke Frauen. Und ich liebe Frauen mit Temperament. Wehr dich, *mon petit chat*! Dich kämpfen zu sehen bereitet mir Freude."

Ich starrte ihn einen Moment lang ungläubig an, dann

drehte ich mich wutentbrannt zu Raphael um. „Verdammt, er ist dein Chef – tu irgendwas!"

Er zuckte mit den Schultern und richtete sich auf. „Was soll ich denn tun?"

„Kastration kommt wohl nicht in Betracht?"

„Heute Nacht gehörst du mir, *mon ange*", flötete Dominic und zog mich an sich, während er mit der Zunge über seine Eckzähne fuhr. „Aber ich glaube, zuerst muss ich dir noch Manieren beibringen." Er hob meine Hand an seine Lippen.

„Raphael!" Ich schwöre, ich sah seine Augen aufleuchten als Reaktion auf meinen nachdrücklichen Appell.

Als Dominic die Zunge ausfuhr, um über meine Pulsader zu lecken, ballte ich die freie Hand zur Faust und machte mich bereit, ihm mein Knie zwischen die Beine zu rammen. Doch bevor ich das tun konnte, war plötzlich die Hölle los. Ein wütender Schrei hallte in meinen Ohren, als die Haustür mit einem Knall aufflog und ein kalter Windstoß verwelkte Blätter in den Flur wirbelte. Raphael stürzte sich auf Dominic und Roxy kam mit Christian, dem Mann vom Vorabend mit der schönen Stimme, aus der Schänke angerannt. Dominic schrie auf, als habe er einen Schlag abbekommen, ließ meine Hand los und taumelte nach hinten. Tanya ging mit erhobenen Krallen und lautem Gebrüll auf mich los. Roxy, die sich an Christian klammerte, rief todesmutig in dem schlechtesten Französisch aller Zeiten: *„Aidez-moi! Aidez-moi!"*

*„Aidez-moi?"*, fragte ich, während ich mir größte Mühe gab, mich nicht von Tanyas Fingernägeln aufspießen zu lassen. „Du brauchst Hilfe? Und was ist mit *mir*?"

Schneller als ich gucken konnte, hatte Raphael Dominic an seinem Rüschenkragen gepackt und gegen die Wand geschleudert. Tanya ging erneut mit einem frustrierten Kreischen auf mich los, aber ich hielt sie an beiden Armen fest.

„Vergiss nicht, wer hier das Sagen hat!“, schrie Dominic, als Raphael ihn knurrend mit einer Hand hochhob, sodass seine Beine in der Luft baumelten. Christian schaltete sich ein und befreite mich von Tanya. Nachdem er sie weggezerrt hatte, hielt er sie so lange fest, bis sie sich etwas beruhigt hatte.

„Vergiss nicht, wer ich bin, St. John! Ohne mich bist du nichts, gar nichts! Ein Wort von mir und du bist erledigt!“

Das waren kühne Worte, wenn man bedachte, dass Raphael Dominic mit nur einer Hand in Schach hielt. Aber zu meiner großen Enttäuschung schienen diese Worte Wirkung zu zeigen. Raphael ließ Dominic langsam die Wand hinunterrutschen, bis er wieder Boden unter den Füßen hatte. Auf Dominics Gesicht breitete sich ein widerliches, überhebliches Grinsen aus und er rückte mit völlig übertriebenen Gesten sein Hemd und seine gestreifte Weste zurecht.

„Ein kluger Mann weiß, wann er seinen Meister gefunden hat“, bemerkte er triumphierend, drehte sich zu Christian um und schnappte sich die immer noch wütende Tanya.

Chef hin oder her, ich hoffte sehr, dass Raphael ihm so richtig eine reinhauen würde, aber außer seine Hände immer wieder zu Fäusten zu ballen, tat er gar nichts. Seine Miene war unbewegt und ausdruckslos, und wie ich neidlos anerkennen musste, hatte er für seine Selbstbeherrschung eine Eins verdient.

Dominic wandte sich noch einmal mir zu. Er setzte lächelnd seinen Schlafzimmerblick auf, den er garantiert für extrem sexy hielt, obwohl er damit einfach nur blöd aussah. „Und du, *mon ange* – wir sehen uns später noch, hm? Ich verspreche, dir deine geheimsten Wünsche zu erfüllen, wie außergewöhnlich sie auch sein mögen.“

Tanya legte schnaubend, aber wortlos Protest ein.

„Oh, prima", entgegnete ich. „Ich habe schon seit einer Ewigkeit keine richtig gute Vampirpfählung mehr gesehen. Freut mich sehr, dass du dich freiwillig zur Verfügung stellst."

Das rechte Augenlid zuckte erneut, doch das anzügliche Grinsen wich nicht aus Dominics Gesicht. Er machte eine übertriebene Verbeugung vor mir, zeigte allen in der Runde noch einmal seine spitzen Eckzähne und stolzierte zur Tür.

Dort blieb er noch einmal stehen. „Raphael!", rief er, ohne sich zu ihm umzudrehen. „Ich erwarte dich auf dem Markt, bevor wir öffnen."

„Ich werde da sein", antwortete Raphael, verschränkte die Arme vor der Brust und bedachte Dominic mit einem Blick, wie ich ihn in meinem ganzen Leben nicht abbekommen wollte. Dominic warf sich mit großer Geste seinen Umhang über die Schultern und rauschte aus dem Hotel. Tanya folgte ihm schmollend.

„Ich wette, das hat er in ‚Dramatische Abgänge 101' gelernt", raunte ich Roxy zu. Sie fing an zu kichern. Ich lächelte Raphael dankbar an. „Jetzt bin ich dir wohl was schuldig."

Er schob den Unterkiefer vor und erwiderte mein Lächeln nicht. Genau genommen sah er sogar stinksauer aus. „Sieht so aus", entgegnete er mit einem knappen Nicken.

Ich kniff die Lippen zusammen und meine Dankbarkeit verpuffte unter dem zornigen Blick aus diesen verflixten bernsteinfarbenen Augen. „Trotzdem wollen wir es nicht mit den Nettigkeiten übertreiben, nicht wahr?"

Er machte einen Schritt auf mich zu – einen großen Schritt, denn der Mann hatte Beine bis unter die Achseln – und sah mich wütend an. Zugegebenermaßen wirkte er sehr bedrohlich, aber nur weil er einen Haufen Muskeln, ein kantiges Gesicht und einen Blick hatte, der ein Pferd aus den Hufeisen hauen würde. Doch ich ließ mich nicht von ihm einschüchtern.

„Ich hätte um ein Haar meinen Job verloren, weil du unbedingt mit Dominic flirten musstest. Hast du schon mal die Redensart gehört, dass man sich von der Küche fernhalten soll, wenn man die Hitze nicht verträgt?"

Mir fiel die Kinnlade herunter. Das war doch wirklich unerhört! Ich sah Roxy an. Hatte sie auch gehört, was ich gehört hatte? Anscheinend nicht, denn sie hielt sich den Mund zu und versuchte eindeutig, sich das Lachen zu verkneifen. Christian sah mich interessiert an, aber auch er schien meine Empörung nicht zu teilen. Ich reckte mein Kinn in die Höhe und ging wütend auf Raphael los.

„Flirten? Hitze? *Küche?* Hast du sie nicht alle? Als du gegen die Wand geknallt bist, muss dein Gehirn Schaden genommen haben, mein Freund, denn dass ich mit Mister Vampirzahn geflirtet habe, kann ja nun wirklich niemand behaupten, der noch halbwegs bei Verstand ist!"

Raphael kam noch einen Schritt auf mich zu, sodass wir Zeh an Zeh und Nase an Kinn standen. „Du hast ihm erlaubt, deine Hand zu halten, und ich habe gesehen, dass du dich nicht besonders angestrengt hast, von ihm loszukommen. Außerdem musstest du mir auch noch ständig schöne Augen machen, damit er eifersüchtig wird. Anders gesagt hast du genau das getan, was eine Frau tut, wenn sie einen Mann auf sich aufmerksam machen will: Du hast Gleichgültigkeit vorgetäuscht, um sein Interesse zu wecken. Das, Joy Martine Randall, nennt man Flirten. Ich wäre dir sehr verbunden, wenn du mich beim nächsten Mal aus deinen Spielchen raushalten könntest!"

„Oh!", rief ich eingeschnappt. Ich konnte nicht glauben, wie sehr ich mich in ihm getäuscht hatte. Als blutsaugender

Untoter hatte er mir besser gefallen, doch er war nur ein egozentrischer, kleinkarierter, selbstgerechter und *selbstgefälliger* Mann. „Zu deiner Information, Mister Selbstverliebt, ich habe *nicht* mit ihm geflirtet! Ich spiele keine Spielchen! Und ich habe dir ganz gewiss keine schönen Augen gemacht, das kannst du dir aus dem Pudding schlagen, den du Kopf nennst!"

„Pudding?", brüllte er und die Empörung quoll ihm aus sämtlichen Poren.

„Vanille! Mit Klümpchen!", brüllte ich zurück.

Er atmete tief durch und seine Finger zuckten, während er um Selbstbeherrschung rang. Komischerweise machte mir die Tatsache, dass er größer und stärker war als ich, keine Angst. Irgendwie wusste ich, dass er mir nichts tun würde.

„Du bist die unmöglichste Frau, die mir je begegnet ist!", knurrte er mit zusammengebissenen Zähnen. Seine Augen waren hübsch anzusehen, aber das sagte ich ihm natürlich nicht. Einem Mann, der starrsinniger als jeder Esel war, machte ich doch keine Komplimente! „Ich würde keine Sekunde daran zweifeln, dass du dieses ganze Fiasko geplant hast, damit ich meinen Job verliere. Ich habe mir schon gedacht, dass du einem nur Schwierigkeiten machst, als ich gesehen habe, wie du *ihn* umgarnt hast." Er zeigte auf Christian.

Ich starrte Christian mit offenem Mund an. Ich war so perplex, dass mir keine passende Antwort einfiel. Christian sah Raphael halb überrascht, halb verärgert an. Ich fragte mich, worüber er sich eigentlich ärgerte – er war ja schließlich nicht beleidigt worden. Meine Sprachlosigkeit hielt ungefähr drei Sekunden an.

„Du riesengroßer Blödkopf! Zuerst flirte ich mit Dominic und dann umgarne ich Christian? Wenn du das tatsächlich denkst, bist du total gestört, hundertprozentig geistesgestört! Du hast ein Sexproblem, und zwar ein ganz gewaltiges!“

„Im Gegensatz zu einer gewissen Frau, die sich an einem Tag gleich drei Männern an den Hals geworfen hat, habe ich kein Sexproblem!“

„*Drei?*“, brauste ich auf.

„Ich bin der dritte. Hast du gestern Abend schon vergessen?“

„Das war etwas anderes. Ich habe meine Meinung längst geändert“, erwiderte ich, bohrte ihm den Zeigefinger in die Rippen und legte den Kopf in den Nacken, um ihn besser anfunkeln zu können. „Ich kenne Männer wie dich – stark und schweigsam und höllisch sexy und davon überzeugt, dass jede Frau im Umkreis von zehn Kilometern scharf auf sie ist! Ich wette, du denkst sogar, *ich* fände dich attraktiv!“

„Immerhin hast du gesagt, du würdest mich dafür bezahlen, wenn ich mit dir schlafe.“

„Joy!“, rief Roxy schockiert.

„Das war ein Witz“, log ich mit zusammengebissenen Zähnen. Dann wandte ich mich wieder Raphael zu. „Ich hatte mir gerade den Kopf angeschlagen. Ich war offensichtlich nicht ganz bei Sinnen!“

Seine Augen funkelten heimtückisch und er wurde noch ein Stückchen größer. „Na schön, vergessen wir also gestern Abend, aber was du sagst, ist keine Erklärung für die Tatsache, dass du dich *jetzt* zu mir hingezogen fühlst.“

„Das stimmt nicht!“, erwiderte ich empört. Um keinen Preis hätte ich zugegeben, dass ich in diesem Moment innerlich vibrierte wie eine Gitarrensaite, weil er mir so nah war.

„Natürlich stimmt es! Du bettelst ja praktisch darum, dass ich dich küsse. Was soll das denn anderes bedeuten, als dass du dich zu mir hingezogen fühlst?“

Sein Atem strich über mein Gesicht und ich sonnte mich in seinem glühenden Blick. Mir wurde ganz warm, ich fühlte mich sehr weiblich und war wahnsinnig erregt.

Verdammt!

„Wenn ich dich küssen wollte, Bob, dann würde ich jetzt schon längst deine Mandeln begutachten!"

„Ist das so?"

Er war mir so nah, dass mich seine Körperwärme förmlich zum Schmelzen brachte. Seine Augen brannten sich in meine, und als unsere Lippen keinen Zentimeter mehr voneinander entfernt waren, gestand ich mir ein, dass er recht hatte – ich wollte, dass er mich küsste, mehr als alles andere auf der Welt.

„Ja, das ist so! Ich glaube vielmehr, dass du mich küssen willst! Warum kapitulierst du nicht einfach und sagst es?"

„Sag du es zuerst!"

„Niemals!"

„Ich kapituliere nicht", sagte er, bevor sich unsere Lippen berührten.

Ich ertrank in seinen Augen, bereit, mich vollständig zu ergeben, als ich plötzlich sehr unsanft auf den Boden der Realität zurückgeholt wurde. Roxy räusperte sich lautstark. „Äh, Leute, Bezahlung hin oder her, aber ihr wollt doch wohl nicht hier mitten im Flur Sex haben? Für mich stellt sich das nämlich gerade so dar, und erstens will ich das echt nicht mit ansehen, und zweitens glaube ich nicht, dass es so toll wird, wie ihr es euch vorstellt, wenn hier ständig Leute ein und aus gehen!"

Mit größter Mühe löste ich mich von Raphael und schluckte. Mehrmals. Ich sah ihn nicht an und drehte mich mit einem unsicheren Lächeln zu Roxy und Christian um. „Tut mir leid, Christian, es hat dir bestimmt keinen Spaß gemacht, das hier mitzuerleben, aber wie du gesehen hast, hat *er* angefangen."

„Du bist diejenige, die sich auf *mich* gestürzt hat! Zwei Mal!" knurrte Raphael.

„Also, ich glaube, das Ganze bedarf einer näheren Überprüfung", entgegnete Christian diplomatisch mit seidenweicher Stimme. „Ich würde vorschlagen, wir begeben uns in den Speisesaal. Auf Roxannes freundliche Einladung schließe ich mich euch an und vielleicht möchte der Herr das auch tun?"

„Ich habe schon gegessen", entgegnete Raphael und hob meine Tasche auf, die noch auf der Treppe lag. Er wischte den Schmutz ab und gab sie mir.

Ich war immer noch geladen – und musste zu meiner Schande gestehen, dass ich nicht wollte, dass Raphael wegging. Also tat ich, was ich tun musste. „Hast du Angst, dass du die Hände nicht von mir lassen kannst, wenn du mit uns essen gehst?"

Ich schwöre, Raphaels Kopf fing beinahe an zu rauchen. „Willst du mich provozieren?"

Ich grinste.

„Gut", sagte er schnippisch und kniff die Augen zusammen. „Da du es offensichtlich nicht ohne mich aushalten kannst", ich stieß ein empörtes „Oh!" aus, „lasse ich mich einmal von dieser billigen Frauenmasche erweichen und schließe mich euch an, obwohl ich, wie gesagt, schon gegessen habe."

„Das ist okay", sagte Roxy, fasste seinen Arm und ging mit ihm Richtung Speisesaal. „Du kannst uns Gesellschaft leisten und uns beim Essen zusehen. Wenn du Joy lange genug anstarrst, wird sie sich über kurz oder lang bekleckern. Das ist immer sehr unterhaltsam."

Ich schaute den beiden hinterher, wie sie in dem kaum

genutzten kleinen Speisesaal verschwanden (die meisten Hotelgäste nahmen ihre Mahlzeiten lieber in der Schänke ein), und sah dann Christian an. „Hast du jemals einen so unangenehmen Zeitgenossen gesehen?"

„Noch nie", entgegnete er, nahm meine Hand und massierte sachte das lädierte Gelenk. Ein leichtes Gefühl von Wärme und Geborgenheit umfing mich. Ich lächelte ihn an, doch er erwiderte das Lächeln nicht, sondern sah mir unverwandt in die Augen und küsste dann meine Hand. Ich hatte noch nie einen richtigen Handkuss von einem Mann bekommen und das eigentlich auch immer für eine ziemlich alberne Geste gehalten, aber wie er mich nun mit seinen dunkelbraunen Augen fixierte, fand ich das flüchtige Zusammentreffen seiner Lippen mit meinen Fingerknöcheln alles andere als albern. Dann drehte er langsam meine Hand um, bis sein Mund direkt über meiner Pulsader war.

Plötzlich wurde alles um mich herum grau und mich überkam ein unglaublicher Heißhunger, der an mir zerrte und mich mit eisernen Klauen umklammerte. Ich war regelrecht wahnsinnig vor Gier und spürte ein mir unbegreifliches Verlangen. Doch genauso schnell, wie das Gefühl gekommen war, verschwand es auch wieder, und ich sah Christian atemlos an, als er einen zaghaften Kuss auf mein Handgelenk drückte. Ich zog meine Hand zurück und hätte am liebsten laut geschrien. Was war nur mit mir los? Warum spielten meine Gedanken plötzlich so verrückt? *Mit dir stimmt etwas nicht,* rief eine verängstigte Stimme in meinem Inneren. Ich drehte mich um und wollte weglaufen, um nur den Fantastereien meines lädierten Hirns irgendwie zu entfliehen.

Raphael stand in der Tür zum Speisesaal und beobachtete Christian mit loderndem Blick. Er sah so zornig aus, dass sich meine Nackenhaare sträubten. Dann wandte er sich mir langsam zu, zeigte in den Speisesaal und streckte auffordernd seine Hand nach mir aus. „Wollen wir?"

Ich fühlte mich hundeelend und versuchte, mein wild pochendes Herz unter Kontrolle zu bringen. Offenbar wurde ich wirklich verrückt. Ich schrie innerlich danach, dass mir jemand erklärte, was mit mir geschah, doch äußerlich war ich ganz ruhig. Wie erstarrt stand ich da, weil ich fürchtete, der Wahnsinn könnte jeden Augenblick erneut über mir hereinbrechen.

*Du hast Vampirvisionen. Mit dir stimmt etwas nicht.*

„Joy? Du siehst aus, als müsstest du dringend was essen. Komm, wir suchen uns einen Tisch."

Christians Stimme war eine Oase der Ruhe, aber gegen die Turbulenzen in meinem Kopf kam sie nicht an. Auch er streckte eine Hand nach mir aus. Unfähig, mich zu bewegen, starrte ich sie an.

Vampire oder Wahnsinn – was war mir lieber? Bei dem Versuch, mich zu entscheiden, litt mein Hirn noch ein bisschen mehr. Ich umfasste mit beiden Händen meinen Kopf, um meinen Verstand zusammenzuhalten, denn ich hatte große Angst, die Kontrolle über alles zu verlieren, was mir wichtig war. Vampire oder Wahnsinn? Was war real und was bildete ich mir ein? Wie sollte ich das unterscheiden? Konnte ich mir überhaupt noch trauen? Erkannte ich denn, was real war? Und wenn nicht, wer konnte mir dann helfen?

*Du kannst nicht unterscheiden, was real ist und was nicht,* flüsterte die Stimme in meinem Kopf. *Mit dir stimmt etwas nicht.*

„Joy."

Raphaels Stimme war wie ein Leuchtfeuer im Mahlstrom meiner Gedanken. Ich kämpfte gegen die Panik an, die mich ergriff, und versuchte, meinen Gedanken eine Richtung zu geben, um nicht in diesen Strudel gerissen zu werden und schließlich in einem Meer aus Verwirrung und Angst zu ertrinken. Verzweifelt klammerte ich mich an die Hoffnung, dass ich das ganze Durcheinander entwirren und herausfinden würde, was das alles zu bedeuten hatte, wenn man mir nur ein bisschen Zeit ließe.

*Vergiss es! MIT DIR STIMMT ETWAS NICHT!*

„Joy."

„Mit mir ist alles in bester Ordnung!", schrie ich Raphael an. „Dann habe ich eben ab und zu Visionen, na und? Hat doch jeder mal! ICH WEIGERE MICH, VERRÜCKT ZU WERDEN!"

Meine Worte hallten durch den langen, schmalen Flur, in dem ansonsten nur die leisen Geräusche aus der Schänke zu hören waren. Entsetzt über mein eigenes Gebrüll starrte ich Raphael an.

Er schürzte die Lippen. „Ich glaube, du machst einem noch viel mehr Schwierigkeiten, als ich gedacht habe."

# 6

Das Abendessen war die reinste Tortur für mich. Trotz meiner lautstarken Ansage, es mir nicht zu gestatten, verrückt zu werden, machte ich mir Sorgen um den Zustand meines ehemals gesunden, wenn auch nicht besonders brillanten Verstands. Wie ich es sah, bot mir das Schicksal zwei Möglichkeiten an: Entweder glaubte ich ab sofort an Vampire und war glücklich und zufrieden bis an mein Lebensende oder ich wurde verrückt und ließ mich weniger glücklich und zufrieden einsperren. Angesichts dieser Auswahl war die Sache klar. Ich holte noch einmal tief Luft und erklärte meinem skeptischen Ich, dass ich es nur meiner geistigen Gesundheit zuliebe tat.

Von nun an würde ich an Vampire glauben.

Am Tisch sprach weder Christian noch Raphael den Vorfall im Flur an und ich fragte mich beunruhigt, ob sie vielleicht nur Rücksicht auf mich nahmen, damit ich nicht erneut durchdrehte.

Diese Vorstellung behagte mir ganz und gar nicht.

„Ach, komm schon, nimm doch wenigstens eine Kleinigkeit! Weißt du was, ich lade dich ein", sagte Roxy nach einer Weile zu Raphael.

„Nein, danke. Ich sagte doch, ich habe schon gegessen."

„Ja, aber ein kleiner Nachschlag kann doch nicht schaden. Du bist ein großer Kerl, da ist bestimmt noch Platz für ein bisschen Schweinefleisch mit Sauerkraut, oder?", entgegnete

Roxy grinsend und stieß mich unter dem Tisch mit dem Fuß an. Ich übte mich in der Kunst des Augenbrauenhochziehens, die der Mann, der mir gegenübersaß, so perfekt beherrschte.

„Nein, danke."

„Vielleicht etwas Süßes? Der Strudel ist hier wirklich gut."

„Nein, danke. Ich möchte nichts."

„Roxy, lass ihn in Ruhe!"

„Eine Vorspeise?"

„Nein."

„Ein Glas Wein?"

„Ich trinke keinen Wein."

„Roxy!"

„Ich kann nicht hier sitzen und meinen Schweinebraten mit Knödeln futtern, wenn er nichts isst!", erklärte Roxy und sah Christian mahnend an, bis er gehorsam die Nase in die Speisekarte steckte. Dann wandte sie sich wieder Raphael zu und wollte ihn weiter nerven, doch ich verdrehte meine Augen, bis ich fast schielte, und zum vermutlich ersten Mal in ihrem Leben lenkte Roxy ein.

„Herrgott, du brauchst mich gar nicht so anzusehen, ich wollte doch nur höflich sein. War ich nicht höflich, Joy?"

„Nein, du warst aufdringlich und penetrant. Das gehört sich nicht."

„Ach, du schlägst dich natürlich auf *seine* Seite. Wirklich nicht überraschend, nachdem du ihm vor ein paar Minuten beinahe die Zunge in den Hals gesteckt hättest."

„ROXY!"

„Super, da kommt die Kellnerin! Wissen alle außer dem Ungeselligen hier, was sie nehmen wollen?"

Ich wünschte mir nichts sehnlicher als ein Erdbeben, damit sich der Boden unter meinen Füßen auftat und mich verschlang. Nach Raphaels gequältem Gesichtsausdruck zu urteilen, wünschte er sich das Gleiche.

„Und, wohnst du hier in der Nähe?“, fragte Roxy Christian, nachdem wir bestellt hatten.

Er nickte, während er mit dem Finger über den Rand seines Weinglases fuhr. „Ja, ungefähr einen Kilometer westlich von hier.“

„Wirklich? Und was machst du so?“

„Roxanne!“ Ich schlug ihr auf die Finger, als sie sich das letzte Stück Brot nehmen wollte.

„Was denn?“

„Es ist nicht sehr höflich, Leute so auszuquetschen. Ich habe dir doch gesagt, dass praktisch jeder außer uns Amerikanern Fragen über sein Leben aufdringlich findet.“

Roxy grinste Christian koboldhaft an. „Tut mir leid, ich wollte nicht unhöflich sein.“

Er nahm lächelnd die Brotscheibe, die sie ihm hinhielt. Dann wandte Roxy sich mir zu. „Darf ich denn von mir sprechen oder gehört sich das auch nicht?“

Ich warf Raphael einen „Was soll ich bloß mit ihr machen?“-Blick zu. Er zog beide Augenbrauen hoch, womit er offenbar andeuten wollte, dass ein Knebel helfen könnte. Wie ich zugeben musste, war da durchaus etwas dran.

Christian lachte über Roxys Frage und sein Lachen erwärmte den ganzen Raum. „Deine Fragen machen mir überhaupt nichts aus, obwohl ich eigentlich viel lieber hören würde, was zwei so bezaubernde Frauen in den hintersten Winkel der Tschechischen Republik verschlagen hat.“

„Eine hoffnungslose Mission“, murmelte ich.

Roxy schenkte mir keine Beachtung. „Habt ihr schon mal von dem Schriftsteller Dante gehört?“, fragte sie Raphael und Christian. Erstgenannter schüttelte den Kopf.

Christian legte die Stirn in Falten und spielte mit seiner Brotscheibe. „Ja, ich schon.“

„Das dachte ich mir, er lebt ja hier in der Gegend“, fuhr Roxy fort und suchte in ihrer ziemlich großen Handtasche nach dem Buch, das sie gerade las. „Er schreibt großartige Bücher über die Dunklen – über mährische Vampire – und wir würden ihn unheimlich gern mal treffen. Die Bücher sind sagenhaft und die geheimnisvollen finsteren Helden einfach unwiderstehlich! Das solltet ihr wirklich mal lesen – nicht, dass ihr die Helden auch unwiderstehlich finden würdet, ihr seid ja Männer. Es sei denn ...“ Sie sah Christian und Raphael an, dann schaute sie wieder in ihre Tasche. „Also, das müsst ihr lesen! Es gibt bisher zwölf Bücher in dieser Reihe und in ein paar Monaten soll das nächste erscheinen. Verflixt, ich muss das Buch in meinem Zimmer vergessen haben.“

Christian sah mit hochgezogenen Augenbrauen von Roxy zu mir. Ich gab ihm eine Zwei für den Versuch – er war gut, aber dem Augenbrauenkünstler, der mir gegenübersaß, konnte er nicht das Wasser reichen. Raphael hatte sich mit einem gequälten Gesichtsausdruck zurückgelehnt und die Arme vor der Brust verschränkt. Ich wusste nicht genau, ob ihn das Gespräch langweilte oder die Gesellschaft, in der er sich befand. Auf jeden Fall trug er nicht viel zu der Unterhaltung bei. Ich fragte mich, warum er sich uns eigentlich angeschlossen hatte, wenn es ihm keinen Spaß machte. Dies zog wiederum die Frage nach sich, was mich das überhaupt kümmerte. Nur weil ich ihn ein klitzekleines bisschen attraktiv fand, musste ich ihn ja nicht mögen.

Ich warf ihm einen verstohlenen Blick zu. Er betrachtete mich mit halb geschlossenen Augen und sein Gesichtsausdruck ließ mein Blut in alle möglichen Körperregionen strömen. Meine Frage, warum er sich mit uns abgab, wurde beantwortet, als ich sein Interesse an mir tief in den glitzernden Bernsteinseen aufblitzen sah.

Christian hörte Roxy zu, die das neuste Buch zusammenfasste, und zupfte dabei weiter an dem Rest herum, der von seinem Brot noch übrig war. Er schien Roxys Begeisterung mit einem gewissen Misstrauen zu begegnen. Raphael sah auf seine Uhr, was mich dazu veranlasste, Roxy auszubremsen, um das Gespräch auf ein Thema zu lenken, das ihn vielleicht mehr interessierte.

„Ich glaube, diese Bücher sind nichts für die beiden, Rox."

„Ganz im Gegenteil", meldete Raphael sich unvermittelt zu Wort. „Es ist doch sehr interessant zu erfahren, was Frauen in ihrem Leben fehlt und wonach sie sich sehnen."

„Was ihnen fehlt? Wie meinst du das?", fragte ich.

Er strich sich mit dem Finger über das Kinn und sein Gesicht nahm einen unerträglich selbstgefälligen Ausdruck an. „Nach dem, was Roxy sagt, lesen größtenteils Frauen diese Bücher."

„Ja, und?"

„Und die Protagonisten sind männliche Figuren, die dominant und aggressiv sind, besonders gegenüber Frauen?"

„Sogenannte Alphatiere, und?"

Ein kleines Lächeln huschte über sein Gesicht. „Du musst nicht gleich auf die Barrikaden gehen! Ich wollte nur sagen, dass diese Bücher, deren Leserschaft vorwiegend aus Frauen besteht und in denen aggressive männliche Figuren vorkommen sowie vermutlich zahlreiche unanständige Szenen ..."

„Unanständig?", fuhr ich auf. Wie konnte er es wagen, so etwas über Dantes sagenhafte, romantische, sinnliche, *erotische* Bücher zu sagen!

„Ich wette, du gehörst zu den Männern, die sich Frauen grundsätzlich überlegen fühlen", sagte Roxy argwöhnisch.

Christian musste lachen, tarnte es jedoch rasch als Husten. Raphael und ich ignorierten die beiden.

„Diese Bücher treffen offenbar den richtigen Ton und befriedigen Bedürfnisse, die im alltäglichen Leben zu kurz kommen, wenn man so will", brachte Raphael seinen geistigen Erguss zu Ende.

„Schau an, da hat ja einer ein Psychologie-Diplom", frotzelte ich und bestrich mein Brot ganz dick mit Butter. Die Kalorien waren mir in diesem Moment herzlich egal.

„Universität von Bristol, 1992", bestätigte er.

„Oh, tut mir leid." Ich stopfte mir selbst das Maul mit Brot.

„Mir nicht." Roxy bedachte Raphael mit einem wütenden Blick. „Ich glaube, er ist selbst einer von diesen Alphas, über die er so abfällig redet."

„Dann erklärt es mir!", meinte Raphael, lehnte sich zurück und verschränkte die Hände hinter dem Kopf. „Was findet ihr an diesen Büchern so reizvoll?"

Ich schaute von ihm zu Christian. Was war das nun wieder für eine Frage?

„Bitte", sagte Christian, wischte sich ein paar Brotkrümel vom Hemd und grinste mich auffordernd an. Ich glaubte, etwas in seinen Augen aufblitzen zu sehen, aber es war im gleichen Moment auch schon wieder verschwunden. „Ich finde das genauso spannend wie Raphael. Interessiert ihr euch für die Art Männer, wie ihr sie gerade beschrieben habt?"

„Für Männer wie die Helden in Dantes Büchern?", fragte Roxy.

Er nickte.

„Ooooh", quietschte sie. „Oh ja! Sehr!"

„Nie im Leben", antwortete ich gleichzeitig. „Sie sind ja ganz witzig in einem Roman, aber mit einem echten Alphamann zusammen zu sein ist mit Sicherheit das Letzte. Die haben dieses Arroganz- und Dominanzproblem, ganz zu schweigen davon, dass sie dickköpfig und stur sind und über das Leben aller anderen bestimmen wollen. Frauen wollen keine Alphamänner, wenn ihr mich fragt." Ich lächelte Raphael vielsagend an.

„Hört nicht auf sie, ihr fehlt die richtige Einstellung. Ihr müsst wissen, diese Helden sind nicht einfach nur Alphamänner, sie sind mährische Dunkle. *Vampire!*"

Raphael verdrehte die Augen. Christian wartete lächelnd ab, bis die Kellnerin das Essen serviert hatte, dann sagte er: „Ich hätte gedacht, für die meisten Leute ist Vampirismus etwas, das sie gar nicht genauer kennenlernen wollen, geschweige denn als Vorzug eines Mannes betrachten würden."

„Da irrst du dich gewaltig", sagte Raphael, bevor Roxy widersprechen konnte. „Ich bin erst seit vier Wochen mit dem Gothic-Markt unterwegs, aber die machen in jeder Stadt ein kleines Vermögen. Manche Leute kommen wegen der Bands, die dort spielen, andere kommen aus Neugier und um sich so einen Markt überhaupt mal anzusehen. Aber die meisten Besucher sind junge Leute, die zur Gothic-Gemeinde dazugehören wollen."

„Gothic?", fragte Christian.

„So wird die Szene genannt, die sich der dunklen Seite des Lebens verschrieben hat. Vampire, Nekromanten, morbide Lyrik und laute, nervtötende Musik … einfach alles, was fremd und ungewöhnlich ist. Meiner Erfahrung nach hat man umso mehr Erfolg auf diesem Markt, je ungewöhnlicher und sonderbarer man ist."

„Alles nur Wichtigtuer", sagte Roxy.

„Wie Dominic", fügte ich hinzu.

„Ganz genau", pflichtete Raphael uns bei.

„Dann glaubst du also nicht, dass Dominic und seine Leute das sind, was sie zu sein vorgeben?“, fragte Christian.

Raphael schnaubte abschätzig, setzte sich wieder gerade hin und schaute auf seine Uhr.

„Und wie seht ihr das?“, fragte Christian Roxy und mich.

Roxy studierte Raphael eine Weile. „Nun … vielleicht ist Dominic kein Vampir, aber ich glaube trotzdem, dass es sie gibt. Ich bin ziemlich sicher, dass Dante sich die mährischen Vampire nicht bloß ausgedacht hat. An dem alten Volksglauben wird schon etwas Wahres dran sein.“

„Aha. Und die Dame, die sich weigert, verrückt zu werden? Bist du skeptisch oder glaubst du daran?“

Ich errötete, beschloss aber, mich nicht zu ärgern. Ich hatte doch gewollt, dass sie aufhörten, mich mit Samthandschuhen anzufassen. Ich sah Christian in seine dunklen Augen und zuckte mit den Schultern. Ich war nicht bereit, mich offiziell festzulegen. Trotz meiner Entscheidung, alles zu tun, was nötig war, um nicht den Verstand zu verlieren, fiel es mir schwer zuzugeben, dass ich an so etwas Außergewöhnliches wie Vampire glaubte.

„Manche Leute halten es unter Umständen für töricht, Vampire als pures Entertainment zu betrachten“, merkte Christian an.

„Und wenn es Vampire tatsächlich gäbe, hätten sie recht“, sagte Raphael. „Du glaubst nicht, dass Dominic ein echter Vampir ist, oder?“

Christians Blick verfinsterte sich. Ich fragte mich, wie er das machte, und beschloss, vor dem Spiegel auszuprobieren, ob ich das auch konnte. „Nein. Ich glaube, er schauspielert nur.“

„Und das nicht einmal besonders überzeugend“, bemerkte ich trocken.

„Ich stimme dir zu, aber ich fürchte, andere durchschauen das nicht. Ihr habt nicht zufällig gesehen, was heute auf der großen Wiese los war?"

„Auf der Wiese? Oh, du meinst das Gelände, wo der Markt stattfindet? Nein, wir waren in der anderen Richtung unterwegs. Warum? Was gab es denn da?", fragte Roxy.

„Die Leute kommen jedes Jahr zu dieser Zeit in unsere Region. Das Erntedankfest lockt viele nach Brno, andere pilgern am Vorabend von Allerheiligen hierher."

„Oh, davon haben wir gehört. Der Gothic-Markt ist an dem Festival auf Schloss Drahany beteiligt, nicht wahr?" Roxy sah Raphael fragend an.

Er schaute erneut auf seine Uhr. „Das ist eine große Veranstaltung zur Feier des Totenkults – mit besonders lauter Musik, exzessivem Alkoholkonsum und den beliebtesten Attraktionen des Marktes. Alles in allem läuft es auf einen Albtraum in Sachen Sicherheit hinaus. Und da wir gerade davon sprechen – ich muss los. Wir erwarten heute erheblich mehr Besucher als gestern und wie ihr gehört habt, legt man auf meine Anwesenheit gesteigerten Wert."

Er stand auf, nickte uns zu, nahm seine Jacke und verließ den Speisesaal, ohne sich noch einmal umzudrehen.

„Tja!" Roxy rümpfte die Nase und sah mich mitfühlend an. „Ich glaube, für dich finden wir noch was Besseres, Joyful."

Ich verkniff es mir, schon wieder mit den Augen zu rollen. „Hör endlich auf damit!"

Sie grinste, dann schlug sie Christian vor, uns auf den Markt zu begleiten. „Das wird bestimmt lustig. Da werden viele Vampire sein, die wir uns angucken können!"

„Tatsächlich?", entgegnete er trocken.

„Natürlich! Du glaubst doch an Vampire, nicht wahr?"

Wir sahen ihn beide an. Christian stocherte in seinem Gulasch, doch dann schaute er lächelnd auf. „Es gibt mehr Dinge zwischen Himmel und Erde, Horatio …"

„Ist ja verrückt!", fiel Roxy ihm ins Wort. „Oh, tut mir leid, ich wollte dich nicht unterbrechen, aber das hat erst vor ein paar Wochen jemand zu Joy gesagt, und es ist ziemlich eigenartig, dass du jetzt auch mit diesem Zitat kommst. Als wäre es ein Zeichen!" Sie sah mich vielsagend an.

Ich wiederum bedachte sie mit einem Blick, der ihr hoffentlich zu verstehen gab, dass sie komplett auf dem falschen Dampfer war. „Ja, es ist wirklich zu merkwürdig, dass ein derart unbekannter Dichter wie Shakespeare zweimal innerhalb von einem Monat zitiert wird. Ich muss mir schnell Datum und Uhrzeit notieren. Dieses unfassbare Ereignis will ich unbedingt in meinem Tagebuch festhalten!"

„Ich würde euch sehr gern auf den Markt begleiten", warf Christian ein, bevor Roxy etwas sagen konnte.

„Großartig!", jubelte sie. „Dann erkläre ich dir jetzt am besten schnell das Wichtigste aus den zwölf *Book-of-Secrets*-Bänden, damit du weißt, woran man Vampire erkennt und worauf du achten musst. Also, zunächst einmal sind alle Vampire Männer."

Christian zog die Augenbrauen hoch. „Wirklich? Ist ja interessant. Und warum?"

Roxy zuckte mit den Schultern und schob sich eine Gabel voll Fleisch mit Sauerkraut in den Mund. „Das hat irgendwie mit der Art ihrer Bestrafung zu tun, glaube ich", sagte sie vage. „Jedenfalls können sie nichts anderes als Blut zu sich nehmen, wobei es nicht unbedingt Menschenblut sein muss. Außerdem vertragen sie natürlich kein Sonnenlicht und haben große hypnotische Fähigkeiten. Sie können sich auch in Tiere verwandeln und es ist schwer, sie zu töten oder zu verletzen.

Ein Vampir kann nie wieder ein Mensch werden, aber nach der Vereinigung mit seiner Auserwählten – also der Frau, die seelenverwandt mit ihm ist – gewinnt er Fähigkeiten hinzu, er verträgt zum Beispiel ein bisschen Tageslicht. Aber das Beste ist, dass sie ausnahmslos alle fantastische Liebhaber sind!"

Ich hatte genug gehört. „Ach, ich bitte dich, Roxy …"

„Stimmt doch!"

„Vampire sind Romanfiguren …"

„Verdammt sexy Romanfiguren!"

„Was hat es mit der Vereinigung auf sich, die du erwähnt hast?", fragte Christian – hauptsächlich, um den Frieden am Tisch zu wahren, wie ich annahm.

Roxy fuchtelte mit der Gabel in der Luft herum, während sie kaute. „Das ist echt cool! Das Vereinigungsritual wird in sieben Schritten vollzogen."

Ich schaute auf die kleine Holzuhr auf dem Regal neben der Tür. „Roxy, es ist fast sechs Uhr. Wir sollten allmählich gehen, wenn du auf dem Markt nichts verpassen willst."

„Warte, das geht ganz schnell. Und Christian ist sehr interessiert, nicht wahr?"

„Fasziniert", sagte er und schob seinen Teller zur Seite, den ich staunend betrachtete. Er war leer bis auf ein paar Reste der Garnierung. Christian aß ja noch schneller als Roxy! Und wenn sie den Titel der schnellsten Esserin der Welt nun doch nicht bekam, lag es nicht daran, dass sie es nicht versucht hätte.

„Die sieben Schritte sind folgende: Erstens, der Vampir findet die Frau, die für ihn bestimmt ist. Zweitens, er beschützt sie aus der Ferne. Drittens, er führt den ersten Austausch durch von …"

„Körperflüssigkeiten", fiel ich Roxy ins Wort. „Blut und Speichel und so weiter. Es klingt ekelig, aber ich muss zugeben, dass es das ganz und gar nicht ist, wenn Dante es beschreibt. In der Regel ist der erste Austausch ein ziemlich heißer Kuss."

„Gefolgt von dem vierten Schritt: Er legt sein Leben in die Hände der Frau, indem er ihr die Möglichkeit gibt, ihn zu vernichten; dann kommt es zu dem zweiten Austausch." Roxy wackelte mit den Augenbrauen. „Dreimal darfst du raten, welche Körperflüssigkeiten es diesmal sind. Im sechsten Schritt bezwingt der Vampir mithilfe seiner Auserwählten seine dunkle Seite und der siebte und letzte Schritt ist dann der finale Austausch – der von Blut. Die Auserwählte erlöst seine dunkle Seele, indem sie anbietet, sich zu opfern, damit er leben kann. Er lässt sie natürlich nicht sterben und das ist dann alles sehr romantisch!"

„Und vollkommen fiktional", murmelte ich. Roxy hörte es nicht, aber Christian schon. „Das war's, Rox, jetzt bist du durch. Iss schnell deinen Knödel auf und dann lass uns gehen. Der Markt geht gleich los und du langweilst Christian zu Tode."

„Hmmm", machte Roxy mit einem wissenden Lächeln und schlang ihr letztes Knödelstück hinunter. „Und die Tatsache, dass da so ein gewisser heißer Typ rumläuft, hat nichts mit deinem plötzlichen Interesse an dem Markt zu tun?"

Ich stand auf und packte meine beste Freundin am Kragen, um ihr wüste Drohungen ins Ohr zu flüstern, damit sie nicht ständig auf diesem Thema herumritt. Aber sie reckte nur ihre Nase in die Luft und erlaubte Christian gnädig, unser Essen zu bezahlen.

Wir liefen rasch nach oben, um unsere Mäntel zu holen, denn abends konnte es empfindlich kalt werden. Als ich wieder im Flur stand und meine Zimmertür abschloss, fasste ich einen Entschluss.

„Rox?“, sagte ich, als sie aus ihrem Zimmer kam. „Ich muss dir was sagen, aber du darfst nicht ausflippen.“

Sie stutzte und sah mich nachdenklich an. „Gut, ich habe dich schon nackt gesehen, also weiß ich, dass du kein Mann bist. Worum geht's?“

Ich räusperte mich nervös und überlegte, wie ich es ausdrücken sollte, ohne dass es noch wahnsinniger klang, als ich mich fühlte. „Weißt du noch, gestern in der Schänke, als mir schwindelig wurde?“

Sie nickte, schaute ungeduldig zur Treppe und zog mich am Arm den Flur hinunter. „Ja, du hast gesagt, es lag an dem Bier, aber du hattest ja kaum was getrunken.“

„Ja.“ Ich sagte mir, dass Roxy meine älteste und beste Freundin war, und wenn *sie* in der Stunde der Not kein Verständnis hatte und mich unterstützte, wer dann? „Aber das stimmte nicht so ganz.“

Roxy riss die Augen auf und blieb stehen. „Oh, mein Gott! Soll das heißen … Joy, warum hast du mir das denn nicht gesagt?“

„Ich wusste nicht so recht, wie“, entgegnete ich und spielte mit den Knöpfen an meinem Mantel. „Und ich will auch nicht, dass es gleich jeder weiß.“

„Natürlich! Du meine Güte, das lässt die Dinge in einem ganz anderen Licht erscheinen, hm? Wann ist es denn so weit?“

„Was?“

„Na, das Baby. Wann kommt es? Und was willst du Bradley sagen?“

Ich boxte sie auf den Arm. „Ich bin nicht schwanger, du Dussel!“

„Oh.“ Roxy sah ein bisschen enttäuscht aus. „Wenn du deshalb nicht umgekippt bist, weshalb dann?“

Ich spähte die Treppe hinunter, um mich zu vergewissern, dass uns niemand hörte. „Ich habe – in Ermangelung eines besseren Worts – Visionen."

„Visionen?"

„Ja. Hast du schon mal so was gehabt?"

„Du meinst, so was wie Erscheinungen der Jungfrau Maria, solche Visionen?"

„Nein, so etwas nicht. In meinen Visionen sehe ich ... einen Mann."

„Ooooh, das ist doch ganz nach meinem Geschmack! Ist er nackt? Bist du nackt? Fasst ihr euch an? Ist er gut ausgestattet?"

„Würdest du dich bitte mal von deinen schmutzigen Fantasien losreißen? Ich versuche dir gerade zu erklären, dass ich dabei bin, wahnsinnig zu werden. Könntest du vielleicht wenigstens so höflich sein, dich ein bisschen um mich zu sorgen?"

„Warum?", fragte sie und legte den Kopf schräg.

„Warum?" Ich starrte sie ungläubig an. „Warum? WARUM? Du fragst, warum?"

„Aber nur einmal, nicht viermal!"

Ich packte sie und schaute ihr ins Ohr. Roxy versuchte, sich mir zu entwinden. „Was machst du da?"

Ich ließ ihr Ohrläppchen los. „Ich wollte nur sehen, ob man durch deinen Kopf durchgucken kann. Hast du nicht gehört, was ich gesagt habe? Ich habe Visionen! *Visionen!* Ich habe seltsame, unerklärliche Zustände, in denen mich Gedanken und Gefühle von jemand anderem überkommen, und ich sehe, was er sieht. Um genau zu sein, fühle ich dann wie ein ..."

Ich konnte mich nicht dazu überwinden, es auszusprechen.

„Wie ein …?"

„Wie ein Vampir", murmelte ich und wünschte im selben Moment, ich hätte das Thema erst gar nicht angeschnitten. Es war viel besser, still und heimlich verrückt zu werden, als mich derart zu blamieren und zuzugeben, dass ich von einer jener Kreaturen besessen war, deren Existenz ich immer vehement bestritten hatte.

„Was? Ich habe dich nicht verstanden."

„Wie ein Vampir", sagte ich etwas lauter und sah Roxy mit gesenktem Kopf an.

Sie blinzelte. Zweimal. „Okay."

Ich sah sie verdutzt an. „Okay? Das ist alles? Ich – also die große Skeptikerin – habe dir gerade gesagt, dass ich Visionen von einem waschechten, eingetragenen Mitglied des Vampirstandes habe, und du sagst nur okay? Du fängst nicht an zu lachen oder machst dich über mich lustig oder sagst mir, dass ich mir das nur einbilde?"

„Dummerchen!", sagte Roxy liebevoll und zog mich am Ärmel zur Treppe. „Weil ich dich so gut kenne, weiß ich, dass es die Hölle für dich sein muss, etwas zu erleben, das sich komplett deiner Kontrolle entzieht. Aber jetzt komm, Christian hat lange genug gewartet. Mal sehen, vielleicht finden wir ja den Vampir, der dir so zusetzt!"

„Warte mal! Du willst nicht mal darüber diskutieren, ob ich wirklich Visionen habe? Ich dachte, ich würde verrückt, bevor ich mir eingestehen konnte, dass es tatsächlich Visionen sind! Wie wäre es mit ein bisschen Anerkennung dafür, dass das ein harter Brocken für mich ist!"

„Das habe ich doch schon gesagt! Du bist bestimmt völlig außer dir und windest dich vor Verlegenheit, weil du zugeben musst, dass ich die ganze Zeit recht hatte, was Vampire angeht. Aber ich spare mir meine Schadenfreude für später auf."

„Ich bin dir sehr dankbar für dein Erbarmen. Aber woher weißt du überhaupt, dass derjenige, der für den ganzen Spuk verantwortlich ist, auf dem Markt sein wird?", fragte ich und folgte Roxy die Treppe hinunter. Ich war mehr als nur ein bisschen verwirrt, weil Roxy das, was mir allergrößtes Unbehagen bereitete, so seelenruhig hinnahm.

„Muss ja so sein", rief sie über ihre Schulter. „Er hat dich gefunden. Das ist der erste Schritt des Vereinigungsrituals und wie jeder weiß, können sie den nur machen, wenn sie sich in der Nähe ihrer Auserwählten befinden."

„Ich bin nicht seine Auserwählte", erwiderte ich.

„Doch, sonst hättest du ja nicht diese Visionen! Wenn es so ist, wie es in den Büchern steht, lässt er dich an dem teilhaben, was er sieht und fühlt, vor allem an seinen stärksten Emotionen. Das gelingt den Dunklen aber nur bei der Frau, die für sie bestimmt ist. Was mit dir geschieht, kann dann nichts anderes bedeuten, als dass du seine Auserwählte bist."

Ich musste sofort an Raphael denken.

„Wie viele Visionen hattest du?", fragte Roxy.

„Hmm?" Ich rief meine Gedanken zur Ordnung. „Nun, das merkwürdige Erlebnis bei Miranda war sicherlich dem Gin zuzuschreiben, bleibt also die von gestern Abend in der Schänke und eine hatte ich vorhin, vor dem Abendessen."

Roxy blieb stehen und sah mich an. „Du hattest vor dem Essen noch eine? Wann?"

„Als ich mit Christian im Flur stand."

„Christian?" Sie dachte kurz nach, dann schüttelte sie den Kopf. „Nein, der kann kein Vampir sein. Wir haben gesehen, wie er gegessen und getrunken hat. Hey!"

Unsere Blicke kreuzten sich und mir lief es eiskalt über den Rücken. Ich schluckte. „Raphael."

Roxy nickte.

„Die letzte Vision kam, als Christian mir die Hand küsste. Raphael stand in der Tür und hat uns beobachtet."

„Cool!", hauchte Roxy.

„Gar nicht", brauste ich auf und stieß sie an, damit sie weiterging, doch sie rührte sich nicht vom Fleck.

„Als du die ersten Visionen in der Schänke hattest, wo war Raphael da?"

Ich erinnerte mich an das seltsame Gefühl, wie Blut meine Kehle hinunterrann und ich das Verlangen bändigen musste, das in meinem Inneren tobte. „Er hat … äh … sich an jemandes Blut gelabt."

Roxy machte so große Augen, dass ich dachte, sie fielen ihr gleich aus dem Kopf. „Mann, das ist so cool! Daran hat er dich teilhaben lassen? Wow! Wie hat sich das angefühlt? Was hat er gemacht? Konntest du alles sehen?"

Ich schloss die Augen und atmete ein paarmal tief durch, um die Bilder zu verdrängen. „Ja, und ich möchte eigentlich nicht daran erinnert werden."

„Okay." Sie schwieg nachdenklich. „Also hattest du eine Vision, bevor Raphael in die Schänke kam? Unmittelbar davor?"

Ich nickte.

„Na also, da hast du deine Antwort!" Roxy ging weiter.

„Moment mal!" Ich eilte hinter ihr her. Christian wartete an der Tür auf uns. „Roxy, warte doch, was soll das heißen, meine Antwort? Was für eine Antwort?"

„Entschuldige, Joy hat da so ein Problem mit einem Vampir", raunte Roxy Christian verschwörerisch zu und ich wäre am liebsten auf der Stelle tot umgefallen.

Wie nicht anders zu erwarten, sah er mich erstaunt an. „Tatsächlich?"

„Musst du es jedem auf die Nase binden?", zischte ich,

kniff Roxy in den Arm und lächelte Christian beruhigend an. Er musterte mich leicht irritiert und überlegte zweifelsohne, ob es an der Zeit war, mich in die örtliche Klapsmühle einzuweisen.

„Das ist okay, Christian glaubt an Vampire. Weißt du noch, es gibt mehr Dinge zwischen Himmel und Erde …?“, entgegnete sie. „Joy hat nämlich Visionen“, fügte sie hinzu. „Sie wurde von einem mährischen Vampir auserwählt. Ich habe ihr gerade erklärt, dass es Raphael sein muss, da er nicht mit uns essen wollte.“

„Moment“, wandte ich ein, denn mir war eingefallen, was Roxy morgens gesagt hatte. „Du hast mir doch erklärt, er könne es nicht sein, weil er in der Schänke ein Bier getrunken hat.“

„Ach“, sie machte eine abschätzige Handbewegung, öffnete die Tür und lief nach draußen. „Hast du ihn denn tatsächlich trinken sehen? Beeilen wir uns, Leute! Ich möchte Raphael genauer unter die Lupe nehmen. Unglaublich! Da sitzt man neben jemandem, ohne zu wissen, was er überhaupt ist!“

Ich nahm Christian an die Hand, zog ihn hinter mir her und folgte Roxy eilig. „Aber was hast du damit gemeint, als du sagtest, jetzt hätte ich meine Antwort?“

Sie blieb am Ende des großen gekiesten Platzes stehen, den das Hotel als Parkplatz nutzte. „Denk doch mal nach! In deiner Vision hast du gesehen, wie Raphael sich dem Hotel näherte …“

„Es war ein Mann. Sein Gesicht habe ich nicht gesehen. Das hätte jeder sein können.“

Roxy sah mich von oben herab an. „Wohl kaum! Okay, du hast also diesen Mann auf das Hotel zukommen sehen, und als er nah genug war, hat er dir seine Gedanken und Gefühle übermittelt, richtig?“

Ich warf einen raschen Blick auf Christian, stellte fest, dass ich immer noch seine Hand hielt, und ließ sie rasch los. Ich sah ihn entschuldigend an. „Du musst mich wirklich für verrückt halten."

„Ganz im Gegenteil, ich finde das alles sehr faszinierend", entgegnete er. „Wer hätte gedacht, dass Raphael eine dunkle Seite hat? Er kam mir vor wie ein ganz gewöhnlicher Mann."

Ich horchte auf. „Er ist alles andere als gewöhnlich!"

Christians Augenbrauen schossen nach oben. „Allerdings."

„Hörst du mir jetzt zu?", ging Roxy dazwischen. Ich nickte. „Wo war ich stehen geblieben? Ach, richtig. Du hast also in deinen Visionen gesehen, was Raphael, oder wer auch immer, sah und tat, während er näher kam. Wurde sie stärker, kurz bevor er in die Schänke kam?"

Ich nickte wieder und wurde ganz kribbelig, als ich mir das bedrohliche Gefühl in Erinnerung rief. Ich dachte darüber nach. „Warum habe ich das Gefühl gehabt, in großer Gefahr zu schweben, als Raphael auf dem Weg zur Schänke war, aber als er vorhin im Flur wütend auf mich war, fühlte ich mich total sicher?", fragte ich Roxy.

„Ist doch logisch", antwortete sie und machte eine ungeduldige Handbewegung. „Er wusste ja noch nichts von dir, bevor er dich sah. Ein Dunkler würde seiner Auserwählten niemals Schaden zufügen, das weißt du genauso gut wie ich. Aber zurück zu deinen Visionen: Als er die Schänke betrat und dich sah, hat er dich als die Frau erkannte, die ihm bestimmt ist, und gemerkt, dass du seine Gedanken lesen kannst. Ab da hielt er sie unter Verschluss, um dich nicht weiter zu quälen."

Ich verschränkte die Hände ineinander und dachte nach.

„Das ergibt doch Sinn, nicht wahr?“, fragte Roxy Christian.

„Sieht ganz so aus, ja.“

„Aber heute Abend ...“ Sie sah Christian prüfend an. „Vampire sind bekanntlich sehr eifersüchtig. Ich würde vorschlagen, dass du deine Flirts mit Joy stark einschränkst, wenn du nicht mit einem stinkwütenden Vampir aneinandergeraten willst.“

Christian lächelte matt. „Das wäre in der Tat eine einzigartige Erfahrung.“

Sie nickte. „Sonst noch Fragen? Nein? Gut. Dann nichts wie weiter! Ich möchte mich auf dem Markt umsehen und herausfinden, wie viele andere Vampire es dort gibt, bevor wir uns Raphael vorknöpfen.“

„Wir werden nichts dergleichen tun“, sagte ich bestimmt und marschierte mit Christian an meiner Seite hinter Roxy her. „Da die einzige andere Erklärung lauten könnte, dass ich kurz vor dem Durchdrehen bin, will ich gern zugeben, dass ich Visionen habe und ihre Ursache ein Vampir ist. Aber wir wissen ja gar nicht, ob es Raphael ist. Vielleicht ist der arme Mann einfach nur zur falschen Zeit am falschen Ort.“

Roxy schnaubte und ging langsamer, bis wir sie eingeholt hatten. „Wie wahrscheinlich ist es, dass hier noch ein anderer Vampir herumschleicht, den du bisher nicht gesehen hast? Du hast selbst gesagt, dass Dominic nur schauspielert, und von den Männern hier wäre er der Einzige, der außer Raphael noch infrage käme, stimmt's?“

„Mag sein. Trotzdem will ich nicht, dass du irgendetwas zu Raphael sagst.“

„Jetzt sei nicht so stur! Er muss es sein!“, erwiderte Roxy. „Was denkst du?“, fragte sie Christian.

Er hob verteidigend die Hände. „Diese Diskussion überlasse ich lieber den Experten.“

„Ich gebe dir gleich morgen früh ein paar von meinen *Book-of-Secrets*-Romanen", entgegnete sie. „Lies sie und du wirst sehen, dass ich recht habe. Ich habe immer recht, wenn es um Vampire geht!"

Nach einem Fußmarsch von einer Viertelstunde erreichten wir die große Wiese, auf deren nördlicher Hälfte der Gothic-Markt stattfand. Die Wohnwagen, kleinen Zelte und Holzbuden waren kreisförmig angeordnet und am Rand stand das große Hauptzelt, wo die Bands spielten. Das Ganze erinnerte stark an einen kleinen Wanderzirkus, bis hin zu dem Geruch von kaltem Rauch und Popcorn. Die südliche Hälfte der Wiese war am Tag zuvor noch leer gewesen, füllte sich aber nun mit den Zelten der Besucher, mit Lieferwagen, Autos und mobilen Toilettenkabinen. Hinter der Zeltstadt ragten hohe Bäume auf und auch von hier war nur ein Turm des Drahaner Schlosses zu sehen, das jenseits des Waldes lag.

„Was steht auf dem Programm, Rox?"

„Tarotkartensitzung, Aurafotos, Handlesen, Runenorakel – das macht jetzt übrigens Arielle – und dann Zaubertränke und Beschwörungen ..."

„Das klingt ja total nach diesen Esoterik-Messen, wie sie in Bingohallen stattfinden!", protestierte ich.

„Dieser Markt ist viel besser! Hier gibt es echte Vampire!"

„Warum sollte man sich mit einer Kopie zufriedengeben, wenn man ein Original haben kann?", neckte ich Roxy und sah Christian Beifall heischend an. Er zuckte nur mit den Schultern.

Ich ignorierte Roxys missbilligenden Blick. „Okay, fangen wir ganz oben auf deiner Liste an. Wer liest uns die Zukunft aus den Tarotkarten?"

„Tanya."

„Danke für die Warnung! Dann halte ich mich von diesem Stand lieber fern. Was ist mit den Aurafotos?“

„Die macht ein Paar namens Reynaldo und Demeter“, las Roxy aus dem Marktprospekt vor, den man uns in die Hand gedrückt hatte, nachdem wir das Eintrittsgeld bezahlt hatten. „Ich wette, Reynaldo ist ein Vampir. Oh, das klingt interessant! Da ist eine Frau, die macht Rückführungen in frühere Leben. Um acht beginnt Dominics Show *Magique Macabre* und ab zehn gibt's Musik. Heute spielen zwei Bands – zuerst Six Inches of Slime, und um halb zwölf eine Band von hier, die Rychlovka heißt.“ Sie sah Christian an. „Was bedeutet das?“

Er hüstelte.

„So schlimm?“

„Ich fürchte, ja.“

„Wirklich?“, fragte ich, als Christian mich am Ellbogen nahm und um eine Gruppe Jugendlicher in klobigen Stiefeln herummanövrierte, die über und über mit Ketten behängt waren und jede Menge schwarzes Vinyl am Leib trugen. „Ist das ein Schimpfwort? Wenn ich richtig wütend auf Roxy bin, kann ich ihr dann *rychlovka* hinterherbrüllen?“

Christian lachte. „Nein, das ist kein Schimpfwort. Es bedeutet so viel wie Quickie.“

„Mist, dann muss ich wohl mit *do prdele* auskommen!“

Er hüstelte wieder und ich grinste ihn an. Da zeigte Roxy auf ein kleines schwarzes Zelt, vor dem etliche Menschen standen. „Was gibt's denn da?“

Die Leute machten uns Platz, als wir näher kamen. Einer von den Vinyl-Teenies beugte sich über einen Eimer. Ich las das Schild, das hinter ihm am Zelt hing. „Piercings. Dieses Zelt lassen wir lieber aus!“

„Worauf du dich verlassen kannst, Schwester“, sagte Roxy mit einem missbilligenden Blick auf den kotzenden Jungen.

Dann steckte sie ihre Nase wieder in den Prospekt. „Hey, das könnte was für uns sein – eine Folterkammer! Aufregend, was?“

Ich verzog das Gesicht und tat, was ich schon die ganze Zeit getan hatte: Ich suchte die Menge nach einem großen, gut aussehenden Mann mit ungewöhnlichen bernsteinfarbenen Augen und – wie zu befürchten war – noch weitaus ungewöhnlicheren Essgewohnheiten ab.

„Folterkammern entsprechen meines Wissens oftmals nicht den gängigen Erwartungen“, meldete sich Christian mit milchschokoladenweicher Stimme zu Wort. „Was hat diese denn Besonderes zu bieten?“

„Hm … mal sehen, ob hier was dazu steht.“ Roxy blätterte in dem Prospekt. „Die schreiben nur: ‚Betreten Sie die Schattenwelt und ergeben Sie sich in Ihr dunkles Schicksal.‘ Was mag das bedeuten?“

Ich unterbrach meine Suche nach Raphael einen kurzen Moment, um Roxy anzugrinsen. „Ich glaube, das bedeutet, dass du dich besser davon fernhalten solltest, wenn du keine Peitschenhiebe auf deiner zarten Haut spüren willst.“

„Wer hat eigentlich dein Gehirn in Fesseln gelegt?“ Roxy steckte den Prospekt in die Tasche, nahm Christian am Arm und grinste ihn verschmitzt an. „Ich wette, Christian hat keine Angst davor, sich mal ein bisschen auszuliefern. Du würdest mit mir in die Folterkammer gehen, nicht wahr? Joy ist anscheinend eindeutig zu feige, um sich im Dunklen zu amüsieren.“

„Sicher, macht nur!“ Ich schob die beiden auf das blutrote Zelt zu. „Ich lasse mir von Arielle die Runen deuten, während ihr in der ‚Fröhlichen Witwe‘ herumtollt.“

Roxy verdrehte die Augen und zog Christian zum Eingang. „Du meinst, in der ‚Eisernen Jungfrau‘.“

„In der ‚Eisernen Jungfrau' werde ich ganz gewiss nicht herumtollen", protestierte Christian. „Da ist doch gar nicht genug Platz drin!"

Roxy starrte ihn perplex an. Ich kicherte. Christian lächelte charmant.

„Denk dran, dass du Raphael erst den dritten Schritt der Vereinigung gestatten darfst, wenn ich dabei bin", rief Roxy mir noch zu und wandte sich zum Gehen.

„Den dritten Schritt?" Was redete sie da? „Und was ist mit dem zweiten?"

Roxy ließ Christians Arm los und kam mit einem übertriebenen Seufzen auf mich zu. „Der erste Schritt ist das Finden, nicht wahr?"

„Richtig. Du hast gesagt, daher kommen die Visionen."

„Und wer kennt Dantes Bücher besser als jeder andere auf diesem Planeten?"

„Du", entgegnete ich.

„Genau. Vertrau mir, die Visionen zeigen, dass er dich auserwählt hat. Das ist der erste Schritt. Und der zweite ist …"

„Beschützen aus der Ferne."

„Richtig. Und wer hat Dominic gepackt und einhändig gegen die Wand geknallt, als er dir ins Handgelenk beißen wollte?"

„Also, das war eigentlich kein Beschützen aus der *Ferne*!"

„Aus der Ferne, aus der Nähe, ist doch egal", entgegnete Roxy schulterzuckend. „Er hat dich beschützt und allein darauf kommt es an. Und wenn ich euch nicht unterbrochen hätte, wäre es wahrscheinlich auch zum dritten Schritt gekommen."

Ich hüllte mich in Schweigen. Das Bild, wie sich unsere Körper aneinanderschmiegten, hatte ich nicht aus meinem Gedächtnis verbannt. Ich hatte es sorgfältig im hintersten

Winkel meines Gehirns verstaut, um es in ungestörten Momenten noch einmal hervorholen zu können.

„Versprich mir einfach, dass du dich nur von ihm küssen lässt, wenn ich es sehen kann, okay?“

„Geh jetzt!“

Roxy hakte sich grinsend bei Christian ein und zog ihn in das Folterkammerzelt. Er warf mir einen gequälten Blick über die Schulter zu, den ich mit einer Kusshand quittierte.

# 7

Da mit den Goth-Bands der profitabelste Programmpunkt des Abends erst für einen späteren Zeitpunkt angesetzt war, sahen die Leute noch ziemlich normal aus, die zu dieser frühen Stunde den Markt bevölkerten. Es gab zwar PVC und Vinyl, dicke, klobige Stiefel und jede Menge Schwarz überall, aber es waren auch viele Paare und junge Leute anzutreffen, die in kleinen Gruppen umherspazierten und sich kichernd die diversen Kuriositäten ansahen. Außerdem waren noch zahlreiche Familien da, obwohl der Zutritt zu einigen fragwürdigeren Attraktionen erst ab zwölf Jahren erlaubt war.

Es wurde überwiegend Tschechisch, Deutsch und Französisch gesprochen, hier und da auch ein bisschen Englisch, was Christians Aussage bestätigte, dass Gäste aus ganz Europa zur Halloweenfeier angereist waren.

Ich ging zu einem Stand, an dem ein Schild hing mit einer großen blauen Hand und einem goldenen Mannaz – einem der Runenzeichen, die in der Wahrsagerei verwendet wurden. Zu meiner Erleichterung war der Stand nebenan – Tanyas Tarotkartenstand – nicht besetzt. Ich hatte zwar keine Angst davor, ihr zu begegnen, legte es aber auch nicht unbedingt darauf an, noch einmal mit ihr aneinanderzugeraten.

Ich vermutete, dass Tanya losgezogen war, um jemanden zu verhexen oder Warzen für einen Liebestrank zu zermahlen, was mir nur recht war.

Arielle saß an einem niedrigen Tisch, auf dem die übliche Mond-und-Sterne-Tischdecke lag, wie man sie in vielen okkultistischen Läden fand, und las einer blonden Frau von Anfang zwanzig aus der Hand.

„Deine Lebenslinie ist sehr lang und ausgeprägt. Das ist immer ein gutes Zeichen“, erklärte sie der Frau auf Deutsch. Sie lächelte dem Mann scheu zu, der hinter der Frau stand. „Du hast nur eine Bindungslinie.“

Die blonde Frau kicherte und drehte sich mit kokettem Blick zu ihrem Begleiter um.

„Deine Herzlinie läuft mit der Kopflinie zusammen, was bedeutet, dass dein Herz in Liebesdingen sehr stark von deinem Verstand kontrolliert wird.“

Die Frau lächelte zufrieden. Ich winkte Arielle kurz zu und stellte mich hinter dem Paar an. Was ich bisher gehört hatte, war der übliche Standard – Verallgemeinerungen und vage Erklärungen, die dem Kunden ein gutes Gefühl gaben.

„Du hast eine ganz kurze Schicksalslinie. Das bedeutet, dass das Schicksal keinen allzu großen Einfluss auf dein Leben hat. Das ist gut, weißt du? Das heißt, du hast dein Leben selbst unter Kontrolle.“

„Oh ja, sehr gut“, freute sich die Frau, der offenbar immer besser gefiel, was Arielle sagte. „Ich habe gern alles unter Kontrolle.“

Ihr Begleiter schnaubte zustimmend. Sie ignorierte ihn jedoch und schaute gespannt auf ihre Handfläche. Arielle zeigte auf eine Erhebung. „Dein kleiner Marsberg deutet auf Aggressivität hin, aber dein großer Marsberg lässt Selbstbeherrschung erkennen. Manchmal würdest du zwar am liebsten alle aus dem Weg schubsen, aber du hast dich unter Kontrolle.“

Die Frau nickte zu allem, was ihr gesagt wurde, und legte konzentriert die Stirn in Falten, als Arielle auf ihre Fingerkuppen zeigte und erklärte, dass man daran ablesen könne, was für ein kreativer und künstlerisch begabter Mensch sie war. Fünf Minuten später beendete Arielle die Sitzung mit der Prophezeiung, dass die Frau zwei Kinder bekommen, viel Glück in ihrem langen Leben haben und außerdem viel reisen würde. Die Deutsche bezahlte begeistert und steckte Arielle ein paar hundert Kronen Trinkgeld zu, bevor sie mit ihrem Freund davonging, der sich irgendetwas piercen lassen wollte. (Nasenflügel? Brustwarzen? Meine Deutschkenntnisse reichten für Piercing-Fachgespräche nicht aus.)

„Guten Abend, Joy", begrüßte mich Arielle. „Wie geht es deinem Kopf?"

„Schon viel besser. Ich möchte dich bitten, für mich eine Runendeutung zu machen, aber vorher …" Ich biss mir auf die Unterlippe und sah mich um. Zum Glück gab es hier, am Ende der Budengasse, noch keine langen Schlangen und wir waren unter uns. „Kannst du mir vielleicht sagen, wo Raphael ist?"

Sie zwinkerte mir verschwörerisch zu. „Er sieht sehr gut aus, nicht wahr?"

Ich merkte, wie ich rot wurde. Hoffentlich konnte Arielle in dem diffusen Licht der Glühbirnen über unseren Köpfen nicht sehen, dass ich geradezu jungfräulich errötete. „Äh … kann man so sagen. Weißt du, wo er ist?"

Sie antwortete mit diesem vielsagenden Schulterzucken, das offenbar nur die Franzosen beherrschten. „Leider nein. Er schaut normalerweise immer bei mir rein, bevor Dominics Show beginnt. Dann muss er nämlich im Hauptzelt aufpassen. Ansonsten spaziert er kreuz und quer über den Markt und sorgt für Ordnung."

„Aha. Okay. Dann halte ich einfach weiter nach ihm Ausschau." Ich zeigte auf den Samtbeutel, der am Tischende lag. „Würdest du eine Deutung für mich machen?"

„Mit Vergnügen“, antwortete sie und legte ein rot-gold gemustertes Tuch auf den Tisch. „Ich mache das allerdings noch nicht lange und bin noch nicht so gut darin.“

„Kein Problem. Um ehrlich zu sein, will ich mir nur ein bisschen die Zeit vertreiben, bis Roxy und Christian von der Streckbank kommen.“

Arielle hielt inne, während sie in den Beutel griff. „Von der Streckbank?“

„Ach, nicht wichtig. Mach nur weiter, ich wollte dich nicht unterbrechen.“

Sie verteilte die glänzenden schwarzen Hämatitsteine, die mit goldenen Runen bemalt waren, auf dem Tuch und fragte mich in professionellem Plauderton, ob dies mein erstes Runenorakel sei, doch dann hielt sie plötzlich inne und sagte mit normaler Stimme: „Oh, aber Roxy hat ja gesagt, du beschäftigst dich auch damit. Bitte verzeih mir, ich wollte dich nicht beleidigen.“

„Hast du auch nicht“, versicherte ich ihr.

Arielle setzte wieder eine professionelle Miene auf und bat mich, an die Frage zu denken, die ich beantwortet haben wollte.

„Konzentriere dich bitte ganz auf diese Frage und wähle fünf Steine aus!“

Ich betrachtete die Steine auf dem Tisch. Dieses Verfahren kannte ich zwar nicht, doch man lernt ja immer gerne dazu. Also schloss ich die Augen und griff fünf Steine heraus.

„Sehr schön“, sagte Arielle und warf die restlichen Steine wieder in den Beutel. Dann ordnete sie die fünf, die ich gewählt hatte, in Kreuzform an. „Ich lege jetzt das Kreuz des Thor für dich.“

Ich nickte. Eigentlich bevorzugte ich den aus neun Steinen zusammengesetzten Hammer Odins – je größer, desto besser! –, doch auf diesem Markt wollte man den Besuchern wahrscheinlich schnelle, unkomplizierte Antworten auf ihre Fragen mitgeben.

„Der erste Stein ist Dagaz und er steht für die Gegenwart. Dagaz bedeutet Tageslicht oder göttliches Licht. Es ist die Rune der Morgendämmerung oder des Mittags und weist auf Erleuchtung hin."

„Ah, Erleuchtung." Ich fühlte mich zwar alles andere als erleuchtet von der vagen Interpretation des Steins, aber bevor ich fragen konnte, was wohl die genauere Bedeutung war, ging Arielle bereits zum nächsten Stein über.

Sie hakte auch die restlichen Steine rasch der Reihe nach ab und machte Aussagen zu meiner Vergangenheit und Zukunft sowie zu den Hindernissen und Hilfen auf meinem Weg, natürlich immer in Bezug auf meine Frage. Es war alles sehr positiv, sehr unspezifisch und komplett uninspiriert. Als sie fertig war, vergewisserte ich mich mit einem Blick über die Schulter, dass hinter mir niemand wartete, bevor ich sagte: „Ich hoffe, du bist nicht beleidigt, wenn ich dir das sage, aber mir ist aufgefallen, dass du nur die Standardinterpretationen der Runen verwendest."

„Ja", gab sie zu und sah mich niedergeschlagen an. „Tut mir leid, aber ich bin nicht besonders gut darin. Claude, unser Handleser, hat das immer gemacht und war sehr, sehr gut. Er hat mir das Handlesen auch beigebracht. Von den Runen verstehe ich nicht so viel, aber weil das so beliebt ist …" Sie zuckte wieder mit den Schultern.

„Du bist gar nicht so schlecht", beruhigte ich sie, denn ich wollte nun wirklich nicht ihre Gefühle verletzen. „Und ich bin alles andere als eine Expertin, aber in dem Buch, das ich dazu gelesen habe, stand, dass man eine Sitzung immer ganz persönlich gestalten sollte. Laut diesem Buch kann jeder, sogar ein Computer, Standardinterpretationen bringen, doch die wirkliche Kraft, die in einer Sitzung liegt, kommt von der Person, die die Runen deutet – das sagt das Buch, nicht ich, denn ich glaube gar nicht an … äh … egal!“

„Aha, ja, verstehe.“ Arielle wirkte verwirrt. „Was meinst du mit ‚persönlich‘? Ich frage die Leute ja nicht nach ihrem Problem, wie kann ich dann persönlich werden?“

Ich dachte nach. „Nun, ich habe mich bei meinen Versuchen immer bemüht, hinter die Standardinterpretationen zu schauen und die Bedeutung der Steine als eine Art Hilfe zur Selbsthilfe zu verwenden. Zum Beispiel der erste Stein hier, Dagaz, das ist nicht nur der Stein des Tageslichts und der Erleuchtung, sondern er deutet auch auf einen Durchbruch hin, auf eine große Veränderung, eine Erkenntnis, wenn du so willst. Auf seiner Position, die für die Gegenwart steht, weist er darauf hin, dass die betreffende Person an einem Punkt angekommen ist, an dem es kein Zurück mehr gibt. Das Element der Erleuchtung kommt ins Spiel, weil das Licht die Dunkelheit vertreibt. Im Zusammenhang mit den anderen Steinen“, ich zeigte auf das Kreuz, „würde ich das so interpretieren, dass für den oder die Betreffende ein neues Kapitel im Leben beginnt. Die Seiten sind zwar noch leer, aber sie wollen beschrieben werden. Mit anderen Worten ist das eine Art positive Verstärkung. Man wird dazu ermuntert, den Stier bei den Hörnern zu packen und das Beste aus seinem Leben zu machen.“

„Das ist sehr interessant. Und wie interpretierst du diesen Stein?“ Sie tippte auf den Stein, der für die Kräfte stand, die gegen einen gerichtet sind, und bei dessen Deutung sie am meisten ins Schleudern gekommen war.

„Mannaz, in umgekehrter Position – kein guter Stein in dieser Position, hm?“ Ich grinste Arielle an.

Sie reagierte mit einem zaghaften Lächeln.

„Okay, also, ich würde diese Rune als Warnung sehen, nicht so sehr um sich selbst zu kreisen und die Gefühle anderer nicht zu ignorieren. Dieser Stein bedeutet, dass sich so ziemlich alle gegen einen gerichtet haben. Er sagt, dass die Vorlieben und Meinungen, die einen zu dem machen, was man ist, manchen Leuten nicht in den Kram passen. Auf der Position des Hindernisses erinnert er einen also daran, dass man Verantwortung für das eigene Handeln übernehmen muss, aber diejenigen, die man für unterlegen hält, nicht unterschätzen sollte, denn sonst bringen sie einen schließlich zu Fall."

„Oh, das ist so wahr", hauchte Arielle mit großen Augen. „Du bist sehr gut darin. Machst du das schon lange?"

Ich lachte, sammelte die fünf Hämatitsteine auf und gab sie ihr. „In der Öffentlichkeit habe ich das nur einmal gemacht und das ist nicht besonders gut gelaufen."

„Du solltest das beruflich machen", drängte sie. „Du hast diese Kraft in dir, das spüre ich. Du hast wirklich Talent. Nicht jeder ist mit dieser Gabe gesegnet."

„Nun, ich sehe weit und breit niemanden, der mich dafür bezahlen würde", sagte ich bescheiden, weil ich nicht wollte, dass sie Roxys unausgegorene und zum Glück in Vergessenheit geratene Idee wieder aufbrachte, auf dem Gothic-Markt zu arbeiten. „Um ehrlich zu sein, sehe ich in den Runen eher ein Mittel zur Selbsterkenntnis und glaube nicht so sehr an ihre Macht. Und so viel weiß ich auch gar nicht darüber."

„Das ist ziemlich offensichtlich", ertönte es pampig hinter mir.

„Hallo, Tanya!" Ich stand auf und lächelte die Frau mit dem bösen Blick an. „Findest du keine Rinder mehr, die du unfruchtbar machen kannst?"

Ich konnte sehen, dass sie an meinen Worten zu knabbern hatte, und als sie damit fertig war, spuckte sie mich an. Wirklich und wahrhaftig! Ich musste rasch zur Seite springen, um nicht getroffen zu werden.

„Was hast du nur für Manieren", schimpfte ich. Hinter Tanya sah ich Roxy und Christian näher kommen, doch als Roxy Tanya entdeckte, hüpfte sie wie eine Gazelle davon und Christian folgte ihr gemessenerer Schrittes. „Spucken und Herumpöbeln in der Öffentlichkeit, andere Leute die Treppe runterschubsen ... Ts, ts, ts. Was kommt als Nächstes? Nasebohren? Vor aller Augen im Schritt kratzen?"

Arielle sprang auf, packte ihre Schwester am Arm und redete leise, aber eindringlich auf sie ein. Das schien jedoch nicht viel zu nützen, denn Tanya schob sie fort und trat mit geballten Fäusten und blitzenden Augen auf mich zu. Als Arielle das sah, eilte sie davon. Ich hoffte, sie würde Hilfe holen, und ich gab zu, dass ich betete, sie möge in Gestalt eines eins fünfundneunzig großen Mannes mit bernsteinfarbenen Augen eintreffen.

„Du bist hier nicht erwünscht!"

Ich zog meine Eintrittskarte aus der Tasche und zeigte sie Tanya. „Bin ich wohl."

„Du hast meine Geduld einmal zu oft auf die Probe gestellt, *connasse*!"

Mein Französisch war nicht besonders gut, aber sogar ich wusste, was dieses Wort bedeutete, und es war alles andere als schmeichelhaft. Mir war nicht mehr nach Lächeln zumute, doch ich zog tapfer die Mundwinkel hoch. Ich würde mich auf keinen Fall wieder in eine Auseinandersetzung hineinziehen lassen. Wenn sie merkte, dass sie mich nicht provozieren konnte, würde sie mich schon im Ruhe lassen.

„Du glaubst, du bist vor mir sicher, aber das bist du nicht!

Dominic wird dich nicht mehr beschützen, wenn er dein wahres Gesicht erkennt, und was den anderen angeht, an den du dich ranmachst …“ Sie warf den Kopf in den Nacken und schnippte mit den Fingern. „Er ist ein Nichts! Ein Dummkopf, der dazu angeheuert wurde, uns genau solche Leute wie dich vom Leib zu halten!“

„Erzähl ruhig weiter!“ Ich täuschte ein Gähnen vor, als ich Roxy mit Christian im Schlepptau heranstürmen sah. „Es ehrt mich zwar, dass du mich als eine Art Femme fatale hinstellst, die jeden Mann verführt, den sie sieht, aber in Wahrheit will ich von überhaupt niemanden irgendetwas. Ich bin nur hier, um mir mit meinen Freunden den Markt anzusehen.“

„Genau“, bestätigte Roxy. „Wir schauen uns nur auf dem Markt um und verführen niemanden, obwohl es nicht völlig ausgeschlossen ist, wenn der Richtige kommt.“

„Du bist auch keine Hilfe!“, zischte ich. „Wenn du uns entschuldigst, Tanya, wir gehen dann mal wieder.“

„Wie sehr du dich auch bemühst, ihn für dich zu gewinnen“, knurrte sie und versperrte mir den Weg, „du wirst keinen Erfolg haben mit deinen Tricks, das sage ich dir! Ich werde Dominic mit einem Schutzzauber belegen, damit er vor dir sicher ist.“

Gut. Wenn sie stänkern wollte, dann musste sie das ohne mich tun.

„Und? Habt ihr euch in der Folterkammer amüsiert?“, fragte ich Roxy und beachtete die wütende Frau, die vor mir stand, nicht weiter.

„Unheimlich! Christian wollte Handschellen mit Pelzbesatz kaufen, aber ich habe ihm gesagt, das ist ekelhaft.“

„Die Handschellen?“

„Der Pelz.“

Ich sah Christian neugierig an. Er schenkte mir ein warmes Lächeln. „Ich dachte, es könnte gewissen Erfahrungen eine neue Intensität verleihen."

Wer hätte das gedacht? Ich wollte gerade darüber nachdenken, wie tief Christians stille Wasser waren, da machte Tanya mich darauf aufmerksam, dass sie nicht gern ignoriert wurde.

„Du wirst dir nicht einfach so verdrücken! Ich lasse mir nicht wie eine lästige Insekt verscheuchen!" Sie versetzte mir einen Stoß gegen die Schulter. Roxy pfiff leise und fasste mich am Arm. Ich hätte Tanya am liebsten vors Schienbein getreten, hielt mich aber zurück. Ich würde mich nicht von ihr provozieren lassen.

„Ich rede und du hörst! Dein Plan, dich bei uns auf dem Markt als Expertin von Runensteinen einzuschleichen, geht nicht. Du hast es nämlich nicht drauf, ganz egal, wie wichtig du dich hier aufspielst!"

Ich runzelte irritiert die Stirn, doch dann zuckte ich mit den Schultern. Tanya war ganz offensichtlich nicht nur besessen von Dominic und litt unter der Wahnvorstellung, ich würde irgendeinen Plan aushecken, sondern sie verlor anscheinend auch noch ihre Sprachkompetenz, wenn sie wütend war.

„Du bist eine Nichts, du bedeutest Dominic gar nichts! Du wirst nicht Erfolg haben!"

Ich wollte gehen. Das wollte ich wirklich. Lächelnd sagte ich: „Du wiederholst dich. Es war nett, mit dir zu reden, Tanya, wirklich. Lass dir von niemandem etwas anderes sagen." Dann hakte ich mich bei Roxy unter und wandte mich zum Gehen, aber Tanya ließ mich nicht weg.

„*Salope!*", rief sie und bewies damit, dass sie wenigstens die französische Gossensprache ganz ausgezeichnet beherrschte. „Hau nur ab, gut so! Deine mieser Versuch, Dominic auf dir aufmerksam zu machen, ist danebengegangen. Du hast nämlich kein Talent für zum Wahrsagen. Dominic nur nimmt Leute, die echt was können, keine Poser. Verschwinde in deine Hotel und denk darauf nach, wer heute Abend gesiegt hat!“

„Poser? Das musst *du* gerade sagen“, entgegnete ich langsam und drehte mich um. In dem Moment marschierte Roxy auch schon auf Tanya zu. Ihre Augen funkelten vor Empörung. Ich versuchte, sie an der Jacke festzuhalten, aber sie riss sich los.

„Willst du damit sagen, dass meine Freundin sich an Dominic ranmacht? Da irrst du dich nämlich gewaltig, Schwester! Er ist nur ein Idiot, ein blöder alter Idiot! Und weißt du was? Ich denke das auch! Also spar dir deine Sprüche, sonst stopfe ich dir das Maul!“

„Roxy, hör auf! Begib dich doch nicht auf ihr Niveau!“

„Du bist genauso scheiße wie die“, fuhr Tanya Roxy an und ballte die Fäuste. „Du wünscht dich doch auch, dass Dominic ein Auge auf dich werft, aber das wird nicht passieren werden. Ich belege euch beide mit eine Bann!“

Roxy schnaubte entrüstet und verstand Tanya absichtlich falsch. „Was will ich denn mit seinem Auge? Du bist verrückt, Frau, weißt du das? Und noch etwas: Beleidige meine Freundin nicht! Sie kennt sich mit Runensteinen sehr gut aus, was man von dir mit Sicherheit nicht sagen kann! Und wenn du nicht so megadämlich wärst, würdest du sie auf Knien anflehen, euch auszuhelfen.“

„Roxy“, sagte ich beschwichtigend, denn mein Unbehagen wuchs. Christian tauchte neben mir auf und starrte Tanya derart durchdringend an, dass ich ganz kribbelig wurde.

„Ich würde lieber sterben als diese *vache* auf dem Markt zu haben“, knurrte sie.

Kuh? Sie hatte mich eine Kuh genannt? Na gut! Ich kramte

fieberhaft in meinem Gedächtnis nach französischen Vulgarismen. Das Übelste, was mir einfiel, war der Satz, dass ihr Vokabular übler war als das einer Fischverkäuferin. Zur Not würde das gehen.

„Gut! Ich würde es nämlich nicht mal in Erwägung ziehen, in deiner Nähe zu arbeiten!", sagte ich und baute mich neben Roxy auf.

*„La putain de ta mère!,"* brüllte Tanya mich an.

„Das zahle ich dir heim, Schätzchen!," entgegnete ich. Ihre ständigen Beschimpfungen, ganz zu schweigen von der Beleidigung meiner Mutter, hatten mich so aufgebracht, dass ich bereit war, mich mit ihr zu prügeln.

„Sollen eure Streitereien ein fester Bestandteil der Abendunterhaltung werden?", fragte jemand von hinten. „Wenn ja, dann wäre es schön, wenn ihr mir das sagt. Vor der Zauberschau und nach der Dichterlesung gibt es noch eine Lücke im Programm, die dafür geeignet wäre. Vielleicht könnten wir auch Wetten auf den Sieger anbieten."

Arielle war direkt hinter Raphael, der um die Ecke eilte. Mein Herz machte einen eher unangenehmen kleinen Flickflack, als ich ihn erblickte, und mich überkam urplötzlich ein gewaltiges Verlangen. Ich wollte mich an ihn schmiegen, ihn riechen, meine Hände unter sein Hemd und über seine Brust gleiten lassen. Der Wunsch, ihn zu berühren, war so groß, dass ich tatsächlich zwei Schritte auf ihn zu machte, bevor ich mir ins Bewusstsein rief, dass es momentan weitaus wichtigere Dinge gab als meine Begierden. Mir fiel zwar gerade nicht ein, was das sein könnte, aber ich war ganz sicher, dass da noch etwas Wichtiges war.

Tanya begann augenblicklich in einer Sprache auf Raphael einzureden, die ich nicht verstand, wobei sie auf mich zeigte und mich zweifelsohne diffamierte – mich und meine Vorfahren und vermutlich auch meine Nachkommen. Ich sah ihm in die Augen und lächelte entschuldigend, nach dem Motto: Was sollte ich machen, ich habe hier einfach nur gestanden und dann kam sie und hat den Streit vom Zaun gebrochen, ich kann wirklich nichts dafür! Raphael zog eine Augenbraue hoch und sein Blick wurde heiß, verführerisch und hypnotisierend. Dabei verspürte ich erneut das Verlangen, ihn zu berühren und alle möglichen Dinge zu tun, die mit ziemlicher Sicherheit – nicht nur – seine Augenbrauen in Bewegung bringen würden.

„Jetzt reicht's!", sagte Raphael und hob die Hand, um Tanyas giftigen Redefluss zu stoppen. „So langsam erregt ihr die Aufmerksamkeit der Besucher, und bestimmt nicht auf die Art, die Dominic gefällt. Warum bist du nicht an deinem Stand?"

„Ihr sind die Fledermaushoden und Hasenanusse ausgegangen", warf ich ein. Raphaels Mundwinkel zuckten und ich bekam augenblicklich weiche Knie. Ich wollte gerade alle Zurückhaltung vergessen und mich auf ihn stürzen, als mir plötzlich in den Sinn kam, dass er mich manipulierte. Er spielte meinem Verstand Streiche, reizte mich aus der Ferne und verführte mich, indem er mithilfe seines Vampirtricks in mein Bewusstsein eindrang. Das konnte ich mir verdammt noch mal nicht gefallen lassen! Die Tatsache, dass der einzige Kerl, der mir gefiel, ein seelenloser Untoter war, der im Dunkeln lebte und unorthodoxen Getränken zugetan war, hätte ich ja vielleicht noch akzeptiert, aber dass er einfach so in meinen Kopf hereinspazierte und es so aussehen ließ, als sei *ich* diejenige, die auf *ihn* scharf wäre, würde ich auf keinen Fall dulden. Nie und nimmer! Wenn er mich verführen wollte, musste er es schon auf die altmodische Art tun.

„Heißt es Anusse oder Ani?" Roxy sah mich fragend an.

„Man sagt doch Oktopi, nicht wahr? Müsste dann die Mehrzahl von einem Hasenanus nicht Ani sein?"

„Mir ist gar nichts ausgegangen!", wetterte Tanya. „Ich wollte mal bei Arielle sehen und fand diese bösartige Frau, die mit angelesenem Halbwissen protzt!"

„Gute Frage", sagte ich zu Roxy und genoss den wütenden Blick, den Tanya uns zuwarf. Ich sah Christian an. „Was meinst du, Anusse oder Ani?"

Er wollte gerade etwas sagen, da brachte Tanya ihn mit einem markerschütternden Schrei aus dem Konzept. „Du machst dich über mir lustig! Hast du gesehen, wie sie mich spottet? Das lasse ich nicht zu! Ich bestehe daran, dass du sie auf der Stelle von hier wegschaffst!"

„Nein", sagte Raphael und nahm sie mit zusammengekniffenen Augen ins Visier. „Ich schlage vor, du verschwindest an deinen Stand und bemühst dich, nicht mehr mit ihr zu reden." Ich sah Tanya selbstgefällig an, bis Raphael sich mir zuwandte. „Und es wäre hilfreich, wenn *du* dich von den Marktleuten fernhältst, die einen Groll auf dich haben!"

„Vielleicht sollten wir einfach zum nächsten Stand gehen", schlug Christian vor, aber bevor wir uns in Bewegung setzen konnten, drang eine schmierige Stimme an unser Ohr.

„Einen Groll? Jemand hat einen Groll auf *mon ange*? Das kann ich nicht glauben! Wer könnte denn etwas gegen Joy haben, die doch gerade erst mein Herz erobert hat?"

Ich verdrehte die Augen, als Dominic mit einem breiten Grinsen im Gesicht zwischen Christian und Roxy auftauchte. Ihm folgte ein kleinerer dunkelhaariger Mann mit den ausdruckslosesten, kältesten grauen Augen, die ich je gesehen hatte. Ich musterte ihn neugierig, bis er seinen gruseligen Serienkillerblick auf mich richtete.

„Dominic!" Tanya packte Dominic am Arm und blickte

ihn mit einer solchen Leichenbittermiene an, dass es mich grauste. „Wie kannst du mir so etwas antun? Wie kannst du solche Dinge vor dieser *vache* sagen?“

„Wisst ihr“, sagte ich zu niemand Bestimmtem, „ich bin es allmählich leid, eine Kuh genannt zu werden.“

Raphael zog beide Augenbrauen hoch und bedachte mich mit einem Blick, der die Runzeln aus einer Dörrpflaume gedämpft hätte. Ich hatte größte Lust, ihm auf der Stelle die Kleider vom Leib zu reißen, doch dann fiel mir ein, dass *er* mir diese Idee bestimmt wieder in den Kopf gepflanzt hatte. Ich sah ihn wütend an.

„Du bist böse auf mich“, fuhr Tanya unbeirrt fort. „Du kannst nicht ernst meinen, was du da sagst. Ich verzeihe dir dieses eine Mal, aber du darfst auf ihre Versuche, dein Interesse zu erregen, nicht eingehen!“

Erregen – was für ein schönes Wort! Ich sah Raphael an. Er sah mich an. Einige Teile von mir, die der Öffentlichkeit vorenthalten bleiben, holten ihre Pompoms hervor und brachen in Hurrarufe aus.

„Du beginnst mich zu langweilen, *ma petite*“, entgegnete Dominic und löste seinen Arm aus Tanyas Umklammerung. Dann drehte er sich zu seinem Begleiter um. „Da ich keine Verwendung mehr für sie habe, gehört sie dir, wenn du willst, Milos.“

Das war also Dominics Geschäftspartner? Ich speicherte diese Information ab, während ich einen Schritt auf Raphael zuging. Seine Muskeln spannten sich an, als wollte er mir entgegenkommen, aber das gestattete er sich nicht. Ich stemmte die Hände in die Hüften und befahl meinen Beinen, stehen zu bleiben.

„Alles in Ordnung?“, fragte Christian mich leise.

„Mir geht es gut“, flüsterte ich zurück. „Ich habe nur ein

kleines Kontrollproblem mit einem Vampir, der versucht, mich rumzukriegen. Kein Grund zur Sorge!"

Er wirkte irritiert, aber ich lächelte ihn beruhigend an.

„Was andere ausrangieren, nehme ich grundsätzlich nicht mehr, nicht einmal von dir, mein Bruder." Milos musterte Tanya geringschätzig. „Sie interessiert mich nicht."

„*Connard!*", fuhr Tanya ihn an und stürzte sich auf Dominic. Milos wirkte gänzlich unbeeindruckt. Er gab seinen Gemütszustand nicht im Geringsten zu erkennen und sah nicht einmal gelangweilt aus. Er war der gleichgültigste, beherrschteste Mensch, den ich je gesehen hatte. Raphael setzte zwar dann und wann eine unbeteiligte Miene auf, aber das war nur eine Maske, hinter der er seine Gefühle verbarg. Unwillkürlich schaute ich wieder zu ihm hin und bewunderte sein herrliches Profil.

„Stimmt was nicht?", zischte Roxy mir ins Ohr. „Du siehst plötzlich wieder so komisch aus."

„Es ist Raphael", raunte ich ihr zu. „Er macht irgendwas mit mir. Von Gehirn zu Gehirn. Er ist böse."

Roxy bekam große Augen.

„So darfst du mich nicht bestrafen!", schrie Tanya Dominic an und hielt ihn an seinem Umhang fest. Er knurrte sie in einer anderen Sprache an und entriss ihr wütend das Cape.

„Du meinst, er will sich mit dir verbinden? Jetzt? In diesem Moment?", fragte Roxy leise und taxierte Raphael, während sie sich gleichzeitig bemühte, die Szene mit den zwei Männern und Tanya im Auge zu behalten. „Was tut er denn genau?"

Fest entschlossen, mich nicht von Raphael beeinflussen zu lassen, riss ich meinen Blick von ihm los und konzentrierte mich auf Tanyas gequältes Gesicht. Obwohl sie versucht hatte, mich die Treppe hinunterzustürzen, verspürte ich einen

Anflug von Mitleid mit ihr, weil Dominic sie so grausam behandelte. Okay, einen sehr kleinen Anflug.

„Was tuschelt ihr beiden denn die ganze Zeit?“ Christian beugte sich zu uns vor.

„Es ist wegen Joy. Ihr Vampir macht etwas mit ihrem Kopf.“

„Wirklich?“, fragte er und sah mir prüfend ins Gesicht. „Sie sieht gar nicht verändert aus. Was macht er denn mit ihr?“

„Das ist alles ihre Schuld!“, kreischte Tanya, ohne zu merken, dass immer mehr Leute zu uns herübersahen. Sie fuhr herum und zeigte aufgebracht auf mich. „Sie hat dich verhext! Du bist verloren, wenn ich das nicht rückgängig mache. Nur ich habe die Macht, dich vor ihr zu retten!“

Ich hob beschwörend die Hände. „Hokus, pokus, fidibus!“

Tanya wurde knallrot vor Zorn.

„Sie hat wieder diese Visionen, nicht wahr, Joy?“ Roxy zupfte mich am Ärmel.

„Nein, diesmal ist es anders“, zischte ich, aber ich wollte nicht zugeben, dass Raphael mich mit ein paar schmutzigen Gedanken, die er mir in den Kopf setzte, derart beeinflussen konnte. Das war mir zu peinlich.

„*Ma petite*, du gehst zu weit! *Mon ange* hat nichts Böses in der Seele. Nur wem das Böse nicht fremd ist, kann hexen.“

„Der Spruch trägt auch nicht zu ihrer Beruhigung bei“, meinte Raphael, während ich gleichzeitig rief: „Ooooh, ein Tiefschlag, Dominic!“

Dominic lächelte mich nur an und machte eine übertriebene Verbeugung.

Raphael schüttelte den Kopf und hob resignierend die Hände, dann ging er ein paar Schritte auf mich zu. Ich lächelte triumphierend. Was er konnte, konnte ich schon lange! Ich wollte, dass er zu mir kam, und genau das tat er auch.

„Wie anders? Was macht er denn?“, flüsterte Roxy mir ins Ohr. Wegen der wütenden Schreie, die Tanya in regelmäßigen Abständen ausstieß, während sie Dominic für seine gemeine Bemerkung zur Rechenschaft zog, konnte ich sie jedoch kaum verstehen. „Joy? Was macht Raphael denn?“

„Er verführt mich“, entgegnete ich, trat einen Schritt vor und schenkte ihm einen gefühlvollen Blick. Ich fand, er hatte eine kleine Belohnung verdient: Immerhin hatte er nachgegeben und war auf mich zugekommen, als er erkannte, dass ich einen eisernen Willen hatte und mich nicht von seinen telepathischen Verführungskünsten beeindrucken ließ. Seine bernsteinfarbenen Augen wurden riesengroß. Ich holte tief Luft und nahm den herrlichen Geruch in mich auf, der ihn umgab. Die Cheerleader in meinen niederen Regionen rasteten vollends aus.

Mit einem letzten Blick in meine Richtung, der mir das Gefühl gab, dass sich sämtliche Knochen in meinem Körper auflösten, drehte Raphael sich wieder zu Dominic um. Tanya kniete vor ihm und flehte ihn an, ihr zuzuhören.

„Wenn wir abendliches Gezanke als neue Attraktion ins Programm nehmen“, sagte Raphael zu ihm, „solltest du dir überlegen, das Eintrittsgeld zu erhöhen.“ Er wies mit dem Kinn auf die Leute, die sich hinter Dominic und Milos versammelt hatten. Es wurde höchste Zeit, zu verschwinden, doch als ich mich zu Roxy und Christian umdrehte, war Christian plötzlich verschwunden.

Dominic erstarrte und sah Raphael hochmütig an. „So redest du nicht über *mon ange*!“

Ich hatte schneller als Raphael eine Antwort parat. „Wirst du endlich damit aufhören!“, fuhr ich Dominic an. „Ich bin kein Engel, und schon gar nicht *dein* Engel! Wenn ich irgendjemandes Engel bin, dann seiner!“ Mein Finger zeigte von ganz allein auf Raphael. Kaum waren die Worte über meine Lippen, schlug ich mir die Hand vor den Mund. Raphael zog die Augenbrauen hoch und in seinem Gesicht zeigte sich grenzenlose Überraschung.

„Du bist unfair!“, schimpfte ich. „Du hast mich dazu gebracht, das zu sagen! Du bringst alle dazu zu denken, dass ich scharf auf dich bin! Ich wäre dir sehr dankbar, wenn du dich aus meinen Gedanken raushältst und aufhörst, mich zu verführen!“

„Dich zu verführen?“, fragte er und sah mich nachdenklich an. „Ich verführe dich?“

„Ja, das tust du und du brauchst gar nicht so unschuldig zu gucken. Wir wissen beide, wer du bist und was du treibst, also kannst du dir diesen begriffsstutzigen Gesichtsausdruck sparen und aufhören, mich mental zu beeinflussen! Wenn du mich in dein Bett locken willst, dann musst du das schon richtig machen! Hast du das verstanden?“

„Natürlich. Vielleicht könntest du mir sagen, wann und wie du von mir verführt werden willst? Es wäre mir sehr unangenehm, dich zu einem ungünstigen Zeitpunkt zu erwischen oder auf eine Art vorzugehen, die nicht deine ausdrückliche Zustimmung findet.“

„*Mon ange!*“ Dominic wandte sich von Tanya ab und ergriff meine Hand. „Du bist aufgebracht und weißt in der Hitze des Gefechts nicht, was du sagst. Aber erklär mir, was hat es mit den Runensteinen auf sich? Was hat Tanya da erzählt?“ Er drehte meine Hand um und drückte mir einen feuchten Kuss in die Innenfläche. Ich machte eine Faust.

„Wenn du was auf die Nase haben willst, mein Freund, mach nur so weiter!“

Dominic lachte. „Ist sie nicht entzückend?", fragte er Milos. „Beneidest du mich nicht um das Glück, sie gefunden zu haben?"

„Himmelherrgott noch mal! Ich haue ihm gleich eins in die ..." Ich holte aus, überlegte es mir jedoch im letzten Moment anders, aber da hatte Raphael meine Hand auch schon gepackt und umschloss sie ganz fest mit seiner. Ich erschauderte angesichts der Berührung und versuchte, die Cheerleadertruppe in meiner Lendengegend daran zu hindern, Rückwärtssalti zu schlagen.

„Sie hat Temperament. Sie wird mir eine großartige Gefährtin sein", schwärmte Dominic weiter. Dabei hielt er Tanya mit einer Hand in Schach, die immer noch vor ihm im Dreck hockte, auf seine Beine einschlug und wüste Beschimpfungen ausstieß.

„Das hat mit Temperament nichts zu tun, das sind Blähungen", meldete Roxy sich zu Wort und verschränkte die Arme vor der Brust. Ich sah sie wütend an. In diesem Moment hätte ich gut auf ihre Hilfe verzichten können. „Und die kann man von deinem Geschwätz ja auch wirklich kriegen, das muss ich schon sagen!"

„Du wirst für mich die Runen deuten", sagte Dominic und ließ meine Hand erst los, als ich ruckartig daran zog und ihn ins Stolpern brachte. „Nein, nein!" Er hob die Hände, als er sah, dass ich protestieren wollte. „Du musst! Hast du nicht gehört, was Tanya gesagt hat? Sie hat dich beleidigt. Dafür musst du dich um deiner Ehre willen rächen!"

Ich zog Roxy am Arm. „Nein, danke! Wir sind dann mal weg", entgegnete ich. „Wir sehen uns später", raunte ich Raphael im Vorbeigehen zu.

Er stutzte. „Tatsächlich?"

Dominic rief mir etwas hinterher und Tanya schrie auf ihn

ein. Ich ignorierte die beiden und schaute in die hinreißendsten Augen, die ich je gesehen hatte. „Ich denke doch. Wir haben noch etwas zu klären, nicht wahr?"

Er schaute auf meine Lippen und plötzlich verspürte ich den Wunsch, an ihnen zu knabbern.

„Ja", entgegnete er und blickte mich gefühlvoll an. Mir stockte der Atem, als er die Hand ausstreckte und mir zärtlich eine Haarsträhne aus dem Gesicht strich. „Das glaube ich auch."

„Gut", krächzte ich und schluckte. Mehr brachte ich nicht heraus, denn plötzlich war ich nur noch ein Haufen kribbelnder Körperteile, die auf der Stelle mit allen seinen Körperteilen Bekanntschaft machen wollten. Ich versuchte, eine mentale Barriere zwischen uns zu errichten, aber das nützte nichts. Die Cheerleader in meiner Leistengegend hatten bereits eine Spendenaktion gestartet, um das Geld für eine Exkursion in die seine zusammenzubekommen.

„Hey! Ich will noch nicht gehen! Nur weil du dir den Zorn einer Hexe zugezogen hast und ein Irrer dich zu seiner Gefährtin machen will – ganz zu schweigen von dem Vampir, der es nicht erwarten kann, dich zu beißen –, nur deswegen muss ich doch nicht zurück ins Hotel gehen und Däumchen drehen! Ich will da sein, wo die Action ist!"

Ich ließ Roxy los. „Kein Problem. Dann such doch gleich nach Christian und bitte ihn um Entschuldigung dafür, wie der Abend gelaufen ist. Der Arme muss ja glauben, dass hier alle verrückt sind."

„Zumindest bei einigen ist er bestimmt davon überzeugt", murmelte Raphael. Ich sah ihn stirnrunzelnd an, nur für den Fall, dass er mich meinte. Sprach ein Vampir etwa so von seiner Auserwählten?

„Bis dann." Ich nickte ihm zu.

Er deutete eine Verbeugung an und verzog seine markanten männlichen Lippen zu einem kleinen schiefen Grinsen.

Ich ignorierte Dominics Mahnung, gefälligst dort zu bleiben, wo ich war, und machte mich aus dem Staub. Als ich mich noch einmal umdrehte, hatte Raphael Dominic gepackt und redete eindringlich auf ihn ein.

Ich lief zurück zum Hotel und mir war ein bisschen flau wegen des dunklen Versprechens, dass ich in Raphaels Augen gelesen hatte.

# 8

Sich auf ein Date vorzubereiten war eine Sache dachte ich, während ich an den Leuten vorbeimarschierte, die auf den Markt strömten, aber es war noch einmal etwas ganz anderes, wenn es sich dabei um ein Date mit einem Vampir handelte, den höchstwahrscheinlich irgendwann im Laufe der Veranstaltung der kleine Hunger überkam. Ich überlegte, ob ich zu der Sorte Frau gehörte, die einem Dunklen schon beim ersten Date erlaubte, von ihrem Blut zu trinken. Nachdem ich dann die Vorstellung, am nächsten Morgen voller Pflaster und Verbände zum Frühstück zu erscheinen, gegen die erotischen Beschreibungen des Liebesakts in Dantes Büchern abgewogen hatte, beschloss ich, es darauf ankommen zu lassen und zu improvisieren.

„Allmählich bekomme ich in Sachen Vampirgläubigkeit den richtigen Dreh heraus", lobte ich mich, als ich den grasbewachsenen Hügel zum Hotel hochstapfte. „Es ist eigentlich gar nicht so schwer. Man muss nur immer schön auf der Hut sein."

Als ich in meinem Zimmer ankam, hatte ich mir einen Schlachtplan zurechtgelegt. Zuerst wollte ich ein langes genüssliches Bad nehmen. Ich wusste, dass Raphael mich erst nach zwei Uhr in der Nacht verführen konnte, da er bis dahin auf dem Markt beschäftigt war, daher hatte ich genug Zeit. Nach dem Baden wollte ich mir das hocherotische Negligé anziehen und auf dem Bett aufreizende Posen und verführerische Blicke üben, bis Raphael eintraf.

Eine Stunde später, nachdem ich gebadet hatte, kam mir beim Haarebürsten etwas in den Sinn und ich schaute nachdenklich in den Spiegel: Warum hatte ich mir eigentlich nichts dabei gedacht, dass Raphael einen Job hatte? Warum hatte ich mich nie gefragt, warum ein Vampir, also jemand, der mehrere hundert Jahre alt war, für seinen Lebensunterhalt arbeiten musste? Vampire waren doch von Natur aus wohlhabend. In Dantes Büchern waren sie es jedenfalls. Sie schienen sich nie Sorgen ums Geld zu machen.

„Pech gehabt", sagte ich zu meinem Spiegelbild und bürstete mein Haar, bis es knisterte. „Ich suche mir den einzigen armen Vampir aus, der hier herumläuft. Ewig leben mit knappem Budget ... Oh, Happy Day!"

Wenn ich eine Schwäche habe – und um die Wahrheit zu sagen habe ich einige, meine Reaktion auf einen gewissen bernsteinäugigen Dracula ist nur eine unter vielen –, dann ist es verführerische Nachtwäsche. Ich gebe offen und ehrlich zu, dass ich eine Negligé-Liebhaberin bin. Ich besitze bestimmt über ein Dutzend davon, alle aus Seide und Satin, mit Unmengen an Spitze. Ich hatte jedoch nur zwei mit nach Europa genommen, also war die Entscheidung, welches ich für Raphael anziehen sollte, nicht besonders schwer, aber es dauerte trotzdem ein Weilchen.

„Will ich das altrosafarbene ‚Nimm mich, ich gehöre dir' mit den kleinen Röschen, das mich schüchtern und unschuldig wirken lässt, oder das rattenscharfe nachtblaue ‚Berühr mich und du verbrennst dich'? Fragen über Fragen!"

Da ich nicht genau wusste, was ich wollte – selbstverständlich wollte ich, dass etwas passierte, ich war nur nicht sicher, wie weit ich zu gehen bereit war –, entschied ich mich für das unschuldige Altrosafarbene. Ich schaute noch einmal kurz in den Spiegel, tupfte mir etwas Parfüm in die Kniekehlen und machte es mir mit einem Krimi im Bett gemütlich. Ich wollte noch ein bisschen lesen, bis Raphael auftauchte.

*Wozu hat er seine Vampirzähne, wenn er keinen Gebrauch davon macht?*, meldete sich die lästige Stimme in meinem Kopf zu Wort. Ich ignorierte sie und las weiter.

*Wo schläft er? In einem Sarg wie in den Filmen oder in einem abgedunkelten Gemach wie die Vampire in Dantes Büchern?*

Ich biss die Zähne zusammen und las jedes Wort ganz bewusst und langsam.

*Wenn er in einem Sarg schläft, hat er dann einen für zwei?* Ich gab auf und legte das Buch zur Seite. Gut, dann würde ich eben ein kleines Frage-und-Antwort-Spiel mit mir selbst spielen, wenn dadurch Ruhe in meinem Kopf einkehrte.

Frage Nummer eins: Wollte ich in einem Sarg schlafen? Ich wusste aus Dantes Büchern, dass die Auserwählte eines Dunklen zwar unsterblich, aber nicht zum Vampir wurde, also musste ich mir zumindest über das Bluttrinken keine Sorgen machen. Aber war ich bereit, den Rest meines Lebens in einem Sarg zu schlafen?

„Hmm … ich glaube nicht“, grübelte ich.

*Was ist mit Sex?*, wollte meine innere Stimme wissen. Ich wusste, dass Dunkle Kinder zeugen konnten, was bedeutete, dass jeder Austausch von Körperflüssigkeiten über den dritten Schritt hinaus nur vonstattengehen konnte, wenn ein gewisser Teil von ihm ordnungsgemäß in Latex gehüllt war. Ich nahm mir vor, gleich am nächsten Tag eine Packung Kondome zu kaufen.

„Nur zur Sicherheit“, sagte ich zu meinen Zehen, die bei dem Gedanken an jenen gewissen Teil von Raphael vor Freude zuckten. „Ich rechne nämlich nicht damit, dass ich sie so bald brauche. Er mag mich zwar faszinieren und mir weiche

Knie machen und in mir den Wunsch wecken, mithilfe der pelzbesetzten Handschellen, von denen Roxy erzählt hatte, raffinierte Dinge mit ihm anzustellen, aber das bedeutete nicht, dass ich damit sofort loslegen würde. Ich habe schließlich Prinzipien! Ich springe doch nicht mit dem erstbesten bernsteinäugigen Vampir ins Bett und mutiere zu einem pubertierenden Girlie!"

Meine Zehen sahen nicht aus, als glaubten sie mir, was vermutlich daran lag, dass meine Beteuerungen nicht sonderlich überzeugend klangen.

„Na gut!" Ich sah meine Zehen böse an. „Ich bin zu allem bereit, was Raphael angeht. Seid ihr jetzt zufrieden? Ich gebe es zu! Aber wahrscheinlich kann ich gar nichts dafür. Es ist vermutlich eine Folge seiner mentalen Verführungsversuche. Ich bin nur eine unschuldige Zeugin, die in seine schmutzigen Fantasien verwickelt wurde!"

Danach hielt ich den Mund. Es war schon traurig, wenn man sich genötigt sah, sich hinsichtlich seiner Tugendhaftigkeit vor seinen Zehen zu rechtfertigen, besonders wenn einem weder die Zehen noch das eigene Ich die Geschichte abkauften. Ich schüttelte mein Haar noch einmal auf, sah auf die Uhr und nahm wieder mein Buch zur Hand. Vier Stunden waren ein Klacks. Ich würde einfach lesen, bis Raphael kam und mir den Kopf verdrehte.

*Geliebte!*, hallte es durch meinen Kopf. Benommen stellte ich fest, dass ich tatsächlich eingeschlafen war. Mein Körper war schwer und träge und so angenehm warm umhüllt, dass ich nicht die geringste Lust hatte, mich zu bewegen. Ich spürte einen leichten Luftzug über meinen Körper streichen, als bewegten sich unsichtbare Hände über mir.

Ich sah ein verschwommenes Gesicht vor meinem geistigen Auge, das immer deutlicher wurde. Raphael. Er war gekommen. Ich versuchte, die Augen zu öffnen und meine Arme nach ihm auszustrecken, doch ich war so tief versunken in dem weichen Federbett, dass mein Körper mir nicht gehorchte.

*Geliebte!*, ertönte es wieder und die Welt erbebte in freudiger Erwartung seiner Ankunft. Ich stellte mir vor, wie er durch den Flur ging, wie üblich in schwarzen Jeans und Lederjacke. Sein muskulöser Körper bewegte sich mit einer kraftvollen Eleganz, die mich wohlig erschaudern ließ. Sein Leid erfüllte mein Bewusstsein, als er näher kam, und ich spürte, wie sehr er sich danach sehnte, von der Finsternis in seinem Inneren befreit zu werden.

Raphael. Ich kannte seine Gesichtszüge ganz genau, ebenso die Macht seiner Augen. Er kam durch die geschlossene Tür und durch seine Anwesenheit verwandelte sich der Raum sogleich in eine warme und vertraute Zufluchtstätte. Ich wollte meine Augen öffnen, um in seine Bernsteinglut zu schauen, aber ich konnte mein Augenlider nicht bewegen. Gezwungen, mich auf Sinne zu verlassen, von denen ich gar nicht wusste, dass ich sie besaß, überlief mich ein Schauder der Erregung, als meine Decke weggezogen und mein Körper seinem Blick ausgesetzt wurde.

Raphael. Wärme umfing mich, als er sich über mich beugte und seine langen Finger sehnsüchtig meine Haut streiften. Er ließ mich an seinen Gedanken teilhaben und erfüllte mich mit Bildern von intensivem sexuellem Verlangen und Begierde, mit erotischen Bildern, aus denen das Wissen sprach, dass ich allein für ihn erschaffen wurde. Mein Körper schrie danach, von ihm berührt zu werden. Ich tastete blind umher, um das Wesen zu ergreifen, das mein Blut wollte, doch es entzog sich mir ein ums andere Mal. Ein Schatten legte sich auf meine Sinne, als ihn unvermittelt ein Verlangen überkam, das mehr als bloßer Hunger war. Er sehnte sich danach, dass unsere Seelen miteinander verschmolzen und sich unsere Lebenskraft vereinte, damit wir für alle Zeit aneinander gebunden waren.

Raphael?

*Gib dich mir hin!* Sein Befehl hallte in meinen Ohren, als sein Schatten über mir war und er mich mit einem langen Kuss dazu drängte, mein Schicksal anzunehmen. Plötzlich schrie etwas in mir beängstigend laut auf und brachte mich ebenfalls zum Schreien. Irgendetwas stimmte nicht. Irgendetwas lief auf einmal schief.

*Gib dich mir hin!* Der Schatten seiner Gedanken wirbelte durch meinen Kopf, während ich versuchte, gegen ihn anzukämpfen. Ich geriet in Panik, als der Schatten immer größer wurde und Gestalt annahm. Gefahr! Ich war in Lebensgefahr!

„Raphael! *Stopp!*", schrie ich, aber er hörte nicht auf mich. Sein Mund glitt über meinen Hals direkt auf die Stelle zu, wo mein Puls am stärksten pochte. Ich wusste, was er tun wollte, und mir war instinktiv klar, dass er es nicht tun durfte, sonst waren wir beide verloren. Ich wehrte mich mit aller Kraft und versuchte, meinen Körper unter Kontrolle zu bekommen, damit ich meinen Protest laut herausschreien konnte.

In seinen Augen brannte ein Feuer der Leidenschaft, wie es in der Hölle nicht heißer sein konnte. Ich spürte seinen Blick fast ebenso deutlich wie seinen Mund. Ich kämpfte weiter und versuchte verzweifelt, ihn von mir wegzustoßen und meine Augen zu öffnen, um ihn mit Blicken anzuflehen.

*Ich muss das tun.* Seine Worte sollten mich trösten, aber ich war in Panik und stieß stumme Angstschreie aus. Ich spürte, wie sich sein Mund über meiner Halsschlagader öffnete und sein heißer Atem über die Haut an meinem Hals strich, um sich das zu nehmen, was ich ihm nicht geben wollte.

„Raphael!", schrie ich und flehte ihn ein letztes Mal an aufzuhören, aber die Worte klangen in meinen Ohren wie ein nutzloses Stoßgebet.

Sein Atem verharrte noch eine Weile über der Stelle, doch dann verschwand er plötzlich und ich lag frierend, zitternd und außer mir vor Angst, aber unversehrt in meinem Bett. Mir war übel wie bei den Visionen, aber viel schlimmer war das Gefühl der Trauer. Warum wollte Raphael mir Leid zufügen? Warum spürte ich mit jeder einzelnen Faser meines Körpers, dass ich in seiner Nähe in Lebensgefahr schwebte? Warum wollte er mir etwas antun, wenn ich seine Auserwählte war?

Allmählich kam wieder Gefühl in meine Gliedmaßen, und als ich die Augen öffnete, war ich allein im Zimmer. Die Nachttischlampe brannte und ein warmer goldener Lichtschein fiel auf das Bett.

„Was zum Teufel?" Erschrocken zog ich mir die Decke bis ans Kinn. So blieb ich bibbernd eine gute Stunde liegen und zuckte bei jedem Geräusch in dem alten Gebäude zusammen, während die Gedanken in meinem Kopf kreisten und ich die Bedrohung zu ergründen versuchte, die Raphael für mich darstellte.

Ich ließ das Licht an, als ich erneut wegdöste – nicht weil ich erwartete, dass er wiederkam, sondern weil ich der kindischen Angst vor der Dunkelheit nachgab.

Ein leises Klopfen an meiner Tür ließ mich hochschrecken. Mir schlug das Herz bis zum Hals. „Komme gleich", krächzte ich und schaute auf die Uhr, als ich aus dem Bett sprang. Es war zehn Minuten nach zwei. Roxy hatte sich die Bands offenbar bis ganz zum Schluss angehört.

„Du hast wohl den Verstand verloren", schimpfte ich, als ich die Tür öffnete. Ich wollte ihr eine Standpauke halten, weil sie die halbe Nacht weggeblieben war, um mit einem Haufen gepiercter Teenies um die Wette zu tanzen.

„Gut möglich." Raphael stand im Türrahmen. „Aber ich komme auf deine Einladung hin!" Seine Augen weiteten sich, als sein Blick von meinem Gesicht zu meinen Zehen wanderte und wieder zurück. Sein Adamsapfel hüpfte ein paarmal auf und ab. Aus seinen Augen sprach eine Verblüffung, die das Weib in mir außerordentlich erfreut hätte, wenn er mich nicht kurz zuvor erst mit seiner Blutgier in die ewige Verdammnis hätte schicken wollen.

„Bleib mir bloß vom Leib!", sagte ich, wich zurück und machte rasch das Kreuzzeichen. „Mir ist ganz egal, wie sehr es dich drängt, mich zu verführen und all diese wilden, erotischen Dinge mit mir zu tun, von denen du träumst … Und wo wir gerade beim Thema sind, muss ich dir sagen, dass einige davon rein physisch gar nicht möglich sind, obwohl ich zugegebenermaßen ein, zwei Aspekte wirklich sehr interessant fand, aber trotzdem wird nichts daraus! Du bist böse! Du bist ein böser, böser Mann und ich habe es mir anders überlegt!"

Raphael blieb eine Weile auf der Schwelle stehen, dann kam er ins Zimmer und ließ die Tür auf. Ich tastete hinter mir nach einem Gegenstand, mit dem ich mich verteidigen konnte, doch er hob nur beschwichtigend die Hände. Irgendetwas war … anders. *Er* war anders. Da stand ich nun, völlig hilflos und mit einem Mann in einem kleinen Zimmer gefangen, der mich wenige Stunden zuvor zu Tode geängstigt hatte; mit einem Mann, der meine Seele und mein Blut haben wollte, und dennoch hatte ich … ein gutes Gefühl. Mehr als das – ich begehrte ihn.

Vielleicht war es ja nur ein Albtraum gewesen? Vielleicht hatte ich den bösen Raphael nur wegen der Schuldgefühle heraufbeschworen, die mich plagten, weil ich mich Hals über Kopf in einen Mann verliebt hatte, den ich gar nicht kannte. Vielleicht war ich wirklich verrückt geworden, aber der Mann, der nun vor mir stand und mich besorgt mit seinen bernsteinfarbenen Augen betrachtete, wollte mir eindeutig nichts Böses antun. Ich strich mir verwirrt über die Stirn. Was auch immer los war, eines wusste ich genau: Ich vertraute ihm. Trotz der bedrohlichen Vision, trotz der Möglichkeit, dass er ein Vampir war, vertraute ich ihm.

„Also? Was ist jetzt? Soll ich gehen?“, fragte Raphael und legte die Hand auf den Türgriff.

„Ich … äh …“ Ich schluckte und ging ein paar Schritte auf ihn zu, um zu prüfen, ob meine innere Alarmanlage losging, doch das tat sie nicht. Allerdings traten die Cheerleader in Aktion. „Tut mir leid. Ich war nur … irgendwie … Du kannst reinkommen.“

Er schloss stirnrunzelnd die Tür. „Ich habe noch nie eine Frau kennengelernt, die so wankelmütig ist wie du! Erst ziehst du mich mit Blicken aus und im nächsten Moment …“

„Oh!“, brauste ich empört auf. „Ich habe dich noch nie mit Blicken ausgezogen! Ja gut, vielleicht ein Mal, aber da hast du in die andere Richtung geschaut, also erzähl mir nicht, du hättest es gemerkt!“

„Im nächsten Moment machst du einen Rückzieher, als sei ich das Allerletzte. Würdest du mir bitte einfach mal sagen, was du von mir willst?“ Er fuhr sich mit den Fingern durch seine dunklen Locken. Meine Hände zuckten, weil sie das auch gern getan hätten, doch ich befahl ihnen, sich zurückzuhalten.

„Was meinst du damit – was ich von dir will?“

Er verdrehte die Augen und fuhr sich erneut durchs Haar. Meine Finger kribbelten. Der Rest meines Körpers übrigens auch. Dies war eindeutig nicht der gleiche Raphael wie in meiner Vision – dieser Raphael war müde, ein bisschen missmutig und verdammt sexy. „So schwer ist die Frage ja nun nicht. Du hast gesagt, du weißt, wer ich bin und was ich mache, und hast mich eingeladen, mitten in der Nacht auf dein Zimmer zu kommen. Und da du etwas trägst, das deine Kurven auf eine Weise betont, wie es in mindestens drei Ländern gesetzlich verboten ist, muss ich davon ausgehen, dass du etwas von mir willst."

„Ich weiß nicht, was du meinst", entgegnete ich bestimmt und verschränkte die Arme unter meinen Brüsten. Das hatte allerdings den gleichen Effekt wie ein Push-up-BH, was Raphael nicht entging, der anerkennend seinen Blick über mein Dekolleté wandern ließ.

Er kam einen Schritt auf mich zu. Ich wich einen Schritt zurück. Er stellte zwar keine Bedrohung dar wie in der Vision, aber das bedeutete noch lange nicht, dass ich meinem Verlangen nachgeben und mich auf ihn stürzen würde, wie es mein Körper forderte.

„Was ist mit dir los?" Er runzelte die Stirn, als ich immer weiter vor ihm zurückwich, und machte plötzlich einen Satz auf mich zu.

Ich schrie auf und wollte die Flucht ergreifen, doch er packte mich an den Armen und hielt mich fest. „Du wärst beinahe gegen die Kommode geknallt", erklärte er. „Warum weichst du vor mir zurück? Es kann nicht daran liegen, dass du nicht merkst, wie es zwischen uns knistert …"

Er streichelte mir über die Wange und ich erschauderte. Es knisterte zwischen uns? Das war seiner Meinung nach alles? Und ich hatte gedacht, es sei ein flammendes Inferno der Leidenschaft und der Begierde, gekrönt von einem ordentlichen Schlag Liebe. Hmm. Vielleicht sollte ich meinem Verlangen doch nachgeben …

„Denn es ist doch offensichtlich, dass du das Gleiche fühlst wie ich."

Er zog mich an sich und seine stählernen Muskeln pressten sich gegen meine weichen Rundungen. Es war der Augenblick der Wahrheit. In diesem Moment der Nähe erinnerte ich mich unwillkürlich an das schreckliche Gefühl der Bedrohung, das er in der Vision bei mir ausgelöst hatte. Doch dieses Gefühl wich der Überzeugung, dass ich das Richtige tat, während ich in seinen vor Verlangen brennenden Augen versank und gierig seinen wunderbaren Geruch in mich aufsog, der mein Blut zum Kochen brachte.

„Was willst du von mir?", wiederholte er und seine Lippen berührten fast die meinen. Als ich mich noch fester an ihn schmiegte, spürte ich etwas und sah an ihm herunter.

„Wow", sagte ich und es juckte mir in den Fingern, doch ich hielt mich zurück. Anfassen war erst möglich, wenn ich explizit dazu aufgefordert wurde. „Immerhin hat Miranda sich in diesem Punkt an meine Anweisungen gehalten."

„Was?"

„Ach, nicht so wichtig. Ich habe jedenfalls gerade meine Meinung geändert, und da ich nicht das Gefühl habe, in Gefahr zu sein, sind wir offenbar auf der gleichen Wellenlänge. Wenn du also zu dem dritten Schritt übergehen und mich küssen willst, habe ich nichts dagegen." Ich bot ihm meine Lippen dar und ließ meine Hände unter seine Lederjacke gleiten. Selbst durch den dicken Pullover, den er darunter trug, war seine wundervolle Wärme zu spüren.

„Aha", sagte er und machte sich von mir los, um sich auf den Stuhl neben der Kommode zu setzen. Er schlug die Beine übereinander, schnitt eine Grimasse und nahm die Beine rasch wieder auseinander. „Aber bevor wir zum Küssen übergehen, sagst du mir vielleicht noch, was du dafür haben willst, dass du deine Informationen für dich behältst."

Was? Er wollte wissen, was ich dafür haben wollte, wenn ich die Tatsache, dass er ein Vampir war, für mich behielt? Vertraute er mir denn nicht? Wusste er nicht, dass ich sein Geheimnis niemals preisgeben würde? Nun, es stimmte zwar, dass Roxy es Christian weitererzählt hatte, aber er war mit Sicherheit vertrauenswürdig, und ich würde Rox das Versprechen abnehmen, es niemandem sonst zu verraten. Die Auserwählte eines Vampirs war doch nicht zum Verrat fähig! Das musste er doch wissen!

Es wurde Zeit, dass ich die Initiative ergriff. Raphael hatte offensichtlich den Eindruck, dass das zwischen uns nur ein kleines Strohfeuer war. Als Frau – als diejenige also, die sich per se besser mit Gefühlen auskannte – hatte ich eindeutig die Aufgabe, ihn in diesem Punkt aufzuklären, und da Taten immer besser waren als Worte, setzte ich mich auf seinen Schoß, um ein paar Dinge klarzustellen. Er ächzte, als mein Oberschenkel auf seine Leistengegend traf.

„Sorry." Ich verlagerte mein Gewicht. „Ich wollte dir nichts zerquetschen. Alles okay mit den edlen Teilen? Gut. Also, wo waren wir stehen geblieben?"

Bevor er etwas sagen konnte, griff ich in sein Haar und hielt seinen Kopf fest, um mit meiner Zunge in die unbekannten Gefilde seines Mundes vorzudringen. Er erstarrte überrascht und ich dachte schon, er wollte gegen meine Zudringlichkeit protestieren, doch dann entspannte er sich und stöhnte leise, als er mich an den Hüften packte und an sich zog.

Während wir uns leidenschaftlich küssten, wobei mir von

seinem Geschmack, seinem Geruch und seiner Nähe beinahe schwindelig wurde, setzte ich mich so hin, dass ich seine Hüften zwischen meinen Knien hatte.

„Viel besser“, stöhnte ich, saugte an seiner Unterlippe und knabberte ein bisschen daran.

„Du machst mich total verrückt“, entgegnete er und seine Finger gruben sich in meine Hüften, als er mich auf seinen Schoß drückte und erneut küsste. Ich hisste die weiße Fahne und ließ mich bereitwillig entern.

„Das weißt du, nicht wahr?“ Er schob ganz langsam den hauchdünnen Stoff meines Seidennachthemds an meinen Oberschenkeln hoch. Wo seine Finger meine Haut berührten, hinterließen sie brennende Spuren. „Du machst mich wahnsinnig. Du bringst mich restlos um den Verstand. Ich bin noch nie einer Frau wie dir begegnet, die mich so …“

Ich unterbrach ihn mit einem äußerst wirkungsvollen Zungentrick. Er reagierte sofort auf mein *En Garde!* und als er mit feuriger Zunge parierte, zustieß und zum Gegenangriff überging, wollte mein ganzer Körper strammstehen und „Ahoi, Käpt'n!“ rufen.

„Geredet wird später“, raunte ich ihm zu, als ich meine Zunge wieder unter Kontrolle hatte und eine kurze Pause einlegte.

„Hmm“, pflichtete er mir bei, während eine Hand meinen Oberschenkel verließ und meine Hüfte hinaufglitt, zu meiner Taille und den Brüsten, die regelrecht danach lechzten, von ihm berührt zu werden.

Ich zog an seinen Haaren, bis er den Kopf in den Nacken legte und mir seinen Hals preisgab, den ich unbedingt küssen musste. Ich begann an dieser delikaten Stelle direkt hinter seinem Ohr und arbeitete mich mit Küssen seinen Hals entlang. Es fiel mir schwer, mich darauf zu konzentrieren, denn seine Finger, die auf meinem Oberschenkel unterwegs waren, entfachten ein wahres Inferno.

„Wenn man schon etwas macht ...", murmelte ich und spürte seine Halsschlagader unter meinen Lippen pulsieren.

„Dann muss man es richtig machen", führte er den Satz fort und seine Hand wanderte hinauf zum Mittelpunkt meines Universums.

„Oh Gott!", stöhnte ich, als seine Finger meinen Seidenslip streiften.

„Ich bin's nur", warf er ein und umfing mit der anderen Hand meine Brust.

„Sorry, mein Fehler." Ich wand mich unter dem Feuer, das seine Hände entfachten. Er zog mich an sich, bis er eine Brust mit dem Mund liebkosen konnte. Er saugte durch den Seidenstoff an ihr, bis ich glaubte, jeden Augenblick in Ohnmacht zu fallen.

Er küsste sich langsam durch das Tal zwischen meinen Brüsten nach oben, während seine Finger weiter unten streichelten und neckten und die Bewegungen seiner Hand auf meiner Brust nachahmten. Sein Mund war heiß und feucht, und ihn an meinem Hals zu spüren, wie er über meiner wild pochenden Halsschlagader verharrte, machte mich wahnsinnig. Als er mit seiner Zunge ganz langsam darüberfuhr, wollte ich schon Einspruch erheben, aber diesmal war es anders. Es fühlte sich gut an. Ich war für ihn bestimmt.

„Mach schon", hauchte ich und legte meinen Kopf in den Nacken. „Beiß mich. Nimm mein Blut. Ich will es. Ich will dir mein Leben schenken."

Seine Hände erstarrten, doch ich wartete atemlos darauf, dass sich seine Zähne in meinen Hals bohrten, während die Erinnerung an die erotischen Beschreibungen des Akts aus Dantes Büchern meine Lust ins Unermessliche steigerte.

Raphael rückte langsam von mir ab. Ich sah ihn überrascht an. Enttäuschung sprach aus seinem Blick und das Feuer der Leidenschaft schien urplötzlich erloschen zu sein.

„Ich hätte nicht gedacht, dass du auf solche Sachen stehst", sagte er nachdenklich.

„Was für Sachen?", fragte ich verwirrt. Warum machte er nicht weiter? Er wollte doch mein Blut trinken, warum zögerte er nun?

„Ich werde dich nicht beißen."

Ich registrierte erstaunt das Missfallen in seinem Blick. „Nein?"

„Nein."

„Nicht mal ein bisschen? Nur einen kleinen Snack? Oder ein Dessert?"

Er sah mich nur schwer atmend an, zog seine Finger von den Spaßzonen meines Körpers ab und ließ die Hände sinken.

„Joy, ich weiß nicht, was du willst …"

Ich drückte meinen Unterleib gegen seinen Schritt.

„Okay, ich weiß, was du willst, aber ich weiß nicht, warum du es willst und warum du für dich behältst, was du hinter meinem Rücken über mich herausgefunden hast, aber eines weiß ich ganz genau."

Mir rutschte das Herz in die Hose. Er wollte mich nicht beißen und zu seiner Gefährtin machen? Nachdem ich so mit mir gerungen hatte, um an das zu glauben, was er war, und um ihm trotz der beunruhigenden Visionen zu vertrauen?

„Ich weiß, dass es mir schon rein physisch nicht möglich ist, dich zurückzuweisen", fuhr er fort und seine Stimme klang plötzlich ganz heiser. Dadurch wurde dieser Mann nur noch erotischer, der ohnehin schon das obere Ende meines persönlichen Erregometers erreicht hatte. „Ich dachte, ich könnte es, aber das war bevor du mir das Hirn aus dem Kopf gesaugt hast mit deinen Küssen, die Stahl zum Schmelzen bringen. Mein Großvater hatte recht."

„Hä?"

„Als er mir sagte, dass ein St. John es sofort weiß, wenn er der Frau zum ersten Mal begegnet, mit der er sein Leben verbringen wird. Er hatte recht. Ich wusste es."

Ich saß vollkommen still da, während mein Herz vor Glück einen Purzelbaum schlug. „Ich weiß nicht genau, ob dieser Satz grammatisch ganz korrekt war, aber so etwas Schönes hat mir noch nie jemand gesagt."

Als Reaktion auf meine Worte regte sich etwas bei ihm und wir schauten beide auf die Stelle, die sich regte. Raphaels hinreißende Lippen verzogen sich zu einem schiefen Grinsen. „Siehst du? Sogar mein Körper weiß es. Und nachdem dieser Effekt bereits eintritt, wenn ich nur an dich denke, wie soll ich dich dann dazu bringen, deine herrlichen Oberschenkel von meinen brennenden Beinen zu nehmen und aufzustehen? Das ist einfach unmöglich!"

Ich löste meine Finger aus seinem Haar und setzte mich wieder seitlich auf seinen Schoß. Er erschauderte und seine Finger zuckten, aber er fasste mich nicht an.

Ich begriff nicht so recht, was los war, aber ich war fest entschlossen, es herauszufinden. „Ich versuche mal, den Ablauf der Ereignisse auf die Reihe zu bekommen."

Er nickte und bedachte den unbedeckten Teil meiner Brüste mit einem sehnsüchtigen Blick, bevor er tief durchatmete und noch einmal nickte.

„Zuerst bist du in mein Zimmer gekommen und hast merkwürdige Dinge mit der Luft angestellt. Und dann hast du mich geküsst und wolltest gerade von meinem Blut trinken, als ich dich anflehte aufzuhören."

„Was?“, fuhr er auf und kniff die Augen zusammen. „Wovon redest du?“

„Du bist in mein Zimmer gekommen“, entgegnete ich etwas verärgert darüber, dass er offensichtlich weiter mit der Wahrheit hinter dem Berg halten wollte. Das war überflüssig. Er musste ganz gewiss nicht fürchten, dass ich seine wahre Identität verraten würde.

„Du hast mich dazu aufgefordert“, protestierte er. „Du hast mir verführerische Blicke zugeworfen und trägst diesen Hauch von Nichts hier. Wenn das keine Aufforderung ist, dann wüsste ich zu gern von dir, was es sonst ist.“

„Nein, ich meinte nicht jetzt, sondern vorher. Du hast an meinem Hals geknabbert und warst kurz davor hineinzubeißen.“

Er starrte mich mit offenem Mund an.

„Und dann, als ich mich gewehrt habe, bist du gegangen, nur um ein paar Stunden später zurückzukehren und dich zu weigern, das zu tun, was du vorher tun wolltest.“

„Joy.“ Raphael legte beide Hände auf meine Oberschenkel und es regte sich wieder etwas bei ihm. „Ich bitte dich, mir aufmerksam zuzuhören, denn ich weiß nicht, wie lange ich noch so mit dir hier sitzen kann, ohne komplett verrückt zu werden – es ist die reinste Hölle für mich! Also, ich bin früher am Abend *nicht* in deinem Zimmer gewesen.“

Ich hörte auf, in seinen Schritt zu starren, und blickte ihn überrascht an. „Bist du nicht?“

Er sah mir ernst in die Augen. „Nein, bin ich nicht.“

„Bist du sicher?“

„Ganz sicher.“

„Vielleicht hast du es vergessen?“ Ich wollte nicht wahrhaben, dass Raphael nicht mein nächtlicher Besucher gewesen war.

„Joy …“ Ich verlagerte mein Gewicht und er stöhnte mit angespannter Miene. „Gott steh mir bei! Hör auf mich so zu quälen, Frau! Ich sage es nur noch einmal und dann wirst du deinen herrlichen Körper von meinem Schoß schwingen und mich gehen lassen. Ich bin früher am Abend nicht hier gewesen und habe dich auch nicht angefasst.“

„Das klingt ja, als wäre es dir zuwider, mich anzufassen“, entgegnete ich empört und rückte von ihm ab.

„Sehe ich etwa so aus, als wäre es mir zuwider?“

Eindeutig nicht, wenn man eine gewisse Schwellung betrachtete. „Also, nein …“

Er sah mich durchdringend an und umklammerte meine Hüften. „Ich bin ein Mann, ein ganz normaler Mann, der seine Grenzen hat, und wenn du mich weiter so folterst und dich noch ein einziges Mal bewegst, sterbe ich und dann musst du der Polizei erklären, was ein toter Engländer in deinem Zimmer zu suchen hat.“

Ich widerstand der Versuchung, mich zu rühren. Er sah wirklich aus, als sei er völlig am Ende. Ich beschloss, das Thema, wer mich nun zuvor besucht hatte, fallen zu lassen und einer anderen Frage nachzugehen, die mich beschäftigte. „Was hast du eigentlich damit gemeint, als du gefragt hast, was ich über dich wüsste? Das klang ja beinahe, als hätte ich vor, dich zu erpressen. Hast du irgendein dunkles Geheimnis, das du mir nicht verraten willst?“

Er ächzte, als ich mich vorbeugte, um ihm ganz tief in die Augen zu sehen. „Vergiss es! Ich habe wohl überreagiert. Das ist nicht wichtig.“

Ich fuhr mit dem Finger über die steile Falte zwischen seinen Augenbrauen. „Bist du irgendwie in Schwierigkeiten?“

Er hielt meine Hand fest und betrachtete sie eine Weile,

bevor er meine Fingerspitzen küsste und seine Zunge dabei meine plötzlich wieder hochempfindliche Haut berührte.

„Joy, ich möchte mit dir schlafen, aber ich glaube, jetzt ist nicht der richtige Zeitpunkt. Du bist offensichtlich in Sorge über etwas, das vorhin passiert ist, und … nun, so gern ich dein Angebot annehmen würde, so ist heute Nacht anscheinend nicht der beste Moment, weder für dich noch für mich. Ich denke, es ist besser, wenn ich jetzt gehe."

Ich fuhr mit dem Finger über seine Lippen, während sich Enttäuschung in mir breitmachte, obwohl ich wusste, dass Raphael Vernunft bewies – im Gegensatz zu mir. „Du willst mich nicht?"

Er legte meine Hand auf seinen Schritt. Die Beweislage war eindeutig.

„Du willst mich also?"

„So sehr, dass ich bereit bin zu warten, bis ich dir zeigen kann, dass es bei uns nicht nur um Sex geht. Wenn wir uns lieben, geht es um mehr."

„Mehr?" Mannomann, meine Neugier war geweckt.

Er wickelte sich eine Strähne meines Haares um den Finger. „Oh, ja, Baby, sehr viel mehr."

Ich nickte und dachte über seine Worte nach, dann stand ich auf. „Bist du sicher, dass du es nicht warst?"

„Ziemlich sicher", entgegnete er und stand ebenfalls auf. Als er seinen Hosenbund zurechtrückte, verzog er unwillkürlich das Gesicht.

Ich versuchte, die Puzzleteile zusammenzufügen – um zu verstehen, wie der frühere und der aktuelle Raphael zusammenpassten –, aber sie wollten einfach nicht ineinandergreifen. Ich blinzelte einige Male, um einen klaren Kopf zu bekommen. „Aber wenn du nicht derjenige warst, der zu mir gekommen ist, wer war es dann?"

# 9

„Aber wer ist denn dann in deinem Zimmer gewesen, wenn Raphael es nicht war?", fragte Roxy am späten Morgen, als wir die letzten warmen Strahlen der Oktobersonne genossen.

„Ich weiß es nicht genau."

„Aber du hast eine Idee?"

„Möglicherweise." Über diese Idee wollte ich allerdings nicht sprechen. Sie war ziemlich widerlich.

„Gut, darauf kommen wir gleich noch mal zurück." Roxy zeigte mit ihrem dick mit Butter und Marmelade bestrichenen Brötchen auf mich. Ich dachte mit Sorge an ihren Stoffwechsel, bevor ich mich meinem trockenen Toast und dem Obst auf dem Tisch zuwendete. „Zuerst will ich hören, wie es weitergegangen ist."

Ich runzelte die Stirn. „Wie es weitergegangen ist?"

„Du weißt schon!" Sie klatschte noch einen großen Löffel Marmelade auf ihr Brötchen.

„Davon bekommst du Diabetes", prophezeite ich ihr missbilligend, doch sie grinste nur und leckte sich die Finger ab. „Ich weiß wirklich nicht, was du meinst, erklär es mir bitte mit einfachen Worten!"

„Ich meine das, was vergangene Nacht passiert ist, nachdem Raphael sagte, er könne dich nicht zurückweisen. Habt ihr … du weißt schon … oder habt ihr geredet oder bist du aufgestanden und hast ihm freundlich eine gute Nacht gewünscht, bevor du den Rest der Nacht selbst Hand angelegt und dir dabei vorgestellt hast, er wäre es?"

„Roxanne!“, rief ich empört aus und verschluckte mich an meinem Toast. Ich hustete und prustete, bis mir die Tränen in den Augen standen, und nahm rasch einen kleinen Schluck Kaffee.

„Ich habe ja nicht gesagt, *dass* du es dir selbst gemacht hast, ich habe dich nur gefragt, *ob*!“

Ich hatte es nicht getan, obwohl ich durchaus daran gedacht hatte. „Nein, das habe ich nicht – nicht, dass es dich etwas anginge! Und es geht dich ebenso wenig etwas an, was ich mit Raphael gemacht habe und was nicht. Du kannst aber sicher sein, dass ich dir nichts Wichtiges vorenthalte.“

„Ich *wusste*, dass du nicht zum Zug gekommen bist“, entgegnete Roxy scheinheilig und leckte die Marmelade vom Buttermesser ab. „Du bist morgens immer so griesgrämig, wenn du frustriert bist.“

Ich schenkte dieser Bemerkung die Aufmerksamkeit, die sie verdiente – nämlich gar keine.

„Also, wenn es nicht Raphael war, der dir früher am Abend Blut abzapfen wollte, wer sind dann die Hauptverdächtigen?“

Ich schenkte mir noch eine Tasse Kaffee ein, lehnte mich zurück und genoss die warmen Sonnenstrahlen. Da es fürs Frühstück schon recht spät war, befanden wir uns allein in dem kleinen Speisesaal.

„Ich weiß es nicht, Rox, und das ist das Problem. Wie mir scheint, kommen nur wenige in Betracht.“

„Also, ich glaube immer noch, dass es Raphael ist“, entgegnete sie und nahm genüsslich schlurfend einen Schluck von ihrem heißen Kakao. Nachdem sie sich die Schlagsahne von der Oberlippe geleckt hatte, fügte sie hinzu: „Aus irgendeinem Grund will er nur nicht, dass du weißt, dass er es ist. Wir müssen diesen Grund herausfinden und dann kannst du ihm sagen, er soll die Spielchen sein lassen und mit Schritt vier weitermachen."

„Das ergibt keinen Sinn", sagte ich und spielte mit den Resten meines Frühstücks herum. „Hast du je von einem Vampir gehört, der seine Auserwählte belügt?"

Sie runzelte nachdenklich die Stirn. „Hmm. Da ist was dran."

„Nein, also ich glaube ..." Ich nagte an meiner Unterlippe und dachte an den vergangenen Abend. „Ich glaube, Raphael sagt die Wahrheit. Es fühlte sich beim ersten Mal auch nicht so an, als wäre er es."

„Aber du hast doch gesagt, du hast seine Augen gesehen und wie er im Flur stand, bevor er durch die geschlossene Tür kam – was natürlich ein ziemlicher Hammer ist, das muss ich schon sagen."

Ich schüttelte den Kopf. „Nein, ich sagte doch, ich konnte mich nicht bewegen, nicht einmal die Augen öffnen. Was ich gesehen habe, war vielleicht nur Einbildung. Möglicherweise habe ich mir nur *vorgestellt*, dass ich Raphael in meinem Zimmer sehe und dass er mich berührt."

„Aber wer war es dann?", fragte sie zum dritten Mal. Ich sah sie hilflos an.

„Okay, gehen wir systematisch vor!" Sie holte einen Block aus der Tasche und begann zu schreiben. „Erstens: Du sagst, der Dunkle ist nicht Raphael."

Ich nickte. „Zumindest war der, der gestern Abend in meinem Zimmer war, nicht Raphael. Ich dachte, er wäre es, aber als er mich küsste, habe ich gemerkt, dass etwas nicht stimmte und er es nicht sein konnte."

„Tja, aber da es ausgeschlossen ist, dass mehrere Vampire auf dieselbe Frau Anspruch erheben, müssen die ersten Visionen, die du hattest, auch von unserem geheimnisvollen

Unbekannten ausgelöst worden sein und nicht von Raphael."

Ich nickte, dann schüttelte ich den Kopf, dann nickte ich erneut.

„Was denn jetzt?", fragte Roxy und nuckelte an der Verschlusskappe ihres Stifts.

„Ich weiß nicht – mir kam es an unserem ersten Abend in der Schänke so vor, als sei es Raphael gewesen. Ich habe gespürt, wie er näher kam und wie er trank, und dann *Peng!*, stand er plötzlich mit Dominic in der Tür."

Roxy tippte sich mit dem Stift gegen das Kinn, bevor sie die nächste Notiz machte. „Okay, das ist Punkt zwei: Wer ist mit oder kurz nach Raphael gekommen?"

„Dominic", sagte ich. „Aber er ist kein Vampir, das weiß ich. Das *spüre* ich!"

Sie grinste und legte den Kopf schräg. „Du hast es innerhalb kürzester Zeit sehr weit gebracht, das muss man schon sagen. Früher hieß es: ‚Oh nein, Roxy, es gibt kein Vampire!', und jetzt kannst du sogar schon *spüren*, ob jemand ein Vampir ist oder nicht. Als Nächstes glaubst du wahrscheinlich auch noch an Kobolde und an das Ungeheuer von Loch Ness."

Mir war gar nicht zum Lachen zumute. Es war ja schließlich *mein* Hals, der finstere Vampire von nah und fern anlockte. „Das ist eine ernste Angelegenheit, Roxy."

„Nichts ist so ernst, dass man sich nicht ein bisschen auf Kosten seiner besten Freundin amüsieren könnte! Wenn es nicht Dominic ist, wer dann? Wen hast du kennengelernt, seit wir hier angekommen sind?"

„Tanya und Arielle", zählte ich an meinen Fingern ab, „aber da sie Frauen sind, passen sie nicht ins Schema. Dann natürlich Dominic und Raphael, aber die haben wir ja schon von der Liste gestrichen."

„Du vielleicht", sagte Roxy. „Ich warte, bis ich einen handfesten Beweis habe."

Ich ging nicht weiter darauf ein. „Dann ist Christian aufgetaucht …"

Ich sah Roxy an. Sie zog die Augenbrauen hoch und tippte mit dem Stift gegen ihre Lippen. „Nee, kann nicht sein." Sie schüttelte den Kopf. „Er hat mit uns zu Abend gegessen. Und war er nicht schon in der Schänke, lange bevor Dominic und Raphael kamen?"

Ich schloss die Augen, um mich besser erinnern zu können. „Ich glaube schon – ja, ich weiß noch, wie er sich mit einem Glas Wein in der Hand zu Leuten an den Tisch gesetzt hat, von denen zwei Schach spielten."

„Gut. Dann kommt Christian auch nicht infrage."

„Obwohl er gestern Abend einfach so verschwunden ist", bemerkte ich.

„Verschwunden? Nein, er musste nur mal zur Toilette. Ich bin ihm begegnet, kurz nachdem du gegangen bist. Er hat noch seinen Wagen umgeparkt und dann sind wir zusammen gewesen, bis ihm die Musik auf die Nerven ging."

Ich verzog das Gesicht, denn ich war kein Fan von Musik, die nur um der Lautstärke willen laut war. „Das kann ich ihm nicht verdenken. Waren die Bands so schlecht?"

„Grauenhaft", entgegnete Roxy und nagte an ihrem Stift. Sie schaute auf den Block. „Wer bleibt uns dann noch? Hast du sonst noch jemanden gesehen, der ein Vampir sein könnte? Der Wirt?"

Ich schüttelte den Kopf, sah aus dem Fenster und beobachtete ein paar Krähen, die auf einem Baum saßen und an einigen hängen gebliebenen faulen Äpfeln herumpickten. „Und wenn ich diesen Dunklen gar nicht unmittelbar nach den Visionen gesehen habe? Vielleicht musste er mir gar nicht so nah kommen, vielleicht genügte es schon, dass er sich irgendwo im Umkreis des Hotels aufhielt?"

„Hmm", machte Roxy nachdenklich. „Ich glaube, in den Büchern gibt es keinen Hinweis darauf, dass er genau am selben Ort sein muss wie du. Ich habe aber schon mehrmals von Vampiren gelesen, die wussten, dass ihre Auserwählte sich ihnen nähert, bevor sie es wirklich tat, also wäre es denkbar. Aber wenn es so wäre, wer könnte es dann sein?"

„Es gibt nur einen Mann, den wir gestern Abend noch gesehen haben und der, wie ich leider sagen muss, schrecklich gut ins Vampirschema passt."

Roxy starrte mich an. „Wer?"

„Milos."

„Milos? Ach, *Milos*. Findest du?"

Ich nickte. „Das finde ich. Hast du seine Augen gesehen? Die sind ausdruckslos, total leer, als wäre überhaupt nichts dahinter! Er bereitet mir solch ein Unbehagen, da reicht Dominic nicht einmal ansatzweise heran."

„Aber, aber! Joy, wir reden hier von *deinem* Vampir! Von deinem Traummann, von dem Miranda gesagt hat, dass du ihn hier finden würdest. Er ist dein Seelenverwandter, deine bessere Hälfte!"

„Also, ich will ihn nicht", sagte ich missmutig. „Ich will Raphael. Er … er ist der Richtige. Er riecht richtig und fühlt sich richtig an und schmeckt weiß Gott richtig."

Sie sah mich entsetzt an. „Das kann doch nicht dein Ernst sein! Du kennst den Mann doch kaum! Wie kannst du mir sagen, dass du ihn willst, wo du ihn gerade erst kennengelernt hast?"

Ich gab der Kellnerin Bescheid, dass sie abräumen konnte. „Du warst total begeistert davon, dass ich die Auserwählte eines Vampirs sein könnte, aber weil Raphael jetzt doch nicht zu den blutsaugenden Wesen der Nacht gehört, wirfst du mir plötzlich vor, dass ich die Dinge überstürze?"

„Klar doch!" Roxy schnaubte. „Jeder weiß, dass man für immer und ewig die Gefährtin eines Vampirs bleibt, aber eine Beziehung mit einem ganz normalen Mann … die kann doch schneller in die Brüche gehen, als du gucken kannst!"

„Eines Tages komme ich dir auf die Schliche, Roxy, und dann wird dir das alles noch sehr leidtun!"

Sie grinste mich nur an. „Also, dann haben wir Milos als möglichen Kandidaten, Christian tritt bei der Konkurrenz nicht an, und Dominic und Raphael sind mögliche, aber unwahrscheinliche Kandidaten. Dann sollten wir im nächsten Schritt die möglichen Kandidaten einen nach dem anderen ausschließen."

„Und wie machen wir das?", fragte ich misstrauisch.

„Ganz einfach!", entgegnete sie, stand auf und streckte sich, bevor sie ihre Jacke nahm. „Wir wagen uns in die Höhle des Löwen. Oder besser gesagt, in den Unterschlupf des Vampirs."

„Ich komme mir total blöd vor", sagte ich eine halbe Stunde später, als ich mit Roxy um den Wohnwagen herumschlich, in dem Raphael wohnte, wenn er mit dem Markt unterwegs war. „Ich weiß, dass Raphael kein Vampir ist. Dafür muss ich ihn nicht schlafend sehen."

„Doch, das musst du. Es gibt da nämlich für meinen Geschmack noch zu viele Verdachtsmomente." Sie versuchte, die Wohnwagentür zu öffnen. Sie war abgeschlossen. Ich seufzte erleichtert.

„Zum Beispiel?"

„Zum Beispiel schläft er tagsüber und ist die ganze Nacht auf."

„Das gilt für alle, die auf dem Markt arbeiten“, erwiderte ich.

„Außerdem hast du gesagt, du hast gesehen, wie er sein Bier weggeschüttet hat, und er hat noch nie in unserer Gegenwart gegessen. Normale Nahrung, meine ich. Eine von uns beiden hat möglicherweise miterlebt, wie er etwas anderes zu sich genommen hat.“ Roxy sah mich vielsagend an, bevor sie anfing, in ihrer großen Tasche herumzukramen. „Äh … geh einmal um den Wohnwagen und pass auf, dass uns niemand sieht, okay?“

„Warum?“, fragte ich argwöhnisch. „Die Tür ist abgeschlossen, also können wir nicht rein. Was wollen wir dann noch hier? Und was suchst du denn die ganze Zeit?“

„Kaugummi. Und jetzt mach! Ich will nicht, dass uns hier jemand erwischt.“

Ich murmelte vor mich hin, was *ich* am liebsten wollte, gab aber nach und schlich nervös um den Wohnwagen, um sicherzugehen, dass uns niemand beobachtete. Außer ein paar Elstern am Himmel war weit und breit nichts zu sehen bis auf herbstlich gefärbte Blätter, die der Wind vor sich hertrieb, und ein bisschen Unrat, der aus den Mülltonnen gefallen war. Aus der Zeltstadt war das ominöse Brummen eines Generators zu hören.

„Roxy, das ist albern“, flüsterte ich meiner Freundin zu, als ich den Rundgang beendet hatte. „Du stützt deinen Verdacht auf zwei dürftige Indizienbeweise.“

„Wir haben noch mehr“, entgegnete Roxy mit der Hand am Türgriff. „Weißt du noch, wie Raphael reagiert hat, als er dich mit Christian erwischt hat? Du hast gesagt, er war ziemlich wütend.“

Ich rief mir die Situation in Erinnerung. Wut war eine recht unzulängliche Bezeichnung für das, was ich mitempfunden hatte. Ich zuckte die Schultern. „Da war kein Unterschied zu den Visionen, die der Vampir mir aus der Ferne geschickt hat. Vielleicht konnte er sehen, was ich sah, und wurde wütend auf Christian. Ich weiß zwar nicht, wie so etwas möglich ist, aber ich weiß ganz sicher, dass wir hier nur unsere Zeit verschwenden. Die Tür ist abgeschlossen, also hauen wir ab!"

Roxy grinste, als das Schloss mit einem Klicken aufsprang. „Ich habe den Griff wohl nicht fest genug runtergedrückt."

Ich fiel aus allen Wolken und wetterte los, allerdings im Flüsterton, um den Bewohner des Wohnwagens nicht zu wecken. „Roxanne Mathilda Benner, wenn ich auch nur geahnt hätte, dass du deine Dietriche in ein fremdes Land mitnimmst und Raphaels Schloss knackst, hätte ich …"

„Aber, aber", versuchte sie mich zu beruhigen. „Raphaels Schloss zu knacken ist allein dir vorbehalten, wenn du verstehst, was ich meine."

„Das tue ich und das habe ich *nicht* gemeint, wie du nur zu gut weißt. Einbruch ist …"

„Psssst!", machte sie, stieß die Tür auf und ging die drei Stufen hoch, um in den Wohnwagen zu spähen. „Die Luft ist rein!", raunte sie mir zu, bevor sie im Inneren verschwand. „Komm schon!"

Ich überlegte, ob ich aus ethischen Gründen nicht nachgeben und draußen stehen bleiben sollte, doch allein die Vorstellung, dass Roxy in dem kleinen, engen Wohnwagen ganz allein mit Raphael war, machte mich rasend eifersüchtig. Ich stieg leise die drei Stufen hoch und zuckte zusammen, als der Wohnwagen unter Roxys Schritten knarrte. Es war stockdunkel darin bis auf die Lichtstrahlen, die durch die offene Tür hereinfielen, als ich über die Schwelle trat.

„Rox?" Ich erstarrte, weil ich nichts mehr sehen konnte, nachdem sie die Tür schloss.

„Direkt hinter dir", flüsterte sie mir ins Ohr. „Ich glaube, das Bett ist am anderen Ende. Geh einfach geradeaus, bis du zu einer Tür kommst."

„Leichter gesagt als getan", murmelte ich und bewegte mich mit ausgestreckten Händen ganz langsam vorwärts. Das Einzige, was ich erkennen konnte, waren schwache Lichtstreifen zwischen den komplett heruntergelassenen Rollos und den Fensterrahmen. Ich knallte mit dem Schienbein gegen etwas Hartes, hielt mir fluchend das Bein, bis der schlimmste Schmerz vorbei war, und hinkte weiter.

„Wenn nicht schon Raphael uns wegen Einbruch und unbefugtem Eindringen festnehmen und ins Gefängnis stecken lässt, dann schwöre ich bei allem, was mir heilig ist, dass ich dich dafür drankriegen werde, Roxy!"

Ich wusste, dass sie grinste. Dafür brauchte ich kein Licht.

„Hauptsache, du vergisst nicht, dass ich unbedingt deine Brautjungfer sein will!"

Ich hinkte an einem Gegenstand vorbei, der sich anfühlte wie ein kleiner Resopaltisch, und zu meiner Rechten ertastete ich ein paar Schränke und eine Arbeitsfläche.

„Küche", zischte ich Roxy zu.

„Gut. Die Tür zum Schlafraum ist geradeaus."

Nach weiteren vier Schritten fanden meine ausgestreckten Hände die Tür. Sie war geschlossen.

„Wenn die Tür zum Schlafraum zu ist, könnten wir doch ein Rollo hochziehen und ein bisschen Licht hereinlassen", schlug ich vor.

„Ts", machte Roxy nur. „Und wenn er ein Vampir ist? Dann wird er gegrillt, sobald du die Tür öffnest! Willst du das riskieren?"

„Nein."

„Das dachte ich mir. Bist du an der Tür? Mach sie auf und dann wollen wir mal sehen, ob er warmblütig ist und atmet oder ob er kalt und leblos ist."

Ich verfluchte Roxy, während ich vorsichtig den Türknauf drehte und betete, dass die Tür abgeschlossen war.

Das war sie nicht.

„Und jetzt?", flüsterte ich Roxy fast tonlos ins Ohr.

Sie gab mir einen kleinen Schubs Richtung Bett. Dummerweise merkte weder sie noch ich, dass im Schlafraum nur Platz für das Bett war, für mehr nicht. Als sie mich schubste, stieß ich mit dem Knie gegen die Matratze und stürzte. Ich fiel auf zwei Beine und in diesem Moment ging das Licht in dem kleinen Raum an. Ich lag auf Raphaels Schienbeinen und starrte in den Lauf einer extrem gefährlich aussehenden Pistole.

„Ihr seid die lausigsten Einbrecher, die mir je begegnet sind", sagte er nüchtern und steckte die Pistole wieder unter sein Kopfkissen. Ich murmelte mit hochrotem Kopf eine Entschuldigung, rappelte mich auf und hoffte wider besseres Wissen, ihm irgendwie erklären zu können, was wir bei ihm zu suchen hatten. In diesem Moment fiel mein Blick auf Roxy. Sie stand in der Tür und starrte Raphael an. Ich wollte wissen, warum ihr derart die Augen aus dem Kopf quollen, und drehte mich um. In diesem Moment fiel mir die Kinnlade herunter.

Raphael lag ausgestreckt in seiner ganzen Pracht auf dem Bett – mir fehlten die Worte, um eine derartig männliche Anmut zu beschreiben –, und zwar absolut, total und vollkommen nackt. Ich verschlang ihn mit meinen Augen und genoss den Anblick seines herrlichen Körpers. Von den Zehen (hübsche lange, schlanke Füße) arbeitete ich mich hoch zu den strammen Waden und den höchst muskulösen Oberschenkeln, um einen langen Moment bei dem Teil von ihm zu verweilen, nach dem urplötzlich viele Teile von mir verlangten. Ich schluckte bestimmt ein paar Liter Speichel hinunter, um nicht hemmungslos herumzusabbern, und lenkte meinen Blick auf seinen Bauch, wo unterhalb seines Nabels ein Tattoo prangte. Es war ungefähr so groß wie ein 50-Cent-Stück und bestand aus einer Sonne, von der wellenförmige Strahlen ausgingen. So etwas hatte ich noch nie gesehen, und obwohl ich kein Fan von Tattoos war, leckte ich mir unwillkürlich die Lippen. Ich riss meinen Blick davon los und ließ ihn über die breite Brust mit den hübschen Nippeln schweifen, die geradezu nach Aufmerksamkeit schrien, bevor ich Abstecher zu beiden Armen unternahm, die sehr muskulös waren, ohne übertrieben aufgepumpt zu wirken. Dann schaute ich in sein Gesicht und unsere Blicke kreuzten sich.

„Du Glückliche!“, sagte Roxy voller Ehrfurcht.

Ich stutzte.

„Soll ich mich umdrehen, damit du die andere Seite auch sehen kannst?“, fragte Raphael.

„Würdest du das tun?“, hauchte Roxy hoffnungsvoll.

„Nein, das würde er nicht“, fuhr ich sie an und schob sie von der Tür weg.

Sie drängte jedoch zurück und warf Raphael, der gerade aufstehen wollte, anzügliche Blicke zu. „Schön, dich zu sehen! Und das meine ich, wie ich es sage.“

„Roxy!“

Sie verrenkte sich erneut den Hals. „Das ist übrigens ein tolles Tattoo. Sexy! Das macht die Frauen bestimmt total verrückt!“

*„Roxy!“*

„Tut mir leid. Ich setze mich jetzt hier hin, während du den Test durchführst.“

„Was für einen Test?“, fragte ich leise.

Sie machte eine Handbewegung, als ziehe sie ein Rollo hoch, dann drehte sie sich um und verschwand im dunklen Teil des Wohnwagens.

Ich sah Raphael an, der im Begriff war, sich eine Jeans anzuziehen. „Ich … äh … vermute, du wüsstest gern, was wir hier wollen.“

Er kratzte sich an der Brust und setzte sich ans Fußende des Betts. Ich hätte das Kratzen gern für ihn übernommen, doch die dunklen Ringe unter seinen Augen erinnerten mich daran, dass er, was oder wer auch immer er war, nur ein paar Stunden Schlaf gehabt hatte.

„Es tut mir wirklich leid“, sagte ich und bereute zutiefst, dass ich mich von Roxy zu diesem idiotischen Unternehmen hatte überreden lassen. „Es ist nur so, dass gestern Abend …“

Raphael musste gähnen und legte die Hand vor den Mund. „Was ist mit gestern Abend?“

„Also, gestern Abend … nun, ich muss mich vergewissern, dass du derjenige bist, für den du dich ausgibst.“ Sein Rücken versteifte sich bei meinen Worten. Ich sprach hastig weiter. „Nicht dass ich dir nicht glaube, aber wie Roxy sagte, ist es besser, auf Nummer sicher zu gehen, damit ich dich von der Liste streichen kann, und … also … das kann ich erst tun, wenn du mir erlaubst, die Rollos hochzuziehen.“

Er schüttelte den Kopf und rieb sich müde die Augen. „Ich verstehe das alles nicht, und am allerwenigsten verstehe ich, für wen du mich hältst. Wenn du mir also erklären könntest, warum ihr in meinen Wohnwagen einbrechen musstet, um mit mir zu reden, wäre ich dir sehr dankbar.“

Ich quetschte mich am Bett vorbei zum Fenster. „Kann ich das Rollo einfach hochziehen?“

Er sah auf. „Warum? Habt ihr da draußen ein Kamerateam? Gehört ihr zu so einer Fernsehsendung, in der Leute reingelegt werden? Springt gleich ein Typ im Gorillakostüm aus meinem Schrank?“

„Nein, nein, ehrlich, es ist nichts dergleichen. Ich würde nur gern das Rollo hochziehen. Ist das okay?“

Er rieb sich wieder die Augen. „Mach, was du willst.“

Ich ergriff die Rolloschnur. „Bist du sicher? Es wird dir … keinen Schaden zufügen?“

Er kniff die Augen zusammen. „Mir Schaden zufügen? Frau, ich glaube, ich verstehe dich immer weniger.“

Ich sah ihn abwartend an.

„Nein“, sagte er schließlich. „Es macht mir nichts.“

Ich zog an der Schnur und ließ die Sonnenstrahlen in den kleinen Schlafraum. Raphael wurde in goldenes Licht getaucht und zog fragend die Augenbrauen hoch.

„Juhu!“, rief ich, hüpfte auf und ab und drehte mich vor Freude im Kreis. „Du bist kein Vampir! Du bist ein netter, normaler Mann mit netten, normalen Essgewohnheiten und kannst nicht in mein Bewusstsein eindringen!“

Raphael schüttelte seine herrlichen Locken. „Meiner geistigen Gesundheit zuliebe stelle ich meine Versuche, dich verstehen zu wollen, wohl am besten ein und mache mir keine Gedanken mehr.“

Damit packte er mich, zog mich aufs Bett und beugte sich über mich. Seine Brust drückte gegen meine und sein Mund war kussbereit.

„Hübsch“, sagte ich und konnte nicht aufhören zu grinsen, während ich seine Brust streichelte. „Ich mag Männer mit Haaren auf der Brust.“

„Seltsamerweise stehe ich wiederum auf Frauen, die Männer mit Haaren auf der Brust mögen“, entgegnete er grinsend.

„Und apropos Brust …“ Er senkte den Kopf und schmiegte sein Gesicht in den Ausschnitt meiner Bluse.

„Hey! Das könnt ihr nicht machen! Ich bin schließlich auch noch da! Und ich kann alles sehen!“

„Mist, ich habe Roxy ganz vergessen!“

Raphael hob den Kopf und sah mich an. „Das kann ich mir gar nicht vorstellen. Wie könnte man sie vergessen?“

„Das habe ich gehört!“

Ich erwiderte Raphaels Lächeln, und als er mich zärtlich küsste, öffnete ich bereitwillig meine Lippen und gewährte seiner Zunge Einlass. Seine Haut war ganz warm und weich, und ich ließ meine Hände über seine Rippen gleiten, um ihn zu umarmen und auf mich zu ziehen. Seine Zunge tanzte Tango mit meiner und brachte mich mit jeder Bewegung fast um den Verstand. Er stöhnte, als ich an seiner Zunge saugte und sie mit meiner zu umschlingen versuchte, um ganz mit ihm zu verschmelzen. Er schmeckte heiß, exotisch und männlich. Ich ließ meine Finger über seinen muskulösen Rücken nach oben gleiten und zeichnete die Konturen seiner breiten Schultern nach.

Seine Küsse waren der Himmel auf Erden, aber plötzlich genügten sie mir nicht mehr. Ich wollte mehr, ich wollte alles.

„Weißt du, wir kennen uns eigentlich kaum“, keuchte ich, als sein Mund sich von meinem löste und die empfindliche Stelle unter meinem Ohr erkundete.

„Das stimmt“, sagte er, bevor er an meinem Ohrläppchen knabberte, um unsere Beziehung gleich einmal zu vertiefen. Seine Hand glitt über meinen dicken Wollpullover und umfing meine linke Brust. „Dein Herz rast ja förmlich.“

„Nicht nur mein Herz“, schnurrte ich, während Raphael sich einen Weg zu meinem Schlüsselbein küsste. Meine

Hände wanderten über seinen herrlichen Rücken zu seinem Hintern. Auch in Jeans war es ein sehr schönes Exemplar. „Aber wir haben uns erst vor ein paar Tagen kennengelernt und man könnte auf die Idee kommen, dass wir die Dinge vielleicht etwas überstürzen."

„Mmm." Er küsste sich auf der anderen Seite meines Halses wieder nach oben und entfachte kleine Feuer der Begierde in meinem ganzen Körper. „Findest du, wir überstürzen es?"

„Ich schon!", rief Roxy von nebenan.

„Hör nicht auf sie – ihr hast du als Vampir besser gefallen."

Er hielt inne und eine kleine Falte erschien zwischen seinen wunderbaren Schokoladenaugenbrauen. Ich erlag der Versuchung und küsste sie nacheinander ab. Er ließ mich gewähren, dann sagte er: „Moment, eins nach dem anderen. Bedränge ich dich?"

Ich lächelte. „Nein. Es stimmt, dass wir uns nicht besonders gut kennen, aber das gibt der ganzen Sache doch einen gewissen Kick, findest du nicht? Sich gegenseitig zu entdecken, die Vorlieben und Abneigungen des anderen, seine Geheimnisse …"

Raphael erstarrte bei dem letzten Wort, löste sich von mir und stützte sich stirnrunzelnd auf den Ellbogen. Ich streckte die Hand aus, um seine Denkfalten zu glätten, doch er hielt meinen Arm fest.

„Jetzt sprichst du schon zum dritten Mal von irgendwelchen Geheimnissen. Da du immer wieder darauf herumreitest, kann ich nur vermuten, dass du Informationen hast, über die du gern mit mir reden würdest."

„Informationen? Was denn für Informationen? Du meinst das Geheimnis, von dem du gestern gesagt hast, ich hätte es aufgedeckt? Jetzt weiß ich, dass du kein Vampir bist, also kann es das nicht sein. Was verbirgst du dann vor mir?“

Er starrte mich einen Moment lang an, dann richtete er sich auf und setzte sich auf die Bettkante. Ich ließ mir etwas Zeit, um den Anblick seines Rückens zu genießen, dann setzte ich mich neben ihn.

„Versuch nicht, mit diesem Vampirgerede vom Thema abzulenken! Was weißt du über mich und was willst du mit diesem Wissen anfangen?“

Raphael war richtig zornig, was eigentlich keinem von uns beiden gefiel. „*Ich* lenke vom Thema ab? Und was ist mir dir? Raphael, ich habe nicht die leiseste Ahnung, wovon du redest, wenn du sagst, ich wisse irgendetwas über dich. Abgesehen davon, dass du das Küssen offenbar bei den Besten gelernt hast und über eine außergewöhnliche ... äh ... körperliche Ausstattung verfügst, weiß ich gar nichts über dich. Ich weiß nur, dass ich dich wirklich mag und gern mit dir zusammen bin. Da hast du es, nun ist es raus! Bist du jetzt zufrieden?“

Er sah mir prüfend ins Gesicht, dann wandte er sich ab und rieb sich das Kinn. „Ich muss verrückt sein – das ist die einzige Erklärung. Ich bin verrückt geworden und niemand hielt es für nötig, mich darüber aufzuklären. Und jetzt lebe ich in einer verrückten Welt, in der mich schöne Frauen für einen Vampir halten und in Rätseln sprechen und an jeder Ecke versuchen, mich zu verführen.“

„Schöne Frauen?“, fragte ich und versetzte ihm einen Stoß. „Was für Frauen? Wir haben uns zwar gerade erst kennengelernt und ich verlange auch gar nicht von dir, dass du mich heiratest oder so, aber ich bestehe auf meinem Exklusivrecht. Ich habe nie gelernt, mein Spielzeug mit anderen zu teilen.“

„Ich habe von dir gesprochen", erklärte Raphael und sah mich prüfend an.

„Oh. Also … dann ist ja gut, obwohl ich klarstellen möchte, dass ich nicht an jeder Ecke versucht habe, dich zu verführen."

„Nein", pflichtete er mir bei, sah mich aber immer noch so komisch an. „Das hast du nicht. Ich nehme alles zurück." Er zögerte, dann schnitt er verlegen eine kleine Grimasse. „Du hast wirklich geglaubt, ich wäre ein Vampir?"

Nun war es an mir, verlegen zu sein. „Es war für mich die einzige mögliche Erklärung", murmelte ich. Er legte einen Finger unter mein Kinn und sah mir in die Augen.

„Deshalb wolltest du letzte Nacht, dass ich dich beiße?"

Ich nickte und mein Gesicht brannte vor Scham. Ich war ein Idiot, ein Riesenidiot, aber Raphael konnte einen ja auch wirklich um den Verstand bringen.

Seine Mundwinkel zuckten, dann breitete sich ein sexy Grinsen auf seinem Gesicht aus. „Und ich dachte, du stehst auf obskure Sexualpraktiken."

Angesichts seines Grinsens hatte ich Mühe, Empörung vorzutäuschen. „Ich? Du dachtest, ich stehe auf solchen Kram? Mein Gott, nein, ich bin ziemlich spießig, was Sex angeht. Meistens jedenfalls."

Seine Lippen berührten meine und ich hauchte die letzten Worte in seinen Mund.

„Wovor versteckst du dich, Raphael?"

Er erstarrte über mir.

„Bitte", flüsterte ich und fuhr mit dem Finger über seine angespannten Gesichtszüge. „Deine Angst, dass irgendjemand etwas über dich herausfindet, ist offensichtlich. Ich will dir helfen, wenn ich kann. Du musst mir dein Geheimnis nicht verraten, sag mir nur, ob du irgendwie in Gefahr bist."

Sein Blick verfinsterte sich. „Nein, das bin ich nicht", sagte er und ich spürte seinen Atem auf meinen Lippen. „Ich ... es gibt da ein Problem mit meinem letzten Arbeitgeber, Joy. Ich kann dir nicht mehr darüber sagen, aber solange ich hier bin, ist alles gut."

Ich nickte, denn ich verstand ihn besser, als er ahnte. Er befürchtete, dass etwas aus seiner Vergangenheit ans Licht kam, und das war offenbar so schlimm, dass er sogar Angst gehabt hatte, ich wolle ihn erpressen. Ich ließ meine Hände über seine Arme gleiten. Seine Muskeln waren hart vor Anspannung – ein Zeichen dafür, dass sich sein Misstrauen nicht nur gegen mich richtete. Allem Anschein nach verdächtigte er jeden. Ich fragte mich, was das wohl für ein Vorfall gewesen war, der ihn dazu getrieben hatte, sich dieser herumziehenden Truppe anzuschließen. Ihn dazu zu drängen, sich mir zu öffnen, würde nichts bringen, und so konnte ich nur versuchen ihm klarzumachen, dass ich keine Bedrohung darstellte. Ich kitzelte mit der Zunge seine Mundwinkel und seufzte, als er darauf einging und sofort die Regie übernahm. Er küsste mich so leidenschaftlich, dass ich wünschte, Roxy wäre im Hotel geblieben.

„Fangt ihr schon wieder an? Also, Joy und ich, wir haben noch etwas vor und es wäre nett, wenn ihr zum Ende kommen könntet!"

„Sie hat recht", murmelte ich und gab Raphael noch einen letzten Kuss. „Du brauchst deinen Schlaf und Roxy und ich haben wirklich noch etwas vor."

„Was denn?", fragte er, als ich aufstand und meinen Pullover zurechtzupfte.

Wir wollten als Nächstes Milos unter die Lupe nehmen, aber weil mich der Verdacht beschlich, dass Raphael das nicht gefallen würde, winkte ich nur ab. „Ach, nichts Aufregendes. Ich glaube, wir wollten heute zu den Höhlen, nicht wahr, Roxy?"

Sie erschien in der Tür. „Zu den Höhlen, ja genau. Zu den Höhlen, so ist es."

Raphael sah so aus, als glaubte er uns kein einziges Wort. Er schlang einen Arm um meine Taille und zog mich an sich, um mich ein letztes Mal zu küssen. „Wir sehen uns später", wiederholte er meine Worte vom Vortag.

„Ja, wir haben noch etwas zu klären", pflichtete ich ihm bei und es gelang mir nur mit allergrößter Anstrengung, mich von seinem warmen, Schutz bietenden Körper loszureißen. Rasch wandte ich mich ab und schob Roxy, die von einem Ohr zum anderen grinste, vor mir her zur Eingangstür.

Raphael schaltete das Licht im vorderen Teil des Wohnwagens ein, lehnte sich in den Türrahmen und sah uns nach. Ich blieb noch einmal stehen. „Diese Sache, deretwegen du dir Sorgen machst … Hast du deshalb eine Pistole unter dem Kopfkissen?"

Er schwieg eine Weile, doch dann nickte er, und in seinen Augen lag ein eigentümliches Funkeln. „Man weiß ja nie, wem es einfällt, unangemeldet hier hereinzuschneien!"

Ich nickte ebenfalls, winkte ihm noch einmal zu und zog die Tür leise hinter mir ins Schloss.

„Alles in Ordnung?", fragte Roxy, als ich mich atemlos gegen die Tür lehnte und gierig die Luft in mich einsog, die mir seit Betreten des Wohnwagens weggeblieben war, wie es mir vorkam. „Der hat dir aber auch ein paar Küsse verpasst, was? Da habe *ich* ja schon rote Ohren bekommen, obwohl ich nicht mal beteiligt war."

„Mmm", machte ich, dachte jedoch nicht an Raphaels Küsse – an seine wundervollen, erregenden Küsse –, sondern an den Gesichtausdruck, als er mir unterstellt hatte, etwas über ihn zu wissen. War ich eigentlich noch bei Sinnen? Ich hatte mich praktisch einem Mann versprochen, in dessen Vergangenheit alle möglichen Geheimnisse vergraben waren. Einem Mann, der eine Waffe unter dem Kopfkissen hatte. Einem Mann, der offensichtlich gebildet war und dennoch auf einem kleinen herumreisenden Markt arbeitete – vermutlich für einen Hungerlohn.

Ich wusste nichts über ihn, rein gar nichts, und trotzdem war ich drauf und dran, mich auf etwas Ernstes mit ihm einzulassen, auf etwas Richtiges, keine unbedeutende Affäre. Ich hatte keine Ahnung, was mich erwartete, wenn ich mein ganzes Leben auf den Kopf stellte, um mit ihm zusammen zu sein, und doch spielte ich ernsthaft mit dem Gedanken, genau das zu tun. Mein Leben zu verändern bereitete mir viel weniger Kopfzerbrechen als die Tatsache, dass ich nichts über ihn wusste und trotzdem total verrückt nach ihm war.

Vielleicht kannte ich ihn aber auch viel besser, als ich dachte. Andererseits … womit hatte Dominic ihm am Abend unserer Ankunft gedroht? „Ein Wort von mir und du bist erledigt!“ Das hörte sich für mich so an, als hätte Dominic etwas gegen Raphael in der Hand, und offenbar scheute er sich auch nicht, damit Druck auf Raphael auszuüben.

Und das verwirrte mich nur noch mehr.

„Joy? Du hast doch nicht wieder eine Vision, oder?“

Ich lächelte matt. „Nein, ich habe nur gerade überlegt, wie lange Arielle wohl schläft.“

Roxy sah mich erstaunt an.

„Ich habe ein paar Fragen an sie“, sagte ich, nahm meine Freundin am Arm und trat mit ihr den Rückweg zum Hotel an.

„Was für Fragen?“, fragte Roxy argwöhnisch.

„Fragen über Raphael. Ich glaube, Dominic erpresst ihn,

und um ihm zu helfen, müssen wir herausfinden, was sein Geheimnis ist. Ich hoffe, Arielle kann ein bisschen Licht in die Sache bringen." Ich legte einen Schritt zu. „Komm, wenn wir uns beeilen, können wir mit dem kanadischen Pärchen zur Punkva-Höhle fahren."

„Du willst jetzt zu dieser Höhle? Jetzt? Wo wir einen Vampir aufspüren und einen Erpresser stellen müssen? Du liebe Zeit, das klang ja gerade wie aus einem schlechten Abenteuerroman. Hey, warte, ich habe nicht so lange Beine wie du!"

„Die Leute vom Markt schlafen bestimmt bis nachmittags und bis zur Höhle ist es nur eine halbe Stunde. Um den Vampir kümmern wir uns später. Jetzt würde ich mir wirklich gern die Höhle ansehen."

„Okay, aber wenn wir zurück sind, erinnere mich daran, dass ich dir noch etwas sagen muss."

Ich blieb stehen. „Was?"

Roxy spurtete an mir vorbei. „Hat mit dem Markt zu tun!"

Ich hastete hinter ihr her und wir liefen quer über die Wiese an der Zeltstadt vorbei, die allmählich zum Leben erwachte.

„Was?", rief ich noch einmal etwas atemlos, als wir den Berg zum Hotel hocheilten.

Roxy beschleunigte ihren Schritt und rief mir noch etwas zu, aber außer „Runensteine" konnte ich nichts verstehen.

„Was? Was ist mit den Runensteinen? Roxy, bleib doch endlich stehen und sag, was du zu sagen hast!" Ich hatte bereits Seitenstechen und drosselte das Tempo.

Roxy hatte etwa dreißig Meter Vorsprung – dank ihrer verfluchten Joggerkondition, denn sie lief täglich fünf Kilometer, bei jedem Wetter. Sie blieb stehen, drehte sich zu mir um und legte die Hände trichterförmig um den Mund. „Runensteine!", brüllte sie. „Tanya sagte, du hättest es nicht drauf, und ich habe ihr widersprochen und irgendwie haben wir dann miteinander gewettet. Ich habe alles, was ich habe, auf dich gesetzt, und wenn du nicht willst, dass ich meine gesamten Ersparnisse verliere, musst du Tanyas Herausforderung annehmen. Ich habe schon alles mit Dominic besprochen – du deutest heute Abend die Runen, um zu beweisen, dass wir recht haben und sie nicht!"

Ich marschierte mit zusammengebissenen Zähnen den Hügel hinauf. Ich würde sie umbringen!

„Sieh mich nicht so an! Ich konnte doch nicht zulassen, dass sie schlecht über dich redet. Sie hat alle möglichen Gemeinheiten von sich gegeben. Es sind doch nur ein paar kleine Deutungen, das schüttelst du doch so aus dem Ärmel! Und dann … na ja, Dominic sagte, er würde dir liebend gern die Stelle der Runendeuterin anbieten, wenn du dich dem Markt anschließen möchtest."

Ich hielt mir die Seite und versuchte, die stechenden Schmerzen zu ignorieren. Ich würde sie wirklich und wahrhaftig umbringen!

„Ich meine, er hat natürlich auch verlangt, dass du dann seine Gefährtin wirst und so weiter, aber ich würde sagen, dieser Teil ist optional. Darüber kannst du bei Vertragsabschluss bestimmt noch verhandeln."

„Du bist tot!", brüllte ich. Roxy winkte mir zu, machte auf dem Absatz kehrt und raste wie Speedy Gonzales den restlichen Berg hoch. „Ich werde dich nämlich eigenhändig umbringen!"

„Beeil dich lieber, sonst verpasst du die Kanadier!", rief sie, als sie das Hotel erreichte. „Meinst du, es ist zu spät, um den Einsatz zu verdoppeln? Wir könnten richtig absahnen!"

„Mach dein Testament, bevor es zu spät ist!", schrie ich.

„Ich überlege, ob ich dem Hotelbesitzer raten soll, eine Zusatzversicherung abzuschließen – falls Miranda recht damit hat, dass du Naturkatastrophen heraufbeschwörst!“

Ich stapfte grimmig lächelnd weiter und überlegte, ob es in Tschechien für den Mord an einer amerikanischen Touristin wohl die Todesstrafe gab.

# 10

Obwohl sie eigentlich keine Lust gehabt hatte, den Tag unter der Erde zu verbringen, genoss Roxy den Ausflug zur Punkva-Höhle ebenso sehr wie ich. Da wir nicht genug Zeit für den halbstündigen Fußmarsch zum Höhleneingang hatten, nahmen wir die Gondel, die uns innerhalb von fünf Minuten am Drahaner Schloss vorbei in die Macocha-Schlucht brachte. Wir gingen eine ganze Weile auf einem gut beleuchteten Pfad durch die Höhle und bestaunten die eigentümlichen Tropfsteingebilde, dann stiegen wir in kleine Boote, mit denen wir eine dreißigminütige Fahrt über den unterirdischen Fluss Punkva tief ins Höhleninnere unternahmen. Die Höhlen entsprachen so ziemlich dem, was ich erwartet hatte – sie waren düster und feucht –, aber es waren auch fantastische Gebilde zu bewundern, die wie riesige Säulen aus Grießbrei vom Boden aufragten.

„Stalaktiten", sagte Roxy.

„Stalagmiten", korrigierte der Höhlenführer. Als wir in den nächsten Höhlenbereich kamen, zeigt er auf die gefährlich spitzen Zapfen, die von der Decke herabhingen. „Hier sind wir im sogenannten Märchendom. Das da sind Stalaktiten!"

Danach gab Roxy keinen Mucks mehr von sich, was für diejenigen unter uns, die sie kennen, darauf hindeutete, dass sie irgendetwas im Schilde führte. Da ich offiziell nicht mit ihr redete, wusste ich nicht, was es war. Erst drei Stunden später, als wir wieder im Hotel waren, hob ich die Nachrichtensperre auf. Unsere kanadischen Freunde wollten noch eine

Radtour unternehmen und Roxy und ich stiegen ins Dachgeschoss hinauf, um uns Sachen anzuziehen, die nicht nach feuchter Höhle und nassem Kalkstein rochen.

„Ich hoffe, du hast deine Meditationszeit gut genutzt", sagte ich zu ihr, als ich meine Zimmertür aufschloss. „Hoffentlich hast du an deiner Entschuldigung herumgefeilt, geschliffen und poliert, bis sie glänzt."

„Ach, du redest wieder mit mir? Gut. Ich habe dir nämlich eine Menge zu sagen. Ich glaube, ich weiß nämlich jetzt, wie wir herausfinden können, ob Milos ein Vampir ist ..."

Sie folgte mir in mein Zimmer. Ich hob die Hand und unterbrach sie, als sie auf den Stuhl zusteuerte, auf dem Raphael und ich uns am vorigen Abend vergnügt hatten. „Einen Moment noch, mein Fräulein! Bevor du wieder versuchst, mich für einen deiner bescheuerten Pläne zu gewinnen, könntest du dich erst mal entschuldigen!"

„Vergiss es!", entgegnete sie unwirsch und ließ sich auf den Stuhl fallen, um ihre Stiefel auszuziehen. Sie wackelte mit den Zehen und seufzte erleichtert. „Das ist doch kein großes Drama! Nur ein paar Runendeutungen, um Himmels willen! Christian hat gesagt, er will sich das auf keinen Fall entgehen lassen."

„Na super, jetzt hast du auch schon Heerscharen von Zuschauern bestellt? Du hast mir geschworen, dass ich nur ein paar schnelle Deutungen machen muss, um meine Ehre – die von Tanyas Gehässigkeiten übrigens kein bisschen angekratzt werden kann, um das mal klarzustellen – und dein armseliges Bankkonto zu retten. Das ist alles, was ich machen muss – nur ein paar Deutungen, richtig?"

„Klar", sagte Roxy, „nur ein paar Deutungen für ein, zwei Leute. So! Das war eine Bootsfahrt, was? Schade, dass du seekrank geworden bist. Ich hoffe, dass du dich in den Fluss übergeben hast, bringt nicht irgendein empfindliches Ökosystem aus dem Gleichgewicht."

Ich ließ mich auf mein Bett fallen und sah sie misstrauisch an. „Oh, nein! Du hast das Thema für meinen Geschmack viel zu schnell gewechselt. Wer sind die ein, zwei Leute, für die ich die Deutungen machen soll?"

Roxy wich meinem Blick aus. „Christian hat sich freiwillig als Versuchskaninchen angeboten."

Ich verzog das Gesicht.

„Was? Du magst ihn doch!"

„Ja." Ich winkte nur ab und ließ mich in die Kissen sinken, heilfroh, dass die Übelkeit nur von kurzer Dauer gewesen war. „Weiter, wer ist der andere?"

„Es sind zwei andere, um genau zu sein."

Ich richtete mich wieder auf. Mir kam ein übler Verdacht. „Sag bloß nicht, es sind Dominic und Milos?"

„Siehst du!" Roxy sprang vom Stuhl auf, schnappte sich ihre Stiefel und ging zur Tür. „Du hast wirklich übersinnliche Fähigkeiten! Die Runen werden dir nicht die geringsten Probleme bereiten."

„Natürlich", entgegnete ich, „nicht die geringsten."

Sie blieb abwartend an der Tür stehen.

„Ich werde keine Probleme haben, weil ich das einfach nicht machen werde", fuhr ich fort. „Christian, okay. Arielle, gebongt. Raphael – klar doch. Aber auf keinen Fall diese beiden Schauergestalten!"

„Joyful …"

Ich stützte meine Hände auf die Matratze und starrte Roxy böse an. „*Nein!*"

„Okay, wie du willst, uns wird schon etwas einfallen. Willst du jetzt hören, wie wir herausfinden können, wer der Vampir ist?"

Ich legte mich wieder hin und machte eine lässige Handbewegung. „Leg los!"

Roxy grinste. „Wir werden einen Experten zurate ziehen."

„Einen Experten", wiederholte ich, schloss die Augen und überlegte, ob ich noch genug Zeit für ein Nickerchen hatte. In der vergangenen Nacht hatte ich nicht viel geschlafen und da ich vermutlich lange aufbleiben würde, weil ich auf dem Markt Runen deuten musste, konnte ein kleines Schläfchen nicht schaden. „Was für einen Experten? Einen Geistlichen?"

„Nein, einen richtigen Experten. Den Einzigen auf der ganzen Welt, der mehr über Dunkle weiß als die Dunklen selbst."

Ich dachte ein paar Sekunden über ihre Worte nach, bevor ich begriff, von wem sie redete. Ich setzte mich wieder auf. „Du meinst …"

„Jawohl, genau den meine ich. Ich rufe Dante einfach an und frage ihn, wann wir heute mal kurz bei ihm vorbeikommen können."

Ich war zu müde, um Roxy entgeistert anzustarren, und begnügte mich mit einem missbilligenden Blick. „Roxy, er ist ein großer, berühmter Schriftsteller! Er legt ganz gewiss keinen Wert darauf, von gestörten Fans wie dir angerufen zu werden. Ach, eigentlich brauche ich mich gar nicht aufzuregen, du kriegst ihn ja sowieso nicht an die Strippe."

„Denkst du!" Roxy grinste triumphierend und wedelte mit einem Zettel. „Ich habe seine Privatnummer! Zufällig war Teresa, die Kellnerin aus der Schanke, früher Dienstmädchen im Schloss. Es hat mich einen Haufen Geld gekostet, die Nummer von ihr zu bekommen, aber ich bin sicher, die Investition wird sich lohnen. Ich bestelle uns ein Taxi, das uns hier abholt … in, sagen wir, einer Stunde. Zieh dir was

Hübsches an! Den berühmten einsiedlerischen Schriftsteller C. J. Dante besucht man schließlich nicht alle Tage!"

Ich sank wieder ins Bett. Vielleicht hatte Raphael ja recht. Vielleicht waren wir alle wahnsinnig geworden und lebten in einer verrückten Welt.

Wie sich herausstellte, war es eine gute Idee gewesen, bei Dante anzurufen und sich nicht einfach so auf den Weg zum Schloss zu machen.

„Die Haushälterin hat gesagt, er ist weg, aber sie richtet ihm unser Anliegen aus", erklärte Roxy, als ich eine Weile später aus dem dampfenden, nach Jasmin duftenden Badezimmer kam. „Sie sagte allerdings, er empfängt nicht viele Besucher, weshalb unsere Chancen auf eine Privataudienz nicht besonders gut stehen."

„Kann ich ihm nicht verdenken. Wenn ich so viele weibliche Fans hätte, die scharf auf meine geilen Romanhelden sind, wollte ich sie auch nicht alle vor dem Schlosstor stehen haben", sagte ich. „Dann mache ich jetzt noch ein Nickerchen. Das brauche ich dringend, weil du mich ja für heute Abend auf dem Markt verpflichtet hast. Weck mich rechtzeitig, damit wir vorher noch in die Schänke gehen können."

„Aha!", machte Roxy und wackelte anzüglich mit den Augenbrauen. „Du willst noch in die Schänke – in der Hoffnung, dass ein gewisser rattenscharfer Nicht-Vampir dort auftaucht?"

„Natürlich! Das würdest du doch auch tun, wenn du an meiner Stelle wärst!"

„Nee." Sie schüttelte den Kopf.

„Würdest du nicht?"

„Ich müsste gar nicht auf ihn warten, denn wenn ich an deiner Stelle gewesen wäre, hätte ich mich heute Mittag aus dem Wohnwagen geworfen und den Rest des Tages mit einem gepflegten Rodeo verbracht. Schlaf gut! Ich glaube, ich lege mich auch noch mal hin. Ich habe ein Auge auf Henri geworfen, das ist der Typ, der die Folterkammer betreibt, und ich muss ein bisschen vorschlafen, wenn ich die ganze Nacht mit ihm durchtanzen will."

Drei Stunden später weckte ich Roxy, um ihr zu sagen, dass wir eine Nachricht von dem geheimnisvollen Herrn Dante bekommen hatten.

„Lass mich", nuschelte sie und wollte gar nicht unter ihrer Schlafmaske hervorkommen.

„Komm schon, Roxy, du musst aufstehen! Dantes Sekretärin hat angerufen! Wir sind zu einem späten Tee eingeladen. Wenn du dich nicht beeilst, kommen wir zu spät!"

„Was? Dante? Er hat angerufen?"

Ich kramte in ihrem Schrank und holte das Kleid heraus, das Roxy auf mein Drängen hin für eventuelle Nobel-Events eingepackt hatte. „Hier, wasch dein Gesicht und zieh das an! Du willst doch gut aussehen, wenn du Dante kennenlernst, oder nicht?"

Sie hob die Maske auf einer Seite an und linste in meine Richtung. „Das ist doch wohl kein hinterhältiger Scherz, oder?"

Ich stemmte die Hände in die Hüften und funkelte sie an. „Sehe ich so aus, als wäre das ein Scherz?"

„Nein. Du hast dein gutes Kleid an."

„Genau. Und jetzt mach! Das Taxi ist in fünfzehn Minuten da."

Eine halbe Stunde später fuhren wir am Pförtnerhaus des Schlosses vorbei auf eine gekieste Zufahrt. Den Weg säumten brennende Fackeln – echte Fackeln, keine elektrischen. Roxy und ich waren beeindruckt.

„Muss nett sein, wenn man Personal hat, das einem jeden Abend die Fackeln anzündet", dachte ich laut.

Roxy grunzte zustimmend. Sie drückte sich die Nase an der Fensterscheibe platt und spähte hinaus in die einbrechende Dunkelheit. Ich wusste aus meinem Reiseführer, dass es vor dem Schloss gepflegte Rasenflächen und einen architektonischen Blumengarten gab, und dort sollte das große Halloween-Vampirfestival stattfinden. Die Zufahrt führte in einem Bogen an diversen Nebengebäuden vorbei zur Rückseite des Schlosses.

„Sieh nur!", flüsterte Roxy ehrfürchtig, als wir an den Familiengräbern vorbeikamen. Fackeln beleuchteten ein kleines gruftähnliches Bauwerk zwischen den Grabsteinen. Das Licht fiel lodernd auf komplizierte Ornamente, die in den Bogen über der Tür gemeißelt waren. Darüber breiteten zwei steinerne Adler ihre Flügel aus und schrien ihren ewigen Schmerz in den Himmel. „Was mag das sein?"

„Ein Mausoleum, würde ich sagen", entgegnete ich und stellte verärgert fest, dass auch ich flüsterte. Ich räusperte mich. „Aber guck dir erst mal das da an!"

Roxys Blick folgte meinem Zeigefinger. Vor uns ragte das gewaltige Schloss auf, dessen Umrisse sich von dem immer dunkler werdenden indigoblauen Himmel abhoben. Besonders ein spitzer Eckturm auf der einen Seite und ein imposanter Giebelturm auf der anderen waren gut zu erkennen. Das ganze Gemäuer verbreitete den Duft jahrhundertelanger Geschichte – kein Wunder, denn es war bereits vom vierzehnten bis zum sechzehnten Jahrhundert der Sitz der Herren von Per tejn gewesen.

Die hohen, schmalen Fenster waren mit weißen Steinen eingefasst, wie man sie in der Region überall sah.

*„Fantastick!"*, hauchte Roxy ergriffen, als das Taxi vor der

großen dunklen Flügeltür anhielt, die von zwei brennenden Fackeln beleuchtet wurde. „Was der ganze Spaß mit den Fackeln wohl kostet?"

„Frag nicht", entgegnete ich und legte den Kopf in den Nacken, um bis zum obersten Stockwerk zu schauen.

Roxy gab dem Fahrer eine Handvoll Kronen und wir gingen zur Tür. Bevor wir anklopfen konnten, öffnete uns eine kleine, adrette Frau mit blondem Haar. „Miss Randall? Miss Benner?"

Wir nickten. Sie schenkte uns ein Lächeln, das ihre Augen unberührt ließ, und trat zurück, um uns einzulassen. Roxy rückte den Schultergurt ihrer Tasche zurecht, in der sich alle zwölf *Book-of-Secrets*-Romane befanden, und grinste mich an.

„Vergiss deine Manieren nicht", zischte ich sie an.

Wir wurden durch ein Gewirr düsterer Gänge geführt, in denen elektrisches Licht brannte, wie ich erleichtert feststellte, denn in einem alten Bauwerk wie diesem war die Brandgefahr doch recht groß. Über einen schwarzen Treppenaufgang erreichten wir die große Eingangshalle des Schlosses mit Gewölbebögen aus Holz, von denen alte verblichene Fahnen herabhingen. Die meisten Wände waren mit Holz verkleidet und hier und da taten sich dunkle Gänge auf, die meiner Vermutung nach in die älteren, nicht restaurierten Teile des Schlosses führten. Als die Frau uns die Mäntel abnahm, verriet sie uns, sie heiße Gertrud und sei Dantes Haushälterin. „Er wird gleich bei Ihnen sein", sagte sie, als sie uns in einen gemütlichen Raum bat, der ringsum mit Bücherschränken aus Mahagoni mit Glastüren ausgekleidet war.

Ich sah mich begeistert um. „Hast du jemals so viele alte Bücher auf einem Haufen gesehen?"

Roxy umklammerte ihre Tasche und drehte sich im Kreis.

„Kaum zu glauben, dass wir wirklich hier sind! Wir werden ihn tatsächlich kennenlernen! Ich bin total gespannt, wie er ist. Was meinst du, ist er alt oder jung? Glaubst du, er mag Amerikanerinnen, vor allem kleine zierliche Amerikanerinnen mit lockigem dunklem Haar und betörender Ausstrahlung?"

Ich musste lachen und beugte mich vor, um mir ein altes handgeschriebenes Buch anzusehen, das aufgeschlagen in einer beleuchteten Vitrine lag.

„Ehrlich gesagt, Rox, glaube ich, dass er ein Mann wie jeder andere ist. Sei einfach du selbst und frag ihm keine Löcher in den Bauch, dann wird er dich schon mögen."

„Wahre Worte, gelassen ausgesprochen", ertönte eine freundliche Stimme an der Tür. Christian kam lächelnd mit einem kleinen in Leder gebundenen Buch in der Hand auf uns zu.

„Christian?"

„Joy, du siehst ganz bezaubernd aus. Rot steht dir gut!" Er wandte sich Roxy zu. „Und du trägst ein wirklich reizendes Kleid, obwohl du mir gesagt hast, dass du dir nichts aus Kleidern machst."

„Bist du auch mit Dante verabredet?", fragte Roxy verwirrt.

In diesem Moment ging mir ein Licht auf.

„Dein zweiter Vorname fängt nicht zufällig mit J an, oder?", fragte ich.

Er stellte das Buch weg, ergriff meine Hände und drückte mir auf jede einen Kuss. „Er lautet Johann."

„Kennst du Dante etwa?", fragte Roxy. „Das hättest du uns auch sagen können! Mein Gott, ich hätte es dir gesagt, wenn ich du wäre!"

„Rox", sagte ich und entzog Christian behutsam meine

Hände. „Darf ich dir Christian Johann Dante vorstellen, den berühmten Einsiedler und Autor der *Book-of-Secrets*-Romane?"

Christian verbeugte sich formvollendet vor Roxy, die ihn eine ganze Weile fassungslos anstarrte, bevor sie ihre Tasche hinwarf und ihm kreischend um den Hals fiel. Sie schlang ihre Arme und Beine um ihn, während sie unaufhörlich vor sich hin brabbelte, was sie für ein Idiot gewesen war. Christian richtete den Blick gen Himmel, als Roxy mit beiden Händen sein Gesicht hielt und ihm die Wangen küsste. Ich lachte über seinen konsternierten Gesichtsausdruck, als Roxy erneut zu kreischen begann. Er schwang sie einmal im Kreis, dann setzte er sie vorsichtig wieder ab.

„Oh mein Gott, oh mein Gott, oh mein Gott!" Roxy hüpfte auf und ab, dann holte sie ihre Tasche, hockte sich vor Christian auf den Boden, packte ihre Bücher aus und suchte nach einem Stift, der den Fingern des großen Dante auch würdig war, wie sie vor sich hin murmelte.

Ich schenkte ihr mein schönstes gönnerhaftes Lächeln und tätschelte ihren Kopf. „So viel zum Thema Manieren."

Roxy brauchte eine Weile, bis sie sich beruhigt hatte, doch mit Hilfe eines alten Brandys von Christian kam sie schließlich wieder auf den Teppich. Er entschuldigte sich immer wieder dafür, dass er uns seine wahre Identität vorenthalten hatte, bis wir ihm beide mehrmals versicherten, dass wir kein bisschen sauer waren.

„Als könnten wir auf *dich* sauer sein!", sagte Roxy mit vor Verehrung leuchtenden Augen. Sie saß auf einem mit Stickereien versehenen Sofa neben Christian, den sie, ihrer Körpersprache nach zu urteilen, eindeutig zu ihrem Guru erkoren hatte.

Sein angenehmes, sanftes Lachen hallte durch den Raum. „Gestern Abend hast du noch gesagt, ich sei ein Ekel, weil ich mir deinen Namen nicht auf den Hintern tätowieren lassen wollte, und heute bin ich plötzlich ohne Fehl und Tadel!" Er schüttelte den Kopf und grinste mich an. „Ich glaube, als Ekel gefiel ich mir besser."

Roxy riss das Gespräch natürlich sofort an sich und es war gar nicht so leicht, sie davon abzubringen, Christian über seine alten und zukünftigen Bücher auszuquetschen, aber nach einem weiteren Brandy gab sie dem Gespräch gnädigerweise dann doch die gewünschte Richtung.

„Joy sieht mich an, als wolle sie mich grün und blau schlagen, sobald du uns den Rücken zudrehst, also kommen wir jetzt wohl besser zu dem Thema, das der eigentliche Grund für unseren Besuch ist. Wir wollten dich nämlich etwas fragen."

„Ich bin am Boden zerstört", entgegnete Christian pathetisch. „Ich nahm an, meine Bücher hätten euch so begeistert, dass ihr mich unbedingt persönlich kennenlernen wolltet, aber nun muss ich feststellen, dass dem nicht so ist und ich nur ein kleines Rädchen in einem großen Getriebe bin. Ach Gott, was kann man tief fallen!"

„Du bist fast so ein guter Schmierenkomödiant wie Dominic", bemerkte ich.

Seine Mundwinkel zuckten, aber er verkniff sich ein Grinsen, legte eine Hand auf seine Brust und deutete eine Verbeugung an. „Was kann ich für meine beiden Lieblingsamerikanerinnen tun?"

„Es geht um Joys Vampir", sagte Roxy.

Christian schlug die Beine übereinander und trommelte mit seinen eleganten Fingern auf sein Knie. „Aha, um den sagenhaften Mister St. John."

„Nein", entgegnete Roxy. „Wie sich gezeigt hat, ist er nicht der Vampir. Deshalb wollten wir ja mit dir reden. Wir brauchen deine Hilfe."

„Meine Hilfe?", fragte Christian und sah stirnrunzelnd von Roxy zu mir. „Inwiefern?"

„Roxy hofft, du kannst uns aufgrund deiner Erfahrungen und Nachforschungen helfen herauszufinden, wer der Dunkle ist", sagte ich. „Wir wissen, dass er in der Nähe sein muss, weil er mir Visionen aufdrängt, und ich hatte Raphael im Verdacht, aber es hat sich herausgestellt, dass ich falschlag."

„Tatsächlich? Ich hatte gedacht, du hättest eine Schwäche für den guten Raphael. Heißt das etwa, dass auf den verschlungenen Pfaden der Liebe irgendetwas schiefgegangen ist?"

Roxy schnaubte. „Ganz im Gegenteil. Die können doch kaum die Finger voneinander lassen."

„Um Raphael geht es jetzt gar nicht", sagte ich und lief schon bei der Vorstellung rot an, mit den beiden über meine gerade erst aufkeimende Beziehung zu Raphael zu sprechen. Ich errötete immer sehr schnell, was mich unglaublich nervte, aber ich fand einfach kein Mittel dagegen. „Der Punkt ist doch: Wenn er nicht der Vampir ist, wer ist es dann?"

„Wir haben eine Liste gemacht", erklärte Roxy und wühlte in ihrer Tasche. Ich wusste sehr gut, wer alles auf der Liste stand, und versuchte noch, ihr unauffällig ein Zeichen zu geben, um sie davon abzuhalten, die Namen laut vorzulesen, aber es war bereits zu spät. „Da ist sie ja! Also: Dominic ist es nicht, du bist es nicht, Raphael wahrscheinlich nicht und Milos ist unser Favorit."

Ich wurde noch ein bisschen röter, als Christian mich mit kritischem Blick taxierte. „Nimm mir das bitte nicht übel! Auf der Liste standen mehr oder weniger alle Männer, die mir hier begegnet sind, und dich haben wir sofort gestrichen", beeilte ich mich zu erklären.

„Da bin ich euch aber dankbar."

„Jedenfalls …", schaltete Roxy sich ein, „da du der amtierende König der Dunklen bist, haben wir gedacht, du findest mühelos heraus, wer der Mann ist, der Joy auserwählt hat."

„Nach dem mährischen Volksglauben", sagte Christian langsam und legte einen Finger an die Unterlippe, „hält eine Frau, die von einem Vampir zur Gefährtin auserkoren wurde, nicht mehr nach einem anderen Mann Ausschau. Aber Joy scheint mit der Vorstellung, ihr Leben mit einem Mann zu verbringen, der sie bis in alle Ewigkeit anbetet, nicht glücklich zu sein. Ich finde diesen Konflikt äußerst interessant."

„Du fändest ihn bestimmt nicht so interessant, wenn du an meiner Stelle wärst!", entgegnete ich. „Was du gesagt hast, verstehe ich, aber ich wüsste gern, ob an diesem Volksglauben auch etwas Wahres dran ist. Du sagst, jeder Vampir hat nur eine Seelenverwandte – eine Frau, die für ihn bestimmt ist. Ist es denn noch nie vorgekommen, dass sich die beiden nicht verstanden haben oder dass es zwei Männer für eine Frau gab oder umgekehrt?"

Christian schüttelte den Kopf. „Nicht dass ich wüsste. Eine Frau für einen Mann, das ist die Regel."

„Was geschieht, wenn die Auserwählte sich nicht mit dem Dunklen vereinigen will?"

Christian zuckte mit den Schultern. „Dann bleibt für den Dunklen alles beim Alten. Finsternis, Kampf, Qual und ewige Verdammnis ohne die Aussicht, jemals Erlösung zu finden – die Tortur geht einfach weiter. Der Vampir kann seinem Leid ein Ende machen, indem er sich dem Sonnenlicht aussetzt. Eine Verzweiflungstat, die gar nicht mal so selten ist."

Roxy erschauderte. „Armer Vampir! Ich würde so etwas niemals zulassen. Joy, du solltest dich schämen!"

„Ich sage doch gar nicht, dass ich diesen Typen hängen

lassen will, wer immer er ist", erwiderte ich mit einem mordsmäßig schlechten Gewissen. Ich kam mir total gemein vor. Was war ich nur für eine Frau? Wollte ich etwa einen Mann zu einem Leben in ewiger Finsternis verdammen, nur weil er mich nicht so sehr interessierte wie ein gewisser bernsteinäugiger Draufgänger? „Aber zuerst muss ich wissen, wer überhaupt der Dunkle ist. Dann werde ich mir schon etwas ausdenken. Vielleicht gab es ja eine kosmische Verwechslung oder so und zwei Paare wurden einfach durcheinandergebracht."

„Das glaube ich nicht. Und du, Christian?", warf Roxy ein.

Er sah mich nachdenklich an. „So etwas habe ich noch nie gehört."

„Es gibt mehr Dinge zwischen Himmel und Erde ...", sagte ich leise.

Er lächelte. „Wohl wahr."

„Meinst du denn, du könntest heute Abend den Dunklen auf dem Markt ausfindig machen?", fragte Roxy. „Joy macht doch die Runendeutungen und du wirst eins von ihren Opfern sein."

„Danke", sagte ich trocken.

„Das kann ich euch nicht versprechen", antwortete Christian auf Roxys Frage. „Ich weiß nicht viel über die Leute vom Markt."

„Du hast Milos doch gestern kennengelernt", bemerkte ich. „Würdest du es nicht merken, wenn er ein Dunkler wäre?"

„Vielleicht", entgegnete Christian zögernd.

„Was denn nun? Ist er einer oder nicht? Was hältst du von Milos?"

Christian sah Roxy eine Weile an, dann schaute er in das Feuer, das im Kamin brannte. „Ich glaube, Milos ist ein

Mann, der einer Frau ohne Begleiter an ihrer Seite gefährlich werden kann. Um zu beurteilen, ob er ein Vampir ist, müsste ich ihn mir noch einmal genauer ansehen."

„Gefährlich, hm?" Roxy nickte und steckte sich ein Zitronenbonbon in den Mund. Sie reichte das Tütchen herum, bevor sie es wieder in den Untiefen ihrer Handtasche verschwinden ließ. „Da stimme ich dir hundertprozentig zu. Er sieht aus wie jemand, der Frauen schamlos ausnutzt."

„Ich glaube, die Gefahr, die er ausstrahlt, geht noch darüber hinaus", entgegnete Christian.

Ich sah auf die Uhr. „Gefährlich oder nicht, wir müssen jetzt los, da Roxy mich ja für heute Abend an den Markt verkauft hat. Danke, dass du dir Zeit für unsere Fragen genommen hast", sagte ich und erhob mich.

Christian lächelte, doch sein Blick war wachsam und voller Sorge.

„Ich würde euch gern wieder begleiten, wenn ihr mich noch nicht leid seid."

Roxy fiel fast in Ohnmacht vor Freude, doch ich half ihr auf die Beine, indem ich ihr versprach, sie dürfe im Auto vorn neben Christian sitzen.

Kurze Zeit später kamen wir auf dem Markt an und sahen mit Erstaunen, wie viele Menschen aus allen Richtungen herbeiströmten.

„Du hast mich zwar regelrecht erpresst, aber ich werde die Sache durchziehen, wenn wir ein paar Grundregeln festlegen", sagte ich zu Roxy, als wir uns vor der Kasse anstellten.

Sie sah sich um. „Mann, du hattest wirklich recht", sagte sie zu Christian. „Hier herrscht ja Hochbetrieb! Das werden bestimmt doppelt so viele Besucher wie gestern."

„Rox, können wir uns bitte auf die dringlichste Angelegenheit konzentrieren – nämlich mein Seelenheil?"

„Du bist ein sehr, sehr selbstsüchtiger Mensch", entgegnete Roxy, wandte mir den Rücken zu und himmelte Christian an.

„Die Regeln sind folgende", fuhr ich fort und ignorierte, dass sie mich nicht beachtete. „Erstens brauche ich meine eigenen Runensteine. Arielles will ich nicht benutzen, die fühlen sich nicht gut an."

„Kaum zu glauben, dass sie letzte Woche noch die größte Skeptikerin der Welt war, nicht wahr?", fragte Roxy Christian. „Mann, und jetzt schlägt sie mal einen ganz anderen Ton an!"

„Ja, inzwischen glaube ich schon sechs unmögliche Dinge vor dem Frühstück", warf ich ein und bedachte sie mit einem warnenden Blick. „Ich hatte die Wahl zwischen Glauben oder Verrücktwerden und habe mich für meine geistige Gesundheit entschieden. Zweite Regel: Ich wähle diejenigen aus, für die ich die Runen deute."

„Dominic besteht auf drei Sitzungen."

„Gut", sagte ich, „dann nehme ich Raphael, Christian und Arielle."

Die Warteschlange bewegte sich ein paar Schritte vorwärts.

„Aye aye, *mon capitaine*", entgegnete Roxy und hörte nicht auf, Christian anzugrinsen. Er sah mich gequält an.

„Und zu guter Letzt will ich nicht, dass mir so viele Leute dabei zusehen. Das macht mich nervös und wir wissen ja, was letztes Mal passiert ist, als ich beim Runendeuten nervös geworden bin."

„Was ist denn passiert?", fragte Christian.

„Erdbeben, Überschwemmungen, Feuer und so weiter. Sie ist kataklysmatisch – sie kann Naturkatastrophen voraussagen."

„Das stimmt doch überhaupt nicht, zumal es so etwas

auch gar nicht gibt, also kannst du ruhig aufhören, das überall herumzuerzählen! Das war alles nur Zufall, Christian. So ein paar Hexen haben mir verboten, jemals wieder bei ihnen Runenorakel durchzuführen, das ist alles. Aber es ist wahrscheinlich trotzdem keine gute Idee, dass ich es in der Öffentlichkeit tue. Ich will ja nicht, dass irgendetwas passiert."

Wir rückten wieder einen Meter vor. Roxy sah Christian an. „Kataklysmatisch", formte sie lautlos mit den Lippen.

„Das Wichtigste ist jetzt, dass ich irgendwo Runensteine finde", erklärte ich. „Zum Glück habe ich gestern einen Stand entdeckt, wo Kristalle und solche Dinge verkauft werden."

Wir bezahlten an der Kasse und arbeiteten uns durch die Menge zu dem Verkaufsstand vor. Nachdem ich mir die begrenzte Auswahl an Steinen angesehen hatte, schwankte ich zwischen Rosenquarz und Amethyst. Doch als der Verkäufer mir erklärte, die Amethyste seien Steine der Freude und die Rosenquarze Steine der Liebe, wusste ich, welche ich wollte.

Als ich ihm das Geld für die Steine gab, sträubten sich plötzlich meine Nackenhaare, als wollten sie mich vor etwas warnen. Ich drehte mich um und schaute in die kalten ausdruckslosen Augen von Milos. Er nickte mir zu, begrüßte Christian mit dem gleichen eisigen Blick und ging weiter, hielt dann jedoch kurz inne. Als er hinter das Zelt blickte, machte er auf dem Absatz kehrt und marschierte in die entgegengesetzte Richtung davon.

„Der Typ ist mir echt nicht geheuer", sagte Roxy, die gerade eine Kette anprobierte.

Ich sah Christian an. Er schaute Milos hinterher und spielte geistesabwesend mit einem der Rosenquarzsteine.

„Du darfst sie nicht anfassen", sagte ich und gab ihm einen Klaps auf die Finger.

Er schaute erstaunt auf seine Hand. „Darf ich nicht?"

„Nein. Es ist nicht gut für denjenigen, der sie deutet, wenn jemand anders sie vorher berührt. Dann haben sie die falsche Prägung oder so. Nicht dass ich jemals an diesen ganzen Zauber geglaubt habe, aber …" Ich lächelte matt. „Wenn ich an Vampire glaube, dann kann ich wohl auch an empfindliche Runensteine glauben."

Er legte den Stein rasch weg und lächelte mich an.

„Komm, schönes Kind!", rief ich Roxy zu, die sich mit einer Kristallkette um den Hals im Spiegel bewunderte. „Ich will das so schnell wie möglich hinter mich bringen."

„Damit du so schnell wie möglich wieder mit Raphael rumknutschen kannst", erwiderte sie, drehte sich zur Seite und warf erneut einen Blick in den Spiegel.

„Das ist nicht der Grund, warum ich es hinter mir haben will!", entgegnete ich empört, ohne jedoch den Kern ihrer Aussage zu bestreiten.

„Schade", sagte Raphael, der in diesem Moment um das Zelt herumkam. „Die Vorstellung, mit dir rumzuknutschen, gebe ich nur ungern auf, aber so enttäuscht und beleidigt ich auch bin, ich muss meinen Pflichten nachkommen, so gut ich kann. Man verlangt nach Ihnen, Madame!"

Er reichte mir seine Hand. Ich ergriff sie lächelnd und genoss die Wärme, als sich seine Finger um meine schlossen. „Enttäuscht und beleidigt, wie du bist, ist dir vielleicht aufgefallen, dass ich das Rumknutschen an sich nicht abgelehnt habe."

„Das ist mir aufgefallen", entgegnete er und wackelte mit den Augenbrauen.

Christian trat zu uns und sah Raphael mit ausdrucksloser Miene an. „St. John", sagte er zur Begrüßung, dann fiel sein Blick auf unsere Hände. Er kniff die Lippen zusammen, nahm meine andere Hand und legte sie auf seinen Arm.

„Dante", sagte Raphael, nickte und musterte ihn mit kühlem Blick. Zwischen den beiden lief etwas ab, irgendein uraltes Männerding. Ich war zwar außen vor, aber ich spürte es genau. Als ich sie gerade auffordern wollte, mit diesem Imponiergehabe aufzuhören, schlenderte Roxy nach getanem Einkauf an uns vorbei und traf mit ihrem Kommentar den Nagel auf den Kopf.

„Dieses Bild erinnert mich an zwei Hunde, die sich um einen Knochen streiten", rief sie über die Schulter. „Pass bloß auf, Joy! Als Nächstes fangen sie an, ihr Revier zu markieren, und du weißt, was das bedeutet! Dann pinkeln sie überallhin!"

Zu meiner Überraschung brachten Raphael – und Christian – mich nicht zu Arielles Handlesezelt. Stattdessen marschierten wir die Budengasse zum Hauptzelt hinunter, in dem die ganz großen Events stattfanden. Ich nahm an, dass Dominic die Sitzungen beim Handlesen nicht wegen meiner Vorführung unterbrechen wollte.

„Seit wann weißt du schon, wer Christian ist?", fragte ich Raphael unterwegs. „Und warum hast du es uns nicht gesagt? Als Roxy und ich ihm von seinen eigenen Büchern vorgeschwärmt haben, hättest du verhindern können, dass wir uns komplett lächerlich machten!"

Christian warf mit seidenweicher Stimme ein, dass er mich kein bisschen lächerlich fand. Raphael zuckte nur mit den Schultern. „Gestern Abend. Irgendjemand hat es mir in der Schänke erzählt. Ich dachte, er hätte es dir gesagt – ihr scheint recht vertraut miteinander zu sein."

„Jetzt hör aber auf!", erwiderte ich und wir setzten unseren Weg fort. Vor den einzelnen Ständen und Buden bildeten sich bereits lange Schlangen. Bei Arielle warteten ziemlich viele

Leute, wie ich zufrieden feststellte, doch auch Tanya, die mit grimmiger Miene hohläugig in die Menge blickte, hatte mit ihren Hexenkünsten eine beträchtliche Besucherschar angelockt. „Das klingt ja, als hätte Christian in Bezug auf mich irgendwelche Absichten, dabei ist er nur höflich. Ich habe noch nie verstanden, warum ihr Kerle immer meint, euer Revier verteidigen zu müssen, wenn eine Frau eine platonische Beziehung zu einem anderen Mann hat."

Raphael blieb ruckartig stehen, wodurch er auch mich und Christian zum Anhalten zwang. „Das meinst du ernst, oder?"

„Was?", gab ich zurück. „Dass Männer sich gegenüber anderen Männern idiotisch aufführen? Ja, das ist mein Ernst. Ich habe schon Fälle erlebt …"

„Nein, das meinte ich nicht." Raphaels Blick fiel auf Christian. „Du glaubst wirklich, dass er sich nicht genauso für dich interessiert wie ich, nicht wahr?"

Ich schaute von Raphael, der meine rechte Hand festhielt, zu Christian, bei dem ich mich auf der anderen Seite eingehakt hatte. „Bring mich doch nicht so in Verlegenheit", sagte ich leise zu Raphael. „Natürlich tut er das nicht!"

Raphael sah Christian unverwandt an. „Sag es ihr!"

Christian schürzte die Lippen und erwiderte Raphaels Blick. „Wenn die Zeit gekommen ist."

„Sag es ihr sofort!"

„Was soll er mir sagen? Verdammt, ich hasse das Gefühl, wenn alle anderen auf der Party den Witz schon kennen, nur ich nicht!", fuhr ich wütend auf. „Was sollst du mir unbedingt sagen?", fragte ich Christian. „So blöd bin ich doch nicht. Ich war schon vorher mit Männern aus und erkenne die Signale, wenn einer Interesse an einer kleinen Nummer hat, und bei dir fehlen sie. Also spuck bitte aus, was auch immer Herr Besitzergreifend meint, dass du mir sagen müsstest."

„Also gut“, sagte Christian und legte seine Hand auf meine. „Wenn du darauf bestehst.“

Mit einer blitzschnellen Bewegung entriss er Raphael meine Hand, schlang beide Arme um meinen Körper und zog mich ganz fest an sich, um mir einen Kuss auf die Lippen zu drücken. Ich stand einen Augenblick lang wie betäubt da. Als ich dann begriff, was er tat, versuchte ich sofort, mich aus seiner Umklammerung zu befreien.

„Lass sie los!“, knurrte Raphael hinter mir.

Christian hielt mich jedoch ganz fest. Ich nahm alle Kraft zusammen, um mich aus seinen Armen herauszuwinden. Als ich kurz vor einer Panikattacke stand, ließ er mich plötzlich los. Ich starrte ihn mit offenem Mund an. Seine Augen waren schwarz, tiefschwarz, als hätten sich seine Pupillen so stark erweitert, dass die Iris nicht mehr zu sehen war, und es lag etwas in ihnen, das mich erschaudern ließ.

Raphael stellte sich zwischen uns und schob mich hinter seinen Rücken. „Wenn du sie noch mal anfasst, bekommst du es mit mir zu tun!“

„Hey!“, sagte ich und stieß Raphael an. Ein bisschen besitzergreifendes Gehabe war ja ganz nett, aber er übertrieb es ein wenig.

„Was ist denn los?“, rief Roxy, die in diesem Moment dazukam. „Die warten schon alle im Hauptzelt. Was trödelt ihr denn hier rum?“

„Hans und Franz duellieren sich noch.“

„Was du sagst, interessiert mich nicht, St. John“, erklärte Christian mit samtiger Stimme, was die Drohung, die in seinen Worten lag, noch verstärkte. „Wenn Joy nicht von mir umworben werden möchte, wird sie es mir selbst sagen.“

„Oooh! Sie wollen sich um dich schlagen? Cool! Und ich dachte, es dauert noch, bis es zum Showdown kommt.“

„*Ich* sage dir, dass sie es nicht will", erwiderte Raphael, doch was unausgesprochene Drohungen anging, war er nicht so gut wie Christian. So oder so gefiel mir die Richtung, die das Gespräch nahm, überhaupt nicht. Dass die beiden sich sogar um mich prügeln würden, war zwar eine sehr schmeichelhafte Vorstellung, doch im Grunde war ihr Verhalten extrem bescheuert. Unter den Anwesenden gab es nur einen Mann, den ich näher kennenlernen wollte.

„So, ihr zwei, jetzt ist Schluss damit!" Ich versuchte, Raphael wegzuschieben, und quetschte mich zwischen die beiden. Da Raphael jedoch keinen Zentimeter nachgab, war ich auf Tuchfühlung mit Christian, der sich ebenfalls nicht vom Fleck rührte. Ich sah Raphael an. „Nur damit du es weißt: Weil du keinen Platz machst, pressen sich meine Brüste gegen seine Rippen!"

Raphael wich augenblicklich ein paar Schritte zurück und zog mich gleich mit sich.

„Hör mal, das ist jetzt wirklich albern", sagte ich zu Christian. „Ich fühle mich sehr geschmeichelt, weil du mich küssen willst und so, aber die Wahrheit ist, dass wir da nicht das Gleiche empfinden. Ich nahm an, du wüsstest, dass Raphael und ich … aneinander interessiert sind, um es mal so auszudrücken."

„Das weiß er", knurrte Raphael.

„Würdet ihr also alle beide mit diesem Machogehabe aufhören und euch wieder auf das konzentrieren, was jetzt ansteht? Ich bin doch kein hirnloses kleines Betthäschen, das fröhlich mit demjenigen mitgeht, der den Wettbewerb im Weitpinkeln gewinnt!"

Raphael hielt mich immer noch fest und der schmerzhafte Druck auf meine Oberarme verstärkte sich, als Christian meine Hand ergriff und sie umdrehte, um mir einen Kuss in die Handfläche zu drücken. Das hatte Dominic auch getan, doch bei Christian hatte ich nicht das Gefühl, mir die Hände waschen zu müssen. „Wie du wünschst. Dann werde ich meine Bemühungen nicht intensivieren. Noch nicht."

„Gut. Und nachdem wir jetzt alle wieder Freunde sind, würde ich gern diese blöde Runendeuterei hinter mich bringen, damit ich den Rest des Abends genießen kann."

Christian legte meine Hand lächelnd wieder in seine Armbeuge. Raphael murrte zwar leise vor sich hin, ergriff aber meine andere Hand.

„Und jetzt geht die kleine Hexe eine Runde zaubern", sagte ich, als wir auf das Hauptzelt zugingen.

Keiner der Männer lachte. Roxy, die sich auf der anderen Seite bei Christian eingehakt hatte, meldete sich allerdings mit der Frage zu Wort, welches Parfüm ich benutzte – da sich seit unserer Ankunft gleich drei Kerle die Finger nach mir leckten.

„Nach mir leckt sich überhaupt niemand die Finger!", erwiderte ich mit einem Blick, der ihr eine baldige, sehr viel ausführlichere Schelte versprach. „Ich bin doch kein Stück Fleisch! Und damit würde ich das Thema gern beenden. Hast du Dominic gesagt, dass ich die Leute selbst aussuchen will, für die ich die Deutungen mache?"

„Nein. Ich dachte doch, ihr wärt direkt hinter mir. Dass ihr mitten auf dem Markt einen Testosteron-Wettstreit ausruft, konnte ich ja nicht ahnen!"

Ich kicherte, doch als Raphael mich wütend ansah, geriet ich in den Bann seiner Augen. Unter seinem glühenden Blick wurde mir plötzlich ganz heiß, was in einigen Körperregionen zu regelrechten Tumulten führte. Die Cheerleader erwachten wieder und begannen, das Stadion auf den Höhepunkt des Abends einzustimmen. Falls ich mir vorher vielleicht noch nicht sicher gewesen war, so ließ Raphaels feuriger, verführerischer Blick nun keinen Zweifel mehr daran, dass er mich in dieser Nacht nicht von seinem Schoß schubsen würde.

Puh, ganz schön heiß hier, dachte ich und ließ mich von ihm rasch zum Hauptzelt führen.

# 11

„Nein."

„Ach komm schon, Joy."

„Nein!"

„*Mon ange* …"

„Wenn du mich nur noch ein einziges Mal so nennst, ich schwöre dir, dann *mon ange* ich dich so fest, dass du eine Woche lang nicht mehr richtig gehen kannst. Und hör endlich damit auf, meine Hand zu besabbern!"

„Du bist nicht du selbst, *mon ange* …"

„*Raphael!*"

„Dominic!"

„Joyful …"

„Also, jetzt reicht's. Hört sofort damit auf!" Ich entriss Dominic meine Hand mit einem Ruck und warf der versammelten Mannschaft vor mir einen wütenden Blick zu. „So langsam hab ich das Gefühl, ich befinde mich in einem Zirkus. Du!", ich zeigte auf Roxy, „setzt dich hin! Du!", ich zeigte auf Raphael, „hörst auf der Stelle damit auf, vor Christian den großen Mann zu markieren und passt gefälligst auf Dominic auf. Du!", ich zeigte auf Christian, „hörst damit auf, Raphael anzustarren, setzt dich neben Roxy und sorgst dafür, dass sie sich benimmt. Setz dich ruhig auf sie, falls nötig. Und jetzt zu dir, Dominic, ich möchte ein für alle Mal klarstellen, dass ich das Ganze hier wider besseres Wissen mache und *nur* aus dem Grund, dass meine Freundin so dämlich war und jeden einzelnen Cent, den sie besitzt, darauf verwettet hat, dass ich es tue. Also werde ich für drei von euch die Runen deuten, und zwar ausschließlich für drei von euch: Raphael, Christian und Arielle."

„Nein!" Dieses Kreischen kam von Tanya, die missmutig und wütend hinter Dominic saß. „Das ist kein fairer Test. Sie sucht sich einfach drei Leute aus, die für sie lügen und alles bestätigen würden, egal was sie sagt!"

„Oh!" Mir fehlten vor Empörung fast die Worte. „Ich würde niemals jemanden darum bitten, für mich zu lügen, und ganz sicher würde sich auch keiner der drei, die ich eben genannt habe, auf so was einlassen!"

„Warum denn nicht? Schließlich warst du mit beiden Kerlen schon im Bett und ich habe gesehen, wie du meine Schwester angestarrt hast. Nicht mal eine Unschuldige wie sie ist vor deiner Wollust sicher!"

„Du Hexe!" Mit diesem Wutschrei fuhr ich von meinem Stuhl hoch und wollte runter von der Bühne, zu Tanya hin.

Sie sprang ebenfalls auf und kam auf mich zu. „Das stimmt, ich bin eine Hexe, und du solltest immer daran denken, dass für dir ich habe geschaffen einen überaus mächtigen Zauberspruch, der uns wird von deiner unerwünschten Gegenwart befreien ... für immer!"

Raphael packte meinen Arm und hielt mich davon ab, die drei Stufen hinunter zu den ersten Stuhlreihen zu stürzen. Milos ergriff Tanya und zog sie nach hinten. Dabei ging er nicht gerade zärtlich mit ihr um, wie ich zu meiner großen Freude beobachten durfte.

„*Joie*." Dominic kam zu mir herübergeschleimt und ergriff erneut meine Hand, um mich zu dem Tisch zurückzuführen, den er für das Spektakel aufgestellt hatte. „Es bricht mir das Herz, wenn ich mit ansehen muss, wie du dich wegen solcher Kleinigkeiten aufregst. Diese Wette, sie ist nur eine Nebensächlichkeit. Man sollte sie schnell wieder vergessen, wenn dein Glück davon abhängt. Ich werde sie einfach aufheben und deine Freundin von ihrer Verpflichtung entbinden."

Ich beäugte ihn misstrauisch. „Ach ja? Und wo ist der Haken?"

Er trat näher an mich heran, seine Augenlider halb geschlossen, als er seinen Kopf zu meinem hinabbeugte. „Wenn es in meiner Macht steht, dich glücklich zu machen, *mon ange*, dann werde ich die höchsten Berge erklimmen, um das zu erreichen. Ich werde den tiefsten Ozean durchschwimmen, ich werde die …"

„Ja, ja, ja, jetzt komm mal auf den Punkt. Was willst du als Gegenleistung, wenn du diese ganze Sache abbläst?"

Er lehnte sich weit genug vor, um mir in den Ausschnitt glotzen zu können. „Eine Nacht in den Armen meines *ange* ist nicht zu viel verlangt, denke ich."

„Dann denk lieber noch mal nach!", schnauzte ich ihn an und drehte mich wieder zum Tisch um.

Er packte meine Hand und riss mich an seine Brust.

„Raphael!" Ich drehte mich mit einem vielsagenden Blick zu ihm um.

„Dominic …", warnte er mit einem Aufblitzen seiner bernsteinfarbenen Augen und ging drohend auf ihn zu.

„*Mon ange*", flehte Dominic, wobei er mit einem Auge Raphael im Blick behielt, der sich ihm weiter näherte.

„Jetzt fangen sie schon wieder an", sagte Roxy zu Christian. „Das ist fast wie eine Folge der *Waltons*, findest du nicht auch?"

Er hob die Augenbrauen. Sie schmachtete ihn an.

„Es reicht jetzt." Raphael befreite meine Finger aus Dominics Griff und liebkoste meinen Handrücken mit seinem Daumen, als er mich zu meinem Stuhl zurückbegleitete. Ich hätte ja nur zu gerne dem Prickeln nachgegeben, das seine Berührung auslöste und meinen ganzen Körper erfasste, aber angesichts der Gesellschaft, in der wir uns gegenwärtig befanden, zog ich es doch vor, einen klaren Kopf zu behalten. „Warum hören wir nicht endlich damit auf, unsere Zeit zu vergeuden? Für wen soll sie denn die Runen befragen, Dominic?"

Dominic wirkte leicht verschnupft darüber, dass man ihm sein Spielzeug entwendet hatte, aber er rieb die Hände aneinander und warf mir einen anzüglichen Blick zu, der mir um ein Haar mein wunderschönes weinrotes Kleid vom Leib gerissen hätte. „Für mich selbst, natürlich, Milos und Tanya. Ich denke, wir drei bieten *Joie* ausreichend Gelegenheit, ohne den geringsten Zweifel zu beweisen, dass Tanyas Behauptungen erlogen sind."

„Nein, nein und nur über meine Leiche. Es interessiert mich nicht die Bohne, was Tanya behauptet", murrte ich. „Bei der Wette ging's nur darum, dass ich dreimal die Runen deute."

„Ich kann es keinesfalls erlauben, dass sie deine Ehre in dieser Art und Weise befleckt", erwiderte Dominic. „Leider Gottes obliegt mir die unerfreuliche Pflicht, dich daran zu erinnern, dass die Wette besagt, dass du dreimal erfolgreich die Runen deuten musst. Demnach wirst du nicht einfach nur die Runen befragen, sondern deine Deutung muss makellos sein."

„Eine hundertprozentige Genauigkeit gibt es bei den Runensteinen nie", protestierte ich.

„In angemessenen Grenzen", fügte er hinzu.

„In Ordnung", sagte ich unglücklich, denn ich hatte wohl keine andere Wahl. „Aber es gibt keinen Grund, dass ich ausgerechnet euch drei nehmen muss. Arielle ist doch sicherlich über jeden Verdacht der Komplizenschaft erhaben. Christian ist neutral und Raphael ist schließlich dein Angestellter, um Himmels willen! Gegen sie kann es doch keine Einwände geben."

Offensichtlich wohl. Tanya gab an Dominic gerichtet eine wahre Flut von unverständlichen Kommentaren ab. Er zuckte nur mit den Schultern und wandte sich wieder an mich. „Um Tanya zufriedenzustellen, musst du drei faire Angestellte wählen, *mon ange*." Seinen Worten war anzuhören, dass er auf dieser Forderung beharren würde.

Ich überlegte, ob ich unsere kleine Auseinandersetzung vielleicht so lange fortführen sollte, bis ich ihn mürbe gemacht hatte, aber dann beschloss ich, dass ich genauso gut nachgeben und diesen verdammten Mist hinter mich bringen könnte.

„Na gut. Dann nehme ich Raphael, Arielle und Milos. Seid ihr jetzt zufrieden?"

„Mit einer winzig kleinen Änderung. Statt Milos soll es Tanya sein."

Ich sah zwischen Milos mit seinen kalten Augen und der tobenden Tanya hin und her und zuckte innerlich mit den Schultern. Da war einer so schlimm wie der andere. „Schön, aber sie kommt als Letzte dran. Wenn meine Deutungen irgendwelche Naturgewalten beschwören, will ich mich schnell verdrücken können."

Ich ignorierte die Hand, die Dominic mir anbot, und setzte mich an den Tisch. Beim Anblick des dramatischen und protzigen Tuchs darauf verzog ich unwillkürlich das Gesicht. Ich schleuderte es weg und rief Roxy zu: „Gib mir doch bitte mal deinen roten Schal, okay?" Sie brachte ihn mir, ich breitete ihn aus und strich ihn glatt, bis er ganz flach auf dem Tisch lag. Dann sah ich die Leute an, die sich versammelt hatten. Ich befand mich in einer Ecke am Rand der Bühne, hinter einem kleinen Tisch, und schwitzte unter den grellen Scheinwerfern, die jemand angeschaltet hatte. Tanya und Milos nahmen zwei Stühle aus den Sitzreihen und gesellten sich zu dem Halbkreis von Menschen, die bereits vor mir saßen. Die Ironie der Situation – etwas beweisen zu müssen, an das ich überhaupt nicht glaubte – entging mir nicht. Wenn das so weiterging, würde es mir bald wie Lewis Carrolls Alice ergehen, die schon vor dem Frühstück sechs unmögliche Dinge glaubte.

„Alles klar. Ich bin so weit. Ich möchte mit Arielle anfangen."

Arielle hatte still neben Roxy gesessen, sah mich nun vorsichtig an und warf dann ihrer Schwester einen flüchtigen Blick zu. Schließlich setzte sie sich auf den Stuhl mir gegenüber.

Ich lächelte ihr beruhigend zu. Sie fühlte sich eindeutig sehr unbehaglich – damit wären wir schon zwei. „Du weißt ja, wie das abläuft, Arielle", sagte ich in einem Tonfall, der Zuversicht ausstrahlte, wie ich hoffte. „Ich möchte nun, dass du an eine Frage denkst und dich darauf konzentrierst."

Sie knetete ihre Hände und nickte.

„Gut. Bei Odins Neun-Runen-Orakel steht die erste Rune für verborgene Einflüsse auf deine Vergangenheit, die zweite für deine gegenwärtige Haltung gegenüber vergangenen Ereignissen, die dritte für verborgene Einflüsse auf die Gegenwart, die vierte für deine Haltung gegenüber der Gegenwart, die fünfte für Verzögerungen oder Hindernisse, die möglicherweise den Ausgang, den du dir wünschst, verhindern, die sechste steht für das Ergebnis oder die Antwort auf deine Frage, und die Steine sieben bis neun geben an, was du bereits besitzt oder benötigst, um deine Vergangenheit, Gegenwart und Zukunft zu beeinflussen. Alles klar so weit?"

Sie nickte wieder.

„Okay, dann fangen wir mal an." Ich griff in den Beutel und begann Steine herauszuziehen und in der Form des Neun-Runen-Orakels auszulegen. Dabei nannte ich jeden einzelnen Stein beim Namen. „Uruz in umgekehrter Position. Raidho ebenso. Gebo. Eihwaz. Isa. Sowulo. Nauthiz. Berkana. Pertho."

Sie rutschte unruhig auf ihrem Stuhl hin und her und betrachtete die Steine argwöhnisch. „Da du ja weißt, wie das geht, verzichte ich auf die Erklärung, was jeder einzelne Stein bedeutet, und komme gleich zum spannenden Teil. Die vergangenen Einflüsse auf deine Frage sind Unentschlossenheit, gestörtes Urteilsvermögen, beschwerliche Aufgaben und niedriges Selbstbewusstsein."

Sie wirkte ziemlich bestürzt angesichts meiner krassen Einschätzung ihrer Vergangenheit, widersprach mir aber nicht. Ich warf einen Blick auf Tanya, die dasaß und selbstzufrieden vor sich hin lächelte, als ob sie ein Geheimnis kannte, das mir verborgen war. Davon ausgehend, dass Arielle ein Leben ohne den schlechten Einfluss ihrer Schwester haben könnte, ging ich davon aus, dass meine Deutung bislang genau ins Schwarze getroffen hatte.

„Die gegenwärtigen Einflüsse auf deine Fragestellung besagen, dass du dich an einem Wendepunkt in deinem Leben befindest: Du stehst kurz davor, eine Partnerschaft einzugehen, fühlst dich aber hin und her gerissen. Ich kann dir versichern, dass diese Beziehung von großem Erfolg gekrönt sein wird."

„Oh", sagte sie strahlend. Sie sah nun schon wesentlich glücklicher aus beim Gedanken an ihre Gegenwart. Innerlich drückte ich die Daumen, dass das nur eins bedeuten könnte: Sie würde jemanden finden, der sie Tanyas Einfluss entziehen würde. „Das klingt wirklich gut. Bitte mach weiter."

„Die zukünftigen Einflüsse deuten darauf hin, dass du alte Gewohnheiten und ungute Bindungen hinter dir lassen musst, damit es in deinem Leben vorangeht. Das wird dir Klarheit und inneren Frieden bringen und die Kraft, das zu erreichen, was du dir am meisten wünschst. Dieser letzte Stein", ich tippte auf Pertho, „besagt, dass dich letztlich alle Straßen dahin führen, wohin du gehen willst, selbst wenn es auf deinem Weg Hindernisse geben sollte."

Ich lehnte mich zurück, hochzufrieden darüber, dass die Steine mit mir zusammenarbeiteten und mich nicht vor aller Augen zum Gespött gemacht hatten.

„Das ist lächerlich!", platzte Tanya heraus. Sie sprang auf, zeigte auf mich und wandte sich zu Dominic um. „Sie hat die Deutung nicht korrekt ausgeführt! Wie sollen wir beurteilen, ob sie überhaupt über die nötige geistige Kraft verfügt?"

„Arielle", sagte ich sanft, „würdest du uns wohl verraten, wie deine Frage lautete?"

Sie errötete, hob aber unversehens das Kinn und blickte ihrer Schwester direkt ins Gesicht. „Ja, das mache ich gerne. Meine Frage bezog sich auf Paal. Ob er mich wohl bitten wird, mit ihm zu gehen, wenn er im Frühling nach Norwegen zurückkehrt. Paal war seit dem letzten Jahr *mon petit ami*, wisst ihr, aber meine Schwester mochte ihn nicht und hat mich davon überzeugt, dass er mir gegenüber nicht ehrlich war. Deshalb habe ich mich von ihm getrennt, aber jetzt ist mir alles klar geworden. Tanya hat sich in Paal geirrt und wir sind nicht länger getrennt", fügte sie mit kämpferischem Blick hinzu. „Ich liebe ihn. Ich will mit ihm zusammen sein und ich werde es nicht zulassen, dass du dich noch einmal zwischen uns drängst."

„Geh nur, Arielle!“, sagte ich leise. Dann fuhr ich mit lauterer Stimme fort, da Tanya offensichtlich im Begriff war, irgendetwas Verletzendes zu ihrer Schwester zu sagen. „Also, Unentschlossenheit und gestörtes Urteilsvermögen in der Vergangenheit, das bezieht sich auf Tanya, die versucht hat, deine Freundschaft mit Paal – eine neue Beziehung und ein Wendepunkt in der Gegenwart – zu zerstören; und die Zukunft kann nur dann glücklich für dich verlaufen, wenn du den ganzen Balast aus deinem Leben entfernst.“ Dabei sah ich zu Tanya hinüber. „Na, das sieht doch nach drei von drei möglichen Punkten für das Team Joy aus.“

„Jawoll!“, jubelte Roxy.

Tanya knurrte irgendeine Obszönität und setzte sich wieder hin, allerdings nicht, ohne ihrer Schwester einen Blick zuzuwerfen, der nichts Gutes verhieß. Arielle suchte sich einen Platz, der so weit wie möglich von Tanya entfernt war. Ich beschloss, mich bald einmal mit Raphael darüber zu unterhalten, dass er sich in Zukunft besser vor ihr in Acht nehmen sollte.

„Der Nächste?“ Ich nickte Raphael zu. Er blickte nach oben, so als ob er Gott um Geduld bitten wollte, doch dann nahm er bereitwillig mir gegenüber Platz. Tanya war damit beschäftigt, Dominic etwas ins Ohr zu flüstern, aber er schien sie zu ignorieren. Er warf mir ein weiteres pseudoverführerisches Lächeln zu. Ich wandte meinen Blick von ihm ab und lieber einem wesentlich angenehmeren Anblick zu.

„Möchtest du dir jetzt eine Frage überlegen?“, fragte ich ihn.

„Ja, das will ich.“ Raphael nickte.

„Ach du meine Güte, jetzt spricht er schon das Ehegelübde, und dabei waren sie noch nicht mal miteinander im Bett“, murmelte Roxy sotto voce, allerdings nicht mal annähernd sotto genug.

Raphaels Mundwinkel zuckten. Ich starrte Roxy böse an. „Wenn wir nun vielleicht ohne Kommentare aus den billigen Rängen fortfahren dürften? Vielen Dank. Also gut, Raphael, ich möchte, dass du dich jetzt auf deine Frage konzentrierst, während ich die Steine für dich ziehe."

„Nein!" Tanya brüllte unabsichtlich direkt in Dominics Ohr. Er fluchte und sprang auf, wobei er sein Ohr rieb und Tanya beschimpfte. Sie entschuldigte sich nicht einmal, sondern fuhr unbeirrt fort: „Das ist nicht fair! Erst muss er seine Frage jemandem mitteilen, damit wir hinterher feststellen können, wie genau deine Auslegung war."

Ich blickte Raphael an. „Hast du irgendwelche Einwände dagegen, jemandem deine Frage mitzuteilen?"

Er zögerte einen Sekundenbruchteil. „Keineswegs."

„Okay. Du kannst es zwei Leuten sagen, die mit diesem ganzen Durcheinander nichts zu tun haben: Arielle und Milos."

Raphael hielt einen kurzen Plausch mit den beiden und kehrte zu seinem Stuhl zurück.

„Jetzt konzentrier dich auf deine Frage. Oh, das ist interessant. Diesen Stein habe ich noch nie auf dieser Position gesehen. Gibt es in deiner Familie vielleicht Fälle von spontaner Selbstentzündung?"

Seine Augen weiteten sich überrascht.

Ich grinste. „Ich hab nur Spaß gemacht. Dann sehen wir mal, was wir hier haben. Mmm. Die Einflüsse der Vergangenheit besagen, dass es in deinem Leben ein paar unbeantwortete Rätsel gibt, nach deren Lösung du verzweifelt suchst. Umwälzungen spielen eine herausragende Rolle in Bezug auf deine Frage. Du hast eine schlimme Zeit voller Leid und

Schmerz hinter dir, während der du dich bemüht hast, das Ganze so gut wie möglich zu überstehen, aber am Ende hast du doch die Antwort, die du suchtest, nicht gefunden."

Als ich von den Steinen aufblickte, entdeckte ich, wie er mich mit eng zusammengekniffenen Augen überaus eindringlich beobachtete. Ich war versucht, ihn zu fragen, ob diese traumatische Erfahrung, die er erst vor Kurzem überlebt hatte, mit seinem Geheimnis zu tun hatte, aber ich schätzte, dass ich mir diese Frage wohl besser für später aufsparen sollte.

„Einflüsse auf die Gegenwart – hmm. Dieser Stein, Mannaz, besagt, dass du diejenigen um Hilfe bitten solltest, die dir am nächsten stehen." Ich schaute kurz auf, unsere Blicke trafen sich und ich sah rasch wieder auf die Steine vor mir. „Zusammen mit diesem Stein, Dagaz, weist das darauf hin, dass du den entscheidenden Durchbruch, den du brauchst, um das Problem, das dich quält, zu lösen, nur dann erreichen wirst, wenn du dich mit jemand anders zusammentust."

Ich blickte nicht auf. Ich wollte ihn ansehen. Ich wollte ihm meine Hilfe anbieten, wie schwierig auch immer sein Unterfangen war, aber ich tat es nicht. Ich verdrängte das Bild seiner Bernsteinaugen aus meinen Gedanken und blickte konzentriert auf die Amethyste vor mir, als ich nun zu den Steinen überging, die für die Zukunft standen. „Einflüsse, die dabei eine Rolle spielen, wie deine Frage ausgehen wird, sind Täuschung, Verrat und willentliche Irreführung. Um diese Hindernisse zu überwinden, musst du dich einer Partnerschaft öffnen, die dir in naher Zukunft angeboten werden wird. Dabei ist die Kommunikation mit deinem Partner von größter Bedeutung. Jera, der letzte Stein, besagt, dass deine Anstrengungen belohnt werden."

Jetzt riskierte ich einen Blick. Er wirkte nachdenklich, sonst nichts. „Also, wie war ich?"

„Was war seine Frage?“, verlangte Tanya zu wissen.

Milos zuckte kurz mit den Schultern. „Seine Frage war, ob er die Lösung zu einem Problem finden würde, das ihm zu schaffen macht.“

Mich überlief ein Schaudern, als Milos’ Blick für ein paar Sekunden an mir hängen blieb. Ich konnte gar nicht sagen, woran genau es lag, aber der Kerl war echt total gruselig.

„Ha!“ Tanya sprang auf.

„Setz dich wieder hin“, brummte Roxy. „Du bist ja schlimmer als ein Känguru.“

„Sie hat versagt! Dieses ganze Gerede von Irreführung und Umwälzungen ist doch bloß pure Vermutung!“

„Genau genommen“, sagte Raphael, der nun ebenfalls aufstand, „kommt sie meiner Situation erstaunlich nahe.“ Er warf Dominic einen Blick zu. „Wie mein Arbeitgeber euch ohne Zweifel gerne bestätigen wird, bin ich durch gewisse Umstände erst vor Kurzem fälschlicherweise eines Verbrechens beschuldigt worden. Und das hat das Problem verursacht, für das ich eine Lösung zu finden hoffe.“

„Jippie!“, jubelte Roxy. „Unser Team führt zwei zu null. Glaubst du immer noch, dass sie eine Schwindlerin ist, Tanya?“

Tanya verzog ihre Lippen zu einem wirklich Furcht einflößenden Lächeln und stolzierte zum Tisch hinüber.

„Das werden wir jetzt sehen. Du wirst die Steine für mich deuten. Ich werde mich nicht so leicht reinlegen lassen wie die anderen.“

„Für dich gelten dieselben Regeln wie für Raphael. Du musst deine Frage zwei Leuten anvertrauen: Arielle und Roxy.“

„Nein!“, schrie Tanya und zeigte auf Roxy. „Ihr nicht!“

„Na schön.“ Ich wollte es endlich hinter mich bringen.

Auch wenn ich nicht allzu fest – wenn überhaupt – daran glaubte, dass Runensteine die Macht der Prophezeiung besaßen, waren diese Sitzungen doch ziemlich anstrengend für mich. „Dann wieder Arielle und Milos, wenn die beiden nichts dagegen haben."

Das hatten sie nicht. Nachdem Tanya ihnen ihre Frage zugeflüstert hatte, setzte sie sich. Ich steckte die Steine zurück in den Samtbeutel, schüttelte ihn und begann erneut, Steine herauszuziehen. „Hmm. Seht euch nur mal die ganzen verkehrt herum liegenden Steine an."

Tanya beugte sich vor und starrte auf die Steine. „Das machst du doch absichtlich!"

„Glaubst du? Das mache ich nicht, aber ich werd dir mal was sagen. Ich fange noch mal an und du beobachtest genau, wie ich die Steine aus dem Beutel herausnehme."

„Ja", zischte sie. „Ich werde dich sehr aufmerksam beobachten."

Ich sammelte die Steine wieder ein, warf sie in den Beutel zurück, schüttelte ihn noch einmal und zog einen Stein nach dem anderen heraus, wobei ich darauf achtete, dass sie meine Finger die ganze Zeit im Blick hatte, sobald ein Stein den Beutel verließ.

Fast alle Steine kamen verkehrt herum heraus. Ich presste die Lippen aufeinander, während ich nun die Steine begutachtete, die in der Form von Odins Neun vor mir lagen. „Mmm. Sieht nicht allzu gut aus, was? Dann wollen wir mal sehen. Der Einfluss der Vergangenheit besagt, dass ein Abschnitt beendet wurde, dass Beziehungen, die du in der Vergangenheit hattest, vorbei sind, und zwar aufgrund von Vernachlässigung und Verlassenwerden. Selbstüberschätzung und Beziehungsprobleme haben eine große Rolle dabei gespielt, dass du dich in deiner jetzigen Lage befindest."

„Lügen! Nichts als Lügen! Das siehst du nicht alles in den Steinen, das sagst du nur, um die Wette zu gewinnen!"

„Wir können auch Arielle die Steine interpretieren lassen, wenn du willst."

Arielle erhob sich. Tanya schnauzte sie wütend an und sie setzte sich sofort wieder.

Ich sah Tanya an. „Soll ich weitermachen?"

„Nein! Du beweist überhaupt nichts, du liest nichts aus den Steinen! Du hast nicht die Macht, die du vorgibst. Du manipulierst die Steine so, dass sie sagen, was auch immer du willst."

Ich sah über ihre Schulter hinweg zu den anderen. „Soll ich damit weitermachen oder nicht?"

„Beende es, *mon ange*." Dominic kam zu uns hinübergeschlendert und blieb neben Tanya stehen. Ich hoffte, seine Gegenwart würde eine beruhigende Wirkung auf sie haben, auch wenn ich in der Vergangenheit davon nichts bemerkt hatte.

„Also gut. Einflüsse auf die Gegenwart in Bezug auf deine Frage. Eine Partnerschaft steht dir ins Haus, aber es wird nicht das sein, was du suchst. Dieser Stein, Pertho in umgekehrter Position, steht für ein Ende, das heißt, diese Partnerschaft wird dir nichts als Verlust einbringen, keinen Gewinn. Um dies zu vermeiden, solltest du jetzt besser keine neuen Unternehmungen anfangen, vor allem nicht solche, die dich in irgendeiner Art und Weise angreifbar machen könnten."

„Das ist doch verrückt! Sie weiß überhaupt nicht …"

„Lass sie ausreden", befahl Dominic und legte ihr die Hand auf die Schulter. Der Art und Weise, wie Tanya zusammenfuhr, konnte ich entnehmen, dass seine Berührung nicht gerade zärtlich war.

„Jetzt fehlt nicht mehr viel und wir sind fertig. Einflüsse

auf deine Zukunft." Ich studierte die drei Steine, die für die Zukunft standen, leicht verwirrt angesichts dieser Konstellation.

„Und?", fragte Tanya herrisch. „Was für Lügen willst du mir jetzt erzählen?"

Ich berührte die Steine und bemühte mich, den besten Weg zu finden, um ihre Bedeutung zu erklären. „Dieser Stein, Jera, dient als Warnung. Er sagt im Grunde nichts anderes als: Wie man in den Wald hineinruft, so schallt es heraus. Dieser Stein, Fehu in umgekehrter Position, weist darauf hin, dass du den erhofften materiellen Gewinn nicht erhalten wirst, es sei denn, du unternimmst etwas, um den eingeschlagenen Pfad noch zu ändern. Der letzte Stein, Othala, ebenfalls umgekehrt, zeigt an, dass dir etwas genommen werden wird, das dir rechtmäßig gehört. Wenn man dies alles zusammen deutet, sprechen die Runen eine deutliche Warnung aus, deine geschmiedeten Pläne zu vergessen und stattdessen lieber deine dir gegebenen Talente zu nutzen, um damit zu einem glücklicheren Ergebnis für dich zu kommen. Wenn nicht …" Ich zuckte die Schultern.

„Wenn nicht, was dann?", fragte sie mit Übelkeit erregender süßlicher Stimme.

Ich zuckte noch einmal die Schultern. Ich hatte nicht die geringste Lust, ihr zu erzählen, dass diese Kombination von Steinen ein Unglück von katastrophalen Ausmaßen vorhersagte, wenn sie nicht die Zukunft in die Hände nahm und veränderte.

„Die Steine sagen, dass du es bedauern wirst, wenn du weiterhin dem Pfad folgst, auf dem du dich gegenwärtig befindest."

„Pah! Glaubst du wirklich, dass deine Drohungen für mich irgendeinen Unterschied machen? Das tun sie nicht!" Sie schlug mit der Hand auf den Tisch und verstreute die Steine in alle Richtungen. Ich schob sie zusammen und brachte sie in ihrem Beutel in Sicherheit. Obwohl ich eigentlich nicht allzu viel davon hielt, dass niemand außer dem Besitzer die Steine berühren sollte, waren die Amethyste doch sehr hübsch und ich wollte keinen davon verlieren.

„Was war denn ihre Frage?“, wollte Roxy von Arielle wissen.

„Sie hat gefragt, ob es ihr gelingen wird, sich einer Bedrohung für ihr Glück zu entledigen.“

Wir blickten beide zugleich zu Tanya. Sie lächelte mich an.

„Ich fand deine Demonstration nicht zufriedenstellend“, sagte sie. „Du hast die Wette verloren. Du wirst das Geld bezahlen, das du schuldig bist, und dich hier nie wieder blicken lassen.“

„Jetzt mach aber mal 'nen Punkt“, sagte ich, während Roxy laut ausrief: „Du Betrügerin! Sie hat die Wette ja so was von gewonnen!“, und Raphael sich auch noch einmischte.

„Dominic, wenn du deine Leute nicht besser unter Kontrolle hast, werde ich dir mit Vergnügen ein paar Tipps geben, wie du sie ruhigstellen kannst.“ Er wartete, bis Tanya ihren Arm aus Dominics Griff entwunden hatte und ihn energisch massierte. „Joy hat die Wette gewonnen. Sie hat bewiesen, dass sie in angemessenen Grenzen von Genauigkeit die Runen deuten kann. Ende der Show. Und jetzt komm mit, du kleiner Unruhestifter.“ Er hielt mir seine Hand hin. „Ich würde mich gerne mal unter vier Augen mit dir unterhalten.“

Ein Grinsen machte sich auf meinen Lippen breit, als ich den Ausdruck in seinen Augen sah. Darin lagen zum Teil Verzweiflung, zum Teil Begehren und dann noch etwas, das ich überhaupt nicht deuten konnte.

„Ich stimme zu, sie hat die Wette gewonnen", sagte Dominic. Er trat einen Schritt vor. „Aber sie wird mit mir kommen. Ich bin es, der sich mit ihr unterhalten will. *Unter vier Augen.*"

Die Art und Weise, wie er diese letzten Worte sagte, verursachte mir eine Gänsehaut am ganzen Körper.

„Tut mir leid, aber Raphael hat zuerst gefragt", sagte ich und ergriff die dargebotene Hand. „Aber selbst wenn nicht, gefällt er mir einfach besser. Danke für den Spaß, Leute. Roxy, vergiss nicht, deinen Gewinn zu kassieren."

Ich folgte Raphael von der Bühne hinunter – meine Hand lag noch immer in seiner – und dann den Gang entlang bis zum Zelteingang, bevor Tanya explodierte. Sie schrie Dominic wutentbrannt in mindestens drei Sprachen gleichzeitig an, warf sich auf ihn und beschimpfte und bedrohte ihn, bis Dominic ausholte und ihr eine Ohrfeige verpasste. Ich war ganz bestimmt keiner von Tanyas größten Fans, aber ich fand es gar keinen Fall richtig, wenn so ein Kerl sich das Recht nahm, eine Frau zu verprügeln. Ich drehte mich um und wollte zu Dominic zurückgehen.

„Lass sie in Ruhe!", raunte Raphael mir warnend ins Ohr. Der Griff seiner Finger um meine Hand verstärkte sich.

„Aber er schlägt sie", flüsterte ich zurück und zerrte an meiner Hand, um mich loszureißen. „Ich mag sie nicht, aber ich sehe bestimmt nicht tatenlos zu, wenn er sie zusammenschlägt."

„Sie war fast hysterisch vor Wut und völlig außer sich", sagte Raphael. „Er wollte ihr nicht wirklich wehtun."

Ich blickte wieder zurück und musste zugeben, dass Tanya tatsächlich komplett ausrastete. Sie tobte und raste immer noch, aber Dominic schlug sie nicht, er verteidigte sich lediglich gegen ihre Krallen. Allerdings warf er uns ein paar ziemlich unglückliche Blicke zu, als Raphael mich jetzt auf dem schnellsten Weg aus dem Zelt führte. Trotz allem musste ich ihm meine Anerkennung dafür zollen, dass er dablieb und sich weiter mit Tanya herumschlug. Christian und Roxy waren uns dicht auf den Fersen, gefolgt von dem schweigenden, aber trotzdem sehr gruseligen Milos.

„He, ist dir schon was aufgefallen – keine Katastrophen!", rief Roxy, während ich mit Raphael vom Zelt wegging. „Ich schätze, du wirst Miranda mitteilen müssen, dass sie sich bei dir doch geirrt hat. Obwohl das Meiste, was du das letzte Mal vorhergesagt hast, auch erst nach ein paar Tagen eingetroffen ist … Weißt du, vielleicht wäre das jetzt ein günstiger Zeitpunkt, um eine Erdbebenversicherung abzuschließen."

„Sehr lustig, hahaha! Wo geht ihr denn jetzt hin?" Ich machte mir Sorgen um Christian. Ich konnte mich immer noch nicht so richtig an den Gedanken gewöhnen, dass er sich für mich interessierte, und eigentlich wollte ich am liebsten glauben, dass sein Interesse auch nur reine Show war, so wie bei Dominic. Aber es lag eine Verletzbarkeit in seinen Augen, die zumindest einen kleinen Teil von mir davon überzeugte, dass es ihm ernst war. Wenn das tatsächlich so war, dann musste ich ihm auf jeden Fall klarmachen, dass es für uns keine gemeinsame Zukunft gab, und ihm gleichzeitig versichern, dass ich ihm alles Gute wünschte und wollte, dass er glücklich wurde. Ich weiß, dass das total abgedroschen klang, aber ich wollte wirklich gerne, dass wir Freunde blieben.

„Wir gehen zur Folterkammer", sagte Roxy rasch. Sie machte einen flinken Schritt zur Seite, als Milos hinter ihr ausrutschte. Dann ergriff sie Christians Arm und warf ihm einen bewundernden Blick zu. „Was meinen Sie dazu, Mr Dante, Sir? Sind Sie bereit für eine weitere Runde im Kerker mit mir? Ich bin vielleicht nicht die Frau, deretwegen du Raphael den ganzen Abend lang böse angestarrt hast, aber ich bin auch nicht zu verachten.“

Christian sah mich mit dunklen, unergründlichen Augen an. Ich widerstand dem Drang wegzuschauen und hob stattdessen herausfordernd das Kinn. Ich wollte unbedingt, dass er mich verstand. Schließlich wandte er sich Roxy zu und lachte, trotz der Spitze in ihrer Äußerung. „Du bist in der Tat nicht zu verachten, ganz im Gegenteil. Ich finde dich ganz bezaubernd und es wäre mir ein Vergnügen, dich noch einmal zur Folterkammer zu begleiten. Aber nur unter zwei Bedingungen.“

„Du möchtest von mir gefesselt werden und ich soll dir dann mit meiner Zunge schreckliche Qualen bereiten?“, fragte sie hoffnungsvoll.

Er lachte erneut. „Nein. Du musst mir nur erlauben, dir die Kerker des Drahaner Schlosses zu zeigen …“

„Oooh, echte Kerker!“, quietschte Roxy.

„… und diesmal bin *ich* mit der Peitsche im Bestrafungszimmer dran.“

Roxy kicherte und zog ihn zu dem Teil des Marktes, wo die etwas schrägeren Angebote lockten. Ich war einfach nur dankbar, dass er mir zum Abschied nicht noch einen seiner Märtyrerblicke zuwarf; ich fühlte mich schon schlimm genug als Quelle seiner unerwiderten romantischen Gefühle.

„Ich frage mich, ob es vielleicht an dem Wasser hier liegt“, überlegte ich laut, als ich mich nun wieder zu Raphael umdrehte, dessen Finger immer noch um meine geschlungen waren. „Ich kann dir sagen, das hab ich echt noch nie erlebt, dass sich mir so viele Männer zu Füßen werfen. Ist schon ein starkes Stück, diese Macht über euch normalsterbliche Männer zu haben!“

„Du musst ja schrecklich darunter leiden …“, erwiderte er und zog mich an sich. Er musste nicht sehr stark ziehen. Ich löste meine Finger aus seinen, damit ich endlich das tun konnte, wonach ich mich schon seit Tagen sehnte: durch seine Locken streichen.

„So, und jetzt rück mal mit der Sprache heraus“, ich lehnte mich gegen seinen langen, harten Körper, „weshalb wolltest du mit mir reden? Ich kann nur hoffen, dass du jetzt vorschlägst, dich mit mir irgendwohin zu verziehen, wo wir ganz unter uns sind, damit ich dir die Klamotten vom Leib reißen und dieses interessante Tattoo auf deinem Bauch ein bisschen genauer untersuchen kann.“

„Ich habe noch etwas zu erledigen“, antwortete er. Seine Augen wurden glasig, als meine Hand unter seinen Pullover glitt und seine Brust streichelte. „Die Besucherzahlen nähern sich unserer Schmerzgrenze und ich muss mich darum kümmern, dass die Security-Leute, die wir angeheuert haben, auch tatsächlich ihren Job machen.“

Als Belohnung für meine hingebungsvolle Forschungsarbeit stieß ich auf eine Brustwarze. Ich kniff sanft hinein und erfreute mich daran, wie seine Atmung auf einmal unregelmäßig wurde. „Es gibt so viele Männer, die Nippel-Sex nicht zu schätzen wissen“, kommentierte ich seine Reaktion. Dabei bewegte ich meine Hüften, sodass sie auf eine Art gegen seinen Körper stießen, die ihn hoffentlich die Besuchermassen vergessen lassen würden. „Ich bin so froh, dass du nicht zu ihnen gehörst, weil ich schon immer der Meinung war, dass sie ein ungeheuer erotischer männlicher Körperteil sind.“

Er schloss für einen Moment die Augen und stöhnte auf, als ich mit der Zunge seine Mundwinkel neckte. Dann spürte ich plötzlich seine Hände auf mir. Die eine legte er an meinen

Hinterkopf und zog ihn mit einem Ruck zurück, während er nahezu zeitgleich seinen Mund auf meinen presste. Er drang ein, er dominierte, er verlangte eine Reaktion und würde nicht eher ruhen, bis er meine bedingungslose Kapitulation erreicht hatte. Ich kapitulierte nur zu gerne, gab mich ihm hin und atmete den wunderbaren Raphael-Duft tief ein. Mit jeder Bewegung seiner Zunge brannte die Leidenschaft tief in mir noch stärker. Ich stöhnte vor Behagen und war drauf und dran, auch meine andere Hand unter seinen Pullover zu schieben, um meiner Lust so richtig freien Lauf zu lassen, als er den Kuss abbrach.

„He!", sagte ich, ziemlich enttäuscht, dass er so abrupt aufhörte.

„Später", antwortete er, mit einem Versprechen in den Augen, das meine Knie weich werden ließ. „Ich kann jetzt nicht, aber … *später*."

„Bei dir oder bei mir?", fragte ich. Ich fuhr mit meinem Finger über die üppige Linie seiner Unterlippe. Seine Augen loderten so heiß, dass ich befürchtete, sein Blick würde Brandspuren hinterlassen.

„Das ist mir ehrlich gesagt vollkommen egal, solange du einfach nur nackt bist."

„Ich mag Männer, die leicht zufriedenzustellen sind." Ich gab ihm einen flüchtigen Kuss auf die Nasenspitze. „Dann viel Spaß noch, wenn du den Kindern beim Spielen zuschaust."

Als ich mich gerade zum Gehen umwandte, hielt er mich auf, zog einen Schlüssel von einem Schlüsselbund und überreichte ihn mir. Ich salutierte damit vor ihm, schenkte ihm noch einen letzten wollüstigen Blick, nur um ihn wissen zu lassen, dass er der heißeste Mann auf Erden war, und machte mich davon, auf der Suche nach Roxy und Christian.

Roxy schob die Schuld für jede einzelne Katastrophe an diesem Abend auf mich. Sie behauptete, dass meine kataklysmatischen Kräfte Amok gelaufen wären.

„Ich wusste, du hättest die Finger von den Runensteinen lassen sollen“, murmelte sie, während sie ihre rußverschmierten Hände in einem Eimer Wasser wusch, der unter einem Wasserhahn stand. „Ich wusste gleich, dass so etwas passieren würde. Ich hab’s gewusst! Du kannst deine Katastrophen einfach nicht bei dir behalten! Du bist nicht kataklysmatisch, du bist kataklys*manisch*!“

„Ich bin für dieses Feuer nicht verantwortlich! Und vergiss bitte nicht, dass du diejenige warst, die mich überhaupt erst dazu gezwungen hat, die Runen zu befragen. Du hast mich angebettelt, du hast mich angefleht, du hast jeden einzelnen Cent, den du besitzt, auf mich gewettet, also selbst wenn mein Orakel aus irgendeiner Laune des Schicksals heraus für das Feuer am Kirlian-Fotostand verantwortlich war, wäre das Ganze *dein* Fehler und nicht meiner!“

„Aber meine Damen“, warf Christian ein. Seine Märtyrermiene wurde ein immer vertrauterer Anblick. „Es wird sich meiner Ansicht nach sicherlich herausstellen, dass das Feuer durch die Verkabelung zwischen der Aurakamera und dem Computer ausgelöst wurde. Während wir dabei waren, das Feuer zu löschen, konnte ich nicht umhin festzustellen, dass die Drähte weitaus stärker verschmort waren, als es bei einem einfachen Feuer der Fall sein sollte.“

„Wenn Joy beteiligt ist, gibt es so was wie ein einfaches Unglück nicht“, murmelte Roxy und nahm das Handtuch, das Christian ihr hinhielt, um sich die Hände abzutrocknen.

„Ich wäre dir wirklich dankbar, wenn du mit deinen Andeutungen aufhören könntest, dass alles, was schiefgeht, einzig und allein meine Schuld ist“, stieß ich zwischen zusammengebissenen Zähnen hervor. „Mit dem Feuer hatte ich genauso wenig zu tun wie mit den anderen Ereignissen dieses Abends."

„Du hast den Sänger von Six Inches of Slime ins Gesicht geschlagen und ihm die Nase gebrochen!"

„Ich hab ihn nicht geschlagen! Jedenfalls nicht absichtlich! Ich bin über ein Stromkabel gestolpert und auf ihn gefallen. Und zufällig befand sich seine Nase ausgerechnet da, wo meine Faust landete. Außerdem hatte er es verdient. Er hat mich angebaggert und konnte einfach nicht akzeptieren, dass ich Nein gesagt habe. Was sollte ich denn da machen? Vielleicht warten, bis er mich vergewaltigt? Weißt du, so langsam hab ich's echt satt, dass mich hier jeder Mann für Freiwild zu halten scheint."

„Ha! Und anderen wirfst du vor, sie wären eingebildet! *Jeder* Mann? Hältst du dich vielleicht für eine Art Sexgöttin, der kein Mann widerstehen kann?"

„Meine Damen, bitte …"

Ich ignorierte sowohl Roxy als auch Christian. „Und von wegen, ich hätte dem Trottel die Nase gebrochen – wenn er sich nicht geduckt hätte, hätte ich ihm eins aufs Auge verpasst statt auf die Nase, und dann hätte er mit seiner blöden Band weiterspielen können statt nach dem Onkel Doktor zu schreien. Wer konnte denn ahnen, dass er sich wegen so 'nem bisschen Blut anstellt wie ein kleines Baby? Ich dachte, Grufties stehen auf Blut und Schmerzen und Leiden! Also hätte mein vollkommen unbeabsichtigter Nasenstüber doch genau sein Fall sein müssen."

„Oh, verstehe", erwiderte Roxy mit ihrer widerwärtigsten Unschuldsmiene. Ich biss die Zähne noch fester zusammen. „Dann war es also gar nicht deine Schuld, dass das Publikum zu randalieren anfing und das Hauptzelt auseinandernahm, als Six Inches nicht weiterspielen konnte, weil ihr Sänger seine Nase ärztlich versorgen lassen musste? Und es war auch nicht deine Schuld, dass Raphael nicht da war und die Leute unter Kontrolle brachte, was ja eigentlich seine Aufgabe gewesen wäre, weil er nämlich damit beschäftigt war, dein Opfer ins Krankenhaus zu chauffieren, und somit Dominic die Leitung hatte, ein Mann, der eindeutig nicht die geringste Ahnung hat, wie man mit aufgebrachten Menschenmengen umgeht?"

„Es ist schließlich seine Veranstaltung, da sollte man doch davon ausgehen, dass er die nötigen Vorsichtsmaßnahmen trifft, damit alle diese Gruftis nicht gleich bei jeder Kleinigkeit ausrasten."

„Joy, Roxanne, ich verstehe ja, dass ihr beide wütend seid, aber das ist nicht der richtige …"

Meine Hände waren inzwischen trocken, also warf ich Christian das Handtuch zu. Roxy drehte sich um und sah mich an, ihre Hände in die Hüften gestemmt. „Er *hat* Vorsichtsmaßnahmen getroffen: Er hat Raphael eingestellt, der ja auch hier gewesen wäre, wenn du dich nicht an diesem armen Sänger vergriffen hättest."

„Roxy, ich schwöre dir, wenn du mir noch ein einziges Mal erzählst, dass ich dafür verantwortlich bin, dann …"

„Joy!"

„Solltest du nicht eigentlich unterwegs sein, um Ausschau zu halten nach meinem Vampir?", fragte ich Christian in scharfem Tonfall. „Wie wäre es, wenn du Milos im Auge behältst, um zu überprüfen, ob er zu den wandelnden Toten gehört?"

„Schrei ihn ja nicht an!", schrie Roxy, stellte sich vor ihn und fuchtelte aufgeregt mit den Armen herum. „Er ist schließlich ein berühmter Schriftsteller! Du kannst berühmte

Schriftsteller nicht einfach so anschreien! Außerdem ist er unschuldig. Er ist nicht derjenige, der …"

„Sprich es nicht aus!", warnte ich und drohte ihr mit erhobenem Zeigefinger. „Sprich es bloß nicht aus! Ich schwör dir, nach diesem Mist mit den Runen und Tanya und Dominic, die mir den ganzen Abend über nachstellen und versuchen, mich in die Ecke zu drängen, und mit diesem kleinen Blödmann mit der Nase aus Glas und nachdem wir ein Feuer mit Feuerlöschern bekämpfen mussten, die so ziemlich alles einsprühen außer dem Feuer, bin ich mit meiner Geduld am Ende!"

„Ist mir egal, du darfst Christian jedenfalls nicht anschreien!"

„Ich schreie an, wen ich will!"

„Du willst schreien? Gut. Dann schrei *sie* an!" Roxy zeigte auf jemanden hinter mir. Ich drehte mich um und erblickte Tanya, die mit derartig wut- und hasserfüllter Miene auf mich zugestapft kam, dass man sie auch aus hundert Metern Entfernung unmöglich übersehen konnte.

„Oh Gott!", fluchte ich vor mich hin. Mir war durchaus bewusst, dass sie in der Absicht kam, mich zur Schnecke zu machen, und ohne Raphael hatte ich nicht die geringste Chance, sie davon abzuhalten, mich durch die Mangel zu drehen.

Blitzartig stand Christian an meiner Seite. „Ich werde mich um sie kümmern", sagte er mit seiner wunderschönen Stimme, in der in diesem Augenblick allerdings eine derart aufrichtige Drohung mitschwang, dass es mir abwechselnd heiß und kalt den Rücken hinunterlief.

„Nein", erwiderte ich leise und bemühte mich zu lächeln. Ohne großen Erfolg. „Ist schon in Ordnung. Du weißt doch: Hunde, die bellen, beißen nicht. Sie würde es niemals wagen, so dämlich zu sein und mich in aller Öffentlichkeit anzugreifen. Sie wird mir sicher den ein oder anderen Fluch an den Hals wünschen, aber damit kann ich leben. Es macht mir nichts, wenn sie ihre Wut an mir auslässt, solange sie sich dann besser fühlt."

„Du!", knurrte Tanya. Sie kam immer näher, mit Augen so schwarz wie Kohle. Im Gegensatz zum frühen Abend, als sie praktisch mit Schaum vor dem Mund herumlief vor lauter Wut, schien sie jetzt völlig ruhig zu sein. Aber der Schein trog. Eine seltsame Gereiztheit umgab sie, so als wäre sie bis zum Rand mit mühsam zurückgehaltener Energie angefüllt, die sie jederzeit explodieren lassen könnte. „Diesmal bist du zu weit gegangen. Dafür wirst du büßen, davon kann ich dich versprechen. Du wirst deine Schicksal nicht entgehen."

„Ich war schon immer der Meinung, dass die Vorstellung, die Menschen wären ihrem Schicksal hilflos ausgeliefert, ein Haufen Bockmist ist", sagte ich freundlich. „Ich ziehe es vor, meine Zukunft selbst zu gestalten, vielen Dank."

Tanyas Lippe zuckte. Ihr ganzer Körper bebte. Sie ballte die Hände zu Fäusten. „Ich werde überhaupt nichts leidtun, was für dich kommt", brachte sie mit Mühe hervor.

„Wusstest du schon, dass dein Englisch voll den Bach runtergeht, je mehr du dich aufregst?", fragte ich. Ich legte den Kopf zur Seite und legte einen Finger an meinen Mund. „Es muss da eine direkte Korrelation zwischen Stress und dem Sprachzentrum deines Gehirns geben."

Sie beugte sich vor, bis sie nur noch wenige Zentimeter von mir entfernt war. Der Wind wehte ihr langes rotes Haar nach vorne, bis es mich streifte. Unwillkürlich wich ich zurück, denn es war mir unangenehm, mit irgendeinem Teil von ihr in Berührung zu kommen. Ihre Lippen verzogen sich zu einem bösartigen, hämischen Lächeln, das mich an ihrer geistigen Gesundheit zweifeln ließ. Ihre Stimme war jetzt nur noch ein raues Flüstern, das ausschließlich für meine Ohren bestimmt war. „Du wirst noch heute Nacht sterben. Ich hoffe, du hast gesagt deine Gebete."

„Du machst mir keine Angst, Tanya", flüsterte ich zurück. Hinter mir bewegte sich Christian, der unruhig zu werden schien, aber ich streckte eine Hand aus, um ihn davon abzuhalten, sich einzumischen. „Weißt du was? Ich fühle ganz ehrlich nichts als Mitleid für dich. Du wirst von deiner Wut und deinem Hass auf mich aufgefressen, weil du dir einbildest, dass ich auf deinen Posten scharf bin, aber die Wahrheit ist, dass du selbst dann nicht zufrieden wärst, wenn ich gleich morgen abhauen würde. Ich glaube, du solltest mal in dir selbst nach der Antwort auf die Frage suchen, was dich eigentlich derart unglücklich macht. Wie die Runen schon sagten, niemand wird glücklich, wenn er anderen die Schuld für das Unglück in die Schuhe schiebt, das er selbst verursacht hat."

„Ich werde glücklich sein erst, wenn du bist tot", versprach sie, dieses Mal laut genug, dass sowohl Roxy als auch Christian es hören konnten, so wie ein halbes Dutzend andere Leute in unserer Nähe. Einige drehten sich bei ihren Worten um, gerade rechtzeitig, um zu sehen, wie sie den Eimer mit dem schmutzigen Wasser packte und in meine Richtung schleuderte.

„Was zur …", brachte ich noch heraus. Dann stand ich sprach- und fassungslos da, wie gelähmt vom kalten Wasser, das mich voll ins Gesicht getroffen hatte. Ich blickte an mir hinunter und sah, wie trübes, rußiges Wasser über meinen Mantel und mein geliebtes Samtkleid lief und um die dazu passenden Ballerinas mit perlenbesetzten Riemchen Pfützen bildete.

Als ich endlich wieder in der Lage war, mehr als unzusammenhängendes Gestammel von mir zu geben, hatte Tanya sich längst wieder abgewandt und schritt davon. Ich konnte ihr nur noch ein paar ausgesuchte Schimpfwörter hinterherrufen. Die Leute, die um uns herum gestanden hatten, gingen rasch weiter, als ob es ihnen peinlich wäre, Zeugen einer solchen Szene geworden zu sein. Roxy packte meinen Arm und hielt mich davon ab, Tanya hinterherzulaufen und ihr Gesicht in den Schlamm zu drücken.

„Meine Güte, du siehst echt schrecklich aus. Komm, Rocky, wir bringen dich jetzt erst mal nach Hause und ziehen dir trockene Klamotten an, bevor deine nächste Runde mit der Hexe des mährischen Hochlands eingeläutet wird."

Christian gab mir ein Taschentuch, damit ich mir wenigstens das Gesicht abwischen konnte, und hörte nicht auf, mit leiser Stimme irgendwelche Sachen vor sich hin zu murmeln, die mich wohl beruhigen sollten.

„Nein, vielen Dank." Ich wischte und rubbelte, in der Hoffnung, den schlimmsten Dreck entfernen zu können. Dann lächelte ich Christian zu. „Ich werde das hier waschen lassen, bevor ich es dir zurückgebe. Wenn du nichts dagegen hast, dann ziehe ich mich jetzt zurück und werde sehen, dass ich diese nassen Klamotten loswerde."

„Ich komme mit dir", bot Roxy selbstlos an. Ich drückte kurz ihre Hand.

„Nicht nötig. Ich gehe noch nicht ins Hotel zurück. Ich werde mich in Raphaels Wohnwagen abtrocknen." Diese Worte waren zwar an Roxy gerichtet, aber meine Augen ruhten auf Christian. Er erstarrte kurz und sein undurchdringlicher Blick erforschte mein Gesicht.

„Bist du sicher?", erkundigte sich Roxy und sah zwischen mir und Christian hin und her.

Ich nickte. „Bin ich. Wir sehen uns dann morgen früh, okay? Christian, sind wir noch verabredet für die Kerkerbesichtigung morgen?“

Er schwieg einen Augenblick; sein Blick war verschleiert, als ob er nichts von sich preisgeben wollte. Doch dann bewegte er die Hand in einer eleganten Geste der Kapitulation. „Ich wäre entzückt. Ich habe am Vormittag noch etwas zu tun, aber wenn ihr nachmittags noch nichts vorhabt, werde ich euch mit größtem Vergnügen durch das Schloss führen.“

„Großartig.“ Ich lächelte und warf Roxy einen Blick zu, der sie ermahnte, sich anständig zu benehmen. „Dann bis morgen. Vielen Dank für deine Hilfe, ich weiß das wirklich zu schätzen.“ Aus lauter Übermut küsste ich ihn auf die Wange. Seine Hände umfassten meine Arme für einen winzigen Augenblick, bevor er mich wieder losließ.

Ich machte mich auf den Weg zu Raphaels Wohnwagen und drängelte mich durch die dichten Menschenmassen.

„Joy!“ Als Roxy meinen Namen rief, drehte ich mich um.

Sie kam auf mich zugelaufen, warf ein paar Teenagern mit Irokesenfrisur, die mein durchnässtes Ich mit offenem Mund anstarrten, einen bitterbösen Blick zu, bis sie sich abwandten, und zischte: „Du bist doch gut versorgt für heute Nacht, oder?“

Gut versorgt? Häh? „Was?“

Sie zog mich aus dem Menschenstrom zur Seite und begann in ihrer Handtasche zu wühlen. „Heute Nacht. Später. Du und Raphael. Hier, nimm das.“

Sie drückte mir eine Handvoll Kondome in die Hand.

„Roxy!“, rief ich schockiert aus. „Was machst du denn mit den ganzen Kondomen? Ich dachte, du wartest auf den Richtigen?“

„Ach was! Miranda hat doch gesagt, ich werde ihn noch in

diesem Monat treffen, also hab ich die mal für alle Fälle mitgenommen. Allerdings habe ich hier bis jetzt noch niemanden gesehen, der auch nur im Entferntesten der Richtige sein könnte, außer Christian, aber der ist nur auf dich scharf."

„Er ist nicht scharf auf mich, er ist nur einer von diesen Männern, die immer glauben, sie müssten das haben, was einem anderen gehört. Er meint es nicht ernst."

„Mmm. Dein Wort in Gottes Gehörgang. Hier ...", sie riss mir die Kondome aus der Hand und stopfte sie in meine Handtasche, „verwende sie mit meinem Segen."

Ich ignorierte ihr anzügliches Grinsen und stürzte mich wieder in die Menge, wobei ich mich genau wie einer dieser Lachse fühlte, die stromaufwärts schwimmen müssen, als ich mich nun von den Ständen und Zelten entfernte und auf die Wohnwagen zuging, die am anderen Ende der Wiese in einer Art Halbkreis standen.

Sicher hatte Raphael nichts dagegen, dass ich seine Bude dazu benutzte, mich abzutrocknen. Schließlich hatte er mir seinen Schlüssel gegeben; offensichtlich erwartete er, mich in seinem Wohnwagen vorzufinden, wenn er mit der Arbeit fertig war. Und ich wollte lieber hier als in meinem kleinen Hotelzimmer auf ihn warten oder gar weiter über den Platz laufen, wo ich jederzeit wieder auf Tanya treffen konnte. Von Dominic und seinen krakenähnlichen Fangarmen ganz zu schweigen. Oder dem obergruseligen Milos.

Eine halbe Stunde später saß ich warm und trocken in Raphaels Wohnwagen. Ich hatte eins seiner Sweatshirts an und mein Kleid, das ich so gut wie möglich mit einem Handtuch gesäubert hatte, hing über dem Stuhl. Mein Mantel war auf einem Stapel Zeitungen ausgebreitet. Meine Unterwäsche hatte ich diskret in meiner Tasche verstaut. Nach einer langen Debatte mit mir selbst über das „Höschen an oder aus"-

Dilemma war ich letztendlich zu dem Entschluss gekommen, dass „Höschen aus" Raphael zwar auf die Idee bringen könnte, ich gehörte zu jenen Frauen, die es auf die Art von Tätigkeit abgesehen haben, bei denen die Unterwäsche nur hinderlich ist, dass dies aber immer noch besser war, als in triefend nasser Unterwäsche herumzusitzen. Oder – noch viel schlimmer – als zu riskieren, dass er die triefend nasse Unterwäsche an mir entdeckte. Eklig!

Nachdem ich dieses überaus ernsthafte Problem gelöst hatte, kuschelte ich mich mit einer Decke und einem Buch in Raphaels Bett und widerstand heldenhaft der Versuchung, seine Besitztümer zu durchwühlen, um zu sehen, was ich so alles über ihn herausfinden könnte. Schließlich machte seine geheimnisvolle Art ja gerade einen Teil des Reizes aus, der unsere ganze Beziehung kennzeichnete – soweit sie bisher gediehen war. Ich konnte es kaum erwarten, all die vielen interessanten Kleinigkeiten zu entdecken, die diesen ungeheuer appetitliche Mann ausmachten.

Dieser Gedanke erinnerte mich daran, was Roxy mir in die Handtasche gesteckt hatte. Obwohl ich davon überzeugt war, dass Raphael auch in dieser Beziehung bestens ausgestattet war, hatte es schließlich keinen Sinn, ein Risiko einzugehen. Ich schaute mich also nach einem geeigneten Ort um, wo ich ein Kondom unterbringen könnte – außerhalb seiner Sichtweite, nur für den Fall, dass es nicht so lief, wie ich es mir erhoffte, und doch in greifbarer Nähe für den gegenteiligen Fall.

„Das Kissen!", sagte ich freudig erregt. Ich drehte mich um und wollte ein Kondom unter eines der Kopfkissen auf seinem Bett legen. Meine Hand zögerte über dem Kissen, das mir am nächsten war, dann hob ich es vorsichtig hoch.

Es lag keine Waffe darunter.

„Hmm.“ Ich sah unter dem anderen Kissen nach. Ebenfalls eine waffenfreie Zone. Also legte ich das Kondom darunter und lehnte mich zurück. Ich zog die Knie an meine Brust, sodass ich mein Kinn darauf abstützen konnte, während ich nachdachte.

Ich hatte seine Brust an meiner gespürt und mich eng an ihn geschmiegt, und er trug auch keine Waffe in einem Holster unter seiner Achsel. Also wo war sie? Ich blickte durch die offene Tür in den vorderen Teil des Wohnwagens und fragte mich, ob er sie irgendwo hier versteckt oder woandershin gebracht hatte.

„Wo wir schon dabei sind – warum muss er überhaupt eine Waffe haben?“ Meine Stimme klang schroff. Sie hallte von den Wänden des Zimmers wider – ein Eindringling in einem kleinen Zufluchtsort. Ich rutschte mitsamt meinem Buch unter die Decke, vergrub mein Gesicht in seinen Kissen und gab mich Raphaels einzigartigem Duft hin, von dem mir unweigerlich jedes Mal ganz schwindelig wurde.

Es fing genauso an wie beim letzten Mal.

*Geliebte*, hallte die Stimme in meinem Kopf wider. Ich bemühte mich verzweifelt aufzuwachen, kämpfte gegen die seidenen Fesseln, die mich an den Schlaf banden und davon abhielten, ins Bewusstsein zurückzukehren. Wieder schien mein Körper seltsam schwer und fremd zu sein und er reagierte nicht auf meine Bemühungen.

*Geliebte, kämpfe nicht dagegen an.* Er berührte mich und streichelte meinen Körper, auch wenn ich wusste, dass er gar nicht körperlich anwesend war. Wie konnte ich gegen einen Mann kämpfen, dessen Gedanken allein sich schon wie eine hauchzarte Berührung auf meiner Haut anfühlten? Ein Stöhnen entrang sich meiner Kehle, während ich mich mit aller Kraft bemühte, den geflüsterten Liebkosungen seiner Finger zu entkommen. *Es ist falsch*, schrie mein Verstand mich an. Jede einzelne Berührung seines Geistes war falsch! Ich musste ihm begreiflich machen, dass ich das, was er von mir wollte, bereits verschenkt hatte.

*Ich könnte dir nie wehtun. Du bist meine Auserwählte. Du darfst dein Schicksal nicht länger verleugnen.*

*Nein*, schrie ich in Gedanken. Er näherte sich mir. Ich konnte fühlen, wie er sich durch die Nacht bewegte, graziös, mächtig, ein zeitloser Jäger, erfüllt von der Wut endloser Qualen, der Nacht für Nacht den einen Menschen suchte, von dem er glaubte, dass er ihn retten könnte. Mich.

*Ich bin es nicht*, widersprach ich ihm. *Ich gehöre nicht zu dir. Es ist falsch. Es wird für uns beide nichts als Leid bedeuten, wenn du nicht sofort damit aufhörst.*

*Ich könnte dir niemals wehtun, Geliebte.*

Schluchzend rief ich Raphaels Namen. Ich kämpfte weiterhin darum, mich aus der Macht des Dunklen zu befreien, fest entschlossen, ihm zu entkommen und die Kontrolle über meinen eigenen Körper wiederzuerlangen. Allein bei dem Gedanken daran, was geschehen würde, wenn der Dunkle tatsächlich zu mir kam, überlief mich eine Gänsehaut. Ich würde seine Verdammnis teilen müssen – dessen war ich mir ebenso sicher, wie ich wusste, dass die Sonne jeden Morgen aufging, um die Schrecken der Nacht zu vertreiben.

„Du bist schöner als jede Frau, die ich je gesehen habe." Hitze umgab mich, erfüllte mich, entfachte Verlangen in mir, in ihm.

*Geliebte.*

*Raphael!*, erwiderte ich. Ich wehrte mich mit dem letzten Rest an Kraft, den ich noch besaß.

Eine Wärme, eine Präsenz, die ich in der Vision der letzten

Nacht nicht gespürt hatte, umgab mich. „Du duftest nach Blumen, aber du schmeckst nach Himmel.“ Flammen loderten an meinem Rücken empor und setzten mich in Brand. Ich versuchte verzweifelt, den Flammen zu entfliehen, aber die Macht, die der Dunkle über mich besaß, war zu groß.

„Ich habe den ganzen Abend an dich gedacht, an das hier gedacht. Du bist mir nicht eine Sekunde lang aus dem Kopf gegangen. Wir sind füreinander bestimmt. Alles an dir ist perfekt, perfekt für mich. Du bist mein.“

Er kam näher. Er hatte mich schon fast erreicht.

*Wir werden für alle Zeit zusammen sein, meine Geliebte.*

*Nein!*

„Sag es. Sprich die Worte aus. Ich will sie aus deinem Mund hören.“ Das Feuer verzehrte jetzt auch die Vorderseite meines Körpers, brannte sich durch Fleisch und Muskeln und Knochen; mein Blut verkochte, bis von meinem wahren Ich nichts mehr übrig war. Was noch übrig blieb, war Liebe.

„Raphael!“

„Mmm. Ich dachte schon, du willst gar nicht mehr aufwachen.“

Ich öffnete die Augen. Raphaels bernsteinfarbener Blick brannte sich in meinen, nur Sekunden, bevor er seinen Mund fordernd auf meinen drückte. Ich gab mich ihm ganz hin, gab ihm alles, was mich ausmachte, und empfing im Gegenzug ihn.

Ein seelenloser Schrei unendlicher Pein zerriss das Gefüge der Nacht und trieb mir die Tränen in die Augen, selbst wenn ich wusste, dass ich nichts für den Dunklen tun konnte.

„Joy?“

Ich öffnete erneut die Augen und lächelte angesichts der Sorge in Raphaels wunderschönen Augen. „Hallo, Bob.“

„Du bist einen Moment lang ganz starr und steif gewesen.“

Ich ließ es zu, dass sich mein Mund zu einem wissenden Lächeln verzog, und schmiegte mich an ihn. „Ich bin allerdings nicht das Einzige, was steif ist."

„Frechdachs!" Er grinste und senkte seinen Kopf, um mich erneut zu küssen. Das Gefühl seiner warmen Haut auf meiner, ihn zu schmecken, zu spüren, wie sein Körper den meinen auf das Bett drückte, bekräftigte mein Wissen, dass dies das Richtige war, dass es genauso sein sollte. Seine Gegenwart vertrieb den Albtraum. Ein winziger Funke von Schuld entflammte bei dem Gedanken, dass ich eigentlich nicht mit Raphael das Leben genießen sollte, während ein anderer unendliche Qualen litt, aber der aufrichtige Teil meines Verstandes löschte jegliches Schuldbewusstsein aus, wohl wissend, dass sich einige Dinge einfach meiner Kontrolle entzogen.

Ich saugte an Raphaels Zunge, die meine Zähne erkundete, und ließ meine Hände über die Muskeln seiner Schultern hinweg seinen Rücken hinabgleiten.

„Du bist nackt", sagte ich, als wir unseren Kuss kurz unterbrachen, um Luft zu holen.

Er lehnte sich zurück und blickte auf mich herunter; dabei zog er mit einem Finger eine Linie von meinem Schlüsselbein zwischen meinen Brüsten hindurch zu meinem Bauch hinunter, bis er mit einem sanften Kitzeln an den Pforten meines eigenen kleinen Paradieses endete. „Tja, Baby, genau wie du."

Ich schmolz dahin, bis von mir nichts als eine schmalzige Pfütze übrig geblieben war. *Baby.* Es war gar nicht das Wort, es war die Art, wie er es sagte.

„Ich hab auf dich gewartet. Irgendwie dachte ich, dass ich dir so am besten gefallen könnte."

Er beugte sich vor und schmiegte seine Wange an meine Brust. Ein Hauch von Bartstoppeln kitzelte meine Haut auf eine Art und Weise, die ich noch nie zuvor gefühlt hatte. Überrascht und entzückt sog ich tief die Luft ein.

„Du kannst eindeutig Gedanken lesen."

„Und das merkst du jetzt erst?" Ich lachte – bis sich seine Lippen um meine Brustwarze schlossen und sich mein Lachen in ein Aufstöhnen verwandelte. „Okay, das gefällt mir", gab ich zu. Dabei fragte ich mich, warum um alles in der Welt meine Stimme eine Oktave höher als gewöhnlich klang.

Raphael leckte lange und genüsslich über meine Brust, bevor er wieder von ihr abließ. „Mir auch", brummte er. Seine Stimme wurde noch tiefer, als er sich anschließend meiner anderen Brust widmete. „Na so was, hier ist ja noch eine!"

„Ja", stieß ich mühsam hervor. Ich schaffte es kaum noch, Luft in meine Lungen zu befördern. Es war schier unmöglich zu atmen, während sein Mund mich berührte, also gab ich den Versuch auf und konzentrierte mich einfach auf das, was er gerade tat. „Die hebe ich für Notfälle auf. Man weiß nie, wann man mal eine Ersatzbrust brauchen könnte, hat meine Mutter immer gesagt. Und damit hatte sie recht. Ich bin überglücklich, dass ich sie in weiser Voraussicht mit auf die Reise genommen habe."

„Noch dazu, wo sie in solch einem ausgezeichneten Zustand ist." Raphaels Zähne schlossen sich sanft um meinen Nippel. Ich gab ein Schnurren von mir und bäumte mich auf, um ihm sein Tun zu erleichtern. „Rund und fest und voll."

„Du schaust wohl … zu viel … Fernsehen." Ich keuchte, als er eine Spur heißer, feuchter Küsse über meinen Bauch zog. Ich hatte eine leise Ahnung, wohin diese Spur führen würde, und auch wenn ich die zärtlichen Bisse und Küsse, die er auf seinem Weg hinterließ, überaus genoss, fand ich doch, es sei besser, ihn aufzuhalten, bevor er zu weit ging. „Äm, Raphael? Du wirst doch nicht … ich meine, du hast doch nicht vor … äm … du *weißt* schon, mit deiner Zunge da unten Tango zu tanzen?"

Er biss mich in die Hüfte und küsste schnell den Schmerz weg, während er meine widerstrebenden Beine auseinanderschob und sich zwischen ihnen niederließ. „Und ob. Ich nehme an, du hast nichts dagegen."

Sein dunkles Haupt beugte sich wieder hinunter und arbeitete sich mit heißen Küssen meinen Oberschenkel hinauf.

„Äh, eigentlich doch."

Er blickte auf. „Wirklich?"

„Ja." Ich nickte. „Es ist nichts Persönliches. Ich mag es einfach nicht. Also, wenn du damit einverstanden bist, dann überspringen wir die Vorspeise jetzt einfach und kommen gleich zum Hauptgang …" Ich griff unter das Kopfkissen und zog das kleine Plastikpäckchen hervor. „Ich hab mein eigenes dabei, nur für den Fall, dass du keine dahast."

Er blickte das Kondom, das ich ihm überreichte, stirnrunzelnd an und gab es mir zurück. „Was meinst du damit, du magst es nicht?"

Ich machte eine vage Geste mit dem Kondom. „Ich mag es einfach nicht, das ist alles. Ich hab's ausprobiert und ich mag es nicht, und da es für dich da unten vermutlich nicht so wahnsinnig aufregend ist, hast du sicher nichts dagegen, dass wir das einfach überspringen."

Er schüttelte den Kopf. Seine Locken streiften meine Schenkel dabei, sodass es sich anfühlte, als ob kleine Flammen an ihnen emporloderten. „Und ob ich was dagegen habe. Ich verstehe nicht, wie du sagen kannst, es gefällt dir nicht, wenn du es noch gar nicht ausprobiert hast."

Ich runzelte die Stirn. „Ich habe es ausprobiert."

„Nicht mit mir!"

„Na ja, das muss ich doch wohl auch nicht unbedingt,

oder? Ich meine, das ist doch wohl mit jedem so ziemlich dasselbe."

Jetzt runzelte *er* die Stirn. „Ganz und gar nicht. Ich bin zufälligerweise sehr gut darin, wie man mir schon versichert hat, also erzähl mir bitte nicht, dass es dir nicht gefällt, und lass mich einfach meinen Job machen, dann wirst du schon sehen."

Ich holte tief Luft. „Hör mal, meinst du nicht, du könntest vielleicht zu mir hochkommen, wenn wir das ausdiskutieren? Ich fühle mich schon, als ob ich mit meinem Frauenarzt rede, wenn du dein Gesicht mitten in meiner Weiblichkeit vergräbst. Ich meine, das ist schließlich wahrhaftig nicht der attraktivste Abschnitt meines Körpers, deshalb wäre es mir lieber, du würdest nicht da unten hocken und diesen Teil von mir anstarren."

Daraufhin blickte er erneut auf die fragliche Stelle. Ich packte seinen Kopf und zog ihn hoch. „Sieh mich da nicht an! Ich hab dir doch gesagt, du sollst da nicht hinschauen, und jetzt machst du es doch!"

Er hob eine Augenbraue und löste meine Hände behutsam von seinem Kopf. „Du bist die erste Frau, die ich kenne, die einen Minderwertigkeitskomplex wegen ihrer Genitalien hat."

„Ich hab überhaupt keinen Minderwertigkeitskomplex!", fauchte ich. Langsam, aber sicher verlor ich die Geduld, da er offensichtlich gar nicht daran dachte aufzuhören, mir zwischen die Beine zu glotzen. Er tat es schon wieder! Er starrte mich an, als ob er erwartete, dass jeden Moment Bugs Bunny herausspringen und anfangen würde zu tanzen. „Ich mag es einfach nicht, wenn jemand zwischen meinen Beinen sein Lager aufschlägt und die Aussicht bewundert, klar?"

„Joy."

„Was?“

„Lehn dich einfach zurück und schließ die Augen.“

„Nein.“

„Ja.“

„Ich trau dir nicht. Du wirst die Gelegenheit ausnutzen und gucken.“

„Ich werde meine Augen auch schließen.“

„Versprochen?“

Er seufzte. Sein Atem wehte warm über all diese wunderbar empfindsamen, wenn auch leider unansehnlichen Teile meines Körpers. „Ja, ich verspreche es. Und jetzt tu, was ich dir sage. Ich werde nichts machen, was du nicht magst, in Ordnung?“

„Daran werde ich dich erinnern“, warnte ich ihn. Dann legte ich mich wieder hin, so nervös wie eine Nonne im Freudenhaus.

Er antwortete nicht, sondern rieb bloß seine Wange an der Innenseite meiner Schenkel entlang. Sein Dreitagebart gerade rau genug, um meine Haut zum Prickeln zu bringen, genau wie eben bei meinen Brüsten.

„Fühlt sich das für dich gut an?“, fragte er.

„Ja. Sind deine Augen geschlossen?“

„Ja.“ Wieder rieb er mit seiner Wange über meinen Oberschenkel, bevor er sich mit zahllosen Küssen einen verschlungenen Pfad in höher gelegene Regionen bahnte. „Mir gefällt es auch. Du schmeckst süß und deine Haut ist so weich, wie Satin.“ Jetzt küsste er den anderen Schenkel, leckte und knabberte an meiner Haut auf seinem Weg nach Norden. Meine Beine wurden immer verkrampfter, je weiter er sich der Pforte näherte. „Entspann dich, Baby. Du wirst es mögen, das verspreche ich dir. Du bist so heiß, ich weiß genau, dass du innerlich schon glühst.“

Laut aufstöhnend umklammerte ich einen Großteil der Decken, als er jetzt behutsam mit einem Finger in mich eindrang.

„Du *bist* heiß. Du bist heiß und seidig und fast bereit für mich."

„Hast du vor, jede deiner Handlungen nachzuerzählen?", erkundigte ich mich und spähte meinen Bauch entlang zu ihm hinunter. „Müssen wir uns wirklich die kommentierte Version des Oralsex antun?"

Er grinste, als er mich nun sehr sanft und sehr zärtlich zwischen den Beinen küsste. „Ich dachte, es hilft dir vielleicht, wenn du weißt, wie sehr ich das Ganze genieße."

„Oh. Okay. Na gut. Ich wollte nur mal fragen, falls wir später vielleicht noch ein Quiz zu diesem Thema veranstalten."

Er grinste erneut. Sein Finger zog sich zurück, nur um gleich darauf mit einem seiner Kumpels zurückzukehren.

„Oh mein Gott!", stöhnte ich. Ich fragte mich ernsthaft, wie lange es ein Mensch wohl aushalten konnte, ohne Luft zu holen. Das unbeschreibliche Gefühl seiner Finger, die mich liebkosten und erforschten, war etwas, das ich noch nie in meinem Leben verspürt hatte. Es war warm und vertraut und gemeinsam mit den zarten Küssen, die er jetzt einem überaus empfindsamen Punkt schenkte, absolut überwältigend.

„Das gefällt dir, stimmt's?" Langsam glitten seine Finger aus mir heraus und stießen mit einem Ruck wieder in meine feuchte Höhle. Mein Unterleib wölbte sich nach oben und um ein Haar hätte ich die Nationalhymne angestimmt.

„Ach, Baby, wir fangen doch gerade erst an. Es gibt noch so viel, was wir ausprobieren müssen. Mal sehen, wie dir das hier gefällt ..."

Sein Kopf tauchte erneut unter und drückte sich an das

erhitzte Zentrum meiner Lust. Seine Zunge ersetzte nun seine Finger; sie streichelte und neckte mich und schob sich heiß und feucht durch meine Venuslippen bis zum Hotspot. „Du schmeckst himmlisch“, stöhnte er in mich hinein. Seine Finger glitten in einem sich nach und nach steigernden Rhythmus rein und raus. Seine Zunge passte sich diesem Rhythmus an, bis mein ganzer Körper im selben Rhythmus bebte – rascher und rascher, bis ich mir sicher war, dass eine Steigerung einfach nicht mehr möglich war. Doch es war möglich und er ließ es geschehen.

„So ist es richtig, Baby, lass dich einfach gehen, ich bin bei dir.“

Und das war er. Er war in meinem Herzen und in meiner Seele, in meinem Blut, in jedem meiner Atemzüge, in jedem Gedanken, in jedem meiner Wünsche. Der Höhepunkt war so intensiv, dass er mich im Innersten erschütterte, und hinter meinen geschlossenen Augenlidern explodierte ein Feuerwerk der Ekstase, als ich mich aufbäumte und seinen Namen stammelte.

Als ich wieder zu mir kam – ungefähr fünf bis sechs Stunden später, meiner genauesten Schätzung zufolge –, lag er zwischen meinen Beinen, den Kopf aufgestützt, mit einem extrem selbstzufriedenen, extrem machomäßigen Grinsen auf seinem Gesicht. Eine Augenbraue fuhr in die Höhe. „Also, das hat dir wohl nicht so besonders gefallen, nehme ich an?“

„Für diesen Kommentar“, sagte ich, als er über meinen Körper hinweg nach oben krabbelte und sich neben mir ausstreckte, „wirst du noch büßen!“

„Ist das ein Versprechen oder eine Drohung?“, fragte er dreist.

„Beides“, erwiderte ich, stieß ihn um, sodass er auf dem

Rücken landete, lehnte mich über ihn und küsste ihn. „Hmm. Anders."

„Ich liebe deinen Geschmack", er grinste, „heiß und süß und besser als jeder Dauerlutscher."

Ich biss ihn in die Nasenspitze, während ich meine Hand über seinen mächtigen Brustkorb gleiten ließ. „Ich bin sicher, ich werde dieses Kompliment erwidern können."

„Das hoffe ich sehr, aber ich glaube nicht, dass ich in der Lage bin, so lange zu warten." Er lehnte sich zu dem eingebauten Nachtschränkchen hinüber, zog die Schublade auf und zog eine blaue Schachtel heraus.

„Das geht auf mich", sagte ich und schnappte mir mein Kondom, das sich unter seine Hüfte verirrt hatte. Nachdem ich ihm einen kleinen Knutschfleck verpasst hatte, so wie er mir vorhin, rutschte ich ein Stück nach unten und gestattete mir endlich, dem Verlangen nachzugeben, das mich plagte, seit ich ihn zum ersten Mal nackt gesehen hatte.

„Tattooooo!", gurrte ich und leckte darüber. Seine Bauchmuskeln zogen sich zusammen. Ich lächelte mein besonders unartiges Lächeln und senkte den Kopf, um an der eintätowierten Sonne auf seiner Haut zu saugen. Ich genoss es, wie sich seine Atmung beschleunigte, als mein Haar seine Erektion streifte.

Und Mannomann, war das eine Erektion! Sie prallte an mein Ohr. Ich hörte auf, sein Tattoo abzulutschen, und widmete ihr einen eingehenden, langen, kritischen Blick. Live und in Farbe sozusagen.

„Äm", sagte ich.

„Hier", er stieß mich mit der Schachtel sanft an die Schulter. „Würdest du mir wohl die Ehre erweisen oder soll ich es lieber selbst machen?"

Ich fuhr mit meiner visuellen Erkundung fort. „Äm."

„Baby, so sehr es mich auch antörnt, wenn du mich so anstarrst, ich halte nicht mehr lange durch und so langsam wird es schmerzhaft."

Ich warf ihm einen letzten Blick zu und begann mein Kondom zu öffnen. „Tut mir leid. Ich zieh dir das hier schnell über und dann kannst du sofort eintauchen." Ich blickte zurück auf den fraglichen Körperteil. „Vorausgesetzt natürlich, du passt hinein."

„Joy, nimm lieber die hier. Dein Kondom wird reißen, wenn wir versuchen, es zu benutzen."

„Häh?" Ich las die Aufschrift auf der Schachtel, die er mir unter die Nase hielt: *L'Homme Grand – Für Männer, die es größer lieben.* Ich blickte wieder auf seinen Penis und versuchte, seine Größe mit den Augen zu messen. „Weißt du was, ich glaube, wir sollten uns darüber mal ein bisschen unterhalten. Ich glaube, du bist besser ausgestattet als jeder andere Typ, mit dem ich zusammen war. Viel besser ausgestattet. Ich weiß, ich hab gesagt, größer ist besser, aber es gibt für alles eine Grenze. Du hast wohl nicht gerade ein Lineal griffbereit?"

Raphael stöhnte und fluchte, seine Augen fest geschlossen. „Joy, bitte, zieh mir einfach das Kondom über oder lass es mich tun. Ich glaube ehrlich, dass ich es nicht mehr lange ertrage."

Ich zog eines seiner Kondome heraus, riss die Verpackung auf und begann es ihm überzurollen. Ich rollte und rollte und rollte. Bei jedem Handgriff wuchs meine Sorge. Raphael zuckte und stöhnte und stieß Stoßgebete aus, es möge ihm vergönnt sein, diese Erfahrung zu überleben.

„So, jetzt sitzt es", sagte ich endlich. Raphael holte tief Luft, warf sich dann mit einer einzigen, geschmeidigen Bewegung herum und machte es sich zwischen meinen Beinen bequem. Er stützte sich auf die Ellbogen und begann mich so zu küssen, dass sich mein Verstand verabschiedete.

„Warte mal kurz!“, rief ich, als ich fühlte, wie die Spitze seines Penis in mich eindrang.

„Jetzt? Du willst, dass ich *jetzt* warte?“, fragte er mit einem Anflug von Verzweiflung, wie ich fand.

„Ja, jetzt. Ich möchte etwas sagen.“

„Muss das denn sein?“ Er drang ein kleines Stückchen tiefer ein. „Kann das nicht bis später warten? Dann höre ich dir mit dem größten Vergnügen zu und du kannst mir alles erzählen, was du nur willst.“

„Nein! Jetzt gleich!“ Ich drehte und wand mich vorsichtig. „Du bist zu groß! Es tut mir leid, Raphael, ich hasse es, dir das anzutun, wo du dich doch extra in Schale geworfen hast und alles, aber du bist einfach zu groß. Du musst mir vertrauen, ich kenne meinen Körper und der ist einfach nicht in der Lage, so einen rie…“

Mit einem Stöhnen, das klang, als ob es aus den tiefsten Tiefen seiner Seele kam, glitt er in mich hinein.

„Heilige Jungfrau Maria und alle Heiligen“, quietschte ich, als er sich kurz zurückzog und dann erneut nach vorne drängte.

„Oh Baby, du bist so eng. So heiß und eng.“

„Aaaaiiiiieeeeeeee!“ Er drang noch tiefer in mich ein. Seine Lippen knabberten an meinen, bis ich den Mund öffnete. Mein Becken bäumte sich auf und kam ihm entgegen, als er immer tiefer eindrang. „Du liebe Güte, ist das jetzt alles?“

„Nur noch ein kleines Stuckchen“, stöhnte er. Ich spürte seinen Atem heiß und unregelmäßig auf meinen Lippen, an denen er nach wie vor knabberte und saugte. Dann packte er mich unversehens an den Hüften und seine Zunge tauchte tief in meinen Mund ein, während er zustieß, mich ausfüllte, vervollständigte; unsere Körper verschmolzen, bis wir eine Einheit bildeten.

„Baby, ich halt's nicht mehr lange aus", stöhnte Raphael in meinen Mund. „Sag mir, wenn du so weit bist. Sag mir bitte, es ist gleich so weit. Oh Gott, du bist so verdammt eng."

„Jetzt, Liebster, jetzt." Ich biss in seine Schulter, reckte ihm die Hüften entgegen, er stieß tief in mich hinein und stöhnte bei jedem Stoß. Ich legte meine Beine um seine Hüften und zog meine Fingernägel über seinen Rücken; ich knabberte an seinem Hals, an der Stelle, an der sein Blut wie verrückt pulsierte. „Komm jetzt zusammen mit mir, Liebste."

Er bog den Rücken durch und seine Finger gruben sich tief in meine Hüften. Er hob mein Becken an und stieß wieder und wieder in mich, bis ich glaubte, vor lauter Entzücken über die Vereinigung unserer Körper ohnmächtig zu werden. Dann warf er den Kopf nach hinten, während sein heißes Glied tief in mir zuckte und pochte. Er brüllte seine Eroberung gen Himmel, wo sein Schrei sich mit meinem genussvollen Seufzen vereinte.

Dann brach er über mir zusammen. Wir waren beide schweißbedeckt, keuchten nach Luft und unsere Herzen schlugen wie verrückt. Das war der Mann, auf den ich gewartet hatte, dachte ich, während ich sanfte Küsse auf seine dunklen Locken drückte. Ich war so sicher für ihn geschaffen wie er für mich. Daran konnte nicht der geringste Zweifel bestehen. Ich streichelte seinen feuchten Rücken und genoss das Gefühl, seinen Körper auf meinem zu spüren. Wir ergänzten uns so perfekt wie zwei Hälften eines Ganzen.

„Bin ich zu schwer für dich?", fragte er nach einer Weile. Seine Stimme klang dumpf, da er in meine Schulter hineinsprach.

„Ja", sagte ich und massierte die wunderbaren Rundungen

seines Hinterns. „Aber es fühlt sich toll an. Ich mag es. Ich mag es, wie sich unsere Körper aneinanderschmiegen. Nur gut, dass ich so groß bin. Ich fürchte, eine Frau, die so zierlich ist wie Roxy, würdest du glatt zerquetschen."

„Sag mir Bescheid, wenn ich zu schwer für dich werde", sagte er undeutlich. „Ich glaube nicht, dass ich die Kraft habe, mich zu bewegen, aber ich habe eine Frage."

„Mmm?" Ich küsste seine salzig schmeckende Schulter.

Er stützte sich auf einen Ellbogen auf. Langsam breitete sich ein träges Grinsen auf seinem Gesicht aus. „Wolltest du nicht irgendetwas dazu sagen, dass ich zu groß wäre, oder so?"

„Du Riesenhornochse!" Ich tat so, als sei ich wütend, und versetzte ihm einen Stoß. Mit einem Seufzen glitt er aus mir heraus, rollte auf den Rücken und zog mich an sich, bis ich dicht an seine Seite geschmiegt dalag. Ich kitzelte das Tattoo auf seinem Bauch und musste kichern, als er bei meiner Berührung aufstöhnte. Er küsste mich so lange, bis ich mich ihm ergab. Schließlich wandte er sich einen kurzen Moment von mir ab, um sich aufzusetzen und das Kondom abzuziehen.

„Verdammt!", sagte er. Dieses Wort reichte aus, dass ich sofort aufhörte, meine Beine gegen seine zu reiben.

„Was ist los?" Ich setzte mich ebenfalls auf, um nachzusehen. Als er sich zu mir umdrehte, spiegelten sich Bestürzung, Verlegenheit und ein Hauch von „Was jetzt?" auf seinem Gesicht.

„Ich hab das Kondom zum Platzen gebracht."

Ich blinzelte. „Ich schätze, ich werde in Zukunft vorsichtiger sein mit dem, was ich mir wünsche."

# 12

Auch im Ruhezustand waren Raphaels hängende Körperteile ein eindrucksvoller Anblick. Ich staunte erneut darüber, dass er tatsächlich in mich hineingepasst hatte, aber da es nun mal so war und wir den Anpassungsprozess alle beide ausgesprochen genossen hatten, würde ich mich ganz bestimmt nicht beschweren. Ich blickte auf, um zu sehen, ob ich ihn aufgeweckt hatte, während ich mich auf dem Bett ein Stück nach unten bewegte, aber er lag nach wie vor auf dem Rücken über das ganze Bett ausgebreitet; der eine Arm lag angewinkelt über seinem Kopf, der andere in Richtung Wand ausgestreckt. Seine Brust hob und senkte sich in regelmäßigen Abständen. Das Tattoo auf seinem Bauch rief mir in Erinnerung, dass dieser Mann, der mein Herz erobert hatte, verborgene Tiefen besaß.

„Dein Besitzer schnarcht vielleicht nicht, aber dafür macht er sich ganz schön breit", erzählte ich seinem Penis, während ich mit den Fingerspitzen über seine ganze weiche, samtige Länge strich. Ich verbrachte meine Nächte nicht oft mit einem Mann, aber die wenigen Male, die es dazu gekommen war, hatte ich nicht mehr oder weniger unter meinem Bettpartner eingequetscht schlafen müssen, während sein Arm und sein Bein mich festhielten und mit seiner Wärme umschlossen. „Es ist ja keine schlechte Art zu schlafen, ganz bestimmt nicht", fügte ich hinzu, fest entschlossen, fair zu bleiben. „Ich habe mich auf jeden Fall sehr sicher gefühlt, beschützt vor Plünderern oder Wölfen oder so. Trotzdem muss ich sagen, dass er sich wirklich verdammt breitmacht. Andererseits gibt es nun mal so schrecklich *viel* von ihm, also sollte das keine Überraschung sein, schätze ich."

Ich tätschelte Mr Happy noch einmal und schob ihn dann etwas zur Seite um die lange Linie von Raphaels Beinen zu bewundern. Ich streichelte über den ausgeprägten Oberschenkelmuskel. Seine Haut fühlte sich wie allerweichster, über Stahl gezogener Samt an. Ich beugte mich vor, um von ihm zu kosten, bedeckte die Innenseite seines Schenkels mit einer ganzen Reihe keuscher Küsse und hörte erst auf, als er etwas vor sich hin murmelte und sein Bein bewegte.

„Von wegen", flüsterte ich, als er damit meinen Arbeitsbereich verkleinerte. Ich brachte sein Bein behutsam zurück in die Lage, in der ich es haben wollte; dann kletterte ich über ihn hinweg, bis ich zwischen seinen Schenkeln auf dem Bauch lag und meine Beine über meinem Po in der Luft auf und nieder schwangen, während ich die Aussicht genoss. „Schenkel Nummer eins und Schenkel Nummer zwei oder Big Jim und die Zwillinge? Ha! Das klingt wie eine nicht jugendfreie Version von Dr. Seuss."

Ich entschied, dass das, was bei mir funktioniert hatte, vermutlich auch bei ihm funktionieren würde, also presste ich meinen Mund gegen die samtene Wärme seiner Schenkel und küsste und knabberte mich so lange sein Bein empor, bis ich in eine Sackgasse geriet. Raphael bewegte sich und murmelte wieder irgendetwas im Schlaf, aber ich sorgte dafür, dass seine Beine da blieben, wo ich sie haben wollte, und lächelte in niederträchtiger Absicht das vor mir liegende Objekt an. Ich rutschte nach vorne, bis ich vor ihm kniete. Mit meinen Händen strich ich über seine Beine nach oben, lehnte mich nach vorne und gab ihm einen kleinen Stups, damit er aufwachte.

Das tat er. Und zwar alles an ihm.

„Oh Baby, ich dachte, ich träume“, stöhnte er. Die Muskeln in seinen Beinen spannten sich an, als ich mit meiner Zunge über die sensible Unterseite seines nun nicht mehr länger hängenden Körperteils fuhr. Er hob den Kopf, um mir dabei zuzusehen, wie ich mich über ihm auf und ab bewegte und dabei so stark an ihm saugte, wie er meiner Vermutung nach gerade noch ertragen könnte. „Es ist wahr, ich träume tatsächlich“, krächzte er. Dann verdrehte er die Augen und sein Unterleib bäumte sich auf.

„Du bist nicht der Einzige, der darin gut ist“, verkündete ich mit einiger Selbstgefälligkeit in der Stimme.

„Neiiinnnn!“, stimmte er zu. Sein Körper war von einer dünnen Schweißschicht überzogen, als ich alles daransetzte, ihn seine Kontrolle verlieren zu lassen.

Etwas später erklärte ich ihm, wie wichtig es mir war, einen Job richtig zu machen.

„Das kann man wohl sagen“, sagte er von seinem Platz auf dem Fußboden aus, wo er inmitten eines Durcheinanders aus Decken lag und keuchend nach Luft rang.

Ich legte mich auf den Bauch und blickte über den Bettrand hinweg auf ihn hinunter. „Wie kommt es, dass du da unten gelandet bist, wo ich doch hier oben liege? Haben wir nicht beide am selben Platz angefangen?“

„Zauberei“, stieß er schnaufend hervor. Er wurde immer noch von kleineren Nachbeben erschüttert. Ich lächelte und hätte gerne noch eine Bemerkung zu der Zauberei hinzugefügt, die er bei mir angewandt hatte, aber in diesem Moment fiel mein Blick auf den Wecker, der neben ihm auf dem Boden lag.

„Mist! Ich muss jetzt los. Ich habe Roxy versprochen, zusammen mit ihr zu frühstücken, und dann wollten wir ein

Volkskundemuseum besichtigen, das uns irgendjemand empfohlen hat, und danach sind wir mit Christian verabredet, der uns seinen Kerker zeigen will."

Raphael hörte sich alles mit geschlossenen Augen an, bis auf den letzten Teil. Mit einem Schlag riss er sie auf und sein bernsteinfarbener Blick bohrte sich in mich. „Allein?"

Ich lächelte, als ich vorsichtig über ihn hinwegstieg, um meine Kleider zusammenzusuchen. Ich war schon immer der Meinung, dass einem Mann ein kleines bisschen Eifersucht gar nicht schlecht stand. „Roxy ist auch dabei, also hör damit auf, mich so anzusehen, als ob du gleich etwas Dummes machst, wie zum Beispiel mir verbieten hinzugehen. Denn das würde dir überhaupt nichts nützen und wir würden uns bloß streiten und dann müssten wir uns mit noch mehr wildem, ungezähmtem Sex wieder versöhnen. Und wenn wir das tun, verpasse ich das Museum. Also schlaf einfach wieder ein und ruh dich schön aus für später."

„Später?" Er zog fragend die Augenbrauen zusammen.

Meine Antwort fiel leicht gedämpft aus, da ich mir gerade mein Kleid über den Kopf zog. „Ich dachte, wir könnten uns in der Schänke treffen, bevor du zur Arbeit musst und Roxy und ich Christian zur Kerkerbesichtigung treffen."

„Was spricht denn dagegen, dass wir uns hier treffen?", fragte er, immer noch mit gerunzelter Stirn. Ich schlüpfte in meine Schuhe, machte einen Schritt über ihn hinweg und setzte mich auf seinen Bauch.

„Sieh dich doch mal an, du bist so ausgetrocknet wie ein alter Putzlumpen." Ich fuhr mit meinen Fingern über die bebenden Muskeln seiner Brust, lehnte mich vor, um die Spitze einer vorwitzigen Brustwarze zu necken. Seine Hände, die meinen Rock hochschoben, waren warm. „Wenn du vorhast, die Liebe meines Lebens zu werden, dann kannst du dir keine

Schwächen erlauben. Wir werden dich am besten Schritt für Schritt an ein volles Programm Sex ohne Ende heranführen. Heute schläfst du dich aus, heute Abend zeigst du dich mit mir in der Öffentlichkeit und später dann, wenn der Markt geschlossen ist …" Ich schenkte ihm mein allerschönstes anzügliches Grinsen.

Seine Hände gruben sich in meine Oberschenkel, als ich mich über ihn beugte und küsste. Er schmeckte nach befriedigtem Mann – warm und glücklich und unendlich köstlich.

„Meinst du wirklich?", fragte er. Seine Hände lösten sich von meinen Beinen und legten sich um meine Taille. Dann zog er mich auf seine Brust herunter, um unseren Kuss zu vertiefen. Seine Zunge spielte mit meiner und sie tanzten einen verführerischen Tanz, der mich wünschen ließ, wir könnten auf der Stelle noch einmal alles wiederholen, was wir in den letzten Stunden getrieben hatten.

„Junge, Junge, du verstehst dich aber auf Abschiedsküsse", murmelte ich und strich mit meinen Fingern durch sein Haar. „Was bist du nur?"

Mit dem Blick, den er mir zuwarf, hätte man glatt jeden Tresor aufschweißen können. „Die Liebe deines Lebens."

Ich schmiegte mich an ihn und gab ihm einen Kuss, der alles sagte. Nur für den Fall, dass er es nicht tat, fügte ich hinzu: „Ja, ich glaube wirklich und wahrhaftig, du bist es."

Als er mich losließ, stahl sich ein Ausdruck süffisanter Selbstgefälligkeit auf sein Gesicht. „Ich mag Frauen, die wissen, was sie wollen."

Ich beschloss, sein aufgeblasenes männliches Ego ausnahmsweise einmal nicht zurechtzuweisen, und sammelte meine Siebensachen ein.

„Baby?"

Bei jedem anderen Mann würde mich dieser Ausdruck

maßlos ärgern – wahrscheinlich so sehr, dass ich ihn nachdrücklich darauf hinweisen würde, dass ich weder ein Säugling war noch als solcher behandelt werden wollte. Aber die Art und Weise, wie Raphael dieses Wort aussprach, entfachte tief in mir ein regelrechtes Feuer.

„Was ist, Bob?“

Er rollte sich auf die Seite und stützte den Kopf auf seine Hand. „Wenn du bei Dante bist, dann denk an diesen Abschiedskuss.“

Mein Blick bewies ihm, wie sehr ich ihn begehrte. „Als ob ich den vergessen könnte!“

Nach dem bewölkten gestrigen Abend zeigte sich der Himmel am nächsten Morgen strahlend blau, aber der Wind, der die Blätter über die Erde wirbelte, war immer noch schneidend kalt. In den Abfalleimern bei den Imbissständen zankten sich Vögel um die Essensreste und flogen unter lautstarken Protestrufen davon, als ich es wagte, mir meinen Weg zwischen ihnen hindurch zu bahnen. Am Kirlian-Aurafotostand hing immer noch der beißende Gestank nach verbranntem Zelttuch und Holz schwer in der Luft, aber ich sah erleichtert, dass jemand neue Holzbretter an das verkohlte, schwärzliche Gerippe der Bude genagelt hatte. Offensichtlich waren Raphael und seine Leute nicht untätig gewesen, während ich die letzten Stunden des Marktes verschlafen hatte. Auch das Hauptzelt war wieder in seinen ursprünglichen Zustand versetzt worden, selbst wenn das Zelttuch immer noch einige Risse aufwies sowie einige aufgesprühte Wörter, die wohl besser unübersetzt blieben. Ich warf einen Blick nach rechts auf die Zeltstadt, nachdem ich den Markt hinter mir gelassen hatte, und wäre angesichts dessen, was ich dort sah, fast auf die Nase gefallen.

„Eine Bevölkerungsexplosion!“ Auf der Hälfte der Wiese, auf der die Zelte standen, tummelten sich inzwischen Menschen, Zelte, Fahrzeuge, Tische und Stühle, und über all dem lag zu dieser frühen Morgenstunde eine seltsame Ruhe. Ich winkte einem Mann zu, der in eine Decke gewickelt im Schneidersitz dasaß und mit verkaterter Miene für einen überaus wachsamen schwarzen Hund Hundefutter in eine Schüssel schüttete. Dann verließ ich das Lager in Richtung Hotel.

Eine Stunde später hatte ich den Duft nach Raphael und unseren nächtlichen Aktivitäten abgewaschen und Jeans und einen dicken Pullover angezogen. Roxy musterte mich, während ich der Kellnerin zulächelte, ihr pantomimisch meinen Wunsch nach Kaffee mitteilte und mich dann an einem Tisch am Fenster niederließ.

„Meine Güte, ich dachte schon, du lässt dich hier überhaupt nicht mehr blicken“, sagte Roxy mit säuerlicher Miene. „Ich weiß, ich hab dir gesagt, du sollst dich amüsieren, aber ich hatte nicht erwartet, dass du dich gleich so lange amüsierst. Es überrascht mich, dass du immer noch laufen kannst.“

Ich wartete, bis ich mein Frühstück bestellt und ein paar Schlucke des lebensrettenden Kaffees geschlürft hatte, bevor ich ihr antwortete.

„Weißt du was – ich freu mich schon darauf, wenn du irgendwann den Richtigen gefunden hast und ich mich dann zur Abwechslung mal über dich lustig machen kann.“

„Du grinst nur!“, warf sie mir vor und eine dicke Falte zerfurchte ihre Stirn. „Für diese Bemerkung hättest du mir eigentlich den Kopf abreißen müssen, aber das hast du nicht, und jetzt grinst du auch noch. Oh Mann, erzähl mir bloß nicht, dass du dich in mehr verguckt hast als das ansehnliche Paket, das sich da zwischen seinen Beinen befindet.“

Ich nippte an meinem Kaffee und genoss die Aussicht auf die Berge und Wälder in der Ferne. „Ist es nicht einfach wunderschön hier? Mir gefällt die Gegend unglaublich gut!"

„Verdammt, es ist passiert, oder etwa nicht? Du hast dich in ihn verliebt!"

„Zu dieser Jahreszeit ist es vielleicht ein bisschen frisch, aber manchmal ist frisch auch gut. Ich mag den Herbstgeruch in der Luft."

„Joy, du Idiotin, weißt du denn nicht, dass du für ihn nichts als ein kleines Abenteuer bist? Urlaubsromanzen halten nie!"

„Und die Leute hier sind wahnsinnig nett. Findest du die Leute nicht auch nett? Also, ich finde die Leute richtig nett."

„Sobald das Festival vorbei ist, macht er sich mit allen anderen zusammen auf und davon nach Italien, und du fliegst nach Hause. Hast du überhaupt schon einen einzigen Gedanken an die Zukunft verschwendet?"

„Ich hatte befürchtet, dass die Verständigung ein Problem sein würde, aber das stimmt gar nicht. Alle hier sprechen Deutsch oder Französisch."

„Du weißt doch überhaupt nichts von ihm. Du kannst dich nicht jemandem an den Hals werfen, von dem du nichts weißt! Wie kommst du bloß auf die Idee, es sei etwas Ernstes, wenn der Mann Geheimnisse vor dir hat? Stört es dich denn überhaupt nicht, dass du ihn eigentlich gar nicht richtig kennst?"

„Die Gegend ist auch so romantisch. Denk nur an die jahrhundertelange Geschichte, die uns umgibt."

Roxy warf die Hände in die Luft, zum Zeichen dafür, dass sie sich geschlagen gab. „Ich geb's auf. Mach du ruhig so weiter, auch wenn du auf dem direkten Weg ins Heartbreak Hotel bist. Ich werde dann später einfach die Überreste deines gebrochenen Herzens aufsammeln, nachdem Raphael darübermarschiert ist. Ich werde kein einziges Wort mehr darüber verlieren, dass du den größten Fehler deines Lebens machst."

„Danke schön. Das ist lieb von dir."

„Aber …"

Ich stöhnte, schnappte mir ein Brötchen aus dem Brotkorb und griff nach Butter und Marmelade.

„… wenn ich noch irgendwas zu dir sagen sollte, dann würde ich dich wahrscheinlich darauf hinweisen, dass du zwar mehr Erfahrung mit körperlichen Beziehungen hast als ich, aber dafür gleichzeitig immer den schlechteren Geschmack in Bezug auf Männer hattest."

„Mmmf mmf mmmf äh ha nnih öen."

„Was?"

Ich schluckte den Bissen von meinem Brötchen herunter. „La, la, la, ich kann dich nicht hören."

„Und ob du das kannst, du bist einfach nur zu dickköpfig, um zuzugeben, dass ich recht habe. Ihr zwei verdient einander. Hey! Ist dir eigentlich klar, dass ihr eben den fünften Schritt der Vereinigung abgeschlossen habt?"

„Den fünften?" Ich dachte darüber nach. Roxy hatte recht, wenn der dritte Schritt unser leidenschaftlicher Kuss war, dann hätte der vierte darin bestanden, dass Raphael mir sein Geheimnis anvertraute, nur …

„Er hat mir sein Geheimnis nicht erzählt", widersprach ich. „Das heißt, der vierte Schritt fehlt, auch wenn wir den fünften Schritt vollzogen haben. Mehrmals. Mit größtem Vergnügen."

„Er hat dir gesagt, dass er ein Geheimnis *hat*. Das ist fast dasselbe, wie wenn er dir sagt, was es ist."

„Überhaupt nicht!"

„Aber sicher! Vertrau mir, das zählt als vierter Schritt."

„Völlig egal, diese Diskussion ist sowieso total überflüssig, da Raphael kein Vampir ist."

„Genau darauf will ich hinaus! Du solltest dir mal ein paar Gedanken über diese Beziehung machen, bevor du dein ganzes Leben für ihn wegwirfst."

Und so ging es weiter. Leider hielt sich Roxy nicht an ihr gerade gegebenes Versprechen und nutzte jede Gelegenheit, um auf die grenzenlose Dummheit hinzuweisen, sich in einen Mann zu verlieben, über den ich rein gar nichts wusste. Als ich sie daran erinnerte, dass sie nicht das Geringste dagegen einzuwenden gehabt hatte, mich mit ihm zu verkuppeln, als sie noch dachte, er sei ein seelenloses, blutsaugendes Monstrum, winkte sie einfach nur ab, mit der Begründung, dass Vampire zumindest niemals mit einer anderen Frau durchbrennen würden und ihre Geliebte schwanger und ohne einen einzigen Cent in der Tasche in einem fremden Land zurücklassen würden.

Ich musste zugeben, das war ein Argument, aber auch damit gelang es ihr nicht im Mindesten, die Stärke meiner aufkeimenden Gefühle zu mindern. Sie waren möglicherweise noch nicht felsenfest, aber ich hatte das sichere Gefühl, dass Raphael und ich die ersten Schritte auf einem Weg gegangen waren, der zu etwas weitaus Ernsthafterem als einem bloßen Urlaubsflirt hinführte. Und ob es klug war, mich in einen Mann zu verlieben, über den ich so gut wie gar nichts wusste? Tja, ich unterdrückte die nörgelnde, leise Stimme der Sorge, indem ich mir ins Gedächtnis rief, dass ich alles Wichtige, alles, was an Raphael wirklich zählte, bereits kannte – seinen Charakter, seine Moralvorstellungen und die Tatsache, dass er kein Untoter war.

Roxy und ich besichtigten das Museum, trieben uns ein Weilchen in zwei nahe gelegenen Städten herum und kehrten schließlich für ein Mittagsschläfchen ins Hotel zurück.

„Der Markt hat ganz schön lange auf und die Tatsache, dass du unbedingt darauf bestehst, Touristin zu spielen, ist echt Gift für meinen Schönheitsschlaf", jammerte Roxy, als ich sie anderthalb Stunden später weckte.

„Du musst ja auch schließlich nicht jede Nacht bis zwei Uhr dableiben. Was haben Christian und du eigentlich noch die ganze Zeit lang angestellt?"

Sie stöhnte und rieb sich den Schlaf aus den Augen. „Er ist so um eins gegangen. Ich hab mich dann noch ein bisschen mit einer Gruppe Portugiesen rumgetrieben. Wusstest du, dass es portugiesische Gruftis gibt? Es gibt sie jedenfalls. Und sie sind irgendwie niedlich. Keiner von ihnen spricht Englisch, aber wir hatten richtig Spaß beim Tanzen. Ich glaube, wir sollten vielleicht noch einen Abstecher nach Portugal machen, bevor wir nach Hause fahren."

Ich sagte nichts, sondern blickte nur aus dem winzigen Fenster auf die Dächer der nahe gelegenen Häuser.

„Joyful? Ich weiß, du fängst bestimmt gleich wieder mit ‚la, la, la' an, wenn ich dieses Thema anschneide, aber hast du Raphael eigentlich mal gefragt, was er nach diesem Wochenende vorhat?"

Ich seufzte und drehte mich zu ihr um. „Nein. Dafür ist es noch zu früh. Wir sind doch gerade erst zusammengekommen. Da kann ich ihn doch noch nicht fragen, ob wir uns bemühen sollten zusammenzubleiben oder ob er keinen Platz für mich in seinem Leben hat."

„Er ist mir vollkommen wurscht, aber was ist mit dir?", fragte Roxy. Sie strich über ihre Daunendecke. „Hast du Platz in deinem Leben für ihn? Würdest du für ihn zu Hause alles aufgeben? Kannst du dir vorstellen, mit ihm und dem Markt durch die Weltgeschichte zu reisen, nur um bei ihm zu sein?"

Ich machte mich auf den Weg zur Tür. „Warum musst du immer so schwierige Fragen stellen?"

„Einer muss es ja tun. Joy, der Markt wird in vier Tagen abreisen. Wenn das hier so ernsthaft ist, wie du glaubst, solltet ihr euch dann nicht mal über die Zukunft unterhalten, die nach den paar Tagen kommt, in denen ihr euch gegenseitig die Klamotten vom Leib reißt?"

Ich blieb einen Augenblick lang an der Tür stehen; meine Hand strich über das kühle, glatte Holz. „Wenn du wissen willst, ob ich schon darüber nachgedacht habe, was es bedeuten würde, alles hinter mir zu lassen, dann lautet die Antwort Ja, das habe ich. Wenn du wissen willst, ob ich das durchziehen werde, tja, dann hängt die Antwort von Raphael ab. Und wenn du jetzt damit fertig bist, mich in die Mangel zu nehmen, dann sehen wir uns gleich unten in der Schänke. Besagter Gentleman sagte, er würde kurz vorbeikommen, bevor er sich wieder um die Security kümmern muss."

„Du bist doch nicht dumm, Joy", rief sie mir nach, als ich die Tür schloss, „wenn du glaubst, dass er wirklich anders ist, und wenn er tatsächlich derjenige ist, auf den du gewartet hast, dann soll er es dir beweisen!"

Ein anderer Gast, der am Fuß der Treppe stand und zu mir hochschaute, bewahrte mich davor, Roxy eine Antwort zuzubrüllen. Ich lächelte, murmelte etwas in meinem besten Deutsch und hüpfte die Stufen zur Schänke hinunter, wo Raphael auf mich wartete, wie ich hoffte.

Das tat er auch, allerdings saß er an der Wand hinter drei zusammengeschobenen Tischen und war umringt von sieben Angestellten des Marktes, zum größten Teil Männer, die die ganze Schwerstarbeit erledigten. Mitten auf dem Tisch lag ein großes Blatt Papier und Raphael zeichnete darauf Gebiete ein, die er für Gefahrenzonen hielt, wie ich annahm. Er hatte mir irgendwann erzählt, dass die Gegebenheiten des Geländes einen veränderten Aufbau des Marktes erforderlich gemacht hatten. Also vermutete ich, dass er ein strategisches Treffen einberufen hatte, um alle darüber zu informieren, wie sie am besten mit den Menschenmassen umgehen sollten, die im Verlauf der nächsten Tage erwartet wurden.

Arielle saß den Männern gegenüber und vor ihr stand ein bislang unberührtes Glas Bier. Ich warf Raphael eine Kusshand zu, als er hochsah und mir zulächelte, und setzte mich dann zu Arielle.

„Guten Tag, Joy“, sagte sie in ihrem bedächtigen Englisch.

Ich rutschte auf die gegenüberliegende Seite der Nische und beugte mich über den Tisch, um ihr die Hand zu tätscheln. „Hi, Arielle, was ist los? Du siehst aus, als ob du geweint hättest. Hast du dich über irgendetwas aufgeregt? Ist etwas passiert?“

Sie warf mir ein klägliches Lächeln zu. „Ich sehe so aus, als ob ich geweint hätte, weil ich geweint habe. Es ist etwas passiert, aber ich habe mich nicht aufgeregt.“

Ich hob beide Augenbrauen. „Ach nein?“

Sie blickte nach unten auf ihre Hände. „Vielleicht ein kleines bisschen.“

Ich fühlte mit ihr und war davon überzeugt, dass ihre Schwester sie fertiggemacht hatte wegen ihrer Entscheidung, bei ihrem Freund zu bleiben. Ich warf einen Blick in den Raum, um zu sehen, ob Tanya vielleicht in irgendeiner Ecke lauerte. Es fing schon an zu dämmern, langsam übernahm die Nacht die Herrschaft über den Himmel, und es strömten jede Menge Leute in die Schänke, aber zum Glück war Tanya nicht zu sehen. Ich nahm an, dass angesichts der Horden in der Zeltstadt wohl alle Schänken in der Stadt bis zum Platzen voll waren. Eine überfüllte Kneipe war jedoch nicht der richtige Platz, um sein Herz zu erleichtern, was Arielle jetzt offensichtlich dringend nötig hatte. „Hör mal, wenn du dich so richtig ausheulen möchtest, kannst du gerne mein Zimmer benutzen. Es ist nicht gerade toll, aber da hast du wenigstens deine Privatsphäre."

„Nein, ich werde nicht mehr weinen", sagte sie entschieden und putzte sich trotzig die Nase. „Paal sagte, es ist nicht nötig zu weinen, weil alles gut werden wird." Sie zog noch ein letztes Mal die Nase hoch und blickte bewundernd zu einem vorzeitig kahl werdenden Wikinger hinüber, der an Raphaels Tisch saß. Paal nickte ihr kurz zu und konzentrierte seine Aufmerksamkeit dann wieder auf die Befehle, die Raphael in barschem Ton erteilte. „Es ist Tanya, weißt du? Dominic hatte einen Streit mit ihr letzte Nacht, einen großen Streit. Vieles davon war wegen dir, aber als sie fertig waren, sagte Dominic, dass Tanya nicht mehr länger zu ihm passe und sie gehen müsse, weil sie letzte Nacht sehr viel Ärger gemacht hat."

„Ärger? Du meinst außer der Szene, als ich die Runen gedeutet habe?"

Arielle nickte. „Ja. Dominic war sehr wütend auf sie und Milos sagte, sie ist eine *responsabilité* für den Markt und dass sie gehen muss."

„*Responsabilité*? Oh, du meinst, sie sei eine Belastung? Weil sie wütend darüber ist, wie Dominic sie behandelt hat? Ich muss zugeben, auch wenn ich für Tanya nicht gerade viel übrig habe, so stimme ich ihr in diesem Punkt hundertprozentig zu. Dominic ist echt das klassische Beispiel für einen

Westentaschencasanova, der mit seinem Ego mal so richtig auf die Nase fallen sollte."

„Nein, es ist nicht wegen ihrer Affäre, die so traurig zu Ende gegangen ist, sondern Milos ist wegen der anderen Sache so wütend."

Ich lehnte mich in der hohen Nische zurück. „Moment mal, ich kann dir da nicht mehr folgen. Was hat Milos denn mit der Sache zwischen Dominic und Tanya zu tun?"

„Milos besitzt den Markt zusammen mit Dominic, ja?"

Ich nickte.

„Dominic ist für die Kunden der … mmm … Direktor?"

„Direktor? Das könnte man vielleicht bei einem Zirkus sagen, aber ich glaube, ich weiß, was du meinst. Er zieht für die Besucher eine wilde Show ab, während Milos so was wie der stille Teilhaber ist?"

„Nein, er ist nicht still, er spricht viele Sprachen sehr gut, besser als ich. Aber er ist der Geschäftsmann. Er findet die Bands und macht alle Abkommen, wo wir hingehen. Er ist der, der uns bezahlt."

„Ah, dann ist er der Geldsack. Verstehe. Und was hat Tanya denn angestellt, das Milos ihr dermaßen übel nimmt?"

„Sie hat gedroht, sich mit Informationen über Verstöße gegen die Lizenz, die dem Markt erteilt wurde, an die örtliche Polizei zu wenden", antwortete Raphael, der in dem Moment auf den Sitz neben mir glitt.

Ich war einen Augenblick lang durch den warmen Druck seines Beins gegen meines abgelenkt. Raphael war ein großer, kräftiger Mann, doch selbst wenn man dies berücksichtigte, saß er nicht einfach bloß da, sondern er dominierte grundsätzlich jede Umgebung, in der er sich befand, und ließ selbst Räume, die zuvor vollkommen ausreichend erschienen, plötzlich beengt wirken. Aber wollte ich mich darüber beschweren, dass er unsere Seite der Sitzecke praktisch allein einnahm und mich an den Rand quetschte? Sicher nicht. Ich atmete einfach nur den sauberen Duft ein, den er immer ausströmte, und nahm mir vor, Aktien von der Firma zu kaufen, die seine Seife produzierte.

„Sie hat außerdem damit gedroht, den Zeitungen die Wahrheit über Dominic zu verraten, wenn er sein Versprechen nicht hielt und sie nicht zur Partnerin in seinem Unternehmen machte. Das sagte sie, nachdem sie ihn beschuldigt hatte, mit dir, Roxy sowie mit schätzungsweise der Hälfte der weiblichen Bevölkerung Osteuropas zu schlafen", berichtete Raphael in gedehntem Tonfall und machte dem Kellner ein Zeichen.

„Wahrheit? Was denn für eine Wahrheit? Die Wahrheit, dass er nicht wirklich ein Vampir ist? Das taugt doch wohl nur bedingt für eine Erpressung", wandte ich ein.

Er zuckte mit den Schultern. „Ich glaube nicht, dass sie das meinte, aber da niemand so nett war, mich über die Wahrheit aufzuklären, kann ich nur darüber spekulieren, was sie vorhatte."

Ich ließ mir das Ganze durch den Kopf gehen, während ich Teresa beobachtete, eine der Töchter des Wirts, die auch hinter der Theke arbeitete. Sie trippelte gerade auf Raphael zu und verschlang ihn praktisch mit den Augen, obwohl ich an seiner Seite klebte.

„Raphael, wie nett, dich wiederzusehen", gurrte sie. Arielle und mich ignorierte sie ganz unverfroren. „Hast du später noch Zeit? Es gibt ein paar Dinge, die ich dir gerne zeigen möchte." Sie leckte sich über die Lippen. Ich legte eine besitzergreifende Hand auf seinen Oberschenkel und warf ihr einen bitterbösen Blick aus zusammengekniffenen Augen zu, um deutlich zu machen, dass ich es ganz und gar nicht schätzte, wenn jemand in meinem Revier wilderte. Sie warf ihm einen Blick zu, mit dem man Gardinen hätte bügeln können. „Ein paar Sehenswürdigkeiten in der Stadt natürlich."

Aber sicher doch. Bitte alle mal die Hände heben, die ihr abnahmen, dass sie die Besichtigung von Sehenswürdigkeiten im Sinn hatte.

„Vielen Dank, aber ich habe noch zu tun", sagte Raphael freundlich.

Teresa schmollte, als Raphael für uns bestellte, dabei seine Finger in meinem Haar vergrub und meinen Nacken streichelte. „Und du dachtest, *ich* wäre eifersüchtig", sagte er leise.

„Du hast doch sicher nichts dagegen, wenn ich dir BESETZT auf die Stirn schreibe, oder?", erkundigte ich mich, wobei seine Berührung einen Wonneschauer über meinen Rücken rieseln ließ.

Er grinste. „Nur wenn du im Gegenzug versprichst, lange Gewänder und einen Schleier zu tragen."

Ich ließ meine Hand an seinem Schenkel hochgleiten, um ihn wissen zu lassen, welche Wirkung er auf mich hatte. Als ich mich wieder Arielle zuwandte, lächelte sie uns mit einem eindeutigen Funkeln in den Augen entzückt an.

„Wage es ja nicht, laut auszusprechen, was du gerade sagen wolltest", warnte ich sie. Dann musste ich über ihr enttäuschtes Gesicht lachen. „Du bist genauso schlimm wie Roxy."

Sie lächelte wieder. „Es ist nur, dass ich so glücklich bin, euch glücklich zu sehen. Euch beide. Es ist gut, jemanden zu finden, zu dem man passt, ja?"

„Mmm." Ich drehte mich wieder zu Raphael um. „Und was ist dann passiert, nachdem Tanya Dominic gedroht hat? Hat Milos ihr gesagt, sie soll ihren Kram zusammenpacken und abhauen?"

„Mehr oder weniger." Teresa brachte unser Bier und Raphael gab ihr ein paar Münzen. Mein Glas schwappte über, als sie es vor mich hinstellte, aber ich sagte nichts, sondern warf ihr nur einen weiteren finsteren Blick zu.

„Dir muss man aber auch jedes Wort aus der Nase ziehen", beschwerte ich mich und wischte das verschüttete Bier auf. „Übrigens, hast du vor, dein Bier zu trinken, oder willst du es in einen der Blumentöpfe gießen, wenn du denkst, dass gerade keiner hinsieht?"

Er wirkte einen Augenblick lang verwirrt, bevor sich seine Bernsteinaugen verdunkelten.

„Am ersten Abend", erklärte ich, „habe ich gesehen, wie du eine Pflanze mit deinem Bier gegossen hast. Das war einer der Gründe, warum Roxy annahm, du wärst ein ...", ich blickte Arielle mit einem strahlenden Lächeln an, „das ist einer der Gründe, warum wir dich für jemand anders hielten."

„Ich habe vor, dieses hier zu trinken", sagte er mit undurchdringlichem Blick. „Das ist ein helles Bier. Das andere war dunkel und mir zu stark."

„Zu stark?"

„Ich trinke nicht gerne so viel, bevor der Markt öffnet. Aber an diesem Abend hörte der Barkeeper nicht auf, mir stolz von der Stärke seines hiesigen Gebräus zu erzählen, und ich wollte seine Gefühle nicht verletzen, indem ich es nicht trank."

Ich drückte kurz seinen Schenkel, um ihm zu zeigen, wie sehr ich seine Rücksichtnahme auf andere zu schätzen wusste, und dann gleich noch mal, einfach weil ich seinen Schenkel gerne drückte. Ich wurde mit einer unruhigen Bewegung belohnt. Man musste kein Genie sein, um zu erkennen, dass meine Hand so nahe an Mr Happy eine vorhersehbare Wirkung erzielte. Ich widerstand der Versuchung, ihn weiter zu quälen, und zog meine Hand zurück.

„Es war sehr schlimm letzte Nacht“, unterbrach Arielle meine schmutzigen Gedanken. „Ich war auch dabei und man kann nur sagen, dass Tanya sehr wütend auf Dominic war, und als Milos ihr sagte, dass sie den Markt nach dem Festival verlassen müsse, hat sie geweint und ist zu unserem Wohnwagen zurückgegangen.“ Bei den letzten Worten blickte sie nach unten und Tränen sammelten sich in ihren hübschen blauen Augen. „Ich bin nicht zu ihr gegangen, wie ich es hätte tun sollen. Paal hatte verabredet … das heißt, ich wollte an diesem Abend bei Paal sein und ich bin erst sehr viel später zum Wohnwagen gegangen. Und jetzt ist sie weg!“

„Weg?“, fragte ich und blickte zwischen ihr und Raphael hin und her. „Sie hat den Markt jetzt schon verlassen?“

„Nein“, sagte Arielle, bevor Raphael antworten konnte. „Ihre Sachen sind immer noch im Wohnwagen, aber seit einigen Stunden hat niemand sie mehr gesehen.“

Ich blickte Raphael an.

„Ich vermute, sie hat sich irgendwohin verzogen, um ihre Wunden zu lecken“, beantwortete er meine stumme Frage. „Wenn sie bis heute Abend nicht zurückkommt, sollte Arielle zur Polizei gehen.“

Bei diesen Worten begann Arielles Unterlippe zu beben.

„Arielle soll zur Polizei gehen? Du bist doch der Kerl von der Security, meinst du nicht, du solltest das erledigen?“

Er schaute weg. „Nein. Es ist besser, wenn sie das macht.“

Besser für wen?, fragte ich mich. Warum war Raphael dermaßen zurückhaltend, wenn es darum ging, mit der Polizei zu reden? Es musste etwas mit seinem Geheimnis zu tun haben, da war ich mir sicher. Die Vorstellung, dass er etwas Schlimmes angestellt hätte, etwas wirklich Schlimmes, war undenkbar; darum legte ich mir im Nu eine andere Erklärung zurecht. Vielleicht waren die Anschuldigungen gegen ihn falsch, vielleicht wurde er eines Verbrechens beschuldigt, das er gar nicht begangen hatte, wegen dem er aber vor der Polizei fliehen musste. Das würde auch erklären, warum er sich in diesem kleinen Unternehmen versteckte, das nie lange an einem Ort blieb. Ein Schniefen aus Arielles Richtung lenkte mich von diesem Gedankengang ab und ich wandte mich wieder ihrem Problem zu.

„Du glaubst doch nicht …" Ich zögerte, in ihrer Gegenwart davon zu reden, aber es gefiel mir ganz und gar nicht, dass Tanya ohne ihre Sachen verschwunden war. Ich kniff so lange in Raphaels Bein, bis er mich ansah. „Du glaubst doch nicht, dass ihr etwas zugestoßen ist, oder? Wegen dem Vorfall in Heidelberg, meine ich?"

Seine Augen funkelten, ein Zeichen dafür, dass er meine unausgesprochene Frage verstanden hatte.

„Unwahrscheinlich", sagte er mit einem Blick auf Arielle. Er drückte meine Hand. Sein Bein, auf dem unsere Hände lagen, war angespannt. Offensichtlich machte er sich wegen Tanya mehr Sorgen, als er zugeben wollte.

„Heidelberg?", fragte sie. Ihre Augen weiteten sich angsterfüllt, als sie begriff, worauf ich hinauswollte. „Du meinst, Tanya könnte … genau wie diese arme Frau?"

„Nein, natürlich nicht. Ich bin sicher, dass sie schmollend in irgendeiner Ecke hockt", versicherte ich ihr und tätschelte noch einmal ihre Hand. „Ich würde glatt darauf wetten, dass sie sich bei irgendjemand in der Zeltstadt verkrochen hat. Dort müssen mittlerweile wohl über dreihundert Leute zusammengekommen sein. Sie wird bestimmt heute Abend auftauchen, du wirst schon sehen. Der Mord in Heidelberg war ein Einzelfall, der mit dem Markt überhaupt nichts zu tun hat. Tut mir leid, dass ich überhaupt davon angefangen habe."

Ich sah Raphael an und hoffte auf seine Unterstützung, aber überraschenderweise sagte er gar nichts.

„Ich hoffe, du hast recht“, sagte Arielle mit einem weiteren Blick zu ihrem zur Glatze neigenden Wikinger, der mit einer Gruppe von Arbeitern vom Gothic-Markt zusammensaß und lachte.

Roxy kam in die Schänke, winkte uns zu und rief dann etwas zurück durch die Tür nach draußen. Raphael erstarrte, als hinter ihr Christian zum Vorschein kam.

„Da sind sie ja. Haben wir noch Zeit für ein Bier? Hi, Raphael. Du siehst überraschend ausgeruht aus, angesichts von Joyfuls Sexbesessenheit.“ Als Roxys Blick auf Arielles Gesicht fiel, hörte sie sofort auf, sich über uns lustig zu machen. Sie setzte sich neben sie und warf mir einen vorwurfsvollen Blick zu. „Arielle, was ist los? Du siehst aus, als ob du geweint hättest.“

„Du brauchst uns gar nicht so anzuschauen, *wir* haben ihr nichts getan“, sagte ich, bevor ich mich umwandte und Christian begrüßte. Er zog sich einen Stuhl heran und setzte sich ans Ende des Tischs, wobei er Raphael kurz zunickte. Raphael erwiderte das Nicken. Mit einer geschmeidigen Mr-Cool-Bewegung, wie sie von Männern auf der ganzen Welt wohl schon seit Ewigkeiten praktiziert wird, ließ er seinen Arm auf meine Schultern sinken und zog mich noch näher an sich heran.

Angesichts dieser unverhohlenen Zurschaustellung seiner Besitzansprüche wanderten Christians Augenbrauen in die Höhe.

„Subtilität ist seine Stärke“, erklärte ich ihm.

„Möchtest du vielleicht, dass ich jetzt gehe und dir deinen Schleier hole?“, knurrte Raphael. Ich kniff ihn ins Bein.

„Oh mein Gott!“, sagte Roxy, die inzwischen die ganze

Geschichte von Tanya gehört hatte. „Sie feuern Tanya? Wow! Schlechtes Karma. Ich schätze, das können wir auch noch auf die Liste von Joys Katastrophen setzen."

„Auf keinen Fall!"

„Aber sicher. Das ist genauso wie mit dem Haus von diesem armen Paar, das du ins Meer gespült hast."

„Ich habe ihr Haus nicht ins Meer gespült – das war der Sturm!"

„Ist doch dasselbe."

Ich biss mir auf die Zunge, da ich keine Lust hatte, mich vor allen anderen mit ihr zu streiten. Roxy versicherte Arielle, dass Tanya sicher bald wieder auftauchen würde. „Du weißt doch, Unkraut vergeht nicht und so", sagte sie weise. Zum Glück verstand Arielle die Anspielung nicht.

Eine halbe Stunde später machten wir uns auf den Weg in unterschiedliche Richtungen: Roxy, Christian und ich zu seinem Schloss, um uns das Verlies anzuschauen und eine Schlossbesichtigung mit allen Schikanen zu erleben, und die Leute vom Gothic-Markt gingen zurück zur Wiese, um sich auf das Publikum vorzubereiten. Raphael hielt mir die Tür auf, als wir das Hotel verließen, und ging noch ein Stück neben mir her. Er begleitete mich bis zum Parkplatz, wobei seine Hand die ganze Zeit über besitzergreifend auf meinem Rücken lag.

„Du könntest ihr doch eine Erkennungsmarke ans Ohr knipsen oder besser noch ein Halsband mit GPS umlegen", schlug Christian vor, der hinter uns ging. „Dann müsstest du dich nicht ständig fragen, wo sie sich gerade aufhält."

Der Druck von Raphaels Hand auf meinem Rücken verstärkte sich. „Aber bei wem sie ist", entgegnete er barsch.

„Jungs, wenn ihr unbedingt wieder euren Pinkelwettstreit austragen müsst, dann bitte in Windrichtung", sagte ich in der Hoffnung, den mahnenden Tonfall einer Mutter zu treffen, und warf Raphael einen strengen Blick zu.

Er hielt meinem Blick stand und zog mich dann abrupt an sich, um mir einen extrem harten, herrischen Kuss zu geben. Sein Mund war heiß und fordernd, während seine Zunge meiner gegenüber ziemlich aufdringlich wurde, sie herumkommandierte und überhaupt so tat, als ob sie dort zu Hause wäre. Ich überlegte kurz, ob ich Raphael und seine Zunge fragen sollte, an welcher Haltestelle sie wohl aussteigen wollten, musste mir selbst gegenüber dann allerdings beschämt eingestehen, dass ich es liebte, wenn sein Körper diese Machonummer mit mir abzog. Ich seufzte in seinen Mund und gestattete ihm, nach Herzenslust zu rauben und zu plündern.

„Wenn er dich zum Abschied immer so küsst, dann muss man sich schon fragen, wie er …"

„Das reicht jetzt!" Ich entzog mich Raphael und starrte Roxy wütend an, die auf dem Beifahrersitz von Christians Wagen Platz genommen hatte. Sie grinste zurück.

„Jetzt verstehe ich, was du meintest, als du gesagt hast, dass Subtilität eine seiner Stärken wäre", erklärte Christian ziemlich kurz angebunden. „Wenn ihr dann fertig seid …" Er hielt mir die hintere Wagentür auf.

Raphael warf mir einen Blick zu, der mich ermahnte, mich zu benehmen. Ich antwortete mit einem Blick, der ihn darüber informierte, dass ich mich immer und überall benahm und dass er sich lieber keine Ausrede einfallen lassen sollte, um ins Hotel zurückzukehren und noch ein Bier zu trinken, jedenfalls nicht, solange dort dieses mannstolle Weibsstück Teresa lauerte. Ansonsten würde ihm am Ende noch ein gewisser Teil seiner Anatomie mithilfe eines stumpfen Buttermessers und zweier rostiger Löffel abgetrennt werden.

Er verdrehte die Augen.

Der Kerker im Drahaner Schloss war nicht so, wie ich es erwartet hatte. Ich hatte mir vorgestellt, dass alte Verliese grundsätzlich düster und feucht sein müssten, angefüllt mit der Erinnerung an Leiden und Grauen. In meiner Fantasie lagen zerbrochene Folterinstrumente vergessen in einer Ecke und rosteten vor sich hin und die Luft war vom Rascheln der Ratten erfüllt, die sich in dunkle Ecken flüchteten. Christian war, wie ich gerade erst zu begreifen begann, ein Mann voller Überraschungen, und sein Kerker sah dementsprechend aus. Die Stufen, die in die untersten Ebenen des Schlosses führten, waren aus uraltem Gestein, wurden aber vom elektrischen Licht an den Wänden beleuchtet. Als wir das Ende der Treppe erreicht hatten, war ich auf Schmutz und Ratten gefasst.

Christian drückte auf einen Schalter. Ich muss ziemlich verblüfft dreingeschaut haben, als eine ganze Reihe von Lampen, die in die niedrige Steindecke eingelassen waren, mit einem Summen angingen und eine lange Reihe von Marmorstatuen erleuchteten, jede auf einem passenden Marmorsockel.

„Statuen?", fragte Roxy. Sie drängte sich an mir vorbei, um das nächstgelegene Standbild näher in Augenschein zu nehmen. „Du bewahrst in deinem Kerker *Statuen* auf?"

„Kannst du dir einen besseren Ort für sie vorstellen?", fragte Christian. Er ging an ihr vorbei und schaltete einen Scheinwerfer an, der die Statue ausleuchtete, die sie gerade betrachtete.

„Sie sind wunderschön", sagte ich. Sanft strich ich über das steinerne Bein einer nahezu unbekleideten Frau. Es waren wirklich beeindruckende Kunstwerke. Museumsqualität, nahm ich an. Die Gesichtszüge der Frau waren bis ins letzte exquisite Detail wiedergegeben, fast ebenso realistisch wie der Schwung im Stoff ihres Gewandes, das ihr über die Schulter glitt. Ich konnte einfach nicht anders, ich musste die steinernen Falten mit den Fingern nachfahren, voll tiefer Bewunderung für die Begabung des Bildhauers.

„Wo sind denn die ganzen Folterinstrumente? Wo ist deine Streckbank?“, fragte Roxy, die die Reihe der Statuen entlangging. Aus jedem ihrer Worte sprach tiefe Enttäuschung.

„Dies hier ist Venus“, erklärte Christian mir, als er das Licht für die Figur anschaltete, vor der ich gerade stand. Seine Stimme war genauso sanft wie der polierte Stein unter meinen Fingern.

„Ich habe noch nie etwas Vergleichbares gesehen“, sagte ich.

Er stand neben mir, seine ruhigen Augen spiegelten seine Genugtuung wider, als er die Statue betrachtete. Die Frau stand gegen eine Säule gelehnt da, einen verführerischen Ausdruck auf dem Gesicht, und spielte mit den Falten des Stoffs, der sie teilweise bedeckte. „Ich habe hier ein oder zwei italienische Stücke, aber der Rest besteht aus Schutzheiligen der Tschechischen Republik.“

„Wo sind die Wände, die mit dem Blut Tausender Männer befleckt sind, die im Laufe der Jahrhunderte hier gefoltert wurden? Wo sind deine Skelette, die in Metallkäfigen von der Decke hängen? Ich war mir ganz sicher, dass hier Skelette sein würden!“ Roxys jammernde Stimme hallte durch den lang gestreckten Raum.

„Sie ist wunderschön, nicht wahr?“ Christian strich mit einem Finger über die halb nackte Wade der Frau und landete schließlich genau dort, wo meine Hand auf einem grazil gewölbten Fuß ruhte. Seine Finger berührten flüchtig die meinen, aber ich wusste, dass das keine zufällige Berührung war.

Ich zog meine Hand weg. „Ja, wirklich wunderschön."

„Sie ist fünfhundert Jahre alt." Er legte den Kopf zur Seite und blickte mich an. Im Scheinwerferlicht wirkten seine Augen schwarz und unergründlich. „Ich glaube, dass ihr beide etwas gemeinsam habt: die Zeitlosigkeit eurer Schönheit."

„Wo sind deine rostigen Schwerter und Ketten und die neunschwänzige Katze? Ist das nicht die Grundausstattung eines Kerkers? Ich bin ganz sicher."

„Christian ..." Ich zögerte. Es fiel mir nicht leicht, ihn zu bitten, seine Annäherungsversuche endlich zu unterlassen. Ich fühlte mich auch so schon schlecht genug, ohne in seinem eigenen Haus gemein zu ihm zu sein, aber er musste wissen, dass es so nicht weitergehen konnte.

„Du hast gewählt", sagte er ruhig. Sein Gesicht glich einer Maske, sein Blick war durchdringend, doch nicht zu deuten.

„Ja, das habe ich, und es tut mir schrecklich leid, wenn dich das in irgendeiner Weise verletzt, aber ich glaube, wenn du einsiehst, dass du in Wirklichkeit gar nicht an mir interessiert bist, sondern das alles im Grunde nur irgend so ein Machospiel ist, in dem du Raphael eins auswischen willst, dann wird dir klar werden, wie albern das alles ist."

„Du glaubst nicht, dass du diejenige bist, die für mich bestimmt ist?"

„Ich weiß, dass ich es nicht bin", sagte ich sanft und versuchte, etwas mehr Abstand zu ihm einzunehmen.

„Du irrst dich", sagte er einfach. „Da du mir keinen Glauben schenken willst, werde ich es dir beweisen müssen."

„Jetzt warte mal", protestierte ich. Ich begann mir angesichts des Ausdrucks in seinen Augen langsam Sorgen zu machen. „Es gibt keinen Grund, irgendetwas zu beweisen ..."

Zu meinen Füßen öffnete sich ein schwarzer Abgrund, an dessen Rand ich balancierte, von Hunger verzehrt, verbrannt vom heißen Atem einer Seelenqual, dessen Intensität mir die Luft aus den Lungen trieb. Erinnerungen an dunkle, endlose, einsame Nächte, eine nach der anderen, über Jahrhunderte hinweg, erfüllten meine Gedanken, während nicht enden wollende Verzweiflung meine Seele zerriss, bis nichts mehr übrig war als die Erinnerung an ein Leben außerhalb dieses Albtraums. Inmitten dieser Qual existierte eine winzige Flamme der Hoffnung. Hoffnung auf die Rettung, die nur eine einzige Person bringen konnte, auf die Rückkehr des Lebens, auf ein Ende der ewig währenden Einsamkeit … und das lang erhoffte Versprechen von Liebe.

Ich schreckte vor dem schwarzen Abgrund zurück, schreckte vor Christian zurück, bis mein Rücken auf die eisige Kälte von Marmor traf. Ich starrte ihn an, schüttelte den Kopf, während er mich beobachtete, unfähig, alles zu begreifen, was er in meinen Kopf projizierte.

„Nein!", flüsterte ich. Ich klammerte mich an die Statue und begann, mich Schritt für Schritt dahinter zurückzuziehen. Mein einziges Ziel war, so viel Abstand wie möglich zwischen Christian und mich zu bringen. „Nicht du. Du kannst es nicht sein."

Irgendwo hinter den Statuen erklang Roxys Stimme, aber ihre Worte erreichten mich nicht. Für mich existierten nur noch Christians wunderschöne Stimme und seine verzweifelten Augen. Er bewegte sich langsam auf mich zu und benutzte seine Stimme, um mich zu beruhigen. „Geliebte, lauf nicht vor mir davon. Ich werde dir kein Leid zufügen."

„Nein", entgegnete ich. Ich war weder dazu imstande, meine Augen von ihm abzuwenden, noch wollte ich den Beweisen vor mir Glauben schenken. Ich zog mich noch ein paar Schritte zurück. „Wie konntest du mir das antun? Ich dachte, du bist mein Freund. Wie konntest du das nur tun?"

Er machte einen Schritt auf mich zu, seine Hände mit den Handflächen nach oben gerichtet, wie um zu zeigen, dass er mir nichts antun wollte. „Es war nicht meine Absicht, dass du leidest, Geliebte. Ich war mir dessen nicht bewusst, dass du mich gefunden hattest, und konnte nicht ahnen, dass du meine Gedanken mit solcher Leichtigkeit lesen konntest. Sobald ich dich sah und sobald ich merkte, dass du leiden musstest, habe ich meine Gedanken vor dir verborgen."

„Nicht vollständig", sagte ich. Ich rieb mir die Arme, zitternd vor Kälte, die mich bei der Erinnerung an seine vertraulichen Besuche überkam. Etwas Kaltes drückte gegen meinen Rücken, als ich weiter vor ihm zurückwich. Ich schlüpfte hinter die Statue. „Du hast mich … *berührt.*"

Er kam einen Schritt näher. „Das ist mein Recht. Du bist meine Gefährtin."

„Das ist keineswegs dein Recht", widersprach ich ihm. Dabei klammerte ich mich Halt suchend an die Statue, an der ich mich vorbeischob. „Ich bin nicht deine Gefährtin. Ich liebe Raphael, nicht dich. Nichts, was du sagst, wird an dieser Tatsache etwas ändern."

Er tat meine Einwände mit einer wegwerfenden Handbewegung ab und kam erneut einen Schritt näher. Ich ließ die Statue los und tastete hinter mir nach der nächsten. „Die Liebe, die du für ihn zu empfinden glaubst, ist eine Illusion", sagte er. „Dein Verstand weigert sich, dein Schicksal zu akzeptieren, und erschafft auf diese Weise einen Fluchtweg für dich. Doch wenn wir den fünften Schritt der Vereinigung erst einmal vollzogen haben, wirst du deine wahren Gefühle erkennen."

„Joy? Christian? Was macht ihr denn hier?"

„Du hast mich verraten. Ich habe Hilfe bei dir gesucht. Ich dachte, du wärst mein Freund, und dann hast du mich verraten." Die kalten, blicklosen Augen eines vor langer Zeit verstorbenen Heiligen spähten sorgenvoll auf mich herab, als ich mich hinter ihn flüchtete.

„He, Leute? Was ist denn los?" Roxys Stimme wurde lauter, als sie sich uns näherte.

Da stürzte sich Christian mit einem Mal auf mich und umschloss mich in einer unnachgiebigen Umarmung, an deren Absichten kein Zweifel bestehen konnte.

„He, ihr beiden!"

„Tu das nicht!", flehte ich Christian an. „Du irrst dich, ich weiß, dass du dich irrst. Das fühle ich mit jeder Faser meines Körpers. Wir sind nicht füreinander bestimmt. Irgendwie, irgendwo ist etwas schiefgegangen. Ich bin nicht die Frau, die du brauchst."

„Joy?" Roxy tauchte neben mir auf, aber Christian würdigte sie keines Blickes. Ich hatte Angst davor, meine Augen auch nur eine Sekunde von ihm abzuwenden, und war mir sicher, dass seine Selbstbeherrschung ein jähes Ende finden würde, wenn ich es täte.

„Ich lebe seit fast neunhundert Jahren", sagte er ruhig. Seine Arme umschlossen mich wie Stahlseile. Ich hörte Roxy nach Luft schnappen, aber sie sagte nichts. „Ich habe mitangesehen, wie sich zahllose Vampire dem Ungeheuer überantwortet haben, das in ihnen lebt, weil sie nicht länger darauf warten konnten, ihre Gefährtin zu finden. Noch nie hat einer der Dunklen die falsche Frau erwählt. Das ist unmöglich."

„Nichts ist unmöglich", flüsterte ich. Ich ließ es zu, dass seine Arme mein Gewicht trugen. „‚Es gibt mehr Dinge zwischen Himmel und Erde …' Shakespeare wusste das und ich weiß es auch. Ich wünschte, ich könnte deinen Schmerz lindern, aber die einfache Wahrheit ist, dass ich nicht deine Gefährtin sein kann. Ich liebe Raphael. Ich brauche Raphael.

Ich will ihn und nur ihn. Er ist mein Gegenstück. Wenn du versuchst, etwas aus mir zu machen, was ich nicht bin, wirst du bloß uns beide zerstören. Willst du das, Christian? Willst du mich zerstören?“

Er schloss für einen Moment die Augen, aber da ich ihm so nahe war, fühlte ich die Welle aus Schmerz, die ihn überkam, obwohl er seine Gedanken und Gefühle vor mir verbarg. In diesem Augenblick begriff ich, dass er sich nichts vormachte; er glaubte aufrichtig, dass ich seine Auserwählte sei, die Frau, die ihn erlösen und seinem Leben einen Sinn geben konnte.

Und dieses Wissen verstärkte meine Angst ins Unendliche.

„Ich bin nicht sicher, was hier eigentlich los ist“, sagte Roxy. Sie schaute mit weit aufgerissenen Augen zwischen uns hin und her. „Aber was auch immer es ist, es wird mir langsam wirklich unheimlich, und Joy wirkt auch nicht gerade überglücklich, also sollten wir den Rest der Führung vielleicht besser überspringen, okay?“

„Ich werde dir nicht wehtun“, sagte Christian. Seine Stimme hüllte mich ein, glitt weich wie Samt über meine Haut. „Ich werde dir niemals wehtun, das schwöre ich.“

„Danke“, sagte ich aufrichtig. Allerdings hegte ich den hässlichen Verdacht, dass ich ihn in nicht allzu ferner Zukunft an dieses Versprechen würde erinnern müssen, falls ich ihn nicht davon überzeugen konnte, dass ich nicht seine Seelengefährtin war.

Seine Augen erforschten die meinen noch eine Sekunde lang, bevor er mich schließlich aus seinem eisernen Griff entließ. Ich begann wieder zu atmen, nachdem ich überrascht erkannte, dass ich die Luft angehalten hatte. Christian trat einen Schritt zurück und verbeugte sich knapp in Roxys Richtung. „Du bist jetzt im Besitz einer Wahrheit, die im Laufe der Jahrhunderte nur wenigen Menschen zuteil geworden ist.

Ich hoffe, du wirst mein Vertrauen in deine Diskretion nicht enttäuschen."

„Oh nein", versicherte Roxy ihm. Ihr Gesicht war blass und ihre Augen wachsam, als er ihr Kinn umfasste und ihr in die Augen sah. „Ehrlich, Christian. Ich würde dein Geheimnis niemals weitererzählen."

Er sah sie noch eine Weile an, dann ließ er ihr Kinn wieder los und wies mit einer eleganten Geste in Richtung der Treppe. „Da keine von euch wünscht, den Rest des Kerkers zu erforschen, können wir in die obere Etage zurückkehren und die Besichtigung fortsetzen."

Ich wünschte mir nichts sehnlicher, als so schnell wie möglich von hier wegzukommen und mich in Raphaels Arme zu flüchten, aber die Erinnerung an Christians Qualen war noch stark. Also lächelte ich Roxy auf ihren fragenden Blick hin zaghaft zu und bemühte mich, das immer noch andauernde Gefühl abzuschütteln, in einem Albtraum gefangen zu sein. Ich ging die Stufen hinauf, dem hellen Schein der Realität entgegen.

# 13

„Also, wie fühlt es sich denn an, wenn man das Blut von jemandem trinkt?“, erkundigte sich Roxy.

Christian blickte in den Rückspiegel und warf mir einen dermaßen jämmerlichen Blick zu, dass ich unweigerlich lachen musste. Es war an diesem Abend das erste Mal, dass ich lachte, und es fühlte sich ein wenig steif und unsicher an in seiner Gegenwart, aber ich war stolz auf mich, dass ich überhaupt mit einem Mann gemeinsam lachen konnte, von dem ich eben erst erfahren hatte, dass man seine Lebensspanne eher in Jahrhunderten als nach Jahrzehnten zählen konnte.

„Bleiben auch manchmal Blutklümpchen in deinen Zähnen stecken? Was ist, wenn jemand unter Blutarmut leidet? Bist du dann eine Stunde später schon wieder hungrig? Bist du jemals gebissen worden? Wenn du kein Blut mehr hast, verschrumpelst du dann wie so eine alte Apfelsine?“

„Roxy!“

„Okay, hier ist eine einfache Frage: Wie kommt es, dass du essen und trinken kannst, obwohl andere Dunkle es nicht können?“

„Wie kommst du darauf, dass ich es kann?“, fragte Christian, die Augen auf die dunkle Straße vor uns gerichtet.

„Wir haben dich dabei gesehen!“

Er warf ihr einen Blick zu.

„Im Hotel“, fügte Roxy hinzu. „Du hast zusammen mit uns zu Abend gegessen, weißt du nicht mehr? Und davor warst du in der Schänke. Da haben wir gesehen, wie du getrunken hast … oder etwa nicht?"

Unsere Blicke trafen sich im Spiegel.

„Bei deiner Fingerfertigkeit solltest eigentlich du derjenige sein, der als Magier auftritt, und nicht Dominic", sagte ich.

Er lächelte.

Roxy kapierte endlich. „Also, das ist wirklich nicht fair! Wenn ich geahnt hätte, dass du bloß eine Show abziehst, hätte ich gleich gewusst, wer du bist. Okay, dann also zur nächsten Frage …"

„Ich habe nicht die leiseste Ahnung, ob du tatsächlich über so nützliche Fähigkeiten wie Bewusstseinskontrolle verfügst, wie die Helden in deinen Büchern, Christian, aber wenn dem so ist, dann wüsste ich es wirklich zu schätzen, wenn du Roxy jetzt den mentalen Befehl gibst, endlich die Klappe zu halten."

Er lachte.

„Kann ich was dafür, dass ich so viele Fragen habe?", fragte Roxy mit einem wütenden Blick. „Das ist eine einmalige Gelegenheit und die werde ich bestimmt nicht ungenutzt verstreichen lassen. Außerdem durftest du schon alle deine Fragen stellen, als wir das Schloss besichtigt haben, jetzt bin ich mal dran."

„Fragen über die Herkunft der Galerie der Verschwörer sind ja wohl nicht ganz so unverschämt, wie jemanden zu fragen, was er sich so aus den Zähnen pult. Hör endlich auf, so unhöflich zu sein."

„Du hast doch nichts dagegen, wenn ich dir ein paar persönliche Fragen stelle, oder?", fragte sie Christian.

Er warf ihr einen Blick zu, der eindeutig „Doch, habe ich!" besagte, aber sie ignorierte ihn. „Siehst du? Es macht ihm überhaupt nichts aus. Also, wie ist das denn nun mit der ewigen Verdammnis …"

„Um Gottes willen, Roxy, lass ihn endlich in Ruhe!"

Sie drehte sich in ihrem Sitz um und warf mir einen weiteren wütenden Blick zu. Dann setzte sie sich wieder zurück und blickte schmollend aus dem Fenster. Weder der Blick noch das Schmollen vermochten mich sonderlich zu beeindrucken. Ich beobachtete Christians Hinterkopf, als wir die wenigen Kilometer zum Hotel zurückfuhren. Es war schwierig, den freundlichen, amüsanten Christian, den ich lieb gewonnen hatte, mit dem gequälten Unsterblichen in Einklang zu bringen, der mich als seine einzige Möglichkeit zur Rettung betrachtete.

Und ich fühlte mich schuldiger als je zuvor.

Ich lehnte mich in dem weichen Ledersitz zurück, schloss die Augen und dachte an die Male zurück, als seine Gedanken meine berührt hatten. Ich versuchte, meine bisherige Vorstellung von ihm mit dem emotionalen Bild, das seine Gedanken in mir hinterlassen hatten, in Einklang zu bringen. *Er* war es, den ich an jenem ersten Abend gespürt hatte, wie er sich der Schänke näherte. *Sein* Hunger hatte mich erfüllt, als er sich herunterbeugte, um meine Hand zu küssen, nicht Raphaels, der dabeistand und uns nur beobachtete. Es war *sein* verzweifeltes Verlangen, das mich in der Nacht in Angst und Schrecken versetzt hatte, als Raphael in mein Zimmer kam. Und es war *sein* wortloser Schrei der Angst, der durch die Nacht gehallt war, als ich mich Raphael hingegeben hatte. Christian irrte sich, was mich betraf. Das wusste ich. Aber wie sollte ich ihm das begreiflich machen?

Ich versuchte, mich entspannt im Sitz zurückzulehnen und meinen Geist von allem zu befreien, bis auf das, was ich vorhatte. Dabei hielt ich mich daran, was Miranda mir über das Meditieren beigebracht hatte. Zögernd versuchte ich meine Gedanken in die Welt hinauszuschicken, tastete mich behutsam vor.

*Christian?*

Er war auf der Stelle präsent, seine Gedanken warm und beruhigend. Das wären sie jedenfalls gewesen, wenn es mich nicht eher beunruhigt hätte, mit welcher Leichtigkeit er in meinen Kopf eindrang. *Geliebte? Rufst du nach mir?*

Oh nein! Was hatte ich jetzt schon wieder angestellt?! Angeblich war seine zukünftige Gefährtin doch die Einzige, die sich mental mit ihm verständigen konnte. Meine Gedanken rasten, als ich verzweifelt überlegte, was ich in Christians Büchern über die gedankliche Kommunikation zwischen einer Gefährtin und ihrem Dunklen gelesen hatte. Ich meinte mich daran erinnern zu können, dass er sich auf diese Weise auch mit anderen verständigen konnte, aber was war, wenn ich damit falschlag? Dann saß ich wirklich in der Klemme. Ich widerstand der Versuchung nachzuprüfen, ob er mich im Spiegel ansah, und beschloss, dass jegliche gedankliche Kommunikation mit Christian ab sofort strengstens verboten war.

„Tut mir leid, ich wollte dich nicht stören. Ich wollte nur, dass du weißt, wie elend ich mich deswegen fühle, wie sich die Dinge zwischen uns entwickelt haben. Ich weiß, dass du mir noch nicht glaubst, aber ich werde es dir irgendwie beweisen, dass ich nicht diejenige bin, die dich retten kann. Oder noch besser, ich verspreche dir, dass ich dir dabei helfen werde, die Richtige zu finden. Ich will nicht, dass du noch länger leidest, Christian, ganz bestimmt nicht."

Seine Augen im Rückspiegel glitzerten düster. „Dieses Thema sollten wir vielleicht besser ein anderes Mal besprechen."

Ich schüttelte den Kopf. „Nein, du musst dir wegen Roxy keine Sorgen machen, sie wird niemandem ein Sterbenswörtchen verraten. Ich habe ihr erzählt, was in deinem Verlies passiert ist, und sie versteht es."

Er warf Roxy einen Blick zu. Sie lächelte ihn bloß an.

„Nicht dass ich noch viel zu erzählen hätte. Ich glaube, ich hab eigentlich schon so ziemlich alles gesagt."

„Ich hingegen habe noch lange nicht alles gesagt", entgegnete er ruhig und wandte seine Augen wieder der Straße zu.

Es half schon ein wenig, seinen Hinterkopf wütend anzustarren. Ebenso wie ihn in Gedanken mit jedem mir bekannten Synonym der Begriffe *verbohrt* und *stur* zu beschimpfen. Ein Weilchen zumindest. Als er uns am Hotel absetzte, hatte ich mich innerlich fast schon an den Gedanken gewöhnt, dass ich meine Anstrengungen verdoppeln musste, damit er akzeptierte, dass ich nicht diejenige war, für die er mich hielt.

„Sollen wir uns jetzt in die Menschenmassen stürzen?", erkundigte sich Roxy, als wir auf dem Parkplatz vor dem Hotel standen und die Wiese betrachteten, die sich unter uns erstreckte.

„Musst du da noch fragen?" Ich drehte mich um und lächelte Christian an. „Du kannst dich uns gerne anschließen, wenn du sonst nichts vorhast. Das heißt, wenn es dir nichts ausmacht, dich inmitten all dieser Menschen aufzuhalten. Ich meine, wenn wir dir nicht lästig sind. All diese Leute … um dich herum …" Der wissende Blick, den er mir zuwarf, verschlug mir die Sprache. Meine Wangen brannten vor Scham über das, was ich nicht in Worte fassen konnte.

„Sie meint, ob du schon genug Blut getrunken hast", zwitscherte Roxy. „Ich nehme nicht an, dass ich mal dabei zuschauen …" Sein Blick richtete sich auf sie. „Nein, du hast recht, das ist keine gute Idee."

„Wenn ihr gestattet, dann werde ich euch später auf dem Markt treffen."

„Na klar doch", sagte ich fröhlich, in dem Bemühen, den Gedanken zu verdrängen, dass er sich jetzt auf die Suche nach einem nichts ahnenden Opfer machen würde, um darüber herzufallen. „Später. Wir sind auf jeden Fall da. Irgendwo."

*„Bon appétit"*, sagte Roxy.

Ich schnappte mir ihren Arm und zog sie den grasbewachsenen Hügel hinunter in Richtung Markt. „Um Gottes willen, Roxy, du kannst doch einem Vampir nicht *bon appétit*! wünschen! Das ist echt so was von taktlos!"

„Warum?", erkundigte sie sich und stolperte über einen Erdklumpen. „Ich möchte doch nur, dass er eine gute Mahlzeit einnimmt. Was ist denn, wenn er sich jemanden aus einem schlechten Jahrgang aussucht? Oder jemanden mit einer Blutkrankheit? Du magst ja keine Pläne mit ihm für später machen, aber ich schon, und ich möchte, dass er dann guter Laune ist. Ich will nämlich alles hören, was bisher noch nicht in seinen Büchern steht, alle dreckigen Einzelheiten über die Dunklen. Und er hat mir versprochen, dass ich das nächste Mal mit den Daumenschrauben in der Folterkammer hier auf dem Markt dran bin."

Ich warf einen Blick über die Schulter zurück, als wir am Fuß des Hügels angekommen waren. Christian war immer noch als Silhouette gegen das Licht, das aus dem Hotel fiel, zu erkennen. Der Wind ließ den langen Mantel um seine Beine flattern, während er einfach nur bewegungslos dastand und uns nachsah.

„Raphael kann heute für mich gar nicht früh genug mit seiner Arbeit aufhören. Ich hoffe nur, dass nicht wieder irgendetwas schiefgeht", murmelte ich leise vor mich hin.

Doch Roxy hatte mich gehört. „Was soll denn heute Abend

schiefgehen? Du wirst dich heute von den Runensteinen fernhalten, also sollte die Welt eigentlich vor den Unglücken, Katastrophen und Naturgewalten sicher sein, die auf deine Sitzungen für gewöhnlich folgen."

Es gibt Zeiten, zu denen Roxy alles andere als vorausschauend ist.

Ich fand Raphael bei einem der zwei Zelte, in denen abgepacktes Essen und warme Getränke serviert wurden. Obwohl der Markt keine Lizenz für den Ausschank von Alkohol hatte, brachten viele Gäste ihre eigenen Vorräte mit. Da sich nun immer mehr Menschen in Erwartung des großen Festivals in ein paar Tagen hier versammelten, hatte Raphael besonders viel zu tun. Er musste diejenigen herausfischen, die sich nicht mäßigen konnten und Ärger machten. Gerade begleitete er zwei Frauen und einen großen, dünnen jungen Mann vom Platz und erklärte ihnen, sie könnten später wiederkommen, wenn sie nüchtern waren.

„Wenn ich sehe, wie unsicher sie auf den Beinen sind – ganz abgesehen von den Liedfetzen, mit denen sie gegen deine Handlungsweise protestiert haben –, würde ich wetten, dass sie sich jetzt erst mal so richtig ausschlafen, statt gleich wiederzukommen."

„So ist es auch gedacht." Raphael lächelte, als er sich zu mir umdrehte. Um seinen Mund herum waren Falten der Anspannung sichtbar und seine schönen Augen blickten besorgt und abgelenkt drein. Also verwarf ich meine Pläne, ihn zu einem wahren Rausch wollüstiger Gedanken anzutreiben, und versuchte stattdessen lieber, sein Stirnrunzeln wegzustreicheln.

„Läuft es nicht so gut heute Abend?"

„Nicht schlimmer, als wir erwartet hatten." Er ergriff meine Hand und küsste meine Handfläche. „Und wie war dein Abend mit Dante?"

Ich verdrängte rasch die grauenhafte Erinnerung an Christians Höllenqualen, die sofort wieder in mir aufstieg. „Es ging so. Ich erzähl dir später davon." Viel später. Sagen wir mal, fünf bis sechs Jahre später.

Aus dem Funkgerät, das er am Gürtel trug, kam Rauschen und ein Schwall vollkommen unverständlicher Wortfetzen. Er schien es allerdings zu verstehen, denn er bellte einen Befehl in sein Funkgerät und hielt mich kurz fest, bevor er sich eiligst auf den Weg zurück zum eigentlichen Marktgelände machte.

„Hier, nimm das." Er zog den Schlüssel zu seinem Wohnwagen aus der Tasche und drückte ihn mir in die Hand. „Ich komme so bald wie möglich zu dir, wenn wir hier zumachen. Rico braucht dringend Hilfe bei einer Schlägerei in der Nähe vom Hauptzelt. Also halt dich besser davon fern, bis wir für Ordnung gesorgt haben."

„Kein Problem. Mach dir um mich keine Sorgen. Ich werd mal nach Arielle sehen und fragen, wie es ihr geht."

Er lief in Richtung großes Zelt, überlegte es sich dann doch anders und kehrte zurück, um mich an sich zu ziehen und mir einen raschen, harten Kuss zu geben. „Hab ich dir eigentlich schon gesagt, wie schön du heute aussiehst?", raunte er mir zu.

„Nein, aber ich bin bereit, mir später deine Entschuldigungen ob dieser ungeheuerlichen Nachlässigkeit anzuhören." Ich zwickte ihn ins Kinn und fühlte, wie ein warmes Glücksgefühl in mir aufstieg, angesichts des begehrlichen Blicks, den er mir noch schenkte, bevor er sich endgültig auf den Weg zum Hauptzelt machte.

„Sei vorsichtig!", musste ich ihm natürlich noch unbedingt hinterherrufen.

Er hob dankend die Hand und bahnte sich seinen Weg durch die immer dichter werdende Menschenmenge.

Arielle war mit ihrem Latein am Ende.

„Joy!“, rief sie aus, als ich mich ihrem Zelt näherte. Es freute mich, die lange Warteschlange von Menschen zu sehen, die sich von ihr aus der Hand lesen lassen wollten. Sie stand auf, entschuldigte sich kurz bei ihrem verdatterten Kunden, rannte auf mich zu und als sie mich erreichte, griff sie nach meinen Händen. „Oh Joy, ich bin so froh, dich zu sehen. Ich habe schon Roxy geschickt, um dich zu suchen. Bitte, du musst mir helfen. Ich bin in einer wirklich verzweifelten Situation.“

Ich lächelte und drückte ihre Hände kurz. „Natürlich werde ich dir helfen. Was kann ich denn tun?“

Sie zog mich in ihre Bude, wo die Menschen in der Schlange – die genau wie die Besucherzahl des Marktes beständig wuchs – langsam die Geduld zu verlieren schienen. „Tanya will nicht arbeiten. Sie ist vor einiger Zeit zurückgekommen und hat sich geweigert, Dominics Anordnung zu befolgen und die Karten zu legen.“

Ich ahnte schon, worauf das hinauslaufen würde. „Ich freue mich, dass sie heil und gesund wieder zurück ist, und es tut mir leid, dass sie keine Karten legen will, aber ich fürchte, ich kann dir da nicht helfen. Ich habe nicht die leiseste Ahnung vom Tarot und …“

„Nein, nein.“ Sie schüttelte energisch den Kopf und zerrte mich weiter an den wartenden Menschen vorbei. „Es ist schon alles vorbereitet. Ich werde die Karten legen und Renée – sie ist Bastians Frau, du kennst sie doch, die Schwangere –, sie wird aus den Händen lesen, aber dafür musst du die Runen übernehmen, denn Renée ist eine *bohémienne*, eine Zigeunerin, verstehst du, und sie hat kein Gefühl für Runen in sich. Du wirst die Runen mit größtem Erfolg legen und ich werde dir sehr dankbar sein."

„Aber, aber …"

„Es ist schon alles vorbereitet", wiederholte Arielle und drückte mich auf ihren Stuhl. „Ich werde jetzt zu Tanyas Stand gehen und die Tarotkarten legen. Renée benutzt das Teezelt für das Lesen aus der Hand. Du nimmst für eine Deutung mit drei Steinen 150 Kronen oder fünf Euro. Das Trinkgeld darfst du natürlich behalten. Hier sind deine Steine, Roxy hat sie aus deinem Zimmer geholt. Hast du jetzt alles? Ja? Sehr schön!" Arielle klatschte in die Hände und rief mit lauter Stimme über den Lärm der Menschen hinweg, dass eine hervorragende Runendeuterin um die halbe Welt gereist sei, um ihnen zu weissagen. Niemand wirkte bei dieser Mitteilung oder angesichts meiner Erscheinung in verwaschenen Jeans und einem Strickpulli sonderlich beeindruckt, aber es regte sich auch kein Widerspruch, also schnappte ich mir den Beutel mit meinen Steinen und lächelte der Frau auf dem Stuhl mir gegenüber zu.

„Denken Sie jetzt bitte an eine Frage, die Sie beantwortet haben wollen", sagte ich auf Deutsch zu ihr. Im Stillen betete ich, dass die Menschen in der Schlange es bald leid wären zu warten und sich auf den Weg zu einem anderen Stand machen würden.

Drei Stunden und fünfundzwanzig Minuten später wünschte ich einem jungen tschechischen Paar eine gute Nacht, während ich die letzten paar Münzen in Arielles Geldkassette fallen ließ. Das Geld aus der Trinkgeldschale schüttete ich in einen Stoffbeutel, von dem ich annahm, dass er ebendiesem Zweck diente, und stopfte auch den in die Kassette. Dann stand ich auf und streckte meinen erschöpften Körper. Neben dem beständigen Strom von Menschen, für die ich die Runen deuten sollte, hatte ich auch noch einige andere Besucher gehabt. Dominic kam dramatisch hereingerauscht und schenkte mir eines seiner verführerischen Lächeln, während er mir für meine Hilfe dankte. Ich akzeptierte seinen Dank, ignorierte die lüsternen Blicke und riet ihm mit leiser Stimme, er möge seine Show lieber woanders abziehen, wenn er nicht wollte, dass ich auf der Stelle aufstand und verschwand. Er warf einen Blick auf die wartenden Menschen, löste mit etwas Mühe meine Hand vom Tisch, an den ich mich geklammert hatte, und beugte sich mit viel Aufhebens darüber, um mein Handgelenk zu küssen. Dabei vergewisserte er sich, dass auch ja alle mitbekamen, wie er sich über seine Fangzähne leckte.

„Schmierenkomödiant“, knurrte ich.

„*Mon ange*“, schmalzte er.

Raphael war ein weitaus willkommenerer Besucher; doch obwohl er insgesamt dreimal bei mir vorbeischaute, wirkte er abgelenkt und fragte nur kurz, ob alles in Ordnung sei. Roxy und Christian winkten mir zweimal zu, als sie auf ihrer Runde vorbeikamen. Beim zweiten Mal blieben sie kurz stehen und überreichten mir eine Flasche Wasser und eine große Brezel.

Sogar Milos stattete mir einen Besuch ab. Einmal, um seiner Wertschätzung für meine Hilfe Ausdruck zu verleihen – mit derart leiser Stimme, dass ich ihn beinahe gar nicht verstanden hätte –, und das zweite Mal, um die völlig überfüllte Geldkassette zu leeren. Als ich endlich die letzte Rune für den letzten Kunden gedeutet hatte, tat mir alles weh und ich war vollkommen erschöpft, nachdem ich für mehr als fünfzig Menschen orakelt hatte. Ich zog Raphaels Schlüssel hervor und hatte eigentlich vor, bei ihm zu übernachten. Aber die

Verlockung eines langen heißen Bades in der Wanne in unserem Hotel war zu stark für mich und meinen schmerzenden Körper.

Also schleppte ich mich ächzend zu dem Stand, an dem Arielle immer noch damit beschäftigt war, Karten zu legen. „Ich hab alle durch und mach jetzt Schluss. Hast du Roxy gesehen?"

Sie schüttelte den Kopf.

„Ist auch egal. Und Raphael?"

„Er war vor ein paar Minuten hier. Er sagte, er muss sich um ein Problem kümmern, das jemand gemeldet hat, aber er würde gleich danach wiederkommen."

„Ah. Also, wenn du ihn siehst, kannst du ihm dann bitte ausrichten, dass ich nur schnell ein Bad nehme und dann wieder herkomme?"

Sie nickte. Ihre Augen strahlten mich dankbar an. Ich ließ die Kassette bei ihr und tat es erneut den Lachsen gleich, die zum Laichen gegen den Strom schwimmen müssen, bis ich endlich den Rand des Marktgeländes erreichte. Der Lärm, der hinter mir ausbrach, kündete die erste Band an, was auch erklärte, warum die meisten Menschen jetzt in die mir entgegengesetzte Richtung strömten. Ich ging den üblichen Anzeichen dafür, dass sich hier Menschen amüsiert hatten, aus dem Weg – einer Pfütze Erbrochenem, leeren Weinflaschen, weggeworfenen Kondompackungen und diversem anderen Müll, der über das zertretene Gras geweht wurde – und entfernte mich immer weiter von dem Krach und den Lichtern auf die relative Ruhe am Rand zu.

Kurz bevor ich meinen üblichen Weg an der Zeltstadt vorbei einschlagen wollte, blieb ich stehen, als vor mir plötzlich lautstark ein Lied angestimmt wurde. Acht oder neun Leute tanzten in mehr oder weniger bekleidetem Zustand um ein brennendes Fass herum, offensichtlich Mitglieder der angeheiterten Gruppe, die Raphael vor ein paar Stunden hinausbegleitet hatte. Da ich keinesfalls ihre Aufmerksamkeit auf mich lenken wollte, bog ich scharf links ab und erklomm keuchend und schaufend einen steilen Hügel, wobei ein dichter Teppich aus Kiefernnadeln den Weg ziemlich rutschig machte. Schließlich stand ich in einem kleinen Tannenhain am anderen Ende des Hotelareals. Es war ein dunkler, enger Bereich, in dem es himmlisch duftete, aber aufgrund seiner isolierten Lage bekam ich eine Gänsehaut. Nach der Erfahrung in Christians Kerker sehnte ich mich nach der Sicherheit von Menschen und Lichtern um mich herum.

Als ich gerade eine große Tanne umrunden wollte, blieb ich wie erstarrt stehen. Vor mir kauerte jemand zwischen zwei Bäumen am Rand des Wäldchens. Vermutlich nur ein einsamer, betrunkener Grufti, der den billigen Wein, den er literweise in sich hineingeschüttet hatte, nun wieder von sich gab, sagte ich zu mir selbst. Aber als ich versuchte, mir heimlich, still und leise einen Weg an ihm vorbei zu bahnen, konnte ich deutlich sehen, dass es kein Grufti war, dass er nichts von sich gab, und einsam war er auch nicht.

Die Gestalt, die sich gegen das Licht aus dem vor uns liegenden Hotel abzeichnete, war groß, kräftig gebaut und kam mir extrem bekannt vor. Doch das, wovon ich den Blick nicht abwenden konnte, und was mich davon abhielt, in entzücktes Rufen auszubrechen, war die Person zu seinen Füßen.

Selbst in der fast vollkommenen Dunkelheit erkannte ich das leuchtend rote Haar, das ihren Kopf wie eine Blutlache umgab.

Wenn Raphael Mund-zu-Mund-Beatmung versucht hätte oder ihr ein paar Klapse zum Aufwecken gegeben oder auch nur mit ihr geredet hätte, wäre ich auf der Stelle zu ihm gerannt, um ihm zu helfen. Aber die Lautlosigkeit, mit der er sich bewegte, die sparsamen und zugleich effizienten Bewegungen, mit denen er Tanya durchsuchte, sorgten dafür, dass ich stocksteif hinter dem Baum stehen blieb, der mich zumindest teilweise vor seinem Blick verbarg. Raphael hob etwas vom Boden neben Tanya auf, musterte es einen Moment und steckte es in seine Tasche. Dann blickte er in die Nacht hinaus, sein Kopf drehte sich langsam, als ob er die Gegend absuchte. Ich duckte mich hinter den Baum, mein Herz klopfte wie verrückt. Ich war nicht sicher, warum ich mich überhaupt vor ihm versteckte, aber dennoch tat ich es. Als ich einen Augenblick später wieder hinsah, war er weg.

Tanya jedoch nicht.

„Bitte mach, dass sie nur schläft. Oder bewusstlos ist. Oder sich tot stellt. Oder sich mit Drogen zugeknallt hat. Bitte, bitte, bitte lass nicht zu, dass sie …“ Ich konnte mich nicht überwinden, das Wort auszusprechen, was ziemlich dumm war, denn ich wusste in diesem Moment nur zu gut, dass sie tot war. Raphaels Körpersprache schrie es in die Welt hinaus, Tanyas unbewegt daliegender Körper schrie es in die Welt hinaus und jedes einzelne Haar auf meinem Kopf, das mir in dem Augenblick zu Berge stand, als ich ihn dabei beobachtete, wie er sie durchsucht hatte, schrie es in die Welt hinaus.

Sie war tot. Sie lag auf der Seite, zu einer Kugel zusammengerollt, und ruhte auf einer Matratze aus Tannennadeln; ihr Haar umfloss sie wie ein roter Heiligenschein. Ihre Augen waren geschlossen. Ich sah keinerlei Anzeichen dafür, dass sie atmete, aber ich sollte das wohl besser überprüfen, um sicherzugehen, dass sie nicht nur schwer verwundet war.

Als ich mich vorbeugte, um einen Blick auf Tanya zu werfen, fühlte ich ein warnendes Kitzeln in meiner Nase.

Ich zuckte zurück und zog gleichzeitig ein ganzes Bündel Papiertaschentücher aus meiner Tasche. Ein paar Sekunden später hockte ich da und betete, dass es kein schlechtes Karma verursachte, auf einen möglicherweise toten Menschen zu niesen. Sie sah jedenfalls ziemlich tot aus. Ich schluckte, als sich in meiner Kehle ein Kloß des Widerwillens bildete, bevor ich endlich eine Hand ausstreckte, die stärker zitterte, als ich zuzugeben bereit war, den Kragen ihrer Jacke zurückschob und eine Fingerspitze an ihr Kinn legte. Es fühlte sich ziemlich warm an.

„Der Puls, du Blödi. Am Kinn kannst du nun wirklich gar nichts erkennen. Du musst den Puls überprüfen", ermahnte ich mich selbst. Ich beugte mich über sie und bewegte ihren Kopf behutsam zur Seite, damit ich ihren Puls finden konnte.

Meine Hand erstarrte.

Ein Schrei durchschnitt die schwere Nachtluft und erschreckte die Vögel, die rund um mich herum auf den Bäumen schliefen. Ich ignorierte den Schrei, außerstande, den Blick von dem grauenhaften Anblick abzuwenden, außerstande zu glauben, dass ich tatsächlich sah, was vor mir lag. Ein entfernter Teil meines Verstandes wünschte sich, dass wer auch immer da schrie endlich den Mund halten sollte, damit ich in Ruhe nachdenken konnte, aber der Rest meines Verstandes, der Teil, der auf Tanyas Hals starrte, war zu fassungslos, um überhaupt irgendetwas zu denken.

Eine dunkle Gestalt stürzte aus der Finsternis und packte mich, schleuderte mich gegen eine Mauer aus Wärme und Trost und brachte den Schreihals gnädigerweise zum Schweigen. „Schhhh, Baby. Ist ja alles gut, ich bin ja hier."

Ich schmiegte mich zitternd in die Wärme, die da zu mir sprach, und klammerte und presste mich verzweifelt an Raphael, in dem Versuch, den Horror hinter mir zu verdrängen. „Es ist Tanya“, schluchzte ich.

„Ich weiß, Baby.“

„Sie ist tot.“

„Ich weiß.“

Der furchtbare Anblick ihres aufgerissenen Halses, ihrer blutleeren Adern, erfüllte meine Gedanken vollständig. Ich versuchte, mich noch fester an Raphael zu drängen. „Ich weiß, wer sie umgebracht hat“, flüsterte ich.

Seine Arme umschlossen mich noch fester, als er seine Lippen gegen meine Schläfe drückte. „Ich auch, Baby. Ich auch.“

# 14

„Du warst es nicht“, sagte ich zu Raphael, sobald ich in der Lage war, mich von ihm zu lösen.

„Was war ich nicht?“, fragte er. Er spähte in die Dunkelheit, die uns umgab.

„Du hast Tanya nicht umgebracht.“

Er wandte sich langsam um und blickte mich an. „Ich bin entzückt zu hören, dass du mich nicht für einen Mörder hältst.“

„Das habe ich nicht gesagt. Ich glaube schon, dass du jemanden töten könntest, wenn du einen Grund dazu hättest, aber zufällig weiß ich, dass du Tanya nicht getötet hast.“

Er packte mich bei den Armen und starrte mir angespannt in die Augen. „Woher weißt du das? Was hast du gesehen?“

„Ich habe nicht gesehen, wer sie getötet hat, wenn du das wissen willst.“

Er seufzte erleichtert auf und ließ meine Arme los. Er hörte allerdings nicht damit auf, den Wald um uns herum abzusuchen.

„Aber ich habe ihren Hals gesehen. Ich weiß, wer sie als Einziger ermordet haben kann. Angesichts der Art der … *Verletzung* und der Tatsache, dass nicht ein einziger Blutstropfen übrig ist, ist der Einzige, der sie getötet haben kann, ein …“

„Vampir?“, fragte er. Er hockte sich hin, um den Boden zu untersuchen.

Ich nickte, bis mir klar wurde, dass er mich gar nicht

ansah. Also sagte ich: „Ja, ich weiß, dass du nicht an sie glaubst – Gott weiß, ich habe auch nicht daran geglaubt, ehe ich hierherkam und jemand einfach so in meine Gedanken eingedrungen ist –, aber selbst du musst doch zugeben, dass ihr Tod genauso aussieht, wie man es bei einem Vampir erwarten würde."

„Ja, das ist wohl wahr", stimmte er mir zu. Jetzt untersuchte er den Boden um den Baum herum. Ich hatte nicht die leiseste Ahnung, was er zu finden hoffte, da der weiche Untergrund aus Tannennadeln der Bildung von Fußspuren und anderen hilfreichen Hinweisen nicht eben förderlich sein konnte, aber er suchte trotzdem.

Und das kam mir auf einmal ziemlich merkwürdig vor. „Was genau machst du da eigentlich?"

Er ignorierte meine Frage und tippte sich mit einem Finger ans Kinn, bevor er auf mich zukam und mir beide Hände auf die Schultern legte. Seine Augen waren getrübt vor Sorge und Unruhe. „Ich weiß, es ist viel verlangt, aber könntest du ein paar Minuten allein hierbleiben, bis die Polizei kommt?"

Ich blinzelte ihn an. „Die Polizei?"

Er nickte. „Sie sollte bald hier sein."

„Hast du sie angerufen?"

„Natürlich. Ich weiß, das wird sicher nicht angenehm für dich sein, ganz allein zu warten, aber ich muss jetzt gehen, bevor die Polizei kommt. Ich … äh … muss Dominic berichten, was passiert ist." Er sprach steif und zögerlich. „Für dich besteht überhaupt keine Gefahr, ich bin nur ein paar Minuten weg."

Ich starrte ihn an, dann blickte ich zu Tanyas Leiche hinüber. Eigentlich wollte ich auf gar keinen Fall mit ihr alleine sein, aber es wurde immer deutlicher, dass Raphael jeden Kontakt mit der Polizei scheute. Obwohl ich der Auffassung war, dass es nichts nützte, vor einem Problem davonzulaufen, war dies wohl kaum der geeignete Zeitpunkt, um ihm einen Vortrag darüber zu halten, sich endlich seiner Vergangenheit zu stellen, oder was immer ihm solche Probleme bereitete. „Okay. Ich bleib hier."

Er schaute leicht erstaunt drein, dass ich seinem Vorschlag ohne langes Zögern zustimmte. „Es macht dir nichts aus? Hast du denn keine Angst?"

Ich schüttelte den Kopf. „Nein. Tanya wird mir nichts Schlimmes antun und ihr Mörder mit Gewissheit auch nicht." Schließlich hatte er erst heute am frühen Abend geschworen, dass er mir nie wehtun würde. „Geh ruhig. Ich warte hier auf die Polizei."

Raphael öffnete den Mund, um etwas zu sagen, schloss ihn wieder und öffnete ihn erneut mit einem leichten Kopfschütteln. „Wir beide werden ein sehr ausführliches Gespräch führen, sobald ich es irgendwie einrichten kann."

„Gut", sagte ich, schlang meine Arme um seine Taille und umarmte ihn. „Ich habe nämlich eine ganze Menge Fragen, die ich unbedingt beantwortet haben möchte."

Er schüttelte erneut den Kopf, sagte mir, was ich der Polizei erzählen sollte, wenn sie eintraf, und verschwand in die Nacht.

Als ich ihm nachsah, schossen mir immer wieder Fragen durch den Kopf. Was hast du hier gemacht, statt dich um deinen Job auf dem Markt zu kümmern? Was hast du vom Boden neben Tanya aufgehoben? Was verschweigst du über deine Vergangenheit? Und wie hast du die Wahrheit über den armen Christian herausgefunden?

Armer Christian. Die Worte hallten in meinem Kopf wider, als ich zu Tanyas leblosem Körper hinüberblickte. Der *arme Christian* hatte ihr das angetan. Der *arme Christian* hatte ihr brutal die Kehle aufgerissen und sie ausgesaugt. Schon bei dem Gedanken daran überlief mich ein Schaudern. Mir wurde schlecht angesichts der nüchternen Realität der wahren Natur eines der Dunklen. An der Art, wie er sich an ihr labte, war nichts, aber auch gar nichts Romantisches oder Erotisches, ganz im Gegensatz zu den Beschreibungen in seinen Büchern. Tanyas Leben war ihr in einem Akt brutaler Grausamkeit geraubt worden, sie war auf bestialische Weise abgeschlachtet worden. Mein Magen verkrampfte sich, als ich die unleugbare Wahrheit erkannte: Christian war extrem gefährlich, ein gewissenloser Mörder.

Und er war irrsinnig eifersüchtig auf den Mann, den ich liebte.

Noch bevor ich eine Lösung gefunden hatte, was ich denn wegen Christian unternehmen sollte, traf die Polizei ein. Streifenwagen strömten auf den hoteleigenen Parkplatz, ihre Lichter blitzten hell auf, als sie jetzt einen Halbkreis um den Bereich bildeten, wo ich wartete. Ich war überrascht, so viele Polizisten zu sehen, denn eigentlich hatte ich vermutet, dass Raphael nur eine kurze Meldung darüber gemacht hatte, dass eine Leiche entdeckt worden war. Doch dann bekam ich Gewissensbisse, weil ich so schlecht über ihn dachte. Er mochte kein unbeschriebenes Blatt bei der Polizei sein, aber das hieß noch lange nicht, dass er sich vor seiner Pflicht drückte.

Ein älterer Mann mit grau meliertem Haar und einem großen Schnurrbart kam zu mir herübergeschlendert. Er fragte mich etwas auf Tschechisch. Ich schüttelte den Kopf, zeigte auf Tanya und antwortete auf Deutsch. „Raphael, der Mann, der Sie angerufen hat, hat mir aufgetragen, hier bei ihr zu bleiben, während er zurück zum Markt geht, um die Besitzer darüber zu informieren, was passiert ist."

„Raphael?“, fragte der Mann auf Englisch, wenn auch mit starkem Akzent. Er konsultierte den Notizblock, den ihm einer seiner Vasallen in die Hände drückte. „Raphael Saint Johan?“

„St. John“, korrigierte ich. „Genau genommen spricht man es ‚Sindschun‘ aus. Er ist nämlich Brite, müssen Sie wissen.“

Der Mann starrte mich an.

„Die machen so was. Mit ihren Namen, meine ich.“

Er starrte mich weiter an, bis er schließlich mit bedächtigen Bewegungen einen Bleistift aus der Tasche holte, an der Spitze leckte und sich etwas notierte. „Ich bin mit den Briten vertraut, Madam. Ich habe in meiner Jugend die Universität von Oxford besucht.“

„Oh. Tut mir leid.“

Er neigte den Kopf zum Zeichen, dass er meine Entschuldigung akzeptierte. „Ich bin Inspektor Jan Bartos von der Polizei in Brno. Ihr Name?“

Ich nannte ihn ihm. Er notierte sich die Information, dass ich in dem Hotel wohnte, meine Heimatadresse, und was ich in der Tschechischen Republik machte. Dann warnte er mich, dass er meine Auskünfte anhand meines Passes überprüfen würde.

„Kein Problem, ich habe nichts zu verbergen“, sagte ich. Ich warf kurz einen Blick über meine Schulter, um nachzusehen, ob Raphael endlich zurückgekommen war. „Ich war gerade auf dem Weg ins Hotel zurück, als ich Tanya fand. Raphael ist mir dann zufällig begegnet, nachdem er Sie angerufen hat. Das ist alles.“

„Tanya? Sie kennen das Opfer?“

„Flüchtig. Das heißt, ich habe sie kennengelernt und ein paarmal mit ihr geredet.“ Wenn man die Drohungen und Beschimpfungen, die sie mir an den Kopf geworfen hatte, so nennen konnte. „Aber so richtig *gekannt* habe ich sie eigentlich nicht. Sie hat auf dem Gothic-Markt gearbeitet. Ich bin nur als Touristin hier."

Er machte sich wieder Notizen. „Sie arbeiten also nicht auf dem Markt?"

„Nein." Sobald ich das Wort ausgesprochen hatte, fühlte ich mich bemüßigt, es genauer zu erklären, nur für den Fall, dass die Polizei jemanden von den Leuten befragte, für die ich die Runen gelegt hatte. „Das heißt, *eigentlich* arbeite ich nicht für sie, aber heute Abend habe ich hier die Runen gedeutet."

„Sie deuten …?"

„Runensteine. Das sind kleine Steine, auf denen sich Runen befinden. Es ist ein bisschen so wie Karten legen, nur anders. Hier, ich hab meine Steine dabei, ich kann sie Ihnen zeigen." Ich zog den schwarzen Samtbeutel aus meiner Handtasche und nahm einen Amethyst heraus. „Sehen Sie? Das sind Amethyste. Damit habe ich heute Abend auf dem Markt gearbeitet, aber sonst mache ich das hier nicht. Na ja, bis auf das eine Mal vor ein paar Tagen, aber das war etwas Besonderes."

„Verstehe." Er wirkte nicht so, als ob er verstünde, sondern als wenn er gerade über meinem Kopf eine Leuchtschrift entdeckt hätte, die für alle Welt sichtbar HAUPTVERDÄCHTIGE verkündete.

„Es war eine Wette, nur eine blöde Wette zwischen meiner Freundin und Tanya."

Inspektor Bartos blickte stirnrunzelnd auf die Spitze seines Stiftes, stopfte sich das Notizbuch unter den Arm und klopfte seine Taschen ab, bis er ein kleines schwarzes Objekt aus einer von ihnen herauszog. Vorsichtig führte er die Bleistiftspitze in den Spitzer ein und begann, den Stift mit äußerster

Präzision zu drehen. Währenddessen lugte aus einem Mundwinkel seine Zungenspitze hervor. Ich musste mir auf die Lippe beißen, um nicht zu kichern.

„Also“, sagte er, als er mit seiner Aufgabe fertig war. Ich wartete darauf, dass er wieder an der Spitze lecken würde, und er sah auch so aus, als ob er das vorhatte, aber dann überlegte er es sich in letzter Sekunde doch noch anders. „Sie werden mir jetzt bitte erzählen, was das für eine Wette war, die Sie mit dem Opfer abgeschlossen hatten.“

Wieder sah ich über meine Schulter zurück, in der Hoffnung, einen großen Mann mit wunderschönen Bernsteinaugen zu erblicken, der den Hügel hinaufmarschiert kam, aber es war weit und breit nichts zu sehen als Polizisten, die über das ganze Gelände ausgeschwärmt waren, um ein ziemlich großes Gebiet um Tanyas Leiche herum abzusperren.

„Das war nicht *meine* Wette, sondern die meiner Freundin Roxy. Roxanne Benner. Wir reisen zusammen. Tanya hat ein paar hässliche Dinge über mich gesagt, deshalb hat Roxy ihr ganzes Geld darauf gesetzt, dass ich Runen deuten kann. Das war alles.“

„Tatsächlich?“ Er machte sich wieder Notizen. Es war ein merkwürdiges Gefühl zu wissen, dass alles, was ich sagte, niedergeschrieben wurde.

„Ja.“

„Tanya hat eine große Geldsumme an Ihre Freundin verloren, stimmt das? Sie war wütend?“

Ich lächelte ihn gequält an. „Nicht auf Roxy, nein. Es hatte eigentlich gar nichts mit den beiden zu tun, müssen Sie wissen. Es lag nur an …“ Ich schloss den Mund, bevor ich das Wort „mir“ aussprechen konnte, und schluckte nervös.

„Ja? Wer war der Grund für diese Wette?“

„Äm. Tja, eigentlich ging es nicht unbedingt um eine

bestimmte Person. Es waren eine ganze Menge Leute beteiligt."

„Verstehe."

Diesmal hatte ich das Gefühl, er verstand tatsächlich. Ich hegte nicht den geringsten Zweifel daran, dass er mein jämmerliches Gestammel durchschaute, bis hin zu der hässlichen Tatsache, dass Tanya mich auf den Tod nicht ausstehen konnte. Zu der HAUPTVERDÄCHTIGE-Leuchtschrift über meinem Kopf gesellten sich jetzt auch noch rote Pfeile, die geradewegs auf mich zeigten.

„Ich werde mich später noch weiter mit Ihnen unterhalten müssen." Inspektor Bartos fügte eine letzte Notiz hinzu und sah mich mit einem kühlen, abwägenden Blick an. „Ich werde Sie dann sicher im Hotel finden können?"

Ich hoffte, die Dunkelheit verbarg die Röte, die meine Wangen überzog. „Äm … na ja, entweder dort oder … äh … Raphael hat einen Wohnwagen auf der anderen Seite des Marktes. Es ist der blaue, auf dessen Seite eine riesige rote Hand abgebildet ist. Falls ich nicht im Hotel sein sollte, finden Sie mich dort."

Er schürzte die Lippen und zog sein Notizbuch wieder aus der Tasche. „Sie arbeiten also nicht für den Gothic-Markt, aber Sie lesen dort Runen. Sie sind das Objekt einer Wette mit Mitarbeitern des Marktes und Sie sind", er warf mir einen schwer zu deutenden Blick zu, „mit einem der Angestellten näher bekannt. Trifft das zu?"

Ich rollte die Zehen in meinen Schuhen zusammen und wünschte, ich befände mich irgendwo anders, ganz egal wo. „Na ja, wenn Sie es so sagen, klingt es ganz schön verdächtig, aber eigentlich ist alles völlig harmlos."

„Sie kennen Mr Raphael St. John jetzt wie lange?"

„Tja, also, *das* ist vielleicht nicht ganz so harmlos. Ich meine, es ist schon harmlos, weil wir ja nichts Schlimmes tun, aber es ist wiederum nicht harmlos, weil wir … ähm … Sachen machen, die … nicht ganz so harmlos sind. Zusammen. Miteinander, meine ich.“ Ich räusperte mich und bemühte mich so auszusehen, als ob ich nicht gerade zugegeben hätte, ein Flittchen zu sein.

„Wie lange kennen Sie Mr St. John?“, wiederholte der Inspektor.

Meine Schamesröte legte noch ein paar Nuancen zu. Wenn das so weiterging, konnte ich auf meinen Wangen bald Eier braten. „So ungefähr vier Tage“, murmelte ich an meine Schuhe gewandt.

„Ich konnte Sie nicht hören.“

„Ungefähr vier Tage“, sagte ich lauter und starrte auf sein Kinn. „Vier lange Tage. Das ist ganz schön lang. Und sehr ereignisreich, könnte man sagen.“

„Verstehe“, bemerkte er erneut.

„Kann ich jetzt gehen?“

Er nickte und trat zur Seite, um den Weg auf den Parkplatz freizugeben.

„Nein, danke. Ich nehme lieber denselben Weg zurück, den ich gekommen bin“, sagte ich und zeigte auf die Bäume.

Er war gerade im Begriff, sein Notizbuch zu verstauen, doch jetzt hielt er inne und warf mir einen gequälten Blick zu, als er die Seiten durchblätterte, bis er die Notizen fand, die er gerade gemacht hatte. „Sie haben angegeben, dass Sie auf dem Weg zurück ins Hotel waren, um ein Bad zu nehmen, als Sie das Opfer fanden.“

„Ja. Aber jetzt will ich nicht mehr baden. Ich möchte lieber …“ Diesmal zog mein Gehirn die Notbremse, bevor ich mich noch mit einer weiteren Aussage selbst belastete.

„Verstehe“, sagte er. Ich hatte gewusst, dass er das antworten würde. „Ihr Pass bleibt vorläufig bei der Polizei. Sie dürfen Bransko nicht verlassen, bis Sie ihn zurückbekommen."

Ich nickte, zum Zeichen, dass ich verstanden hatte, und ging rasch an ihm vorbei. Ich war entkommen! Als ich gerade die mit dem Tatort beschäftigten Polizisten weitläufig umgangen hatte und nun den schlüpfrigen, mit Kiefernnadeln bedeckten Abhang hinunterklettern wollte, rief Inspektor Bartos meinen Namen. Ich blieb stehen und sah zu ihm zurück.

„Wer hat die Wette gewonnen?"

„Ich", erwiderte ich.

„Ah. Und wie hat das Opfer reagiert?"

Ich starrte ihn an, unfähig, seine Frage zu beantworten. Er nickte jedoch, als ob ich es getan hätte, und gab mir mit einem Wink zu verstehen, dass ich gehen konnte. Ich wartete nicht ab, ob er seine Meinung vielleicht noch ändern würde, sondern eilte den Hügel hinab und lief auf die Lichter und die Menschen des Marktes zu.

„Wo ist Christian?", fragte ich Roxy kurze Zeit später. Sie unterhielt sich mit einem der Arbeiter des Gothic-Markts, der zu Raphaels Sicherheitskräften abkommandiert worden war.

„Mmm? Oh, der ist vor einer Weile gegangen. Er meinte, er hätte keine Lust, sich die Bands noch mal anzuhören. Kann ich ihm nicht verdenken. Der Typ von Six Inches of Slime klingt mit gebrochener Nase auch nicht besser."

„Verdammt! Hast du Raphael gesehen?"

„Nö. Hast du vielleicht Raphael gesehen, Henri?", erkundigte sie sich bei dem leicht übergewichtigen Mann, der nervös die Menschenmenge beobachtete.

„Der war gerade eben noch hier. Er hat Dominic und Milos gesucht", sagte Henri.

Ich zog Roxy ein Stückchen weg und blickte mich um, um

mich zu vergewissern, dass sich niemand in Hörweite befand. Das war der letzte Abend des eigentlichen Marktes und es war gar nicht so einfach, genug Raum zum Atmen zu finden, geschweige denn einen Platz, wo man sich in Ruhe unterhalten konnte. „Komm mit“, forderte ich sie auf und zog sie durch die Menge, bis wir uns hinter einer Reihe mobiler Toilettenhäuschen befanden.

„Was ist denn in dich gefahren? Henri hat mir gerade den ganzen Klatsch und Tratsch über die Bands verraten. Was sollen wir denn hier?“, fragte sie und starrte angewidert auf die Rückwände der Klohäuschen.

„Weil sonst keiner hierherkommen möchte. Hör mal zu, ich muss dir unbedingt was erzählen, aber du musst versprechen, dass du es für dich behältst, okay?“

„Schon wieder? Das sind jetzt schon zwei Riesengeheimnisse in genauso vielen Tagen. Hast du eine Ahnung, wie viel Schweigegeld dich das kosten wird?“

„Es ist ernst, Rox. Tanya ist tot.“

Sie starrte mich mit offenem Mund an.

Ich nickte. „Raphael hat sie gefunden und dann habe ich ihn gefunden. Ich vermute mal, er ist jetzt bei Dominic, um ihm davon zu erzählen. Ich hab schon mit der Polizei gesprochen, aber das Schlimmste ist“, ich blickte mich noch einmal um, damit ich sicher sein konnte, dass uns niemand belauschte, „ihr wurde die Kehle aufgerissen.“

„Aufgerissen? Als ob sie von einem Tier angegriffen wurde?“

„Nein“, entgegnete ich und ließ sie nicht aus den Augen. „Als ob sie von einem Vampir umgebracht worden wäre. Es gab kein Blut, Roxy, gar nichts. Irgendjemand hat ihr die Kehle aufgerissen und ihr jeden einzelnen Blutstropfen aus dem Körper gesaugt.“

Sie schlug die Hand vor ihren Mund, als ob sie sich davon abhalten wollte loszuschreien. Ich hätte jedenfalls die größte Lust dazu gehabt. „Oh mein Gott, du glaubst doch nicht etwa … *Christian*?"

„Ich kenne in der Gegend hier sonst keine anderen Vampire. Du etwa? Oh Mann, und das ist ganz allein meine Schuld. Ich hatte doch keine Ahnung, dass er so leicht die Kontrolle über sich verlieren würde. Ich dachte, wenn er es seit neunhundert Jahren aushält, dann hält er auch noch ein bisschen länger durch, bis wir seine Geliebte gefunden haben. Ich schätze mal, ihm ist schließlich doch klar geworden, dass ich es jedenfalls nicht bin, und dann ist er einfach Amok gelaufen."

„Oh mein Gott", sagte Roxy noch einmal. Ihre Augen waren weit aufgerissen. „Christian … Wer hätte das gedacht? Zu uns war er so nett."

„Ich muss ihn unbedingt finden und beruhigen und zur Vernunft bringen. Ich muss dafür sorgen, dass er so etwas nie wieder tut."

„Und wie willst du das anstellen?"

„Ich weiß nicht", wimmerte ich. Ich machte mich auf den Weg an den Toiletten vorbei zurück zum Rest der Menschheit. „Aber ich muss mich auf jeden Fall beeilen, bevor sich am Ende noch jemand anders zusammenreimt, was passiert ist, sonst findet sich der berühmte, zurückgezogen lebende Schriftsteller C. J. Dante bald am gefährlichen Ende eines spitzen Pfahls wieder."

Roxy und ich suchten den ganzen Platz ab, fanden Christian aber nicht. Wir sahen Raphael und Dominic, die in ein ernstes Gespräch vertieft waren, während neben ihnen ein schweigender Milos stand. Arielles Tarotbude war dunkel und leer, deshalb nahm ich an, dass man ihr den Tod ihrer

Schwester mitgeteilt hatte. Roxy bot an, ihr Gesellschaft zu leisten, nachdem ich mir von einem netten Pärchen ein Handy geliehen und erfolglos versucht hatte, Christian in seinem Schloss zu erreichen.

„Ich habe mich mit Demeter unterhalten", berichtete mir Roxy nach einem kurzen Plausch mit der Frau von der Aurafotografie. „Sie sagt, dass Paal Arielle zu ihrem Wohnwagen begleitet hat und Renée bei ihr ist. Mittlerweile wissen alle hier Bescheid darüber, was Tanya zugestoßen ist."

„Das musste ja früher oder später rauskommen", sagte ich und tippte mir gedankenverloren mit dem Finger gegen die Unterlippe. Ich fragte mich laut, wohin Christian sich wohl zurückgezogen haben könnte und wie ich ihn bloß finden sollte.

„Das ist leicht. Du musst ihn rufen", schlug Roxy vor.

„Das hab ich gerade versucht. Ich glaube, ich habe seine Haushälterin aufgeweckt. Die sagte mir jedenfalls, dass er den Abend außer Haus verbringe und sie nicht weiß, wann er zurückkommt, und dass ich doch bitte nicht noch mal so spät anrufen solle, weil sie in aller Herrgottsfrühe aufstehen müsse, um sich auf das Festival vorzubereiten."

„Doch nicht so! Nicht *an*rufen, du sollst diese vulkanische Gedankenverschmelzung nutzen oder eben diese Sache, von der du erzählt hast."

Bei dem bloßen Gedanken an eine derartige Intimität mit einem Mann, der einen anderen Menschen auf brutalste Weise umbringen konnte, überzog Gänsehaut meine Arme. „Nein, vielen Dank."

Roxy drehte sich zu mir um. „Warum? Wovor hast du Angst? Er hat geschworen, dir niemals wehzutun."

Ich rieb mir über die Arme. „Ich habe einfach Angst, okay?"

Sie lächelte zaghaft. „Weißt du noch, als wir sieben waren

und ich mir den Kopf zwischen der Turnhalle und dem Regenrohr eingeklemmt habe und mich anschließend monatelang nicht mal in die Nähe der Turnhalle gewagt habe? Da bist du mir philosophisch gekommen und hast gesagt, es sei schon in Ordnung, vor etwas Angst zu haben, solange man nicht zulässt, dass die Angst einen kontrolliert."

„Ich erinnere mich." Ich warf ihr einen düsteren Blick zu. „Das hat meine Mutter immer zu mir gesagt. Verdammt, ich hasse es, wenn du recht hast. Also gut, ich werd mal nachsehen, ob er empfangsbereit ist, aber du bist schuld, wenn er deswegen über mich herfällt und mich verschleppt."

Sie packte meinen Arm und beobachtete mich.

„Was?", fragte ich.

„Hast du schon angefangen?"

„Nein!"

„Oh." Sie klang enttäuscht. „Und machst du es *jetzt*?"

„Roxy, das ist doch keine Zirkusnummer. Ich werde es ganz bestimmt nicht tun, solange du mich beobachtest."

„Warum nicht?"

„Weil das etwas ziemlich ... Intimes ist. Ich kann das nicht, wenn mir jemand zuguckt. Ich muss irgendwo ganz allein sein, damit ich weiß, dass mich keiner sieht."

Sie blickte sich um. In dem langen Gang, der zum Hauptzelt führte, wo sich gerade die zweite Band für ihren Auftritt bereit machte, standen die Leute dicht gedrängt. Weder der Tarotstand noch der Handlesestand boten ausreichend Privatsphäre. Sie drehte sich mit einem schwachen Grinsen zu mir um. „Ich schätze, es gibt nur einen Platz, den du dafür benutzen kannst."

Ich nickte. „Raphaels Wohnwagen."

Sie schüttelte den Kopf. „Willst du wirklich riskieren, dass Christian an einem Ort über dich herfällt, wo sich zufällig ein

Bett befindet – gerade richtig für den überaus bedeutsamen fünften Schritt der Vereinigung?“

„Oh. Das ist ein Argument. Also, was hast du für einen tollen Vorschlag?“

Sie deutete auf die Reihe der Klos vor uns. „Voilà! Sofortige Ungestörtheit garantiert.“

Das gefiel mir ganz und gar nicht und ich verbrachte mindestens fünfzehn Minuten damit, eine Alternative zu suchen, aber am Ende stand ich doch ungefähr drei Millionen Jahre an, um ein Klohäuschen zu ergattern. Roxy blieb die ganze Zeit über bei mir, damit mir nicht langweilig wurde. Das sagte sie jedenfalls. Ich vermute, dass sie eigentlich nur darauf aus war, mich doch noch dabei beobachten zu können, wie ich „es tat“.

„Viel Glück!“, rief sie mir nach, als ich die kleine Kabine betrat und die Tür mit einer ganzen Reihe verdutzter Blicke im Rücken schloss. Ich entschied mich, lieber stehen zu bleiben, statt mich hinzusetzen, und schloss die Augen. Ich versuchte, meinen Geist von allem Überflüssigen freizumachen und ausschließlich an Christian zu denken. Das war gar nicht so leicht bei dem ganzen Krach – mittlerweile war der Auftritt der zweiten Band im Gange –, von der eher unappetitlichen und nicht gerade wohlduftenden Umgebung ganz zu schweigen, aber ich gab mein Bestes, das alles auszublenden.

Ich sandte meine Gedanken aus, um ihn zu finden.

*Christian?*

Ich empfing eine Art Bild als Bestätigung, dass er sich meiner bewusst war: Christian drehte sich zu mir um, aber er antwortete nicht. Das brachte mich auf einen furchtbaren Gedanken. Vielleicht wusste er nicht mehr, wer ich war. Vielleicht war er schon so hoffnungslos dem Wahnsinn verfallen, dass er jede Erinnerung an mich verloren hatte?

*Christian, ich bin's, Joy. Bist du in Ordnung?*

Ein schwacher Laut strich an mir vorbei, so leise, dass es auch der Wind hätte sein können, der in den Bäumen seufzte.

*Ich weiß, du bist im Moment sehr verletzt und wütend, Christian, aber ich mache mir Sorgen um dich. Wenn du mir wenigstens sagen könntest, wo du bist und dass alles in Ordnung ist, würde ich mich viel besser fühlen.*

Mein Kopf war von Schweigen erfüllt.

*Christian? Bitte sag mir doch, dass es dir gut geht.*

Er antwortete nicht. Ich versuchte noch einige Minuten lang, Verbindung mit ihm aufzunehmen, aber er reagierte auf nichts von dem, was ich sagte.

„Das war wohl nichts", sagte ich zu Roxy, als ich die Toilette endlich wieder verließ.

„Du solltest mehr Kleie essen", riet mir ein kleines Grufti-Girl mit knallig pinkem Haar in perfektem Englisch, kurz bevor sie in dem Klohäuschen verschwand.

Ich ignorierte Roxys Kichern und begann mich von den Klos zu entfernen, völlig erschöpft von dem Versuch, Christian zu kontaktieren.

„Raphael sucht dich. Die Polizei ist hier, aber das darf niemand wissen. Raphael meinte, wir sollten am besten wieder zur Tagesordnung übergehen. Was tust du denn jetzt wegen Christian?"

Ich zuckte mit den Schultern und suchte in der Menschenmenge nach meinem bernsteinäugigen Romeo. Er stand in der leeren Tarotbude, zusammen mit Dominic und Inspektor Bartos. „Was kann ich schon tun? Er antwortet mir einfach nicht. Ich weiß, dass er irgendwo da draußen ist, denn ich kann ihn fühlen, aber aus irgendeinem Grund ignoriert er mich. Ich habe schließlich keinerlei Kontrolle über ihn, Rox.

Ich kann ihm nicht befehlen, zu mir zu kommen, also gibt es nichts, was ich tun kann, außer zu hoffen, dass er sich irgendwo weit weg von allen Menschen verkrochen hat."

Sie nickte. „Raphael sagte, die Polizei will sich mit uns allen unterhalten. Ich bin noch nie als Zeugin befragt worden. Das ist doch mal was fürs Tagebuch, oder?"

„So kann man es auch ausdrücken", sagte ich grimmig, während ich mich auf den Weg zur Tarotbude machte.

Raphael kam erst Stunden später todmüde in seinen Wohnwagen. Ich hatte mich auf seinem Bett zusammengerollt, diesmal vollständig bekleidet, und las in einem der zahlreichen Krimis, die er in sein winziges Regal gestopft hatte.

Ich legte das Buch hin, als er die Tür hinter sich schloss, das Licht löschte und in den Schlafraum kam. „War es sehr schlimm?", fragte ich.

Er zuckte nur mit einer Schulter, während er sich aus seinem Mantel schälte und sich aus dem Schlafraum lehnte, um ihn auf den winzigen Tisch zu werfen. „Wie es mit der Polizei eben so ist. Es ist immer schlimm, wenn es sich um einen Mord handelt." Er drehte sich um und wandte mir sein Gesicht zu. Beide Augenbrauen fuhren in die Höhe, als er nun auf einem Bein balancierte und sich einen Schuh auszog. „Letzte Nacht hast du mir besser gefallen."

Ich ließ meinen Blick über Jeans und Pullover gleiten. „Ich mir auch, aber ich war nicht sicher, ob du mich überhaupt hier haben willst, nachdem dich die Polizei in die Mangel genommen hat. Ich weiß, welche Angst du davor hattest."

Mit einem Grunzen zog er sich den zweiten Schuh aus. „Baby, das Einzige, was mich heute Nacht am Leben erhalten hat, war der Gedanke, dass du hier auf mich wartest!"

Fragen? Sicher, ich hatte jede Menge Fragen dazu, was

er eigentlich neben Tanyas Leiche gemacht hatte, aber das Wichtigste kam zuerst, und in diesem Augenblick standen Raphaels seelisches und körperliches Wohlbefinden ganz oben auf meiner Prioritätenliste. Ich schubste das Buch vom Bett, als ich ans Fußende rutschte. „Nun gut, dann ist es wohl meine Pflicht als Vertreterin des Humanitätsgedankens, dir jegliche Art von Unterstützung zukommen zu lassen, die erforderlich ist."

Ich stand auf und schlang meine Arme um seinen Hals, schmiegte meine Hüften an ihn und übersäte seine Lippen mit Küssen. Daraufhin glitten seine Hände unter meinen Pullover und liebkosten meine Brustwarzen durch den BH hindurch, während sein Mund den meinen eroberte.

„Ich bin sehr hilfsbedürftig", sagte er, während er meine Unterlippe mit zärtlichen kleinen Bissen bedachte. Seine Hände brannten auf meinen Brüsten und er streichelte und knetete sie so lange, bis ich seinem Verlangen nachgab, meine Lippen öffnete und seine herrschsüchtige Zunge mit einem Laut des Wohlgefühls in meinem Mund willkommen hieß. „Und zwar brauche ich so viel Hilfe, dass vermutlich zahlreiche Einsätze notwendig sein werden."

„Zahlreich, hmm?" Ich ließ meine Hände über seinen Rücken nach unten gleiten und streichelte zärtlich die harten Kurven seines Hinterns. „Das Wort gefällt mir."

Er gab eine Art Knurren von sich, als ich seine Zunge in meinen Mund saugte und ihm gleichzeitig das Hemd aus der Hose zog. Der Druck seiner Hände auf meinen Brüsten verstärkte sich, als ich mit meinen Fingernägeln behutsam über seinen Bauch nach oben bis zu seiner Brust fuhr.

„Nippel", rief ich entzückt aus. „Und das hier! Das muss ich mal genauer untersuchen."

„Das ist unfair." Sein Atem streifte heiß und unregelmäßig

meinen Hals, als er sein Gesicht an mich drückte, mich leckte und küsste und anknabberte, während seine Hände auf meinen Rücken wanderten. „Du hast nacktes Fleisch unter deinen Händen. Da ist es nur gerecht, wenn ich das Gleiche bekomme. Ich will nacktes Fleisch. Ich *brauche* nacktes Fleisch!"

Ich erkannte, dass sein Einwand berechtigt war. Sobald er meinen BH geöffnet und dieses störende kleine Stück Stoff beiseitegeschoben hatte, umfassten seine Hände meine Brüste und seine Daumen massierten gnadenlos meine Brustwarzen. In meinen Zehen bildeten sich winzig kleine Bäche aus Feuer, die langsam nach oben flossen, bis sie sich in meinem ganzen Körper ausgebreitet hatten. Ich fuhr mit den Fingernägeln an seiner Seite entlang und legte den Kopf zurück, um ihm den Zugang zu meinen Brüsten zu erleichtern. Er zog meinen Pullover aus, warf meinen BH hinterher, und dann fühlte ich sein Haar über meine bloße Haut streichen, als er sich zu mir hinabbeugte und meine Brust mit dem Mund umschloss.

„Okay, das reicht, ich gebe auf." Das Gefühl seiner Lippen auf meiner Haut verwandelte meine Knochen in Wackelpudding. Ich bog den Rücken durch und bot ihm meinen Busen auf höchst freche und schamlose Weise dar. „Eigentlich wollte ich dich quälen und foltern und auf jede nur denkbare Art heißmachen, bis dir der Dampf zu den Ohren herauskommt, aber ich gebe auf. Du bist einfach zu viel für mich. Ich ergebe mich."

„Baby, wenn du mich auch nur noch das kleinste bisschen heißer machst, explodiere ich", knurrte Raphael. Der glasige Ausdruck in seinen Augen verlieh seinen Worten Nachdruck. „Nach meiner aktuellen Berechnung bleiben mir noch ungefähr drei Sekunden, bis das passiert."

Wir entledigten uns unserer restlichen Kleidungsstück in Rekordzeit. Raphael war als Erster im Bett, doch ich ließ ihn nicht lange warten. Dabei ignorierte ich sein schwaches Ächzen, als ich statt auf dem Bett auf ihm landete, spreizte die Beine und setzte mich rittlings auf seine Körpermitte. Während ich meine Hände über seinen Bauch und seine Brust gleiten ließ, dachte ich an all die vielen unterschiedlichen Dinge, die ich mit ihm noch vorhatte.

Raphael fluchte.

„Was?" Ich erstarrte und fragte mich, was ich falsch gemacht hatte.

„Nur eine Sekunde." Er legte beide Hände auf meine Hüften, hob mich von ihm runter und rollte sich zur Seite, sodass er schließlich am Bettrand saß. „Bleib, wo du bist. Nicht bewegen. Und hör ja nicht auf, an das zu denken, woran du gerade denkst, weil mir das unartige Glitzern in deinen Augen gefällt."

Ich starrte für einen Moment seinen Rücken an, bis mir klar wurde, was er da gerade machte. „Soll ich dir vielleicht eine kleine Verhüterli-Melodie vorsummen, während du beschäftigt bist? Einen Marsch beispielsweise? Oder lieber was Lateinamerikanisches? Aber vielleicht magst du ja lieber SkaaaaAAAAA!"

Schneller als man „Übergröße" sagen konnte, lag er auch schon wieder auf dem Rücken und hatte mich auf sich gehoben.

„Warte mal eine Sekunde", sagte ich. Ich blickte aus meiner Position ungefähr einen halben Meter über seinem Körper nach unten. „Ich weiß genau, was du vorhast, Bob, oder hältst du mich für so dumm? Du wirst mich auf gar keinen Fall mit diesem Ding da aufspießen, ehe ich nicht fürs Aufspießen bereit bin, und das wird erst dann der Fall sein, wenn ich ein paar dieser unartigen Dinge mit dir angestellt habe, die du in meinen Augen hast funkeln sehen. Also lass mich jetzt schön vorsichtig wieder runter und niemand kommt zu Schaden."

Er grinste und ließ mich langsam runter, bis ich auf seiner Leistengegend landete. „Das fühlt sich an, als ob man auf einem Besenstiel reitet", sagte ich. Meine Augen weiteten sich, während ich nun ein bisschen mit den Hüften schaukelte und auf seiner langen, harten Männlichkeit vor und zurück glitt. Raphaels Hände packten mich um die Hüften, seine Finger gruben sich tief in mein Fleisch, während er seinen Kopf auf dem Kissen hin und her warf. „Oh Gott! Vielleicht bin ich jetzt doch schon so weit. Wahrscheinlich können diese unartigen Dinge noch ein bisschen warten. Ich war wohl ein bisschen voreilig, als ich ein sofortiges Aufspießen ausgeschlossen habe."

„Gott sei Dank!", entfuhr es Raphael in einem Krächzen; seine Stimme war so rau wie Schotter. In einer einzigen geschmeidigen Bewegung hob er mich hoch, brachte sich selbst in die richtige Lage und reckte mir seinen Unterleib entgegen, während ich auf ihn niedersank. Sein Stöhnen verriet reinste Lust, als mein Körper ihn in sich aufnahm. Er war Hitze, er war Feuer, ein sehr, sehr hartes Feuer, das sich seinen Weg in meine empfindsame Höhle bahnte, drängte und stieß und brannte; mich ausfüllte, weitete, mich in eine neue Dimension beförderte, die jenseits all meiner bisherigen Erfahrungen lag und einzig und allein von uns bewohnt wurde. Ich war nicht länger ein einzelnes Wesen, sondern verschmolz mit ihm in einem Akt reinsten Glücks.

Das Letzte, was ich wahrnahm, bevor sich meine Augen verdrehten und ich sie schloss, war sein Rücken, der sich über dem Bett aufbäumte, als ich jeden einzelnen Muskel, den ich besaß, um seine harte, heiße Männlichkeit zusammenzog.

„Weißt du was? Du keuchst fast so schnell, wie dein Herz schlägt, und das will was heißen, wenn man bedenkt, dass dein Puls jetzt so ungefähr bei zweihundert liegen muss."

Raphael lag neben mir und stöhnte nur. Ich zeichnete ganz entspannt mit den Fingern Kreise auf seine Brust und genoss das kitzelnde Gefühl seines Brusthaars auf meinem Gesicht, wenn ich ihm den ein oder anderen Kuss auf seine heiße Haut drückte. Seine Brust hob und senkte sich in schnellem Wechsel, weshalb ich mich fragte, ob ich ihm vielleicht die Luft abschnürte. Ich stützte mich mit den Händen auf dem Bett ab und richtete mich ein kleines Stück auf. Augenblicklich landeten seine Hände auf meinem nackten Po und drückten mich wieder runter. Ich lächelte vor mich hin. Wir waren immer noch körperlich vereint.

„Wie fühlt es sich an, wenn du ein Kondom benutzt? Ich meine, *danach*. Fühlt sich das nicht irgendwie komisch an? Ich kann mir nicht vorstellen, dass das so ein tolles Gefühl ist, wenn all das ... äm ... da unten an dir rumhängt."

Raphaels Hände glitten wieder nach oben und blieben auf meinem Rücken liegen, doch davon abgesehen erhielt ich auf meine Frage keine Antwort. Dabei war es eine richtig gute Frage, fand ich. Aber vielleicht war es ihm peinlich, dass er nur ein paar Stöße lang durchgehalten hatte, bevor er kam. Armer Mann. Länger hatte ich auch nicht gebraucht, aber im Gegensatz zu uns Frauen hängt ihr Ego zum größten Teil von ihrer sexuellen Leistungsfähigkeit ab. Natürlich sollte er sich auch weiterhin als toller Weiberheld fühlen, also beschloss ich, das Thema zu vergessen und über etwas anderes zu reden.

„Hattest du eigentlich die Gelegenheit, Arielle zu sehen, nachdem die Polizei mit ihrer Befragung fertig war? Ich wollte ihr ja eigentlich ein bisschen Gesellschaft leisten, aber dieser Lakai von Inspektor Bartos … wie hieß der noch mal? … ach ja, Kovar … der wollte, dass ich den ganzen Abend noch einmal mit ihm durchgehe. Arme, arme Arielle."

„Wie kommt das – obwohl sich Frauen bei der Liebe genauso verausgaben wie Männer, können sie, wenn alles vorbei ist, immer noch Wörter zu Sätzen zusammenfügen, die sogar Sinn ergeben."

Ich lächelte über seine missmutige Miene. „Das nennt man Nachglühen, mein Schatz. Bettgeflüster ist und bleibt halt die schönste Unterhaltung. Darf ich deiner Äußerung entnehmen, dass ich dich lieber in Ruhe lassen soll, damit du dich ein wenig erholen kannst, statt die wichtigsten Themen des Tages zu diskutieren?"

Raphael grunzte zustimmend, die Augen fest geschlossen. Ich grinste und setzte mich auf. Als ich mein Becken gerade genug bewegte, um ihm ins Gedächtnis zu rufen, dass sein U-Boot immer noch in meinem Hafen lag, riss er die Augen weit auf.

„Baby, ich wünschte, ich könnte deiner Bitte nachkommen, aber ich glaube, du hast mich vor ein paar Minuten gekillt."

Ich hob den Unterleib ein wenig an und ließ ihn langsam wieder auf ihn hinabsinken, wobei ich ihn so fest umfasste, wie ich nur konnte. Er bäumte sich unter mir auf und sog so ungefähr die Hälfte der im Schlafzimmer enthaltenen Luft auf einmal ein.

„Du fühlst dich aber gar nicht tot an", sagte ich. Ich beugte mich vor, um die Spitze seiner kleinen, braunen Brustwarze mit meiner Zunge zu verwöhnen. „Du fühlst dich heiß und hart und überaus lebendig an. Ich kann deinen Puls tief in mir spüren. Hier." Ich bewies ihm, dass ich den Kurs für Beckenbodengymnastik nicht umsonst besucht hatte.

„Oh Gott", stöhnte er, packte mich an den Hüften und hielt

mich fest, während er mich auf den Rücken drehte. Er schob meine Beine nach oben, bis sie auf seinen Schultern lagen. Sachte glitt er aus mir heraus, bis nur noch seine Penisspitze in mir war; dann stieß er genauso sachte wieder nach vorne und erfüllte mich mit so viel mehr als nur einem Teil seines köstlichen Fleisches, dass mir angesichts seiner Schönheit die Tränen in die Augen schossen.

„Du meinst, ich hätte *dich* gekillt?“ Ich schnappte nach Luft und winkelte meine Beine an, um ihn noch tiefer in mich aufzunehmen. „Du wirst mich umbringen, wenn du so was noch einmal machst, das ist dir doch wohl hoffentlich klar.“

Er lächelte ein ziemlich spitzbübisches Lächeln, das so heiß war, dass es mir glatt die Augenbrauen versengte. „Ich werde dich schon nicht umbringen, Baby. Nur auf eine kleine Reise ins Paradies und wieder zurück mitnehmen.“

Und dann setzte er sein Vorhaben in die Tat um.

# 15

„So, Superman, das war jetzt eine halbe Stunde. Hast du dich jetzt genug erholt, um zu reden?"

Raphael, der auf dem Bauch lag, hob seinen Kopf gerade genug, um mir einen zärtlichen, aber eindeutig erschöpften Kuss auf den Fußknöchel zu geben. „Möglicherweise werde ich mich davon nie wieder erholen, aber wenn du weiter nichts von mir willst, als dass ich meinen Mund bewege, werde ich mich nach Kräften bemühen, dich zufriedenzustellen."

„Oh Bob!", gurrte ich, wackelte mit den Zehen und kitzelte ihn an den Füßen, „es besteht nicht der geringste Zweifel daran, dass du mich völlig zufriedengestellt hast. Vermutlich bin ich die zufriedenste Frau der Welt. Und das zu Recht, nach dem heroischen Aufwand deinerseits."

Er rollte sich auf die Seite und ein selbstgefälliges Lächeln umspielte seine anbetungswürdigen Lippen, als er mit einem Finger zärtlich über meinen Venushügel strich. „Scheint so, als wären meine Bemühungen erfolgreich gewesen."

Ich biss ihn in den Knöchel.

Er seufzte, wälzte sich wieder auf den Rücken, wobei er eins meiner Beine mitnahm, und streichelte gedankenverloren meine Wade. „Ich vermute, du möchtest mit mir über den Mord sprechen."

„Unter anderem", erwiderte ich. Ich musste an Christian denken. „Du … äm … hast doch mit der Polizei geredet, oder? Ich meine, richtig mit ihnen geredet?"

„Das hab ich." Er wirkte nach dieser Erfahrung nicht allzu

beunruhigt, also hatten sie ihn wohl zu nichts anderem befragt als den Morden. Ich atmete erleichtert auf.

„Was hat die Polizei denn bei deiner Befragung gesagt, wenn sie überhaupt etwas gesagt haben? Sie haben jedenfalls keine einzige meiner Fragen beantwortet, sondern wollten nur, dass ich immer wieder erkläre, warum ich mich da zwischen den Bäumen herumgetrieben habe, statt auf dem kürzesten Weg ins Hotel zurückzukehren."

Raphael malte kleine Kreise auf mein Bein. „Wie kommst du darauf, dass sie mir irgendetwas erzählt hätten?"

Ich setzte mich auf und sah ihn an. „Du bist ein Mann. Und Männer wie Polizisten glauben immer, sie dürften Frauen auf gar keinen Fall zu viele Informationen zukommen lassen. Das Ganze wird als Maßnahme zu unserem Schutz ausgegeben, aber in Wahrheit wollen sie sich uns gegenüber einfach nur überlegen fühlen. Also, was haben sie dir erzählt?"

Seine schönen Bernsteinaugen blickten mich eine volle Minute lang prüfend an; dann setzte auch er sich auf. „Joy, es gibt etwas, das ich dir nicht erzählen kann."

„Was? Warum? Wegen diesem Geheimnis in deiner Vergangenheit, das du mir partout nicht verraten willst?"

„Ja, es hat damit zu tun. Ich würde es dir ja erzählen, wenn ich könnte, aber das kann ich nicht."

Seine ernsthafte Miene gefiel mir überhaupt nicht. Ich strich mit der Hand über sein Bein. „Was meinst du damit, du *kannst* es mir nicht erzählen? Kannst du nicht darüber reden, weil die Polizei dich darum gebeten hat, oder kannst du nicht darüber reden, weil du mir nicht vertraust?"

Er beobachtete meine Hand, die dem Verlauf eines dicken Muskelstrangs von seinem Knie bis zur Hüfte folgte. „Das hat überhaupt nichts damit zu tun, ob ich dir vertraue oder nicht. Es steht wesentlich mehr auf dem Spiel als deine Gefühle.

Die Polizei hat ausgiebige Untersuchungen eingeleitet und ich kann nicht … ich … ach, verflucht, ich wünschte, es wäre anders. Ich wünschte, ich könnte einfach …“

Er beendete seinen Satz nicht, aber ich wusste auch so, was er sagen wollte. Er hatte ein Geheimnis, das er mir nicht anvertrauen konnte.

Ich dachte erneut an die Szene, deren Zeugin ich geworden war: Raphael beugte sich über Tanyas Leiche. Sollte ich mich in ihm dermaßen getäuscht haben? Hatte er Tanya möglicherweise gar nicht zufällig entdeckt, so wie ich? Wieso hatte er sich überhaupt dort oben herumgetrieben, statt auf dem Marktgelände zu bleiben, wo er gebraucht wurde? Hatte er vielleicht einen Grund, Tanya den Tod zu wünschen?

Ich vertrieb diese Gedanken so schnell wieder, wie sie mir gekommen waren. Sicher, ich kannte Raphael noch nicht allzu lange, aber ich wusste, dass ich ihm vertrauen konnte. Er war kein Mörder. „Warum warst du nicht auf dem Marktgelände?“

Seine Augen verengten sich.

„Es war doch erst elf. Zwischen den Auftritten der beiden Bands hättest du eigentlich die Menschenmenge im Auge behalten müssen. Warum warst du nicht dort?“

An seinem Kiefer zuckte ein Muskel.

„Okay, versuchen wir es mal mit dieser Frage: Womit hat Dominic dich eigentlich in der Hand? Was genau weiß er über deinen letzten Job, dass du, ein gut ausgebildeter und intelligenter Mann, einen derart miesen Job bei einem kleinen, mäßig erfolgreichen Unternehmen annimmst, das durch die Welt reist? Warum bist du nicht so ein widerlicher Karrieretyp bei einem internationalen Konzern?“

„Joy …“

Er hatte nicht die Absicht, mir meine Fragen zu beantworten, so viel war klar. Ich war ihm nicht wichtig genug; er vertraute mir nicht, weil ich nichts anderes war als ein kleines, unwichtiges Flittchen, das sich ihm an den Hals geworfen hatte. Ein Urlaubsflirt, so hatte Roxy es genannt. Mir schossen Tränen in die Augen.

„Wieder nichts? Wie wäre es denn dann damit: Was hast du aufgehoben, als du dich über Tanyas Leiche gebeugt hast?“

Raphael wirkte angesichts meiner Worte geschockt. „Du hast gesehen, wie ich etwas aufgehoben habe?“, fragte er.

„Ja. Kurz bevor du zum Hotel gegangen bist, hast du etwas vom Boden neben Tanya aufgehoben. Was war das, eine von ihren Voodoopuppen aus Wachs?“

Er schaute mich an wie eine Fremde. „Du hast mir hinterherspioniert? Bist du mir gefolgt?“

Vielleicht *war* ich eine Fremde. Vielleicht kannte ich ihn gar nicht. Vielleicht hatte ich den größten Fehler meines Lebens begangen. Ich schüttelte den Kopf. „Nein, ich bin dir nicht gefolgt und ich hab dir auch nicht nachspioniert. Und um die Wahrheit zu sagen“, ich wischte eine Träne weg, die mir die Wange herunterrollte, „bin ich mehr als nur ein bisschen verletzt, dass du mir so was zutraust.“

Er stand langsam auf und griff nach seiner Hose, die an der Türklinke hing. „Woher weißt du dann, dass ich Tanya etwas abgenommen habe?“

Oh Gott, wie konnte das sein, dass in der einen Sekunde alles in bester Ordnung war, und in der nächsten alles den Bach runterging? Ich zog das Laken über mich, bis es meinen inzwischen abgekühlten Leib bedeckte. „Ich habe dich gesehen. Ich habe dir nicht nachspioniert, ich habe nur einen Umweg zum Hotel genommen, weil auf der anderen Seite der Wiese ein Haufen betrunkener Jugendlicher herumtanzte, denen ich lieber nicht allein über den Weg laufen wollte. Ich hab dich einfach gesehen, das ist alles. Du hast dich so komisch benommen, deshalb habe ich dich erst mal beobachtet, um zu sehen, was du da machst. Und jetzt, wenn du mit deinem Kreuzverhör fertig bist, möchte ich, glaube ich, wieder in mein Hotel. Ich habe das Gefühl, ich bin hier nicht mehr sonderlich willkommen."

Er fuhr mit einer Hand in seine Hosentasche und zog einen violetten Stein heraus. Ich starrte darauf und ein Schauder rieselte mein Rückgrat hinunter. „Das ist ein Runenstein."

Er nickte.

„Ein Amethyst."

Er schwieg.

„Genau wie meine."

In seinen Augen glomm ein düsterer Funke.

„Den hast du bei ihrer Leiche gefunden?"

„Ja." Das Wort hing nackt und entblößt in der Wärme seines Schlafzimmers.

Ich schüttelte den Kopf. „Das ist nicht meiner. Das kann nicht meiner sein, ich habe meine Runensteine doch noch benutzt, kurz bevor sie umgebracht wurde. Der muss jemand anderem gehören."

„Ich hab Paal gefragt. Er hat nur einen einzigen Satz der Amethyste verkauft. Und zwar an dich."

Ich schüttelte immer noch den Kopf, immer energischer. „Nein, das kann nicht meiner sein. Ich habe meine Steine benutzt." Ich blickte von dem Stein auf, um seine Augen zu erforschen. „Ich hab sie nicht getötet, Raphael."

Er schloss seine Faust um den Stein und zog mich an seine Brust. „Ich weiß, dass du es nicht warst, Baby. Ich wollte dich nicht so ausfragen, aber ich musste Bescheid wissen." Seine Küsse waren sehr, sehr süß und eine bessere Entschuldigung als Worte je hätten sein können. Er legte seinen Mund an mein Ohr und raunte mir mit leiser, rauer Stimme zu: „Ich will nicht, dass du gehst. Ich brauche dich."

Eine weitere Träne quoll mir aus den Augen, angesichts des Schmerzes, den mir seine liebevollen Worte zufügten. „Aber nicht so sehr, dass du mir dein Geheimnis anvertrauen würdest?"

Seine Arme schlossen sich fester um mich, bis wir eng aneinandergedrückt dasaßen. „Ach Baby, ich wünschte, es wäre anders, damit ich es dir erklären könnte, aber das ist wirklich wichtig."

Ich legte den Kopf zurück, um ihm den Schmerz in meinen Augen zu zeigen. „Bin ich es nicht?", flüsterte ich.

„Du bist das Allerwichtigste in meinem Leben", sagte er leise. Seine Augen brannten. „Und gerade wegen meiner Gefühle für dich ist es so wichtig für mich, dass du mir vertraust und mich nicht länger um Antworten bittest, die ich dir nicht geben kann."

„Du forderst mein Vertrauen, bist aber nicht bereit, mir deines zu schenken. Willst du das damit sagen?" Ich drückte meine Hände gegen seine Brust, bis wir uns nicht mehr berührten.

„Genau das." Er hielt meinem Blick stand.

Ich sah ihn sehr lange Zeit an, äußerlich gefasst, aber tief in mir kämpften Kränkung und Wut mit Liebe und dem Wunsch, ihm das zu schenken, was er von mir wollte. Ich dachte darüber nach, was er mir bedeutete. Ich wog meine Liebe zu ihm gegen ein Leben ab, in dem ich ihm nie so viel bedeuten würde, wie er mir bedeutete.

Dann hob ich meine Kleidungsstücke auf. „Tut mir leid, diese Bedingungen sind für mich inakzeptabel."

„Joy ..."

Ich wandte ihm den Rücken zu und zog mich an; tränenüberströmt band ich meine Schnürsenkel zu. Er sagte nicht ein Wort, nicht ein einziges verdammtes Wort, nicht ein Wort, um mich davon abzuhalten, ihn zu verlassen. Als ich fertig war, hielt ich kurz inne und starrte auf das Tattoo auf seinem Bauch. Ich wollte ihm nicht in die Augen sehen. Ich wollte die Wahrheit, die sich in ihnen spiegelte, nicht sehen. Ich wollte nicht sehen, wie unwichtig ich für ihn war.

„Danke für einen wunderschönen Abend. Ich hoffe, du hast Spaß bei dem, was du tust, was auch immer das ist. Ich hoffe, die Polizei findet nicht heraus, was auch immer du verbirgst. Ich bin sicher, du verstehst, dass ich jegliche zukünftigen Einladungen in dein kleines Liebesnest ausschlagen muss. Wenn du mich jetzt entschuldigen würdest, ich muss gehen."

„Baby, sieh mich an."

Das Kosewort hätte meinen Entschluss fast umgeworfen, aber ich kämpfte gegen das Verlangen an, mich einfach in seine Arme zu werfen, und schluckte meinen Kummer herunter. „Ich bin nicht dein Baby. Mach's gut, Raphael. Ich wünsche dir noch ein schönes Leben."

Er begleitete mich zum Hotel zurück, ohne ein weiteres Wort zu verlieren.

Trotz der Tatsache, dass ich fast die ganze Nacht lang wach gewesen war, eine Leiche entdeckt hatte und von der Polizei ausgequetscht worden war, konnte ich nicht schlafen. Die Tatsache, dass mein Herz von dem Mann, den ich mehr als alles andere liebte, gebrochen worden war, hielt mich wach. Ich wälzte mich in meinem einsamen, kalten, Raphael-freien Bett hin und her und schwankte zwischen Anfällen von Selbstmitleid, die alles bisher Erlebte übertrafen, und erbitterter Wut, dass er es wagte, mich derart kaltschnäuzig zu behandeln. Zwischen diesen beiden Extremen meldete sich immer mal wieder die Stimme der Vernunft und wies mich darauf hin, dass ich Raphael unterstützen würde, wenn ich ihn wirklich liebte, als ihn dafür zu verurteilen, dass es etwas gab, das er nicht mit mir teilen konnte.

Ich sagte der Stimme der Vernunft, sie könne mich mal.

Ich versuchte noch zweimal, Kontakt mit Christian aufzunehmen, bevor die Sonne über den Bergen aufging, aber entweder konnte er mich nicht hören oder er zog es vor, mich zu ignorieren. Ich wünschte, es gäbe irgendetwas, das ich tun könnte, um ihn zum Antworten zu bewegen, aber wenn es etwas gab, das ich in den vergangenen Tagen gelernt hatte, dann dass sich Vampire nicht gerne herumkommandieren ließen.

Roxy wirkte überrascht, als sie mich am Morgen an unserem Fenstertisch beim Frühstück antraf. Die Sonne schien und es sah nach einem weiteren wunderbaren Tag aus, zumindest wettermäßig.

„Du siehst ja beschissen aus“, sagte sie, setzte sich hin, schnappte sich ein Brötchen aus dem Brotkorb, riss ein Stück ab und stopfte es sich in den Mund. „Wo ist denn deine bessere Hälfte? Ich dachte, ihr beide hättet euch in seinem Wohnwagen verbarrikadiert und wärt fleißig dabei, kleine Raphaels und Joys zu produzieren.“

Ich verzog das Gesicht. „Nein, das ist aus und vorbei.“

Sie hörte auf zu kauen und schluckte den Riesenbrocken herunter. „Was meinst du damit, es ist aus und vorbei? Es kann nicht aus und vorbei sein. Ich habe mich gerade erst dazu entschlossen, euch meinen Segen zu erteilen. Was ist denn passiert?“

Ich zuckte mit den Schultern und sah aus dem Fenster. Da

draußen hatte sich nichts geändert: immer noch dieselbe beschauliche Szenerie. Vögel sausten durch die Luft, Menschen stiegen in Autos und fuhren davon, späte Blumen schüttelten sich im Wind und neigten ihre Köpfe. Alles war wie immer. Alles außer mir.

„Joy?“ Roxy legte ihre Hand auf meine, ihre Stimme klang besorgt. „Süße, was ist denn passiert? Gestern Abend wirkte Raphael noch so, als ob er es gar nicht erwarten könnte, endlich zu dir zu kommen.“

Ich zwang mich, nicht in Tränen auszubrechen. Das hatte ich in der vergangenen Nacht auch wahrlich schon zur Genüge getan. „Er wollte mir sein Geheimnis nicht verraten.“

Sie runzelte die Stirn. „Was für ein Geheimnis?“

„Er hat ein Geheimnis, das mit der Polizei und seiner Vergangenheit zu tun hat. Ich nehme an, er wurde irgendeines Verbrechens beschuldigt, das nie richtig aufgeklärt wurde. Dominic weiß davon und nutzt es aus, um ihn zu zwingen, bei ihm zu bleiben. Ich habe Raphael danach gefragt, aber er sagte, er könnte mit mir nicht darüber reden. Mit Dominic konnte er darüber reden, aber mit mir nicht. Er vertraut mir nicht, Roxy. Ich bin ihm nicht wichtig genug, dass er mir irgend so ein dämliches Geheimnis über seinen letzten Job anvertrauen kann.“

„Das glaube ich nicht eine Sekunde lang, dass du ihm nicht wichtig bist. Ich hab schließlich Augen im Kopf. Ich kann sehen, wie er dich anschaut, und das ist bestimmt nicht der Blick eines Mannes, der sich einfach nur irgendeine x-beliebige Frau schnappt, um sich mit ihr zu amüsieren. Er ist verrückt nach dir. Ernsthaft verrückt, deshalb habe ich ja auch meine Meinung geändert und entschieden, dass ihr beide perfekt zueinander passt.“

„Aber sein Geheimnis …“

Sie winkte mit einer Brotscheibe aus dem reichhaltigen Angebot des Hotels ab. „Hast du ihm vielleicht jedes noch so kleine Geheimnis aus deinem Leben anvertraut?“

„Nein, natürlich nicht, aber hier handelt es sich nicht um ein kleines Geheimnis, sondern um etwas Schwerwiegendes, etwas, das ihn immer noch beeinträchtigt und ohne jeden Zweifel auch Einfluss auf sein zukünftiges Leben haben wird. Ich würde eine Sache von dieser Bedeutung jedenfalls nicht vor ihm geheim halten.“

Sie nickte. „Du bist eine Frau. Er ist ein Mann. Frauen macht es nichts aus, um Hilfe zu bitten, wenn sie ein Problem haben, wohingegen Männer es als Charakterschwäche auslegen, wenn sie nicht mit allem selbst fertig werden. Außerdem habt ihr beide euch ziemlich Hals über Kopf in diese Beziehung gestürzt. Manchmal dauert es eben seine Zeit, bis Vertrauen erwächst. Ich bin ganz sicher: Er wird seine Meinung ändern und dir alles erzählen, was er vor dir verheimlicht, wenn du nur Geduld mit ihm hast und nichts überstürzt.“

„Überstürzen in dem Sinne wie, ihm zu sagen, dass ich ihn nie wiedersehen will?“

Sie starrte mich an, während von dem Löffel, den sie gerade zu ihrem Brötchen führen wollte, Marmelade tropfte. „Das hast du nicht gemacht!“

Ich nickte.

„Ach herrje.“ Sie bestrich eine Brötchenhälfte dick mit Marmelade und stopfte es sich in den Mund. „Also gut, darum kümmern wir uns, wenn es so weit ist. Jetzt befassen wir uns erst mal mit dem Wichtigsten.“

„Raphael ist für mich das Allerwichtigste“, wandte ich ein.

„Das weiß ich“, brachte sie undeutlich mit vollem Mund hervor. „Ich meinte, wichtig in Bezug auf all das, was wir erledigen müssen, damit du Raphael da hast, wo du ihn haben willst."

Ich schob meine Kaffeetasse unangetastet weg. „Roxy, ich versteh nicht ein Wort von dem, was du sagst. Worüber redest du da eigentlich?"

Sie wischte sich ihre marmeladenverschmierten Hände an einer Serviette ab, bevor sie aufzählte: „Erstens finden wir raus, was Raphaels Geheimnis ist."

Ich starrte sie an. „Hast du mir denn überhaupt nicht zugehört? Er wollte es mir nicht erzählen."

„Wir werden ja auch nicht *ihn* fragen." Sie lächelte selbstzufrieden. „Zweitens werden wir herausfinden, wer Tanya umgebracht hat."

Ich rieb mir die Stirn. Die Kopfschmerzen, die mich schon seit dem Aufstehen plagten, wurden immer schlimmer. „Christian hat Tanya umgebracht", sagte ich langsam und sprach jedes Wort überdeutlich aus, nur für den Fall, dass sie nicht zur gleichen Zeit kauen und zuhören konnte. Sie winkte mit ihrem Brötchen – es war ihr drittes – in meine Richtung. „Das glaube ich nicht. Christian scheint mir einfach nicht der Typ zu sein, der jemanden umbringt."

Ich starrte sie an. „Roxy, er saugt den Leuten Blut aus, um zu überleben. Er kann Menschen umbringen, ohne sie zu berühren. Er ist seit über neunhundert Jahren am Leben und ist wiederholt von der Frau abgewiesen worden, von der er glaubt, dass sie ihn erlösen kann. Natürlich ist er der Typ, der jemanden umbringen kann. Dein Urteilsvermögen ist wohl von der Tatsache benebelt, dass er Dante ist."

„Meine Güte, du vertraust aber auch niemandem, oder?"

Das verschlug mir die Sprache.

„Du vertraust Raphael nicht, als er dich darum bittet. Du glaubst, dass ein Mann, der dir immer nur mit Freundlichkeit begegnet ist und dir Dinge anvertraut hat, die gegen ihn verwendet werden könnten, ein kaltblütiger Mörder ist, und du traust mir nicht zu, dass ich ein paar Dinge erkenne, für die du zu blind bist."

„Es tut mir leid, Rox. Ich wollte ganz bestimmt nicht andeuten, dass du die Dinge nicht klarsiehst. Ich … es ist nur, dass Christian seine Visionen nicht mit dir geteilt hat. Sie waren ganz und gar nicht angenehm, Roxy. Er ist ein sehr, sehr mächtiger Mann, ein Mann, der ständigen Qualen ausgesetzt ist und der ohne Unterlass gegen sich selbst ankämpfen muss. Es liegt an der Dunkelheit, die ich in ihm gesehen habe, dass ich ihm zutraue zu töten."

„Ist er dir gegenüber jemals brutal gewesen?"

„Nein, aber er hält mich ja auch für seine Auserwählte."

„Genau. Warum also sollte er riskieren, dich zu verärgern oder gegen sich aufzubringen, indem er kaltblütig jemanden ermordet, wenn er doch weiß, dass du vermuten wirst, dass er dafür verantwortlich ist?"

Ich starrte sie überrascht an. Daran hatte ich noch gar nicht gedacht. Sicher musste es Christian klar gewesen sein, dass ich es wissen würde, wenn er Tanya umbrachte.

Roxy nickte, als sie das aufdämmernde Verständnis in meinen Augen sah. „Wenn du recht hast und er sich an jedem laben kann, den er will, dann ergibt es doch nur Sinn, dass er das weit weg von hier tut, irgendwo ganz anders, damit du nichts davon erfährst. Tanya umzubringen ergibt einfach keinen Sinn."

Ich rieb mir erneut die Stirn. „Na gut, wenn das der Fall ist, wer hat sie denn dann ermordet? Und sag jetzt nicht, Raphael, weil ich das nicht glaube."

„Er hatte aber sowohl die Gelegenheit als auch ein Motiv."

„Was für ein Motiv?“, fragte ich. Ganz gegen meinen Willen wurde ich angesichts dieses Angriffs auf seinen Charakter sauer.

„Sein Geheimnis, was auch immer das sein mag. Womit wir wieder bei unserer Liste wären. Wenn wir erst einmal herausgefunden haben, was sein Geheimnis ist, und ihn von dem Verdacht befreien, er könnte Tanya umgebracht haben, dann wissen wir auch, was wir mit Dominic machen sollen.“

„Dominic?“ Ich bemühte mich, ihrer verdrehten Argumentation zu folgen. „Du meinst, weil er Raphael erpresst?“

Während ich den Satz aussprach, fiel mir etwas ein. Dominic hatte doch an dem Tag, bevor Tanya starb, einen Streit mir ihr gehabt – er könnte gut in die Rolle des Mörders passen. „Oder wegen Tanyas Mord? Oder beidem?“

„Hmm. Dominic als Mörder – ich schätze, das ist möglich.“ Sie zuckte mit den Schultern, griff nach meinem Kaffeekännchen, goss sich eine Tasse ein und fügte eine ungesunde Portion Kaffeesahne hinzu. „Ist aber völlig egal. So oder so würden wir erreichen, dass er Raphael künftig in Ruhe lässt. Wenn er der Mörder ist, wandert er ins Gefängnis. Wenn nicht, und wir finden aber Raphaels Geheimnis raus, dann werden wir eben selbst ein wenig Druck auf ihn ausüben – selbstverständlich in Maßen, vernünftig und überlegt.“

„Was für ein Druck?“, erkundigte ich mich argwöhnisch.

„Woher soll ich das wissen? Uns wird schon etwas einfallen, wenn es erst einmal so weit ist. Willst du das letzte Brötchen noch?“

Ich starrte auf den Brotkorb, ohne etwas zu sehen. In meinen Gedanken war nur für Raphael Platz. „Okay. Ich schätze, ich bin dabei.“

„Entweder ist er es wert, dass du um ihn kämpfst, oder er ist nicht der Richtige für dich“, sagte Roxy weise und schmierte Butter auf ihr Brötchen.

Ich sah ihr in die Augen, während ihre Worte eins nach dem anderen in mein Bewusstsein sickerten. „Er ist es wert, dass man um ihn kämpft.“

„Ich hatte mir schon gedacht, dass du es so sehen würdest. Und jetzt sollten wir erst mal ein bisschen was frühstücken, bevor wir Punkt eins in Angriff nehmen.“

„Du hast schon genug Brötchen für zwei gegessen“, warf ich ein.

„Eine Frau muss sich eben stärken, wenn sie die Liebe ihrer besten Freundin retten will, vom Aufdecken mysteriöser Geheimnisse und dem Lösen eines Mordes ganz zu schweigen.“

„Du hörst dich an wie eine ältere Version von Nancy Drew.“ Ich lächelte.

„Ich habe Nancy immer gemocht. Du kannst ja George sein.“

„Oh verdammt!“, sagte ich, als ich einen Blick über ihre Schulter warf.

„Was? Möchtest du lieber Bess sein? Ist mir recht, aber ich fand eigentlich immer, dass Bess eine ziemliche Spaßbremse ist.“

„Nein, das meine ich doch gar nicht.“

„Jetzt sag bloß nicht, du möchtest lieber Hannah Gruen sein. War das nicht die etwas betagte Haushälterin? Na, von mir aus kannst du ruhig Hannah sein, aber sag bloß nicht Sachen wie ‚Ach Gottchen, Miss Nancy‘ zu mir.“

Ich nickte in Richtung des Mannes, der im Türrahmen aufgetaucht war, und erhob mich. „Hörst du jetzt endlich mal damit auf! Inspektor Bartos und sein Lakai sind hier. Iss schön auf, Nancy. Ich schätze, die Polizei wird uns gleich auf den Zahn fühlen."

Zu dieser Zeit am Morgen war die Schänke noch geschlossen, was sie offenbar zum idealen Verhörraum für die örtliche Polizei machte. In den vier Ecken des Raums war jeweils ein Tisch aufgestellt worden und an jedem saß ein Polizist. Durch die Eingangstür kamen die Leute vom Gothic-Markt hereingeschlurft und bildeten eine Schlange im Flur. Ihre Augen waren geschwollen und gerötet, da sie nicht allzu viel Schlaf abbekommen hatten.

Eine Polizistin mit einem kleinen schwarzen Schnurrbart hob die Hand hoch, um uns aufzuhalten, und warf einen Blick auf ihre Liste. Sie sagte irgendwas und winkte mich zu sich, hielt aber Roxy auf, bevor sie die Schänke betreten konnte.

„Sieht so aus, als ob du auf dich allein gestellt bist, George", rief sie mir nach, als ich in die Schänke eintrat. „Ich hoffe, du bist nicht zu stur, um Ned Nickerson um Hilfe zu bitten, wenn nötig. Ich bin sicher, er würde dir nur zu gerne beistehen, wenn er weiß, dass es nötig ist."

Ned – auch als Bob der Dickköpfige bekannt – zu Hilfe zu holen würde kein Problem sein. Das erkannte ich, sobald ich die Schänke betreten hatte. Er stand nämlich an einem der Tische bei Inspektor Bartos und debattierte mit ihm mit leiser, aber eindringlicher Stimme. Was auch immer er zu sagen hatte, kam bei Bartos nicht allzu gut an, weil Letzterer nur mit dem Kopf schuttelte und aussah, als ob er Raphael am liebsten den Mund verbieten würde. Ich fragte mich, ob Raphael freiwillig mit der Polizei redete oder ob sie ihn an den Haaren hatten herbeischleppen müssen. Doch dann machte ich mir gleich wieder Vorwürfe, dass ich so wenig Vertrauen zu dem Mann hatte, in den ich schwer verliebt war, selbst wenn er mich mit seiner Weigerung, endlich mit der Wahrheit herauszurücken, noch in den Wahnsinn treiben würde.

Da entdeckte Inspektor Bartos mich und es gelang ihm, endlich auch einmal zu Wort zu kommen. Ich beschloss, dass in diesem Fall Angriff die beste Verteidigung war, und marschierte mit hoch erhobenem Kinn zu den beiden hinüber. „Inspektor Bartos, Raphael. Sie wollten mich sprechen?", fragte ich Bartos. „Ich habe Ihnen doch letzte Nacht alles erzählt, was Sie wissen wollten, und das gleich mehrfach. Was wollen Sie denn jetzt noch?"

Nicht einmal Nancy Drews freche Freundin George hätte es gewagt, einen Polizeiinspektor in derart arrogantem Ton anzureden, aber ich war am Ende und dabei war es noch nicht mal Mittag. Inspektor Bartos schien jedoch nicht im Mindesten beleidigt zu sein. Er erwiderte mit sanfter Stimme: „Mr St. John war so freundlich, mir seinen Ratschlag anzubieten, Miss Randall. Wenn Sie so nett wären und dort am Tisch auf mich warten würden, werde ich Ihnen in wenigen Minuten zur vollsten Verfügung stehen."

„Mr St. John ist sehr gut darin, Ratschläge zu erteilen", vertraute ich ihm an und ignorierte Raphael, der über mir aufragte. „Ratschläge anzunehmen ist für ihn allerdings nicht akzeptabel."

„Joy", knurrte Raphael mich warnend an und nahm meine Hand.

Ich entzog sie ihm sogleich. „Ich glaube nicht, dass wir einander etwas zu sagen haben, es sei denn, du hättest mir etwas anzuvertrauen."

Sein Blick wurde weich. „Und ob wir reden müssen." Er schnappte sich meinen Kopf und presste seine Lippen so rasch, so hart und schnell und voll unausgesprochenem Verlangen auf meine, dass ich einfach nur dastand und mich von ihm küssen ließ. „Gib mich nicht auf", sagte er leise zu mir. Seine Augen brannten, als er mit seinem Daumen über mein Kinn streichelte. Er warf Inspektor Bartos einen Blick über meinen Kopf hinweg zu. „Sie machen einen Fehler, Bartos. Ich kann beweisen, was ich gesagt habe. Wenn Sie sich einfach nur mit der Polizei in Heidelberg in Verbindung setzen ..."

„Sie stimmen mir aber doch wohl zu, dass mir zusteht, diesen Fehler zu machen, oder? Es wird nicht nötig sein, die deutsche Polizei zu kontaktieren", entgegnete Bartos. „Sie halten sich bitte zu unserer Verfügung."

Raphael biss die Zähne zusammen, aber er nickte und sah dann wieder zu mir. Sein Daumen strich über meine Unterlippe. „Denk an das, was ich dir gesagt habe", ermahnte er mich, dann ließ er seine Hand sinken und verließ die Schänke.

Ich stand einfach nur da – unfähig zu denken, verwirrt und so verliebt, dass ich mich am liebsten auf den Boden geworfen, mit den Beinen gestrampelt und einen erstklassigen Wutanfall bekommen hätte über die Art und Weise, wie sich die Dinge entwickelt hatten. Aber wir Randalls waren aus härterem Holz geschnitzt. Raphael hatte einiges gesagt, worüber ich noch nachdenken musste, aber leider ...

„Ich habe jetzt Zeit für Sie, Miss Randall", sagte Bartos hinter mir.

Ich beobachtete durch das Fenster, wie Raphael den Parkplatz überquerte und sich auf den Weg zurück zur Wiese machte. Er sah so müde und frustriert aus, dass ich am liebsten seinen Kopf an meine Brust gezogen und ihn getröstet hätte.

„Miss Randall?"

Zwei Polizisten begegneten Raphael auf ihrem Weg zum

Hotel. Er überragte sie buchstäblich um Haupteslänge – der Inbegriff von Männlichkeit. Ich seufzte. Er war natürlich perfekt, wenn man bereit war, über die Tatsache hinwegzusehen, dass er stur und dickköpfig war, Probleme damit hatte, Menschen zu vertrauen und irgendjemanden zu brauchen.

„Miss Randall, der Morgen vergeht. Wenn es Ihnen nicht zu viel Mühe macht, dann würde ich jetzt gerne mit Ihrem Verhör beginnen."

Raphael verschwand aus meiner Sichtweite. Ich drehte mich zu Bartos um, ohne ihn wirklich zu sehen. Die Unterhaltung, die Raphael mit Bartos geführt hatte, war überaus interessant. Hatte er ihm seinen Rat angeboten? Wegen des Mords in Heidelberg? Vielleicht hatte er beschlossen, der Polizei endlich reinen Wein einzuschenken, was seine Vergangenheit betraf … Aber auf der anderen Seite – so wie Bartos ihn aufgefordert hatte, sich zur Verfügung zu halten, war das nicht gerade ein Anzeichen dafür, dass die Polizei ihn für unschuldig hielt.

„Der Stuhl ist sehr bequem, kann ich Ihnen versichern. Und der Tisch ist ein hervorragendes Beispiel einheimischer Handwerkskunst. Wenn Sie sich jetzt einfach hinsetzen, werden Sie mir gewiss zustimmen."

Was meinte Raphael bloß damit, dass ich ihn nicht aufgeben sollte? Wie kam er eigentlich dazu, so etwas von mir zu verlangen? Schließlich war er es, der mich aufgegeben hatte, bevor wir eine Chance gehabt hatten, oder etwa nicht? Und was meinte er überhaupt mit *aufgeben*? Ha! Ich konnte mir schon denken, worauf er aus war. Er wollte, dass ich klein beigab, ihm erzählte, wie toll er war, ganz egal, wie schlecht er mich auch behandeln mochte. Wie konnte er es nur wagen, von mir zu erwarten, ihm treu ergeben zu bleiben und dass sich meine Gedanken weiterhin nur um ihn drehen sollten, dass ich am Ende an nichts anderes denken konnte als ausschließlich an ihn?

„Miss Randall, meine Frau erwartet mich zum Abendessen zu Hause. Sollte ich ihr vielleicht absagen?"

Also, das konnte er sich abschminken! Das würde ich mit Gewissheit auf gar keinen Fall tun! Wenn er eine hingebungsvolle Sklavin haben wollte, ein Groupie, dann musste er sich schon woanders umsehen. Ich hatte viel zu viel Selbstachtung, als dass ich mich in einen Fußabtreter verwandeln würde, nur damit sein männliches Ego darauf herumtrampeln konnte. Ihn aufgeben, ha!

Inspektor Bartos seufzte so laut, dass sich sein Schnurrbart kräuselte. Ich blinzelte und merkte jetzt erst, dass ich ihn die ganze Zeit über angestarrt hatte. „Was? Haben Sie mich gerade zum Abendessen eingeladen?"

Seine Lippen pressten sich aufeinander und bildeten eine schmale Linie. „Weilen Sie jetzt wieder unter uns?"

„Wieder unter uns weilen? Was reden Sie denn da? Ich stehe die ganze Zeit hier rum und warte auf Sie. Sind Sie jetzt endlich fertig?"

Er sah aus, als ob er noch einmal aufseufzen wollte, doch dann schüttelte er stattdessen den Kopf. „Ja, ich bin jetzt für Sie bereit. Wenn Sie sich bitte setzen würden."

Die Befragung erbrachte nichts Neues. Ich begriff einfach nicht, warum ich immer und immer wieder meine Handlungen in der vergangenen Nacht durchgehen sollte, aber vielleicht warteten sie ja einfach bloß darauf, dass ich irgendwann zusammenbrechen und gestehen würde, dass ich Tanya ermordet hatte, oder irgendeinen gravierenden Fehler machen würde, wenn ich meine Geschichte erneut durchkaute. Damit hätten sie dann den Beweis, dass ich log wie gedruckt. Ich tat jedoch nichts von beidem.

Bis er damit anfing, die richtig harten Fragen zu stellen.

„Ist es richtig, dass Tanya Renauld vor zwei Tagen zu Ihnen sagte“, er blätterte in seinem Notizbuch, „dass sie erst dann glücklich sein würde, wenn Sie tot wären?“

Mein Magen zog sich zu einem winzigen Klumpen zusammen, der in meinem Körper umherhüpfte. Ich fragte mich, wer mich wohl verraten haben mochte – Roxy? Christian? Es musste Roxy sein, denn ich bezweifelte, dass der Inspektor Christian befragen konnte, bevor der sich aus dem Staub gemacht hatte. Bei diesem Gedanken runzelte ich die Stirn und fragte mich, warum Christian die ganze Nacht über stumm geblieben war, wenn er unschuldig war. Ob er vielleicht irgendwo schwer verletzt herumlag? Oder irgendwie davon abgehalten wurde, sich zu melden? Angesichts seiner Unschuld erhielt sein Schweigen eine ganz neue, ziemlich besorgniserregende Bedeutung.

„Äm … vielleicht.“

Inspektor Bartos blickte von seinem Notizbuch auf. „Vielleicht? Könnten Sie sich etwas präziser ausdrücken? Hat sie Sie bedroht oder nicht?“

Meine Handflächen wurden feucht. „Na ja … ja, irgendwie schon. Aber sie war ziemlich sauer –“

„Und gleich nachdem sie Sie bedroht hatte, schüttete sie einen Eimer voll Wasser über Sie?“

Es hatte keinen Sinn, das zu leugnen, dafür hatten uns zu viele Menschen gesehen. Ich nagte an meiner Unterlippe und nickte.

„Hatten Sie den Eindruck, dass sie diese Drohungen ernst meinte?“

Ich zögerte. Ich wollte nicht lügen, aber ich sah nicht ein, wem damit geholfen wäre, wenn ich ihm erzählte, dass sie es todernst gemeint hatte. „Auch wenn ich sie nicht besonders gut kannte, war doch ziemlich offensichtlich, dass Tanya ein sehr unbeständiger und aufbrausender Mensch war. In dem Moment war sie auch verdammt wütend auf ihren Freund, der mich dazu benutzte, sie eifersüchtig zu machen – natürlich ohne meine Erlaubnis, wie ich Ihnen schon ein paarmal erklärt habe. Alles in allem würde ich sagen, dass sie in dem Moment, wo sie mir das Wasser ins Gesicht schüttete, vermutlich nicht in Tränen ausgebrochen wäre, wenn ich tot umgefallen wäre."

Bei diesen Worten erbebte sein Schnurrbart und ich beobachtete es fasziniert. Es war so, als ob das Ding ein Eigenleben führte. Er blätterte ein paar Seiten weiter. „Miss Renauld hat auch bei anderen Gelegenheiten Dinge geäußert, die man als Drohungen interpretieren könnte, stimmt das?"

„Sie war eigentlich nonstop wütend auf mich, also ist es wohl keine Überraschung, dass sie ein paar hässliche Dinge gesagt hat." Ich beugte mich vor. „Sehen Sie mal, Inspektor, ich weiß nicht, worauf Sie mit diesen ganzen Fragen über Tanya und ihre Drohungen gegen mich eigentlich hinauswollen. Schließlich war sie es, die umgebracht wurde, und nicht ich. Sie war sauer auf mich und nicht umgekehrt. Ich war glücklich und zufrieden, wenn sie mich einfach nur in Ruhe ließ und ich nichts mit ihr zu tun hatte. Und ich war ihr nicht böse, abgesehen davon, dass ich etwas dagegen hatte, von ihr und Dominic wie eine Spielfigur benutzt zu werden."

„Eine Frau ist ermordet worden, Miss Randall", sagte Bartos ausdruckslos. Er erinnerte mich an Christian, wenn er sein Bestes gab, um Frieden zu stiften. „Es ist meine Pflicht, sämtliche unangenehmen Fakten aufzudecken, die mit ihrem Tod zu tun haben könnten, ganz gleich, ob Sie glauben, dass es in diesem Fall eine Rolle spielt oder nicht."

Meine Laune stürzte rasant ab und pendelte sich in Kniehöhe ein, wo schon die zusammengeknüllte Kugel, die einmal mein Magen gewesen war, herumhing.

„Wenn Sie jetzt bitte noch einmal alle Ereignisse dieses Abends durchgehen würden, angefangen mit Ihrer Unterhaltung mit Miss Arielle Renauld hier in dieser Schänke …“

Ich sackte auf meinem Stuhl zusammen. Vor mir erstreckte sich der Tag als Endlosschleife, in der ich immer und immer und immer wieder dieselben Dinge wiederkäuen musste.

Eine Stunde später stolperte ich hinaus. In meinen Ohren hallte immer noch die Abfuhr des Inspektors wider.

„Sie unterliegen einem falschen Eindruck, Miss Randall. Meine Rolle in dieser Untersuchung ist es, Informationen einzuholen und nicht, sie zu geben“, hatte er auf meine Frage geantwortet, ob Raphael wohl verdächtig sei oder nicht. Die Befragung war gerade zu Ende gewesen und ich hatte mir gedacht, dass das wohl die beste Gelegenheit wäre, um ihn über ein paar Einzelheiten über Raphael auszuquetschen.

„Ich bitte Sie ja nicht darum, mir zu erzählen, was er zu Ihnen gesagt hat, ich möchte doch nur wissen, ob er auf Ihrer Liste von Verdächtigen steht. Ich bin einfach besorgt, angesichts seiner früheren Erfahrungen mit der Polizei …“ Ich beendete meinen Satz absichtlich nicht, in der Hoffnung, er würde anbeißen, aber offensichtlich war das nicht das erste Mal, dass man ihn zu ködern versucht hatte.

„Mr St. John hat mir gegenüber nichts davon erwähnt, dass Sie mit seiner Vorgeschichte bezüglich der Polizei vertraut wären.“ In seiner Stimme klang leise Missbilligung mit.

Ich bemühte mich, unter seinem bohrenden Blick nicht auf dem Stuhl hin und her zu rutschen. „Raphael und ich stehen uns sehr nahe, wie ich Ihnen ja schon erzählt habe. Und wir haben uns sowohl über die gegenwärtige Lage als auch über Angelegenheiten der Vergangenheit unterhalten.“ Das war die reine Wahrheit. Irreführend – sicher; darauf abzielend, den falschen Eindruck zu erwecken, dass ich über alles Bescheid wusste – wohl wahr; aber trotzdem immer noch eine Form der Wahrheit. „Ich bin mir sicher, dass es ihm lediglich entfallen ist, dies Ihnen gegenüber zu erwähnen."

„Verstehe. Und was wollen Sie jetzt von mir hören?"

„Dass Sie ihn nicht für den Hauptverdächtigen in diesem Fall halten."

Inspektor Bartos sah mich einfach nur aus halb geschlossenen Augen an.

„Ach, kommen Sie schon", sagte ich in sein Schweigen. „Nur weil Raphael in der Vergangenheit schon mal mit der … na ja, mit der Polizei zu tun gehabt hat, heißt das noch lange nicht, dass Sie ihm das jetzt einfach in die Schuhe schieben können. Er hat Tanya genauso wenig ermordet wie ich! Wenn ich keine Verdächtige bin, dann gibt es keinen vernünftigen Grund, warum Sie Raphael auf Ihre Liste setzen sollten."

Er warf mir einen weiteren seiner Märtyrerblicke zu. „Oh, Miss Randall, wann habe ich Ihnen denn bloß den Eindruck vermittelt, dass Sie *nicht* auf dieser Liste stehen?"

Ich starrte ihn mit offenem Mund an, zutiefst schockiert, dass er glaubte, ich sei zu einem Mord fähig. Er nutzte die Gelegenheit schamlos aus, dass ich einmal sprachlos war, eskortierte mich aus der Schänke hinaus und wünschte mir noch einen schönen Tag.

Ich steuerte auf direktem Wege die Bank vor dem Hotel an, um mich dort niederzulassen, die frische Luft einzuatmen und es zu genießen, nicht mehr ausgequetscht zu werden. Roxy, die ebenfalls befragt und vor mir wieder entlassen worden war, plauderte gerade mit einer Gruppe von Leuten, die sich auf eine Fahrradtour vorbereiteten.

Ich ließ mich kraftlos neben sie plumpsen. „Also wirklich!

Stell dir das mal vor! Der gute Inspektor glaubt doch tatsächlich, dass ich Tanya umgebracht habe!", brach es aus mir hervor.

Roxy zuckte nur mit den Schultern und rief den Radlern, die nun in die Pedale traten, noch einen Abschiedsgruß hinterher.

„Was soll denn dieses Schulterzucken?", wollte ich wissen. „Möchtest du damit vielleicht sagen, du bist nicht überrascht, dass deine beste Freundin auf der ganzen großen Welt eine Mordverdächtige ist, oder meinst du vielmehr, dass das alles einfach zu blöde ist, um daran Worte zu verschwenden, und du darum nicht einmal versuchen möchtest, deine Verachtung für einen Mann in Worte zu fassen, der solch eindeutig falschen Anschuldigungen von sich gibt?"

„Wir müssen dir unbedingt Valium oder so besorgen. Du rastest ja gleich aus."

„Ich raste nicht aus, ich wurde gerade von der Polizei in die Mangel genommen. Bartos stand kurz davor, den Gummischlauch herauszuholen. Ich bin bloß überrascht, dass er nicht gleich ein paar Zigaretten auf mir ausgedrückt hat, um zu sehen, ob ich dann auspacke."

Roxy kicherte und stand auf, wobei sie mich mit sich zog. „Immerhin hast du deinen Sinn für Humor wiedergefunden. Ich bin froh, dass du nicht mehr wegen deinem Tattoo-Knaben deprimiert bist. Und jetzt komm, wir müssen einige Ermittlungen anstellen. Während du da drin warst und dir Bambusstückchen unter die Fingernägel hast rammen lassen, war ich nämlich schon fleißig."

„Wie, fleißig?", fragte ich, während wir uns der Wiese und dem Marktgelände näherten.

„Ich habe mit jedem vom Markt geredet, der zum Hotel kam, um bei der Polizei seine Aussage zu machen. Beeil dich, wir haben einen Termin bei deinem Lieblingsvampir und sind schon spät dran."

„Christian?" Ich blickte auf. Die Sonne stand hoch am Himmel, wenn sie auch von Dunst verschleiert wurde. „Roxy, selbst wenn wir eine Ahnung hätten, wo er ist, weißt du doch genau, dass er um diese Zeit gar nicht wach ist."

„Nicht Christian. Dominic."

„Äääh! Von wegen Lieblingsvampir! Der ist ja nicht mal echt." Eine Tatsache, die ich auf einmal durchaus zu schätzen wusste, vor allem wenn mir der Anblick von Tanyas zerfetzter Kehle wieder in den Sinn kam. Ich fragte mich, was Bartos wohl von dieser Wunde hielt. Ich fragte mich, ob er an die Existenz der Dunklen glaubte.

„Na ja, jedenfalls wird er in Kürze dein Lieblingsvampir sein. Ich habe ihm erzählt, dass du gerne ein paar Informationen von ihm hättest und bereit bist, ihm im Gegenzug deine Gunst zu gewähren."

„*Roxy!*" Ich blieb stocksteif am Rand des Parkplatzes stehen. „Ich werde auf keinen Fall mit diesem Möchtegernvampir ins Bett gehen!"

„Hab ich vielleicht gesagt, dass du das tun sollst? Ich sagte *Gunst*, darunter fällt auch so was wie Runen legen."

„Was? Schon wieder? Das habe ich gestern Abend doch nur gemacht, um in einer Notlage auszuhelfen, aber …"

„Wenn du die dreckige Wahrheit über Raphael herausfinden willst, musst du dafür schon mit einem Teil deiner kostbaren Zeit bezahlen. Also, entscheide dich. Was ist dir wichtiger – ein paar Stunden Freizeit am Abend oder ein Exklusivbericht über Raphaels schmutzige Geheimnisse?"

Ich trat gegen einen Stein, der in der lockeren Erde steckte. Um ehrlich zu sein, fühlte ich mich bei dem Gedanken daran, hinter Raphaels Rücken herumzuschnüffeln, um herauszufinden, was er mir verheimlichte, alles andere als wohl. Die Stimme der Vernunft in meinem Kopf wies mich darauf hin, dass ein solcher Vertrauensbruch wohl kaum der richtige Weg war, ihm meine Liebe zu beweisen. *Wenn er wollte, dass du Bescheid weißt*, belehrte mich diese selbstgerechte Stimme, *würde er es dir erzählen.*

Ich höre nur selten auf diese Stimme. Ich ziehe die andere Stimme vor, die bei dem Gedanken, tatenlos rumzusitzen und darauf zu warten, dass Raphael endlich wieder zur Vernunft kam, verächtlich schnaubte. *Zeig ihm, wie sehr er dich braucht*, sagte diese Stimme. *Zeig ihm, dass du mehr bist als bloß das Futteral für seine Flöte.*

„Na gut, dann übernehme ich noch einmal eine Schicht am Runentisch, aber nur für heute Abend."

Roxy versetzte mir einen Klaps auf den Arm und machte sich auf den Weg den Abhang hinunter in Richtung Marktwiese. „Heute Abend findet doch das große Festival statt, weißt du nicht mehr? Und danach ist der Gothic-Markt zu Ende."

Ich folgte ihr etwas langsamer. Wie konnte ich das nur vergessen? Heute Abend würden Hunderte von Fans auf dem Gelände von Christians Schloss zusammenkommen, trinken, essen, tanzen und laute Musik hören, und das alles zu Ehren der Vampire. Inzwischen war vom Hauptvampir, dem echten, nichts zu sehen oder zu hören. Wer weiß, was er vorhatte. Ich hoffte nur, dass er sich an irgendeinen sicheren Ort verzogen hatte und schlief.

Schließlich wandte ich meine Aufmerksamkeit wieder der Frage zu, die ich mir schon früher gestellt hatte: Wenn Christian Tanya nicht ermordet hatte, wer dann? Dominic? Dieser gruselige Milos? Arielle? Raphael? Roxy? *Ich?*

Ich verjagte die Hirngespinste aus meinem Kopf, ging ein

bisschen schneller und hatte Roxy bald darauf eingeholt. Es zeichnete sich immer mehr ab, dass der heutige Tag zu einem wahren Albtraumtag zu werden drohte. Also sollte ich wohl am besten so viel wie möglich davon gleich hinter mich bringen.

# 16

Wenn ich gedacht hatte, dass mein Tag ein Albtraum war, dann nur deshalb, weil ich noch nie das Innere von Dominics Wohnwagen gesehen hatte.

„Grundgütiger, das ist ja wie eine wirklich üble Parodie auf das Set von *Tanz der Vampire*", murmelte ich, als ich um eine große Stehlampe mit einem Lampenschirm aus flatternden Metallfledermäusen herumging. Dominic hatte alle Fenster verdunkelt und das hieß, dass das einzige Licht von den seltsamen Lampen ausging, die er überall im Wohnwagen verteilt hatte.

„Also ich finde es auf eine gruselige Art faszinierend, man muss einfach hingucken. Ungefähr so wie bei einem schlimmen Autounfall", antwortete Roxy. Ich betrachtete ein Gemälde, das an einer der Trennwände hing. Es sah aus wie eines dieser Gothic-Cover aus den Sechzigern, wo eine Frau in einem durchsichtigen Nachthemd aus einem düsteren, alten Herrenhaus flieht. Nur dass die Frau auf diesem Bild nackt war und von einem irgendwie ziemlich verweichlicht aussehenden Vampir in voller Bela-Lugosi-Montur verfolgt wurde.

„Wie ich sehe, bewunderst du gerade mein Gemälde." Dominic erschien neben mir und neigte den Kopf zur Seite, wie um ein Kunstwerk zu bewundern. Ich fragte mich nur, welches Kunstwerk er dabei im Sinn haben mochte. „Ich habe es selbstverständlich selbst gemalt."

„Ach wirklich?" Ich rief mir ins Gedächtnis zurück, dass ich schließlich etwas von ihm wollte und es darum wohl keine so gute Idee war, mich zu erkundigen, wie viele Malen-nach-Zahlen-Bilder er denn noch fabriziert hätte. „Das ist wirklich … einzigartig."

„Ja." Er entblößte seine Fangzähne, um mir zuzulächeln.

„Äm … du hast da ein Stück …", ich zeigte auf meine Schneidezähne.

Dominic wirkte einen Augenblick lang regelrecht menschlich, als ein Ausdruck der Verlegenheit sein Gesicht überflog. Er stürzte in sein Schlafzimmer.

„Vampire essen keinen Broccoli", murmelte Roxy, bevor sie ihre Aufmerksamkeit etwas widmete, das wie ein kleiner Altar aus billigen schwarzen und roten Kerzen aussah.

„Sieht so aus, als ob er bei *Vampyrs 'R'Us* eingekauft hat", flüsterte ich.

Sie kicherte. In diesem Augenblick erschien Dominic mit einem essensrestefreien, anzüglichen Grinsen. „*Mon ange*, wenn du dich einfach dorthin setzt, und *Roxsee* hierher, und ich da, ja! Jetzt sitzen wir alle gemütlich, eh?"

„Aber sicher doch", sagte ich zu seinem Ohrläppchen, das sich schätzungsweise drei Zentimeter von meinem Mund entfernt befand. „Ich kann mir nichts Schöneres vorstellen, als an jemand anders zu kleben wie ein Senfpflaster oder so was in der Art." Ich verstummte und atmete vorsichtig ein, nur um dann von ihm zurückzuprallen, jedenfalls so weit das möglich war angesichts der Tatsache, wie er mich eingequetscht hatte. Meine Augen füllten sich mit Tränen bei meinem Bemühen, nicht zu niesen. „Was um alles in der Welt ist denn das?"

Ein Muskel in seinem Augenlid zuckte. „Für dich trage ich *Marcheur du Nuit*. Ich habe es selbst kreiert und denke darüber nach, es auch auf den Markt zu bringen. Es ist überaus wohlriechend, nicht wahr?"

„Mir kommt da eher das Wort *potent* in den Sinn“, murmelte ich und rieb mir die Nase. „Also, wenn du nichts dagegen hast, Dominic, ich habe heute wirklich noch eine Menge zu tun, und ich weiß, dass du auch sehr beschäftigt sein musst, um dich auf das Festival vorzubereiten und so. Ich wäre dir also sehr dankbar, wenn wir jetzt gleich mit der Unterhaltung beginnen könnten, die Roxy erwähnt hat.“

„*Mon ange* weint vor Freude?“, erkundigte er sich und zog mit der Fingerspitze die Spur einer Träne auf meiner Wange nach. Ich riss meinen Kopf zurück.

„Nein, ich bin bloß allergisch gegen Parfüms und Eau de Cologne. Das bringt meine … meine …“, ich drehte meinen Kopf zur Seite und nieste in meine Schulter, „… Nase zum Jucken. Entschuldigung. Ich hoffe, deine Hand hat nichts abbekommen.“

Er zog seinen Arm zurück, den er um meine Schulter gelegt hatte, und wischte heimlich den Schnodder von seiner Hand, während ich mir ganz dezent die Nase mit dem Papiertaschentuch putzte, das Roxy mir in die Hand gedrückt hatte.

„Also, kommen wir mal zu Raphael …“

„*Mon ange, ma belle*, immer bist du in solcher Eile! Ich habe so wenig Zeit mit dir, können wir da nicht diesen kurzen Moment auskosten?“

Ich blickte ihm geradewegs in die Augen, zog die Nase hoch und wischte mir noch ein paar Tränen vom Gesicht. „Nein.“ Ich klang, als ob ich mir ein paar Socken in die Nase gestopft hätte. „Können wir nicht. Raphael?“

Er stieß ein dramatisches, aufgesetztes Seufzen aus und tippte sich ungefähr eine Minute lang gedankenverloren mit seinen langen Fingern gegen das Kinn, während ich dreimal nieste.

„Es tut mir leid", sagte ich und winkte Roxy zu. Sie stand auf und wechselte mit mir den Platz. „Nichts für ungut, Dominic, aber wenn ich noch länger neben dir sitze, niese ich mir glatt die Augen aus."

„Das ist nicht übertrieben." Roxy rümpfte die Nase, als sie von der Wolke seines moschusartigen Parfüms erfasst wurde. „Sie hat einmal vierzehnmal hintereinander geniest. Dabei hat sie sich in die Hose gemacht."

*„Roxy!"*

„Sie war damals zehn", fügte Roxy hinzu, als ob das die Sache besser machte.

„Also, zum vierten Mal, wenn wir uns jetzt unserem Thema zuwenden könnten, nämlich Raphaels Geschichte …" Ich zog eine Augenbraue hoch. Er wirkte verschnupft.

„Und wenn ich dir diesen großen Gefallen tue, den du von mir verlangst, *mon ange*, welche Gegenleistung wirst du dann für mich erbringen?"

Ich blickte zu Roxy. Sie starrte gerade völlig entsetzt auf das Gemälde. „Roxy sagte, du brauchst heute Abend Hilfe mit den Runen. Ich würde dir gerne noch einmal dabei aushelfen."

„Deine Hilfe wäre mir wirklich überaus willkommen." Er nickte mit verschleiertem Blick. Allerdings nicht so verschleiert, dass ich nicht das berechnende Leuchten in seinen Augen wahrgenommen hätte. Wenn ich nur ein bisschen mehr Geld zur Verfügung gehabt hätte, hätte ich glatt versucht, ihm die Informationen mit einer kleinen Bestechung zu entlocken. Ich war ziemlich sicher, dass finanzieller Gewinn ein bedeutend größerer Anreiz für ihn wäre als meine fragwürdigen Reize. „Aber du bittest mich um eine sehr persönliche Sache. Du möchtest, dass ich Raphael hintergehe."

Ich runzelte die Stirn. Es gefiel mir ganz und gar nicht,

meine eigenen Gefühle in Worte gefasst zu hören, vor allem nicht, wenn diese Worte aus einem Mund voller falscher Fangzähne kamen. Ich fragte mich müßig, was Christian eigentlich mit seinen Fangzähnen tat, wenn sie gerade nicht in Gebrauch waren.

„So ein persönliches Opfer erfordert eine bedeutend intimere Geste, denkst du nicht?"

Bei diesen Worten verging mir jeglicher Gedanke an zusammenklappbare Eckzähne. Ich warf Dominic einen wütenden Blick zu. „Kein Sex."

„*Mon ange*", sagte er mit einer zierlichen Geste seiner Hände, „mit deinen überaus stürmischen Beteuerungen versetzt du mein Blut in Wallung. Aber nein, ich habe nicht den *danse sur le coucher* im Sinn."

Roxy prustete los.

„Gut, weil das nämlich auf gar keinen Fall passieren wird. Was genau willst du von mir, abgesehen davon, dass ich heute Abend noch mal aus den Runen lese?"

Er lächelte und das berechnende Leuchten in seinen Augen wurde stärker. Er legte die Fingerspitzen aneinander und sah mich über seine Hände hinweg schmollend an. „Heute Abend ist, wie du bereits erwähntest, das Festival des Abends vor Allerheiligen. Zur Feier dieser Nacht, die allen heilig ist, die in der Dunkelheit leben, wird die Punkva-Höhle für alle Besucher des Festivals geöffnet sein."

„Das klingt nach einer guten Idee", gab ich zu. Ich fragte mich nur, wo der Haken war. Vielleicht wollte er, dass ich Eintrittskarten verkaufte oder auf dem Festival aushalf.

„Wir waren vor ein paar Tagen dort", warf Roxy ein. „Es war ein bisschen feucht da und hat gemüffelt, aber sonst ganz lustig. Obwohl Joy am Ende ihr Mittagessen ausgekotzt hat."

Normalerweise hätte ich sie zurechtgewiesen, aber ich dachte, je unattraktiver das Bild ist, das Dominic von mir hat, umso besser. „Ich werde leicht seekrank“, fügte ich erklärend hinzu.

Er wirkte vorübergehend leicht befremdet; doch dann trat erneut dieses selbstgefällige Lächeln auf sein Gesicht. „Mit mir wirst du nicht am *mal de mer* leiden, *mon ange.* Ich werde darauf achten, dass du während unserer Bootsfahrt mit anderen Dingen beschäftigt bist.“

„Unserer Bootsfahrt?“, wiederholte ich misstrauisch. „Du willst die Höhle mit mir zusammen besichtigen? Das ist alles?“

„Das ist alles“, sagte er und breitete die Arme in einer Geste der Harmlosigkeit aus.

Ich bemühte mich, irgendetwas Anstößiges an seinem Wunsch zu entdecken, aber es gelang mir nicht. Also gab ich so würdevoll wie möglich nach. „In Ordnung. Ich werde also heute Abend die Runen deuten und zusammen mit dir eine Bootsfahrt durch die Punkva-Höhle machen, aber das ist alles. Dann sind wir quitt, okay?“

Er lächelte und führte die Finger an seine Lippen.

Roxy warf einen Blick auf ihre Uhr. „Na Gott sei Dank haben wir den Verhandlungsteil endlich hinter uns. Jetzt kannst du uns Raphaels schmutziges kleines Geheimnis verraten und wir machen uns wieder auf den Weg.“

Ich sah zu Dominic. Er lehnte sich zurück und spielte mit den Rüschen an seinem Hemd. „Ich fürchte, da gibt es nicht viel zu verraten. Ich habe Raphael in Marseille eingestellt, wo er gerade aus dem Gefängnis entlassen worden war, weil er eine Prostituierte vergewaltigt und getötet hatte.“

Meine Kinnlade knallte auf meine Knie. „Er hat *was*?“

Dominic schürzte die Lippen und schnalzte mit der Zunge. „Es ist wahr. Er hat einem Straßenmädchen Gewalt angetan und sie dabei hier“, er zeigte vage auf seinen Unterleib, „verletzt. Sie wurde ins Krankenhaus gebracht und ist später gestorben.“

Roxy starrte mich an, in ihren Augen spiegelte sich blankes Entsetzen. Ich blinzelte und sah zurück zu Dominic. „Raphael? Mein Raphael? Das glaube ich nicht.“

„Glaube es ruhig, *mon ange.*“

Ich schüttelte den Kopf. „Nein. Nicht er. Ich kenne ihn. Er würde einer Frau niemals Gewalt antun. Das muss ein Missverständnis sein. Er wurde ganz bestimmt zu Unrecht verurteilt.“

„Ich habe seine Papiere selbst gesehen, *Joie.* Jetzt begreifst du sicherlich, warum ich dich vor ihm beschützen wollte. Der Mann, den du dir als deinen Geliebten ausgesucht hast, ist ein Verbrecher. Ihm sind die Frauen, die er sich für seine abartigen Neigungen sucht, vollkommen gleichgültig. Da er im Gefängnis wiederholt Anschläge auf sein Leben überstanden hat, wusste ich, dass er sowohl Brutalität als auch Rücksichtslosigkeit besitzt, beides Eigenschaften, die ihm dabei helfen könnten, andere zu beschützen. Deshalb habe ich ihn eingestellt, um sich um unsere Security zu kümmern. Die Polizei hat mich mit ihren Anschuldigungen dazu gezwungen. Sie kamen zu uns und sagten: ‚Sie sind hier, hier und hier gewesen, und ganz in der Nähe sind Frauen ermordet worden, also müssen wir Sie verhaften.‘ Pah! Sie haben nichts gefunden, was uns mit diesen tragischen Todesfällen in Verbindung bringt. Sie wirbeln viel Staub auf, aber ich habe wasserdichte Alibis und sie müssen ohne mich wieder gehen.“ Er lehnte sich zurück und sah schrecklich selbstgefällig aus.

„Willst du damit etwa sagen, dass die Polizei dich verdächtigt hat, du hättest jemanden ermordet?" Roxy rückte ein Stück von ihm ab.

„Man nannte sie die Vampirmorde, nicht wahr? Und ich", sagte er mit einer affektierten kleinen Geste, „bin *le grand Vampyr*. Daraus folgt, dass sie mich verdächtigen mussten."

Es klang so, als sei er darauf auch noch stolz.

„Ich wusste nicht, dass sie ernsthafte Ermittlungen über jemanden vom Gothic-Markt angestellt haben", sagte ich langsam. Ich betrachtete seine spitzen Schuhe, während ich in Gedanken noch einmal die Tatsachen durchging. Ob die Polizei wohl grundsätzlich alle Angestellten unter die Lupe nahm oder einen ganz speziellen Mann mit bernsteinfarbenen Augen und einer einschlägigen Vorstrafe im Besonderen? „Arielle hat uns etwas von einer toten Frau erzählt, aber sie sagte, die Polizei in Heidelberg …" Mir blieben die Worte im Hals stecken und Gänsehaut überzog meinen Körper. Raphael hatte doch zu Inspektor Bartos gesagt, er solle sich mit der Polizei in Heidelberg in Verbindung setzen, um zu beweisen, dass er unschuldig sei. Oh Gott! Wenn die Polizei ihn schon früher im Visier hatte, dann war es ja kein Wunder, wenn er auf Bartos' Liste von Verdächtigen stand.

„Diese Schweine! Sie haben uns eine ganze Woche lang aufgehalten. Wir haben große Einnahmen in Prag wegen ihnen verloren. Aber der Fall ist abgeschlossen. Sie haben keinerlei Verbindung zwischen uns und dieser Frau gefunden."

„Und jetzt ist Tanya tot", sagte Roxy nachdenklich; ihr Blick ruhte auf Dominic.

„Ja." Dieser Gedanke schien ihn zu ernüchtern. „Sie war nicht die liebenswerteste unter den Frauen, aber sie hat den Tod nicht verdient."

Er erhielt von mir die volle Schleimerpunktzahl dafür, dass er tatsächlich etwas zeigte, das wie wahre Trauer um

Tanya aussah. „Ich hatte gestern keine Gelegenheit dazu, Dominic, aber ich möchte, dass du weißt, dass es mir wegen Tanya sehr leidtut. Ich weiß, dass ihr euch nahe gestanden habt. Das muss alles wirklich schwierig für dich sein. Hast du denn eine Ahnung, wer ihr den Tod gewünscht haben könnte?"

Für den Bruchteil einer Sekunde kam der wahre Dominic zum Vorschein. Er sah aus, als ob er sich gleich übergeben müsste, und seine Augen füllten sich mit Grauen. Doch dann setzte er wieder seine Maske auf und schlüpfte zurück in seine aalglatte Rolle.

„Nein. Das ist alles so verwirrend für mich. Sie war wütend, sicher, aber nicht so wütend, dass sie etwas Dummes machen würde."

Ich behielt jeglichen Kommentar diesbezüglich für mich. Roxy stellte Dominic noch ein paar Fragen über die Morde an den anderen Frauen, aber er hatte zu diesem Thema nichts Neues hinzuzufügen, genauso wenig wie zu seinen Warnungen vor Raphael. Ich ertrug sein Gerede noch ein paar Minuten lang, dann dankte ich ihm für seine Hilfe und versprach ihm, kurz nach der Eröffnung des Festivals dort zu erscheinen und meine Pflichten am Runenstand zu übernehmen.

„Er tut mir fast leid", sagte Roxy ein paar Minuten später. Wir standen vor dem Wohnwagen und atmeten tief die frische Luft ein. Die Leute vom Gothic-Markt, die zum größten Teil ziemlich müde und angespannt wirkten, nachdem ihr Schlaf so rüde unterbrochen worden war, begannen gerade damit, die Zelte und Buden abzubauen. Einige würden gleich verstaut werden, andere kämen bei dem Festival auf dem Gelände des Drahaner Schlosses erneut zum Einsatz.

„Ich glaube, ich sehe mal nach Arielle", sagte Roxy, die

Paal und einen anderen Mann beobachtete, die bei einem Wasserhahn standen. „Ich nehme an, du wirst dir deinen Knacki vorknöpfen?"

„Ich glaube nicht ein einziges Wort von dem, was Dominic über Raphael gesagt hat. Ich kenne ihn vielleicht noch nicht lange, Roxy, aber ich kenne ihn. Er ist sanft und liebevoll und würde eine Frau nie im Leben vergewaltigen, vor allem nicht mit solcher Brutalität, dass sie innere Verletzungen davonträgt. Er ist vielleicht so stark wie ein Ochse, aber er ist kein Monster! Nein, das muss ein Irrtum sein. Raphael hat mir erzählt, dass er eines Verbrechens beschuldigt wurde, das er nicht begangen hat, und ich glaube ihm das."

„Braves Mädchen", sagte sie und klopfte mir auf die Schulter. „Ich hab's gleich gewusst, dass du ihm nicht allzu lange böse sein kannst. Nicht bei diesem Tattoo. Nicht zu vergessen, sein riesiger …"

„Oh, ich bin immer noch stinksauer auf ihn", unterbrach ich sie. „Er wird mir einiges erklären müssen. Aber das heißt nicht, dass ich ihn eines Mordes oder einer Vergewaltigung für fähig halte. Ich schätze, da Christian sowieso noch ausfällt, bis es dunkel wird, werde ich mal das ein oder andere Wörtchen mit Raphael wechseln."

Ein Lächeln glänzte in ihren Augen. „Das ein oder andere Wörtchen, wie? Okay, ich seh dich dann in, äh, sagen wir drei Stunden? Ist das genug Zeit für eure kleine Unterhaltung?"

„Du brauchst wirklich unbedingt einen Mann, Roxy. Du bist ja regelrecht von Sex besessen. Besessen! Das ist ein Anzeichen für Geisteskrankheit, wirklich. Such dir Hilfe. Wenn du mich jetzt entschuldigen würdest, ich mache mich auf den Weg, um Raphael mit einem schönen großen Knüppel gehörig eins hinter die Löffel zu geben. Wenn ich nur daran denke, dass er nicht mehr Vertrauen zu mir gehabt hat!"

Ich schnaubte empört durch die Nase, stolzierte davon und Roxy blieb allein zurück – sie prustete und bog sich vor Lachen. Ich fand, es sei unter meiner Würde, mich zu erkundigen, was ich denn nun schon wieder so Spaßiges gesagt hatte. Ich musste mich um einen Mann kümmern. Die Tatsache, dass sich meine Innereien allein schon bei dem Gedanken daran, mich um ihn zu kümmern, verflüssigten, tat nichts zur Sache. Ich musste etwas beweisen. Ich war vertrauenswürdig, ich war die perfekte Frau für ihn und es wurde langsam Zeit, dass er das begriff.

Was sein Geheimnis betraf ... also für mich stand fest, dass es nicht das war, was Dominic glaubte, genauso wie feststand, dass die Polizei Raphael für nicht ganz unschuldig hielt.

Ich wollte gerade an die Tür seines Wohnwagens klopfen, als ich mich an das erinnerte, was Roxy über Vertrauen gesagt hatte – dass es Zeit brauchte, um zu wachsen. Wenn ich ihm jetzt sagte, was ich herausgefunden hatte, wäre er gezwungen, mir zu vertrauen. Aber wollte ich erzwungenes Vertrauen?

Nein, das wollte ich nicht. Das war einfach nicht gut genug. Darum durfte er vorerst nicht erfahren, dass ich wusste, was er Dominic erzählt hatte. Ich kaute an meiner Unterlippe, während ich darüber nachgrübelte, was ich ihm sagen sollte. Meine letzten Worte hatten so etwas schrecklich Endgültiges an sich gehabt. Vielleicht wäre ja eine Entschuldigung für den Anfang gar nicht schlecht. Wenn ich zugab, dass ich im Unrecht war, würde er vielleicht dasselbe tun, mir sein Herz ausschütten und erzählen, was nun tatsächlich in seiner Vergangenheit passiert war.

Die Tür öffnete sich, ohne dass ich sie berührt hätte. „Schreibst du gerade irgendwelche unanständigen Sachen an meine Tür oder bringst du es nur nicht übers Herz anzuklopfen?“

„Oh, wie witzig, Mr Haha. Ich war zufällig in der Gegend und da dachte ich, es wäre nur höflich, mal Guten Tag zu sagen.“ In Gedanken gab ich mir eine Ohrfeige für den grauenhaften Unsinn, der da aus meinem Mund quoll. Wie kam ich denn auf so was? Ich klang nicht nur wie der letzte Arsch, sondern auch noch total kleinkariert.

„Hallo“, sagte er, ohne den Durchgang freizugeben. Eigentlich wollte ich ihm einen finsteren Blick zuwerfen, weil er mich nicht hereinbat, doch dann sah ich seine Augen, die vor Erschöpfung matt und trübe waren.

„Außerdem bin ich gekommen, um dich um Verzeihung zu bitten.“ Ich konnte einfach nicht anders, ich musste mit meiner Hand über seine Schläfe streichen. „Du siehst fix und fertig aus.“

„Das bin ich auch“, antwortete er. Er packte meine Hand, zog mich die drei Stufen hinauf und schlug die Tür hinter sich zu. Im Gegensatz zu Dominics Wohnwagen des Grauens war Raphaels Wohnwagen von Sonnenlicht erfüllt … und von ihm. „Ich hab einen furchtbaren Tag hinter mir. Zuerst hat mich die Frau, die mich vor lauter Verlangen noch in den Wahnsinn treibt, verlassen, dann weigerte sich die Polizei, auf mich zu hören, und schließlich hat mir mein Arbeitgeber mitgeteilt, dass meine Dienste nicht länger benötigt werden.“

Ich machte einen Schritt auf ihn zu. Er stand im Gang, die Arme vor der Brust verschränkt, bereit zum Kampf. Eines der Dinge, die ich an Raphael am allermeisten schätzte, war, dass ich mich in der Gegenwart all seiner harten Männlichkeit so richtig weiblich fühlte. Ich ging noch einen Schritt weiter, bis ich nahe genug bei ihm stand, dass meine Brüste seine verschränkten Arme streiften. „Dominic hat dich gefeuert? Warum sollte er das tun? Er braucht dich jetzt mehr als je zuvor.“

„Er hat mir erklärt, dass er mich angestellt hätte, um für Ruhe und Frieden auf dem Markt zu sorgen und seine Angestellten zu beschützen. Offensichtlich bin ich meinen Pflichten nicht nachgekommen.“ Es hörte sich so an, als ob er noch etwas hinzufügen wollte, es sich dann aber doch anders überlegte.

Ich lehnte mich leicht an ihn. Seine Augen erhellten sich und ich versuchte zu zählen, wie viele unterschiedliche Nuancen von Bernstein in ihnen sichtbar waren, doch es gelang mir nicht. „Das ergibt keinen Sinn. Du kannst unmöglich die ganze Zeit über für jeden Einzelnen verantwortlich sein.“

Einer seiner Mundwinkel verzog sich zu einem schiefen Grinsen. „Trotzdem bin ich nach dem Festival arbeitslos.“

„Oh.“ Ich schob mich noch näher an ihn heran, legte einen Arm um ihn und streichelte seinen Nacken. „Das tut mir leid. Ich fürchte, was die Polizei angeht, kann ich dir auch nicht helfen. Aber der erste Punkt auf deiner Liste, diese Frau, von der du gesprochen hast … Vielleicht kann ich dich dazu bringen, sie zu vergessen.“

„Nein“, sagte er und jetzt funkelten seine Augen. Plötzlich schlossen sich seine Arme um mich und er zog mich eng an seinen harten Körper – und ich rede vom Körper in seiner Gesamtheit –, sein Mund nur einen Atemzug von meinem entfernt. „Ich werde sie nie vergessen. Sie ist alles, was ich mir von einer Frau nur wünsche: klug, sexy und ganz und gar mein.“

„Ah“, sagte ich und gestattete mir selbst, mit meinen Lippen die seinen zu streifen, während ich sprach. „Nun gut, da ich dir dabei nicht helfen kann, bleibt mir nichts anderes übrig, als dir zu empfehlen, dich ins Bett zu legen. Vielleicht sieht deine Zukunft nach einer kleinen Ruhepause ja schon wieder rosiger aus.“

„Bett“, knurrte er und rieb seine Hüften an meinen. Jeder einzelne Knochen in meinem Körper verwandelte sich in Gelatine. Ich ließ mich einfach gegen ihn sinken. Er hob mich auf seine Arme, drehte sich um und trug mich in seinen winzigen Schlafraum. „Also, wieso bin ich da nicht selbst drauf gekommen?“

„Du besitzt halt nicht meine Intelligenz. Ich bin einfach viel vernünftiger als du. Du bist erschöpft, also musst du dich ausruhen. Im Bett. Und zwar sehr, sehr lange.“

„Das *ist* vernünftig“, stimmte er mir zu. Seine Stimme war heiser vor Verlangen. Er stellte mich wieder auf die Beine und zog mir den Mantel und das Kleid aus, noch bevor ich dagegen protestieren konnte. Nicht dass ich das vorgehabt hätte, aber dass er mich so schnell entkleidet hatte, kam doch ein wenig überraschend. Ich stand in BH und Slip vor ihm.

„Sehr hübsch“, sagte er, als er meinen Spitzen-BH und das passende Höschen betrachtete. „Sehr nett. Sehr feminin. Und jetzt zieh das bitte aus.“

„Du zuerst“, sagte ich, verschränkte die Arme, wippte mit dem Fuß auf den Boden und bemühte mich, gelangweilt zu wirken. In Wahrheit war ich alles andere als gelangweilt, als er meiner Aufforderung Folge leistete, sich aus seinem Hemd schälte und seine himmlische Brust und seinen Bauch samt Tattoo entblößte. Beim Anblick seiner nackten Haut lief mir glatt das Wasser im Mund zusammen.

Er zog die Stiefel aus, wobei er mich nicht eine Sekunde aus den Augen ließ. Dann griff er an den Reißverschluss seiner Cordhose.

„Du gestattest“, sagte ich und ignorierte die Tatsache, dass meine Stimme so rau wie ein Reibeisen klang. Ich streifte mir meine Schuhe von den Füßen, legte meine Hände auf seinen Gürtel und öffnete ihn. „Ich liebe es, wie deine Augen glühen, wenn du mich ansiehst. Dann fühle ich mich, als ob mich das Feuer in dir umströmt."

„Baby, du *bist* das Feuer in mir."

Ich knöpfte seine Hose auf. „Ich liebe deinen Duft. Raphael. Du riechst, wie ein Mann riechen sollte – maskulin, hart, heiß …"

Langsam zog ich seinen Reißverschluss herunter. Er atmete tief ein und hielt die Luft an, als meine Hand bedächtig über seinen langen, harten Penis strich. Jetzt sprühten seine Augen förmlich Feuer.

„Und wie ich mich fühle, wenn du mich berührst." Ich schob meine Hände unter den Bund seines Slips und zog ihn zusammen mit der Hose über seine Hüften und Oberschenkel, bis er sie mit zwei gezielten Bewegungen ganz auszog und in eine Ecke schleuderte. Dann nahm ich ihn in meine Hände und gönnte mir eine kurze, tastende Erkundung. „Ich verzehre mich nach dir, Raphael. Nur nach dir. Ich brauche deine Berührungen, um mich lebendig zu fühlen. Ich brauche dich."

„Oh, Baby, was tust du mir an", stöhnte er. An seinem Hals traten vor Anspannung deutlich sämtliche Sehnen hervor.

„Ich mach doch gar nichts", behauptete ich mit einem schadenfrohen kleinen Lächeln, als ich mich vor ihm hinkniete. „Noch nicht."

„Baby, ich glaube nicht, dass ich es ertrage, wenn du – oh Gott!"

Er schmeckte genauso, wie er roch: heiß, hart und männlich. Ich erinnerte mich an alles, was Dr. Ruth jemals darüber gesagt hatte, wie man einen Mann in den Wahnsinn treibt, und fügte noch ein paar eigene Ideen hinzu. Seine Hände lagen beide auf meinem Kopf und wiesen mir den Rhythmus, der ihn am meisten erregte; seine Hüften bewegten sich synchron zu meinen Bewegungen. „Oh Gott, Baby, das ist so gut. Du fühlst dich so gut an."

Ich begann sanft an ihm zu saugen und seine Stimme stieg glatt um eine Oktave. „Du bringst mich noch um, wenn du so weitermachst."

Ich hob den Kopf. „Soll ich lieber aufhören?"

„Bloß nicht!", stieß er hervor und stöhnte auf, als ich meine Bemühungen verdoppelte.

„Ich kann nicht ... mehr lange ... oh ja, mach das noch mal ... aaaahhhh ... nicht mehr lange ... das gibt's doch gar nicht, dein Mund sollte verboten werden ... ich kann nicht mehr ... oh Gott ... nicht mehr. Joy, hör auf. Hör sofort auf!"

Ich wollte es eigentlich gar nicht. Ich hatte nie viel für Oralsex übrig gehabt, aber mit Raphael war es etwas anderes. Es erfüllte mich mit ungeheurem Vergnügen, ihm solche Lust zu bereiten. Als ich mit meiner Zunge noch einmal seine Eichel umkreiste, hörte ich ihn laut stöhnen. „Baby, du musst jetzt aufhören."

Ich legte meine Finger um seine Hoden, fuhr sanft mit den Fingernägeln über die samtige Haut, entlang dieser faszinierenden kleinen Vene, die dort verlief. Seine Hüften zuckten, als ich ihn noch ein letztes Mal mit meiner Zunge massierte.

„*Joy!*", rief er mit Panik in der Stimme aus.

Ich blickte auf. „Was? Oh. Tut mir leid. Mir war nicht klar, dass du so kurz davor warst. Wahnsinn! Kein Wunder, dass du das Kondom zum Platzen gebracht hast. Das müssen doch bestimmt anderthalb Meter bis zu der Wand da drüben sein."

„Frau", knurrte er und zog mich auf die Füße, bis ich eng an seinen Körper gedrückt dastand. „Du bist noch mal mein Tod."

Seine Hände fummelten an den Häkchen meines BHs herum.

„Kann schon sein, aber was für eine Art zu sterben!"

In seinem Lächeln schwang eine ganze Reihe unanständiger Versprechen mit, Versprechen, deren Erfüllung ich kaum erwarten konnte. „Baby, du hast ja *keine* Ahnung."

„Ach, wirklich?", fragte ich. Ich gestattete ihm nun, mir meinen BH auszuziehen. Er stieß mich rücklings aufs Bett und warf sich anschließend auf mich, um mich zu küssen, bis ich nicht mehr wusste, wo oben und unten ist. Ich musste innerlich lachen, als seine Zunge meine wie verrückt herumkommandierte, meine Zähne untersuchte, meinen Gaumen streichelte und sich überhaupt sehr anspruchsvoll aufführte. Und dann hörte es plötzlich auf, als sich Raphael von mir herunterrollte und die Schublade seines Nachtschranks aufzog.

„Diesmal bin ich wieder dran. Ich möchte es mal mit meiner Zunge versuchen. Roxy hat mir erzählt, sie hat mal gehört, dass es geht. Was haben wir denn da?"

Er drehte sich wieder zu mir herum, bis er neben mir auf der Seite lag, eine längliche Flasche in der Hand. „Ich stehe auf Kirsch. Ich hoffe, du auch."

„Oooh", quietschte ich, zum Teil als Reaktion auf die Idee, mal etwas ganz anderes auszuprobieren, zum Teil wegen des Verlangens in seinen Augen. „Ist das eine von diesen glitschigen Lotionen, von denen man ganz rutschig wird und die die Haut erhitzen, wenn man darauf pustet?"

„Ja." Er öffnete den Verschluss, während er sich schon vorbeugte, um meine Brust in den Mund zu nehmen. Ich quietschte erneut, als er ganz sachte mit den Zähnen an meiner Brustwarze zog, und stöhnte, als die kühle Flüssigkeit auf meinen Nippel traf und sich von dort aus über meine Brust ergoss. Wieder beugte er sich vor und leckte über meine andere

Brust, während seine Finger das geschmeidige Öl verteilte. Die Kombination der Hitze seines Mundes und der Kühle der Lotion betäubte mein Gehirn vor Lust. Er zog Kreise über meine nach Kirschen duftende Brust, rieb meine Brustwarzen zärtlich zwischen seinen schlüpfrigen Fingern und ging dann unversehens wieder dazu über, heftig an meiner anderen Brust zu saugen.

Mein Rücken bäumte sich derartig hoch auf, dass ich fast vom Bett abgehoben hätte.

„Das gefällt dir wohl, was?" Er lachte leise; seine Stimme war innig und sexy und rau vor Begehren. Dann goss er ein wenig Lotion auf meine andere Brust, wechselte die Seiten und saugte den ganzen herrlichen Kirschgeschmack von der ersten Brust, wobei er Busen und Brustwarze mit langen, ausladenden Bewegungen ableckte.

„Raphael!", kreischte ich und klammerte mich an seine Schultern, während er meine Brüste mit dem Feuer, das seine Hände und sein Mund entfachten, in Brand steckte. „Oh, bitte, Raphael, du musst damit aufhören. Meine Nippel explodieren gleich, und was soll ich dann machen? Ich glaube, Nippeltransplantationen gibt's noch gar nicht, oder? Oh ja, das ist so guuuut ..."

Er ließ etwas von dem Kirschzeug auf meinen Bauch tropfen; seine Finger verteilten die Flüssigkeit und zogen verschlungene Pfade, denen er anschließend mit dem Mund folgte. Während er damit beschäftigt war, an der Haut um meinen Bauchnabel herum zu knabbern, stahl sich seine Hand hinunter zu meinem Slip. Er massierte mich mit seinem Handballen und seine Finger drückten den Satin in meinen feuchten Spalt. Jedes Mal, wenn er mir über den Bauch leckte, streifte die kühle Seide seiner Locken über meine Haut, bis ich vor Entzücken die Augen verdrehte. Der Tanz seiner

Finger über die zarten, empfindlichen Lippen zwischen meinen Beinen trieb mich zur Ekstase. „Raphael!“, schrie ich.

Er lächelte tief über meinen Bauch gebeugt.

„Zieh meinen Slip aus!“

Er hob eine Augenbraue. „Forderungen? Höre ich da Forderungen?“

„Bitte!“, bettelte ich.

„Schon besser.“ Er lächelte und widmete sich der Stelle, wo mein Slip sich über meine Hüfte spannte. „Ich nehme an, es gefällt dir nicht, wenn ich das hier mache.“

Er zog an meinem Höschen, bis es sich fest über meinen Unterleib spannte, während sein Finger mich in einem so atemberaubenden Tempo massierte, dass ich innerhalb von Sekunden nicht mehr denken konnte.

Ich wimmerte. Das war alles, wozu ich noch fähig war. Ich war nicht mehr in der Lage, ganze Worte von mir zu geben – Worte waren zu viel verlangt, wenn mein Körper Lust erlebte, die alles überstieg, was er je erfahren hatte.

„Baby, du musst mir einfach nur sagen, was du willst“, hörte ich seine Stimme locken. Seine Augen waren heiß und verheißungsvoll und angefüllt mit all den unglaublich schrecklichen Dingen, die er mit mir anzustellen gedachte.

Ich betete, dass er genug Zeit für jedes einzelne davon haben würde.

„Bitte“, schluchzte ich, mein Körper zuckte im Rhythmus seiner Finger. „Nur dich. Ich will einfach nur dich spüren.“

Er machte der Folter ein Ende, als er mir den Slip herunterzog, begann aber gleich darauf mit der nächsten, indem er meine Beine spreizte und dazwischen eine Orgie mit der Kirschlotion veranstaltete.

„Lieber Gott im Himmel!“, rief ich aus, als seine Zunge nun über mein erhitztes Fleisch tanzte. „Raphael! Bob! Bitte!“

„Für dich tue ich doch alles, Baby." Er legte meine Oberschenkel über seine Schultern und machte sich daran, mich in den siebten Himmel zu katapultieren. Sein Mund versetzte mich in einen Strudel der Sinneseindrücke: Feuer, Seide, Lust, Liebe, Verlangen … alles miteinander verwoben, während er mich immer weiter trieb, bis ich schließlich in einem Freudenfeuer der Ekstase explodierte. Meinen Schrei der Wonne fing er mit seinem Mund auf, während er sich so tief in mich versenkte, dass es unmöglich wurde zu unterscheiden, wo er aufhörte und ich begann. Er zog meine Hüften an sich, während er wieder und wieder mit schnellen, harten Stößen in mich eindrang, tief in meinen Schoß, bis zu meiner Seele. Mit jedem heißen Wort der Liebe, das er gegen meinen Hals stöhnte, brannte er sich in mein Herz, bis ich vor lauter Glück über unseren gemeinsamen Rausch glühte.

„Jedes Mal", vertraute ich ihm später an, als ich mit meinen Fingern der langen, feuchten Biegung seines Rückens bis hin zu seinem wunderbaren Po folgte, „jedes Mal denke ich, es kann unmöglich noch schöner werden, und dann gibt es doch wieder eine Steigerung."

Sein Kopf hob sich gerade so weit aus meiner Halsbeuge, dass er mir einen Kuss aufs Schlüsselbein drücken konnte.

„Du legst ganz schön hohe Maßstäbe fest", beschwerte ich mich. „Ich weiß wirklich nicht, wie ich mich da bei dir revanchieren soll, geschweige denn dich übertreffen. Alles, was du mit mir machst, ist so unglaublich schön. Hast du auch nur die leiseste Ahnung, was für eine Belastung das für mich ist, Perfektion anzustreben? Was, wenn ich versage? Was, wenn ich nie so gut werde wie du?"

„Du vergisst da etwas Wichtiges." Er stützte sich auf, sodass er mich kurz angrinsen konnte, bevor er seine Lippen auf meine drückte. „Übung macht den Meister. Du wirst einfach so lange üben müssen, bis du perfekt bist."

Ich dachte ungefähr eine Sekunde über seinen Vorschlag nach, bevor ich mich einfach dem heißen Werben seines Mundes ergab. „Meinetwegen."

# 17

„Wo ist deine Waffe?“, erkundigte ich mich, als ich aus der klaustrophobisch kleinen Duschkabine stieg, die so winzig war, dass ich mich fragte, wie um alles in der Welt Raphael hineinpasste.

Er war schon angezogen und saß auf dem Bett, um in seine Stiefel zu steigen, nachdem er sich auch die letzten Spuren unseres Kirschvergnügens abgewaschen hatte. Als ich mich abtrocknete und nach meinen Kleidern griff, sah er auf.

„Meine Waffe?“

„Ja. Du weißt schon, die, mit der du letztens auf uns gezielt hast, als wir bei dir eingebrochen sind. Die große.“

„Warum willst du das wissen?“

Ich zog den Reißverschluss meines Kleides auf, streifte es über und drehte mich um, damit er den Reißverschluss wieder schließen konnte. „Reine Neugier. Ich dachte, wo du doch der Chef der Security warst, würdest du sie immer tragen, aber das hast du nicht, und unter deinem Kopfkissen ist sie auch nicht, also hab ich mich gefragt, was du wohl damit gemacht hast.“

Seine warmen Hände streiften meinen Rücken, als er den Reißverschluss hochzog. Dann drehte er mich um und betrachtete mich eine ganze Weile mit diesen Bernsteinaugen, von denen ich immer ganz weiche Knie bekam. Mit einem Seufzen bückte er sich schließlich, griff unter das Bett und zog eine kleine schwarze Kassette aus Metall hervor.

„Oh, ist sie da drin?“

„Ja."
„Ah."
Er schob die Kassette wieder unters Bett, packte mich bei den Hüften und zog mich auf seinen Schoß. „Joy, was du da vorhin gesagt hast …"
„Oh, meine Entschuldigung? Ja, ich weiß, die bin ich dir immer noch schuldig."
„Nein, wegen …"
Ich verschloss seinen Mund mit meiner Hand. „Lass es mich bitte richtig machen, okay? Es tut mir wirklich sehr leid, was ich zu dir gesagt habe, Raphael. Du hast ein Recht auf deine Privatsphäre, und wenn du das Gefühl hast, du kannst mir irgendetwas aus deiner Vergangenheit noch nicht anvertrauen, dann ist das in Ordnung. Es verletzt mich, aber ich werde es überleben. Ich möchte nur, dass du weißt, dass ich immer für dich da sein werde, ganz egal, wie weh es tut, zu wissen, dass ich dir nicht so wichtig bin wie du mir. Ich liebe dich und das heißt, dass ich dich nun mal am Hals habe, ganz egal, wie mies du mich behandelst."
Jetzt nahm ich meine Hand wieder von seinem Mund und lächelte ihn an, hochzufrieden, dass ich diese erniedrigende Kriecherei jetzt hinter mich gebracht hatte.
Sein schönes Gesicht wirkte eindeutig verstimmt. „Das war also eine Entschuldigung?"
„Na klar."
„Aha. Vielleicht ist das ja der letzte Schrei, was Entschuldigungen angeht – eine, bei der man der Person, bei der man sich entschuldigt, gleich den nächsten Schlag versetzt."
Ich boxte ihn sanft in die Schulter. „Sei doch nicht so widerborstig. Du musst meine Entschuldigung jetzt annehmen und mir sagen, dass du mich liebst und anbetest und du nie, nie wieder irgendetwas vor mir geheim halten wirst."

„Das soll ich jetzt machen?“

„Ja, das sollst du.“

Er ließ mich hintenüberkippen und beugte sich über mich. Ich lächelte und legte meine Hände in seinen Nacken.

„Und du hast tatsächlich den ganzen weiten Weg auf dich genommen, nur um dich bei mir zu entschuldigen?“

Er begann an meinem Hals zu knabbern, wobei sein heißer Atem ein wohlbekanntes Feuer entfachte, das eben erst erloschen war.

„Na ja, genau genommen nicht. Roxy und ich mussten auch noch mit Dominic reden.“

„Warum?“, fragte er. Seine Hände glitten über mein Kleid und begannen meine Brüste zu massieren.

Ich wand mich ein wenig und hob mein Kinn, um ihm den Zugang zu all den empfindsamen Stellen an meinem Hals zu erleichtern, und ließ meine Hände über die Muskeln auf seinem Rücken wandern. „Das hat Roxy so vereinbart. Dominic hatte uns etwas mitzuteilen.“

„Worüber?“ Seine Zunge folgte den Kurven und Windungen meines Ohres; sein unregelmäßiger Atem machte mich noch mehr an als die heiße Berührung seines Mundes.

„Etwas, das uns weiterhilft. Oh Gott, Raphael, du kannst nicht schon wieder damit anfangen, wir haben uns doch gerade erst angezogen!“

„Wobei weiterhilft?“ Er saugte mein Ohrläppchen in seinen Mund, während er meine Brüste sanft knetete.

Ich schmiegte mich an seine Wange und versuchte mich daran zu erinnern, was ich ihm auf keinen Fall erzählen durfte. „Wir versuchen herauszufinden, wer Tanya umgebracht hat.“

Er erstarrte für einen Augenblick, dann gab er mein Ohr wieder frei und blickte mir in die Augen. „Warum?“

Ich strich mit den Fingern über seine seidigen Augenbrauen. „Weil du einer der Verdächtigen bist. Genau wie ich, obwohl ich eigentlich nicht glaube, dass Inspektor Bartos das ernst gemeint hat. Ich *hoffe* jedenfalls, er hat es nicht ernst gemeint. Aber du … er scheint bei dir über irgendetwas nicht allzu glücklich zu sein. Und, Raphael, was auch immer ich so über dich sage – dass du stur bist und dickköpfig –, du bist mein Ein und Alles. Ich darf dich nicht verlieren und ich werde es nicht zulassen, dass er dich mir wegnimmt. Und wenn Roxy und ich ein bisschen Detektiv spielen müssen, um deine Unschuld zu beweisen, dann werden wir das tun."

Er küsste mich, leidenschaftlich und verlangend. „Du bist eine wirklich erstaunliche Frau. Ich habe noch nie jemanden kennengelernt, der so großzügig ist wie du." Ich öffnete meinen Mund, um ihm zu sagen, dass das genau das war, was ich hören wollte, aber er brachte mich mit einem weiteren leidenschaftlichen Kuss zum Schweigen. „Trotzdem, ich kann nicht zulassen, dass du so etwas machst. Ich weiß es zu schätzen, dass du mir helfen willst, doch es gibt nichts, worüber du dir Sorgen machen musst."

„Aber Inspektor Bartos …"

„Überlass der Polizei das Ermitteln, Joy."

Ich schob ihn von mir weg, um mich wieder aufzusetzen. „Sieh mal, ich habe im Moment wirklich schon mehr als genug um die Ohren, beispielsweise muss ich mich um Christian kümmern, da kann ich es wirklich nicht auch noch gebrauchen, dass sie dich aufgrund einer völlig absurden Mordanklage ins Gefängnis stecken, einfach nur weil ich mir nicht die Mühe gemacht habe, deine Unschuld zu beweisen."

Er packte mich hinten am Kleid, um mich daran zu hindern, vom Bett aufzustehen. „Du musst nicht beweisen, dass ich unschuldig bin; die Polizei weiß das. Und was meinst du damit, du musst dich um Christian kümmern?"

Ich warf ihm einen ungläubigen Blick zu. „Na klar, die Polizei weiß, dass du unschuldig bist. Darum bist du ja auch die Nummer eins auf ihrer Liste von Verdächtigen."

„Was hat Christian getan? Warum musst du dich um ihn kümmern?"

„Ich will jetzt nicht über Christian reden, ich will darüber reden, wie wir dich retten können, du arroganter, unerträglicher Kerl! Ich weiß wirklich nicht, warum ich deine nervige, wenn auch wirklich extrem attraktive Haut retten will, aber genau das habe ich vor, also hör endlich damit auf, dich wie ein Macho aufzuführen und mich herumzukommandieren und …"

„Joy." Er nahm mein Gesicht zwischen seine Hände und schenkte mir einen Blick, bei dem mir die Worte im Hals stecken blieben. „Du wirst auf der Stelle damit aufhören, Nachforschungen über diesen Mord anzustellen. Der Mann, der Tanya ermordet hat, läuft immer noch frei herum, und solange das so ist, bist du in Gefahr. Hast du mich verstanden?"

„Und ob ich dich verstanden habe. Du bist besitzergreifend und herrschsüchtig …"

Raphael verdrehte die Augen, murmelte etwas, was wie ein Fluch klang, und zog mich an sich, um mich so heftig zu küssen, dass sich meine Haare kräuselten. „Und ich sage dir, dass ich dich liebe, du dummes Frauenzimmer."

„Wirklich?" Ich war immer noch außer Atem von der Heftigkeit seines Kusses.

Seine Augen waren wirklich wunderschön, wie Edelsteine von bester Qualität: klar und durchscheinend und voller Liebe. Irgendwie nahm seine Liebeserklärung seiner herrschsüchtigen Art den Stachel.

„Oh ja. Ich liebe dich und bete dich an, und wenn das alles vorbei ist, werde ich nie wieder Geheimnisse vor dir haben."

Es war genau das, was ich hören wollte, was ich hören *musste*. Er erkannte meine Sorgen und Ängste an, er versprach, mir all meine Fragen zu beantworten … *nachdem* es vorbei war? Ich bremste ihn, ungefähr eine Haaresbreite von meinen Lippen entfernt. „Was meinst du damit, wenn das alles vorbei ist? Raphael, bis dahin könntest du schon längst im Gefängnis sitzen!"

Seine Finger gruben sich in mein Haar und streichelten meinen Nacken. „Baby, ich werde nicht ins Gefängnis gehen."

„Und wie willst du das diesmal verhindern?"

Ich bedauerte meine Worte, sobald sie meinen Mund verlassen hatten. Seine Finger hörten auf, meinen Nacken zu streicheln.

„*Diesmal?*" Sein Blick bohrte sich in meinen. Ich starrte ihn an und mein Herz zersprang in tausend Stücke, weil ich den Schmerz in seinen Augen aufflackern sah. Und als er mich dann von seinem Schoß herunterschob und mit hochgezogener Augenbraue ansah, schien mich eine dicke Eisschicht zu überziehen. „Verstehe. *Das* ist die Information, die du von Dominic haben wolltest. Würdest du mir vielleicht erklären, wie du das, was Dominic dir erzählt hat, dazu verwenden wolltest, zu beweisen, wer der Mörder ist?"

„Das war vielleicht nicht der wahre Grund, warum wir uns mit Dominic getroffen haben", sagte ich unglücklich. Mir schossen Tränen in die Augen. „Es tut mir leid, Raphael. Es tut mir wirklich leid und ich schäme mich vor mir selbst. Mir gefällt es nicht, in deiner Vergangenheit herumzustochern, ich wollte dir doch einfach nur helfen. Ich will dich beschützen, und nachdem du mir nicht erzählen wolltest, was du vor mir geheim hältst, dachte ich, wenn ich weiß, was es ist, kann ich Inspektor Bartos irgendwie von dir fernhalten."

Er sah mir einen Moment dabei zu, wie mir die Tränen über die Wangen liefen, dann schloss er mich in die Arme und zog mich an seine Brust. Ich schmiegte mein Gesicht an seine Schulter und durchnässte sein Hemd. „Baby, ich wünschte, ich könnte dir alles erzählen", sagte er, den Mund in mein Haar gedrückt. „Ich wünschte, ich könnte es, aber das ist einfach noch nicht möglich. Du wirst mir noch ein bisschen länger vertrauen müssen."

„Ich vertrau dir ja, aber du vertraust mir nicht", erklärte ich. Ich zog die Nase hoch und wischte ihm die Feuchtigkeit meiner Tränen vom Hals.

Dazu sagte er gar nichts, strich nur mit dem Daumen über meine tränennasse Wange und sah mich mit Augen an, die vor Verlangen, Bedauern und Schmerz dunkel waren.

„Und was für ein Problem hast du mit Christian?", fragte er schließlich.

„Du wechselst das Thema."

„Das weiß ich. Was für ein Problem hast du mit Christian?"

„Das bringt doch alles nichts. Selbst wenn Roxy und ich den Mörder nicht weiter verfolgen, würde ich mir immer noch Sorgen um dich machen, und zwar so lange, bis Bartos jemand anderen als dich hinter Schloss und Riegel gebracht hat."

„Wenn du dich dann besser fühlst, Joy, dann schwöre ich dir, dass er mich wegen des Mordes an Tanya nicht verhaften wird."

„Wie kannst du denn so etwas schwören?"

Seine Augen wurden noch dunkler.

Ich blickte tief in sie hinein und erkannte die Antwort

selbst. Er erzählte mir immer noch viele Dinge nicht und verbarg Geheimnisse, die er nicht mit mir teilen wollte, aber das war einfach nicht mehr so wichtig wie vorher. Er liebte mich. Ich musste darauf vertrauen, dass er mir mit der Zeit alles anvertrauen würde.

„Ich sollte jetzt gehen. Ich hab noch jede Menge zu tun und nehme an, du auch.“ Ich stand auf und nahm Mantel und Handtasche.

Er hielt mich auf. „Was ist das für ein Problem mit Christian?“

Ich dachte erst kurz darüber nach, ihm nichts darüber zu erzählen, entschied dann aber, dass es sicherer für ihn wäre, wenn er die Wahrheit kannte. „Es gibt kein Problem mit ihm, es sei denn, ein neunhundert Jahre alter Vampir stellt für dich ein Problem dar; es sei denn, du hältst die Tatsache, dass er mit einem einzigen Gedanken in deinen Verstand, deinen Körper und deine Seele eindringen kann, für ein Problem. Problem? Ich weiß nicht … Ist es ein Problem, wenn sich ein unsterblicher Mann mit grenzenloser Macht einbildet, du seiest der einzige Mensch in der gesamten Weltgeschichte, der ihn vor ewiger Verdammnis bewahren kann?“

„Ein Vampir?“ Raphael hätte nicht erstaunter aussehen können, wenn ich mir die Kleider vom Leib gerissen und mich auf den Kopf gestellt hätte. „Du willst mir doch nicht allen Ernstes erzählen, dass du wirklich glaubst, er wäre eines dieser Geschöpfe, über die er schreibt?“

„Oh, das glaube ich nicht nur, Freundchen, ich *weiß* es.“

Er starrte mich ungläubig an.

„Wage es ja nicht, mich so anzuglotzen“, warnte ich ihn mit ausgestrecktem Zeigefinger. „Sieh mich nicht so an mit diesem ‚Sie ist verrückt, aber ich tu so, als ob ich ihr glaube, weil ich schließlich ein richtiger Mann bin und sie meine

Frau ist und ich ihre Dummheit hinnehmen und so tun muss, als wäre es gar nicht so dumm, auch wenn ich innerlich so laut lachen muss, dass mir gleich die Milz platzt'-Blick. Ich bin *nicht* verrückt und ich bilde mir das auch *nicht* ein."

„Joy." Er seufzte und nahm meine Hände. Ich versuchte, sie ihm zu entziehen, aber er war einfach stärker. „Ich weiß, dass dich dieser Mord ziemlich durcheinandergebracht hat, und die Tatsache, dass ich meinen Job erledigen muss ..."

„Was für einen Job?", unterbrach ich ihn misstrauisch. „Du meinst einen anderen als deine Arbeit bei der Security? Hast du vielleicht noch einen anderen Job? Einen geheimen Job? *Noch* etwas, was du mir nicht erzählst?"

„... und dass ich weiß, dass Roxy und du von Christian fasziniert seid, weil er Bücher schreibt, die euch gefallen – aber ganz egal, was er euch erzählt, Vampire gibt es nicht."

Ich drehte meine Hände um, damit ich ihn ins Handgelenk kneifen konnte. „Das habe ich früher ja auch gedacht. Ich dachte, Roxy wäre komplett durchgeknallt, weil sie unbedingt herkommen wollte, aber plötzlich hatte ich diese Visionen, und dann begann er damit, mich zu mitternächtlicher Stunde in meinem Bett aufzusuchen ..."

„*Was?*"

„... und ich muss dir sagen, so eine Fern-Verführung allein durch die Kraft der Gedanken eines anderen kann ganz schön überzeugend sein."

Raphael starrte mich eine Minute lang einfach nur an, als ob er mir die Wahrheit an den Augen ablesen wollte. Dann ließ er meine Hände los, damit er sich übers Kinn reiben konnte. „Joy, ich weiß nicht, was du erlebt hast, aber ich weiß, dass es nicht real sein kann."

„Es ist real, Raphael. Ich wusste zuerst nicht, dass er es ist, ich dachte, es ist vielleicht Milos oder so, aber als wir dann in seinem Verlies waren, hat Christian es zugegeben. Roxy hat es auch gehört."

„Er beschwindelt dich doch nur, Liebes."

„Nein, tut er nicht. Ich weiß doch, was ich gefühlt habe! Er ist in meinen Kopf eingedrungen. Er hat mich körperlich berührt, nur dass er nicht im selben Zimmer war."

Raphaels Miene wurde immer düsterer. „Wie hat er dich berührt?"

Ich hielt seinem Blick stand. „Wie ein Liebhaber."

Die Muskeln an seinem Kiefer zuckten. „Er hat dich unter Drogen gesetzt. Er hat dir irgendwelche Mittelchen gegeben, damit du Visionen hast und glaubst, dass er übernatürliche Kräfte besitzt."

„Oh Gott, Raphael, er hat mich nicht unter Drogen gesetzt …"

„Baby, nichts, was du sagst, kann mich davon überzeugen, dass irgendjemand ein Vampir ist, am allerwenigsten Christian. Ein Schmarotzer, ein psychotischer Geisteskranker, der dich unbedingt verführen will, ein armer Irrer, der sich selbst davon überzeugt hat, dass seine Geschichten wahr sind – ja, das alles ist er, aber bestimmt kein echter Vampir. Die … gibt es einfach nicht."

„Tja, über diesen Punkt werden wir uns also wohl nie einig werden, weil ich weiß, was ich weiß." Mit einer abrupten Bewegung zog ich meinen Mantel über.

„Verdammt noch mal, Frau, es gibt keine Vampire!" Er packte mich am Mantel, während ich in meine Schuhe schlüpfte. Ich versuchte, mich an ihm vorbeizudrücken, aber er griff nach meinem Kinn und hob meinen Kopf an, damit er noch einen dieser Blicke aus seinen Bernsteinaugen auf mich abfeuern konnte. „Das ist keine Arroganz, das ist keine Eifersucht, das ist einfach nur eine Tatsache."

Ich starrte ihn ein paar Sekunden lang an und fragte mich, ob er auch nur die leiseste Ahnung hatte, in welche Gefahr er sich begab, indem er so blind war. So verbohrt. So felsenfest entschlossen, von niemandem Hilfe anzunehmen. „Ich nehme es dir nicht übel, dass du mir nicht glaubst. Ich hab's zuerst ja auch nicht geglaubt, nicht mal als Christian in meinen Kopf eingedrungen ist. Aber es ist die Wahrheit und sie zu leugnen wird das Problem nicht verschwinden lassen."

„Ich muss nichts leugnen, um Christian zu vertreiben", knurrte er. Er packte mich und zog mich an seine Brust. Seine Augen waren dunkel vor Emotion, Frustration, Liebe und Wut, alles miteinander vermischt.

„Du tust mir weh", flüsterte ich gegen seine Lippen. Er lockerte seinen Griff um meinen Hals, dann ließ er seine Hände ganz fallen, gab mich frei und trat einen Schritt zurück.

Ich sah den Mann an, den ich mit Leib und Seele liebte, und schwor mir, dass ich es nicht zuließ, dass sein Starrsinn unser Leben zerstören würde. Gut, er wollte also nicht, dass ich Detektiv spielte, und er glaubte auch nicht, dass Christian der war, der er nun einmal war. Aber ich konnte und würde alles tun, was nötig war, um zu verhindern, dass uns diese Katastrophe überrollen würde. Langsam sammelte ich meine Sachen ein.

„Begreifst du, was ich sage, Joy? Christian kann uns völlig gleichgültig sein."

Ich blieb einen Moment lang stehen, dann nickte ich und wandte mich zum Gehen um. Oh ja, ich begriff nur zu gut. Das Problem war, dass er nichts glaubte, was er nicht sehen konnte. Ich öffnete die Tür, doch meine Neugier zwang mich dazu, auf der obersten Stufe stehen zu bleiben und zu fragen: „Du weißt, wer Tanya umgebracht hat, oder?"

Er kam zu mir herüber und stellte sich so dicht hinter mich, dass ich die Hitze spürte, die seine Brust ausstrahlte. „Ja, das weiß ich."

Ich blickte auf meine Hand auf dem Türgriff. „Ist es Milos?"

Ich fühlte eher, dass er erstarrte, als dass ich es sah.

„Der war mir von Anfang an nicht geheuer. Jetzt weiß ich, wieso. Sehe ich dich heute Abend auf dem Festival?"

„Joy, ich möchte nicht, dass du …"

Ich öffnete die Tür und ging die Stufen hinunter. Draußen schien immer noch die Sonne. Die Arbeiter waren immer noch damit beschäftigt, die Stände und Zelte abzubauen, um sie auf Christians Schlossgelände dann wieder aufzustellen. Alles war genau wie zuvor und doch war alles anders.

Eine warme Hand legte sich auf meinen Nacken, sanft diesmal, sein Daumen massierte den Schmerz weg, den er mir vorhin zugefügt hatte. Ich drehte mich um und ließ meine Hände unter seinen Pullover gleiten, drückte ihn fest an mich und atmete seinen wunderbaren Duft ein. Er schloss mich in seine Arme und hielt mich genauso fest wie ich ihn.

„Ich werde mich von Milos fernhalten, wenn es das ist, was du mir gerade vorschreiben willst", flüsterte ich und küsste ihn aufs Ohr.

„Das ist kein Spiel, Joy."

Ich küsste auch sein Kinn, sein bockiges, kantiges Kinn, das ich so sehr liebte. Er dachte also immer noch, dass ich wütend darüber wäre, weil er mir gegenüber nicht zugab, was er wirklich hier beim Markt trieb. Kindskopf. „Ich weiß, dass es kein Spiel ist."

„Wenn du weiterhin darauf bestehst, Detektiv zu spielen, werde ich meine Zeit damit vergeuden müssen, dich im Auge zu behalten, anstatt Bartos den Beweis für die Schuld des Mörders zu liefern. Ich brauche diese Zeit, Joy. Eine zweite Chance werde ich nicht bekommen."

„Und wenn es dir nicht gelingt?" Ich legte den Kopf zurück, um seine Augen zu mustern. Sie waren wieder undurchdringlich, genauso entschlossen und stur wie der Rest von ihm. „Was geschieht, wenn du Bartos nicht überzeugen kannst? Was geschieht, wenn das Festival zu Ende ist und der Gothic-Markt ohne dich weiterzieht? Was dann?"

Er fuhr mit seinem Daumen über meine Unterlippe. Ich biss hinein. „Dann steht meine Zukunft fest."

Mein Herz zog sich schmerzlich zusammen. „Und zwar ohne mich?"

Er antwortete mir nicht sofort. „Lass mich einfach nur meine Arbeit machen, ohne dass ich mir auch noch um dich Sorgen machen muss. Ich brauche die Gewissheit, dass du in Sicherheit bist, sonst wird das nie ein Ende nehmen."

Ich nickte und wollte gehen, aber seine Arme legten sich noch einmal enger um mich. „Bitte, Baby. Du wolltest mir helfen, und jetzt gebe ich dir die Gelegenheit dazu. Halt dich von Milos fern."

Er bat nicht, er befahl, aber das war nicht der richtige Augenblick, um sich wegen ein paar Worten zu streiten. Ich nickte noch einmal, schlüpfte aus seiner Umarmung und gab ihm einen letzten, ganz zarten Kuss, bevor ich mich auf den Weg machte, um Roxy zu suchen.

„Wollen wir mal sehen …", sagte Roxy und ging einmal um mich herum, nachdem ich bei Arielles Wohnwagen angekommen war. „Haare: zerzaust. Lippen: von leidenschaftlichen Küssen geschwollen. Kleid: zerknittert, als ob es ein Weilchen auf dem Boden gelegen hätte. Gesicht: errötend.

Ja, alles Zeichen, dass du ein wirklich gutes *Gespräch* mit Raphael hattest."

„Du bist eine widerliche, böse Frau und dafür wirst du eines Tages bestraft werden."

Sie grinste nur und beeilte sich, mich einzuholen, als ich mich auf den Weg zurück zum Hotel machte. „Aus deinem zufriedenen Gesichtsausdruck schließe ich, dass in Raphael-Land alles in Ordnung ist?"

„Mehr oder weniger", gab ich zu. „Irgendwie schon. Ein bisschen. Wie geht's Arielle?"

Ihr Grinsen erstarb. „Durcheinander, traurig und ängstlich. Aber sie wird's überleben. Ihr Freund ist bei ihr und hat ein Auge auf sie. Ich denke, er wird schon dafür sorgen, dass sie nicht mehr leidet als unbedingt nötig."

Ich blieb stehen. „Vielleicht sollte ich lieber jetzt mal nach ihr sehen als später?"

„Nein. Paal hat ihr ein paar Schlaftabletten gegeben; sie wird wahrscheinlich bis zum Festival heute Abend tief und fest schlafen. Und jetzt komm, es ist Mittag und ich bin hungrig. Ich möchte wetten, dass dir dein Mann nichts zu essen gegeben hat." Sie warf mir einen wissenden Blick zu. „Jedenfalls keine Lebensmittel."

„Oh Mann, werd endlich erwachsen!"

„Also, damit ich das recht verstehe", sagte sie kurze Zeit später, als wir vor unseren Schüsseln mit Gemüsesuppe und bei frisch gebackenem Brot zusammensaßen. „Du hast also deine Meinung zu dieser ‚Er will mir seine Geheimnisse nicht erzählen'-Sache komplett geändert?"

„Genau. Er liebt mich. Er wird es mir erzählen, wenn er so weit ist."

„Wahnsinn. Du bist ja richtig erwachsen geworden! Und warum dann die trübe Miene?"

„Raphael glaubt mir nicht, dass Christian zu den Dunklen gehört. Er lässt sich von seinem Starrsinn regelrecht blenden."

„Und?" Roxy biss in ihr Brötchen. Während sie redete, regneten Krümel auf den Tisch. „Ich gebe zu, er stellt sich in dieser Beziehung ziemlich dumm an, aber was ist daran so schlimm? Soll Christian ihm doch einfach mal seine Beißerchen zeigen und voilà! Schon ist er überzeugt."

Ich rührte in meiner Suppe. „Das Problem ist, dass Raphaels Dickköpfigkeit ihn in jeder Hinsicht blind macht. Es ist ja nicht nur Christian, da gibt es auch noch die ganze Sache mit Inspektor Bartos."

„Du bist einfach nur ein Kontrollfreak, das ist dein Problem. Du willst, dass Raphael zugibt, dass du recht hast und er unrecht."

Ich bewarf sie mit Brot. Sie fing es auf und biss hinein.

„So einfach ist das nun wirklich nicht. Zum einen besteht die Gefahr, dass Raphael wieder verhaftet wird. Meinetwegen kannst du dich ruhig über mich lustig machen, aber ich würde das gerne verhindern. Ich möchte nämlich wirklich nicht den Rest meines Lebens damit verbringen, mich vor einem tschechischen Gefängnis herumzutreiben und um Besuchsrecht zu betteln."

Sie bröckelte das Brot in ihre Suppe. „Er sagt doch, dass er auf keinen Fall verhaftet wird."

„Na ja, er hat ja auch nicht gehört, wie Inspektor Bartos ihn als Verdächtigen bezeichnete. Meinst du denn, dass ihm die Polizei auf die Nase bindet, dass er auf ihrer Liste ganz oben steht? Sie wollen ihn schließlich nicht vorwarnen. Sie wollen, dass er sich ganz sicher fühlt und einen Fehler macht, damit sie sich ihn krallen und mir wegnehmen können." Ich holte tief Luft und schlug mit der flachen Hand auf den Tisch. „Das werde ich nicht zulassen. Raphael will nicht, dass ich weiter nach dem Mörder suche, aber er hat mir nicht verboten, nach jemandem zu suchen, der das für mich erledigen kann."

„Und wer soll das sein?", fragte sie mit schief gelegtem Kopf.

„Christian", antwortete ich ohne zu zögern. „Er kann Gedanken lesen, oder etwa nicht? Ich bin davon überzeugt, dass Milos der Mörder ist, also muss ich einfach nur Christian darum bitten, in seinen Gedanken zu lesen und einen niedlichen kleinen, handfesten Beweis für die Polizei zu finden."

„Ja klar, und Christian wird dir sicher gerne dabei helfen, deinen Geliebten zu retten, den Mann, dessen Stelle er gerne einnähme."

Ich winkte ab. „Er wird mir helfen. Ich weiß, dass er mir helfen wird. Wie viel Zeit haben wir noch, bevor es dunkel wird?"

Sie sah auf ihre Armbanduhr. „Vier, vielleicht fünf Stunden."

„Gut. Dann haben wir noch genug Zeit für ein Nickerchen. Das Festival fängt nicht vor neun Uhr oder so an, das heißt, es bleiben uns gut drei Stunden, um Christian zu finden und Milos' Gedanken zu scannen."

„Wir?"

„Ich bin davon ausgegangen, dass du mir dabei hilfst."

Sie seufzte und tauchte ihr Brot in die Suppe. „Ich schätze, ich muss wohl dafür sorgen, dass du nichts Schlimmes anstellst, wenn ich Raphael und dich glücklich vereint sehen möchte. Ich wüsste nur gerne, warum du ihm nicht zutraust, sich um sich selbst zu kümmern."

„Natürlich traue ich ihm das zu. Der Mann ist schließlich ein Spion. Er ist absolut dazu imstande, sich um sich selbst zu kümmern, jedenfalls so weit es seine körperliche Unversehrtheit betrifft."

„Er ist *was*?“, kreischte Roxy.

Ich blickte mich in dem nahezu menschenleeren Raum um und lächelte das ältere Ehepaar, das uns missbilligend anschaute, strahlend an. „Schhh! Das muss doch nicht gleich jeder mitkriegen!“

Sie starrte mich einen Augenblick lang an, dann packte sie mein Handgelenk, lehnte sich vor und zischte mich an: „Was meinst du damit, er ist ein Spion? Raphael?“

„Ja, Raphael, ein Spion. Oder irgend so ein Agent der Regierung. Also ehrlich, Rox, ich dachte, das hättest du inzwischen schon allein rausbekommen.“

„Hat er dir das gesagt?“

Ich warf ihr einen der vielen geduldigen Blicke zu, die ich mir extra für sie aufsparte. „Nein, natürlich nicht, das wäre ja glatter Verrat. Aber es ist doch offensichtlich. Raphael macht sich eindeutig keinerlei Sorgen wegen der Polizei, natürlich abgesehen davon, dass er will, dass Milos seiner gerechten Strafe nicht entgeht. Er trägt eine Waffe und wer weiß, was er sonst noch alles in dieser Kassette versteckt hat. Vermutlich seine Spionagedokumente oder so. Und diese Lügengeschichte von wegen, er hätte eine Frau vergewaltigt und getötet, ist einfach zu lächerlich. Das ist genau die Art von Geschichte, die sich solche Spionagetypen ausdenken würden. Daraus folgt, dass er als verdeckter Ermittler arbeitet, um herauszufinden, wer der Mörder ist. Jetzt lass meinen Arm los, das tut langsam weh.“

„Verdammter Mist, diesmal hast du den Vogel abgeschossen“, sagte sie und ließ endlich mein Handgelenk los. „Ich hasse es, wenn du schneller bist als ich. Dann kennst du jetzt also sein Geheimnis, stimmt's? Wirst du es ihm sagen?“

„Und damit sein Ego zerstören? Auf keinen Fall. Hinter jedem guten Mann steht eine außergewöhnliche Frau, und diese Frau bin ich. Ich werde einfach nur dafür sorgen, dass Inspektor Bartos ihn nicht aus Versehen doch einkassiert, und ihm niemals verraten, dass ich ihm geholfen habe."

„Warum sollte Inspektor Bartos Raphael denn verhaften wollen, wenn er ein Spion ist?"

Ich verdrehte die Augen und nahm meinen Löffel. „Hallo? Er arbeitet undercover, Dummchen. Wenn er sich Bartos gegenüber zu erkennen gibt, könnte Milos das irgendwie zu Ohren kommen und dann ist der ganze Fall im Arsch. Du solltest wirklich mehr Spionage-Thriller lesen."

Die nächste halbe Stunde verbrachten wir damit, unsere Pläne für den Abend zu schmieden. Ich wollte mich gerade auf den Weg nach oben machen, um mein dringend benötigtes Nickerchen zu halten, als Roxy – auf dem Weg zur Schänke, um die Einheimischen zu begutachten – mich mit einer Frage aufhielt. „Dir ist doch klar, was Raphael getan hat, oder?"

„Wann?"

„Vorhin. Er hat den sechsten Schritt der Vereinigung vollzogen, als er dich um Hilfe gebeten hat. Alles, was ihr beiden jetzt noch tun müsst, ist, euer Blut auszutauschen."

Ich verzog das Gesicht, als ich meinen Weg die Treppe hinauf fortsetzte. „Ich kann dir versichern, das wird nicht geschehen."

Nach ein paar Stunden Schlaf war ich schon bedeutend optimistischer, dass der Plan, auf den wir uns geeinigt hatten, auch tatsächlich funktionieren würde. Ich packte den langen, blau-grünen Folklorerock aus, den ich in Brno gekauft hatte, dazu legte ich eine seidene Rüschenbluse und ein überdimensionales Paisley-Tuch, das mir als Schal diente, auf mein Bett.

„Heute mal im Zigeuner-Look?“, fragte Roxy, die soeben ihre Nase in mein Zimmer steckte.

„Ja. Erinnerst du dich noch an alles, was du tun sollst?“

„Auf Arielle aufpassen, dich warnen, wenn ich Raphael sehe, und als Kurier tätig sein, wenn du Christian eine Nachricht zukommen lassen willst.“

„Richtig.“ Ich zog Unterwäsche und den gerüschten Petticoat an, den ich zusammen mit dem Rock gekauft hatte.

„Ich hab noch eine Frage.“

„Schieß los.“

„Warum muss ich den Kurier spielen, wenn du Christian einfach mit dem Gedankentelefon anrufen könntest?“

Ein Schauder überlief mich. „Das habe ich dir doch schon mal erklärt. Ich will das einfach nicht. Es ist etwas wirklich Intimes, und je weniger Intimität ich zu Christian aufbaue, desto wohler fühle ich mich. Außerdem antwortet er mir nicht.“

„Bei dir klingt er so gefährlich.“

„Er *ist* gefährlich. Sehr gefährlich. Du machst dir keine Vorstellung von den Qualen, die er erleidet, und wozu er fähig ist, aber ich schon.“

„Er hat dir nie wehgetan.“

Ich stopfte mir die Bluse in den Rock und drapierte den Schal um meine Taille à la Zigeunerin, dann drehte ich mich zu ihr um. „Ich mache mir auch keine Sorgen darum, dass er mir wehtun könnte.“

Sie pfiff leise durch die Lippen. Sie musste zugeben, dass ich da nicht ganz unrecht hatte.

Als wir das Hotel verließen, versank die Sonne eben hinter den indigoblauen Bergen.

„Du bist doch hoffentlich rechtzeitig fertig, bevor die Show anfängt, oder?“, fragte Roxy, als wir es uns im Taxi, einem uralten Peugeot, gemütlich machten. „Ob du es glaubst oder nicht, aber Dominic ist als Magier wirklich klasse. Sogar Christian war von ein paar seiner Tricks beeindruckt."

„Bis dahin sollte ich mit den Runendeutungen fertig sein. Sag mir doch noch mal, wann du dich letzte Nacht von Christian getrennt hast."

„Er ist gleich nach der Zaubershow gegangen. Er sagte noch, er hätte von den Bands schon mehr als genug gehört, und da du nirgends zu sehen warst, meinte er nur noch, dass wir uns heute vor dem Festival treffen würden."

„Hmm."

„Warum? Woran denkst du?"

„Ich bin nicht sicher. Ich wundere mich einfach schon die ganze Zeit darüber, warum er verschwunden ist und nicht versucht hat, mich zu verführen. Ich kann mir nicht helfen, aber ich habe das Gefühl, dass irgendwas mit ihm nicht in Ordnung ist."

Sie sagte nichts dazu, warf mir aber ständig beunruhigte Blicke zu. Ich sah hinaus in die immer finsterer werdende Nacht und fragte mich, was Raphael wohl gerade machte und ob er auch nur halb so viel an mich dachte wie ich an ihn.

„Junge, Junge, mich hat's vielleicht erwischt", murmelte ich bei mir.

„Das ist echt die Untertreibung des Jahres." Roxy grinste. Sie drückte mir die Hand. „Ich muss jedoch zugeben, dass ich es dir nicht wirklich vorwerfen kann. Raphael ist schon irgendwie süß, auf eine ungeheuer große, überwältigende Art und Weise."

Es gab nichts, was ich darauf hätte erwidern können, das sie nicht als schmutzige Gedanken meinerseits interpretiert hätte, also blickte ich einfach weiter in die Nacht hinaus und versuchte, mir überzeugende Argumente dafür auszudenken, warum Christian dabei helfen sollte, Milos festzunageln.

# 18

„Ich hab ihn gefunden! Komm schon. Er ist im westlichen Teil des Gartens."

Ich sah von den Runensteinen auf, die vor mir verstreut auf dem Wurftuch lagen, das ich mir eben gekauft hatte, und warf Roxy einen vielsagenden Blick zu. „Dir ist vielleicht die Schlange von Menschen entgangen, die hier in der Gegend herumsteht, aber ich bin im Moment ziemlich beschäftigt, Rox."

Obwohl wir schon ein paar Stunden, bevor das eigentliche Festival beginnen sollte, angekommen waren, hatte Dominic dafür gesorgt, dass die beliebteren Attraktionen des Gothic-Markts frühzeitig auf dem Gelände des Drahaner Schlosses aufgebaut worden waren und geöffnet hatten. Das schloss den Tarotstand ein, den Runenstand, die Aurafotografie und eine Bühne, die man für Dominics großen Auftritt aufgebaut hatte. Also war ich pausenlos mit meinen Runensteinen zugange, seit wir vor Kurzem eingetroffen waren.

„Du hast mir gesagt, ich soll Christian finden, also habe ich ihn gefunden."

„Mist." Ich lächelte die Frau, die gerade vor mir saß, beruhigend an, bevor ich mich wieder Roxy zuwandte. „Tu mir einen Gefallen und such Renée. Sie hat gesagt, sie würde mich vertreten, wenn ich mal eine Pause brauche."

Roxy flitzte davon, um Arielles Freundin zu finden, während ich mich bemühte, so viele Deutungen hinter mich zu bringen, wie ich nur konnte, bevor sie wieder zurückkam.

„Ich bin hierin nicht sehr gut“, vertraute Renée mir in atemlosen Französisch an, als sie ihren hochschwangeren Körper auf den Stuhl manövrierte, den ich soeben für sie frei gemacht hatte. „Aber ich werde mein Bestes geben.“

„Es dauert nicht lange“, versprach ich ihr. „Ich weiß ja, dass du Arielle bei den Tarotkarten hilfst.“

Ich gab ihr die Hämatit-Steine, die Arielle gehörten, versicherte ihr erneut, dass ich bald wieder zurück sein würde, und machte mich auf den Weg, um endlich mit Christian zu reden. Unterwegs traf ich Raphael und Inspektor Bartos. Sie waren so sehr in ihre Unterhaltung vertieft, dass sie mich gar nicht bemerkten, als ich auf sie zukam.

„... der Autopsiebericht wird das bestätigen“, sagte Raphael gerade.

„Unglücklicherweise wurde die Autopsie noch nicht beendet“, erwiderte Inspektor Bartos, den Blick auf die Menschenmenge gerichtet. Mir war schon aufgefallen, dass sich etliche seiner Leute unter die Besucher des Festivals gemischt hatten; dazu kam eine ungewöhnlich hohe Zahl uniformierter Polizisten. Ich nahm an, dass sie nicht nur hier waren, um für Ruhe und Ordnung zu sorgen, sondern auch, um Milos festzunehmen, falls er wieder durchdrehen sollte. Das heißt, wenn sie nicht hier waren, um sich Raphael zu schnappen. „Dies ist nicht Lyon, Mr St. John. Uns stehen leider keine vergleichbaren Möglichkeiten zur Verfügung. Und was Ihren Vorschlag angeht ... ah, Miss Randall.“

Inspektor Bartos und Raphael drehten sich beide um und sahen mich an. Keiner von ihnen wirkte sonderlich glücklich über das, was er sah. Ich schenkte dem Inspektor ein breites Lächeln und hakte mich bei Raphael ein, da sich mir langsam ein Verdacht aufzudrängen begann. „Guten Abend, Inspektor. Tut mir leid, wenn ich Ihre Unterhaltung unterbreche. Es klang wirklich faszinierend. Möchten Sie sie jetzt zufällig fortsetzen?"

Beide Männer starrten mich nur an.

„Nicht? Wie schade. Raphael, wenn ich dich bitte mal kurz sprechen dürfte."

Ich zerrte an seinem Arm, aber er blieb einfach stehen und musterte mich argwöhnisch. „Weswegen?"

„Christian", zischte ich, wobei ich nicht aufhörte, Inspektor Bartos anzulächeln. Sein Schnurrbart wirkte ziemlich unglücklich angesichts meiner Gegenwart. „Er ist im westlichen Garten."

„Ich weiß, wo er ist."

Ich hörte auf der Stelle damit auf, an seinem Arm zu zerren. „Woher weißt du das?"

Raphaels Mundwinkel zuckten. „Baby, ich habe dir doch gesagt, dass ich es nicht zulassen werde, dass du weiterhin Detektiv spielst."

„Du widerlicher, arroganter Kerl!" Ich begriff sofort, was er mir damit sagen wollte. „Du lässt Christian beschatten? Wen noch, Raphael? Milos, hoffentlich, aber was ist mit Dominic? Wieso nicht auch ihn? Warum denn nicht auch noch Arielle, Roxy und mich, wenn du schon mal dabei bist? So ein Mist!"

In seinem Gesicht breitete sich ein vertrauter Ausdruck der Verzweiflung aus. „Joy, ich habe dir das doch alles schon einmal erklärt, aber ich wiederhole es gerne noch mal, wenn die Chance besteht, dass du dann auf mich hörst und tust, was ich dir sage. Du wirst nicht weiter herumschnüffeln, um herauszufinden, wer Tanya ermordet hat."

„Ich muss gar nicht herumschnüffeln. Ich weiß, wer Tanya ermordet hat: Milos", verriet ich Inspektor Bartos, nur für den Fall, dass Raphael dies bislang versäumt hatte. Er zog sein Notizbuch hervor und schrieb etwas hinein.

„Du wirst mich nicht davon überzeugen können, dass Christian Dante ein Vampir ist."

„Einer der Dunklen", erklärte ich Inspektor Bartos. „Das ist so eine Art ungefährlicher Vampir, aber ich nehme an, das wissen Sie alles schon, da Sie ja von hier sind."

Er leckte an der Bleistiftspitze und machte sich eine weitere Notiz.

„Und abgesehen davon", fuhr Raphael fort, „wirst du heute Abend alles machen, was ich sage. Als Erstes einmal wirst du dich nicht von deinem Runentisch wegrühren."

„Du bildest dir wirklich ein, du wärst der King of Currywurst, oder?" Ich ärgerte mich maßlos über seine Arroganz. Er war vielleicht alles, was ich von einem Mann erwartete, aber das hieß noch lange nicht, dass ich seelenruhig dabei zusehen würde, wie er etwas Dummes tat, wenn es in meiner Macht stand, das zu verhindern.

„King …", erkundigte sich Inspektor Bartos, den Stift gezückt.

„… of Currywurst. Das ist ein Ausdruck, der bedeutet, dass Raphael sich einbildet, ich sei angesichts seines männlichen Charmes hilflos, was ziemlich lächerlich ist, weil ich nämlich gerade dabei bin, ihm seine jämmerliche Haut zu retten. Da fällt mir was ein – ich muss mich später noch mit Ihnen über einige falsche Vorstellungen unterhalten, die Sie sich möglicherweise von ihm gemacht haben."

„Joy." Raphaels Stimme klang wie die eines Heiligen, dem man besonders schlimm zusetzte. „Geh jetzt zu deinem Tisch zurück."

„Nein. Wenn du nicht mit mir zu Christian kommen willst, damit er dir endlich mal die Scheuklappen abreißt, die du trägst, dann gehe ich eben allein."

„Das wirst du nicht."

„Ach, wirklich? Und wie genau willst du mich davon abhalten? Willst du mich vielleicht verhaften lassen?"

„Wenn es sein muss."

Ich sah zu Inspektor Bartos. Er lächelte. Ich glotzte ihn fassungslos an. „Das würden Sie nicht wagen!"

Jetzt lächelte auch noch sein Schnurrbart.

„Hahaha, ihr Jungs seid ja so witzig." Ich machte mich davon, und zwar so schnell ich konnte, wobei ich ihnen über meine Schulter hinweg noch rasch zurief: „Ich geh jetzt mal ein bisschen spazieren. Wir sehen uns dann später!"

Dann machte ich, dass ich wegkam, doch Raphaels sexy Lachen entging mir nicht. Ich glaubte natürlich nicht eine Sekunde lang, dass Inspektor Bartos mich tatsächlich verhaften lassen würde, nur weil Raphael das so wollte, nicht mal dann, wenn sich der Verdacht bestätigen sollte, der sich mir in Bezug auf die beiden immer mehr aufdrängte. Aber ich wollte Renée einfach nicht zu lange am Runentisch warten lassen.

Ich kam an Arielles Tisch vorbei, wo ich einen Augenblick lang stehen blieb, um zu sehen, wie es ihr ging, und ihr zu sagen, dass ich Renée so schnell wie möglich zurückschicken würde.

„Mir geht's gut, danke", sagte sie mit einem dünnen Lächeln. Ihre Augen waren immer noch rot und geschwollen, aber alles in allem hielt sie sich wacker. Ich wandte mich um, eilte durch die Menschen in der langen Schlange, die darauf warteten, sich die Karten legen zu lassen, und hätte um ein Haar Henri umgerannt.

„Tut mir leid, Henri, aber ich hab's eilig." Er murmelte eine Entschuldigung und trat hastig einen Schritt zurück, als ich mich wieder in die Menschenmenge stürzte. Ich war eigentlich auf dem Weg zum westlichen Garten, beschloss dann aber, einen kleinen Umweg zu machen. In diesem Moment entdeckte ich Dominic, der gerade die Hand einer drallen Frau besabberte, die in Netzstrümpfe und Latex gekleidet war und der aus einer falschen Wunde am Hals künstliches Blut lief. In Anbetracht der Umstände von Tanyas Tod wurde mir bei diesem Anblick ganz anders, aber ich schluckte meinen Widerwillen runter und winkte, um Dominics Aufmerksamkeit auf mich zu lenken.

„*Mon ange.*" Er schien leicht verlegen darüber zu sein, dass ich ihn dabei erwischt hatte, wie er eine andere Frau umgarnte. „Ich dachte, du bist jetzt gerade bei den Runen?"

„Ich mache nur eine kleine Pause. Renée vertritt mich. Ich wollte dir kurz Bescheid sagen, dass ich noch bis ungefähr neun Uhr am Runenstand bin und dann Schluss mache."

Er lächelte und griff nach meiner Hand. Ich entzog sie ihm eiligst und drehte mich um, wobei ich prompt wieder mit Henri zusammenstieß.

„Entschuldigung, Henri. Ich schätze, jetzt steht's zwei zu null für mich, was? Bin ich dir auf den Fuß getreten? Nein? Gut. Bis später."

Dann trabte ich weiter, soweit man durch die gewaltigen Menschenmengen, die sich in dem gepflegten Park um Christians Schloss herum versammelt hatten, traben konnte. Ich lief um einen Irrgarten herum, merkte dann jedoch, dass ich in die falsche Richtung ging, bog um die nächste Ecke und lief weiter in Richtung Westen.

„Verdammt!" Ich rieb mir die Nase, mit der ich soeben Henri gerammt hatte, der um dieselbe Ecke auf mich zugerannt kam. „Oh! Henri, kann es sein, dass du mich verfolgst?"

Henri, ein netter Kerl mit warmen, braunen Augen und einem eher schüchternen Lächeln, wirkte entsetzt. Er stammelte eine leise Entschuldigung, die ich brutal überging. „Sag

Raphael, dass ich kein Kindermädchen brauche." Ich zischte an ihm vorbei, diesmal in die richtige Richtung auf den westlichen Garten zu. „Und hör auf damit, mich zu verfolgen!"

Er folgte mir trotzdem. Als ich stehen blieb und ihn herausfordernd anblickte, die Hände in die Hüften gestemmt, gestand er mir, dass er es nicht wagte, Raphaels Anordnungen zu ignorieren. „Er hat darauf bestanden, dass ich die ganze Zeit über bei dir bleiben muss, wenn du den Runentisch verlässt."

Henri war ungefähr so groß wie ich, aber da er auf mich den Eindruck eines niedlichen kleinen Hundewelpen machte, verzichtete ich darauf, ihn zu verhauen. Außerdem war ich schließlich gar nicht wirklich sauer auf ihn; dieses Vergnügen war Raphael vorbehalten.

„Na gut", sagte ich schließlich zu ihm. „Du kannst mit mir kommen, aber du mischst dich auf gar keinen Fall ein. Und wehe, du petzt Raphael, was ich mache."

„Petzt?"

„Du kannst mit mir kommen, aber du darfst ihm nicht berichten, wo ich überall war und mit wem ich geredet habe, okay?"

„Okay." Er nickte, offensichtlich erleichtert.

Christian beaufsichtigte das Anschlagen einiger überdimensionaler Bierfässer, die in einer Art gemütlichem Biergarten aufgebaut worden waren. In einem mit einer Mauer umgebenen Garten hatte man lange Tische und Bänke aufgebaut. Da er ziemlich weit entfernt von der Hauptbühne lag, war es noch sehr ruhig … im Augenblick. Sobald der Biergarten seine Pforten öffnete, würde es dort zweifellos genauso wild zugehen wie auf dem restlichen Gelände.

„Christian!", brüllte ich quer durch den Garten und wedelte mit den Armen, um ihn auf mich aufmerksam zu machen.

Einer seiner Angestellten, ein großer, bulliger Kerl mit einer üblen Narbe, die sich über die eine Seite seines Gesichts zog, versperrte den Eingang und wollte mich nicht reinlassen. Christian drehte sich um und gab ihm mit einer Geste zu verstehen, dass er mich durchlassen sollte. Ich sagte zu Henri, er solle auf mich warten, schenkte dem Koloss am Tor ein strahlendes Lächeln und beeilte mich, an ihm vorbeizukommen. Dann lief ich zwischen den Tischreihen hindurch zu Christian, der gerade Anweisungen erteilte, wo die Fässer aufgestellt werden sollten. Um den Garten herum steckten überall brennende Fackeln in der Erde, was der ganzen Szene ein mittelalterliches Flair verlieh.

„Christian!“

Er wandte sich zu mir um, sein Gesicht so freundlich wie immer. Ich musterte ihn ein Weile sehr genau, suchte nach Anzeichen dafür, dass ihm etwas zugestoßen war, aber sein Blick war warm und das vertraute Lächeln umspielte seine Lippen. „Geht es dir gut? Ich habe mir solche Sorgen um dich gemacht! Wo bist du denn gewesen?“

Seine Augenbrauen hoben sich in gespieltem Erstaunen. „So viel Leidenschaft! Ich war hier damit beschäftigt, das Anwesen für das Festival vorzubereiten.“

„Du weißt ganz genau, wovon ich rede!“ Ich versetzte ihm einen Schlag gegen die Schulter, dann ergriff ich seine Hand und zog ihn in eine einsame Ecke. „Wo bist du letzte Nacht gewesen? Ich hab mir Sorgen um dich gemacht, nachdem … nachdem Tanyas Leiche entdeckt worden war. Du hast doch davon gehört, oder etwa nicht?“

Es gelang ihm, die Rollen zu tauschen, sodass jetzt er meine Hand hielt, und während er sie an seine Lippen hob und meine Finger küsste, blickte er mich unverwandt an. Man kann über die Emanzipation ja sagen, was man will, aber irgendwie war an dieser Handküsserei schon was dran, denn ich fühlte mich dadurch tief in meinem Inneren sehr weiblich.

„Du siehst heute Abend bezaubernd aus, meine Geliebte. Allerdings muss ich mich erdreisten, dich wissen zu lassen, dass ich es nicht schätze, wenn du deine Reize jedem anwesenden Mann präsentierst." Er griff nach meiner Rüschenbluse. Ich sah an mir hinunter. Der oberste Knopf, eine kleine, unechte Perle, fehlte, wodurch meine Bluse weit auseinanderklaffte und freie Sicht auf meinen Busen bis zum Rand meines ziemlich weit ausgeschnittenen BHs gewährte.

Ich raffte den Stoff eilig über meiner entblößten Haut zusammen. „Mist. Das muss wohl passiert sein, als ich mit Henri zusammengestoßen bin."

Er lächelte und öffnete seine Hand. Darin lag eine sehr alt aussehende, goldene Brosche: ein Greif, der in seinem Schnabel einen großen roten Stein hielt. „Du gestattest", sagte er, schob meine Hände beiseite und steckte mir die Brosche an, sodass sie meine Bluse verschloss.

„Die ist wunderschön, Christian, vielen Dank. Ich werde gut darauf aufpassen."

„Betrachte sie als das Geschenk eines Bewunderers."

Ich hatte nicht vor, sie anzunehmen, da sie ziemlich wertvoll aussah, aber ich beschloss, sie am besten nach dem Festival zurückzugeben, wenn ich ihm meine Gefühle erklären konnte, ohne ihn zu verletzen.

„Danke schön, aber das erklärt immer noch nicht, warum du mir letzte Nacht nicht geantwortet hast." Ich blickte prüfend in seine abgründigen Augen.

„Meine Haushälterin hat mir berichtet, dass du angerufen hast", antwortete er, wobei er trotz der offensichtlichen Ausflucht nicht mal mit der Wimper zuckte. „Leider war ich zu dieser Zeit nicht daheim."

Ich sah ihn mit zusammengekniffenen Augen an. „Christian Johann Dante, du weißt sehr wohl, was ich meine, also verschon mich mit diesem ‚Ich hab keine Ahnung, wovon du redest‘-Quatsch.“ Ich legte ihm meine Hand aufs Handgelenk und drückte zu. „Ich weiß, dass du mich gehört hast. Ich konnte dich hier draußen spüren. Warum hast du mir nicht geantwortet?“

Ich fühlte, wie er sich von mir entfernte, ohne dass er auch nur einen Muskel bewegte. „Ich hatte den Eindruck gewonnen, dass dir diese Art der Kommunikation zuwider sei. Zudem schloss ich aus den Aktivitäten, die darauf folgten, dass du deine Intimsphäre meiner Gegenwart vorziehen würdest.“

Ich starrte ihn eine Sekunde lang mit weit offen stehendem Mund an, bevor ich merkte, was ich da tat. „Du Mistkerl!“

Ich sagte die Worte so laut, dass sich seine Angestellten nach uns umdrehten.

„Das hast du absichtlich gemacht! Du wolltest, dass ich mir um dich Sorgen mache! Du wolltest, dass ich mir ausmale, wie du irgendwo krank oder verletzt daliegst. Du blöder, dämlicher … MISTKERL!“

In seinen Mundwinkeln zuckte ein Lächeln. Das gab mir den Rest – ich sah rot.

„Pah!“, stieß ich vor lauter Frust aus und ließ ihn einfach stehen. Ich schimpfte vor mich hin – über Männer, die dumme Psychospielchen spielten – und dankte Gott, dass Raphael nicht so war. Er mochte ja hin und wieder etwas verschlossen sein, aber wenigstens sagte er mir, dass er mir nicht alles erzählte.

„Joy“, rief Christian mir hinterher. Ich ging ungerührt weiter. Er hakte sich bei mir ein und ging neben mir her. Ich weigerte mich, ihn auch nur anzusehen. „Ich werde für meine

Taten gar nicht erst um Verzeihung bitten, da ich nichts bedauern kann, was dich dazu veranlasst, mir deine geschätzte Aufmerksamkeit zu schenken, aber ich bereue es, dass ich dir Kummer bereitet habe."

„Ich kann es einfach nicht fassen, dass du mich derartig benutzt hast", sagte ich, ein wenig besänftigt. Ich wusste nicht, ob es an der Magie seiner Stimme lag oder an der Aufrichtigkeit in seinen Augen, aber ich hörte immerhin damit auf, mir auszumalen, wie ich ihn folterte. „Ich kann nicht glauben, dass du mich mit voller Absicht dazu gebracht hast, mir wegen dir eine ganze Nacht und einen ganzen Tag lang Sorgen zu machen." Plötzlich stutzte ich trotz meiner Wut wegen etwas, das er gesagt hatte. Ich blieb stehen und wandte mich zu ihm um. „He! Was meinst du eigentlich mit ‚Aktivitäten, die darauf folgten'? Woher weißt du überhaupt, was für Aktivitäten folgten? Hast du Raphael und mir nachspioniert?"

Er streichelte meinen Handrücken mit seinem Daumen. Ich zog meine Hand weg. Es gefiel mir besser, wenn Raphael das tat. „Nein, ich habe euch nicht nachspioniert. Ich schätze dich viel zu sehr, um so etwas zu tun. Aber du bist meine Auserwählte und unsere Seelen sind miteinander verbunden. Ich kann es fühlen, wenn du starken Emotionen ausgesetzt bist, genauso wie du es bei mir fühlen kannst."

Schamesröte zog sich von meinem Dekolleté über meinen Hals bis in mein Gesicht hinauf, bis meine Wangen in puncto Temperatur jeder Bratpfanne Konkurrenz machen konnten. „Du meinst, du weißt es, wenn ich … wenn Raphael und ich … du *weißt* das?"

Widerwille überzog sein Gesicht und etwas noch weitaus Unheilvolleres verdunkelte seine Augen. „Ich kann dir versichern, dass ich es nicht genieße, meine Auserwählte in den Armen eines anderen zu wissen, aber die Antwort lautet: Ja, ich weiß es. So wie du es wüsstest, wenn ich dich betröge."

Der Schmerz in seinen Augen war zu viel für mich. Ich nahm seine Hände und drückte sie an meine Brust.

Als ich ansetzte, ihm zu antworten, vernahm ich ein Räuspern. Ich wandte den Kopf und starrte Henri wütend an. „Geh doch einfach zu dem Reiterstandbild da drüben. Du kannst mich ja auch von dort im Auge behalten."

Er schaute ziemlich störrisch drein, bis Christian ihm seinen Blick zuwandte. Daraufhin blinzelte Henri ein paarmal und entfernte sich schließlich rückwärts gehend von uns, wobei er mit einer ganzen Reihe von Leuten und einem Baum in einem großen Topf zusammenstieß und gegen einen kleinen eisernen Tisch prallte, auf dem die Kasse für den Biergarten stand. Er blieb allerdings nicht neben dem Standbild stehen, sondern ging einfach immer weiter. Vermutlich hatte ich nur noch ein paar Minuten, bevor er Raphael fand und alles ausplauderte.

Ich drückte Christians Hände, bis er mich endlich wieder ansah. „Christian, es tut mir leid, wenn du es als Betrug meinerseits empfindest. Wirklich, aber wir haben das jetzt doch schon ein paarmal besprochen. Ich empfinde für dich nicht dasselbe wie du für mich. Ich kann einfach nicht die sein, die ich für dich sein soll, so einfach ist das." Seine Finger schlossen sich fester um meine. „Ich weiß, dass das grausam von mir ist, und selbstsüchtig und eigennützig, aber es ist die Wahrheit. Ich liebe Raphael, ich werde ihn immer lieben und nichts und niemand wird daran etwas ändern. Wenn du tatsächlich mitfühlst, was ich fühle, dann musst du doch wissen, dass ich dir da nichts vormache."

„Ich weiß, dass er dich verhext hat, ja. Du bist von ihm

fasziniert und er erregt dich sexuell auf eine Art, wie ich es nicht vermag, aber es ist offensichtlich, dass du tief in deinem Inneren die Wahrheit kennst, da ihr den letzten Schritt der Vereinigung nicht vollzogen habt.“

Die Schamesröte, die gerade abzuklingen begonnen hatte, stieg von Neuem in mir hoch und wurde noch heftiger, als er darüber sprach, wie anziehend Raphael auf mich wirkte.

„Ich spüre deine Emotionen, Geliebte, fühle die Tiefe deiner Leidenschaft und weiß, dass deren Quelle niemand anders als ich sein kann. Du bist meine Auserwählte. Und weil ich dies weiß und mir sicher bin, dass du am Ende mir gehören wirst, gewähre ich dir die Zeit, dich von der Zuneigung zu befreien, die du für St. John empfindest.“ Seine Augen waren so kalt und hart wie die Hämatite, die ich vorhin Renée gegeben hatte. „Es war nicht leicht für mich, aber meine Überzeugung, dass du die Wahrheit erkennen wirst, ist der *einzige* Grund dafür, dass ich es einer andere Person gestatte, dich zu besitzen.“

Rückblickend erkenne ich, dass mir an diesem Tag wohl einfach schon zu viele Männer vorschreiben wollten, was ich tun und lassen sollte. Es gab ansonsten keine vernünftige Erklärung für das, was als Nächstes geschah.

„Weißt du was? Dieses ‚Ich gestatte es dir‘-Machogehabe fängt langsam wirklich an, mich zu nerven. Ich bin doch nichts, was man besitzen kann, Christian. Ich habe einen Verstand. Ich kann eigene Entscheidungen treffen. Und das habe ich getan! Also, ich kann dich wirklich gut leiden und würde dich gerne zu meinen Freunden zählen. Außerdem habe ich versprochen, dir bei der Suche nach deiner Auserwählten zu helfen“, ich hielt eine Hand hoch, um den Einwand abzuschmettern, den er offensichtlich gerade vorbringen wollte, „schon gut, deine *andere* Auserwählte. Ich weiß, du hältst das für unmöglich, aber wieso sollte es denn eigentlich nicht zwei Frauen geben, die für dich die Richtige sein könnten? Zum einen vielleicht mich, aber bei mir ist irgendwas schiefgelaufen und ich bin ganz furchtbar in Raphael verliebt statt in dich, und dann noch irgendeine andere arme Frau irgendwo da draußen, die deine Seelengefährtin ist und noch nichts davon weiß. Trotzdem, wie ich schon sagte, ich würde gerne mit dir befreundet bleiben, aber ich schwöre bei allem, was mir heilig ist, wenn du mir *noch ein einziges Mal* erzählst, was Euer Hochwohlgeboren mir zu tun *gestatten*, dann kriegst du von mir eins auf die Nase."

Seine Augen funkelten mich ungefähr drei Sekunden lang gefährlich an, bevor ich unversehens gegen seine Brust geschleudert wurde. Seine Arme umschlossen mich mit eisernem Griff. All meine Gedanken waren von seiner Wut erfüllt, seinem Verlangen, mich zu beherrschen und seinem Willen zu unterwerfen. Ich weiß ganz ehrlich nicht, was passiert wäre, wenn er mir die andere Seite seiner Pein gezeigt hätte: das verzweifelte Verlangen nach Liebe und die unerträgliche Einsamkeit, aber das tat er nicht. Stattdessen überschwemmte er mich mit seiner Überzeugung, dass er alles Recht der Welt hatte, die Kontrolle über mein Leben zu übernehmen. „Du … gehörst … mir." Seine Stimme war wie flüssiges Metall, weich und wunderschön und fest entschlossen. „Du wirst immer mir gehören."

Dann machte er einen Riesenfehler. Er bedrängte mich mit seinen Gedanken, drängte mich zu sagen, was er hören wollte. Das war zu viel für mein zutiefst widerspenstiges Wesen: Ich stieß einen trotzigen Schlachtruf auf und ballte meine Hand zur Faust. Sein Kopf beugte sich vor, um mich zu küssen. Ich rammte ihm meinen Absatz mit voller Wucht auf den Fuß und beobachtete zufrieden, wie er bei diesem unerwarteten Akt des Widerstands zurückwich. In einer einzigen Bewegung hob ich meinen Fuß wieder und rammte ihm das Knie in den Unterleib. Dann holte ich aus und versetzte ihm einen Fausthieb auf die Nase, als er sich vor Schmerz krümmte.

„Mach das ja nie wieder!“, schrie ich ihn an, während er zusammenbrach. „Meine Gedanken gehören nur mir allein! Und du hast nicht das geringste Recht, mich zu *irgendetwas* zu zwingen!“

Mit diesen Worten stürmte ich wutentbrannt von dannen, wobei ich die entsetzten Gesichter seiner Angestellten ignorierte, die fassungslos zusahen, wie sich ihr Arbeitgeber auf dem Boden krümmte und wand. Ich rieb mir die Fingerknöchel und war ausgesprochen zufrieden mit mir.

Bis ich mich daran erinnerte, dass ich ja eigentlich gekommen war, weil Christian für mich in Milos' Gedanken lesen sollte.

„Ach, zur Hölle!“, knurrte ich, sehr zum Entsetzen eines weißhaarigen alten Mannes, der den Arm voller Tischdecken hatte. „Tut mir leid“, sagte ich rasch zu ihm und machte eine Kehrtwendung. Ich ging zurück zum Ort des Geschehens, wo der große, starke Kerl Christian gerade wieder auf die Beine half. Der Kerl sah aus, als ob er mir Ärger machen wollte, bis ich ihm einen bösen Blick zuwarf und er so weit zurücktrat, dass ich Christian sehen konnte.

Er konnte offensichtlich wieder halbwegs gerade stehen, war aber noch weit von der eleganten Haltung entfernt, die ihn sonst auszeichnete.

„Hast du vor, mich noch einmal zu schlagen?“, fragte er. Seine sonst so geschmeidige Stimme klang rau. „Wenn das deine Absicht ist, gestatte mir doch bitte zunächst einmal, mein Personal aus dem Garten zu schicken. Ich verspüre nicht den geringsten Wunsch, dass sie Zeugen davon werden, wie du mich wiederholt in die Knie zwingst."

„Es tut mir schrecklich leid, dass ich dich geschlagen habe. Und dir auf den Fuß getreten bin. Und das mit dem Knie. Ich hoffe nur, es ist alles in Ordnung da unten."

Wir ließen unsere Blicke gleichzeitig zu dem misshandelten Körperteil wandern. Seine Hand zuckte, so als ob es ihn drängte, sich lieber zu vergewissern, doch stattdessen richtete er sich auf und befahl den Umstehenden mit einer Handbewegung, sich zu entfernen. „Ich nehme deine Entschuldigung an. Ich fordere allerdings, dass du mir in Zukunft eine Vorwarnung über deine Absicht, mich zu schlagen, zukommen lässt, wenn du gegen eine meiner Handlungen Einwände hast. Das war gerade eine Erfahrung, die ich nicht noch einmal wiederholen möchte."

Ich hob eine Augenbraue. Darin war ich mittlerweile richtig gut, nachdem ich den Meister des Augenbrauenspiels so oft hatte beobachten dürfen. „Soll das etwa heißen, dass dies das erste Mal war, dass du Prügel bezogen hast?" Ich senkte meine Stimme, damit niemand sonst mich hören konnte. Ich hatte keine Ahnung, ob seine Angestellten wussten, was er war, oder nicht, aber falls nicht, hatte ich bestimmt nicht vor, es auszuplaudern. „Du meine Güte, du bist immerhin fast neunhundert Jahre alt. Willst du damit sagen, dass dir in all der Zeit noch nie jemand ein paar auf die Nase gehauen hat?"

Er hielt seine dunklen Augen starr auf mich gerichtet. „Es gab ein oder zwei Versuche."

Die implizierte Drohung in seiner Stimme war eindeutig eine Warnung.

„Du hast zugelassen, dass ich dich schlage." Ich beschloss, die Warnung zu ignorieren. „Ich weiß, über welche Macht du verfügst, Christian. Du hättest mich an Ort und Stelle zerquetschen können. Oder aber mich zumindest davon abhalten können, dich zu treten und auf die Nase zu boxen, aber das hast du nicht getan. Wieso nicht?"

„Du bist meine Geliebte", sagte er. „Ich kann dir nicht wehtun. Wenn es dein Wunsch ist, mich zu verletzen, muss ich es erdulden."

„Aber ich habe dir wehgetan", wandte ich ein. „Gilt diese ganze Sache von wegen Seelenverwandtschaft und so denn nicht für beide Seiten? Wenn ich wirklich deine Auserwählte wäre, sollte es mir dann nicht auch unmöglich sein, dir etwas anzutun?"

Seine Mundwinkel verzogen sich zu einem ironischen Lächeln, während er vorsichtig seine Nase abtastete. „Das hatte ich zumindest immer angenommen."

Ich lächelte und schob seine Hand behutsam beiseite, um seinen Nasenrücken abzutasten. „Immerhin ist nichts gebrochen, nur dein Stolz wurde verletzt. Und das tut mir auch wirklich leid. Wenn es dich aber vielleicht dazu gebracht hat, noch einmal zu überdenken, was ich für dich bin, dann hast du wenigstens nicht umsonst gelitten."

Er warf mir einen seiner Märtyrerblicke zu.

„Ich schätze, ich stelle unsere Freundschaft gerade ziemlich auf die Probe", fügte ich hinzu. Ich zog ein Papiertaschentuch hervor und tupfte ein paar Tropfen Blut ab, die aus seiner Nase kamen. Er stand vollkommen still, aber seine Pupillen waren geweitet, seine Augen schwarz vor Anspannung. Ich trat zurück und brachte so ein bisschen Abstand zwischen uns. „Ich wollte dich eigentlich um einen Gefallen bitten. Wenn du mich noch nicht endgültig von deiner Freundesliste gestrichen hast, würde ich dich gerne darum bitten, mir bei einem kleinen Problem mit einem der Leute vom Gothic-Markt zu helfen."

Er betrachtete mich einen Augenblick lang schweigend, dann erteilte er kurz und knapp seinem Personal ein paar Befehle und hielt mir seinen Arm hin. Ich hakte mich bei ihm ein und wir spazierten zusammen aus der Zufluchtsstätte hinaus, die der Garten vorübergehend für uns gewesen war, zurück in den Lärm, die Geschäftigkeit und den allgemeinen Wahnsinn des Halloween-Festivals.

„Warum machst du das alles eigentlich Jahr für Jahr?“, fragte ich ihn und vergaß meine Bitte für einen Moment. „Es sieht so aus, als ob das jede Menge Arbeit für dich und deine Angestellten bedeutet.“

„Arbeit?“ Er blickte auf das Meer von Gesichtern – Menschen in allen möglichen Kostümen, Gruftis und Nicht-Gruftis, Familien, Teenager, Erwachsene, alle lachten und aßen und tanzten – eine Menschenmenge, deren Schatten über die weißen Wände von Schloss Drahany flimmerten und flirrten. „Das ist keine Arbeit. Ich tue dies, weil es mir erlaubt, für einen winzigen Augenblick zu glauben, ich sei eins mit der Menschheit.“ Sein Blick kehrte zu mir zurück. „Nur weil ich bin, wer ich bin, bedeutet das noch lange nicht, dass ich die Gesellschaft der Menschen scheue. Ganz im Gegenteil, ich genieße sie.“

Bei dieser Bemerkung starrte ich ihn mit weit aufgerissenen Augen an.

Er lächelte und beugte sich zu mir. „Und nicht immer nur zum Abendessen“, flüsterte er mir zu.

Er lachte über meinen Gesichtsausdruck und geleitete mich weiter durch die Menschenmenge.

„Äm“, sagte ich, während ich versuchte, die Frage zu verdrängen, an wem er sich wohl in der vergangenen Nacht gelabt haben mochte, „ist das auch der Grund dafür, dass du Bücher schreibst?“

Er nickte.

„Ich bin davon ausgegangen, dass die Romane dazu dienen sollen, deine Auserwählte zu finden."

Er lachte erneut. „Die Bücher haben dich hierhergeführt, oder vielleicht nicht?"

„Ja, aber ich bin nicht deine Auserwählte."

Sein Lächeln verlor ein bisschen an Intensität. „Ich schreibe, weil es mir Vergnügen bereitet, die Geschichte meines Volkes zu erzählen, und weil ich mir auf diese Weise ein Leben ausmalen kann, das mir bislang vorenthalten blieb."

So viel zu dem Plan, ihm ein schlechtes Gewissen einzureden! Ich wechselte rasch das Thema. „Was deine Hilfe angeht …"

„Selbstverständlich stehe ich dir zu Diensten. Das bin ich dir schuldig."

Ich blieb stehen und wandte ihm mein Gesicht zu, ohne darauf zu achten, dass wir den Verkehr aufhielten. „Ich sollte dir besser gleich verraten, dass ich das nur mache, um Raphael zu helfen. Ich möchte, dass du meine Hintergedanken kennst. Denn ich will nicht, dass du das Gefühl hast, *benutzt zu werden*", sagte ich mit besonderer Betonung auf den letzten Wörtern. „Oder ausgenutzt. Oder manipuliert. Oder …"

Er hielt die Hand hoch. „Ich verstehe, was du meinst. Was genau soll ich denn tun, um St. John zu helfen?"

Ich holte tief Luft und zählte bis fünf. „Ich möchte, dass du den Beweis erbringst, dass Milos Tanya getötet hat."

Seine Augen wanderten träge über mein Gesicht. „Ich bin überrascht, dass St. John es dir gestattet, ihm bei der Suche nach dem Mörder zu helfen. Trotz aller offensichtlichen Differenzen zwischen uns muss ich ihm doch leider in einer Sache beipflichten, und das betrifft das Thema deiner Sicherheit. Ich kann kaum glauben, dass er dich um Hilfe gebeten hat bei der Suche nach Beweisen zur Identität des Mörders."

„Das liegt daran, dass ich nichts dergleichen getan habe."

Ich drehte mich nicht um. Ich konnte mir nur allzu gut vorstellen, was für ein Gesicht Raphael machte. Allerdings betrachtete ich seinen Schatten, während ich nervös von einem Fuß auf den anderen trat.

„Verräter", zischte ich Henri zu.

„Er ist nicht derjenige, der sich meinen Anweisungen widersetzt hat."

Bei diesen Worten drehte ich mich nun doch um, die Hände in die Hüften gestemmt, meine Lippen vor Wut aufeinandergepresst. „Seit wann ist Gott tot und wieso solltest du sein Nachfolger sein?" Ich nahm eine meiner Hände lange genug von meiner Hüfte, um ihn gegen die Brust zu stupsen. „Ich nehme von dir *keinerlei* Anweisungen entgegen. Du hast *kein* Recht, mir Anweisungen zu geben, und du hast *kein* Recht, mir meine Handlungen vorzuschreiben. Kapiert?"

Raphael seufzte und hielt meinen Finger fest, mit dem ich ihn immer noch in die Brust piekste. „Du willst also unbedingt, dass wir das auf die harte Tour machen, wie? Du hast vor, dich weiterhin stur und leichtsinnig aufzuführen und mich dazu zu zwingen, härtere Maßnahmen zu ergreifen, um dich in Sicherheit zu bringen, stimmt das?"

Mein Blut kochte. Ich habe nichts dagegen, angebetet und begehrt und beschützt zu werden, aber Raphael – genau wie Christian – trieb es eindeutig zu weit.

„Wir haben hier wohl einen akuten Fall von Alphamännchenwahnsinn, auch unter der Bezeichnung ‚männliche Herrschsucht' bekannt", verkündete ich und warf Raphael einen bitterbösen Blick zu. Er hob eine geschmeidige Augenbraue, wie um zu fragen: *Wer? Ich?*. „Wisst ihr was? Ich habe mich plötzlich und unerwartet in ein Alphaweibchen verwandelt und das heißt, dass ich mir so einen Mist von euch nicht mehr länger gefallen lassen muss. Von mir aus könnt ihr ruhig die ganze Nacht hier stehen und euch auf die Brust trommeln, aber ich werde jetzt erst einmal ein paar Runen deuten, und dann schnappe ich mir Milos und bringe ihn dazu, mit der Wahrheit rauszurücken, ganz egal, wie. Gentlemen, Elvis hat das Gebäude verlassen."

Ich hatte vor, nach diesem unglaublich coolen Spruch davonzustolzieren, aber Raphael verdarb mir meinen Abgang. Er schnappte sich den Schal, den ich mir um die Taille gebunden hatte und wickelte ihn sich ein paarmal um die Hand, sodass ich nicht wegkam. Ich schlug ihn auf den Arm, und als das nichts nutzte, begann ich an dem Knoten zu zerren, mit dem ich den Schal festgebunden hatte.

„Ich gehe mal davon aus, dass wir unsere persönlichen Differenzen kurz vergessen und ich in dieser Angelegenheit auf deine Unterstützung zählen kann?", erkundigte sich Raphael bei Christian. Ich knurrte sowohl ihn als auch den verflixten Knoten wütend an und bückte mich, um den Stoff mit meinen Zähnen zu attackieren.

„Joys Sicherheit ist für mich das Allerwichtigste", antwortete Christian. „Angesichts der Umstände hast du meine volle Unterstützung. Ich kann dir ein oder zwei meiner Angestellten zur Verfügung stellen, wenn nötig, und auch ich selbst stehe bereit, sobald ich meinen Pflichten als Gastgeber nachgekommen bin."

„Diesen verdammten Schal ziehe ich nie, nie wieder an!"

„Vielen Dank. Ich weiß deine Hilfe zu schätzen." Raphael verbeugte sich kurz und knapp vor Christian.

Da kam Roxy angerannt, vollkommen außer Atem und mit roten Wangen. „Da bist du ja! Renée wartet auf dich! Sie muss mal für kleine Mädchen. Los jetzt, los, deinen Schal kannst du auch später noch aufessen.“ Sie packte mich am Handgelenk und zerrte mich mit sich.

„Ich freue mich, wenn ich helfen kann.“ Christian verbeugte sich nun genauso höflich vor Raphael.

„Ich kann euch alle beide nicht mehr leiden“, lautete mein Kommentar dazu.

Raphael lächelte nur und ließ endlich meinen Schal los. Dafür packte er mich am einen Arm und Christian am anderen. Roxy bahnte uns einen Weg durch die Menge wie eine Art gestörtes Blumenmädchen und ich wurde zurück an meinen Runentisch verschleppt.

Renée hievte sich erleichtert auf die Beine, als sie mich näher kommen sah, und winkte mir vielsagend zu, während sie nun auf das nächstgelegene Toilettenhäuschen zuwatschelte.

Raphael legte mir die Hand auf die Schulter und drückte mich auf den Stuhl. Ich biss ihn in den Daumen.

„Hier bleibst du, bis ich dich holen komme“, befahl er mir.

„Hiermit wird dir die offizielle Anerkennung durch die Republik Joy entzogen“, informierte ich ihn von oben herab. „Unsere diplomatischen Beziehungen sind beendet.“

„Das solltest du schleunigst rückgängig machen“, knurrte er, „oder der Staat Raphael ist gezwungen, deine Republik zum Protektorat zu erklären.“

„Diktator“, murmelte ich.

„Auf Lebenszeit“, stimmte er zu. „Bleib hier.“

„Das klingt ja so, als ob irgendetwas vor sich geht“, sagte ich argwöhnisch. „Du tust wahrscheinlich genau das, was du mir verboten hast. Du willst doch nicht zufällig den Beweis liefern, dass Milos der Mörder ist, um deinen Namen bei

Bartos reinzuwaschen, oder? Na klar! Du hast vor, ihn dir zu schnappen! Mensch, dabei kann ich dir doch helfen! Ich bin doch diejenige, die dir hilft, wenn du in der Klemme sitzt! Wir haben schließlich den sechsten Schritt vollzogen, also verlange ich, dass du mich um Hilfe bittest!"

Seine wunderbaren Bernsteinaugen glühten von innen heraus. „Als Alphaweibchen bist du wirklich überzeugend. Ich vermute, unsere Kinder werden uns später mal Albträume verursachen. *Bleib ... hier!*"

Er drückte noch einmal warnend meine Schulter und mit einem Blick, der in mir nicht den geringsten Zweifel aufkommen ließ, dass er jedes Wort genau so meinte, wie er es gesagt hatte, gab er Christian einen Wink. Die beiden standen ungefähr eine Minute zusammen und redeten, dann trennten sie sich und gingen in verschiedene Richtungen davon.

„Das ist ja so romantisch", seufzte Roxy und blickte ihnen nach. „Erbitterte Feinde, die dieselbe Frau begehren, und die Liebe zu dir vereint sie schließlich."

„Von wegen romantisch!", schnauzte ich sie an. Ich hätte durchaus noch mehr zu diesem Thema zu sagen gehabt, aber die Frau, die als Nächste an der Reihe war, hustete höflich. Ich entschuldigte mich für die Verzögerung, begann mit der üblichen Litanei von wegen „Denken Sie an eine Frage" und nutzte den kurzen Moment ihrer Unentschlossenheit, um Roxy etwas zuzuflüstern.

„Du musst mir später helfen. Dumm und Dümmer machen ganz sicher einen Aufstand, wenn ich versuche, allein mit Milos zu reden, also musst du mir dabei helfen, ihnen zu entkommen."

„Mit ihm reden? Warum willst du denn mit ihm reden? Er ist ein Mörder! Ich muss schon sagen, was das angeht, bin ich mit den Jungs einer Meinung, Joy. Soll die Polizei das doch erledigen. Oder Raphael. Wenn er ein Spion ist, dann kennt er sich doch mit Wahrheitsdrogen und so ’nem Zeug aus. Oder Christian soll seine Gedanken mit ihm verschmelzen, aber ich wüsste wirklich nicht, warum du allein mit ihm reden solltest.“

„Raphael erkennt die Wahrheit nicht, er ist einfach zu stur. Er braucht meine Hilfe, ob ihm das nun klar ist oder nicht. Außerdem werde ich nicht ganz allein sein“, sagte ich und schüttelte die Runensteine in ihrem Säckchen. „Du wirst bei mir sein.“

Dazu konnte sie nicht mehr viel sagen, weil ich begonnen hatte, die Runensteine auszulegen und der Frau zu erzählen, was sie bedeuteten. Aber sie warf mir einen Blick zu, der versprach, dass sie sich bei der ersten sich bietenden Gelegenheit rächen würde. Ich grinste zurück.

Manchmal ist Schweigen wahrhaftig Gold.

# 19

Ich verbrachte die nächsten beiden Stunden mit meinen Runen. Wenn ich von Zeit zu Zeit aufblickte, entdeckte ich unweigerlich entweder Raphael oder Christian, wie sie mich beobachteten. Ich ignorierte beide, genau wie die zwei Männer, die Christian zu beiden Seiten des Gangs zwischen den Ständen postiert hatte. Es gab einfach keine Worte, die meiner Empörung hinsichtlich überängstlicher, verbohrter, herrschsüchtiger Männer in angemessener Weise hätten Ausdruck verleihen können. Einzeln wäre ich mit ihnen fertig geworden, aber da sie nun zusammenarbeiteten, war es fast unmöglich, sie zu besiegen.

*Fast.*

„Bist du jetzt hier fertig?“, erkundigte sich Raphael, als ich die Steine wegräumte.

Ich wollte ihm einen wütenden Blick zuwerfen, als ich merkte, dass er mich mit einem sehr seltsamen Gesichtsausdruck ansah. „Was ist? Stimmt irgendwas nicht?“

Er seufzte und wartete, bis ich meine Sachen weggeräumt hatte, dann nahm er mich bei der Hand und führte mich auf eine Rasenfläche zu. „Ja, es ist leider etwas passiert, etwas wirklich Schlimmes, und unglücklicherweise bleibt mir nichts anderes übrig ...“, ich hatte plötzlich eine Vorahnung, was er gleich sagen würde, „... als dich um Hilfe zu bitten.“

„Ja“, erwiderte ich auf der Stelle, drückte seine Hand und konnte mich nur mit Mühe bremsen, auf und ab zu hüpfen, angesichts des warmen Glücksgefühls, das mich erfüllte.

Er brauchte mich! Er wollte meine Hilfe! Endlich, endlich erkannte er die Tatsache an, dass ich einzig und allein zu dem Zweck auf der Welt war, um ihm in der Stunde seiner größten Not zur Seite zu stehen.

„Du weißt doch noch nicht mal, was du für mich tun sollst", entgegnete er. Hinter dem Stand für die Aurafotografie blieben wir stehen. Seine wunderschönen Augen blickten ernst drein.

„Ganz egal, was, ich mach's."

„Es ist gefährlich …" Er fuhr sich mit der Hand durch seine Locken, dann schüttelte er den Kopf. „Was zum Teufel mache ich hier eigentlich? Es ist viel zu gefährlich für dich. Ich kann nicht von dir verlangen, dich einer solchen Gefahr auszusetzen."

„Oh doch, du kannst, Raphael. Ich vertraue dir. Ich weiß, dass du auf mich aufpasst, ganz egal, was ich tun muss."

Er starrte mich einen Augenblick lang an, dann nahm er mein Gesicht in seine Hände. „Baby, ich wünschte, es gäbe einen anderen Weg, aber …"

„Ich mach's. Ich helfe dir gerne, ehrlich."

„Wir haben keine Zeit mehr, um uns einen neuen Plan auszudenken …"

„Ich mache es, Raphael, ich mache es! Hörst du mich? *Ich mache es!*"

„… und Bartos hält dich für den Schlüssel … Ich weiß natürlich, dass er recht hat, aber trotzdem …"

„Ich werde ein richtig guter Schlüssel sein", versprach ich. „Ich werde der allerbeste Schlüssel sein, den es jemals gab. Lass mich dir helfen, bitte!"

Er sah mir direkt in die Augen. Auf seinem Gesicht mischte sich Unentschlossenheit mit Bedauern und Liebe. Er küsste mich, hart und schnell, und noch bevor ich den Kuss erwidern konnte, war sein Mund schon wieder fort. „Ich brauche dich, um Tanyas Mörder eine Falle zu stellen."

Bei seinen Worten wurden mir doch ein wenig die Knie weich. „Alles, Bob, ich mache wirklich alles, was du von mir verlangst. Äm … dabei sind doch keine Schusswaffen im Spiel, oder? Weil ich die nämlich nicht mag und ich weiß auch gar nicht, wie man damit umgeht."

Wir gingen zurück zu der großen Rasenfläche, auf der die Hauptbühne stand. „Keine Waffen. Aber du musst alles machen, was ich sage, ganz genau so, wie ich es dir sage."

Ich salutierte. „Aye-aye, *mon capitaine.*"

„Ich meine es ernst, Joy! Wenn du irgendetwas tust, ganz egal was, das ich dir nicht aufgetragen habe, bist du draußen. Hast du verstanden?"

„Ich bin deine Frau", versicherte ich ihm. „Ich werde nicht mal atmen ohne deine ausdrückliche Erlaubnis."

Er seufzte noch einmal und nickte Bartos zu, als wir an ihm vorbeikamen. „Das gefällt mir gar nicht, aber … zum Teufel. Paal und Christians Männer werden bei dir bleiben, bis die Zeit gekommen ist, dich zu den Höhlen zu bringen."

Bei diesem Gedanken durchrieselte mich ein Gefühl der Aufregung. War das nicht unglaublich? Ich war in einen verwegenen Spion verliebt, der meine Hilfe brauchte, um einen Mörder zu fassen. Besser konnte es doch wohl gar nicht mehr werden!

Aber es wurde noch besser. Raphael blieb neben der Bühne stehen, sein Daumen strich zärtlich über mein Handgelenk. Ich lächelte in mich hinein. Jetzt würde er mir alles erzählen, jetzt würde er mir gegenüber seine Seele entblößen, mich voll und ganz ins Vertrauen ziehen und mir ohne jeden Zweifel beweisen, dass er mir sogar sein Leben anvertrauen würde.

„Paal wird dich nach der Show zu mir bringen“, sagte Raphael, bevor er sich umdrehte, um ein paar Worte mit Henri zu wechseln. Dann ging er einfach davon – er ließ mich zurück, ohne mir noch einen einzigen Blick zuzuwerfen.

So viel zum Thema Vertrauen.

Als ich es endlich satt hatte, Raphaels entschwindender Gestalt böse Blicke nachzuschicken, hatten sich schon zahlreiche Menschen versammelt und sich vor der Bühne niedergelassen. Die Bühne selbst bestand lediglich aus einem niedrigen Aufbau von ungefähr zwei Metern Höhe, umringt von großen schwarzen Lautsprechern, die später von den Bands benutzt werden würden. Hinter der Bühne stand eine Art Gerüst aus Metall, das mit Stoffbahnen verhüllt war. Roxy hatte mir erzählt, dass sie sich bei Dominics Zaubershow richtig gut amüsiert hatte und dass er überraschend professionell sei, viel besser als diese vorgetäuschte Vampirnummer, die er sonst immer abzog. Da ich die beiden Wachhunde, die an mir klebten wie Kletten, nicht abschütteln konnte und weil ich Roxy unbedingt die letzten Neuigkeiten erzählen wollte, suchte ich das Publikum ab, bis ich sie entdeckte und ihr zu dem Platz in der Nähe der Bühne folgte, den sie vorhin schon für uns reserviert hatte.

Ich erzählte ihr im Flüsterton von dem Plan und verbrachte anschließend ein paar Minuten damit, meine Gefühle für Raphael noch ein- oder zweimal vor ihr auszubreiten, bis es Roxy schließlich reichte.

„Sei jetzt still! Dominic hat einen richtig coolen Trick drauf. Er steigt in einen Kasten aus Glas, der sich dann mit Rauch füllt, und wenn der Rauch wieder verschwunden ist, ist er weg. Dann ziehen sie diese ganze Rauchnummer noch mal ab und voilà! Er taucht wieder auf. Das ist echt klasse. Ich habe keine Ahnung, wie er das macht, denn der Kasten ist ja schließlich aus Glas und sie drehen ihn auch um, damit man ihn von allen Seiten sehen kann."

„Hmf." Ich saß mit verschränkten Armen da und schmollte vor mich hin. Viel lieber wollte ich über Raphael reden, als irgend so einen blöden Zaubertrick sehen.

„Ich frage mich bloß, ob er noch mal dasselbe vorführt wie gestern Abend."

„Was denn?", fragte ich und spielte mit der Brosche, die mir Christian geliehen hatte.

„Dominic ist in den Kasten gestiegen und dann ist Milos wieder rausgekommen. Ich wusste gar nicht, dass Milos auch Magier ist, aber er hat danach noch ein paar richtig tolle Sachen vorgeführt. Du solltest mal sehen, was er alles mit drei Eiern anstellen kann …"

Ein paar Arbeiter rollten gerade einen großen Glaskasten auf die Bühne. Dominic erzählte irgendeine Geschichte über die Kräfte, die er angeblich während seines Studiums der dunklen Künste erworben hatte.

Ich drehte mich zu Roxy um, verwirrt über das, was sie gerade erzählt hatte. „Was meinst du damit, Milos ist auch ein Magier? Er war zusammen mit Dominic auf der Bühne? Das kann gar nicht sein. Raphael sagte, dass Tanya ganz kurz bevor er sie entdeckt hatte, getötet worden sei. Ihr Körper war noch warm. Ich weiß das, weil ich sie selbst berührt habe."

„Da kann ich dir nicht so ganz folgen", sagte Roxy, deren ganze Aufmerksamkeit nach wie vor Dominic gewidmet war, der gerade den Trick erklärte, der jetzt folgen würde.

„Wie steht's denn damit: Wenn Milos auf der Bühne war und einen Zaubertrick vorführte, dann kann er Tanya nicht ermordet haben."

Langsam wandte sie mir den Kopf zu und sah mich an. „Aber wenn er es nicht war, wer dann?"

Eine Gänsehautwelle rollte meine Arme hinunter und gleich wieder hinauf, als ich meinen Blick auf die Bühne richtete. „Das kann nicht sein …“

„Oh mein Gott“, hauchte Roxy mit weit aufgerissenen Augen.

Ich sah Dominic regungslos dabei zu, wie er über die Bühne stolzierte: groß und elegant, ganz in Schwarz mit einem roten Rüschenhemd. Er ließ seine Fangzähne aufblitzen und spielte vor dem Publikum wieder seine Paraderolle als Vampir. Er war ein Profi auf der Bühne und die Leute fraßen ihm förmlich aus der Hand. Er machte Witze und spielte mit ihnen, bis sie ihm lautstark zujubelten.

„Du meine Güte, dann muss er es sein. Ich bin immer davon ausgegangen, dass er nur einen Witz macht, wenn er darauf besteht, ein Vampir zu sein. Ich meine, das ist ja auch echt zu albern, mit diesen falschen Zähnen und so. Aber was, wenn er daran glaubt? Was, wenn er selbst tatsächlich davon überzeugt ist, ein Vampir zu sein?“

Mich überlief ein Schauer. Ich raffte meinen Rock und stand auf, gerade als die Zuschauer über irgendwas zu jubeln begannen, das Dominic gesagt hatte. „Das muss ich sofort Raphael erzählen. Er glaubt, dass Milos der Mörder ist. Ich wette, er weiß gar nicht, dass Milos gestern Abend auf der Bühne stand.“

Roxy zerrte an meinem Rock und versuchte mich dazu zu bewegen, mich wieder hinzusetzen. „Joy …“

„Da haben wir ja die perfekte Freiwillige!“, rief Dominic von der Bühne aus. Dann machte er einen Satz hinunter ins Publikum und kam mit ausgestreckter Hand direkt auf mich zu. „*Mon ange*, wenn du mir freundlicherweise assistieren würdest?“

„Was?“

„Er hat gerade um Freiwillige gebeten, du Dummerchen. Zu spät, jetzt bist du geliefert", murmelte Roxy.

„Was? Was?" Ich starrte verdattert auf die Hand, die Dominic nach mir ausgestreckt hatte. Ich wollte ihn nicht berühren – er war ein Mörder! Das Publikum begann zu applaudieren.

„Komm, *mon ange*", sagte Dominic und ließ mit einem breiten Grinsen sämtliche Fangzähne aufblitzen. „Sei meine Assistentin. Es wird nicht lange dauern, das versichere ich dir."

Ich fragte mich, ob er zu Tanya wohl dasselbe gesagt hatte. Dominic packte meine Hand und zog mich durch die Zuschauer zurück zur Bühne. Ich erwog kurz, ihn an Ort und Stelle des Mordes an Tanya zu beschuldigen, um Hilfe zu schreien oder ihn so lange zu treten, bis er mich losließ, damit ich zu Raphael flüchten konnte. Doch am Ende beschloss ich, dass es besser wäre, ihn in Sicherheit zu wiegen, also leistete ich keinen Widerstand, als er mich auf die Bühne und zu dem Glaskasten hinzerrte.

Er ließ meine Hand nicht einen Augenblick lang los, während er mir in den Kasten hineinhalf. Währenddessen erzählte er wieder die ganze Zeit von seinen Kräften und dass er mich in die Unterwelt schicken würde, wo ich auf seinen Befehl zur Rückkehr warten sollte. Es war schon ziemlich gruselig, wenn man an Tanya dachte. Als er sich dann umdrehte, um den Deckel des Kastens zu schließen, zischte er mir zu: „Fürchte dich nicht, *mon ange*. Sobald der Rauch die äußere Hülle erfüllt, wird sich die Falltür öffnen und du wirst entkommen. Krieche unter der Bühne bis nach hinten durch. Dort wird Antonio auf dich warten."

„Kriechen? Ich soll kriechen?", fragte ich, als er den Deckel schloss. Panik stieg in mir auf bei dem Gedanken, in einer Box voller Rauch eingesperrt zu sein. Ich hockte also in diesem Kasten, mein Kopf stieß gegen die obere Wand, die Lichter und die Menschen waren durch das dicke Glas hindurch nur verschwommen sichtbar. Dominic wedelte dramatisch mit den Armen und der Kasten begann sich mit Rauch zu füllen und mir die Sicht zu nehmen.

Erst da wurde mir klar, worüber er eben geredet hatte. Der Teil, in dem ich mich befand, war isoliert – ein Kasten im Kasten, mit doppelter Verglasung. Der Rauch füllte nur den schmalen Raum zwischen den beiden Glasscheiben, wodurch es zweifellos von außen so wirkte, als ob ich inmitten des Rauchs säße, was allerdings in Wahrheit keineswegs der Fall war. Sobald ich außerhalb des Kastens nichts mehr erkennen konnte, gab der Boden unter meinen Knien nach und ich plumpste in den freien Raum unter der Bühne. Da die Bühnenränder verkleidet waren, konnte mich dort niemand sehen, aber ich konnte das Publikum hören. Sie lachten laut über irgendetwas, was Dominic gerade tat. Ohne jeden Zweifel lenkte er ihre Aufmerksamkeit von der Box ab, damit sie nicht bemerkten, wie er bei meinem Ausstieg schwankte. Ich raffte meinen Rock zusammen und kroch auf dem Bauch weiter, als ich hinten ein Licht aufblitzen sah. Ich schimpfte darüber, dass ich mir meinen wunderschönen Rock ruiniert hatte, nur damit Dominic sein Publikum beeindrucken konnte.

Antonio, Dominics Assistent, half mir aus dem engen Raum unter der Bühne wieder heraus, und zwar durch eine weitere Klappe hinter dem Vorhang. Antonio zog dann eine Furcht einflößende Gummimaske an und sagte: „Bleiben Sie hier, bis Sie Dominic verkünden hören, dass er an Ihrer Stelle einen Dämon aus der Unterwelt heraufbeschworen hat. Dann können Sie wieder zurück ins Publikum.“ Er kroch unter die Bühne und machte sich auf den Weg zum Glaskasten.

„Das glaubst aber auch nur du", murmelte ich. Ich warf vorsichtig einen Blick hinter den Vorhang. Meine beiden Wachhunde schienen immer noch geduldig vor der Bühne auf meine Rückkehr zu warten, denn hinten war weit und breit niemand zu sehen. Also schlüpfte ich hinaus und begab mich auf die Suche nach Raphael, wobei ich um die Leute bei der Bühne einen großen Bogen machte.

Am anderen Ende des Geländes erblickte ich Henri, der sich gerade beim Verlassen eines der Toilettenhäuschen den Reißverschluss hochzog.

„Henri, wo ist Raphael?", fragte ich, als ich ihn im Laufschritt erreicht hatte.

Er runzelte die Stirn. „Solltest du nicht bei der Show sein? Ich dachte, Raphael hätte gesagt, dass du dort bist. Sie ist doch noch nicht vorbei, oder?"

Ich war nahe daran, vor lauter Ungeduld auf und ab zu hüpfen. „Vergiss die Show. Ich muss Raphael finden. Es ist wirklich wichtig. Also, wo ist er?"

„Das wird ihm aber gar nicht gefallen, dass du nicht bei der Show bist", erklärte Henri.

„Das wird es schon, wenn er hört, was ich ihm mitzuteilen habe. Wo kann ich ihn finden?"

„Er hat gesagt, du sollst bei Paal bleiben. Raphael wird nicht sehr erfreut sein, dass du ohne Paal weggegangen bist."

Hundewelpe hin oder her, ich hätte ihn am liebsten erwürgt. „Henri", sagte ich mit einem Lächeln, das einem Hai jede Ehre gemacht hätte, „weißt du noch, was ich mit Christian im westlichen Garten gemacht habe?"

Seine Hand legte sich schützend vor seine Leistengegend, als er heftig zu nicken begann.

„Gut. Ich tu das wirklich nicht gerne, aber wenn du mir

nicht auf der Stelle sagst, wo Raphael ist, dann mache ich mit dir genau dasselbe."

Er riss die Augen weit auf. „Er ist unten in der Höhle", antwortete er rasch mit belegter Stimme.

„In der Höhle? Jetzt schon? Danke, Henri. Wünsch mir Glück."

Ich raste davon wie ein Jagdhund, der einem Hasen auf der Spur ist, wich immer wieder Leuten aus, als ich mich vom Festivalgelände entfernte und über den Kiesweg rannte, der in Kurven und Windungen bis auf den Boden des Abgrunds führte, wo sich der Eingang zur Höhle befand. Da die Höhlen nur für ein paar Stunden gegen Mitternacht geöffnet sein sollten, waren hier nicht sehr viele Menschen unterwegs, und die meisten von ihnen waren Paare, die dorthin gekommen waren, um in Ruhe zu knutschen.

Ich rannte den Weg entlang auf den kühlen, dunklen Höhleneingang zu, wo das gelbe Licht von Natriumdampflampen die Dunkelheit der Höhle ein wenig erhellte. Am Eingang selbst stand niemand, aber ich konnte von drinnen Stimmen hören. Einen Moment lang lauschte ich. Eine der Stimmen schien Raphael zu gehören, aber abgesehen davon konnte ich nicht erkennen, wer sonst noch redete oder wo genau innerhalb der Höhle sie sich befanden. Dort drinnen waren Stimmen über sehr weite Entfernungen zu hören. Ich betrat die Höhle und eilte tiefer hinein, ohne auf die Sehenswürdigkeiten zu achten, oder die Schilder, die diese erklärten.

„Gott sei Dank war ich schon mal hier", sagte ich zu mir selbst, als ich an einer Abzweigung stehen blieb. Der Rundgang führte um eine Biegung nach links zu einer kleinen Bootsanlegestelle. Auf der rechten Seite befand sich ein ungepflasterter Pfad, der einem Schild zufolge zu einem Wartungsbereich führte. Ich hielt die Luft an und lauschte. Das tiefe Grummeln von Raphaels Stimme kam von rechts. Also bog ich auf diesen Pfad ab, blieb kurz stehen und rannte los, als ich hörte, wie ihm eine Frauenstimme antwortete.

Der Pfad war nur spärlich beleuchtet und die Entfernung zwischen den einzelnen Lampen ziemlich groß. Ich stolperte ein paarmal über Schutt und Felsbrocken, aber ich konnte es vermeiden hinzufallen. Als ich dann eine weitere Biegung umrundete, wäre ich um ein Haar in Raphael hineingerannt.

„Was zum Teufel ist hier los?“, schrie ich und starrte ihn entsetzt an.

Er stand ganz dicht bei einer Frau, sein Mund beinahe in ihrem Haar vergraben, während seine widerlichen, stinkenden, betrügerischen Hände sich unter ihrem Pullover bewegten.

„Du Bastard!“, kreischte ich so laut, dass meine Worte schier endlos durch die Höhle hallten. Bei meinem Geschrei fuhren ihre Köpfe herum, beide Gesichter zeigten fast identische Mienen der Überraschung. Die Frau war ungefähr fünfzehn Zentimeter kleiner als ich, zierlich und hatte ein hübsches, herzförmiges Gesicht, das von langem, lockigem Haar eingerahmt war, das ich ihr am liebsten ausgerissen und mit den Füßen in die Erde gestampft hätte.

Raphael besaß auch noch die Frechheit, verärgert auszusehen. „Joy! Was machst du denn hier?“

„OH!“, heulte ich laut auf. In mir kämpfte Wut gegen den Schmerz angesichts seines Betrugs. Ich holte aus und rammte ihm meine Faust geradewegs in das Tattoo auf seinem Bauch. Er stöhnte und ließ die Schlampe los, um sich den Bauch zu halten. „Du betrügerischer, verlogener Bastard! Ich will dich nie mehr wiedersehen! *Nie mehr!*“

Ich drehte mich auf dem Absatz um und rannte den Weg

zurück, den ich gekommen war. Da ich vor lauter Tränen kaum etwas sehen konnte, stolperte und strauchelte ich diesmal sogar noch öfter. Doch dann versiegten die Tränen plötzlich, als pure Wut die Oberhand gewann. Wie konnte es Raphael nur wagen, eine andere Frau zu begrabschen? Er gehörte mir, verdammt noch mal, und ich würde ihm das nicht durchgehen lassen. Es wurde Zeit, dass er die eine oder andere Sache begriff. Also machte ich kehrt, um zu ihm zurückzugehen, und lief auf der Stelle wieder in ihn hinein.

„Verdammt, Frau, bleibst du jetzt endlich mal stehen und lässt mich erklären?" Wenn seine starken Hände mich nicht bei den Armen gepackt hätten, wäre ich hingefallen.

„Wag es ja nicht, mich anzuschreien, du widerlicher Kerl! Du Schuft! Du darfst niemand anders anfassen, hast du mich verstanden?" Ich kämpfte gegen Raphael, aber ich wusste, dass das sowieso keinen Sinn hatte. Er schob mich gegen die glatte Kalksteinwand der Höhle und drückte seinen Körper gegen meinen, während ich mich dagegen zu wehren versuchte. Meine untere Körperhälfte klemmte er einfach mit seinen Beinen ein und seine Hände schlossen sich um meinen Kopf, sodass ich mich nicht mehr rühren konnte.

„Sie ist Polizistin", sagte er schwer atmend. „Meine Güte, Baby, musstest du mich unbedingt schlagen?"

„Du bist widerlich", stieß ich keuchend hervor. „Benutzt deine Stellung, um eine unschuldige Frau zu zerstören. Man sollte dich an den Zehen aufhängen. Und an den Eiern. Beides. Zur selben Zeit!"

„Hör mir mal zu, Joy", sagte er. Sein Atem umwehte mein Gesicht. Gott steh mir bei, ich war in einen treulosen Bastard verliebt, und selbst nachdem ich ihn auf frischer Tat mit einer anderen Frau erwischt hatte, reichte eine Berührung und ich schmolz dahin. Ich schluchzte auf vor lauter Verzweiflung über den Wankelmut meines Körpers. „Kyra ist Polizistin. Sie ist eine von Bartos' Leuten. Sie soll mir bei einem Job helfen, das ist alles."

Ich wollte ihm nicht zuhören, wollte keine seiner ungeheuerlichen Lügen hören. „Ich glaube dir nicht", sagte ich.

„Was habe ich getan, dass du jetzt glaubst, ich sei an einer anderen Frau interessiert?", fragte er, diesmal etwas ruhiger. Seine Augen brannten vor Verlangen und Liebe.

„Ich …" Ich wusste keine Antwort. Jetzt erschien hinter ihm die Frau und zupfte ihren Pullover zurecht. Sie fragte Raphael auf Deutsch, was los wäre. Schon ihr bloßer Anblick heizte meine Wut erneut an. „Sie ist also Polizistin, was? Du hast sie befummelt! Unter ihrem Pulli. Was für ein Job ist das denn, den sie für dich erledigen soll?"

„Kyra, zeig Joy deinen Rücken."

„Ich will ihren Rücken aber nicht sehen! Ich steh nicht auf flotte Dreier!", wehrte ich empört ab. Ich fragte mich, wie ich mich nur so in ihm hatte täuschen können.

Er verdrehte die Augen und wiederholte seine Aufforderung. Die Frau warf mir einen mürrischen Blick zu, drehte sich aber um, und zog dabei ihren Pullover hoch. Über ihren Rücken schlängelte sich ein fleischfarbenes Kabel, das zu einem schmalen, schwarzen Kästchen führte, das ungefähr die Größe einer Kreditkarte hatte. Kabel und Kästchen waren mit weißen Klebestreifen befestigt.

„Sie ist Polizistin", wiederholte Raphael. „Ich habe sie verkabelt, damit wir alles aufnehmen können, was zu ihr gesagt wird. Ich habe sie *nicht* befummelt. Sie ist unsere Absicherung, für den Fall, dass unser Verdächtiger den Köder nicht schluckt – nämlich dich."

Er nahm seine Hände von meinem Kopf und trat beiseite, während Kyra murmelte, sie wolle noch mal kurz mit Inspektor Bartos reden, bevor sie ihren Posten draußen vor der Höhle einnahm. Raphael sagte, er werde gleich nachkommen, und wandte seinen Blick dann wieder mir zu, einen ziemlich nachdenklichen Blick.

„Irgendwie hatte ich mir immer vorgestellt, dass du mir Schlimmeres antun würdest als nur einen Schlag in den Bauch, wenn du mich jemals beim Fremdgehen erwischen solltest."

„Ich hatte zufällig gerade kein Kastriermesser dabei." Ich starrte ihn finster an. „Aber ich kann dir versichern, wenn ich eins hätte, dann würdest du jetzt Sopran singen. Polizistin, Raphael? Und warum verkabelst du mich nicht? Was genau machst du hier eigentlich?"

„Ich versuche, einen Mörder zu schnappen. Das weißt du doch. Und ich wollte dich verkabeln, bevor wir dich losschicken." Er trat an mich heran und ein seltsames Lächeln umspielte seine Lippen. „Du bist eifersüchtig."

„Ja, natürlich bin ich eifersüchtig." Ich runzelte die Stirn und boxte ihn gegen die Brust. „Du gehörst mir und ich verbiete dir, den Rücken irgendeiner anderen Frau zu berühren. Das sind die Regeln und ich erwarte, dass du sie befolgst."

„Ach, Baby", knurrte er mit dieser tiefen, sexy Stimme, die aus meinen Knochen unweigerlich Wackelpudding machte. Genau wie jetzt. Raphael packte mich gerade noch, als meine Beine nachgaben, drückte mich wieder gegen die Wand, seine Hände neben meinem Kopf, und hielt mich gefangen. „Ich fühle mich geschmeichelt, dass du eifersüchtig bist, aber mittlerweile solltest du wissen, dass keine andere Frau auch nur annähernd an dich herankommt. Du bist alles, was ich will." Seine Zähne neckten mein Ohr, sein Atem streifte heiß und feucht meine Haut und setzte damit den wohlbekannten Strudel des Verlangens tief in mir drin in Gang.

Ich fuhr mit meinen Händen unter seine Lederjacke und seinen Pullover, streichelte mit den Fingern über die Muskeln seines Rückens, nahm sein Stöhnen mit meinem Mund auf und erwiderte es mit meinem eigenen Aufstöhnen, als er erbarmungslos meinen Mund eroberte.

„Du machst mich so an." Er zog einen Pfad aus feuchten, dampfenden Küssen über meinen Hals. „Wie kannst du nur denken, dass es mir mit einer anderen Frau genauso gehen könnte?"

Er rieb seine Hüften an mir. Er war erregt, sehr erregt. Ich ließ meine Hände nach unten gleiten, um mich zu überzeugen, lächelte, als er wieder stöhnte, lauter diesmal, und sich sein Stöhnen in einem endlosen Echo der Lust wiederholte. Meine Finger beeilten sich, ihn zu befreien, damit ich seine Hitze und sein Verlangen spürte und wusste, das dies alles mein war. Ich schob seinen Slip beiseite und seufzte, als ich ihn fand: heiß und hart, Samt über Stahl. Ich biss ihn in die Zunge und wimmerte, als seine Hände in meinen BH glitten. Ich wollte ihn tief in mir drin spüren, wo sich unser Herzschlag zu einem einzigen wilden Rhythmus der Leidenschaft vereinigen würde.

„Raphael", rief ich verzweifelt, während ich seine heiße Länge streichelte, halb wahnsinnig von dem überwältigenden Verlangen, das sein Duft und seine Berührungen auslösten, wohl wissend, dass er mich genauso begehrte wie ich ihn.

„Ich weiß, Baby, ich weiß. Wir werden uns beeilen müssen, ich halt's nicht mehr lange aus." Er drückte mich gegen die Wand und hüllte mich in seine Hitze ein, als er meine Schenkel packte und sie um seine Hüften schlang. Ich verschränkte meine Füße hinter ihm und küsste ihn wild. Unsere Zähne stießen aneinander, als ich an seinen Lippen und seiner Zunge knabberte, bis er mir gab, was ich wollte, und mir gestattete, seine Zunge in meinen Mund zu saugen. Ich schmeckte Blut, als ich meine Zunge um seine schlang, und stöhnte, weil seine Hände sich einen feurigen Pfad meine Oberschenkel hinauf bahnten.

Ich löste meinen Mund gerade lange genug von seinem, um das Wort „Slip“ auszustoßen, bevor ich einen Blutstropfen ableckte, der aus seiner Lippe quoll. Seine Finger strichen über den Satin meines Höschens und dann war es mit einem Ruck weg – er hatte mir buchstäblich die Kleider vom Leib gerissen.

„Meine Güte“, flüsterte ich, als ich kurz darauf spürte, wie er in mich eindrang. „Mir hat noch nie jemand die Unterwäsche vom Leib gerissen. Das ist so ... *wow*!“

„Baby, ich kann nicht mehr warten“, keuchte er gegen meinen Hals, als er tief in mir versank.

„Dann warte nicht“, erwiderte ich. Mir war alles egal, bis auf das einzigartige Gefühl von Verschmelzung, das unsere Vereinigung mit sich brachte.

Er legte seine Hände auf meinen Po, sein Atem strich heiß über meinen Nacken und dann nahm er mich mit einem lauten Stöhnen, drang so tief in mich ein, dass es mir den Atem verschlug. Die Höhlenwand in meinem Rücken war kalt, aber er ließ mich dermaßen heiß erglühen, dass es mich wundern würde, wenn ich keine Brandflecken darauf hinterlassen hätte. Er knabberte an meinem Ohr und an meinem Hals, während sich unsere Körper aneinander rieben, den Augenblick der Vollendung sehnsüchtig erwartend, der uns weit über bloßes körperliches Vergnügen hinauskatapultieren würde. Seine Hüften stießen nach vorne und zogen sich wieder zurück, sein Tempo steigerte sich im selben Maß wie unsere Atmung. Ich ließ meine Finger durch seine Locken gleiten und bog ihm meinen Unterleib entgegen – dem Ziel unseres Rennens so nahe.

„Raphael!“, schrie ich, als er mich in den Hals biss, sein Aufschrei der Ekstase zeitgleich mit meinem, beide nicht voneinander zu unterscheiden – gemeinsam hallten sie nun um uns herum durch den Gang.

Wir blieben lange genauso stehen, unsere Körper immer noch vereint. Sein Herzschlag tief in mir im Einklang mit seinem, unser Atem vermischt, unregelmäßig. Er hielt mich sicher in seinen Armen, immer noch gegen die Wand gepresst.

„Oh, Baby, ich hab dir wehgetan“, sagte er, wobei sich in seiner Stimme Befriedigung mit Sorge mischte. Seine Lippen lagen warm auf meinem Hals, seine Zunge liebkoste mich wie Seide. „Ich habe wohl zu hart zugebissen. Du blutest.“

Ich legte den Kopf zurück, damit ich sein wunderschönes Gesicht sehen konnte, und löste meine Finger aus seinem Haar, um eine wunde Stelle auf seiner Lippe zu berühren. „Ich hab dich auch gebissen. Wenn du zu den Dunklen gehören würdest, dann wäre das jetzt der letzte Schritt der Vereinigung.“

Eine dunkle Augenbraue hob sich fragend.

„Ein Austausch von Blut.“ Ich musste über seine ungläubige Miene lächeln. Jetzt gestattete ich ihm, mich wieder auf meine Füße zu stellen. Raphael verstaute alles wieder da, wo es hingehörte, und ich glättete gerade meinen Rock, als irgendwo in der Höhle ein hartes Geräusch erklang, das auf uns zurollte und dabei immer lauter wurde.

Jemand applaudierte.

„Verdammt!“ Raphael drehte sich um, noch während er seine Hose schloss, um mich mit seinem Körper zu schützen. Ich sandte ein stummes Gebet gen Himmel, dass wer auch immer das war, uns nicht in voller Aktion beobachtet hatte, während ich meine Bluse wieder in den Rock stopfte und mich vergewisserte, dass sie richtig saß, bevor ich einen Blick über Raphaels Schulter hinweg riskierte.

„*Mon ange*. Ich wusste, dass du Leidenschaft hast, aber du übertriffst meine Erwartungen. Solch ein Feuer! So viel Elan! Ich habe es ganz besonders genossen, wie sich dein Körper beim *petit mort* gegen Raphaels presste. Ich glaube, wir hätten ein schönes Paar abgegeben."

Oh mein Gott, es war Dominic! Und er hatte uns beobachtet! Vor lauter Ekel überlief es mich abwechselnd heiß und kalt, während zugleich Wut in mir aufstieg. Wie konnte er es wagen, etwas so Wunderbares und Schönes zwischen Raphael und mir mit seiner schleimigen Verdorbenheit zu besudeln? Was wir taten, war privat, nur zwischen uns beiden, und auch wenn wir unsere Liebe an einem ungeeigneten Ort ausgelebt hatten, gab ihm das noch lange kein Recht, sich in unsere Angelegenheiten einzumischen. Ich klopfte Raphael auf die Schulter, mehr als nur ein bisschen überrascht, dass er angesichts dieser Verletzung unserer Privatsphäre nicht vor Wut brüllte. Erst als ich mich an ihm vorbei nach vorne schob, um Dominic so richtig die Meinung zu sagen, erkannte ich, warum er so still war.

Dominic hielt eine ziemlich große Waffe auf uns gerichtet. Neben ihm stand der schweigende Milos.

„Was machst du denn hier? Du warst doch eben noch mitten in deinem Auftritt!", stammelte ich.

„Alle guten Dinge, *ma chère*, haben einmal ein Ende", sagte Dominic mit einer seiner affigen Verbeugungen, bevor er mit seiner Waffe in Raphaels Richtung wedelte. „Traurigerweise schließt das sowohl dich als auch den neugierigen Mr St. John ein."

Ich blickte zu Raphael. Er sah aus, als ob Dominic ihn zu Tode langweilte. Gleich fühlte ich mich besser.

„Ihr werdet jetzt beide mit mir kommen, Raphael zuerst, *mon ange* gleich bei mir, und Milos am Schluss. So werden wir zu den Booten gehen, ja?"

„Boote?", fragte ich. Ich versuchte, mich näher an Raphael heranzuschieben. Er bewegte nicht einen einzigen Muskel, sondern beobachtete Dominic einfach nur mit Augen, so dunkel, dass sie fast braun aussahen. „Möchtest du jetzt eine Bootstour machen? Ich dachte, das kommt erst später. Ich bin gerade ziemlich beschäftigt, also sollten wir das besser verschieben. Raphael und ich, wir … äh … waren …"

Dominic grinste höhnisch. „*Mon ange*, es war offensichtlich, was du und Raphael gerade gemacht habt. Und jetzt, wenn ihr dann fertig seid … Die Boote warten."

Milos musterte mich kalt, drehte sich dann um und raunte Dominic etwas zu. Ich nutzte die Gelegenheit, um Raphael einen vielsagenden Blick zuzuwerfen. Er hob nur die Augenbrauen.

„Und? Du könntest ruhig ein bisschen helfen!"

„Ich dachte, *du* wolltest *mir* helfen", sagte er ruhig und offensichtlich völlig unbekümmert, trotz der Tatsache, dass uns ein durchgeknallter Verrückter, der sich für einen Vampir hielt, und sein ebenso kaltblütiger Komplize mit einer Waffe bedrohten.

„Das war vorhin. Und jetzt ist jetzt. Ich wüsste es sehr zu schätzen, wenn du endlich etwas unternehmen würdest."

„Was denn, zum Beispiel?"

Ich kniff ihn in den Arm. „Uns retten!"

„Ah. Und wie?"

Ich schlug vor Empörung die Hände über dem Kopf zusammen. „Du bist doch derjenige, der die Waffe hat."

Als sie das hörten, beendeten Milos und Dominic ihre geflüsterte Unterhaltung und sahen zu uns hin.

„Die habe ich nicht dabei", versicherte Raphael ihnen.

Sie glaubten ihm nicht. Dominic winkte mich beiseite. Die Mündung seiner Waffe war kaum einen Meter von meiner Brust entfernt, während Milos Raphael abtastete. Nachdem sie festgestellt hatten, dass er tatsächlich unbewaffnet war, befahl mir Dominic mit einer Geste, den Weg zurück einzuschlagen, den ich vorhin gekommen war.

„Was deine Frage betrifft: Unsere Bootsfahrt muss leider abgesagt werden." Er griff nach mir. Ich entwischte ihm und lief zu Raphael. „Es ist eine Schande, aber stattdessen wirst du einen sehr tragischen Unfall haben und versehentlich erschossen werden. Ich werde natürlich sehr traurig sein, dass du bei dem Versuch, Raphael davon abzuhalten, dich zu erwürgen, ums Leben gekommen bist, aber was soll ich tun?" Er zuckte mit den Schultern. „Die Polizei wird ihren Mörder bekommen, einen toten Mörder, und ich werde den Verlust von *mon ange chéri* beklagen. Alles wird gut."

„Du willst uns umbringen?" Ich weiß nicht, wieso mich das überraschte, nachdem ich gesehen hatte, was er Tanya angetan hatte. Vielleicht waren es ja auch beide gewesen, ich würde es Milos jedenfalls durchaus zutrauen, angesichts des kranken Ausdrucks der Erregung in seinen Augen. „Warum? Was haben wir euch denn getan?"

„Es ist so", beantwortete Dominic meine erste Frage. „Raphael war bei seiner Untersuchung unserer Alibis für die Morde an den Frauen, mit denen Milos und ich uns vergnügt haben, etwas zu eifrig. Wir können nicht zulassen, dass er die Polizei auf unsere Angelegenheiten aufmerksam macht. Er ist schon viel zu weit gegangen. Und er hat mich fast geschnappt letzte Nacht, bevor ich die Überreste der lieben

Tanya zu meiner Zufriedenheit entsorgen konnte. Es ist mir nicht gelungen, die belastenden Hinweise zu hinterlassen, wie ich es vorgehabt hatte."

„Mein Runenstein", sagte ich. Im Geiste sah ich noch einmal den violetten Stein in Raphaels Hand.

„Es hätte funktioniert, wenn St. John uns nicht gefolgt wäre", sagte Milos mit kalter, gefühlloser Stimme.

„Aber … aber … warum? Warum habt ihr sie umgebracht?"

Milos und Dominic tauschten ein kurzes eiskaltes Lächeln. „Wir sind Vampire. Wir tun so etwas."

„Ihr seid genauso wenig Vampire wie Raphael." Ich schnaubte verächtlich.

Milos machte eine Handbewegung in meine Richtung, die Raphael veranlasste, mir einen wertvollen Rat zu geben. „Baby, mach dich nie über einen Mann lustig, der mit einer geladenen Waffe auf dich zielt."

Ich presste meine Lippen fest aufeinander und drängte mich noch näher an ihn. Milos wirkte leider alles andere als zurechnungsfähig. „Ich verstehe, was du meinst."

Raphaels Hand streifte meine Hüfte, als er hinter sich griff.

„Ihr werdet jetzt mitkommen", befahl Dominic.

Ich hasste es, herumkommandiert zu werden. „Einen Moment noch. Wenn ihr vorhabt, uns umzubringen, dann ist ja wohl das Mindeste, was ihr tun könnt, alles zuzugeben, so wie es sich für einen anständigen Krimi gehört. Ich finde, das schuldet ihr uns."

Dominic grinste. Seine falschen Fangzähne wirkten nicht mehr annähernd so lustig, wie ich früher gedacht hatte. Die garstigen Dinger glänzten ganz gemein im matten Licht der Lampen. Raphaels Arm bewegte sich langsam an meiner Seite entlang und hielt dann inne. Ich betete, dass er eine Waffe in seiner Hand hielt. Irgendetwas Tödliches.

„Auch ich lese Krimis", antwortet Dominic. „Wenn du erwartest, dass wir unsere Sünden gestehen, in der Hoffnung, dann auf wundersame Weise zu entkommen, wirst du enttäuscht werden."

„Ihr habt Tanya und all die anderen Frauen ermordet."

Milos murmelte etwas an Dominic gewandt. Der hob die Hand und warf Raphael einen kalten Blick zu. „Unser lieber Raphael kennt die Antwort auf diese Frage."

„Ja, das tue ich", sagte Raphael gedehnt. „Die französische Polizei hätte euch fast geschnappt, nachdem ihr diese Prostituierte in Paris getötet hattet, aber unglücklicherweise", seine Lippen verzogen sich zu einem gequälten Lächeln, „wurde ich von dem Fall abgezogen."

„Was? Du hast die ganze Zeit über gewusst, dass es diese beiden waren? Warum hast du denn nichts getan?"

Raphael ignorierte meine Frage, er ließ Dominic nicht aus seinen wachsamen Augen. „Jemand hat einen Laboranten bestochen, damit der die kriminaltechnischen Beweise zerstört, die nötig waren, um dich zu überführen, Milos. Ohne die Beweise konnte die französische Polizei, mit der ich damals zusammenarbeitete, keine Anklage erheben."

„Wer bist du eigentlich?", fragte ich ihn.

„Genug geredet!", blaffte Dominic. „Du wirst vor mir gehen, *mon ange*."

Ich konnte gar nicht fassen, dass ich Milos jemals gruselig gefunden hatte. Dominic war bei Weitem der Gruseligere von den beiden, wie er da mit einer Waffe in der Hand in aller Seelenruhe über unseren Tod sprach.

„Bring sie gleich um", sagte Milos, als er sich zum Gehen wandte. „Ich werde auf das Festival zurückkehren und den Inspektor beschäftigen."

„Was?", kreischte ich.

„Ich würde sie knebeln, bevor du sie erschießt", fügte Milos noch über die Schulter zurück hinzu, bevor er verschwand. „Auf diese Weise wird sie sich noch mehr wehren."

„Werd ich nicht", fauchte ich. Dann sprang ich mit einem Satz zur Seite und schrie: „Gib's ihm, Raphael!"

Dominic blickte auf das schmale schwarze Aufnahmegerät, das Raphael in der Hand hielt.

„*Oui*", sagte er und streckte die Hand aus. „Gib es mir, Raphael."

Ich warf der Liebe meines Lebens einen enttäuschten Blick zu. „Ich dachte, du hast da ein Messer oder so was, aber bestimmt keinen Kassettenrekorder."

„Ich trage nur selten Waffen", erwiderte er ruhig. Als sich Dominic ihm näherte, um sich das Gerät zu schnappen, schoss Raphaels Fuß nach vorne und traf mit voller Wucht Dominics Knie. Raphael stürzte sich auf Dominic, als der zu Boden ging, und beide Männer kämpften um die Waffe. Ich tänzelte um das strampelnde Paar herum, auf der Suche nach etwas, mit dem ich Dominic eins über den Schädel ziehen konnte. Ich hatte mich gerade für einen großen Felsbrocken entschieden, als mich eine Hand am Rock packte und nach hinten riss.

Die scharfe Stahlspitze, die sich durch meine Bluse drückte, hielt mich davon ab, mich zu bewegen.

„Lass die Waffe fallen", stieß Dominic hinter mir hervor. Seine Hand schloss sich noch fester um meinen Arm. „Sehr gut. Jetzt schieb sie mit dem Fuß zu mir rüber."

Raphael tat wie befohlen.

Ich starrte ihn finster an. „Sogar Dominic hat ein Messer, Bob!"

„Fang jetzt nicht damit an, Frau."

Ich schnaubte. Er zog als wortlose Aufforderung zu schweigen eine Augenbraue hoch und hob dann die Hände. „Lass sie gehen, Dominic. Sie weiß überhaupt nichts. Ich habe ihr nichts von meinen Nachforschungen erzählt, genauso wenig wie darüber, warum ich bei dir angeheuert habe."

„Das kannst du wohl laut sagen", murmelte ich und warf ihm einen weiteren pikierten Blick zu.

„Joy, das ist jetzt wirklich nicht der richtige Zeitpunkt, um mir auf die Nerven zu gehen", sagte Raphael, während Dominic mich losließ, um seine Waffe aufzuheben.

„Ach, wirklich?" Ich zeigte auf Dominic. „Da steht ein Verrückter, der uns mit einer Waffe bedroht und uns erklärt, wie er uns zu töten gedenkt, und du meinst nicht, dass das der richtige Zeitpunkt zum Reden ist? Wann sollen wir uns denn dann unterhalten? Während er uns erschießt?"

„Ihr werdet diese Diskussion sofort beenden und vor mir hergehen", befahl Dominic mit seiner herrischsten Stimme.

„Du weißt ganz genau, dass ich meine Gründe dafür hatte, dir nichts darüber zu erzählen, was ich …"

„Richtig, du bist ein Spion."

Seine Augen funkelten mich gefährlich an. „Ich bin *kein* Spion."

„Doch, das bist du. Du bist ein Spion und du hast dich dem Markt angeschlossen, weil du wusstest, dass Dominic und Milos Mörder sind. Roxy und ich haben alles herausgefunden."

„Ihr müsst jetzt aufhören und in einer Reihe vor mir hergehen", verlangte Dominic jetzt deutlich lauter.

„Roxy und du, ihr habt aber nicht in allem recht."

„Aber wir haben zum Teil recht und das heißt, du bist ein Spion."

„Ich bin kein Spion."

„Also, ich weiß jedenfalls, dass die Geschichte, die Dominic uns erzählt hat, nicht wahr ist. Ich glaube ganz bestimmt nicht, dass du im Gefängnis warst, weil du eine Frau vergewaltigt hast."

„Jetzt! Wir werden *jetzt* losmarschieren. St. John, du gehst als Erster." Dominic machte einen Schritt auf mich zu und wedelte mit der Waffe in Raphaels Richtung.

„Vielleicht kannst du mir mal erklären, wieso du so darauf versessen warst, mich vor der Polizei zu beschützen, wenn du doch wusstest, dass die Geschichte erfunden war?" Raphaels Gesichtsausdruck wirkte eindeutig verärgert.

Ich drohte ihm mit dem Finger. „Ich wollte dich doch nicht davor beschützen, du Riesenhornochse, sondern ich wollte verhindern, dass die Polizei dich verhaftet, weil du ein Spion bist und ihnen nicht sagen konntest, wer du in Wirklichkeit bist."

*„Ich bin kein Spion!"*

„Ich lasse nicht zu, dass man mich ignoriert. Ihr werdet tun, was ich euch sage. *Sofort!"*

„Ha!" Ich hob das Kinn für einen weiteren bösen Blick zu Raphael. „Wenn du kein Spion bist, was bist du denn dann? Du hast zugegeben, dass du die Morde untersuchst. Du bist kein Polizist, weil du kein Tscheche bist und es keine internationale Polizeibehörde gibt, die in … verschiedenen Ländern", mir gingen die Worte aus, als ich ihn nun anstarrte und mir das ein oder andere Licht aufging, „tätig ist. Was ist in Lyon?"

Raphaels biss die Zähne aufeinander, während sich seine Augen eine Sekunde lang schlossen.

*„Ihr haltet sofort den Mund und* … Lyon?" Dominic hörte auf zu brüllen und ging vorsichtig auf uns zu, die Augen zusammengekniffen, die Waffe nach wie vor auf Raphael

gerichtete. „Lyon, *mon ange*, ist der Ort, wo man das Hauptquartier von Interpol findet. Wie überaus interessant diese Unterhaltung doch auf einmal für mich ist. Interpol … natürlich. Das würde so viel erklären."

„Interpol?", fragte ich Raphael. „Du bist bei Interpol? Wie ein richtiger Polizeibeamter?"

Er ignorierte mich und behielt Dominic im Blick.

Dominic starrte zurück. „Das Einzige, was ich nicht verstehe, ist, woher du wusstest, dass ich dich in Marseille einstellen würde. Aufgrund deines Lebenslaufs, der vermutlich gefälscht war – richtig? –, konntest du dir einer Anstellung jedenfalls nicht sicher sein."

„Ich bin davon ausgegangen, dass in deinem Fall eine Verurteilung wegen Gewalt gegen Frauen eher eine Empfehlung als eine Abschreckung sein würde", antwortete Raphael. Seine Augen schienen ein Loch durch Dominics Schädel bohren zu wollen. Er hatte meine Hand losgelassen, aber ich wusste, dass seine Muskeln vor Erwartung angespannt waren. Ich vermutete, dass er den Moment abpassen wollte, da Dominic nahe genug kam, um sich dann auf ihn zu stürzen. Das war jedenfalls *mein* Plan.

„Du kennst mich gut", gab Dominic zu. Dann versuchte er erneut, uns mit seiner Waffe auf den Eingang zur Haupthöhle zuzutreiben. „Ihr werdet jetzt bitte tun, was ich sage, bevor ich gezwungen bin, euch in die Kniescheibe zu schießen."

„Ha!", schnaubte ich, wesentlich mutiger, als ich mich eigentlich fühlte, und machte mich vorsichtig auf den Weg. Raphael folgte mir. Dann aber hielt uns Dominic auf und befahl ihm, vorneweg zu gehen.

„Ich will unseren Wildfang lieber hier bei mir haben, wo sie sicher ist, ja? Mit ihr als Geisel bin ich mir sicher, dass du nicht wieder versuchst, den Helden zu spielen."

„Wo *ist* denn deine Waffe?“, flüsterte ich Raphael aus einem Mundwinkel zu, als er sich an mir vorbeischob, um die Führung zu übernehmen.

„In meinem Wohnwagen“, erwiderte er genauso leise.

Ich starrte ihn vorwurfsvoll an. „Du bist ja echt ein toller Kriminalbeamter. Kein Messer, keine Pistole. Ich wette, dafür schmeißen sie dich glatt bei Interpol raus.“

„Ich bin kein Kriminalbeamter, ich bin Verbindungsmann“, antwortete er mit einem weiteren warnenden Blick. „Und du kommst der Wahrheit näher, als du denkst.“

Ich folgte ihm. Dominic hatte mir eine Hand auf den Rücken gedreht, an der er mich nun festhielt.

„Um den hätte ich mich wirklich kümmern sollen, als ich die Gelegenheit dazu hatte“, brummte ich vor mich hin, als wir in die kühle Luft der Haupthöhle traten.

Dominic befahl Raphael nach rechts zu gehen, in Richtung Bootsanlegestelle. Ich bin davon überzeugt, dass Raphael ihn entwaffnet hätte, wenn er selbst Dominics Ziel gewesen wäre, aber so hatte er recht: Solange Dominic *mir* das kalte Metall der Mündung in den Nacken presste, war ich eine Geisel, die Raphaels Gehorsam sicherstellte.

Als wir am Eingang vorbeikamen, drang der Klang von Schritten auf dem hölzernen Weg an unsere Ohren. „Stellt euch dort hinüber, an die Wand“, zischte Dominic und schubste mich gegen Raphael. „Bewegt euch nicht vom Fleck oder ich bringe sie um.“

Er entfernte sich ein paar Schritte von uns, wobei er bemüht war, sowohl uns im Auge zu behalten als auch zu sehen, wer auf dem Weg näher kam. Die Schritte wurden immer lauter.

„Das sieht nicht gut aus“, sagte ich zu Raphael. Ich hielt ihn ganz fest an mich gedrückt und seine Umarmung schnürte mir fast den Atem ab. „Ich glaube, ich werde besser mal um Hilfe rufen."

„Hier unten in der Höhle kann uns niemand hören, Joy."

„Christian schon." Ich folgte mit dem Finger dem Verlauf seiner Augenbrauen. „Ich habe dich gerade erst gefunden, Interpol-Bob. Ich habe nicht vor, dich gleich wieder zu verlieren."

„Die Polizei weiß, dass ich hier bin", sagte er leise. „Christian kann überhaupt nichts tun, um uns zu helfen."

„Doch, das kann er. Ich weiß, dass du mir nicht glaubst, aber er kann meine Gedanken hören. Wenn ich ihm sage, dass wir in Gefahr sind, wird er kommen und uns helfen."

Raphaels Arme legten sich noch fester um mich. „Christian könnte uns nicht einmal dann helfen, wenn er wüsste, dass wir hier sind."

„Raphael ..."

„Ich werde nicht zulassen, dass Dominic dir wehtut, Baby."

„Du musst mir vertrauen", sagte ich, wobei ich mit Absicht seine eigenen Worte benutzte, und lehnte mich an ihn.

Dann bog Milos um die Ecke und wedelte mit einer kleinen schwarzen Pistole herum. „Polizei. Sie sind überall. Ich habe die Tore zum Eingang verschlossen, aber sie werden nicht lange brauchen, um den Ausgang zu erreichen. Wir müssen jetzt gehen."

*Christian.* Ich schloss die Augen und rief in Gedanken nach ihm, unsicher, ob ich ihn erreichen konnte. *Ich weiß, dass du mir nicht antworten willst, aber wir brauchen dich. Wir stecken in furchtbaren Schwierigkeiten und Raphael hat keine Waffe.*

Augenblicklich war er zur Stelle und erfüllte meinen Geist mit seiner ruhigen Präsenz. *Geliebte, du klingst beunruhigt.*

Ich öffnete die Augen, blickte auf Milos und Dominic und forderte Christian auf, sie mit meinen Augen zu sehen, wie sie ihre Waffen schwenkten, während sie darüber diskutierten, was wohl der beste Weg sei, uns umzubringen und zu entkommen.

*Ich werde kommen*, ertönte seine schöne Stimme in meinem Kopf.

„Christian ist unterwegs", berichtete ich Raphael und ignorierte geflissentlich seinen ungläubigen Blick. „Aber ich war schon immer ein Mensch, der die Dinge am liebsten selbst in die Hand nimmt. Ich finde, wir sollten versuchen, uns aus dem Staub zu machen."

„Das wäre aber nicht sehr klug, *mon ange*", sagte Dominic direkt hinter mir. Den kalten Lauf seiner Waffe drückte er mir direkt zwischen die Schulterblätter.

„Ach, was interessiert dich das überhaupt? Du wirst uns doch in ein paar Minuten sowieso umlegen", fauchte ich ihn an und wackelte mit den Schultern hin und her, um die Waffe loszuwerden.

„Wir haben unsere Pläne geändert", erklärte mir Milos im Vorbeigehen und richtete seine Waffe auf Raphael. Er zeigte mit einem Nicken auf das nächstgelegene rot-weiße Touristenboot. „Es scheint so, als ob wir euch noch lebendig brauchen. Im Augenblick jedenfalls. Steigt ein!"

Raphael verschränkte die Arme und rührte sich nicht vom Fleck.

Dominic stupste mich mit seiner Waffe an. „Du auch, *mon ange.*"

„Nein", sagte ich, die Augen auf Raphael gerichtet. Wenn ich schon sterben musste, wollte ich, dass er das Letzte war, was ich sah.

Aber eigentlich wollte ich gar nicht sterben.

Dominic drückte mir die Waffe immer fester ins Genick, bis ich mich vor Schmerz krümmte. Raphaels Hände verkrampften sich auf seinen Armen und ich fürchtete schon, gleich würden seine Augen Funken sprühen, aber er bewegte sich nicht. Ich lächelte ihm zu und hoffte, dass er die Liebe und Bewunderung in meinen Augen sehen konnte.

„Steig ins Boot, *Joie*." Dominic packte meinen Arm.

Was einmal funktioniert hatte, konnte auch zweimal funktionieren, dachte ich. Ich warf Raphael eine Kusshand zu und dann ließ ich mich einfach in die Richtung fallen, in die Dominic mich zog, sodass er das Gleichgewicht verlor. Ihm glitt die Waffe aus der Hand und sie landete auf dem hölzernen Bootssteg. Ich trat ihm mit aller Kraft auf den Fuß und rammte ihm das Knie zwischen die Beine. Als er aufschrie und sich krümmte, schnappte ich mir die Brosche aus meiner Bluse und stach ihm damit ins Auge.

„Iih!", quietschte ich, als ich seinen weichen, matschigen Augapfel unter meinen Fingern spürte, und zog meine Hand blitzartig weg. Dominic kreischte, als er auf dem Steg zusammenbrach. Die eine Hand hielt er sich vors Auge, die andere vor die Leistengegend. Ich wirbelte herum, um Raphael zu helfen, aber der hatte Milos bereits mit einer einzigen geschmeidigen Bewegung entwaffnet, die dessen Waffe ins Wasser und Milos auf das nächste Boot befördert hatte. Sein Kopf stieß mit einem hässlichen dumpfen Aufprall gegen eine der hölzernen Sitzbänke. Danach bewegte er sich nicht mehr.

„Geht es dir gut?", fragte Raphael, als ich zu der Stelle hinüberrannte, an der er nach Milos sah. „Wo ist die andere Waffe?"

Ich blickte über meine Schulter zurück. Dominic krümmte und wand sich immer noch am Boden. „Die muss wohl auch im Wasser gelandet sein. Ist er tot?"

„Nein, nur bewusstlos. Komm." Er ergriff meine Hand und schob mich auf das nächstgelegene Boot zu. „Steig ein. Ich werde dich hier rausbringen und dann zurückkommen und die beiden holen. Schließlich können sie nirgendwohin, wenn an beiden Ausgängen die Polizei wartet."

Ich zog die Bremse. „Nein."

Er blickte mit gerunzelter Stirn auf mich hinunter. „Joy, sei doch nicht so stur. Ich weiß ja, dass du mir helfen willst …"

„Nein, das ist es nicht. Ich werde nur so schnell seekrank. Ich hatte das auf so einem ruhigen Fluss eigentlich nicht erwartet, aber als wir kürzlich hier waren, ist genau das passiert. Ich werde zu Fuß gehen, du nimmst das Boot."

Er seufzte, packte erneut mein Handgelenk und zog mich auf den schmalen Pfad zu, der am Fluss entlangführte. „Ich habe noch nie im Leben eine Frau getroffen, die so widerspenstig und streitlustig ist", sagte er.

„Ja, aber gerade das liebst du doch an mir", erwiderte ich. Ich fühlte mich auf einmal so unglaublich glücklich. Wir waren entkommen! Wir würden zusammen sein! Wir würden ein unglaublich glückliches Leben führen. Wenn ich Raphael erst mal eingetrichtert hatte, dass er nie wieder irgendetwas vor mir geheim halten durfte. „Komm schon, sag es. Du weißt, dass du es willst."

Er blieb lange genug stehen, um mich an seine Brust zu ziehen. „Ja, ich liebe dich, du unerträgliche Frau. Du bist dickköpfig und starrsinnig und gegen jede Art von gesundem Menschenverstand immun, aber ich liebe dich mehr, als ich je für möglich gehalten hatte, und niemand wird dich mir wegnehmen."

Seine Lippen pressten sich auf meine. Dann jedoch vernahm ich hinter uns ein Geräusch und es stellten sich mir sämtliche Nackenhärchen auf.

„Wie rührend“, höhnte Dominic mit rauer Stimme. Er kam auf uns zugestolpert, aus seinem Auge strömte Blut. Ich musste ihm ein oder zwei Zehen gebrochen haben, als ich ihm auf den Fuß getreten war, denn er hinkte stark. Ich vermute, der Tritt in die Kronjuwelen hatte ihm auch nicht allzu gutgetan, denn er ging vornübergebeugt wie ein alter Mann. Die Waffe, die er mit einer Hand umklammerte, machte allerdings jegliche Genugtuung angesichts seines Zustands irrelevant.

„Er muss wohl auf der Waffe gelegen haben“, wandte ich mich entschuldigend an Raphael.

„Du!“, stieß Dominic mit gefletschten Zähnen hervor. Der Wahnsinn in seinen Augen war inzwischen unübersehbar. Ich hätte mich am liebsten an Raphael geklammert, aber ich war mir natürlich dessen bewusst, dass er eine bessere Chance hatte, Dominic zu entwaffnen, wenn ich ihm ein bisschen Platz machte. Also wich ich zur Seite hin aus. Dominics Augen blitzten mich an. „Du hast über mich gelacht, dich über mich lustig gemacht und mich verschmäht, wegen ihm …“ Er schwenkte die Waffe auf Raphael und feuerte völlig unerwartet.

„*Nein!*“, schrie ich und stürzte zu Raphael, aber Dominic war trotz seines lädierten Zustandes schneller, als ich ihm zugetraut hatte. Er schlug mir mit der Waffe ins Gesicht, sodass ich rückwärts taumelte. Ich landete krachend an der Höhlenwand und lag dann ein paar Sekunden wie betäubt da, zu benommen, um irgendetwas anderes zu tun, als darauf zu warten, dass der Schmerz mein Gehirn erreichte. Als es so weit war, verschlug es mir den Atem und ich begann zu würgen, während ich versuchte, mich auf die Knie zu zwingen.

„Raphael.“ Ich wusste, dass dieses erbärmliche Wimmern

aus meinem Mund kam, aber es schien genauso wenig zu mir zu gehören wie der Schleier aus Schmerzen, der mich fast blind machte. Das Einzige, was jetzt zählte, war, zu Raphael zu gelangen. Ich kroch auf Dominic zu, der über einen stillen, regungslosen Raphael gebeugt dastand, mit seiner Waffe auf dessen Brust zielte und mit schriller, wahnsinniger Stimme tobte und raste.

„Jetzt wird niemand mehr an meiner Macht zweifeln. Niemand! Sie haben über mich gelacht, so wie du über mich gelacht hast, aber jetzt wird mir endlich Gerechtigkeit widerfahren. Alle werden meine Macht fürchten und mich als den wahren Meister der Dunkelheit anerkennen. Ich werde meinen Platz unter den Großen einnehmen und auch sie werden sich vor mir verbeugen. Ich werde der Herrscher der Dunkelheit sein, endlich wird sich meine Bestimmung erfüllen. Dieser Körper eines Sterblichen wird mich nicht länger belasten. Ich werde unbesiegbar sein!"

„Ich fürchte, es gibt bloß einen Weg, wie du deinen menschlichen Körper loswerden kannst, aber da du ohnehin fest dazu entschlossen zu sein scheinst, werde ich dir den Gefallen tun." Christians Stimme war wie ein Schluck kühlen Wassers an einem heißen Sommertag. Er erschien zwischen den Schatten und kam langsam auf Dominic zu. Die Macht und die tödliche Gefahr, die ihn umgaben, ließen die Luft um ihn herum knistern. Seine Augen waren verändert, ihre Schwärze hatte sich noch vertieft, wenn das überhaupt möglich war, und sie gewährten einen flüchtigen Blick auf die endlosen Qualen, denen er auf ewige Zeit ausgesetzt war.

Ich nutzte die Ablenkung, um ein wenig näher an Raphael heranzukriechen, wobei ich unaufhörlich betete, dass er noch am Leben sein möge. Auf seiner linken Körperhälfte waren zahlreiche rote Flecken, die sich über seinen Bauch ausbreiteten.

„Oh mein Gott", schluchzte ich. Ich berührte ihn vorsichtig, unsicher, was ich tun könnte, um die Blutung zu stoppen. Ich wollte nicht auf die Wunde drücken, wenn dadurch vielleicht alles nur noch schlimmer werden würde. „Oh Gott, Raphael, bitte stirb nicht. Ich brauche dich. Bitte stirb nicht."

Beim Klang meiner Stimme öffneten sich seine Augen. Sie waren matt und trüb vor Schmerzen und Wut, aber es waren seine wunderschönen Augen, und ich weinte noch stärker, als ich sie erblickte. Ich drückte seine Hand an meine Lippen und begann damit, jedes Gebet aufzusagen, das ich kannte.

Dominic schrie auf und wich zurück, als Christian auf ihn zukam. Mir standen die Haare zu Berge bei dem Anblick, aber ich konnte nicht wegschauen, konnte meine Augen nicht von der grauenhaften Waffe abwenden, in die sich Christian verwandelt hatte.

„Du wünschst, die Großen zu erblicken? Sieh her! Ich habe die Ewigkeit berührt. Ich wandele nur in der Dunkelheit über die Erde, niemals werde ich die wärmende Berührung der Sonne auf meiner Haut spüren, niemals eine Familie, eine Geliebte oder Freunde haben. Ich lebe in stiller Pein und wünschte, ich hätte die Kraft, dem Albtraum meiner Existenz ein Ende zu bereiten, aber es gelingt mir nicht, da ich verflucht bin, in Verdammnis und von allen gemieden zu leben, von allen lebenden Wesen verabscheut. Wünschst du immer noch, dich mir anzuschließen, kleiner Sterblicher?"

„Joy." Raphael versuchte sich aufzurichten. „Hilf mir hoch, Baby."

„Beweg dich nicht", sagte ich zu ihm. „Du machst nur die Blutung noch schlimmer. Soll ich etwas daraufpressen?

Würde dir das wehtun? Oh Gott, Raphael, er hat auf dich geschossen!“

Es gelang ihm, sich in eine sitzende Position hochzudrücken, keuchend vor Anstrengung, seine schönen Augen glasig vor Schmerz. „Muss dich beschützen.“

„Nein, Liebster, das musst du nicht. Jetzt hör auf, dich zu bewegen, du machst es nur noch schlimmer! Sitz einfach still. Christian ist hier, er wird sich um Dominic kümmern.“

„Vor ihm … muss dich … beschützen“, stieß er nach Luft ringend hervor. Sein Gesicht war totenbleich vor Anstrengung.

Dominic kreischte etwas in einer Sprache, die ich nicht verstand. Ich legte Raphael meine Hände auf die Schultern, um ihn davon abzuhalten, sich zu bewegen, und blickte zu Christian hinüber, der Dominic gegen die Wand gedrängt hatte. In Christians Mund blitzten lange, scharfe Zähne auf. Er pirschte sich an sein Opfer heran wie ein Panther an ein unbedeutendes kleines Nagetier, langsam, ohne zu zögern, ohne am Ausgang der Jagd zu zweifeln.

Offenbar war sich auch Dominic sicher, denn er hob unvermittelt seine Waffe und begann auf Christian zu feuern. Der Lärm der Pistole war ohrenbetäubend, als sie in dieser großen, offenen Höhle abgefeuert wurde. Jeder einzelne Schuss wurde von den Wänden so lange zurückgeworfen, bis ich mir die Ohren zuhalten musste, um nicht zu schreien.

Dann durchbrach ein schreckliches, grelles Kreischen die Echos, nur um gleich wieder neue Echos von den Wänden abprallen zu lassen. Es durchschnitt die Luft in einem einzigen langen, schier endlosen Todesschrei. Als der Lärm endlich aufhörte, öffnete ich wieder die Augen. Christian hielt Dominic gut einen halben Meter über dem Boden in die Luft. Eine Hand hatte er um dessen Hals geschlossen. Dominics Kopf hing in einem unnatürlichen Winkel herab. Mit einer einzigen knappen Bewegung schleuderte Christian Dominic durch die Luft. Er krachte gegen die Wand und glitt daran runter wie eine durchnässte Lumpenpuppe.

Ich musste würgen. Raphael versuchte erneut, sich zu bewegen, aber ich hielt ihn fest.

„Nicht bewegen, Liebster. Oh Gott, der Blutfleck wird immer größer. Wie lange dauert das denn noch, bis die Polizei endlich vom anderen Ende aus herkommt? Raphael, bitte versuch nicht, dich zu bewegen!"

Seine Hände umklammerten meine Taille, er wollte mich beiseiteschieben. Dann fiel ein Schatten auf uns.

Ich blickte mit tränenüberströmten Wangen hoch. „Christian, kannst du ihm helfen? Bitte, hilf ihm! Er wurde angeschossen und ich weiß nicht, was ich tun soll."

Christian streckte die Hand nach mir aus, sein Gesicht war verschlossen und unbewegt. Ich dachte, er wollte mich nur aus dem Weg haben, damit er Raphael helfen konnte, aber nachdem er mich auf die Füße gezogen hatte, nahm er nicht wie erwartet meinen Platz ein. Er stand einfach nur da und hielt mich fest.

Raphael stieß ein Knurren aus und versuchte, sich zu bewegen. „Sie gehört mir, Dante."

„Nein! Hör auf! Raphael, du wirst dich noch umbringen, wenn du weiter versuchst, dich zu bewegen!" Ich kämpfte gegen Christian, aber der Arm, den er um meine Taille gelegt hatte, war wie Stahl. Er blickte von Raphael zu mir, seine Augen waren tiefe Brunnen des Leids. Ein Finger strich über die Beule in meinem Gesicht, wo Dominic mich mit seiner Waffe getroffen hatte. Ein Blutstropfen blieb an seinem Finger hängen. Er betrachtete ihn einen Augenblick lang, dann führte er ihn an seine Lippen.

„Ich habe dem lange genug tatenlos zugesehen. Jetzt ist es zu Ende."

Ich sah ihm in die Augen und wusste, dass er nichts tun würde, um Raphael zu helfen.

Es sei denn, ich feilschte um sein Leben.

„Bitte hilf ihm", rief ich. Meine Lippen bebten, während noch mehr Tränen über meine Wangen liefen. Raphael stöhnte vor Schmerz, als er sich bemühte aufzustehen. Ich streckte meine Hände nach ihm aus, aber Christian ließ nicht zu, dass ich mich von der Stelle rührte. „Bitte", bettelte ich. „Ich liebe ihn so sehr, Christian. Tu mir das nicht an! Bitte lass nicht zu, dass Raphael leidet."

Durch ein wahres Wunder an Willenskraft schaffte es Raphael, auf die Füße zu kommen. Eine Hand hatte er in die Seite gestemmt, er keuchte und schnappte nach Luft und lehnte sich gegen die Höhlenwand wie ein Betrunkener. „Du kannst sie nicht haben", sagte er. Seine Stimme war tief und rau. „Sie gehört mir."

Zwischen seinen Fingern quoll Blut hervor. Ich stöhnte bei dem Anblick auf und zwang Raphael, mich anzusehen.

„Ich liebe dich", sagte ich zu ihm. „Ich werde dich immer lieben. Nichts wird das je ändern."

Er stieß sich von der Wand ab und kam auf uns zu, doch Christian hob einfach nur die Hand und Raphael wurde rückwärts gegen die Wand geschleudert.

„Lass ihn in Ruhe! Gott möge dich verfluchen!" Ich drehte mich um und bearbeitete Christian mit den Fäusten.

„Das hat er doch schon, Geliebte."

Ich wandte mich wieder zu Raphael um. Er war an der Wand zusammengesackt, der helle Stein hinter ihm war mit leuchtend roten Streifen überzogen. Sein Körper zitterte von der Anstrengung, sich aufrecht zu halten.

„Sie … ist … meine … wahre Liebe“, sagte er, die Augen auf mich gerichtet. „Nicht deine. Niemals.“

„Komm mit mir, Geliebte.“ Christians Stimme war wie Samt, der über meine Haut strich. „Ich werde ihn dich vergessen lassen. Ich werde dir alles geben, was du verlangst. Ich werde alles für dich sein.“

Raphael machte einen Schritt von der Wand weg. Mit einem bloßen Zwinkern ließ Christian ihn durch die Höhle fliegen.

„*Nein!*“, schrie ich. Raphael lag zur Hälfte über einer Bank, sein Bauch und seine Brust waren blutig rot. Er stützte sich auf einen Arm, doch seine Kraft reichte nicht einmal, um den Kopf zu heben. Aus einem Schnitt an seiner Schläfe tropfte Blut.

Ich schloss meine Augen. Ich ertrug es nicht, ihn so zu sehen. Dann drehte ich mich wieder zu Christian um. „Ich werde mit dir kommen.“

„Nein, Baby.“

Ich ignorierte Raphaels leisen Ausruf und beobachtete Christians Augen, in die bei meinen Worten wieder Leben gekommen war.

„Ich werde mit dir kommen und so lange mit dir leben, wie du willst, aber zuerst musst du Raphael retten. Du musst ihn retten und ihn in Frieden gehen lassen und versprechen, ihm niemals ein Leid anzutun.“

Christians Blick richtete sich forschend auf mich.

„Du musst ihn jetzt retten und mir schwören, dass du nie wieder etwas tust, was ihn verletzen könnte. Nie wieder.“

„Baby, verlass mich nicht“, flehte Raphael mich mit heiserer Stimme an.

Ich schluchzte, während mein Herz in tausend Stücke zersprang. Meine Fingernägel gruben sich in meine Handflächen, weil ich dem Mann, den ich liebte, beim Sterben zusehen musste.

„Das würdest du für ihn tun?“, fragte Christian. „Du würdest ihn aufgeben?“

„Wenn er dafür lebt? Ja. Dafür würde ich alles tun.“

„Ich lass dich nicht gehen.“ Raphaels Worte waren nur noch ein Hauch, aber sie schnitten durch mein Herz wie ein Messer. Ich wagte nicht, ihn anzusehen. Ich *konnte* ihn nicht ansehen. Es gab keine andere Möglichkeit, ihn zu retten, außer mich Christian hinzugeben und mich selbst gegen Raphaels Leben einzutauschen.

Christians Augen verengten sich. „Alles, was du gesagt hast, jede Beteuerung und jeder Einwand, den du vorgebracht hast … Du hast gesagt, dich mit mir zu vereinen würde Verdammnis für uns beide bedeuten. Würdest du für ihn die ewige Verdammnis riskieren? Würdest du dich für sein Leben verkaufen?“

„Auf der Stelle“, antwortete ich. „Er ist für mich wertvoller als mein Leben. Bitte, Christian. Hilf ihm, bevor es zu spät ist.“

Christian stand einen Augenblick lang schweigend da, dann ließ er mich los und ging zu Raphael hinüber. Als Raphael versuchte, seine Hände zu heben, hockte Christian sich neben ihn und legte eine Hand auf Raphaels Wunde.

„Er stirbt.“

Ein Stöhnen entschlüpfte meinen Lippen, frische Tränen brannten auf meinen Wangen. „Rette ihn“, flehte ich.

Er legte für ein paar Sekunden beide Hände auf Raphaels Wunde, dann strich er mit dem Daumen über Raphaels Stirn, wobei er eine lange, blutige Spur hinterließ. Raphael zuckte, dann rutschte er von der Bank auf den Boden.

Ich sah zu und ein stummer Schmerzensschrei formte sich

in mir, ein Schmerz, so tief, dass er kein Ende nahm. Er war tot.

Mit ihm starb mein Herz.

„Ich fühle deinen Schmerz, Joy, aber du leidest ohne Grund. Er ist nicht tot, er ruht nur. Ich habe ihn in einen Schlaf versetzt, damit sich sein Herzschlag verlangsamt. Ich kann nicht alle seine Verletzungen heilen, aber ich habe genug getan, dass er sich mit ärztlicher Versorgung wieder erholen wird."

Meine Erleichterung über seine Worte war so groß, dass ich auf die Knie fiel, die Arme um meine Taille geschlungen.

„Danke." Ich war nicht fähig, irgendetwas anderes zu sagen. Meine Augen blieben auf Raphaels bewegungslose Gestalt gerichtet.

Christian kam zu mir und hielt mir seine Hand hin. Ich sah zu ihm auf, nicht gewillt, sie zu ergreifen, aber ich wusste, dass ich meinen Teil der Abmachung einhalten musste. „Müssen wir sofort gehen? Kann ich nicht noch ein bisschen bei ihm bleiben? Nur bis der Krankenwagen kommt?"

Christian packte mich an den Armen und stellte mich auf die Füße. Er hielt meine Hand in seiner und wischte Raphaels Blut von meinen Fingern. „Wenn du meine Auserwählte wärst, würde ich dafür sorgen, dass du in ewiger Glückseligkeit lebst, unberührt von all den Gefühlen, die die Sterblichen quälen." Er blickte zu Raphael hinüber und zog dann meine Hand an seine Lippen. „Richte ihm bitte von mir aus, dass ich zum ersten Mal in einem sehr langen Leben feststellen muss, dass ich einen Menschen beneide."

Ich starrte ihn einen Augenblick lang an, bis ich den Sinn seiner Worte in vollem Umfang begriff. Er würde mich nicht mitnehmen. Er opferte sich selbst für uns. Ich wusste, dass Christian ehrlich glaubte, dass er in diesem Augenblick jegliche Hoffnung auf Rettung aufgab. Ich versuchte, neue Tränen zurückzuhalten, und drückte meine Lippen in einem zarten Versprechen auf seine. „Ich schwöre dir, dass ich sie finden werde. Ich werde deine wahre Auserwählte finden. Du wirst den Rest der Ewigkeit nicht einsam und allein verbringen müssen."

Er schob mich behutsam beiseite, ein schwaches, spöttisches Lächeln auf den Lippen. „Dieses eine Mal werde ich keine Einwände gegen die Hilfe eines Menschen erheben." Er blickte mich aufmerksam an, bevor er sich schließlich sehr förmlich vor mir verbeugte. „Werde glücklich, Geliebte."

Ich wich seinem dunklen Blick nicht aus, der mit Verlangen, Resignation und Verzweiflung angefüllt war.

„Ich werde sie finden", versprach ich, dann drehte ich mich um und rannte zu Raphael.

Ich sah nicht, wie Christian wieder mit den Schatten der Höhle verschmolz, sondern hörte nur den Widerhall seiner wunderschönen Stimme. „Ich werde dich an dein Versprechen erinnern. Auch ich wünsche mir zu erfahren, wie es ist, mehr als alles andere geliebt zu werden."

Diese Worte erreichten mich, als ich schon bei Raphael kniete, seine Hand hielt und sein Gesicht streichelte. Seine Haut war warm, sein Puls langsam, aber gleichmäßig, und die langen braunen Wimpern ruhten friedlich auf der glatten Haut seiner Wangenknochen.

„Ich liebe dich, Bob", flüsterte ich ihm zu.

Seine Finger schlossen sich fester um meine Hand, als endlich Stimmen vom anderen Ende der Höhle zu uns herüberschallten und nach uns riefen, um herauszufinden, ob es uns gut ging. Die Polizei war endlich da.

„Liebe dich, Baby", murmelte er.

Hoch oben am nächtlichen Himmel malte eine wunderschöne Stimme ein Lied ins dunkle Blau, von einem tapferen Krieger und einer wunderschönen Jungfrau und von ihrer Liebe, die so stark war, dass nichts sie zu zerstören vermochte, nicht einmal der Tod.

Ich lächelte meinem Krieger zu, während ich darauf wartete, dass Hilfe kam.

## *EPILOG*

An: Joyful <JoyRandall@btinternet.net>
Von: Roxanne Benner <RoxyB@oregontechlib.com>
Datum: 05. November 2003
Betreff: Ich bin wieder zu Hause!

Hallo Joy (und Raphael)! Ich bin wieder zu Hause und, Mannomann, ich habe dir jede Menge zu erzählen! Du wirst nicht glauben, was mir passiert ist, nachdem ich Deutschland verlassen hatte ... aber ich werde dich mal ein bisschen ärgern und dich warten lassen. Wartest du schon? Mach ich dich wahnsinnig? Gut. Jetzt weißt du wenigstens, wie sich das anfühlt. Hahahahah!

Ich bin froh, dass ihr gut in London angekommen seid. Wie sieht denn Raphaels Wohnung aus? „Geräumig und in der Nähe eines großen Parks“ sagt ja nicht allzu viel aus. Mach mal ein paar Bilder.

Wo wir gerade von ihm reden – ich bin froh, dass seinem Tattoo nichts passiert ist, als sie ihm die Kugel rausgeschnitten haben. Mit einer Narbe kann ich leben, aber wenn das Tattoo zerstört worden wäre ... na ja, ich bin einfach nur froh, dass ihm nichts passiert ist. Wie lange dauert es denn, bis ihr wisst, ob Interpol ihn feuert, weil er sich einfach auf eigene Faust aufgemacht hat, um die Vampirmörder zu überführen? Ich kann nicht fassen, dass sie ihn überhaupt von dem Fall abgezogen haben. Ich meine, schließlich hatte er Dominic und Milos fast festgenagelt! Es war doch nicht seine Schuld, dass irgendwer die Beweise zerstört hat. Er wusste, dass es Dominic war, sie hätten auf ihn hören sollen, statt ihn praktisch dazu zu zwingen, um Beurlaubung zu bitten. Weigert er sich denn immer noch, die Wahrheit über Christian zu glauben, oder hat er endlich aufgegeben und sieht ein, dass es die Dunklen tatsächlich gibt? Muss hart für dich sein, mit einem Ungläubigen zusammenzuleben. Trotzdem, Ende gut – alles gut, oder? Du hast deinen Mann, Inspektor Bartos hat Milos hinter Schloss und Riegel gebracht, und ich habe … hähä! Von wegen. Ich verrat's dir noch nicht. Warte, warte, warte …

Oh! Ich habe eine E-Mail von Christian bekommen! Wer hätte gedacht, dass die Dunklen sich mit dem Internet auskennen! Er schreibt, er werde mir eine kleine exklusive Vorschau auf Buch dreizehn schicken, und dass er sogar vorhat, eine der Heldinnen nach mir zu nennen. Ist das nicht cool? Ich hoffe, du tust, was du kannst, um seine Auserwählte zu finden, auch wenn ich nicht die geringste Ahnung habe, wie du das anstellen willst. Vielleicht solltest du eine Anzeige in einer Londoner Zeitung aufgeben, in der du alleinstehende junge Frauen um ein Interview bittest? Oder was ist damit: Schreib doch einfach ein dermaßen heißes Buch über Vampire, dass Christians Auserwählte gar nicht anders kann, als aus der Versenkung aufzutauchen. Ich habe sogar schon einen Titel für dich: *Blind Date mit einem Vampir*. Echt genial, was? Ja, ich weiß, ich sollte im Marketing arbeiten.

Auf der Arbeit ist alles beim Alten, ohne dich macht es überhaupt keinen Spaß mehr, aber Tränen fließen keine. Willst du wissen, warum nicht? Ha! Ich wette, das willst du. Aber du musst dich noch ein bisschen gedulden. Übrigens, was deine Mom über Bradley erzählt hat, ist doch wohl echt zum Totlachen. Ich hab doch schon immer gesagt, dass er nichts taugt. Ich hoffe, sie nehmen ihm den Führerschein ab. Besoffene am Steuer sind einfach das Letzte! Ob man ihn wohl einen Loser nennen darf? Aber klar doch!

Mist, schon nach fünf. Ich muss gehen. Ich fliege nämlich heute Abend nach Rio. *Rio!* Wie in de Janeiro! Du kannst es sicher kaum erwarten, dass ich dir verrate, wieso, hab ich recht? Okay, ich verrat's dir, aber nur weil du meine beste Freundin bist, auch wenn du mich verlassen hast, um mit einem Kerl auf der anderen Seite des Globus zusammenzuziehen. Es wird dir auffallen, dass ich deswegen nicht mehr schreie und kreische. Warum, wirst du dich fragen, mag die gute, alte, liebe Roxy denn bloß so ruhig und gefasst sein?

Ich werde dir sagen, warum: Kapitän Richard Blaine. Kapitän wie in Flugkapitän. Richard saß auf dem Flug von Frankfurt nach Hause neben mir, wir haben uns unterhalten und dann habe ich ihn mit meinem Cocktail bekleckert und … na ja … ich will es mal so ausdrücken: Miranda hat zweimal recht behalten, Joyful.

Kann ich bitte meine Kondome zurückhaben?

Ich schreib dir eine Mail, wenn ich aus dem Land der Sonne und der Samba zurück bin. Küsse und Umarmungen für deinen Großen!

Roxy, die nicht länger Unbefleckte

# *DANKSAGUNG*

Mein tief empfundener Dank gilt Christine Feehan – nicht nur dafür, dass sie mir meine vampirische Unbelecktheit auf eine Weise nahm, die mich zu ihrem treusten Fan machte, sondern auch für ihre Freundschaft und Unterstützung, die mir unendlich viel bedeuten (umso mehr, da sie ein heikles Runenorakel überdauerten). Dicke Küsse gehen wie immer an meinen Kritikpartner Vance (der sich die besten Titel ausdenkt), an meine Agentin Michelle (die rundum fantastisch ist), meine Lektorin Kate Seaver (die mich in ihren Anmerkungen dazu anhält, „witzig zu schreiben") und an meinen Mann (der es mit mir aushält).

ALEXANDER
HOLD
Das ist Ihr
RECHT!

# Verkehrs-
# verstoß
# Was tun?

Bußgeld · Punkte
Führerschein

HERBiG

Die Ratschläge in diesem Buch sind von Herausgeber und Verlag sorgfältig geprüft, dennoch kann keinerlei Gewähr übernommen werden. Jegliche Haftung des Herausgebers bzw. des Verlages und seiner Beauftragten für im Text enthaltene Ratschläge sowie Personen-, Sach- und Vermögensschäden ist ausgeschlossen.
Dieses Buch berücksichtigt den Stand der Gesetzgebung und Rechtsprechung bis Februar 2008.
Hinweise, Änderungsvorschläge oder Anregungen zu diesem Buch sind unter hold@herbig.net herzlich willkommen.

Besuchen Sie uns im Internet unter:
www.herbig-verlag.de
Weitere Informationen finden Sie unter:
www.alexander-hold-recht.de


Umschlaggestaltung: Wolfgang Heinzel
Umschlagbild: Elke Werner, München
Redaktion: RA Dr. Stephanie Kaufmann
Herstellung und Satz: VerlagsService Dr. Helmut Neuberger & Karl Schaumann GmbH, Heimstetten
Gesetzt aus der 9,6/14 pt Life Roman
Druck und Binden: OAN Offizin Andersen Nexö, Leipzig
Printed in Germany
ISBN 978-3-7766-2539-4

# Inhalt

# Vorwort

Sind wir doch einmal ehrlich – das kann jedem passieren: Auf der Autobahn kurz am Autoradio gedreht und schon zu dicht aufgefahren. Genau in dem Moment »blitzt« es natürlich!
Was kostet das? Muss ich mit einem Fahrverbot rechnen? Welche Möglichkeiten habe ich im Bußgeldverfahren? Mit welchen Kniffen rette ich meinen Führerschein?
Abstands- und Geschwindigkeitsmessung, Unfall, Alkoholkontrolle, Anhörungsbogen, Fahrverbot … – dieses Buch soll Ihnen helfen, im Umgang mit Polizeibeamten, Behörden und Gerichten nicht in typische Fallen zu tappen, sondern den Vorwurf eines Verkehrsverstoßes möglichst erfolgreich abzuwehren.
Ebenso wie in den anderen Bänden der Reihe »Das ist Ihr Recht!« möchte ich Ihnen Antworten geben auf die häufigsten Fragen, die mir Bekannte und Freunde immer wieder stellen. Und ich möchte Ihnen Lösungen bieten für die typischen Probleme, mit denen ich beruflich in meiner Zeit als Staatsanwalt im Verkehrsreferat und Richter für Verkehrssachen, aber natürlich auch selbst als Verkehrsteilnehmer, zu tun hatte. Und zwar leicht verständlich und übersichtlich. Dieses Buch ist für jedermann geschrieben und bewusst kein Fachbuch für juristisch Versierte: also mit möglichst wenigen Fachausdrücken, dafür anschaulich erklärt und mit Fallbeispielen auf den Punkt gebracht.
Ich gebe Ihnen Tipps, wie Sie ohne Anwalt vorgehen können, ich erkläre Ihnen aber auch, wo Sie Hilfe bekommen, denn bei komplizierten Sach-

verhalten werden Sie leider nicht umhin kommen, professionellen Rechtsrat einzuholen.
Manchmal lässt sich eine Anzeige allerdings schon allein durch freundliches, aber sicheres Auftreten vermeiden. Und das fällt nun einmal leichter, wenn Sie Ihre Rechte und Pflichten kennen!
In jedem Fall können Sie von diesem Ratgeber auch weniger bekannte Kniffe und Tipps zu cleverem Verhalten erwarten, denn: Das ist IHR Recht!

*Ihr Alexander Hold*

# I. Die Teilnahme am Straßenverkehr

## 1. Welche Vorschriften muss ich als Teilnehmer im Straßenverkehr beachten?

Es gibt verschiedene Gesetze und Rechtsvorschriften, die die Teilnahme am Straßenverkehr regeln. Die wichtigsten sind:

### Das Straßenverkehrsgesetz (StVG)

Es regelt im Wesentlichen die Zulassung von Fahrzeugen, Fahrerlaubnis und Führerschein, die Haftung für Schäden und welche Verkehrsverstöße ins Verkehrszentralregister (= »Flensburger Verkehrssünderkartei«) eingetragen werden.

Das StVG ist die gesetzliche Grundlage für die Regelungen zu:

- Entziehung der Fahrerlaubnis durch die Führerscheinstellen
- Führerschein auf Probe
- Punktesystem
- Fahren ohne Fahrerlaubnis
- 0,5-Promille- und Drogenfahrt, Alkoholverbot für Fahranfänger
- Fahrverbot

## Die Straßenverkehrsordnung (StVO)

Sie beinhaltet im Wesentlichen die Verkehrsregeln und die Bußgeldvorschriften.

**INFO:**

Wichtigste Grundregel (§ 1 Absatz 2 StVO): Jeder Verkehrsteilnehmer hat sich so zu verhalten, dass kein anderer geschädigt, gefährdet oder mehr, als nach den Umständen unvermeidbar, behindert oder belästigt wird.

## Die Straßenverkehrszulassungsordnung (StVZO)

Sie regelt die Zulassung und die Betriebserlaubnis von Fahrzeugen zum allgemeinen Straßenverkehr. Sie verstoßen beispielsweise gegen die StVZO, wenn Sie ein Auto ohne die erforderliche Zulassung fahren.

## Das Pflichtversicherungsgesetz (PflVG)

Es verpflichtet jeden Halter eines Kfz oder Anhängers zum Abschluss einer Kfz-Haftpflichtversicherung.

## Das Strafgesetzbuch (StGB)

Die einschlägigen Vorschriften des Strafgesetzbuchs regeln die meisten im Straßenverkehr möglichen Straftaten und die Entziehung der Fahrer-

laubnis durch das Gericht. Straftaten im Straßenverkehr sind unter anderem:
- unerlaubtes Entfernen vom Unfallort
- unterlassene Hilfeleistung
- fahrlässige Tötung und fahrlässige Körperverletzung
- Nötigung
- gefährlicher Eingriff in den Straßenverkehr
- Gefährdung des Straßenverkehrs
- Trunkenheit im Verkehr und Vollrausch.

### Die Fahrerlaubnis-Verordnung (FeV)

Sie regelt die Voraussetzungen zum Führen von Kraftfahrzeugen. In ihr sind also die Führerscheinregelungen enthalten.

### Der Bußgeldkatalog (BkatVO)

Er beinhaltet die Regelsätze und Regelfahrverbote für Ordnungswidrigkeiten, nicht aber für Straftaten.

## 2. Wann bin ich »Teilnehmer im Straßenverkehr«?

Nicht jedes falsche Verhalten mit einem Fahrzeug geht Polizei und Behörden etwas an: In Ihrem Garten können Sie beispielsweise auch ohne Fahrerlaubnis Motorrad fahren. Aber wie sieht es auf dem Kundenparkplatz eines Einkaufsmarktes oder in einer Tiefgarage aus?

**BEISPIEL 1:**

*Sie feiern zusammen die Herbstmeisterschaft der ersten Mannschaft in Ihrem Tennisclub. Nach einigen Gläsern Bier möchten Sie Ihr Auto innerhalb des Parkplatzes des Tennisclubs umparken, um nach dem Ausladen eines weiteren Kastens Bier diesen nicht über den ganzen Parkplatz schleppen zu müssen. Ist das erlaubt oder verstoßen Sie beim Umparken schon gegen die 0,5 ‰-Grenze?*

Verkehrsverstöße werden nur dann geahndet, wenn sie im *öffentlichen Straßenverkehr* stattgefunden haben. Dabei ist die Unterscheidung zwischen »öffentlicher Verkehrsfläche« einerseits und »nicht öffentlichen Straßen, Wegen und Plätzen« andererseits nicht immer eindeutig – wie so oft kommt es auf den Einzelfall an.

Bei einem allgemein zugänglichen Parkplatz eines Tennisvereins handelt es sich zum Beispiel um eine öffentliche Verkehrsfläche. Gleiches gilt für ein Tankstellengelände oder ein für die Allgemeinheit offenes Parkhaus. Sind Parkplatz oder Tiefgarage allerdings durch ein Tor oder eine Schranke abgesperrt, für die nur Berechtigte – in unserem Beispielsfall also die Vereinsmitglieder – einen Schlüssel haben, handelt es sich um ein nicht öffentliches Grundstück.

§ **DAS IST IHR RECHT:**

Das bedeutet für Sie in der Praxis:

- *Ist Ihr Vereinsparkplatz öffentlich zugänglich, begehen Sie im obigen Beispiel eine Trunkenheitsfahrt. Daran ändert nichts, dass Sie das Auto nur innerhalb des Parkplatzes fahren und es anschließend stehen lassen werden, um nach der Feier mit dem Taxi nach Hause zu fahren – das wird sich allenfalls strafmildernd auswirken.*
- *Ist Ihr Vereinsparkplatz ein nicht öffentliches Grundstück, begehen Sie mit Ihrer kurzen Fahrt über den Platz kein Verkehrsdelikt.*

# II. Verkehrsverstoß und Bußgeldkatalog

## 1. Was »kosten« Verstöße im Straßenverkehr?

Die Art der Maßnahmen, die Polizei und Verkehrsbehörde ergreifen können, hängt davon ab, ob es sich um schwerwiegende Verkehrsdelikte oder um leichtere Verkehrsverstöße handelt. Das Verkehrsrecht unterscheidet dabei Straftaten und Ordnungswidrigkeiten.
Für Ordnungswidrigkeiten im Verkehr soll der *Bußgeldkatalog* sicherstellen, dass gleiche Verstöße einheitlich durch Verwarnungen und Bußgelder geahndet werden. Dabei wird immer vom sogenannten *Regelfall* ausgegangen.

### Geringfügige Verfehlungen

Geringfügige Verfehlungen im Straßenverkehr sind im bundesweit einheitlichen Bußgeldkatalog mit einem *Verwarnungsgeld* von 5 € bis 35 € belegt (siehe dazu Anhang, S. 125 oder www.alexander-hold-recht.de). Die Höhe richtet sich nach Schwere und Gefährlichkeit des Verstoßes.

## Mittelschwere Verkehrsverstöße

Mittelschwere Verstöße werden als Ordnungswidrigkeiten im *Bußgeldverfahren* geahndet. Dafür sieht der Bußgeldkatalog Regelsätze zwischen 40 € und 750 € vor. Dazu kommen – wenn Sie rechtskräftig verurteilt werden – ab einem Bußgeld von 40 € ein bis vier der berühmt-berüchtigten *Flensburger Punkte*. Daneben müssen Sie bei einigen besonders gravierenden Verkehrsverstößen mit einem *Fahrverbot* von einem bis drei Monaten rechnen (siehe dazu IV., S. 39 und VI., S. 66).

## Schwere Verkehrsverstöße

Bei schweren Verkehrsverstößen begehen Sie eine Straftat. Dann führt die Staatsanwaltschaft die Ermittlungen und Sie müssen mit einer Anklage oder einem Strafbefehl rechnen. Dabei drohen Ihnen:
- Geld- und Freiheitsstrafen (siehe V., S. 57),
- ein Fahrverbot (siehe VI., S. 66) oder
- der Entzug der Fahrerlaubnis (siehe VII., S. 71)

Werden Sie wegen einer Verkehrsstraftat verurteilt, wird dies nicht nur im *Verkehrszentralregister* in Flensburg sondern auch im *Bundeszentralregister* in Berlin eingetragen, sodass es unter Umständen in einem Führungszeugnis erscheint.

## Der Bußgeldkatalog ist nicht abschließend

Auch Verstöße, die darin nicht aufgeführt sind, können geahndet werden. Fehlen die Regelsätze für einzelne Tatbestände, können die Bundesländer die Geldbußen fallbezogen und nach pflichtgemäßem Ermessen selbst festsetzen.

**INFO:**

Sie finden die wichtigsten Auszüge des aktuellen Bußgeldkatalogs am Ende dieses Ratgebers (siehe Anhang, S. 125). Unter www.alexander-hold-recht.de finden Sie den vollständigen Verwarnungs- und Bußgeldkatalog.

### Reform des Bußgeldkatalogs ab 2008

Eine Arbeitsgruppe aus Vertretern des Bundes und der Länder hat ein Konzept zur Reform des Bußgeldkatalogs erarbeitet. Vorrangiges Ziel ist es, höhere Bußgelder und Fahrverbote bei erheblichen Geschwindigkeitsüberschreitungen, zu geringem Abstand, Alkohol- und Drogenfahrten, Handy am Steuer und grundlosem Linksfahren auf Autobahnen zu verhängen. Spätestens 2009 sollen die Regelsätze bei diesen Bußgeldtatbeständen deutlich erhöht werden. Schon im Laufe des Jahres 2008 wird es zu einer Verdoppelung des gesetzlichen Höchstrahmens für Ordnungswidrigkeiten auf 2000 €, für Alkohol- und Drogenverstöße auf 3000 € kommen.

## 2. Muss ich bei einem Verstoß immer genau den Regelsatz bezahlen?

Der Bußgeldkatalog ist eine Rechtsverordnung. Damit sind die zuständigen Beamten, Bußgeldbehörden und Gerichte an die Katalogsätze gebunden, sofern ein *Regelfall* vorliegt.

## Wann liegt ein Regelfall vor?

Ein **Regelfall** liegt vor, wenn:
- die Tat fahrlässig ausgeführt wurde, das heißt ohne Vorsatz
- allgemein üblicher, d.h. durchschnittlicher *Begehensweise* entspricht
- und keine Besonderheiten aufweist.

Sie können also beispielsweise mit einem Bußgeld nach dem Regelfall rechnen, wenn Sie eine »gewöhnliche« Geschwindigkeitsüberschreitung begehen, z. B. aus Unachtsamkeit, und dabei die Verkehrssicherheit nicht im besonderen Maße leidet.

## Abweichungen vom Regelfall

Es liegt dagegen **kein Regelfall** vor, wenn der Verkehrsverstoß Besonderheiten aufweist. Dann kann das Bußgeld geringer oder höher ausfallen. Zugunsten des Betroffenen spricht beispielsweise
- wenn ein anderer Kraftfahrer mitschuldig ist,
- eine langjährige unbeanstandete Fahrpraxis,
- ein Verstoß gegen eine Vorschrift, die erst seit kurzem in Kraft und damit noch nicht allen bekannt ist, usw.

In diesen Fällen wird das Bußgeld unter Umständen **geringer** als im Regelsatz vorgesehen ausfallen.

Dagegen wird das Bußgeld **höher** als im Katalog geregelt ausfallen:
- bei einschlägigen Voreintragungen im Flensburger Verkehrszentralregister,
- völliger Uneinsichtigkeit des Betroffenen oder
- besonders rücksichtsloser Fahrweise
- sowie bei vorsätzlicher Handlung

Kommt eine Gefährdung anderer Verkehrsteilnehmer oder Sachbeschädigung hinzu, erhöht sich der Regelsatz (nach § 3 Absatz 3 BKatV) ebenfalls.

**VORSICHT FALLE:**

*Die Begründung, Sie seien aus gutem Grund – z. B. weil Sie zu Ihrer schwangeren Frau nach Hause mussten – zu schnell gefahren, kann nach hinten losgehen: Die Bußgeldbehörde wird in so einem Fall Vorsatz annehmen und den Regelsatz sogar verdoppeln!*
*Fahrlässig handeln Sie dagegen, wenn Sie das entsprechende Verkehrsschild nicht gesehen haben.*

**Wirtschaftliche Verhältnisse werden berücksichtigt**

Ausnahmsweise können Geldbußen wegen einer Ordnungswidrigkeit auch mit Rücksicht auf die *wirtschaftlichen Verhältnisse* des Betroffenen vom Regelsatz abweichen. Sind Sie also mittelloser Student oder Sozialhilfeempfänger, kann das Bußgeld niedriger ausfallen – aber auch höher, wenn Sie überdurchschnittlich gut verdienen.
Die Höhe des Bußgelds hat bei einer solchen Abweichung jedoch keine Auswirkung auf die sonstigen Umstände: Trotz niedrigerem Bußgeld gibt es also die gleichen Punkte in Flensburg, wie sie im Regelsatz vorgesehen sind bzw. gibt es natürlich nicht mehr Punkte, nur weil das Bußgeld bei einem vermögenden Betroffenen höher ausgefallen ist.

**Waren Sie Fahrzeugführer oder Fahrzeughalter?**

Daneben kann es für die Höhe der Geldbuße auch einen Unterschied machen, ob Sie die Verfehlung als *Fahrzeugführer* oder als *Fahrzeughalter* begangen haben.

Als Fahrzeughalter trifft Sie die unmittelbare Verantwortung für den ordnungsgemäßen Zustand Ihres Fahrzeugs. So werden Sie bei Verstößen gegen die Pflichten, die die technische Beschaffenheit des Fahrzeugs betreffen – wie z.B. abgefahrene Reifen oder ein überschrittener Termin zur nächsten TÜV-Untersuchung –, härter bestraft als der Fahrzeugführer. Sind Sie bei einem Verstoß gleichzeitig Fahrzeugführer und -halter, trifft Sie in jedem Fall die härtere Konsequenz für den Halter.

## 3. Wie kann ich eine niedrigere Buße erreichen?

Bei der Festsetzung einer Geldbuße sind die Gerichte und Verwaltungsbehörden einerseits an die Regelsätze gebunden, haben aber andererseits – sofern ein Verstoß vom Regelfall abweicht (siehe II.2., Der Regelfall, S. 24) – auch einen *Ermessensspielraum*, um jedem Einzelfall gerecht werden zu können.

**INFO:**

Die Geldbuße kann niedriger ausfallen, wenn

- Sie einen nur ganz geringfügigen Verkehrsverstoß begangen haben,
- eine Gefährdung oder Behinderung anderer ausgeschlossen war,
- eine Vorschrift fahrlässig und nur unbedeutend verletzt wurde,
- eine Vorschrift erst so kurz in Kraft ist, dass Sie sie noch nicht kannten,
- Sie sich bei einer geringfügigen Verfehlung einsichtig zeigen.

In diesen Fällen kann die Bußgeldbehörde zu Ihren Gunsten vom Bußgeldregelsatz abweichen oder sogar ganz auf die Verfolgung verzichten. Auch die Gerichte können in solchen Fällen (nach § 47 Absatz 2 Ordnungswidrigkeitengesetz) ein zuvor eingeleitetes Verfahren noch einstellen.

**MEIN RAT:**

Wenn Sie einen Verkehrsverstoß begangen haben und es liegt in Ihrem Fall eine der oben genannten Ausnahmen vor, dann machen Sie bereits die Polizisten vor Ort oder spätestens im Anhörungsbogen darauf aufmerksam. Schildern Sie die Situation vor Ort im Detail, machen Sie Angaben zu Ihren wirtschaftlichen Verhältnissen und betreiben Sie ruhig auch »Werbung in eigener Sache«, beispielsweise:

**BEISPIEL 2:**

*»Ich bitte Sie bei Festsetzung der Geldbuße zu berücksichtigen, dass es sich um einen erstmaligen Verstoß handelt – ich fahre seit über zwanzig Jahren nach Vorschrift und habe noch niemals eine Verwarnung erhalten.«*

## 4. Was passiert, wenn ich mehrere Vorschriften verletzt habe?

Der Gesetzgeber unterscheidet hier zwischen *Tateinheit* und *Tatmehrheit*.

### Tateinheit

**INFO:**

Tateinheit = eine einzige Tat

Sie verletzen durch ein und dieselbe Handlung mehrere Tatbestände des Bußgeldkatalogs, z. B. Sie verstoßen mit überhöhter Geschwindigkeit gegen das Rechtsfahrgebot auf der Autobahn. Das gilt auch bei einer engen zeitlichen und räumlichen Nähe zwischen zwei Verstößen, beispielsweise Sie überholen vorschriftswidrig und begehen unmittelbar danach eine Geschwindigkeitsüberschreitung.

Bei Tateinheit wird immer nur ein einziger Regelsatz – bei unterschiedlichen Regelsätzen der höchste – angewendet. Dieser kann auch angemessen erhöht werden, jedoch maximal bis auf 475 €. Sieht einer der verwirklichten Tatbestände ein Fahrverbot vor, so wird auch dieses verhängt.

## Tatmehrheit

**INFO:**

Tatmehrheit = mehrere Taten

Sie verletzen Bußgeldvorschriften durch mehrere Handlungen ohne zeitlichen oder räumlichen Zusammenhang. Sie verursachen also beispielsweise beim Ausparken einen geringfügigen Schaden an einem anderen Kfz und überfahren in der Folge eine rote Ampel.

Bei Tatmehrheit werden die einzelnen Geldbußen einzeln festgesetzt. Hier werden im Bußgeldbescheid die einzelnen Bußgelder getrennt angegeben. Das Fahrverbot wird dagegen zusammengefasst und darf insgesamt drei Monate nicht überschreiten.

## 5. Riskiere ich auch als Fußgänger oder Radfahrer eine Geldbuße oder sogar Punkte?

Der Bußgeldkatalog gilt für jeden Teilnehmer am Straßenverkehr, eine Motorisierung ist dabei keine Voraussetzung. Auch als Fußgänger oder Radfahrer können Sie also eine Ordnungswidrigkeit im Straßenverkehr begehen.

Der Katalog enthält teilweise explizite Regelungen. In allen anderen Fällen wird der genannte Regelsatz um die Hälfte ermäßigt.

§

**DAS IST IHR RECHT:**

Ein Fahrverbot oder die Entziehung der Fahrerlaubnis müssen Sie dagegen nicht befürchten, diese werden nur verhängt, wenn Sie einen Verstoß als Führer eines Kraftfahrzeugs begangen haben.

**BEISPIELE**

- *Der Regelsatz für Verstöße von Radfahrern beträgt 10 €. Das Bußgeld kann jedoch erhöht werden, z. B. bei der Verletzung der Radwegebenutzungspflicht oder wenn durch den Radler eine Behinderung, Gefährdung oder Sachbeschädigung verursacht wurde.*
- *Telefonieren Sie auf dem Rad mit Ihrem Handy, kostet Sie das ein Bußgeld von 25 €.*
- *Überfahren Sie als Radfahrer eine rote Ampel, erhalten Sie zusätzlich zum Bußgeld einen Punkt in Flensburg.*
- *Der Regelsatz für Verstöße durch Fußgänger beträgt 5 €, soweit im Katalog keine höheren Sätze vorgesehen sind.*

# III. Das Verwarnungsverfahren

## 1. Wann und in welcher Höhe werden Verwarnungen ausgesprochen?

Verwarnungen werden bei geringfügigen Verkehrsverstößen ausgesprochen. Diese werden mit einer gebührenfreien Verwarnung oder einem Verwarnungsgeld zwischen 5 € und 35 € geahndet. Die Verwarnung kann dabei schriftlich durch die zuständige Verwaltungsbehörde erfolgen – Beispiel: Strafzettel an der Windschutzscheibe – oder persönlich durch einen Polizeibeamten oder kommunalen Parküberwacher vor Ort.

**WICHTIG!**

*Bei einer Verwarnung haben Sie weder Punkte noch ein Fahrverbot zu befürchten.*

## 2. Wie verhalte ich mich bei einer Verwarnung?

Bei einer persönlich ausgesprochenen Verwarnung haben Sie die besseren Karten: Der Beamte darf, muss aber nicht einschreiten – die Entscheidung liegt in seinem *Ermessen*.

**MEIN RAT:**

Bei einer persönlich ausgesprochenen Verwarnung haben Sie die Möglichkeit, den Beamten mit freundlichen Worten umzustimmen – das sollten Sie auf jeden Fall immer versuchen! Zeigen Sie sich besonders einsichtig und weisen Sie auf die Geringfügigkeit Ihrer Verfehlung hin. Erklären Sie dem Beamten sehr freundlich, dass in Ihrem speziellen Fall auch eine gebührenfreie Verwarnung genug Eindruck auf Sie machen wird. Ein gut gelaunter Beamter wird dann manchmal seinen Ermessensspielraum zu Ihren Gunsten ausnutzen – so kommen Sie unter Umständen mit einer *gebührenfreien Verwarnung* davon.

Der Ermessenspielraum des Polizeibeamten umfasst allerdings nur das »ob« seiner Entscheidung. Entschließt er sich erst einmal, eine *gebührenpflichtige Verwarnung* auszusprechen, muss er sich an die festgelegten Verwarnungsgelder im Bußgeldkatalog halten.

**WICHTIG!**

*Eine gebührenpflichtige Verwarnung wird bei fristgerechter Zahlung wirksam. Zahlen Sie also innerhalb einer Woche nach der Verwarnung das Verwarnungsgeld, erklären Sie damit gleichzeitig Ihr Einverständnis mit der Verwarnung. Die Ordnungswidrigkeit wird dann nicht weiter verfolgt und die Sache hat sich damit für Sie erledigt.*

## 3. Wie geht es weiter, wenn ich das Verwarnungsgeld nicht bezahle?

Die Verwarnung bietet Ihnen die Möglichkeit, das Verfahren unkompliziert und ohne weitere Kosten zu beenden. Sie müssen dazu lediglich den Betrag innerhalb der Frist von einer Woche vollständig bei der Behörde bezahlen. Zahlen Sie das Verwarnungsgeld jedoch gar nicht, nicht fristgerecht oder nicht in voller Höhe, ist die Verwarnung nicht wirksam. Die Verwaltungsbehörde kann dann eventuell gezahltes Geld zurück überweisen und ein Bußgeldverfahren einleiten.

**DAS IST IHR RECHT:**

Ausnahme: Behält die Behörde Ihre Zahlung trotz der Verspätung, dann wird die Verwarnung wirksam und es kann kein Bußgeldbescheid mehr erlassen werden.

**MEIN RAT:**

Wenn Sie versäumt haben, das Geld pünktlich zu bezahlen, rufen Sie bei der Behörde an. Die Telefonnummer steht auf der Verwarnung und die Erklärung der Verspätung beim zuständigen Sachbearbeiter kann in den meisten Fällen Schlimmeres verhindern. Wenn er weiß, dass das Geld unterwegs ist, wird er in aller Regel davon absehen, ein Bußgeldverfahren einzuleiten.

Vor allem Gemeinden sind meist gerne bereit, noch ein paar Tage zu warten, denn: die Verwarnungsgelder behält die Gemeinde, das Bußgeld dagegen der Staat.

Weiterer Vorteil für Sie: Die Verwarnung ist mit keinen weiteren Kosten verbunden, das sieht bei einem Bußgeldbescheid schon ganz anders aus. Dieser ist mit zusätzlichen Gebühren (mindestens 20 €) sowie den Kosten für die Postzustellung (Einschreiben) verbunden. Wenn Sie das Bußgeld dann doch zahlen müssen, wäre eine Verwarnung also die kostengünstigere Lösung für Sie gewesen.

Gegen das »Knöllchen« selbst brauchen Sie nicht vorzugehen. Haben Sie die Bezahlung des Verwarnungsgeldes abgelehnt, erstattet die Polizei Anzeige bei der zuständigen Verwaltungsbehörde und ein Bußgeldverfahren wird eingeleitet. Sie müssen also nicht selbst Einspruch gegen die Verwarnung einlegen.

# IV. Das Bußgeldverfahren

## 1. Wie verhalte ich mich, wenn ich einen Anhörungsbogen bekomme?

Egal, ob Sie eine Verwarnung nicht bezahlt haben oder ob Ihnen eine Verwarnung wegen der Schwere des Verstoßes gar nicht angeboten wurde: Die Behörde versucht nun zunächst, den Sachverhalt aufzuklären. Dazu werden unter Umständen Zeugen befragt oder Sachverständige mit einem Gutachten beauftragt.
In jedem Fall erhalten Sie als Betroffener die Gelegenheit, sich zur Beschuldigung zu äußern.
In der Regel wird dazu ein *Anhörungsbogen* an Sie verschickt oder Sie werden von der für Ihren Wohnort zuständigen Polizeidienststelle vorgeladen.

### Der Anhörungsbogen

Im Anhörungsbogen sind die Umstände der vermeintlich von Ihnen begangenen Ordnungswidrigkeit näher beschrieben. Sie können hierzu nun Stellung nehmen.
Dabei müssen Sie unterscheiden: Es gibt die **Angaben zur Person** und die **Angaben zur Sache**:

- Die Angaben zur Person sind sogenannte *Pflichtangaben* und Sie müssen diese Fragen zu Ihren persönlichen Daten beantworten.
- Bezüglich des Tatvorwurfs (Angaben zur Sache) steht es Ihnen dagegen frei, ob Sie sich äußern möchten.

**DAS IST IHR RECHT:**

Wenn Sie von Ihrem Schweigerecht Gebrauch machen und keine Angaben zur Sache machen, darf die Bußgeldstelle hieraus keine negativen Schlüsse ziehen. Das schließt auch die Antwort auf die Frage »Wer ist gefahren?« ein.
Tipp: Wenn Sie den Verstoß nicht zugeben wollen, sollten Sie grundsätzlich immer von Ihrem Schweigerecht Gebrauch machen und keine Angaben zur Sache machen.

**WICHTIG!**

*Die Fragen zu Ihrer Person müssen Sie dagegen immer vollständig und richtig beantworten – auch wenn Sie die Ordnungswidrigkeit nicht begangen haben. Allein die Verweigerung dieser Angaben kann Sie eine weitere Geldbuße kosten. Reagieren Sie deshalb unbedingt auf die Aufforderung, die Fragen zu Ihrer Person im Anhörungsbogen auszufüllen.*

## Die Vorladung

Erhalten Sie statt eines Anhörungsbogens eine Vorladung zu Ihrer örtlichen Polizeidienststelle, sollten Sie dieser nicht Folge leisten, wenn Sie zur Sache schweigen wollen. Polizeibeamte sind in der Regel in der Lage, so viel Druck auszuüben, dass man dann doch Angaben macht – und dies anschließend unter Umständen sehr bereut.

Wenn Sie nicht gefahren sind und unklar ist, wer gefahren ist, kann es auch ein Zeitgewinn sein, nicht bei der Polizeidienststelle zu erscheinen: Je länger es dauert, bis der tatsächliche Fahrer ermittelt ist, desto größer die Chance einer Verjährung für ihn.

### SO GEHEN SIE VOR:

*Um Ihrer Pflicht, Angaben zur Person zu machen, dennoch nachzukommen, sollten Sie diese Fragen* ***telefonisch*** *klären.*

*Wenn Sie nach einer Vorladung zur Polizei gehen, sollten Sie deshalb genau überlegen, ob Sie etwas sagen wollen und wenn ja, was Sie sagen wollen.*

*Werden* Angehörige *(als solche gelten vor allem Ehegatten, Eltern, Kinder, Großeltern, Enkel, Geschwister, Schwager und Verlobte) zu Ihrem Fall als Zeugen vernommen, haben diese das Recht, die Aussage als Zeuge zu verweigern. Der Gesetzgeber nennt das Zeugnisverweigerungsrecht.*

### MEIN RAT:

Wenn Sie die *Fahrereigenschaft* nicht zugeben wollen, obwohl Sie tatsächlich selbst gefahren sind, berufen Sie sich auf Ihr Recht, die Aussage zum Tatvorwurf zu verweigern und äußern Sie sich auch ansonsten nicht. Schon manch einer hat – besonders in mündlichen Befragungen – aus Versehen zugegeben, dass er gefahren ist, weil er sich anschließend dann in Angaben zur Tat verstrickt hat: *»Die Ampel war doch noch gar nicht rot …«* oder: *»Ich war zwar am Samstag in der Schiersteiner Straße* *unterwegs, aber ich fahre nie schneller als 50 km/h in der Stadt …«* – Schon können Sie sich nicht mehr darauf berufen, dass jemand anderer gefahren ist!

## VORSICHT FALLE:

*Alles, was Sie und Zeugen gegenüber einem Beamten beiläufig erwähnen, kann später verwendet werden. Oft erfahren Beamte im lockeren Gespräch viel mehr als in der förmlichen Vernehmung.*

## MEIN RAT:

Oft empfiehlt es sich, erst dann zu entscheiden, ob Sie sich zum Vorwurf äußern wollen, wenn Sie die Akten zu Ihrem Fall kennen.
Als Betroffener haben Sie aber nicht die Möglichkeit, die Akten einzusehen. Beauftragen Sie dagegen einen Rechtsanwalt, kann dieser *Akteneinsicht* nehmen (z. B. die Fotos einer Geschwindigkeitsmessung einsehen). Sie erhalten damit weiteren Spielraum, sich je nach Lage der Dinge zur Beschuldigung zu äußern oder nicht.

Egal, ob in schriftlicher Form oder persönlich bei der Polizeidienststelle, wenn Sie sich entscheiden, *Angaben zur Sache* zu machen, überprüft die Behörde, ob der Tatvorwurf fallen gelassen oder geändert wird – dann wird das Verfahren eingestellt. Ansonsten ergeht ein gebührenpflichtiger Bußgeldbescheid an Sie.

## 2. Was, wenn ich gar nicht selbst gefahren bin?

Als *Halter* eines Kraftfahrzeugs werden Sie anhand des Kennzeichens ausfindig gemacht und sind damit zunächst *Adressat des Bußgeldbescheids*. Für einen Verkehrsverstoß im fließenden Verkehr ist jedoch der Fahrer zum Tatzeitpunkt verantwortlich – und das muss nicht zwingend der Halter sein. Sie können also im Anhörungsbogen angeben, wer tatsächlich gefahren ist – oder die Aussage hierzu verweigern, solange das Verfahren gegen Sie geführt wird.

### Das Fahrtenbuch

Wenn Sie angeben, nicht zu wissen, wer gefahren ist, riskieren Sie, dass Ihnen die Fahrerlaubnisbehörde das Führen eines Fahrtenbuchs auferlegt. Das Gleiche droht, wenn Sie selbst nicht der Fahrer gewesen sein können und als Halter bei der Ermittlung des tatsächlichen Fahrers nicht mithelfen. Die Auflage, ein Fahrtenbuch zu führen, kann sich auf alle Fahrzeuge erstrecken, bei denen Sie als Halter eingetragen sind – haben Sie als Firmeninhaber einen ganzen Fuhrpark auf sich laufen, kann das besonders unangenehme Folgen haben.

### Die Halterhaftung

Beachten Sie die Halterhaftung bei Parkverstößen: Wenn in einem Bußgeldverfahren wegen eines Halt- oder Parkverstoßes der Führer des Fahrzeugs, der den Verstoß begangen hat, nicht ermittelt werden kann, muss der Halter des Fahrzeugs die *Verfahrenskosten* übernehmen. Bei Bußgeldern bis 25 € macht es daher kaum Sinn, zu behaupten, man wisse nicht, wer das Kfz geparkt habe.

## 3. Wie verhalte ich mich, wenn ich einen Bußgeldbescheid bekommen habe?

Liegen aus Sicht der Verwaltungsbehörde ausreichend Beweise vor, die eine Beschuldigung stützen, wird der *Bußgeldbescheid* erlassen. Darin werden die Geldbuße und die *Nebenfolgen*, wie z. B. ein Fahrverbot von ein bis drei Monaten, festgesetzt. Die Höhe der Geldbuße richtet sich nach dem Bußgeldkatalog.
Die Behörde kann die Art der Zustellung wählen. Als Betroffener wird Ihnen der Bußgeldbescheid in der Regel per Einschreiben oder mit *Postzustellungsurkunde* (PZU) zugestellt. Je nach Zustellungsart wird der Bescheid eingeworfen oder Ihnen oder einem Familienangehörigen übergeben bzw. – wenn niemand bei Ihnen zu Hause ist – beim Postamt zur Abholung hinterlegt. In diesem Fall erhalten Sie eine Benachrichtigungskarte im Briefkasten.

**MEIN RAT:**

Heben Sie den Briefumschlag Ihres Bußgeldbescheids sorgsam auf – hierauf hat der Postbote oben rechts das Datum der Zustellung notiert. Wie in allen behördlichen Angelegenheiten spielen auch im Bußgeldverfahren Fristen oftmals eine entscheidende Rolle.

Nachdem Sie einen Bußgeldbescheid erhalten haben, müssen Sie entscheiden, ob Sie diesen hinnehmen oder *Einspruch* einlegen möchten. Dadurch wird eine richterliche Überprüfung des Tatvorwurfs erreicht. Möglicherweise sind Sie nur mit bestimmten Punkten einverstanden, mit anderen hingegen nicht. In so einem Fall können Sie auch nur gegen einzelne Vorwürfe oder gegen die Höhe der Buße oder ein Fahrverbot Einspruch einlegen.

## Wie lege ich Einspruch ein?

Ihr Einspruch muss **innerhalb von 14 Tagen** nach Zustellung des Bußgeldbescheides bei der Bußgeldstelle vorliegen – schriftlich, persönlich dort zu Protokoll gegeben oder notfalls auch telefonisch (nicht zu empfehlen) oder per Fax (Sendebericht aufbewahren!).

**VORSICHT FALLE:**

*Achtung: Die Einspruchsfrist beginnt bereits mit dem Einwerfen eines Einschreibens in Ihren Briefkasten oder der Übergabe an andere Erwachsene in Ihrer Wohnung – egal wann Sie persönlich von dem Schreiben erfahren. Finden Sie eine Benachrichtigungskarte im Briefkasten, müssen Sie unterscheiden:*

- *Eine Mitteilung über die Niederlegung des Schriftstücks beim Postamt (mit Postzustellungsurkunde) bedeutet, dass der Bescheid an diesem Tag als zugestellt gilt. Sie sollten ihn daher schnellstmöglich abholen, um die Einspruchsfrist nicht zu versäumen.*
- *Eine Benachrichtigung, dass Sie ein Einschreiben beim Postamt abholen sollen, bewirkt dagegen keine Zustellung. Sie sind nicht verpflichtet, das Einschreiben abzuholen. Holen Sie es nicht ab, gilt der Bescheid auch nicht als zugestellt.*

## Dies gilt für die Fristberechnung

Fällt das Ende der Frist auf einen Samstag, Sonntag oder Feiertag, so endet die Frist erst mit dem darauffolgenden Werktag. Haben Sie also freitags den Bußgeldbescheid erhalten, endet die Einspruchsfrist am Freitag vierzehn Tage später. Wurde Ihnen allerdings der Bescheid an einem Samstag zugestellt, endet die Frist erst am darauffolgenden Montag.

### Begründen Sie Ihren Einspruch sorgfältig

Das ist zwar nicht zwingend vorgeschrieben, kann für Sie aber hilfreich sein. So können Sie den Einspruch zum Beispiel auf bestimmte Punkte beschränken (z. B. Fahrverbot, Höhe der Geldbuße) und vermeiden so unverhältnismäßige Kosten z. B. für eigentlich unnötige Vorladung von Zeugen.

**WICHTIG!**

*Wenn Ihre Begründung im Widerspruch zum Akteninhalt bzw. zu den Beweismitteln steht, könne Sie unglaubwürdig wirken. Daher ist eine vorherige Akteneinsicht sinnvoll – wie bereits erwähnt, bekommt diese aber nur Ihr Anwalt für Sie.*

## 4. Was mache ich, wenn ich noch nicht sicher bin, ob ich gegen den Bußgeldbescheid tatsächlich vorgehen will?

Wenn Sie sich noch nicht entschieden haben, ob Sie den Bußgeldbescheid akzeptieren möchten, können Sie auch »nur« *vorsorglich Einspruch* einlegen. So wahren Sie die Frist und verhindern zunächst, dass der Bescheid rechtskräftig wird – dann haben Sie nämlich kaum noch eine Möglichkeit, sich dagegen zu wehren.

Entscheiden Sie später, den Bußgeldbescheid doch anzuerkennen, können Sie Ihren Einspruch ohne Angabe von Gründen zurücknehmen, ohne dass hieraus ein Nachteil entsteht (mit Ausnahme eventuell schon entstandener Verfahrenskosten).

**INFO:**

Musterformulierung

*»Hiermit nehme ich den mit Schreiben vom … eingelegten Einspruch gegen den Bußgeldbescheid vom …, Aktenzeichen …, zurück.«*

## 5. Kann ich mich noch gegen den Bußgeldbescheid wehren, wenn ich die Einspruchsfrist versäumt habe?

Wenn Sie die Einspruchsfrist gegen den Bußgeldbescheid versäumt haben, bleibt Ihnen als einzige Möglichkeit noch der sogenannte *Antrag auf Wiedereinsetzung in den vorigen Stand*. Hierzu müssen Sie detailliert, nachvollziehbar und glaubhaft erklären, weshalb Sie ohne eigene Schuld daran gehindert waren, rechtzeitig Einspruch einzulegen. Beispielsweise weil Sie drei Wochen im Urlaub waren und erst im Anschluss vom Bußgeldbescheid erfahren haben.

**MEIN RAT:**

Legen Sie Ihrem Antrag Belege bei, wie Bahn- und Flugtickets, Hotelrechnungen, Passkopie mit Ein- und Ausreisestempeln usw., um Ihre Angaben zu belegen.

Die Verwaltungsbehörde akzeptiert *örtliche Abwesenheit*, sofern diese nur vorübergehend – das bedeutet höchstens sechs Wochen – andauert. Sind Sie dagegen z. B. auf einem zweimonatigen Arbeitseinsatz in einer anderen Stadt, müssen Sie sicherstellen, dass Sie Ihre Post rechtzeitig erhalten und damit auf etwaige Bußgeldbescheide fristgerecht reagieren können.

### Diese Frist gilt bei versäumter Einspruchsfrist

Ihren Antrag auf Wiedereinsetzung in den vorigen Stand müssen Sie **innerhalb einer Woche** stellen, nachdem der Umstand weggefallen ist, der Sie am Einspruch gehindert hat. Das heißt eine Woche nach Rückkehr aus dem Urlaub muss der Antrag bei der Verwaltungsbehörde vorliegen.

**WICHTIG!**

*Denken Sie unbedingt auch daran, mit diesem Antrag auf Wiedereinsetzung in den vorigen Stand* ***zusätzlich*** *den versäumten Einspruch gegen den Bußgeldbescheid einzulegen! Für Ihren Einspruch gilt die 1-Wochen-Frist genauso und wenn Sie diese verstreichen lassen, haben Sie endgültig keine Möglichkeit mehr, gegen den Bußgeldbescheid vorzugehen.*

## 6. Einspruch eingelegt – wie geht es jetzt weiter?

### Die Verwaltungsbehörde prüft den Sachverhalt erneut

Wenn Sie rechtzeitig Einspruch eingelegt haben, wird die Verwaltungsbehörde erneut den gesamten Sachverhalt prüfen. Dazu wird sie unter Umständen neue Ermittlungen einleiten oder die Polizei damit beauftragen. Auch Sie bekommen noch einmal die Gelegenheit, zu den Beschuldigungen Stellung zu nehmen. Auch dieses Mal können Sie frei entscheiden, ob Sie sich äußern oder schweigen möchten (siehe IV.1., Die Vorladung, S. 35).

Nachdem die Sach- und Rechtslage geprüft worden ist, wird das Einspruchsverfahren abgeschlossen. Die Verwaltungsbehörde nimmt nun –

im besten Fall für Sie – den Bescheid zurück. Oder sie leitet die Bußgeldakte an die Staatsanwaltschaft weiter.

## Was passiert, wenn mein Einspruch vor Gericht geht?

Auch der Staatsanwalt prüft zunächst, ob der Sachverhalt hinreichend aufgeklärt wurde, bevor er das Verfahren einstellt oder die Akte dann dem zuständigen Gericht zur Entscheidung vorlegt.

**WICHTIG!**

*Achtung: Zuständig ist das Gericht in dem Bezirk, in dem die Ordnungswidrigkeit begangen wurde. Wenn Sie beispielsweise viele hundert Kilometer von zu Hause falsch geparkt haben, sollten Sie schon bei Ihrem Einspruch überlegen, ob Ihnen das Ganze die lange Fahrt zur Hauptverhandlung überhaupt wert ist.*

Das Gericht kann nun einen *Termin zur Hauptverhandlung* festsetzen oder ohne Hauptverhandlung schriftlich über Ihren Einspruch entscheiden. Einer schriftlichen Entscheidung können Sie widersprechen.

### Die schriftliche Entscheidung

Einer schriftlichen Entscheidung sollten Sie immer dann widersprechen, wenn Sie den Tatvorwurf bestreiten und über Zeugen oder Gegenüberstellungen einen Freispruch erreichen wollen.

**MEIN RAT:**

Sie können Ihre Zustimmung zum schriftlichen Verfahren auch an Bedingungen knüpfen. Beispiele:

*»… stimme ich nur zu, wenn in der Entscheidung das Fahrverbot wegfällt«*
oder:
*»… wenn die Geldbuße so weit herabgesetzt wird, dass es zu keinem Eintrag im Verkehrszentralregister kommt«.*
Verbunden mit einer guten Begründung können Sie so unter Umständen einen überlasteten Richter zu einer für Sie günstigen Entscheidung ohne Hauptverhandlung bewegen!

Manchmal hat eine schriftliche Entscheidung aber noch weitere Vorteile: Sie ist zeit- und kostensparend. Außerdem darf das Gericht hier nicht zu Ihren Ungunsten vom Bußgeldbescheid abweichen, wie beispielsweise ein höheres Bußgeld verhängen – im juristischen Jargon wird das »Verbot der Verböserung« genannt.

**WICHTIG!**

*Dieses Verbot gilt nicht für die Hauptverhandlung – hier kann Sie das Urteil also durchaus härter treffen als der Bußgeldbescheid!*

## 7. Was passiert in der Hauptverhandlung des Bußgeldverfahrens?

In der Hauptverhandlung soll der Sachverhalt vollständig aufgeklärt werden, wobei Beweismittel – z. B. das Foto der Geschwindigkeitsmessung –

eingesehen und Zeugen vernommen werden. Als Betroffener sind Sie grundsätzlich verpflichtet, an dieser Verhandlung teilzunehmen – es sei denn, das Gericht hat Sie von Ihrer Anwesenheitspflicht befreit, beispielsweise weil Sie sich bereits abschließend zur Sache geäußert haben oder die Aussage verweigern. Diese Befreiung müssen Sie aber beantragen.
Das Gericht kann auch von sich aus auf Ihre Anwesenheit verzichten, wenn der Sachverhalt auch ohne Sie aufgeklärt werden kann.

**MEIN RAT:**

**Nehmen Sie unbedingt an der Hauptverhandlung teil!**

Sie sollten sich die Gelegenheit nicht entgehen lassen, nochmals zu erklären, wie Sie die Sachlage sehen – nur so können Sie Ihre Interessen optimal wahren.
Haben Sie einen Rechtsanwalt eingeschaltet, sollten Sie rechtzeitig vor der Hauptverhandlung besprechen, wie Sie vorgehen wollen. Daran sollten Sie sich dann auch strikt halten.
Denken Sie auch daran, dass er jederzeit eine *Verhandlungsunterbrechung* beantragen kann. Verabreden Sie ein Zeichen, mit dem Sie ihm deuten können, dass Sie eine Pause benötigen, um möglicherweise entscheidende Punkte nochmals kurz zu besprechen.

Neben Ihnen kommen in der Hauptverhandlung auch Zeugen und Sachverständige zu Wort, manchmal verliest das Gericht auch schriftliche Protokolle, Erklärungen und Urkunden – Letzteres jedoch nur, wenn Sie dem zuvor zugestimmt haben. Wenn Sie Zeugen für unglaubwürdig und Gutachten für falsch halten, sollten Sie auf die persönliche Vernehmung bestehen.

## Als Verfahrensbeteiligter können Sie bis zur Urteilsverkündung Beweisanträge stellen

Wenn Sie etwas beweisen wollen, benennen Sie das Beweisthema und ein Beweismittel.

Wenn Sie z. B. wegen einer Geschwindigkeitsübertretung vor Gericht stehen, können Sie beantragen, dass festgestellt wird, dass Sie gar nicht selbst gefahren sind (= *Beweisthema*). Dazu benennen Sie Zeuge X als *Beweismittel*, mit dem Sie an dem Nachmittag einen Geschäftstermin hatten.

Sie können auch den Antrag stellen, dass ein Sachverständigengutachten (= *Beweismittel*) in Auftrag gegeben wird, um zu belegen, dass die Bremsspuren an der Unfallstelle keinesfalls von Ihrem Wagen stammen (= *Beweisthema*).

Oder Sie beantragen einen Augenscheinbeweis (= *Beweismittel*), um an Ort und Stelle zu belegen, dass die Ampel so ungünstig hängt, dass Sie sie bei tiefstehender Sonne gar nicht sehen konnten (= *Beweisthema*).

**WICHTIG!**

*Entstehen durch Ihren Beweisantrag Kosten (z. B. für ein Sachverständigengutachten), müssen Sie diese im Falle Ihrer Verurteilung tragen.*

**MEIN RAT:**

Je schlimmer der Verstoß, den Sie begangen haben sollen, und die möglichen Folgen für Sie, desto dringender empfehle ich Ihnen, einen Rechtsanwalt zu beauftragen, der Sie in der Hauptverhandlung vertritt. Er kann Ihnen auch in punkto Beweisaufnahme die für Ihren speziellen Fall entscheidenden Ratschläge geben.

## Sie haben das »letzte Wort«

Ist die Beweisaufnahme abgeschlossen und kein weiterer Verhandlungstermin nötig, erhalten Sie als Betroffener das »letzte Wort«.

**SO GEHEN SIE VOR:**

*Die Gelegenheit zum »letzten Wort« sollten Sie in jedem Fall nutzen und nochmals alles vortragen, was zu Ihrer Entlastung beitragen kann. Hier sind Ihnen keine Grenzen gesetzt und Sie sollten sich auch nicht davor scheuen, das auszunutzen. Weisen Sie also z. B. auf Ihre angespannte finanzielle Situation hin, wenn Sie eine niedrigere Geldbuße erreichen möchten, oder auf das berufliche Aus für Sie, wenn Sie länger als einen Monat Ihren Führerschein abgeben müssten usw.*

## Die Entscheidung wird verkündet

Nach Ihrem letzten Wort verkündet das Gericht seine Entscheidung. Diese lautet entweder »Freispruch«, »Einstellung des Verfahrens« oder »Verurteilung«.

### Freispruch

Ein Freispruch bedeutet für Sie, dass Ihnen nicht nachgewiesen werden konnte, dass Sie den Verstoß begangen haben. Das heißt, dass alle im Bußgeldbescheid festgelegten Folgen ersatzlos entfallen. Die Verfahrenskosten sowie alle Ihre Auslagen – beispielsweise das Honorar Ihres Rechtsanwalts – muss die Staatskasse zahlen.

**Einstellung des Verfahrens**

Eine Einstellung des Verfahrens wird in der Regel ausgesprochen, wenn der Verkehrsverstoß nur von geringer Bedeutung war, eine Gefährdung oder Behinderung anderer ausgeschlossen oder z. B. eine Beschilderung missverständlich war. Der Beschluss, das Verfahren einzustellen, ist grundsätzlich **nicht** anfechtbar. Auch hier werden die Verfahrenskosten von der Staatskasse übernommen – Ihre Auslagen wie Fahrt- und Anwaltskosten werden Sie jedoch in aller Regel selbst (bzw. Ihre Rechtsschutzversicherung) tragen müssen.

**Verurteilung**

Das Gericht kann Sie auch verurteilen. Wie erwähnt (siehe II.2., S. 24) kann es jedenfalls auch über das Strafmaß im Bußgeldbescheid hinausgehen. Die Verfahrenskosten müssen Sie auf jeden Fall tragen.

## 8. Kann ich mich gegen die Verurteilung im Bußgeldverfahren wehren?

In Bußgeldverfahren gibt es – anders als im Strafverfahren – nicht die Möglichkeit, gegen das Urteil Berufung einzulegen. Hier haben Sie nur das Rechtsmittel der *Rechtsbeschwerde*. Damit können allerdings nur Verfahrensfehler oder Gesetzesverstöße überprüft werden – eine erneute Tatsachenüberprüfung (also z. B. erneute Vernehmung von Zeugen) können Sie damit leider nicht herbeiführen.

### Wie lege ich Rechtsbeschwerde ein?

Sie können innerhalb einer **Frist von einer Woche** nach der Urteilsverkündung bzw. wenn Sie in der Hauptverhandlung nicht anwesend waren, nach der Zustellung des Urteils, Rechtsbeschwerde einlegen. Das geht aber nur dann,

- wenn das Gericht eine Geldbuße von mehr als 250 € verhängt hat oder
- wenn das Gericht ein Fahrverbot angeordnet hat oder
- wenn die Rechtsbeschwerde auf einen entsprechenden Antrag hin ausdrücklich zugelassen wurde – dieser Fall kommt in der Praxis allerdings nur sehr selten vor.

**SO GEHEN SIE VOR:**

*Die Rechtsbeschwerde müssen Sie bei dem Amtsgericht, das Sie verurteilt hat,* ***innerhalb einer Woche*** *schriftlich einlegen oder bei der Geschäftsstelle zu Protokoll geben. Nach Ablauf dieser Frist muss die Rechtsbeschwerde* ***innerhalb eines Monats*** *begründet werden. Außerdem muss aus der Begründung hervorgehen, in welchem Umfang Sie erreichen wollen, dass das Urteil aufgehoben wird (z.B. nur Fahrverbot). Die Begründung können Sie allerdings nicht selbst schreiben. Entweder Sie geben diese bei der Geschäftsstelle zu Protokoll oder Sie lassen sie durch einen Rechtsanwalt schreiben.*

Wenn Sie die Rechtsbeschwerde eingelegt haben, überprüft das Oberlandesgericht (OLG), und zwar in der Regel ohne neue Verhandlung, ob das Amtsgericht in seinem Urteil alle Vorschriften richtig angewendet hat und ob das Urteil verfahrensrechtlich ordnungsgemäß zustande gekommen ist.

Danach kann das OLG das Urteil bestätigen, abändern oder an ein Amtsgericht zurückverweisen. Gegen die Entscheidung des OLG haben Sie kein weiteres Rechtsmittel mehr.

## 9. Wann verjähren Verkehrsordnungswidrigkeiten?

Die Verjährung beginnt, sobald die Handlung beendet ist. Also z. B. nachdem Sie ein Stoppschild überfahren haben. Tritt ein zum Tatbestand gehörender Erfolg erst später ein, so beginnt die Verjährung mit diesem Zeitpunkt. Das ist z. B. der Fall, wenn Sie einen schweren Unfall verursacht haben und eines der Unfallopfer verstirbt zwei Wochen nach dem Unfall.

### Diese Fristen gelten bei der Verfolgung

- Ordnungswidrigkeiten im Straßenverkehr verjähren grundsätzlich **nach drei Monaten**, solange wegen der Handlung weder ein Bußgeldbescheid erlassen noch Anklage erhoben ist. Das heißt: Wenn drei Monate nach der Tat in der Bußgeldbehörde noch niemand seine Unterschrift unter einen Bußgeldbescheid gesetzt hat, kann die Ordnungswidrigkeit nicht mehr geahndet werden und das Verfahren muss eingestellt werden.
- Ist erst einmal ein Bußgeldbescheid ergangen, beträgt danach die Verjährungsfrist **sechs Monate**.
- Ordnungswidrigkeiten wegen Alkohol- (0,5 bis 1,09 Promille) oder Drogenverstößen verjähren frühestens **nach sechs Monaten**, bei Vorsatz **nach einem Jahr**.
- Straftaten im Straßenverkehr verjähren **frühestens drei Jahre** nach der Tat.

**WICHTIG!**

*Freuen Sie sich nicht zu früh, wenn Sie nach drei Monaten noch keine Post haben: Entscheidend ist der Erlass des Bußgeldbescheides. Es kann durchaus noch einige Zeit dauern, bis Ihnen der Bescheid zugestellt wird. Vor allem aber kann die Verjährung durch einige Maßnahmen unterbrochen werden.*

**Berechnung der Verjährungsfrist**

Bei der Berechnung der Verjährungsfrist zählt der Tattag schon mit. Der letzte Tag der Frist ist der im Kalender vorausgehende Tag. Wird also eine Ordnungswidrigkeit am 2.2. begangen, dann endet die Verjährungsfrist am 1.5., und zwar auch dann, wenn der letzte Tag ein Sonn- oder Feiertag ist.

**Unterbrechung der Verjährungsfrist**

Die Verjährungsfrist einer Ordnungswidrigkeit wird durch zahlreiche Handlungen unterbrochen. Zu den wichtigsten gehören:

- die erste Vernehmung des Betroffenen oder deren Anordnung,
- die Versendung des Anhörungsbogens,
- die Beauftragung eines Sachverständigen,
- eine Beschlagnahme- oder Durchsuchungsanordnung sowie
- der Erlass des Bußgeldbescheides, sofern er binnen zwei Wochen zugestellt wird. Wird der Bußgeldbescheid nicht binnen zwei Wochen zugestellt, wird die Verjährungsfrist mit dem Datum der Zustellung unterbrochen.

**Nach einer Unterbrechung beginnt die Verjährung von Neuem**

Eine Ordnungswidrigkeit ist jedoch spätestens verjährt, wenn seit dem Verjährungsbeginn das Doppelte der gesetzlichen Verjährungsfrist, mindestens jedoch zwei Jahre verstrichen sind.

## Diese Fristen gelten für die Vollstreckung rechtskräftiger Bußgeldbescheide

Ist ein Bußgeldbescheid rechtskräftig geworden, darf nach Ablauf folgender Fristen nicht mehr vollstreckt werden:
– drei Jahre bei einer Geldbuße bis zu 1000 €
– fünf Jahre bei einer Geldbuße von mehr als 1000 €
Die Verjährung beginnt, sobald die Entscheidung rechtskräftig ist.

## Die Verjährung spielt für den Verteidiger eine wichtige Rolle

Ihr Rechtsanwalt wird in einem Bußgeldverfahren immer prüfen, ob nicht bereits eine Verjährung eingetreten ist. Dann kann die Tat nicht mehr geahndet werden.
In der Praxis gibt es immer wieder Fälle, in denen auch bei erheblichen Verkehrsverstößen Verjährung eintritt. Das Gericht muss eine etwaige Verjährung zwar von sich aus berücksichtigen, der Verteidiger wird das Gericht trotzdem ausdrücklich auf den erfolgten Eintritt der Verjährung hinweisen.

**MEIN RAT:**

In der Praxis ist es sehr kompliziert zu prüfen, ob eine Ordnungswidrigkeit verjährt ist. Ich kann Ihnen nur empfehlen, sich dazu an einen versierten Rechtsanwalt zu wenden. Anders als Sie selbst, kann er als Ihr Verteidiger *Akteneinsicht* beantragen und verfügt dadurch über die erforderlichen Informationen für die Prüfung.

# V. Das Strafverfahren

**BEISPIEL 3:**

*Sie haben einen Unfall verursacht, bei dem Ihr Unfallgegner schwer verletzt wurde. Droht nun ein Strafverfahren? Wie sollen Sie sich verhalten?*

Bei besonders schwerwiegenden Verkehrsverstößen können *Straftatbestände* erfüllt sein. Dann wird ein Ermittlungsverfahren eingeleitet. Hierbei reichen die Rechtsfolgen von Geldstrafen über Fahrverbot (siehe VI., S. 66) und die Entziehung der Fahrerlaubnis (siehe VII., S. 71) bis hin zur Freiheitsstrafe.

In der Praxis sind die häufigsten Delikte im Straßenverkehr:

- fahrlässige Körperverletzung und fahrlässige Tötung
- Fahren ohne Fahrerlaubnis
- Nötigung
- unerlaubtes Entfernen vom Unfallort
- Trunkenheit im Verkehr und
- Gefährdung des Straßenverkehrs durch grob verkehrswidriges und rücksichtsloses Verhalten.

## 1. Was droht mir bei einem Strafverfahren?

Besteht der Verdacht einer Straftat, leitet die Staatsanwaltschaft zuerst einmal ein Ermittlungsverfahren ein. Sie entscheidet, ob sie *Anklage* erhebt, einen *Strafbefehl* beantragt oder ob sie das *Verfahren einstellt*. Dazu ist sie verpflichtet, wenn die Beweise gegen Sie nicht ausreichen oder sich im besten Fall sogar Ihre Unschuld herausgestellt hat.

**INFO:**

Daneben kann die Staatsanwaltschaft auch trotz Tatverdachts das Verfahren einstellen. Das wird sie in der Regel dann tun, wenn Ihre Schuld so *geringfügig* ist, dass das Gericht in seiner Entscheidung wahrscheinlich von einer Strafe absehen wird oder für eine weitere Strafverfolgung das *öffentliche Interesse* fehlt. In diesem Fall kann die Staatsanwaltschaft die Einstellung davon abhängig machen, dass Sie einen bestimmten Geldbetrag an die Staatskasse oder eine gemeinnützige Einrichtung spenden. Dem müssen Sie aber zustimmen, man kann Sie nicht dazu verpflichten.

**MEIN RAT:**

Sie sollten ein solches Angebot immer annehmen, außer wenn Sie unschuldig sind. Denn nach der Zahlung bekommen Sie weder Punkte im Verkehrszentralregister noch einen Eintrag im Bundeszentralregister.

Bezahlen Sie unbedingt die Geldbuße in der geforderten Frist. Wenn Sie dies verpassen, wird die Staatsanwaltschaft annehmen, dass Sie der Einstellung nicht zustimmen. Sie muss dann Anklage erheben.

**SO GEHEN SIE VOR:**

*Wenn Sie Probleme mit der Zahlung haben: Wirken Sie auf eine* Ratenzahlung *hin. Insbesondere bei höheren Geldbeträgen, die Sie nicht so einfach auf einmal bezahlen können, sollten Sie der Staatsanwaltschaft Ihre finanzielle Situation erklären. In den meisten Fällen wird sie Ihnen dann gestatten, den Betrag »abzustottern«.*

## 2. Soll ich mich zu den Vorwürfen äußern?

Selbstverständlich haben Sie auch im Strafverfahren – bzw. dem vorgeschalteten Ermittlungsverfahren – ein **Schweigerecht**. Sie müssen sich nicht aktiv an den Ermittlungen gegen Sie beteiligen – und sich dadurch unter Umständen selbst belasten. Auch hier gilt: Sie müssen es nicht begründen, wenn Sie zur Sache keine Angaben machen möchten.

**MEIN RAT:**

Machen Sie unbedingt von Ihrem Schweigerecht Gebrauch, solange Sie die Ermittlungsakte noch nicht kennen. Erst wenn Ihr Rechtsanwalt *Akteneinsicht* genommen hat, haben Sie die nötigen Informationen – zum Beispiel das Protokoll der Blutentnahme, belastende Zeugenaussagen usw. –, um gemeinsam Ihre Verteidigungsstrategie zu überlegen.
Übrigens kann ausschließlich der von Ihnen beauftragte Verteidiger Einsicht in die Ermittlungsakten nehmen – als Beschuldigter selbst haben Sie diese Möglichkeit nicht.

## 3. Wann bekomme ich einen Strafbefehl?

Wenn die Staatsanwaltschaft das Verfahren nicht im Vorfeld eingestellt hat, muss sie das Verfahren an das Gericht abgeben. Dazu beantragt sie entweder beim Gericht den *Erlass eines Strafbefehls* oder sie erhebt Anklage mit dem Ziel einer Hauptverhandlung und einer Entscheidung durch Urteil. Der Erlass eines Strafbefehls kommt bei Verkehrsstraftaten in der Praxis sehr häufig vor – durch das einfachere Verfahren sollen Zeit und Geld aller Beteiligten geschont werden.

### Was steht im Strafbefehl?

Der Strafbefehl beschreibt den *Tatvorwurf* und setzt ohne eine mündliche Gerichtsverhandlung *Strafen und Maßregeln* fest. Dazu zählen unter anderem Geld- und Bewährungsstrafen, die Entziehung der Fahrerlaubnis für mindestens sechs Monate oder ein Fahrverbot von ein bis drei Monaten.

**Die Geldstrafe**
Die Geldstrafe setzt sich aus einer bestimmten Anzahl von *Tagessätzen* zusammen. Die Anzahl der Tagessätze orientiert sich an der Schwere der begangenen Tat.

**INFO:**
Die Höhe eines Tagessatzes wird nach den persönlichen und wirtschaftlichen Verhältnissen des Täters festgelegt – in der Regel geht das Gericht dabei vom Tages-Nettoverdienst des Beschuldigten aus.

**Die Entziehung der Fahrerlaubnis**

Die Entziehung der Fahrerlaubnis verbindet das Gericht mit einer entsprechenden Sperrfrist. Während dieser Zeit darf die Führerscheinbehörde dem Verurteilten keine neue Fahrerlaubnis erteilen. Erst nach dieser Frist können Sie eine neue Fahrerlaubnis beantragen. Die Behörde wird dies aber teilweise auch vom Vorliegen eines positiven medizinisch-psychologischen Gutachtens (MPU) abhängig machen (siehe VII.5. u. 6., S. 77 u. 79).

## Der Vorteil des Strafbefehlsverfahrens für Sie

Das Verfahren kann ohne aufregende Verhandlung und ohne großes Aufsehen beendet werden, wenn Sie den Strafbefehl akzeptieren. Sie müssen nicht befürchten, in einer öffentlichen Verhandlung bloßgestellt zu werden und sich daneben auch nicht der zeitlichen und psychischen Belastung einer Hauptverhandlung stellen. Sie haben auch geringere finanzielle Einbußen, da die Verfahrens- und Gerichtskosten bei einem Strafbefehl niedriger ausfallen.

**WICHTIG!**

*Allerdings entscheidet das Gericht beim Erlass eines Strafbefehls* ***nur nach Aktenlage****. Wollen Sie Ihre Sicht der Dinge vortragen und soll sich das Gericht ein Bild von Ihnen, der Situation vor Ort, Ihrem Unfallgegner usw. machen, dann müssen Sie gegen den Strafbefehl* ***Einspruch*** *einlegen. Dann wird Ihr Fall genauso umfassend wie bei einer Anklage vor Gericht verhandelt.*

### Wie kann ich die Höhe der Strafe beeinflussen?

Sie können auch schon auf das Strafmaß eingehen, bevor Sie einen Strafbefehl bekommen haben. So kann Ihr Rechtsanwalt der Staatsanwaltschaft beispielsweise mitteilen, dass Sie einen Strafbefehl einspruchslos hinnehmen, sofern die Geldstrafe XX € nicht übersteigt und die Fahrerlaubnissperre nicht länger als XX Monate sein wird.

## 4. Wie kann ich beeinflussen, dass keine Anklage erhoben, sondern ein Strafbefehl erlassen wird?

Sie haben keinen Anspruch darauf, dass »nur« ein Strafbefehl erlassen wird. Sie können aber einen *Strafbefehl anregen*. Beschreiben Sie dazu Ihre persönlichen und wirtschaftlichen Verhältnisse, damit sich das Gericht und die Staatsanwaltschaft ein umfassendes Bild von Ihrer Situation machen können.
Hier ist »Großspurigkeit« nicht gefragt: Geben Sie stattdessen alle Informationen preis, die Ihre finanzielle Situation schmälern, denn nur so haben Sie eine Chance, dass die Tagessatzhöhe für die Geldstrafe niedrig ausfällt.

**MEIN RAT:**

Vor allem, wenn eine Bewährungsstrafe in Frage kommt, sollten Sie einen Rechtsanwalt damit beauftragen, die Möglichkeit eines Strafbefehls mündlich mit dem Staatsanwalt abzuklären.

## 5. Wie kann ich gegen einen Strafbefehl vorgehen?

### Sie können Einspruch einlegen

Wenn Sie mit dem Strafbefehl nicht einverstanden sind, können Sie **binnen zwei Wochen** nach Zustellung Einspruch gegen den Strafbefehl einlegen. Wenn Sie diese Frist nicht nutzen, wird der Strafbefehl rechtskräftig und wirkt dann wie ein rechtskräftiges Urteil.

**SO GEHEN SIE VOR:**

- *Sie müssen die 2-Wochen-Frist beachten:*
  *Auch hier beginnt die Frist mit der Zustellung, also bereits dann, wenn Sie den entsprechenden Benachrichtigungszettel im Briefkasten haben – und nicht erst, wenn Sie den Strafbefehl beim Postamt abholen.*
- *Sie müssen die Form wahren:*
  *Sie können den Einspruch schriftlich an das zuständige Amtsgericht schicken oder bei der Geschäftsstelle des Gerichts mündlich zu Protokoll Einspruch einlegen.*
- *Sie müssen Ihren Einspruch nicht begründen.*
- *Sie können den Einspruch auch auf bestimmte Beschwerdepunkte beschränken.*
- *Sie können Ihren Einspruch jederzeit – ohne Angaben von Gründen und ohne Kosten – wieder zurücknehmen. Diese Möglichkeit haben Sie jedoch nur bis zum Beginn der Hauptverhandlung.*

## Sie können auch nur vorsorglich Einspruch einlegen

Machen Sie deutlich, wenn Sie den Einspruch nur vorsorglich einlegen! Wenn Sie sich offen halten wollen, den Einspruch gegebenenfalls wieder zurückzuziehen, sollten Sie dies dem Gericht mitteilen.
Nennen Sie dabei einen Termin – z. B. zwei Wochen nach dem Datum der Einspruchseinlegung –, bis zu dem Sie sich entscheiden wollen. So erhalten Sie die nötige Zeit, sich einen Überblick über die Rechtslage zu verschaffen, den Rat eines Anwalts einzuholen, festzustellen, ob Sie entlastende Beweise beschaffen können usw.
Nur wenn das Gericht informiert ist, wird es nicht, sofort nachdem es Ihren Einspruch erhalten hat, einen Verhandlungstermin festsetzen – und damit manchmal bereits erste Kosten auslösen.

**INFO:**

Musterformulierung

*»Dieser Einspruch erfolgt zunächst nur zur Wahrung der Einspruchsfrist. Er wird nur vorbehaltlich einer Rücknahme bis zum … aufrechterhalten.«*

## Sie können Ihren Einspruch auch nur gegen das Strafmaß richten

Wenn Sie den Tatvorwurf als solchen akzeptieren, aber z. B. die Anzahl der Tagessätze oder den Tagessatz als unangemessen hoch empfinden oder das Fahrverbot für ungerecht halten, können Sie diese Punkte isoliert beanstanden.
Allerdings: Einspruch ist Einspruch – und damit wird die Hauptverhandlung anberaumt.

### Was passiert, wenn ich Einspruch eingelegt habe?

Nachdem Sie fristgerecht Einspruch eingelegt haben, wird das Gericht einen Termin zur Hauptverhandlung festlegen.
In der Hauptverhandlung kann das Gericht sowohl zu Gunsten als auch zu Lasten des Angeklagten vom Strafbefehl abweichen, d.h., Ihre Strafe kann höher oder niedriger ausfallen.
In der Regel wird das Gericht darauf hinweisen, wenn es plant, zu Ungunsten des Beschuldigten zu entscheiden. In diesem Fall kann der Einspruch noch in der Hauptverhandlung zurückgenommen werden.

## 6. Was passiert, wenn mir eine Anklage zugestellt wird?

Hat die Staatsanwaltschaft Anklage gegen Sie erhoben, stellt das Gericht Ihnen – oder dem von Ihnen bevollmächtigten Verteidiger – die *Anklageschrift* zu. Sie haben dann Gelegenheit zur Stellungnahme, bevor das Gericht entscheidet, ob die Anklage zur Hauptverhandlung zugelassen wird. Wenn ja, dann wird ein Termin zur Hauptverhandlung bestimmt.

## 7. Wie verteidige ich mich in der Hauptverhandlung?

### So läuft eine Hauptverhandlung ab

In der Hauptverhandlung werden Sie zu Ihrer Person und Ihren persönlichen Verhältnissen befragt. Dann werden die Anklage oder der Strafbefehl verlesen. Außerdem werden Sie darüber belehrt, dass Sie sich zum Tatvorwurf nicht äußern müssen.
Nun werden Sie als der Angeklagte vernommen und dann die Beweisaufnahme durchgeführt (vgl. Bußgeldverfahren IV.7, S. 45). Im Anschluss

daran halten die Staatsanwaltschaft und der Verteidiger ihre *Plädoyers* und beantragen eine bestimmte Entscheidung des Gerichts. Als Angeklagter haben Sie danach das »letzte Wort« (siehe IV.7., S. 48). Das Gericht wird Sie dann entweder freisprechen, das Verfahren einstellen (nur wenn Sie und der Staatsanwalt zustimmen) oder Sie entsprechend verurteilen.

**MEIN RAT:**

Im Verhältnis zu Ihrem Anwalt gilt: »Offenheit siegt!« Nur wenn er über alle Umstände der Tat informiert ist, kann er Sie optimal vertreten und die beste Strategie für Ihre Verteidigung entwerfen.

**INFO:**

Ablauf der Hauptverhandlung

1. Aufruf der Strafsache
2. Vernehmung des Angeklagten zur Person
3. Verlesung der Anklageschrift/des Strafbefehls durch den Staatsanwalt
4. Vernehmung des Angeklagten
5. Beweisaufnahme (Zeugenvernehmung, Verlesung von Sachverständigengutachten usw.)
6. Plädoyers von Staatsanwaltschaft und Verteidigung
7. Letztes Wort des Angeklagten
8. Urteilsverkündung mit mündlicher Begründung durch das Gericht
9. Ende der Hauptverhandlung

Danach Zustellung des schriftlichen Urteils einige Wochen nach dem Ende der Hauptverhandlung

### Seien Sie kooperativ

Sie haben das Recht, sich nicht zur Sache zu äußern. Wenn Sie sich mit Ihrem Anwalt darauf einigen, nichts zur Sache aussagen zu wollen, darf Ihnen das vom Gericht nicht nachteilig ausgelegt werden. Die Erfahrung zeigt jedoch, dass sich die Mitwirkung des Angeklagten in aller Regel positiv auf das Strafmaß auswirkt und ein Geständnis fast immer eine Strafmilderung nach sich zieht.

### Ziehen Sie zu Ihrer Verteidigung alle Register

Dazu zählt insbesondere, dass in der Hauptverhandlung Umstände zur Sprache kommen, die Sie entlasten können. So sollten Sie das Recht, Beweisanträge im Vorfeld der Hauptverhandlung zu stellen, auch nutzen: Benennen Sie beispielsweise alle Personen als Zeugen, die zu Ihren Gunsten aussagen könnten.

**SO GEHEN SIE VOR:**

*Nach Verkündung des Urteils wird Sie der Richter belehren, dass Sie innerhalb einer Woche* ***Rechtsmittel*** *einlegen können. Verzichten Sie nicht sofort darauf, wenn im Urteil ein Fahrverbot oder ein Fahrerlaubnisentzug ausgesprochen wurde: Sie dürfen sonst nicht einmal mehr Ihr Kraftfahrzeug vom Gericht nach Hause fahren!*

## 8. Wie kann ich eine Verurteilung anfechten?

### Sie können Berufung einlegen

Als Angeklagter können Sie selbst – oder Ihr Anwalt – gegen jede Verurteilung schriftlich oder mündlich bei der Geschäftsstelle des Amtsgerichts Berufung einlegen. Sie haben dazu **eine Woche** ab der mündlichen Urteilsverkündung in der Hauptverhandlung Zeit – es sei denn, Sie waren dort nicht anwesend. Dann beginnt die einwöchige Berufungsfrist erst mit der Zustellung des schriftlichen Urteils.
In der Berufungsverhandlung wird dann Ihr Fall nochmals mit allen Beweismitteln völlig neu aufgerollt und erneut in seiner gesamten Sach- und Rechtslage beurteilt (es sei denn, Sie haben die Berufung auf bestimmte Beschwerdepunkte beschränkt, auch das können Sie tun).
Im Berufungsverfahren empfiehlt es sich, einen Verteidiger zu beauftragen.

### Sie können Revision beantragen

Sind Sie auch mit dem Berufungsurteil nicht einverstanden, können Sie erneut innerhalb einer Woche ein Rechtsmittel einlegen: die Revision. Hier wird dann aber nur noch entschieden, ob das Urteil aus rechtlicher Sicht gerechtfertigt ist – eine erneute Prüfung der Sachlage mit Beweisaufnahme findet nun nicht mehr statt.
Die Revision muss begründet werden. Dafür ist ein Verteidiger unerlässlich.

# VI. Fahrverbot

**BEISPIEL 4:**

*Sie fahren 65 km/h in einer »Zone 30« und werden »erwischt«. Droht nun ein Fahrverbot? Und wie bekommen Sie Ihren Führerschein wieder zurück?*

## 1. Wann muss ich ein Fahrverbot befürchten?

Wenn Sie einen gröberen Verkehrsverstoß begangen haben, müssen Sie neben der Geldbuße auch mit einem Fahrverbot rechnen. Bei welchen Ordnungswidrigkeiten dies der Fall ist, ergibt sich aus dem Bußgeldkatalog (im Anhang, S. 125, finden Sie einen Auszug und im Internet unter www.alexander-hold-recht.de den vollständigen Bußgeldkatalog).

**INFO:**

Besonders in diesen Fällen müssen Sie mit einem Fahrverbot rechnen:

- Sie führen ohne *Ausfallerscheinungen* (unsichere Fahrweise, Schlangenlinien) ein Kfz mit einer Blutalkoholkonzentration (BAK) zwischen 0,5 und 1,09 Promille oder unter dem Einfluss bestimmter Drogen.
- Sie überfahren eine rote Ampel und gefährden dadurch andere Verkehrsteilnehmer oder verursachen dabei einen Sachschaden.

- Sie überfahren eine rote Ampel und die Rotlichtphase hat bereits über eine Sekunde gedauert.
- Sie überholen bei unübersichtlicher Verkehrslage oder trotz Überholverbotszeichen und gefährden dadurch andere oder verursachen dabei einen Sachschaden.
- Sie überfahren einen Bahnübergang trotz roten Warnlichts.
- Sie wenden oder fahren rückwärts oder entgegen der Fahrtrichtung auf Straßen mit durchgehender Fahrbahn.
- Beträgt Ihr Abstand zum vorausfahrenden Fahrzeug weniger als 3/10 Ihres halben Tachowertes, wird ein Monat Fahrverbot, bei noch geringerem Abstand sind bis zu drei Monaten Fahrverbot fällig.
- Fahren Sie innerorts mehr als 30 km/h zu schnell, beträgt das Fahrverbot einen Monat. Sogar drei Monate sind es, wenn Sie mehr als 60 km/h zu schnell gefahren sind.
- Außerhalb geschlossener Ortschaften riskieren Sie ein einmonatiges Fahrverbot, wenn Sie die zulässige Höchstgeschwindigkeit um mehr als 40 km/h überschreiten, zwei Monate sind es, wenn Sie mehr als 60 km/h zu schnell sind und ab einer Tempoüberschreitung von über 70 km/h beträgt das Fahrverbot drei Monate.
- Wurde gegen Sie bereits wegen einer Geschwindigkeitsüberschreitung von mindestens 26 km/h rechtskräftig eine Geldbuße festgesetzt, dürfen Sie innerhalb eines Jahres keine weitere Geschwindigkeitsüberschreitung von mindestens 26 km/h begehen: Sie riskieren sonst ebenfalls ein Fahrverbot.

## Manche Gerichte/Verwaltungsbehörden lassen mit sich »handeln«

So sollten Sie zumindest versuchen, statt des Fahrverbots eine höhere Geldbuße zu erhalten. Tragen Sie alle Punkte vor, die dem Richter vor Augen führen, weshalb Sie auf Ihren Führerschein angewiesen sind.

**BEISPIELE:**

**5:** *Sie wohnen 5 km von der nächsten Bushaltestelle entfernt, haben 2 kleine Kinder und es lebt keine weitere Person in Ihrem Haushalt, die Auto fahren kann.*

**6:** *Die Verhängung des Fahrverbots kann Sie Ihren Arbeitsplatz kosten (hier sollten Sie die entsprechende Bescheinigung des Arbeitgebers nicht vergessen!).*

In solchen Fällen **können** die Gerichte/Verwaltungsbehörden von einem Fahrverbot absehen und stattdessen die Geldbuße erhöhen. Hier sind Sie allerdings auf deren guten Willen angewiesen – einen Anspruch auf einen Verzicht auf ein Fahrverbot haben Sie leider nicht!
Lässt sich das Fahrverbot nicht vermeiden, können Sie noch versuchen, dass das Verbot nur für bestimmte Fahrzeuge gilt. Beispiel: Als Landwirt lassen Sie landwirtschaftliche Zugmaschinen vom Fahrverbot ausnehmen.

## 2. Welche Auswirkungen hat ein Fahrverbot?

Während des Fahrverbots dürfen Sie keinerlei Kraftfahrzeuge im Straßenverkehr führen.

**BEISPIEL 7:**

*Ihnen wurde ein Fahrverbot auferlegt. Um dennoch schnell zur Arbeit zu kommen, fahren Sie nun mit dem Mofa Ihres Sohnes – für das Sie ja keinen Führerschein benötigen. Ist das erlaubt?*

Nein, das ist verboten! Auch wenn Sie für das Fahren eines Mofas nur eine Prüfbescheinigung und keine Fahrerlaubnis benötigen, so ist es dennoch ein Kraftfahrzeug. Auch dieses dürfen Sie für die Dauer Ihres Fahrverbots nicht fahren.

## 3. Ab wann und wie lange darf ich bei einem Fahrverbot nicht mehr fahren?

Das Fahrverbot beginnt, wenn die Entscheidung rechtskräftig ist. Egal, wann Sie den Führerschein in amtliche Verwahrung geben: Ab *Rechtskraft* dürfen Sie nicht mehr fahren.

**INFO:**

*Amtliche Verwahrung* heißt, dass Sie Ihren Führerschein bei der zuständigen Polizeistation oder Staatsanwaltschaft abgeben. Vorsicht: Sie dürfen dann von der Polizeistation auch nicht mehr selbst nach Hause fahren, also lassen Sie sich besser hinfahren. Sie können Ihren Führerschein auch durch Dritte abgeben oder mit der Post schicken. Entscheiden Sie sich für den Postweg, sollten Sie dies aber unbedingt per *Einschreiben mit Rückschein* tun – nur so können Sie später beweisen, dass er auch tatsächlich bei der Polizei/Staatsanwaltschaft angekommen ist.

### Bestimmen Sie den Zeitpunkt Ihres Fahrverbots selbst

Wenn in den zurückliegenden zwei Jahren nicht schon einmal ein Fahrverbot gegen Sie verhängt worden ist, können Sie innerhalb eines Zeitraums von **vier Monaten** nach der Bußgeldentscheidung (nicht bei Straftaten!) selbst entscheiden, wann Sie den Führerschein abgeben wollen. Insbesondere wenn Sie beruflich aufs Auto angewiesen sind, sollten Sie auf ein Fahrverbot in der Zeit Ihres Urlaubs hinwirken.
Fällt Ihr Urlaub nicht in die nächsten vier Monate, dann können Sie den Zeitpunkt des Fahrverbotes auch noch weiter hinauszögern: Legen Sie

gegen den Bußgeldbescheid *Einspruch* ein und nehmen Sie diesen erst kurz vor der Hauptverhandlung wieder zurück. Erst wenn Sie den Einspruch zurücknehmen, wird er rechtskräftig. So gewinnen Sie einige Wochen. Allerdings dürfen Sie auch im Auslandsurlaub nicht fahren.

**MEIN RAT:**

**Noch frecher und geschickter: Schreiben Sie schon in den Einspruch:**

*»Ich bitte, vorerst keine Hauptverhandlung anzuberaumen. Ich stelle in Aussicht, den Einspruch bis zum x.x. zurückzunehmen.«* Dann weiß der Richter, worauf es Ihnen ankommt. Die meisten Gerichte spielen mit und Sie können so oft nochmals circa zwei Monate Zeit gewinnen.

## 4. Wiedersehen macht Freude: Wie bekomme ich meinen Führerschein zurück?

Nach Ablauf des Fahrverbots wird Ihnen der Führerschein automatisch zurückgegeben. Sie müssen – anders als bei der Entziehung der Fahrerlaubnis (siehe VII., S. 71) – keinen Antrag stellen, das geschieht vielmehr *von Amts wegen*. Aber: Erst wenn Sie wieder im Besitz Ihres Führerscheins sind, dürfen Sie auch losfahren.

**SO GEHEN SIE VOR:**

*Wenn Sie den Führerschein schnellstmöglich wieder brauchen, geben Sie ihn am besten bei einer Polizeidienststelle ab. Denn dort können Sie ihn nach Ablauf des Fahrverbots genau um 0.00 Uhr wieder abholen. Per Post kann es einige Tage dauern …*

# VII. Entziehung der Fahrerlaubnis

**BEISPIEL 8:**

*Sie haben mit 1,0 Promille einen Unfall verursacht. Sie müssen mit dem Entzug der Fahrerlaubnis rechnen. Haben Sie Chancen, auf die Strafe einzuwirken? Müssen Sie auf jeden Fall zur MPU?*

## 1. Wann droht mir die Entziehung der Fahrerlaubnis?

### Wenn Sie eine Verkehrsstraftat begangen haben

Haben Sie eine *Verkehrsstraftat* begangen, kann Ihnen das Gericht neben der Verhängung einer Geld- oder Freiheitsstrafe zusätzlich auch die Fahrerlaubnis entziehen (sowohl per Strafbefehl als auch per Urteil). Voraussetzung dafür ist, dass Sie sich als »ungeeignet zum Führen eines Kraftfahrzeugs« erwiesen haben. Dieses Kriterium erfüllen Sie, wenn Sie durch die Tat gezeigt haben, dass Sie die besonderen Gefahren des Straßenverkehrs weder erkennen noch Ihnen durch angemessenes Verhalten begegnen können und wollen.

Im Unterschied zum Fahrverbot bekommen Sie Ihren Führerschein nicht wieder. Die Fahrerlaubnis erlischt. Wenn Sie wieder fahren wollen, müssen Sie eine neue Fahrerlaubnis beantragen (vgl. VII.4., S. 76).

**INFO:**

Zu den wichtigsten Straftaten, die zum Entzug der Fahrerlaubnis führen, zählen:

- Gefährdung des Straßenverkehrs
- Trunkenheit oder Drogenkonsum im Verkehr
- Unerlaubtes Entfernen vom Unfallort, obwohl Sie wissen (oder wissen können), dass Sie Menschen verletzt haben oder Sachen erheblich (ab ca. 1300 € Schaden) beschädigt haben
- Vollrausch, der sich auf die vorangenannten Taten bezieht

## Wenn Sie »ungeeignet zum Führen von Kraftfahrzeugen« sind

Daneben kann Ihnen auch die *Verwaltungsbehörde* die Fahrerlaubnis entziehen. Die Führerscheinbehörde wird – auch ohne dass Sie Straftaten begangen haben – tätig, wenn sie erfährt, dass Sie »ungeeignet zum Führen von Kraftfahrzeugen« sind.

»Ungeeignet zum Führen von Kraftfahrzeugen« sind Sie, wenn bei Ihnen wegen körperlicher, geistiger oder charakterlicher Mängel die Eignung nicht gegeben ist:

- **körperliche Mängel** sind Defizite und Beeinträchtigungen im Seh-, Sprech- und Hörvermögen. Dazu zählen auch Beeinträchtigungen der Beweglichkeit sowie des Nerven- und Kreislaufsystems.
- **geistige Mängel** können z. B. als Folge von Hirnverletzungen bzw. -erkrankungen oder wegen einer zu geringen intellektuellen Leistungsfähigkeit auftreten.
- **charakterliche Mängel** liegen beispielsweise bei Alkohol- oder Drogensucht vor. Darunter werden auch wiederholt begangene, geringfügige

Verkehrsverstöße gefasst. Auch wenn Sie in der Flensburger Verkehrssünderkartei 18 oder mehr Punkte angesammelt haben, wird Ihnen automatisch die Fahrerlaubnis entzogen.

Gibt es Anhaltspunkte, dass Sie nicht in der Lage sind, ein Fahrzeug sicher im Verkehr zu führen, *kann* Ihnen die Verwaltungsbehörde ebenfalls die Fahrerlaubnis entziehen. Sie entscheidet sich in der Regel dafür, wenn
- erhebliche Verstöße gegen Verkehrsvorschriften vorliegen
- oder wenn zu befürchten ist, dass Sie die Verkehrsvorschriften nicht sorgfältig beachten bzw. nicht die erforderliche Rücksicht gegenüber anderen Verkehrsteilnehmern zeigen.

## 2. Was ist eine vorläufige Entziehung der Fahrerlaubnis?

Wenn es wahrscheinlich ist, dass Ihnen die Fahrerlaubnis im Strafverfahren entzogen werden wird, so ist schon eine vorläufige Entziehung unmittelbar nach *Begehung der Tat* möglich.

**DAS IST IHR RECHT:**

Gegen die vorläufige Entziehung können Sie *Beschwerde* einlegen – das ist vor allem dann sinnvoll, wenn Sie Ausnahmen für bestimmte Kfz-Arten (z. B. Traktoren, siehe VII.3., S. 75) erreichen wollen.

Wird Ihnen der Beschluss über die vorläufige Entziehung der Fahrerlaubnis zugestellt, dürfen Sie ab diesem Zeitpunkt im öffentlichen Straßenverkehr kein Fahrzeug mehr fahren. Sie müssen – sofern noch nicht geschehen – Ihren Führerschein bei der Polizei oder der Staatsanwaltschaft abliefern.

Hier hilft auch die Ausrede *»Ich habe meinen Führerschein verloren/ finde ihn gerade nicht …«* nichts: Die Fahrerlaubnis ist in jedem Fall entzogen und wenn Sie dennoch fahren, machen Sie sich wegen *vorsätzlichen Fahrens ohne Fahrerlaubnis* strafbar.

**WICHTIG!**

*Lassen Sie es nicht darauf ankommen: Auch die vorläufige Entziehung der Fahrerlaubnis wird im Computer des Verkehrszentralregisters eingetragen und kann bei jeder Verkehrskontrolle vom Streifenwagen aus abgerufen werden.*

Kommt es im nachfolgenden Strafverfahren zu einer Verurteilung, wird durch das Gericht die Fahrerlaubnis endgültig entzogen und zugleich bestimmt, nach welcher Sperrfrist eine neue Fahrerlaubnis durch die Verwaltungsbehörde (wieder) erteilt werden kann.

## 3. Kann ich auf den Umfang der Sperre und die Dauer der Sperrfrist einwirken?

### Wie lange kann die Sperrfrist sein?

Wird die Fahrerlaubnis durch ein Strafgericht entzogen, setzt dieses zugleich eine Sperrfrist fest. Innerhalb dieser Zeit darf die Verwaltungsbehörde keinen neuen Führerschein ausstellen. Die Sperrfrist beträgt **mindestens sechs Monate** und **im Höchstfall fünf Jahre** – es sei denn, es liegt ein besonderer Fall vor, der eine **lebenslange Sperre** erfordert.
Bei erstmaligen Trunkenheitsfahrten wird in der Praxis meist eine Sperrfrist von ungefähr einem Jahr verhängt, Wiederholungstäter müssen in der

Regel mit zwei Jahren rechnen – eine lange Zeit, die sich lediglich dadurch »verkürzt« (aber nicht auf weniger als drei Monate), dass der Zeitraum angerechnet wird, in dem der Führerschein beschlagnahmt oder die Fahrerlaubnis vorläufig entzogen war.

## Wie kann ich auf den Umfang der Sperre einwirken?

Wird Ihnen die Fahrerlaubnis entzogen, nutzen Sie die Möglichkeit, bestimmte Führerscheinklassen von der Sperre auszunehmen. In besonderen Fällen werden Ausnahmeregelungen erteilt.
Für *Berufskraftfahrer* (insbesondere Landwirte) gibt es in seltenen Fällen einen Hoffnungsschimmer: Hat sich eine Trunkenheitsfahrt im privaten Bereich ereignet und trifft Sie die Entziehung der Fahrerlaubnis wirtschaftlich außergewöhnlich schwer und treten noch weitere Umstände hinzu, sind manche Gerichte in Einzelfällen bereit, einzelne Kfz-Arten bzw. Fahrerlaubnisklassen von der Fahrerlaubnissperre auszunehmen.
Das entscheidende Kriterium dabei: Eine Gefährdung der Allgemeinheit muss ausgeschlossen sein. Sie müssen also glaubhaft machen können, dass Sie beruflich noch niemals alkoholisiert hinter dem Steuer saßen und auch der private »Ausrutscher« eine einmalige Ausnahme war.

**VORSICHT FALLE:**

*Auch für ausgenommene Kfz-Arten muss man dann erst eine neue Fahrerlaubnis beantragen!*

### Sie sollten versuchen, auf eine verkürzte Sperrfrist hinzuwirken

**Hinwirken auf kürzere Sperrfrist im Urteil**
Ideale Voraussetzungen für eine Verkürzung der Sperrfrist schaffen Sie, wenn Sie bereits **vor** der Hauptverhandlung (freiwillig) an einer Nachschulung teilgenommen haben: Dieser Umstand wird von den Gerichten sehr häufig zugunsten des Angeklagten berücksichtigt.

**Nachträglicher Antrag auf Verkürzung der Sperrfrist**
Zwar können Sie auch nachträglich noch einen Antrag auf Verkürzung der Sperrfrist stellen, die größten Chancen haben Sie allerdings, wenn Sie bereits in der Hauptverhandlung eine absolvierte Nachschulung ins Feld führen können.

## 4. Wie stelle ich den Antrag auf Wiedererlangung der Fahrerlaubnis?

Im Unterschied zum Fahrverbot (siehe VI., S. 66) müssen Sie beim Entzug der Fahrerlaubnis selbst tätig werden, um wieder fahren zu dürfen. Bei der Entziehung wird Ihr »alter« Führerschein eingezogen und ist damit für immer weg und Sie müssen einen *Antrag auf eine neue Fahrerlaubnis* stellen.

### Welche Voraussetzungen gelten?

Dabei gelten die gleichen Voraussetzungen wie für den erstmaligen Führerschein-Erwerb: Sie müssen durch eine theoretische und praktische Prüfung nachweisen, dass Sie fähig sind, am Straßenverkehr teilzunehmen. Hatten Sie höchstens zwei Jahre keine Fahrerlaubnis, wird die Verwaltungsbehörde in aller Regel von einer erneuten Fahrprüfung absehen. Es

sei denn, es liegen Gründe vor, dass Sie die erforderlichen Kenntnisse und Fähigkeiten nicht mehr besitzen.
Dauerte der Entzug Ihrer Fahrerlaubnis jedoch länger als zwei Jahre an, kommen Sie um eine erneute Fahrprüfung nicht herum.

**MEIN RAT:**

Wie Sie wissen, mahlen behördliche Mühlen langsam, Sie sollten deshalb Ihren Antrag bereits **acht bis zehn Wochen vor Ablauf der Sperrfrist** stellen. Wenn Sie befürchten, auch noch ein medizinisch-psychologisches Gutachten vorlegen zu müssen, kalkulieren Sie sogar lieber **drei Monate** ein.

**INFO:**

Fügen Sie Ihrem Antrag diese Unterlagen bei:

- Geburtsurkunde
- Bescheinigung über einen Sehtest (von Augenarzt oder Optiker)
- polizeiliches Führungszeugnis
- aktuelles Lichtbild
- Bescheinigung über erfolgte Unterweisung in Sofortmaßnahmen am Unfallort (Erste-Hilfe-Kurs)

## 5. Muss ich zur MPU, um wieder einen Führerschein zu bekommen?

Die *medizinisch-psychologische Untersuchung* (MPU) entscheidet häufig – aber längst nicht immer – darüber, ob jemand seinen Führerschein (wieder) bekommt.

## Mehrfacher Entzug der Fahrerlaubnis

Wenn Ihnen bereits mehrmals die Fahrerlaubnis entzogen wurde oder wenn Sie schon mehrfach gegen verkehrsrechtliche Vorschriften oder Strafgesetze verstoßen haben, dann müssen Sie damit rechnen, dass Sie zur vom Volksmund »Idiotentest« genannten MPU gebeten werden.

## Punktekonto in Flensburg

Auch wenn Ihnen die Fahrerlaubnis entzogen wurde, weil sich auf Ihrem Flensburger Punktekonto 18 oder mehr Punkte angesammelt hatten, müssen Sie in jedem Fall eine MPU vorweisen, bevor Sie Ihren Führerschein zurückbekommen.

## Fahren unter Alkoholeinfluss oder Drogenkonsum

War(en) eine (oder mehrere) Fahrt(en) unter Alkoholeinfluss der Auslöser für den Entzug der Fahrerlaubnis, wird der Ruf nach der MPU in der Regel schnell laut. Das Gleiche gilt, wenn Sie unter Drogeneinfluss erwischt worden sind.
Ab 1,6 Promille oder wenn Sie schon wiederholt im Straßenverkehr alkoholauffällig waren, wird immer die Vorlage eines MPU-Gutachtens gefordert. Auch andere Umstände können den Verdacht auf eine überdurchschnittliche *Alkoholgewöhnung* nahe legen und damit die Anordnung der MPU zur Folge haben.

**INFO:**

Ganz allgemein gilt: Je höher der Promillewert und umso weniger Ausfallserscheinungen Sie dabei hatten, desto schneller vermutet die Verwaltungsbehörde eine Alkoholgewöhnung oder sogar Alkoholmissbrauch – und desto schwieriger wird es zu »beweisen«, dass man zum Führen von Kraftfahrzeugen im Straßenverkehr geeignet ist.

## 6. Ich muss zur MPU – und jetzt?

Wenn Sie ein medizinisch-psychologisches Gutachten vorlegen müssen, sollten Sie sich darüber im Klaren sein, dass Sie dies nicht »im Vorbeigehen« erledigen können. Sie sollten die Sache vielmehr ernst nehmen und sich gut darauf vorbereiten.
In der Regel wird es Ihnen nicht gelingen, die Verwaltungsbehörde zu einem Verzicht auf die MPU zu bewegen.

**DAS IST IHR RECHT:**

Die weit verbreitete Meinung, man könne sich gegen das Ergebnis der MPU gerichtlich zur Wehr setzen, stimmt leider nicht. Erst wenn die Verwaltungsbehörde aufgrund der MPU Ihnen die Fahrerlaubnis verweigert, können Sie gegen diese Entscheidung Widerspruch einlegen oder – wenn dieser keinen Erfolg hatte – vor dem Verwaltungsgericht Klage erheben.

## Wo kann ich das Gutachten erstellen lassen?

Sie können leider nicht einfach zu Ihrem Hausarzt gehen und sich »testen« lassen. Es sind nur bestimmte Stellen autorisiert, MPU-Gutachten zu erstellen: Amts- oder Fachärzte, amtlich erkannte Sachverständige oder eine medizinisch-psychologische Untersuchungsstelle. Eine Liste der anerkannten Personen/Institute wird Ihnen in der Regel bereits bei der Anforderung des MPU-Gutachtens von der Verwaltungsbehörde mitgeschickt.

## Stellen Sie sicher, dass Sie als Auftraggeber des Gutachtens vermerkt sind

Die Kosten des Gutachtens müssen in jedem Fall Sie tragen. Aber als Auftraggeber sind Sie auch berechtigt, das Ergebnis der MPU zugeschickt zu bekommen – und Sie sollten sich darum kümmern, dass das auch geschieht. Damit vermeiden Sie, dass die Verwaltungsbehörde ein möglicherweise negativ ausgefallenes Gutachten zu sehen bekommt.
Wenn das Gutachten negativ ausgefallen ist, sollten Sie zunächst mit dem Gutachter reden, ansonsten aber ein zweites Gutachten in Auftrag geben – jedenfalls dann, wenn Sie der begründeten Meinung sind, dass dieses zu einem anderen Ergebnis führen kann.

**SO GEHEN SIE VOR:**

*Der Teufel steckt gerne im Detail: Wenn Sie sich nicht sicher sind, wie Sie ein offensichtlich negatives Ergebnis angreifen können oder ob Ihr Gutachten tatsächlich positiv ausgefallen ist, sollten Sie in jedem Fall fachlichen Rat einholen, bevor Sie es an die Verwaltungsbehörde weiterleiten. Fehler können beim*

*Umfang oder dem Verlauf der Untersuchung, der verwandten Untersuchungsmethode oder bei der Begründung des Ergebnisses vorliegen.*

Wird Ihnen dagegen gutachterlich bestätigt, dass keine Bedenken bestehen, dass Sie geeignet sind, ein Fahrzeug zu führen, können Sie dieses Ergebnis der Verwaltungsbehörde umgehend vorlegen.

## Ignoranz ist die schlechteste Strategie

Werden Sie zu einer MPU einbestellt, wird es Ihnen nichts nützen, einfach nicht zu erscheinen – im Gegenteil: Für die Verwaltungsbehörde liefern Sie damit den zusätzlichen Beweis, dass Sie zum Führen von Fahrzeugen ungeeignet sind. Versuchen Sie stattdessen lieber, sich auf eine solche Untersuchung gezielt vorzubereiten. Sie können z. B. die Beratungsangebote bei den TÜV-Untersuchungsstellen wahrnehmen oder sich mit einem Arzt oder Psychologen über eine geeignete Strategie unterhalten.

# VIII. Das Flensburger Verkehrszentralregister

**BEISPIEL 9:**

*Sie haben auf der Autobahn Ihren Vordermann mit Lichthupe und zu geringem Abstand bedrängt. Müssen Sie nun mit Punkten in Flensburg rechnen? Wie lange bleiben diese Punkte bestehen?*

## 1. Punktekonto: Was wird eingetragen, was nicht?

In Flensburg werden unter anderem diese Verstöße eingetragen:
- rechtskräftige Verurteilungen wegen Straftaten im Zusammenhang mit dem Straßenverkehr
- rechtskräftige Bußgeldbescheide und Entscheidungen der Gerichte wegen Verkehrsordnungswidrigkeiten, bei denen
  a) ein Fahrverbot verhängt wurde oder
  b) ein Bußgeld von 40 € oder mehr verhängt wurde.
- Maßnahmen der Verwaltungsbehörde, die die Fahrerlaubnis betreffen: z. B. Entziehung, Wiedererteilung nach vorangegangener Entziehung, Versagung, vorläufige Entziehung

Diese Verstöße werden nicht eingetragen:
- rechtskräftige Entscheidungen, bei denen das Bußgeld unter 40 € liegt
- Beschlüsse über die Einstellung von Strafverfahren wegen geringer

Schuld des Angeklagten, auch wenn mit einer Auflage verbunden, wie z. B. Zahlung eines Geldbetrags an eine gemeinnützige Organisation
- Verstöße gegen Sozial- und Arbeitszeitvorschriften, z. B. Überschreitung der Tageslenkzeiten.

Sie erhalten pro eingetragenem Verstoß natürlich auch die dazugehörigen Punkte »gutgeschrieben« – im Bußgeldkatalog im Anhang dieses Buches ist eine detaillierte Punkteübersicht enthalten (siehe Anhang, S. 125. Den vollständigen Bußgeldkatalog finden Sie unter www.alexander-hold-recht.de.).

## 2. Was gibt wie viele Punkte?

| Tatbestand | §§ | Punkte |
|---|---|---|
| Unerlaubtes Entfernen vom Unfallort | 142 StGB | 7 |
| Unerlaubtes Entfernen vom Unfallort, sofern die Strafe gemildert oder von ihr abgesehen wird | 142 Abs. 4 StGB | 5 |
| Straßenverkehrsgefährdung durch Führen eines Fahrzeugs bei Fahrunsicherheit infolge | | |
| – Alkoholgenusses | 315c StGB | 7 |
| – Genusses anderer berauschender Mittel | 315c StGB | 7 |
| – geistiger oder körperlicher Mängel | 315c StGB | 7 |
| Straßenverkehrsgefährdung durch grob verkehrswidrige(s) und rücksichtslose(s) | | |
| – Vorfahrtsmissachtung | 315c StGB | 7 |
| – Fehlverhalten bei Überholung | 315c StGB | 7 |
| – Fehlverhalten an Fußgängerüberwegen | 315c StGB | 7 |

| | | |
|---|---|---|
| – zu schnelles Fahren u.a. an unübersichtlichen Stellen | 315c StGB | 7 |
| – Missachtung des Rechtsfahrgebots | 315c StGB | 7 |
| – Wenden, Rückwärtsfahren, Fahren entgegen der Fahrtrichtung oder versuchtes Wenden, Rückwärtsfahren, Fahren entgegen der Fahrtrichtung auf Autobahnen oder Kraftstraßen | 315c StGB | 7 |
| – Nichtkenntlichmachung haltender oder liegengebliebener Fahrzeuge, obwohl unbedingt erforderlich | 315c StGB | 7 |
| Führen eines Fahrzeugs bei Fahrunsicherheit infolge | | |
| – Alkoholgenusses | 316c StGB | 7 |
| – Genusses anderer berauschender Mittel | 316c StGB | 7 |
| – Vollrausch | 323a StGB | 7 |
| Führen oder Anordnen oder Zulassen des Führens eines Kraftfahrzeugs | | |
| – ohne Fahrerlaubnis | 21 StGB | 6 |
| – trotz Fahrverbots oder trotz Verwahrung, Sicherstellung oder Beschlagnahmung des Führerscheins | 21 StGB | 6 |
| Kennzeichenmissbrauch | 22 StVG | 6 |
| Gebrauch oder Gestatten des Gebrauchs unversicherter Kraftfahrzeuge oder Anhänger | 6 PflVG<br>9 AuslPflVG | 6 |
| Unbefugter Gebrauch von Kraftfahrzeugen | 248b StGB | 5 |
| Nötigung | 240 StGB | 5 |
| Fahrlässige Tötung | 222 StGB | 5 |
| Gefährliche Eingriffe in den Straßenverkehr | 315 StGB | 5 |
| Unterlassene Hilfeleistung | 323 StGB | 5 |
| Andere Straftaten im Verkehr | | 5 |

## 3. Wie erfahre ich meinen »Kontostand in Flensburg«?

Grundsätzlich sollte jeder seinen Punktestand in Flensburg kennen, denn wenn es dort beginnt, »unübersichtlich« zu werden, wird die Sache für Sie langsam brenzlig ... Sie können aber ganz leicht einen *Antrag auf Auskunft aus dem Verkehrszentralregister* stellen.

Der Antrag muss schriftlich erfolgen. Er muss enthalten:

- Ihren Namen (gegebenenfalls auch Geburtsnamen), alle Vornamen
- Geburtsdatum
- Geburtsort
- Ihre amtlich beglaubigte Unterschrift (erhalten Sie z. B. bei jeder Stadt- und Gemeindeverwaltung, den Polizeistationen, Kirchenverwaltung, Notaren)
- Oder viel einfacher: Ihre »persönliche« Unterschrift (nicht »amtlich beglaubigt«) und die vergrößerte Kopie der Vorder- und Rückseite Ihres gültigen Personalausweises/Reisepasses

**INFO:**
Musterformulierung

Maximiliane Mustermann
Musterstraße 28
11111 Musterstadt

An das
Verkehrszentralregister des
Kraftfahrt-Bundesamtes
24932 Flensburg

**Antrag auf Auskunft aus dem Verkehrszentralregister**

Sehr geehrte Damen und Herren,

hiermit möchte ich Sie bitten, mir über die mich, Maximiliane Mustermann, geb. Heimlich, geboren am 31.07.1968 in 80649 München, betreffenden Eintragungen im Verkehrszentralregister Auskunft zu erteilen.

Die erforderliche Identitätsbescheinigung liegt bei.

Mit freundlichen Grüßen

*M. Mustermann*

Diesen Musterantrag finden Sie auch zum Herunterladen unter www.alexander-hold-recht.de.

## 4. Welche Folgen haben die Punkte?

### 8 bis 13 Punkte

Sie werden gebührenpflichtig schriftlich verwarnt und auf die Möglichkeiten eines *freiwilligen Aufbauseminars* hingewiesen: Nehmen Sie an einem solchen teil, werden Ihnen Punkte erlassen:
– bei 8 Punkten 4 Punkte.
– bei 9 bis 13 Punkten können Sie dadurch noch 2 Punkte abbauen.
Dies ist jedoch nur einmal alle fünf Jahre möglich.

### 14 bis 17 Punkte

Sie erhalten die gebührenpflichtige Anordnung, an einem *Aufbauseminar* teilzunehmen. Wenn Sie innerhalb der letzten fünf Jahre bereits ein solches Seminar besucht haben, dann bekommen Sie nur eine weitere schriftliche Verwarnung.

Wenn Sie nicht rechtzeitig zur Nachschulung gehen, wird Ihnen automatisch die Fahrerlaubnis entzogen. Sie können erst dann eine neue beantragen, wenn Sie die Teilnahme an einem Aufbauseminar nachweisen. Einen Punktabzug gibt es durch die Teilnahme am Aufbauseminar hier nicht.

Zusätzlich wird Sie die Verkehrsbehörde auf die Möglichkeit einer freiwilligen Teilnahme an einer *verkehrspsychologischen Beratung* hinweisen und Sie auch darauf aufmerksam machen, dass Ihnen die Fahrerlaubnis entzogen wird, sobald Sie 18 Punkte erreicht haben.

**MEIN RAT:**

Sie sollten vor allem dann zur Beratung gehen, wenn Sie 14 Punkte haben und zuvor schon bei einem Aufbauseminar waren: Dann können Sie nämlich durch die freiwillige Teilnahme 2 Punkte auf Ihrem Flensburger Konto abbauen (auch hier gilt: dies ist nur einmal alle fünf Jahre möglich).

### Ab 18 Punkte

Wenn Sie 18 Punkte (oder mehr) in Flensburg haben, wird Ihnen – bis auf ganz wenige Ausnahmen (z. B. wenn Sie die 18 Punkte mit einer einzigen Verurteilung erreichen) – automatisch *die Fahrerlaubnis entzogen*. Eine Neuerteilung ist erst nach 6 Monaten möglich. Und das auch nur, wenn Sie die MPU (siehe VII.5., S. 77) bestanden haben.

## 5. Was ist ein Aufbauseminar?

Das Aufbauseminar schafft eine Möglichkeit, aktiv in Ihren Punktestand einzugreifen. Diese Seminare werden in der Regel von allen Fahrschulen, teilweise auch dem ADAC und den TÜV-Zentren angeboten und können sowohl auf Anordnung als auch freiwillig besucht werden.

### Diese Aufbauseminare gibt es

Es gibt:
- das allgemeine Aufbauseminar
- besondere Kurse nach Alkohol- und Drogenfahrten
- spezielle Schulungen für Fahranfänger.

Jedes Seminar findet in Gruppen statt und kostet zwischen 300 € und 400 €. Man kann nur einmal alle fünf Jahre an einem Seminar teilnehmen.

**WICHTIG!**

*Diese Einschränkung gilt allerdings dann nicht, wenn Sie bisher nur an einem allgemeinen Aufbauseminar teilgenommen haben und nun ein Seminar für Fahranfänger oder einen Kurs nach Alkohol- und Drogenfahrten besuchen möchten.*

**Das allgemeine Aufbauseminar**

Im allgemeinen Aufbauseminar werden in Gruppengesprächen Verkehrsverstöße und deren Ursachen diskutiert. Damit soll eine Änderung des Fahrverhaltens erreicht werden. Der Kurs besteht aus vier Sitzungen von jeweils 135 Minuten und einer Fahrprobe von mindestens 30 Minuten. Die vollständige Teilnahme ist Pflicht, um die Bescheinigung zu erhalten; eine Prüfung findet nicht statt.

**Das Aufbauseminar für Fahranfänger**

Aufbauseminare für Fahranfänger sind wie das allgemeine Aufbauseminar aufgebaut. Da sie speziell für Führerscheinneulinge mit geringer Erfahrung sind, geht es darin zusätzlich darum, das Risikobewusstsein zu fördern und die Gefahrerkennung zu verbessern.

**Das Aufbauseminar wegen Alkohol- oder Drogenfahrten**

Diese Seminare werden nicht von Fahrlehrern, sondern von Diplom-Psychologen gehalten. Sie diskutieren mit den Betroffenen über die Gründe für das Fehlverhalten und wie man es schafft, sich in Zukunft anders zu verhalten. Diese Kurse bestehen aus einem Vorgespräch und drei Sitzungen zu je 180 Minuten. Außerdem müssen Kursaufgaben angefertigt werden.

## 6. Werden meine Punkte irgendwann auch wieder gelöscht?

Ja, Ihre Punkte bleiben nicht für immer stehen, es gibt *Tilgungszeiten*, nach denen sie aus Ihrer Kartei entfernt oder unkenntlich gemacht werden.

| | |
|---|---|
| Zwei Jahre | Bei allen Bußgeldentscheidungen, wenn während dieser zwei Jahre keine weiteren Eintragungen hinzukommen.<br>Spätestens nach 5 Jahren (Ausnahme: Bei Alkohol und Drogen: 10 Jahre) |
| Zwei Jahre | Bei Straftaten, die **nicht** im Zusammenhang mit Alkohol oder Drogen stehen |

| Zehn Jahre | Bei Straftaten im Zusammenhang mit Alkohol und Drogen<br>Bei Entziehung, Versagung oder Erteilungssperre der Fahrerlaubnis |
|---|---|

Die Tilgungsfristen beginnen an dem Tag zu laufen, an dem
- die Entscheidung in einer Bußgeldsache rechtskräftig wird
- in einer Strafsache das erste Urteil gesprochen wird
- im Strafbefehlsverfahren der Strafbefehl vom Richter unterzeichnet wird
- nach einer Entziehung der Fahrerlaubnis wieder eine Fahrerlaubnis erteilt wird (spätestens fünf Jahre nach dem Entzug)

**WICHTIG!**

*Ihre Punkte werden selbstverständlich nur dann gelöscht, wenn Sie sich während der Tilgungszeit* ***keine*** *erneute Eintragung in das Verkehrszentralregister eingehandelt haben. Auch danach bleiben die Eintragungen noch ein Jahr stehen, um sicherzustellen, dass Sie während der Tilgungszeit wirklich keine weiteren Verstöße begangen haben.*

*Haben Sie noch Punkte aus* Verkehrsstraftaten *auf Ihrem Konto, gilt etwas anderes: Solange diese nicht gelöscht sind, verhindern sie auch die Löschung aller anderen – älteren und neueren – Eintragungen im Verkehrszentralregister. Damit ist die Löschung jedes einzelnen Punktes so lange gehemmt, bis die Punkte aus den Verkehrsstraftaten zur Löschung fällig sind.*

## 7. Belasten mich »alte« Punkte in neuen Verfahren wegen einer Verkehrsstrafsache?

Wie Sie bereits erfahren haben, wird vor allem wenn es um die Entziehung oder Neuerteilung der Fahrerlaubnis geht, Ihr gesamtes Verhalten im Straßenverkehr beleuchtet (siehe VII., S. 71ff.). Damit können natürlich auch länger zurückliegende Ordnungswidrigkeiten ins Gewicht fallen – und Sie in ein schlechtes Licht rücken. Allerdings dürfen Punkte, die tilgungsreif sind, nicht berücksichtigt werden.

**WICHTIG!**

*Was allerdings in der Praxis viel häufiger und damit für Sie noch wichtiger ist: Bei* gerichtlichen *Entscheidungen (egal ob bei Ordnungswidrigkeiten oder Strafverfahren) sind Eintragungen im Verkehrszentralregister eines der wichtigsten Kriterien, wenn es um die Höhe der Geldbuße geht oder darum, ein Fahrverbot zu verhängen.*

# IX. Alkohol im Straßenverkehr: Promille, Fahruntüchtigkeit und Kontrolle

Alkohol im Straßenverkehr ist leider immer noch viel zu oft die Ursache für die schrecklichsten Unfälle. Seitdem ich bei einem schweren Unfall selbst erfahren musste, welch verheerende Folgen und welch trauriges Leid alkoholisierte Verkehrsteilnehmer verursachen können, bin ich überzeugt, dass die harten Sanktionen, die der Gesetzgeber hier vorsieht, und deren strikte Überwachung mehr als gerechtfertigt sind.
Trotzdem: Wenn Sie in den Verdacht geraten, unter Alkohol- oder Drogeneinfluss gefahren zu sein, ist es natürlich Ihr gutes Recht, alle legalen Mittel auszuschöpfen, damit die Bestrafung möglichst gering ausfällt. Hierbei gibt es einige *Tricks und Kniffe,* die ich Ihnen nicht vorenthalten möchte. Beachten Sie jedoch bitte, dass sich jeder Körper anders verhält und Sie meine Ausführungen immer auch im Zusammenhang mit Ihrer körperlichen und psychischen Konstitution betrachten müssen – Trinkdauer und -geschwindigkeit spielen dabei ebenfalls eine Rolle! Eine Richtschnur nach dem Motto »nach zwei Bier können Sie in jedem Fall noch fahren« kann und möchte ich Ihnen nicht geben.

## 1. Ab wann darf ich nicht mehr fahren?

**BEISPIEL 10:**

*Sie haben einen Viertelliter Wein getrunken, fühlen sich aber noch fit. Dürfen Sie noch fahren oder sollten Sie lieber ein Taxi nehmen?*

## Bereits ab 0,3 Promille ist Ihr Führerschein in Gefahr

Dieser Grenzwert der sogenannten *relativen Fahruntüchtigkeit* reicht aus, wenn es infolge des Alkoholgenusses zu Ausfallerscheinungen kommt. Übersehen Sie also eine rote Ampel, bremsen nicht am Stoppschild, nehmen einem anderen Verkehrsteilnehmer die Vorfahrt – im schlimmsten Fall mit der Folge eines Unfalls – oder fahren die berühmten »Schlangenlinien«, dann reicht in all diesen Fällen bereits eine geringe Blutalkoholkonzentration (BAK), um Ihren Führerschein bei einer Kontrolle abgeben zu müssen.

**WICHTIG!**

*Sie müssen niemanden gefährdet haben. Wenn Sie nach der Fahrt eine verwaschene Aussprache haben oder beim berühmten Gang über die weiße Linie schwanken oder mit dem Finger nicht die eigene Nasenspitze treffen, gelten Sie bereits als fahruntüchtig. Zu solchen Aktionen sind Sie allerdings nicht verpflichtet.*

Kommt das Gericht zu der Überzeugung, dass Ihr Fahrfehler oder Ihre Ausfallerscheinungen Folgen des Alkohols waren, dann haben Sie sich strafbar gemacht und Ihre Fahrerlaubnis wird für **mindestens sechs Monate**, eventuell aber auch deutlich länger entzogen.

## Zwischen 0,50 und 1,09 Promille gibt es auch ohne Blutentnahme Geldbuße und Fahrverbot

Wenn Sie ins Röhrchen blasen und das Messgerät eine Atemalkoholkonzentration von mindestens 0,25mg/l anzeigt oder eine Blutentnahme mindestens 0,50 Promille ergibt, haben Sie eine Ordnungswidrigkeit begangen, wenn Sie am Steuer eines Kraftfahrzeugs sitzen – auch wenn man Ihnen sonst nichts zur Last legen kann. Dabei ist es auch vollkommen unerheblich, ob Sie sich über Ihren Promillewert im Klaren sind oder ob Sie fest davon ausgehen, dass es noch »reichen« wird – und Sie damit Ihre Trunkenheitsfahrt möglicherweise »nur« fahrlässig begehen. Was zählt und geahndet wird, ist allein der Promillegehalt in Ihrem Blutkreislauf: Den Führerschein müssen Sie für **ein bis drei Monate Fahrverbot** abgeben.

## Als absolut fahruntüchtig gelten Sie ab 1,1 Promille

Ohne dass Ihnen noch ein Fahrfehler nachgewiesen werden muss, begehen Sie eine Straftat, wenn Sie mit mindestens 1,1 ‰ ein Kraftfahrzeug führen. Diese Promillegrenze gilt im Übrigen für Kfz aller Art – also auch bei der Fahrt mit einem Roller, einem Moped oder Mofa.

- Als *Ersttäter* werden Sie in diesem Fall wegen der Straftat »Trunkenheit im Verkehr«, meist zu einer **Geldstrafe** von 40 bis 70 Tagessätzen, verurteilt.

Haben Sie einen Fahrfehler begangen und damit andere Verkehrsteilnehmer gefährdet, fällt die Geldstrafe wegen »Gefährdung des Straßenverkehrs« etwas höher aus.

Die **Fahrerlaubnis** wird beim ersten Mal in der Regel circa **ein Jahr** entzogen.

- Als *Zweittäter* müssen Sie mit einer **Bewährungsstrafe** und ab dem dritten Mal mit einer **Freiheitsstrafe** von drei bis sechs Monaten rechnen.

### WICHTIG!

*Im Unterschied zur Ordnungswidrigkeit des Verstoßes gegen die 0,5-Promille-Grenze macht es beim Vorwurf der Straftat übrigens einen empfindlichen Unterschied, ob der Tatvorwurf »fahrlässige« oder »vorsätzliche Trunkenheit im Verkehr« lautet. Nicht nur das Strafmaß erhöht sich bei einer vorsätzlichen Trunkenheitsfahrt. Auch Ihre* Rechtsschutzversicherung *wird nicht mehr zahlen, sobald das Wort »vorsätzlich« in der Polizeiakte zu Ihrem Fall auftaucht. Sie wird Ihnen bis zur abschließenden Klärung zwar die Kostenzusage in der Regel nicht verweigern, sobald aber eine rechtskräftige Verurteilung wegen einer Vorsatztat gegen Sie vorliegt, werden alle bereits geleisteten Zahlungen (wie beispielsweise einen Vorschuss auf das Anwaltshonorar) restlos zurückgefordert.*

*Geben Sie auf keinen Fall zu, dass Sie wussten, dass Sie nicht mehr fahrtüchtig sind! Damit wird Ihnen* Vorsatz *unterstellt – mit allen negativen Folgen, die sich daraus für Sie ergeben!*

### MEIN RAT:

Ab 1,5 oder 1,6‰ nehmen die meisten Gerichte in jedem Falle Vorsatz an. Wenn Sie hier immer noch behaupten, Sie hätten sich bestens gefühlt, tun Sie sich keinen Gefallen. Denn dies legt den Schluss nahe, dass Sie extrem trinkgewohnt sind. Die Fahrerlaubnis bekommen Sie dann kaum ohne MPU wieder (zur MPU siehe VII.5., S. 77 und VII.6., S. 79).

## 2. Was muss ich als Führerschein-Neuling beachten?

Für Fahranfänger gilt ein **absolutes Alkoholverbot**: Wer in der Probezeit oder vor Vollendung des 21. Lebensjahres als Führer eines Kraftfahrzeugs alkoholische Getränke zu sich genommen hat, begeht in jedem Fall eine Ordnungswidrigkeit. Folge: 125 € Bußgeld, 2 Punkte in Flensburg und Verlängerung der Probezeit (siehe X.5, S. 115).

## 3. Was muss ich als Radfahrer oder Fußgänger beachten?

### Fußgänger

Na ja, irgendwie muss man ja von der Kneipe nach Hause kommen dürfen:
Fußgänger gefährden sich meist nur selbst und machen sich daher – entgegen hartnäckigen Gerüchten – auf dem Heimweg auch stark angetrunken nicht strafbar (mal abgesehen von der fahrlässigen Körperverletzung, die sie begehen können, wenn sie einen Unfall verschulden).

### Radfahrer

Bei Radfahrern sieht das schon anders aus: Das Gesetz spricht vom »Führen eines Fahrzeuges« – und darunter fällt das Fahren mit einem Fahrrad allemal. Wer sein Fahrrad also angetrunken nicht nach Hause schiebt, sondern fährt, macht sich genauso strafbar wie ein Autofahrer.

**INFO:**

Als fahruntüchtig gilt auch ein Radfahrer bei Schlangenlinien ab 0,3‰, als absolut fahruntüchtig meist ab 1,6‰.

**DAS IST IHR RECHT:**

Allerdings: Entgegen ebenfalls hartnäckigen Gerüchten kann im Strafurteil nur dem die Fahrerlaubnis entzogen werden, der ein Kraftfahrzeug geführt hat, und Muskelkraft, also der Fahrradfahrer, zählt nicht dazu.

Die *Führerscheinbehörde* kann allerdings jeden zur MPU bitten und ihm die Fahrerlaubnis entziehen, wenn sie erkennt, dass er zum Führen von Kraftfahrzeugen nicht geeignet ist. Und bei Fußgängern oder Radfahrern, die z. B. mit über 2‰ keinerlei Ausfallerscheinungen zeigen, liegt der Verdacht auf ein massives Alkoholproblem nun einmal nahe.

## 4. Sonderfall: Weitere Drogen im Straßenverkehr

Auch nach dem Konsum von Drogen, wie beispielsweise Haschisch, Cannabis, Heroin, Morphin, Kokain, Ecstasy, LSD usw., ist Ihre Fahrerlaubnis in Gefahr. Dabei spielt es inzwischen auch keine Rolle mehr, ob Sie noch völlig »normal« fahren können oder ob man bei Ihnen *Ausfallerscheinungen* (wie Schlangenlinien) feststellt. Das Fahren unter Drogeneinfluss – sofern die einschlägigen Substanzen in Ihrem Blut zweifelsfrei nachgewiesen werden – ist grundsätzlich verboten und kann Sie ein Bußgeld von bis zu 750 €, vier Punkte in Flensburg und bis zu drei Monate Fahrverbot kosten.

## 5. Alkohol, Drogen und Strafen im Überblick

| Alkoholgehalt im Blut | Keine Anzeichen von Fahrunsicherheit | Anzeichen von Fahrunsicherheit | Verursachung eines Unfalls |
|---|---|---|---|
| **Alles über 0,0 Promille bei Fahranfängern** | 2 Punkte<br>125 € Bußgeld | | |
| **von 0,3 Promille bis 0,49 Promille** | | 7 Punkte<br>Geld- oder Freiheitsstrafe (bis 5 Jahre)<br>Entzug der Fahrerlaubnis | 7 Punkte<br>Geld- oder Freiheitsstrafe (bis 5 Jahre)<br>Entzug der Fahrerlaubnis |
| **von 0,5 Promille bis 1,09 Promille** | 4 Punkte<br>Geldbuße 250 €–1500 €<br>1 bis 3 Monate Fahrverbot | 7 Punkte, Geld- oder Freiheitsstrafe (bis 5 Jahre)<br>Entzug der Fahrerlaubnis | 7 Punkte, Geld- oder Freiheitsstrafe (bis 5 Jahre)<br>Entzug der Fahrerlaubnis |
| **ab 1,1 Promille** | 7 Punkte<br>Geld- oder Freiheitsstrafe (bis 5 Jahre)<br>Entzug der Fahrerlaubnis | 7 Punkte<br>Geld- oder Freiheitsstrafe (bis 5 Jahre)<br>Entzug der Fahrerlaubnis | 7 Punkte<br>Geld- oder Freiheitsstrafe (bis 5 Jahre)<br>Entzug der Fahrerlaubnis |
| **Sonderfall-Drogen: *** | 4 Punkte<br>Bußgeld von bis zu 750 €<br>bis zu 3 Monate Fahrverbot | 7 Punkte<br>Geld- oder Freiheitsstrafe (bis 5 Jahre)<br>Entzug der Fahrerlaubnis | 7 Punkte<br>Geld- oder Freiheitsstrafe (bis 5 Jahre)<br>Entzug der Fahrerlaubnis |

* Das Fahren unter Drogeneinfluss (sofern die einschlägigen Substanzen in Ihrem Blut zweifelsfrei nachgewiesen werden) ist grundsätzlich verboten.

## 6. Wie verhalte ich mich bei einer Polizeikontrolle?

Bei Polizeikontrollen schreckt (fast) jeder Autofahrer zusammen. Es kommt die Frage auf: »Was habe ich denn jetzt schon wieder falsch gemacht?« Beachten Sie dabei immer die folgenden Regeln:

1. Halten Sie an, wenn Sie dazu aufgefordert werden. Weiterfahren kostet Sie 50 € und 3 Punkte in Flensburg.
2. Bleiben Sie ruhig sitzen, am besten mit den Händen am Steuer, bis Sie aufgefordert werden, etwas anderes zu tun.
3. Papiere vergessen? Das kann 10 € kosten und die Papiere müssen in den nächsten Tagen auf einer Polizeidienststelle vorgezeigt werden. In jedem Fall schauen Polizeibeamte gerne genauer hin, wenn Sie keine Papiere haben. Im schlimmsten Fall kann Ihnen jetzt sogar drohen, dass Sie mit auf die Polizeiwache kommen müssen, damit dort Ihre Personalien aufgenommen werden können.
4. Auch von allen Mitinsassen Ihres Fahrzeugs können die Personalausweise kontrolliert werden.
5. Steigen Sie aus, wenn Sie dazu aufgefordert werden! Wer das nicht tut, zahlt 20 €.
6. Verweigern Sie einen Technikcheck (Rücklicht-, Bremslichtkontrolle usw.), kostet Sie das mindestens 5 € Verwarnungsgeld.

### Und dann die Frage aller Fragen

»Guten Abend, Fahrzeugkontrolle. Haben Sie etwas getrunken?« – Wie soll man sich in einer solchen Situation verhalten, vor allem, wenn man etwas getrunken hat?

## SO GEHEN SIE VOR:

1. *Versuchen Sie auf keinen Fall, sich der Kontrolle durch Flucht zu entziehen, damit machen Sie sich in höchstem Maße verdächtig.*
2. *Auf die Frage, ob Sie etwas getrunken haben, können Sie bei nur mäßigem Alkoholkonsum, den man Ihnen nicht auf den ersten Blick anmerkt, durchaus mit »Nein« antworten – jede Einräumung eines alkoholischen Getränks, »… na ja, ein winziges Gläschen …«, verpflichtet nämlich die Polizeibeamten zu einer Messung Ihres Promillewerts.*
3. *Bei Polizeikontrollen wird in aller Regel ein sogenannter Atemalkoholtest angeboten. Sie können ohne weiteres die Mitwirkung verweigern. Dabei muss Ihnen klar sein, dass Sie für den Fall, dass Sie sich weigern, so gut wie sicher mit der Anordnung einer Blutprobe rechnen müssen.*
4. *Eine Blutprobe ist mit deutlich mehr Unannehmlichkeiten und Zeitaufwand verbunden: Man muss Sie zum Arzt, in eine Klinik oder in die Rechtsmedizin bringen. Dort müssen Sie eventuell einige Zeit warten und dann ist da noch dieser Stich in Ihre Vene …*

   *Dagegen ist die Atemalkoholkontrolle schnell, schmerzfrei und sauber. Es lohnt sich also meistens nicht, die Alkoholkontrolle zu verweigern. Inzwischen sind beide Messmethoden sehr genau.*

## Atemalkoholkontrolle oder Blutprobe?

**INFO:**

So verhält sich Alkohol in Ihrem Körper:

- Alkohol wird teilweise schon von den Schleimhäuten aufgenommen, überwiegend aber vom Magen auf dem Verdauungsweg in den Blutkreislauf gebracht. Dieser Vorgang dauert zwischen 20 Minuten und 2 Stunden.
- Ein leerer Magen beschleunigt und kräftiges, fettes Essen verlangsamt die Aufnahme. Andererseits baut der Körper pro Stunde 0,1 ‰ bis 0,2 ‰ Blutalkoholkonzentration (BAK) ab.
- Ernüchterungsmittel, die die Alkoholwirkung aufheben können, gibt es nicht. Auch Kaffee hilft allenfalls, sich wacher und damit nüchterner zu fühlen, senkt aber nicht den Promillewert.

Sie sehen: Der menschliche Körper ist zu komplex, als dass Sie auf die Schnelle Ihre BAK oder gar den Grad Ihrer Nüchternheit berechnen könnten.

Folgende Punkte sollten Sie aber vielleicht bedenken:

- In der Atemluft ist die Alkoholkonzentration kurz nach dem letzten Schluck am höchsten – es sei denn, die letzten Schlucke waren doch alkoholfrei!
- Kurz nach Trinkende ist die Alkoholkonzentration im Blut dagegen noch relativ gering.
- Später steigt dann die Blutalkoholkonzentration. Ihren Höchstwert hat sie nach spätestens zwei Stunden erreicht.
- Spätestens dann baut der Körper 0,1 ‰ bis 0,2 ‰ Alkohol pro Stunde

ab, je später nach Trinkende die Blutprobe erfolgt, desto niedriger ist daher der Wert.

- Die Blutprobe liefert sehr genaue Messungen, die Atemluft ist eher einmal verfälscht, allerdings kaum zu Ihren Lasten (wenn Sie nicht gerade eine Schnapsbohne zwischen den Zähnen haben ...).

**MEIN RAT:**

Sollten Sie allerdings noch Reste von Mundspray, Mundwasser oder ähnliche störende Faktoren im Mund haben, dann verweigern Sie den Atemalkoholtest, denn dann ist er nicht verwertbar.

## Die Blutprobe können Sie nicht verhindern

Entscheidend für die Frage, ob eine Straftat oder Ordnungswidrigkeit vorliegt, ist allerdings die BAK zur Tatzeit, nicht zum Zeitpunkt der Messung. Zurückrechnen auf den Zeitpunkt der Tat darf aber auch ein Gerichtsmediziner nur, wenn er alle wichtigen Informationen von Ihnen hat.

**SO GEHEN SIE VOR:**

1. *Machen Sie, außer zu Ihrer Person, keine Angaben über die Menge, die Sie getrunken haben, den Trinkzeitraum oder zu sonstigen Tatumständen, bevor Sie sich mit einem Verteidiger beraten haben. Die Wahrscheinlichkeit, dass diese Angaben später gegen Sie verwendet werden können, ist in der Regel viel größer als die Wahrscheinlichkeit, dass Ihre Angaben Ihrer Verteidigung nutzen.*

2. *Verhalten Sie sich ruhig und höflich. Vermeiden Sie unter allen Umständen, gegen Polizeibeamte ausfällig zu werden, auch wenn Sie sich noch so ungerecht behandelt fühlen. Das könnte dazu führen, dass die »Randaliererei« als untrügliches Anzeichen dafür gewertet wird, dass eine alkoholbedingte Fahruntüchtigkeit vorliegt.*
3. *Weitere Tests, zu denen Sie aufgefordert werden können, wie beispielsweise die »Nasen-Finger-Probe«, Auf-dem-Strich-Gehen, Drehung um die eigene Achse usw., sind sehr umstritten. Manche Gerichte halten diese »Tests« sogar für unbrauchbar. Da der ärztliche Untersuchungsbericht in den wenigsten Fällen etwas zu Ihrer Entlastung beitragen wird, sollten Sie – besonders wenn Sie tatsächlich viel getrunken haben – Ihre Mitwirkung daran verweigern. Sie können* **nicht** *zur aktiven Beteiligung an der Untersuchung gezwungen werden. Sie müssen also keine Fragen beantworten, sich keinen Prüfungen unterziehen, nicht mit dem Finger die eigene Nasenspitze treffen, sich nicht um die eigene Achse drehen, die Knie nicht beugen, die Arme nicht ausstrecken, keine Gehproben vornehmen …*

## Worauf muss ich bei einer Polizeikontrolle sonst noch achten?

§ **DAS IST IHR RECHT:**

Die Kontrolle von Beifahrern auf Alkohol- oder Drogenkonsum ist rechtswidrig. Antwortet aber Ihr Beifahrer auf die Frage: »*Dürfen wir auch Sie mal einem Test unterziehen*« mit »*Ja*«, wird der Test durch seine Einwilligung rechtmäßig. Ver-

weigern Sie als Beifahrer also jegliche Tests, die Ihnen vorgeschlagen werden.
Übrigens wird ein ansonsten rechtswidriger Eingriff bei vorheriger *Einwilligung* des Betroffenen rechtmäßig. Seien Sie also auf der Hut, wenn Sie ein Polizeibeamter scheinbar harmlos fragt: »*Sie sind doch sicher damit einverstanden, mal kurz ins Röhrchen zu blasen?*« oder »*Darf ich mir mal Ihre Pupillen genauer ansehen?*«.
Derartig formulierte Fragen deuten in der Regel darauf hin, dass der Beamte für das, was er vorhat, eine Einwilligung von Ihnen braucht. Also seien Sie grundsätzlich sparsam mit einem unüberlegten »*Ja*«!

Wenn Sie kontrolliert werden und wissen, dass Sie Ihren Führerschein auf jeden Fall los sind, sollten Sie nicht versuchen, sich »normal« zu verhalten. Wenn Ihnen das nämlich gelingt und sich dann später herausstellt, dass Sie zwar 2,5‰ hatten, sich aber während der Kontrolle noch klar und deutlich artikulieren und diskutieren konnten, spricht dies für eine extreme Trinkgewohnheit. Und genau dieser Umstand wird nach entzogener Fahrerlaubnis die Wiedererlangung in weite Ferne rücken lassen.

## Was muss ich beachten, wenn ich Drogen genommen habe?

Noch unvernünftiger als alkoholisiertes Autofahren ist das Fahren unter Drogeneinfluss: Die Auswirkungen des Drogenkonsums sind noch schwerer vorauszusehen und schon gar nicht zu beherrschen. Sollten Sie allerdings bei einer Kontrolle unter Verdacht geraten, hier kurz Ihre Rechte:

1. Einem *Alkomat-Test* müssen Sie bei Drogenverdacht erst recht nicht zustimmen. Schließlich zeigt der Test nur Alkoholkonsum an. Allerdings, wenn Sie keinen Alkohol getrunken haben, erreichen Sie hier 0,0 Promille und schon wirken Sie glaubwürdiger bei den Fragen der Polizisten zum Drogenkonsum.
2. Wie oben bereits ausgeführt, dürfen Sie alles verweigern, was ohne Ihre Mithilfe nicht durchgeführt werden kann – also auch den *Pupillentest,* denn dazu müssten Sie den kontrollierenden Beamten ansehen und die Augen über einen längeren Zeitraum geöffnet halten.
3. Drogenschnelltests (*Urin-* und *Speicheltests*) können Sie ebenfalls verweigern. Allerdings dürfen Sie sich nicht wundern, wenn eine solche Weigerung als *Anfangsverdacht für Drogenkonsum* gewertet und daraufhin die Blutentnahme angeordnet wird.
4. Verweigern Sie jedoch in jedem Fall weitere Tests wie *Lauf-* und *Gleichgewichtsproben* – hier könnte selbst ein harmloses Lachen, wenn Sie z. B. mit dem Finger Ihre Nase nicht auf Anhieb treffen, sofort als »Ausfallerscheinung« gedeutet werden.
5. Noch ein Hinweis, falls die kontrollierenden Polizeibeamten Ihr *Fahrzeug durchsuchen* wollen: Das dürfen sie grundsätzlich auch ohne richterlichen Beschluss, sofern »Gefahr im Verzug« ist, das heißt ein begründeter Verdacht auf versteckte verbotene Substanzen vorliegt. Dieser ist jedoch nur gegeben, wenn man Ihnen die Drogenwirkung deutlich ansieht oder sie sich bei einem durchgeführten Schnelltest herausgestellt hat.
6. Beifahrer dürfen grundsätzlich nicht durchsucht werden, es sei denn, sie werden ebenfalls begründet des Drogenbesitzes verdächtigt.

## 7. Wie gefährlich ist der sogenannte »Restalkohol«?

Unterschätzen Sie niemals den BAK-Wert, der sich am Morgen nach einer feuchtfröhlichen Feier noch in Ihrem Körper befindet! Auch dann heißt es unter Umständen, lieber mit dem Taxi, Bus oder Bahn zur Arbeit zu fahren, als ein unnötiges Risiko einzugehen.

**INFO:**

**Faustregel**

Im Körper eines gesunden Erwachsenen wird der Alkoholgehalt um circa 0,1 Promille pro Stunde abgebaut. Legen Sie sich beispielsweise abends um 23 Uhr mit 1,9‰ schlafen, können Sie am nächsten Morgen um 8 Uhr bei der Fahrt zur Arbeit immer noch einen Blutalkoholwert von 1,0‰ haben!
Dabei nützt Ihnen auch der doppelte Espresso, das dick mit Rollmops belegte Brötchen oder die gegen den Kopfschmerz eingeworfene Aspirintablette nichts – Sie fühlen sich vielleicht besser – es gibt aber leider kein Gegenmittel, um Restalkohol zum Verschwinden zu bringen.

# X. Fahrerlaubnis

**BEISPIEL 11:**

*Ihr Sohn will auf Ihrem Firmenparkplatz Autofahren üben. Ist das erlaubt oder braucht er dazu eine Fahrerlaubnis?*

## 1. Wofür benötige ich eine Fahrerlaubnis?

**INFO:**

Die *Fahrerlaubnis* ist die *staatliche Zulassung* zum Führen eines Kfz. Der *Führerschein* ist die *Urkunde*, die die Zulassung bestätigt. Das ist eine wichtige Unterscheidung, die Sie kennen sollten.

Um ein Kfz zu führen, benötigen Sie die Erlaubnis der Verwaltungsbehörde. Diese ist Voraussetzung, um auf öffentlichen Straßen, Wegen oder Plätzen ein Kfz mit einer Höchstgeschwindigkeit von mehr als 6 km/h zu führen.
Es kommt allerdings nicht nur auf die Höchstgeschwindigkeit an: PKW unterliegen grundsätzlich der allgemeinen Fahrerlaubnispflicht, auch wenn Sie auf 6 km/h gedrosselt sind, gelten sie nämlich als Kraftfahrzeuge.

**WICHTIG!**

*Auch nicht-öffentliche Wege, Straßen und Plätze, die der Öffentlichkeit zugänglich sind, dürfen nur mit einer Fahrerlaubnis befahren werden. Geben Sie also Ihrem Kind auf dem Parkplatz Ihrer Firma privaten Fahrunterricht, riskieren Sie beide ein Strafverfahren wegen Fahrens ohne Fahrerlaubnis bzw. wegen Ermächtigens zum Fahren ohne Fahrerlaubnis.*
*Für Übungsfahrten können Sie einen Verkehrsübungsplatz nutzen – hier sind Sie gegen etwaige Fremdschäden versichert und müssen keine Strafen befürchten.*

**INFO:**

Ausnahmen

Um ein Mofa (bis 25 km/h bauartbedingte Höchstgeschwindigkeit) zu fahren, müssen Sie mindestens 15 Jahre alt sein und nur eine Prüfbescheinigung vorweisen. Für elektrische Krankenfahrstühle (bis 15 km/h Höchstgeschwindigkeit), Arbeitsmaschinen sowie landwirtschaftliche Zugmaschinen mit Höchstgeschwindigkeit von nicht mehr als 6 km/h benötigen Sie keine Fahrerlaubnis.

### Sonderfall: Abschleppen

Wenn Sie ein betriebsunfähiges Fahrzeug zu einer Werkstatt, zum Verschrotten oder in die eigene Garage befördern wollen, müssen Sie es in aller Regel abschleppen. Dafür gilt: Als »Abschlepper« benötigen Sie die

Fahrerlaubnis für Ihr ziehendes Fahrzeug. Schleppen Sie also mit einem PKW einen LKW ab, müssen Sie einen PKW-Führerschein haben, nicht aber zusätzlich die Fahrerlaubnis für den LKW.

Der Fahrer des gezogenen Fahrzeugs benötigt keine Fahrerlaubnis, er muss aber zum Lenken geeignet sein und darf nicht alkoholisiert sein. Um hier auf Nummer sicher zu gehen, sollte es immer jemand mit Erfahrung sein.

**WICHTIG!**

*Abschleppen bedeutet »Abbefördern eines betriebsunfähig gewordenen Fahrzeugs zu einem zweckgeeigneten, möglichst nahen Bestimmungsort«. Abschleppen ist damit nur ein* Notbehelf *für kurze Strecken, maximal über 50 km. Auf der Autobahn ist das Abschleppen grundsätzlich nur bis zur nächsten Ausfahrt erlaubt. Für defekte Krafträder ist das Abschleppen wegen der* erhöhten Gefahrenlage *grundsätzlich verboten.*

## Sonderfall: »Schleppen«

Anders liegt der Fall beim »Schleppen«, d.h., wenn Sie ein Fahrzeug nicht nach einer Panne, sondern zum Beispiel aus einer Werkstatt in eine andere Werkstatt schleppen. In diesem Fall brauchen Sie eine Fahrerlaubnis für LKW, da Sie quasi »mit Anhänger« unterwegs sind.

## 2. Ich habe einen »alten« Führerschein, ist der noch gültig?

Seit dem 1. Januar 1999 wird die Fahrerlaubnis nur noch in den neuen Klassen erteilt. Wenn Sie Ihre Fahrerlaubnis vor dem 1. Januar 1999 erworben haben, ist diese grundsätzlich weiterhin im bisherigen Umfang gültig. Sie können Ihren Führerschein aber auch in einen neuen Führerschein umtauschen.

## 3. Was passiert, wenn ich ohne Fahrerlaubnis fahre?

Wenn Sie ein Fahrzeug fahren, obwohl Sie nicht im Besitz der erforderlichen Fahrerlaubnis sind, können Sie wegen der **Straftat** »Fahren ohne Fahrerlaubnis« belangt werden – hierbei sind die konkreten Umstände des Einzelfalls entscheidend.
Das gilt auch, wenn Sie zwar eine Fahrerlaubnis haben, diese aber für das von Ihnen gefahrene Fahrzeug nicht ausreicht – beispielsweise wenn Sie sich mit einer Fahrerlaubnis der Klasse B (früher Klasse 3) für Ihren Umzug einen großen LKW ausleihen.
Auch wenn Ihre Fahrerlaubnis polizeilich sichergestellt, vorläufig entzogen oder durch Urteil entzogen oder ein Fahrverbot gegen Sie verhängt wurde, fahren Sie ohne Fahrerlaubnis und müssen mit den gleichen Sanktionen rechnen.

**WICHTIG!**

*Wenn Sie ohne Fahrerlaubnis gefahren sind, müssen Sie nicht nur mit einer Geldstrafe rechnen, sondern auch mit einer Sperrfrist für die Erteilung einer Fahrerlaubnis.*

### Das droht Ihnen im Wiederholungsfall

Jetzt sollten Sie auf keinen Fall mehr fahren: Einerseits riskieren Sie nämlich im Wiederholungsfall eine Freiheitsstrafe. Andererseits verlängern Sie mit jeder Verurteilung den Zeitraum, bis Sie überhaupt (wieder) eine Fahrerlaubnis erwerben dürfen. Sie sehen also: Fahren ohne Fahrerlaubnis lohnt sich nicht!

### Auch eine ausländische Fahrerlaubnis bringt Ihnen in diesem Fall nichts

Wenn Sie in Deutschland wohnen, benötigen Sie für das Fahren in Deutschland eine deutsche Fahrerlaubnis und können sich – für den Fall, dass Ihnen diese entzogen wurde – nicht auf eine zusätzliche Fahrerlaubnis aus einem anderen Land berufen.

## 4. Muss ich den Führerschein immer dabeihaben?

Ja, Sie müssen! Auch wenn Sie Ihren Führerschein »nur« zu Hause vergessen haben, können Sie trotzdem wegen einer **Ordnungswidrigkeit** mit einem Verwarnungsgeld von 10 € belangt werden.

**MEIN RAT:**

Werden Sie z. B. bei einer routinemäßigen Fahrzeugkontrolle ohne Führerschein »erwischt«, lohnt es sich, freundlich zu bleiben und dem Polizeibeamten zu erklären, warum Sie heute ausnahmsweise einmal ohne Führerschein unterwegs sind.

Er muss Ihre Entschuldigung zwar nicht akzeptieren, kann aber ein Auge zudrücken, wenn Sie ihm glaubhaft erklären, dass es sich tatsächlich um eine Ausnahme handelt, Sie den Führerschein am nächsten Tag auf der Wache vorzeigen und freundlich Besserung geloben.

Auch wenn Sie eine Kopie Ihres Führerscheins immer im Handschuhfach liegen haben, reicht das zwar nicht aus – Sie müssen das Original immer dabeihaben –, aber auch hier wird ein kontrollierender Polizeibeamter eher geneigt sein, Ihnen das Verwarnungsgeld zu erlassen.

**WICHTIG!**

*Wenn Sie Ihren Führerschein verloren haben oder er Ihnen gestohlen wurde, sollten Sie unbedingt die zuständige Verkehrsbehörde (Kfz-Zulassungsstelle der jeweiligen Stadt- bzw. Kreisverwaltung) informieren. Sie erhalten dort eine* Zwischenbescheinigung, *mit der Sie vorläufig weiterfahren können. Sie können dort auch einen* Ersatzführerschein *beantragen – wenn Sie nachweisen können, dass Sie die entsprechende Fahrerlaubnis besitzen. Dazu fordert die Verkehrsbehörde einen Auszug aus dem Verkehrszentralregister an. Wenn Sie den Verlust/Diebstahl melden, vermeiden Sie auch, dass mit Ihrem Führerschein Missbrauch getrieben werden kann.*

**MEIN RAT:**

Um im Fall des Falles alle notwendigen Daten (ausstellende Behörde, Datum der Ausstellung und Führerschein-Listennummer usw.) angeben zu können, sollten Sie immer eine Kopie Ihres Führerscheins bei Ihren privaten Dokumenten haben.

## 5. Welche Besonderheiten gelten beim »Führerschein auf Probe«?

Der erste Führerschein, den Sie »machen«, wird Ihnen zunächst nur auf Probe erteilt. Das heißt, erst nach Ablauf der **zweijährigen Probezeit** erhalten Sie eine endgültige Fahrerlaubnis.

### Das passiert bei Verkehrsverstößen

1. Haben Sie nur einen geringfügigen Verkehrsverstoß begangen und das Verwarnungs- bzw. Bußgeld liegt **unter 40 €**, wirkt sich dieser nicht auf Ihre Probezeit aus.
2. Begehen Sie während dieser Zeit allerdings einen Verkehrsverstoß, der (mindestens) mit Bußgeld geahndet und im Flensburger Verkehrszentralregister eingetragen wird (also **ab 40 €**, siehe VIII.1., S. 82), verlängert sich die Probezeit um **weitere zwei Jahre**. Daneben werden Sie in der Regel zu einem *Aufbauseminar* verpflichtet, das Sie auf eigene Kosten absolvieren müssen (siehe VIII.5., S. 88).
3. Werden Sie danach erneut im Straßenverkehr auffällig, erteilt Ihnen die Verkehrsbehörde eine *Verwarnung* und wird Ihnen empfehlen, an einer *verkehrspsychologischen Beratung* teilzunehmen.
4. Ein weiterer schwerwiegender Verstoß – oder zwei weniger schwerwiegende Verstöße – bringen Ihnen dann den *Entzug Ihrer Fahrerlaubnis* ein. Dann ist frühestens nach drei Monaten eine erneute Erteilung der Fahrerlaubnis möglich (siehe VII., S. 71).

## Auf einen Blick: Das droht Ihnen in der Probezeit

| Verstoß | Punkte | Nachschulung | Empfehlung verkehrspsychologische Beratung | Entzug der Fahrerlaubnis |
|---|---|---|---|---|
| Ordnungswidrigkeiten unter 40 € | nein | nein | nein | nein |
| 1 besonders schwerwiegender Verkehrsverstoß oder 2 weniger schwerwiegende Verkehrsverstöße | ja | ja | nein | nein |
| Erneut 1 schwerwiegender oder 2 weniger schwerwiegende Verkehrsverstöße nach erfolgter Nachschulung | ja | nein | ja | nein |
| Nach Ablauf der zweimonatigen Frist für die verkehrspsychologische Beratung erneut 1 schwerwiegender oder 2 weniger schwerwiegende Verkehrsverstöße | ja | nein | nein | ja |
| Nichtteilnahme am Aufbauseminar | nein | nein | nein | ja |
| Nach Entzug der Fahrerlaubnis erneut 1 schwerwiegender oder 2 weniger schwerwiegende Verkehrsverstöße | ja | nein | nein | ja, bei negativer MPU |

§ **DAS IST IHR RECHT:**

Wenn die Verkehrsbehörde eine unangemessen kurze Frist für die Teilnahme am Aufbauseminar oder eine erneute Prüfung gesetzt hat, können Sie dagegen Widerspruch einlegen und verlangen, dass sowohl auf das örtliche Angebot an Nachschulungskursen als auch auf Ihre persönlichen Belange Rücksicht genommen wird.

## Neu seit 2007: Null-Promille-Grenze für Fahranfänger

Seit 1. August 2007 gibt es ein **absolutes Alkoholverbot** für Fahranfänger. Dieses betrifft alle Fahrer bis zur Vollendung des 21. Lebensjahres und ältere Führerscheinneulinge, die sich noch in der Probezeit befinden.
Wenn Sie nach dem Genuss alkoholischer Getränke ein Kfz im Straßenverkehr führen, begehen Sie (nach dem neu eingefügten § 24c StVG) automatisch eine Ordnungswidrigkeit. Bei einem Verstoß drohen ein Bußgeld in Höhe des Regelsatzes von 125 € und 2 Punkte in Flensburg.
Wenn Sie sich noch in der Probezeit befinden, müssen Sie außerdem ein *Aufbauseminar* besuchen und Ihre *Probezeit* wird von zwei auf *vier Jahre* verlängert.

**INFO:**

Ausnahme

Die Einnahme alkoholhaltiger Medikamente ist erlaubt, wenn sie die Fahrweise nicht beeinträchtigen. Um sicherzugehen, lesen Sie am besten den Beipackzettel und führen diesen mit.

# XI. Verhalten am Unfallort

**BEISPIEL 12:**

*Sie wollen einparken und bremsen beim Rückwärtsfahren nicht rechtzeitig. Das Auto hinter Ihnen hat nun eine Schramme an der Stoßstange. Was nun?*

## 1. Was tun, wenn ich in einen Unfall verwickelt bin?

### Sie haben Wartepflicht

Wenn Sie zu einem *Verkehrsunfall mit Fremdschaden* beigetragen haben, müssen Sie an der Unfallstelle warten, um dem Geschädigten die Möglichkeit zu geben, Ihre Personalien, das Kennzeichen Ihres Autos und die Art Ihrer Beteiligung aufzuschreiben.

**WICHTIG!**

*Dabei ist es vollkommen egal, ob Sie als Fußgänger, auf dem Fahrrad, mit Rollerblades oder sogar »nur« als Beifahrer (z. B. durch unvorsichtiges Öffnen der Beifahrertür) zum Schaden beigetragen haben. Auch muss Sie kein Verschulden treffen: Alleine die Möglichkeit, dass Ihr Verhalten zum Unfall beigetragen hat, reicht aus, um Ihre Wartepflicht zu begründen.*

Sie müssen warten – es reicht nicht aus, nur Ihre Visitenkarte oder einen Zettel mit Namen, Adresse und Fahrzeugkennzeichen hinter die Windschutzscheibe zu klemmen. Sie sind verpflichtet, die Aufklärung der Umstände zu ermöglichen – und das ist insbesondere bei alkoholbedingten Unfällen später nicht mehr möglich.

### Was gilt als Unfallflucht?

Wenn Sie dennoch die Unfallstelle verlassen, begehen Sie *Unerlaubtes Entfernen vom Unfallort*, im Volksmund »Unfallflucht«. Wenn Sie sich innerhalb der nächsten 24 Stunden bei der Polizei melden, können Sie Ihre Lage aber verbessern!

Das kann vor Gericht nämlich als »tätige Reue« gewertet werden und zur Strafmilderung beitragen – allerdings nur unter bestimmten Voraussetzungen:

- Dies gilt nur, wenn Sie beispielsweise ein parkendes Auto oder ein Verkehrszeichen beschädigt haben, nicht aber, wenn sich der Unfall im fließenden Verkehr ereignet hat.
- Es darf keine Person verletzt worden sein.
- Die Schadenssumme darf 1000 € nicht übersteigen.
- Der Täter darf der Polizei zum Zeitpunkt der »Nachmeldung« noch nicht bekannt sein – kommt die Polizei Ihnen also zuvor, können Sie sich nicht mehr freiwillig melden.

## 2. Wie lange muss ich an der Unfallstelle warten?

Auf diese Frage gibt es leider keine eindeutige Antwort. Als Faustformel kann gelten: Je höher und gravierender der Fremdschaden, den Sie verursacht haben, desto länger müssen Sie warten.

Wenn Sie beispielsweise auf einer wenig befahrenen Straße nachts von der Fahrbahn abkommen, eine Leitplanke beschädigen und weit und breit keine *feststellungsbereite* Person anzutreffen ist, wird bei geringem Schaden eine Wartezeit von mindestens 30 Minuten verlangt – die sich bei größeren Schäden auf bis zu 90 Minuten verlängern kann.

## 3. Darf ich mich während der Wartezeit von der Unfallstelle wegbewegen?

Sofern Sie oder ein anderer Beteiligter ärztliche Hilfe benötigen, dürfen Sie sich natürlich von der Unfallstelle entfernen, um diese zu beschaffen. Ansonsten müssen Sie an der Unfallstelle warten.

## 4. Die Wartezeit ist um – und jetzt?

Nach Ablauf einer angemessenen Wartezeit dürfen Sie zwar die Unfallstelle verlassen, müssen dann aber unverzüglich dem Geschädigten – sofern Sie diesen ermitteln konnten – oder einer nahe gelegenen Polizeidienststelle mitteilen, dass Sie am Unfall beteiligt waren. Außerdem sind Sie dazu verpflichtet, Ihren Namen plus Anschrift sowie das Kennzeichen plus den Standort Ihres Fahrzeugs anzugeben. Wenn Sie dies nicht tun, machen Sie sich strafbar.

**INFO:**

»**Unverzüglich**« bedeutet nicht sofort, vielmehr hängt es von den jeweiligen Umständen des Einzelfalls ab, wie lange Sie sich Zeit lassen können, um den Geschädigten bzw. die Polizei zu benachrichtigen, ohne sich wegen Unfallflucht strafbar zu machen.

- Ereignet sich der Unfall z. B. tagsüber, müssen Sie sich spätestens am Abend desselben Tages gemeldet haben.
- Ist das Ganze nachts passiert, reicht es in der Regel aus, am nächsten Morgen die Benachrichtigung nachzuholen.

**MEIN RAT:**

Da das Gesetz keine »festen Zeiten« regelt, wie lange Sie an der Unfallstelle warten und bis wann Sie die Benachrichtigung nachgeholt haben müssen, sollten Sie sich unbedingt an einen auf Verkehrsrecht spezialisierten Anwalt wenden, wenn Sie die Unfallstelle verlassen haben – oder diesen sogar bereits von der Unfallstelle aus per Handy kontaktieren.

## 5. Wann und wie werde ich wegen Unfallflucht bestraft?

Wenn Sie einen Unfall (mit-)verursacht haben und die Unfallstelle vor Ablauf der Wartefrist verlassen haben, machen Sie sich wegen *unerlaubten Entfernens vom Unfallort* strafbar. Genauso sieht es aus, wenn Sie die Unfallstelle zwar erst nach einer angemessenen Wartezeit verlassen haben, sich aber nicht unverzüglich bei dem Geschädigten oder auf einer Polizeidienststelle gemeldet haben.

In der Regel müssen Sie mit einer empfindlichen Geldstrafe plus 7 Punkten in Flensburg sowie dem Entzug Ihrer Fahrerlaubnis für mindestens sechs Monate rechnen.

Doch das ist noch nicht alles: Wenn Sie »Unfallflucht« begehen, nimmt die Haftpflichtversicherung an, dass Sie Ihrer Aufklärungspflicht *vorsätzlich* nicht nachgekommen sind. Das heißt, Sie müssen teilweise bis zu einer Höhe von 5000 € selbst für den Schaden Ihres Unfallgegners aufkommen. Bei der Rechtsschutzversicherung müssen Sie im Falle Ihrer Verurteilung ebenfalls alle von der Versicherung vorgestreckten Kosten zurückbezahlen.

# XII. Verkehrsverstöße im In- und Ausland

## 1. Was muss ich beachten, wenn ich meinen Wohnsitz im Ausland habe?

Haben Sie Ihren Wohnsitz im Ausland und begehen in Deutschland einen Verkehrsverstoß, wird dieser genauso verfolgt wie bei einem deutschen Verkehrsteilnehmer. Um sicherzustellen, dass Sie die Geldbuße bezahlen, verlangt die Polizei in der Regel eine **Kaution** in Höhe des zu erwartenden Bußgelds. Zusätzlich riskieren Sie trotz Wohnsitzes im Ausland auch Punkte in Flensburg – bis hin zu einem Fahrverbot auf deutschen Straßen.

## 2. Was muss ich beachten, wenn ich einen ausländischen Führerschein habe?

Wenn Sie in Deutschland ein Kraftfahrzeug mit einem internationalen oder nationalen ausländischen Führerschein führen möchten, müssen Sie zunächst darauf achten, dass der Führerschein gültig ist. Grundsätzlich dürfen Sie mit einem ausländischen Führerschein in Deutschland fahren. Je nach Ausstellerland gibt es dafür aber zeitliche Befristungen, auf die Sie unbedingt achten müssen. Solange Sie noch keinen »ordentlichen Wohnsitz« in Deutschland haben, können Sie hier mit einem gültigen ausländischen Führerschein unbefristet ein Fahrzeug der Klasse führen, für die die ausländische Fahrerlaubnis ausgestellt worden ist.

## 3. Werden ausländische Bußgelder in Deutschland vollstreckt?

Wenn Sie auf ausländischen Straßen unterwegs sind, gilt grundsätzlich das dortige Verkehrsrecht, soweit es sich um Verhaltensbestimmungen (Tempolimits, Vorfahrtsregeln usw.) handelt. Ausländische Sanktionen und Verfahrensvorschriften weichen teilweise erheblich von deutschen Bestimmungen ab. Durch den *EU-Rahmenbeschluss über die gegenseitige Anerkennung und Vollstreckung von Geldsanktionen* können Sie die Folgen im Urlaub begangener Verkehrsverstöße auch in Deutschland treffen: Es ist für Sie wichtiger denn je, auch im Ausland Ihre Rechte (und Pflichten!) zu kennen. Mit Ausnahme von Österreich (hier gilt der Beschluss schon) wird der EU-Rahmenbeschluss zur gegenseitigen Anerkennung und Vollstreckung von Geldsanktionen aber voraussichtlich erst Anfang 2009 umgesetzt.

**MEIN RAT:**

Informieren Sie sich vor Auslandsreisen am besten bei Ihrem Automobilclub über Änderungen.
Zahlungsaufforderungen von irgendwelchen Inkassogesellschaften, die den Eindruck erwecken, Sie müssten mit schwerwiegenden Nachteilen oder Vollstreckung rechnen, können Sie dagegen derzeit gelassen ignorieren.

# Schlussbemerkung

Ohne detaillierte Verkehrsvorschriften gäbe es auf unseren Straßen das reinste Chaos. Und Hand aufs Herz: Ohne Kontrollen hätten wir noch viel weniger Lust, uns an diese Vorschriften zu halten. Deshalb sind Kontrollen notwendig.

Wenn Sie bei einem Verkehrsverstoß erwischt werden, ist das natürlich erst einmal ärgerlich. Dennoch:

- Bleiben Sie gelassen und überlegen Sie gut, wie Sie dem Vorwurf, einen Verkehrsverstoß begangen zu haben, begegnen wollen.
- Nutzen Sie IHR Recht, mit allen legalen Mitteln das Beste daraus zu machen.
- Wehren Sie sich, wenn der Vorwurf nicht berechtigt ist. Denn auch das ist IHR Recht!

Ich wünsche Ihnen eine gute, unfall- und punktefreie Fahrt!

# Anhang: Bußgeldkatalog

## Abstand

Nichteinhalten des Abstandes von einem vorausfahrenden Fahrzeug in Metern. Die mit (*) gekennzeichneten Fahrverbote werden verhängt, wenn die gemessene Geschwindigkeit mehr als 100 km/h beträgt.

| **bei einer Geschwindigkeit von mehr als 80 km/h**<br>Abstand zum vorausfahrenden Fahrzeug betrug weniger als | **Euro** | **Punkte** | **Monat(e) Fahrverbot** |
|---|---|---|---|
| 5/10 des halben Tachowertes | 40 | 1 | |
| 4/10 des halben Tachowertes | 60 | 2 | |
| 3/10 des halben Tachowertes | 100 | 3 | 1* |
| 2/10 des halben Tachowertes | 150 | 4 | 2* |
| 1/10 des halben Tachowertes | 200 | 4 | 3* |

| **bei einer Geschwindigkeit von mehr als 130 km/h**<br>Abstand zum vorausfahrenden Fahrzeug betrug weniger als | **Euro** | **Punkte** | **Monat(e) Fahrverbot** |
|---|---|---|---|
| 5/10 des halben Tachowertes | 60 | 2 | |
| 4/10 des halben Tachowertes | 100 | 3 | |
| 3/10 des halben Tachowertes | 150 | 4 | 1 |
| 2/10 des halben Tachowertes | 200 | 4 | 2 |
| 1/10 des halben Tachowertes | 250 | 4 | 3 |

## Alkoholverbot für Fahranfänger und Fahranfängerinnen

| | | |
|---|---|---|
| Als Führer eines Kraftfahrzeugs alkoholische Getränke zu sich genommen oder die Fahrt unter der Wirkung eines solchen Getränks angetreten<br>– In der Probezeit nach § 2a Straßenverkehrsgesetz oder<br>– vor Vollendung des 21. Lebensjahres. | **125 €** | **2 Punkte** |

## Autobahnen und Kraftfahrstraßen

| **Die wichtigsten Tatbestände in Bezug auf Autobahnen und Kraftfahrtstraßen** | **Euro** | **Punkte** | **Monat(e) Fahrverbot** |
|---|---|---|---|
| **Wenden, rückwärts** und **entgegen der Fahrtrichtung** fahren | | | |
| – in einer **Ein-** oder **Ausfahrt** | 50 | 4 | |
| – auf **Nebenfahrbahn oder Seitenstreifen** | 100 | 4 | |
| – auf **durchgehender Fahrbahn** | 150 | 4 | 1 |
| – **grob verkehrswidrig und rücksichtslos mit Gefährdung** | Geldstrafe Freiheitsstrafe (Straftat!) | 7 | FE-Entzug! |
| **Seitenstreifen** zum Zwecke des schnelleren Vorwärtskommens **benutzt** | 50 | 2 | |
| Auf Autobahnen oder Kraftfahrstraßen Fahrzeug **geparkt** | 40 | 2 | |

## Geschwindigkeit

**Allgemeine Geschwindigkeitsverstöße** **125 €** **2 Punkte**

Mit hoher, nicht angepasster Geschwindigkeit gefahren, trotz angekündigter Gefahrenstelle, bei Unübersichtlichkeit, an Straßenkreuzungen, Straßeneinmündungen, Bahnübergängen oder bei schlechten Sicht- oder Wetterverhältnissen (z. B. Nebel oder Glatteis)

## Höchstgeschwindigkeit

| Zu schnell mit PKW um Übertretung (km/h) | | Euro | Punkte | Monat(e) Fahrverbot |
|---|---|---|---|---|
| bis 10 | innerorts | 15 | | |
| | außerorts | 10 | | |
| 10–15 | innerorts | 25 | | |
| | außerorts | 20 | | |
| 16–20 | innerorts | 35 | | |
| | außerorts | 30 | | |
| 21–25 | innerorts | 50 | 1 | |
| | außerorts | 40 | 1 | |
| 26–30 | innerorts | 60 | 3 | |
| | außerorts | 50 | 3 | |
| 31–40 | innerorts | 100 | 3 | 1 |
| | außerorts | 75 | 3 | |
| 41–50 | innerorts | 125 | 4 | 1 |
| | außerorts | 100 | 3 | 1 |
| 51–60 | innerorts | 175 | 4 | 2 |
| | außerorts | 150 | 4 | 1 |
| 61–70 | innerorts | 300 | 4 | 3 |
| | außerorts | 275 | 4 | 2 |
| über 70 | innerorts | 425 | 4 | 3 |
| | außerorts | 375 | 4 | 3 |

## Gurtanlege- und Kindersicherungspflicht

| Verstoß gegen die Gurtanlege- und Kindersicherungspflicht | Euro | Punkte |
|---|---|---|
| Sicherheitsgurt nicht angelegt (auch als Fahrgast in Bussen) | 30 | |
| Mitnahme eines Kindes bei nicht vorschriftsmäßiger Sicherung, aber Verwendung einer Rückhalteeinrichtung | 30 | |
| Mitnahme eines Kindes ohne Verwendung einer Rückhalteeinrichtung | 40 | 1 |